Nina Schilling
Melting my Heart

Schon früh war Nina Schilling kaum von Büchern fernzuhalten, bis sie neben dem Lesen ebenfalls mit dem Schreiben anfing. Auf Wattpad feierte sie schon als 14-Jährige große Erfolge. Heute studiert sie Psychologie und schreibt weiterhin.

Nina Schilling

Melting my Heart

Roman

PIPER

Mehr über unsere Autoren und Bücher:
www.piper.de

Wenn Ihnen dieser Roman gefallen hat, schreiben Sie uns unter
Nennung des Titels »Melting my Heart«
an empfehlungen@piper.de, und wir empfehlen Ihnen
gerne vergleichbare Bücher.

Bei »Melting my Heart« handelt es sich um eine bearbeitete Version
des auf Wattpad.com von 07nia11 ab 2019 unter dem Titel »Things are
changing« veröffentlichten Textes.

Triggerwarnung: Diese Geschichte behandelt die Themen Mobbing und
Essstörungen.

ISBN 978-3-492-50571-0
© Piper Verlag GmbH, München 2022
Redaktion: Cornelia Franke
Satz auf Grundlage eines CSS-Layouts
von digital publishing competence (München)
mit abavo vlow (Buchloe)
Covergestaltung: FAVORITBUERO, München
Covermotiv: Bilder unter Lizenzierung von Shutterstock.com genutzt
Copyright Decorative Line: freepik.com
Printed in Germany

Kapitel 1

Warum bin ich überhaupt hierhergekommen? Wenig begeistert blicke ich mich im Vorgarten um, in dem es von betrunkenen Studenten nur so wimmelt. Überall liegen rote Plastikbecher herum, jeder hier trinkt und flirtet und ich möchte am liebsten schnurstracks mit dem Taxi wieder heimfahren.

Aber ein Blick über die Schulter verrät mir, dass es dafür zu spät ist. Denn das Taxi, mit dem ich, Alexis, Elisa und Heather angekommen sind, fährt gerade die Straße hinunter – ohne mich. Also nehme ich einen tiefen Atemzug, schließe die Augen und ermahne mich selbst, nicht so griesgrämig zu sein. Das hier kann Spaß machen. Genau genommen *soll* es Spaß machen. Und ich habe Alexis versprochen, zumindest zu versuchen, für diesen einen Abend nicht an die Kursmaterialien zu denken, die zu Hause auf meinem Schreibtisch warten. Auch wenn ich diese viel lieber durcharbeiten würde, als hier zu stehen.

Aber versprochen ist versprochen, und ich weiß, dass Alexis mich vor allem hergeschleppt hat, weil sie sich Sorgen um mein Einsiedlerdasein macht. Auch wenn ich in einer WG mit zwei anderen Mädchen wohne, lindert das nicht die Bedenken meiner besten Freundin, dass ich mehr Zeit mit meinen Lernmaterialien als mit sozialen Kontakten verbringe. Also werde ich von Zeit zu Zeit dazu verpflichtet, auf eines dieser »wichtigen sozialen Ereignisse« mitzukommen, wie es sich »für eine Studentin gehört«. Und das heute ist wohl *die* Party des Jahres: der Saisonstart unseres heiligen Eishockeyteams. Nichts und niemand hätte Alexis davon abhalten können, mich hierherzuschleppen.

Also versuche ich, das Beste daraus zu machen, und bin mir mit meinen Sneakern und dem einzigen Schmuck, den ich trage – mein Augenbrauenpiercing und das Freundschaftsarmband an meinem Handgelenk –, treu geblieben, während sich Alexis, Elisa und Heather gerade in ihren High Heels über die unebene Rasenfläche quälen. Na ja, was heißt quälen, nach ihrem angetrunkenen Quietschen und Lachen zu urteilen, scheint das Ganze eine spaßige Angelegenheit zu sein. Allerdings bin ich nicht so dumm, zu übersehen, dass ein Teil davon Show ist. Kritisch betrachte ich meine beste Freundin, wie sie wankt und sich dann in einer typischen Geste die Haare über die Schultern wirft, als ein süßer Typ an ihr vorbeikommt. Ich kenne Alexis so gut wie mein ganzes Leben. Wir spielten schon zusammen im Sandkasten, und vor allem haben wir gemeinsam die Hölle durchgestanden. Ich kenne sie in- und auswendig, und der Wein, der im Taxi die Runde gemacht hat, reichte keinesfalls, um sie betrunken zu machen. Dieser Auftritt ist reine Aufmerksamkeitsheischerei, und während mir das Verhalten bei Elisa und Heather kaum egaler sein könnte, würde ich am liebsten zu Alexis gehen und ihr sagen, dass sie das nicht nötig hat. Denn das hat sie nicht. Mit ihrer sportlichen Figur, die in ihrer engen Jeans und dem weißen Body, der am Rücken von einer dünnen Schnürung gehalten wird, noch mehr zur Geltung kommt, zieht sie jeden Blick auf sich. Sie sieht fantastisch aus. Doch auch wenn ihre selbstsichere Ausstrahlung vermittelt, dass sie sich dessen bewusst ist, weiß ich, dass Alexis stets ihre eigene Schönheit anzweifelt.

Aber ich verkneife mir jedes Wort dazu, denn es würde eh auf taube Ohren stoßen, solange Alexis mit Elisa und Heather unterwegs ist. Sie ist in ihrem Spaßmodus, sucht nach

Zerstreuung wegen Dinge aus der Vergangenheit, die uns beide verfolgen. Nur ist das hier nicht die Lösung. Sie wird damit nie die Erinnerungen zum Verstummen bringen, sondern letztendlich sich nur selbst kaputtmachen. Aber – und das ist wahrscheinlich der eigentliche Grund, weshalb ich mich zu dieser Party habe überreden lassen – zumindest heute kann ich für sie da sein, sollte irgendetwas passieren.

»O Row, zieh nicht so eine Miene!«, meint Alexis, als sie sich bei mir unterhakt. »Du sollst Spaß haben. Und deswegen gibt es Regeln.«

»Regeln?« Eine Augenbraue misstrauisch hochgezogen, blicke ich zu Alexis, die mich breit angrinst. Sie sieht fröhlich aus, mit funkelnden Augen und allem Drum und Dran. Doch der Ausdruck in ihren Augen macht mir Angst. Er wirkt *zu* fröhlich, als würde sie etwas anderes dahinter verstecken.

»Ja! Und die erste lautet: Heute lässt du dich einfach fallen und schaltest den da«, sie tippt mir an den Kopf, »mal aus. Und jetzt komm mit.«

Ob ich will oder nicht, ich werde von Alexis an der Hand genommen und mitgezogen. Doch anders als erwartet führt sie mich nicht zur Haustür, sondern steuert direkt auf einen kleinen Weg zu, der um das Haus herumführt. Ich will schon protestieren, da breitet sich mit einem Mal der eigentliche Garten vor uns aus und raubt mir jedes Wort. Im Vorgarten tummelte sich eine bunte Mischung aus den verschiedensten Studenten. Aber hier hinten hat sich die Elite versammelt. Sportler, Cheerleader und die, die einfach mit einem hübschen Gesicht gesegnet sind. Am meisten stechen die Eishockeyspieler heraus. Sie tragen ihre Trikots und bewegen sich wie Götter, die sich unter das niedere Volk gemischt haben.

Ich will zurück in den Vorgarten. Oder nein, noch besser, direkt ins Taxi und zurück nach Hause. Allein dieses Auftreten lässt mich übel aufstoßen. Aber als könnte Alexis meine Gedanken hören, schlingt sie einen Arm um mich und nimmt mir damit die Fluchtmöglichkeit. Stattdessen schiebt sie mich mit einer erstaunlichen Kraft nach vorn und lächelt dabei ein paar Typen, die an uns vorbeikommen, zuckersüß zu. »Komm, als Erstes holen wir uns was zu trinken. Das ist Regel Nummero zwei für heute Abend: Ich will dich nie mit leerem Becher sehen. Mädels, was wollt ihr haben?«

Heather und Elisa, die uns dicht auf den Fersen sind und über den neuesten Klatsch und Tratsch tuscheln, blicken bei Alexis' Frage kurz auf. »Das Beste, was du finden kannst.« Alexis scheint zu verstehen, was sie damit meinen, denn sie nickt einfach und zieht mich im nächsten Moment nach rechts eine kleine Treppe nach oben auf die Terrasse. Ich lasse mich von ihr einfach führen, während ich versuche, die Eindrücke zu verarbeiten.

Aus dem Haus dröhnt der Bass eines Liedes, doch hier draußen wird über eine kleine Box eigene Musik gespielt, die als Hintergrundkulisse für alles andere fungiert. Die Terrasse ist weitläufig, trotzdem muss man sich bei all den Leuten, die in Kleingruppen um Stehtische platziert sind oder einfach so im Kreis stehen, durchdrängen, um voranzukommen. Der Garten ist durch ein paar Lichterketten und Lampions erhellt und offenbart eine weitläufige Fläche mit einem gottverdammten Pool! Unglaublich, ein bestimmt zwanzig Quadratmeter großer Pool, in dem einige ihre Beine baumeln lassen, krönt den Garten. Zum Collegestart letztes Jahr war ich dankbar, eine bezahlbare Wohnung mit Küche gefunden zu haben, damit ich nicht immer in die Mensa gehen muss, während die Eishockeygötter wie auf dem Olymp hausen.

Entsetzt schüttle ich den Kopf und sehe in Richtung besagter Gruppe, bei der die meisten in Trikots stecken. Sie haben sich um einen Tisch versammelt, an dem eine Runde Beerpong ausgefochten wird. Gerade wirft einer von ihnen mit höchster Präzision den Tischtennisball in einem eleganten Bogen und versenkt ihn in einem der Becher des gegnerischen Teams. Der dunkelhaarige Werfer richtet sich auf, während ein von sich selbst überzeugtes Lächeln sein Gesicht ziert. Ich runzle die Stirn und wende mich wieder ab. Mit so viel Testosteron kann ich nichts anfangen. Allerdings sorgt die Ablenkung dafür, dass ich in Alexis hineinstolpere, als diese vor einem Tisch mit verschiedensten Getränken stehen bleibt und sich zu mir wendet.

»Und, so schlimm ist es gar nicht, oder?« Alexis stupst mich freundschaftlich an und grinst dazu, als könnte sie sich wirklich keinen Grund vorstellen, weshalb man das hier nicht lieben könnte.

»Weiß ja nicht, ich würde mir lieber zu Hause die neue Folge *Riverdale* ansehen …«

Schockiert sieht Alexis mich an, und wieder zeigt sich, weshalb sie meine beste Freundin ist. Denn anstatt sich darüber zu beschweren, dass ich nicht einmal verberge, dass ich lieber woanders wäre, schlägt sie mir entsetzt auf den Arm und sagt: »Du hast noch nicht die neue Folge angesehen?! Meine Güte, Row, es ist so spannend! Archie …« Mit einer schnellen Bewegung halte ich ihr die Hand vor den Mund, bevor sie mich spoilern kann und mir damit die Vorfreude zerstört. »He, leise sein! Ich will es selbst sehen.«

Ich blitze sie vorwurfsvoll an, aber Alexis grinst nur und wartet, bis ich meine Hand zurückgezogen habe. Dann schnappt sie sich vier Becher, einen Saft und etwas Alkoholisches und fängt an, uns etwas zusammenzumischen.

»Tja, selbst schuld, wenn du lieber lernst, als dich auf dem Laufenden zu halten.« Dagegen kann ich nichts sagen. Denn tatsächlich hatte ich mir den gestrigen Abend für gemütliches Fernsehen frei gehalten und war letztendlich an meinem Referat über den Metabolismus des Menschen hängen geblieben. Und das weiß Alexis nur zu gut. »Jaja, wenn du mich nicht hergeschleppt hättest, könnte ich es jetzt ansehen.«

»Wenn ich dich nicht hergeschleppt hätte, würdest du wieder an deinem Schreibtisch über Büchern brüten. Also sei bloß still! Und trink. Du weißt doch, Regel Nummer zwei.«

Ich sage ihr nicht, wie viel ich von ihren Regeln halte, sondern nehme einen Schluck aus dem Becher, den sie mir reicht. Ich bemerke kaum den Alkohol unter der Süße des Saftes und einer leckeren Kokosnote, was mich einen überraschten Laut ausstoßen lässt, den Alexis mit einem freudigen Grinsen registriert.

»Komm, ich will den anderen kurz ihre Getränke bringen. Und dann mischen wir dich endlich unter die Leute!« Stöhnend verdrehe ich die Augen, folge ihr aber gehorsam durch die Menge, denn ganz ehrlich, was habe ich Besseres zu tun? Mich in eine Ecke zu stellen und eine Horde Besoffene zu beobachten, wäre für die erste Stunde vielleicht unterhaltsam, würde sich aber irgendwann ziemlich ziehen. Und meine Chancen, hier in weniger als vier Stunden wegzukommen, erscheinen mir sehr gering.

Trotzdem behalte ich die Leute um uns herum im Auge und bemerke, wie immer mehr Blicke Alexis folgen. Dabei begrenzt sich das Blickfeld der Jungs zumeist auf ihren Arsch, während die Mädchen Alexis von oben bis unten kritisch mustern. Sie scheinen von ihrer Anwesenheit nicht begeistert zu sein, und das ist, um ehrlich zu sein, kein Wunder. Ich kenne Alexis' Ruf. Jeder kennt ihren Ruf, immerhin ist sie nicht zufällig mit Elisa und Heather befreundet. Aber anders als diese zwei Mädchen würde ich Alexis dafür nie verurteilen, denn ich kenne die Gründe dafür, weshalb sie sich heute so verhält. Und ich weiß, dass es an ihr auch andere Seiten gibt, von denen sie gelernt hat, sie nach vielen schmerzhaften Jahren zu verbergen.

»Siehst du sie irgendwo?« Die Frage ist ein Witz. Unter all den Leuten ein Gesicht ausfindig zu machen, ist, wie die Nadel im Heuhaufen zu suchen. Auch wenn wir am Rande der Terrasse eine erhöhte Position haben und somit den Garten überblicken können, ist es geradezu unmöglich, die Leute wirklich zu differenzieren. »Nein, ruf sie vielleicht an.«

Die Unterlippe nachdenklich zwischen die Zähne gezogen, lässt auch Alexis den Blick über die Menge schweifen, während sie bereits nach ihrem Handy in der Hosentasche greift. Doch mit einem Mal hält sie inne und ein Grinsen erhellt ihr Gesicht. »Hab sie!«

Und ehe ich mich's versehe, werde ich ein weiteres Mal an der Hand vorangezogen, was mich auf der Treppe, die hinunter auf die Rasenfläche führt, beinahe ins Straucheln gebracht hätte.

»Lex ...!«, beginne ich mich zu beschweren, doch diese hört mich gar nicht. Ich schaffe es, mich in letzter Sekunde wegzudrehen, bevor ich in jemanden hineingerannt wäre, der plötzlich von links kommt. Das gelingt mir allerdings nur, indem ich die Hand ausstrecke und mich an einer festen Brust abstütze, bevor ich weiter fluchend hinter Alexis herstolpere. Auch hinter mir erklingen wüste Ausdrücke, und als ich zurückblicke, betrachtet der Kerl, mit dem ich halb kollidiert bin, sein nun nasses Trikot, auf das er sein Getränk gekippt hat. Verdammt, ausgerechnet einer der Eishockeyspieler. Allerdings bin ich zu weit weg, als dass ich über die Leute hinweg ein »Sorry« hätte rufen können, und verziehe nur entschuldigend das Gesicht, als der Kerl seinen Kopf hebt und mir finster hinterhersieht.

Hm, war das nicht der gleiche Typ, der vorhin beim Beerpong so von sich selbst überzeugt gewesen ist? Vielleicht hat dem eine kleine Abkühlung sogar gutgetan.

»Hey, Heather!« Nachdem wir uns einmal zwischen allen Leuten hindurchgedrängt haben, wird Alexis endlich langsamer.

»Alexis, da bist du ja!« Deutlich angeheiterter als zuvor stolpert Heather uns entgegen, kaum dass sie Alexis erblickt hat. In der Hand hält sie ein Shotglas, und ich frage mich wirklich, weshalb wir ihr etwas mitbringen sollten. Scheint mir so, als hätte sie sich gut selbst versorgt. Doch anstatt etwas zu sagen, trinke ich einfach weiter und genieße es, wie die Welt langsam immer dumpfer wird.

Ungeduldig hakt sich Heather bei Alexis unter und nimmt ihr zumindest einen Becher ab, bevor sie sie weiter auf die Gruppe zuzerrt, bei der sie zuvor stand. »Komm schon, die Jungs teilen eine Runde Shots aus.«

Im Schatten von Alexis bleibe ich hinter den beiden stehen, als sie sich zu den besagten Jungs dazugesellen. Leider muss ich feststellen, dass die Hälfte von ihnen in einem Eishockeytrikot steckt und alle so aussehen, als würden sie pro Tag mehrere Stunden Sport treiben. Ich sehe nur ein weiteres Mädchen, eine zierliche Blondine, die mir sofort sympathisch ist, allein deswegen, weil sie ebenfalls Sneakers trägt. Außerdem betrachtet sie das Treiben mit einem ironischen Schmunzeln, während sie sich vertrauensvoll an einen großen dunkelhäutigen Kerl im Trikot lehnt, der seinerseits einen Arm um sie geschlungen hat. Ein monogamer Sportler. Mein Herz ist gerührt.

»Lee, gib noch ein Shotglas rüber!« Heather tippt einem Lockenkopf auf die Schulter, der sich daraufhin umdreht. Auch er ist Teil des Eishockeyteams, und seine Haare fallen ihm auf eine verstrubbelte Art in die Stirn. Ein Grinsen breitet sich auf seinem Gesicht aus, als er Alexis erblickt, und ich stelle überrascht fest, dass es meiner Freundin gleich ergeht, begleitet von einer kleinen Bewegung, die ihre Vorzüge noch mehr in den Vordergrund rückt. »Zwei bitte, ich habe noch eine Freundin dabei.«

Alexis deutet auf mich, doch Lee macht sich nicht die Mühe, von ihrem Ausschnitt aufzublicken. »Klar, Süße.«

Er wendet sich kurz ab und reicht dann Alexis mit einem Zwinkern zwei kleine Becher. Ihre Finger streifen sich wie zufällig, doch dafür ist die Berührung etwas zu lang, bevor Alexis die Hände zurückzieht. Ich runzle die Stirn, bin mir nicht sicher, was ich davon halten soll.

»He, Caleb! Schenk ein, Mann!«, grölt einer der Jungs, und im nächsten Moment geht ein anderer im Kreis um. Ich halte aus Reflex auch meinen Becher hin, aber die Hälfte des Zeugs landet auf meiner Hand, weil der liebe Caleb mehr im Laufen einschenkt, als dass er einmal kurz stehen bleibt. Alexis, die bemerkt, dass ich mich immer noch hinter ihr verstecke, zieht mich neben sich, und so bleibt mir nichts anderes übrig, als auch meine Hand zu heben, als alle im Kreis zu einem Toast ansetzen.

»Auf eine gute Saison!«

Gleichzeitig mit den anderen lege ich den Kopf in den Nacken und lasse die brennende Flüssigkeit meine Kehle hinunterrinnen. Ich verziehe das Gesicht. Eine gute Saison? Ich bin ja froh, wenn ich diesen Abend überlebe.

Kapitel 2

Ich hatte nicht erwartet, jemals mit dem Eishockeyteam zusammen anzustoßen. Und erst recht nicht fünfmal nacheinander. Aber anscheinend sind diese Jungs richtig gut darin, immer wieder Gründe zu finden, um zusammen einen zu trinken.

Ich bin inzwischen in einem Stadium, in dem es mir ziemlich egal ist. Ich reiche meinen Becher, wenn mir jemand etwas einschenken will, und halte mich aus dem Rest raus. Alexis hat sich im Gegensatz unter die Gruppe gemischt, nachdem ich auf ihren fragenden Blick hin mit einem Nicken die Erlaubnis gegeben habe, mich allein zu lassen. Und ja, nur ich schaffe es, inmitten einer lauten Gruppe Sportler allein zu stehen. Das ist eine Fähigkeit, die ich mir lange antrainiert habe. Manchmal ist es leichter, mit dem Hintergrund zu verschmelzen, anstatt die Aufmerksamkeit auf sich zu ziehen. Es bewahrt einen vor so mancher Enttäuschung.

Ich spüle die aufkommenden Erinnerungen mit einem weiteren Schluck des leckeren Cocktails hinunter und muss feststellen, dass der Becher nun leer ist. Verdammt. Ich werfe einen Blick zu Alexis, doch diese scheint in ein Gespräch mit diesem Lee vertieft zu sein, und nach ihren leicht geröteten Wangen zu urteilen, und der Art, wie sie an ihren Haaren herumspielt, will sie nicht gestört werden. Aber immerhin hat sie diese bescheuerte Regel Nummer zwei aufgestellt, nicht wahr?

Entschlossen setze ich einen ersten Schritt in ihre Richtung. Dass ich dabei nicht gefährlich schwanke, schaffe ich nur durch höchste Konzentration. So langsam erreiche ich einen Pegel, der diesen Abend sogar angenehm macht. Anders kann ich mir zumindest nicht erklären, weshalb ich dem armen Kerl, der von Heather belagert wird, ein aufmunterndes Lächeln zuwerfe, während ich mich an den beiden vorbeischiebe. Glücklicherweise hat Alexis mich im Blick, sodass sie mich bemerkt, bevor ich mich der peinlichen Situation stellen muss, ihr Gespräch zu unterbrechen.

»Hey, Row. Alles in Ordnung?« Ich nicke kurz mit zusammengepressten Lippen und drehe dann meinen Becher kopfüber, um dessen Leere zu demonstrieren. »Regel Nummero zwei?«

Das bringt Alexis zum Lachen, und auch Lee wendet sich mir zu. Also ich muss schon sagen, ein schönes Gesicht hat er. Mir gefällt nur nicht die Art, wie er meiner Freundin mehr auf die Titten als ins Gesicht sieht.

»Oh, leere Becher sind hier nicht erlaubt.« Lee schenkt mir ein schiefes Lächeln, und ich bemerke, wie ich es automatisch erwidere. Nein, böse Lippen! Ich setze wieder einen neutralen Gesichtsausdruck auf. »Ganz genau, deswegen muss ich …«

Bevor ich meinen Satz zu Ende bringen kann, werde ich von lauten Stimmen hinter mir unterbrochen. »Wer ist bei einer Partie Beerpong dabei?«

Wütend darüber, unterbrochen worden zu sein, drehe ich mich mit zusammengezogenen Augenbrauen herum und beobachte, wie drei weitere Jungs in Trikots zu unserer Gruppe dazustoßen. Ganz vorn ist wieder der Kerl mit dem dunklen Haarschopf, mit dem ich vorhin zusammengestoßen bin. Er begrüßt ein paar seiner Teamkollegen mit diesem typischen Handschlag, während einer seiner Kumpel herausfordernd die Arme ausstreckt. »Oder traut sich niemand, gegen Gray anzutreten?« Irgendetwas sagt mir, dass Gray *Mr Selbstgefäl-*

liges Lächeln ist, das er übrigens schon wieder zur Schau trägt.

»Ha! Als müsste man vor der Pussy Angst haben. Ich bin dabei!« Erschrocken stolpere ich einen Schritt zurück, als Lee an mir vorbei zu den drei Neuankömmlingen geht und sich mit dem Kerl abschlägt, der zuvor gesprochen hat. Auch Alexis setzt sich in Bewegung und stellt sich neben mich.

»Ein Mutiger hat sich also gefunden. Gibt es jemanden, der sich dem törichten Lee anschließen und ihn bei seiner Niederlage begleiten will?«

»Niederlage? Wir werden euch fertigmachen!« Ein hochgewachsener blonder Kerl gesellt sich zu Lee und ist mit von der Partie.

»Wir spielen auch mit. Kann ja nicht sein, dass euer Ego noch mehr in die Höhe schießt, ihr Eisratten.« Zwei Kerle in normaler Kleidung treten vor und grinsen die Gruppe Eishockeyspieler herausfordernd an. Aber die Art, wie Gray auf sie zugeht und einen mit der Schulter anrempelt, hat nichts Feindseliges, genauso wie seine spielerische Beleidigung.

»Sagt der Richtige, Grasfresser.«

Wenn ich raten müsste, würde ich sagen, die anderen beiden sind Footballer, und es ist ein offenes Geheimnis, dass zwischen den beiden Teams ein Wettstreit um die Fördergelder des Colleges herrscht. Aber anscheinend überträgt sich das nicht auf die persönliche Ebene, und während ich noch mit dieser komischen Dynamik beschäftigt bin, braut sich neben mir eine absolute Katastrophe zusammen.

Lee nickt Alexis auffordernd zu, und bevor bei mir die Alarmglocken schrillen, hat Alexis mich mit sich nach vorn gezogen und verkündet laut: »Wir sind auch dabei!« Als sich alle Blicke auf uns richten, weicht mir ein Großteil des Blutes aus dem Gesicht. Auf gar keinen Fall, nein, da werde ich nicht mitmachen! Ich versuche mich aus Alexis' Griff zu winden, aber dieser ist wie ein Schraubstock.

»Perfekt.« Lee lächelt Alexis verführerisch an und packt dann Gray kameradschaftlich an der Schulter, um mit ihm zu plaudern, während sich unsere Gruppe Richtung Beerpong-Tisch bewegt. Anscheinend haben die anderen vor, das Publikum zu stellen, und mit jedem Schritt, den ich gezwungenermaßen vorwärts stolpere, merke ich, wie die Panik in mir aufsteigt. Ich zerre an meinem Arm und erreiche damit endlich, dass Alexis mir ihre Aufmerksamkeit schenkt, sodass sie meinen todernsten Blick sieht. »Lass mich sofort los, ich mach da nicht mit!«

Nur Alexis kann mit einem Blick verstehen, was in mir vorgeht. Der fröhliche, angeheiterte Ausdruck verschwindet aus ihren Augen und macht dem Verständnis einer besten Freundin Platz, die genau weiß, weshalb ich so reagiere. Sofort löst sie ihren Griff. »Tut mir leid, Row. Ich will dich zu nichts zwingen, ich dachte nur, es könnte Spaß machen.«

Von unangenehmen Gefühlen eingeholt wende ich den Blick ab und versuche mich wieder zu fassen. Aber das ist gar nicht so leicht, denn die Entspanntheit, die mir der Alkohol verliehen hat, verfliegt im Angesicht der Gruppe, die sich um den Beerpong-Tisch versammelt. Ich schaffe es, ein nicht wirklich überzeugendes »Ich weiß« zu murmeln, und bleibe am Rande der Menge stehen, als wir den Tisch erreichen.

Alexis zögert kurz, als Lee sie zu sich winkt, und wirft mir einen entschuldigenden Blick zu, aber ich bin ihr dankbar, dass sie ohne großes Aufsehen zu ihm läuft. Das gibt mir ein paar Sekunden, um mich wieder zu sammeln, während die Becher aufgestellt und gefüllt werden. Ich atme einige Male tief durch und dränge alle Erinnerungen zurück, die aufkommen wollen. Momentan kann ich mich ihnen nicht stellen.

Mit dieser Technik beruhige ich mich so weit, dass ich mich gerade rechtzeitig auf das Geschehen konzentrieren kann. Die Teams haben sich bereits aufgestellt. Auf der einen Seite Alexis mit Lee, dem blonden Eishockeyspieler und einem der beiden Footballspieler. Auf der anderen Seite steht der zweite Footballspieler zusammen mit Gray und dessen zwei Kumpanen. Aber im Gegensatz zu den anderen knackst Gray nicht in übertriebener Manier mit den Fingern oder Ähnliches, sondern sieht sich suchend um, bis er an Alexis gewandt fragt: »Wo ist deine kleine Freundin hin?«

Alexis' Blick schießt verräterisch zu mir, bevor ich mich verstecken kann, sodass Gray mich mit einem kleinen ironischen Lächeln betrachtet. »Doch keine Lust mitzuspielen?«

Meine Handflächen sind innerhalb von einer Sekunde feucht, und sein Gesicht wird von all den Kerlen überlagert, die mich schon einmal so spöttisch betrachtet haben. Die kleine naive Roween ...

Aber ich bin nicht mehr das kleine Mädchen. Das mache ich mir wieder klar, als ich das Piercing in meiner Augenbraue berühre und die Bewegung dadurch tarne, dass ich mir die Haare zurückstreiche. Danach ist meine Stimme fest und völlig ungerührt.

»Nee, dann gehen die Teams nicht mehr auf. Spielt ihr ruhig.«

Das hat den gewünschten Effekt. Niemand schenkt mir mehr größere Beachtung. Nur Gray legt kurz den Kopf zur Seite, und mein Puls erhöht sich, in der Befürchtung, er würde noch etwas sagen. Aber dann ruft jemand »Hey, Gray, fang!«, und ein Pingpongball wird ihm zugeworfen, sodass er sich abwenden muss.

Zittrig atme ich aus, senke den Blick, um mich zu beruhigen, und muss dabei feststellen, dass ich den Plastikbecher in meiner Hand völlig zerquetscht habe. Schnell lockere ich meinen Griff.

Dem Spiel wende ich meine Aufmerksamkeit erst einige Minuten später zu. Inzwischen fehlen Alexis' Seite bereits fast die Hälfte der Becher und dem ernsten Gesichtsausdruck von Lee nach bedeutet das wohl, dass es jetzt um alles oder nichts geht. Er ist gerade am Zug und hat die Zungenspitze konzentriert zwischen die Lippen geklemmt, während er die

Becher des generischen Teams fixiert. Auch hier fehlen bereits drei, trotzdem ist die Führung deutlich. Gray steht entspannt neben dem Tisch, die Arme vor der Brust verschränkt und ein leichtes Lächeln auf den Lippen. Erstaunlicherweise wirkt es dieses Mal nicht überheblich. Ich merke erst, dass ich ihn anstarre, als ein Plopp erklingt und dann Gejohle, da Lee den Ball versenkt hat.

»Glückstreffer.«

Lee grinst und zeigt Gray den Mittelfinger. »Das hättest du wohl gern. Und jetzt trink!«

»Zu Befehl.« Auf lächerliche Weise salutiert Gray, angelt den Pingpongball aus dem Becher und stürzt dessen Inhalt in zwei großen Zügen hinunter. Der leere Becher landet auf einem Stapel mit den anderen, der Ball wird kurz gesäubert und dann ist der Footballspieler in Grays Team am Zug. »Na dann, Hendrik, rette die Ehre der Footballspieler.« Hendrik lacht kurz auf, bevor er sich wieder konzentriert. Aber schon beim Flug des Balls wird mir klar, dass das eine Niete wird. Er kommt zu flach, prallt auf der Tischplatte vor den Bechern auf und dopst dann vom Tisch. Der Hüne von einem Footballer weicht mit einem Stöhnen zurück und verschränkt die Hände hinter dem Kopf. »Verdammt!«

»Tja, wir gewinnen noch, ihr werdet es sehen. Jetzt bist du dran, Süße.« Lee schiebt Alexis nach vorn, die kichernd den Pingpongball entgegennimmt, den einer der anderen Spieler aufgesammelt hat. Bevor sie sich richtig hinstellt, wirft sie Lee noch einen sexy Augenaufschlag zu. »Wünsch mir Glück.« Das bringt ihr ein zum Zerschmelzen heißes Lächeln ein, und ich sehe ihr an, dass es ihr nur darum geht.

Sie bemüht sich nicht allzu sehr bei ihrem Wurf, sodass es kein Wunder ist, dass der Ball im Nichts landet. Womit sie sich allerdings größte Mühe gibt, ist, ihr bestes Schmollgesicht aufzusetzen. »O Mann, tut mir leid.« Sie lässt das hilflose Mädchen raushängen und wird dafür mit einer aufmunternden Umarmung belohnt. Ich verziehe den Mund und wünsche mir, dass jemand dieser Show ein Ende setzt. Und fast als hätte er meine Gedanken gehört, erklingt auf einmal Grays Stimme: »Können wir dann weitermachen?«

Er grinst mitten in Alexis' dramatisch niedergeschlagenes Gesicht, die nickt und sich an Lees Arm klammert, als brauchte sie Halt.

Auch Gray wirft völlig mühelos, aber auf vollkommen andere Art. Er konzentriert sich nicht wie die anderen lange auf die Becher am anderen Tischende, als würde er die Flugbahn berechnen, sondern lässt den Ball in einem grazilen Bogen durch die Luft sausen, und das nur mit einer Bewegung aus dem Handgelenk. Der Ball landet so sicher im hintersten Becher, als hätte er schon immer da hingehört.

Zugegeben, ich bin beeindruckt. Durch mein kleines Lieblingsspiel beim Lernen – Papierbälle im Mülleimer versenken – weiß ich, wie viel Übung es kostet, diesen Wurf so locker auszuführen. Nun ergibt die großspurige Ansprache seines Freundes doch Sinn: Gegen Gray im Beerpong anzutreten erfordert eine gewisse Unbesonnenheit, wenn es ums Verlieren geht.

Lees Team schlägt sich zwar nicht schlecht, trotzdem sieht es nicht gut für sie aus. Der andere Eishockeyspieler versenkt den Ball, doch mit dem nächsten Wurf von Grays Kameraden ist der Punkt wieder ausgeglichen. Danach landen bei beiden Teams die Bälle im Nichts, bis Lee wieder dran ist. Dessen Ball tanzt auf der Kante eines Bechers und kippt in der letzten Sekunde ins Innere. Erstaunlicherweise bin ich von der Partie so gefesselt, dass ich gleichzeitig mit Lee die angehaltene Luft ausstoße. Ich sympathisiere immer mit den Schwächeren. Deswegen muss ich mir auch einen Fluch verkneifen, als Hendrik trifft, während die Leute um mich herum in Jubel ausbrechen. Denn jetzt ist das Spiel so gut wie entschieden.

Während vor Alexis, die als Nächstes dran ist, nur noch zwei Becher stehen, von denen einer bei Grays nächstem Wurf definitiv abgeräumt wird, warten auf der anderen Seite vier Stück. Selbst wenn aus Grays Team niemand mehr außer ihm treffen würde, müsste jeder Ball von Lees Team sitzen.

Alexis scheint das Spiel nun ernst zu nehmen. Kein kurzer Flirt mit Lee, bevor sie sich aufstellt und in höchster Konzentration den Ball in der Hand wiegt. Dann wirft sie, und verdammt, das sieht gut aus! Ich springe mit einem kurzen Freudenschrei hoch, bevor ich mich peinlich berührt wieder in den Griff bekomme. Was gar nicht nötig gewesen wäre, denn alle sind ähnlich von dem Spiel gefesselt und jubeln Alexis zu, die wieder in Lees Armen liegt. Dieses Mal mit einem ehrlichen und stolzen Lächeln.

Aber die Freude hält nicht lange, denn Grays nächster Wurf landet perfekt, und auch Alexis' überraschender Treffer kann nicht darüber hinwegtäuschen, dass Grays Team nur noch einmal treffen muss. Es steht Lee ins Gesicht geschrieben, dass er seine kommende Niederlage widerwillig akzeptiert.

Doch bevor der nächste Wurf ausgeführt wird, erhebt Gray plötzlich die Stimme. »Warte kurz. Ich gebe euch eine letzte Chance, das Spiel zu drehen.« Das Lächeln auf seinem Gesicht hat etwas Wölfisches, und auch Lee scheint dem Angebot eher misstrauisch gegenüberzustehen. »Aha, und welche?«

Meine Nackenhaare stellen sich im Bruchteil einer Sekunde auf, als mich Grays Blick trifft. »Unsere leider verlorengegangene Mitspielerin darf werfen, mit der Besonderheit, dass sie so lange werfen darf, wie sie trifft. Perfekt, oder? Dann kannst du doch mitspielen.«

Wieder legt er seinen Kopf leicht schief. Sofort kommen zig unangenehme Erinnerungen hoch. Das heuchlerische Angebot, die Blicke, die sich auf mich richten. Doch ich habe mir vor langer Zeit geschworen, mich nicht mehr unterkriegen zu lassen. Also atme ich tief durch, gehe einen Schritt nach vorn und hebe spöttisch eine Augenbraue. »Ja, perfekt.«

Ich weiß nicht, was Gray erwartet hat. Ich entdecke keine Überraschung in seinem Blick, als er mir mit einer Hand bedeutet, an den Tisch zu treten. Lee im Gegensatz fragt verwundert, als ich den Ball entgegennehme: »Wie heißt du noch mal?«

Aus dem Augenwinkel sehe ich schon, dass Alexis für mich antworten will, aber dieses Mal öffne ich selbst den Mund. »Roween. Nenn mich einfach Row.«

Ein Lächeln zupft an Lees Mundwinkeln. »Na dann, Row, bitte rette meine Ehre.«

Darauf erwidere ich nichts. Stattdessen konzentriere ich mich auf die drei Becher, die mir Gray in einer perfekten Reihe aufgestellt hat. Irgendwie schaffe ich es dabei, sogar all die Blicke zu ignorieren, die auf mich gerichtet sind. Dass Gray völlig entspannt die Arme vor der Brust verschränkt hat, hilft dabei ziemlich, denn plötzlich kommt in mir das Bedürfnis auf, es ihm so richtig zu zeigen. Und ich weiß, dass ich es auch kann, solange ich mir vorstelle, dass das da vorn mein Mülleimer ist und ich nur einen Zettel voller Notizen wegschmeiße. Diesen Wurf kann ich inzwischen blind.

Ich konzentriere mich auf die Becher, hebe den Arm, ziele … und werfe. Ein bestätigendes Plopp folgt, als der Ball sein Ziel trifft.

Um mich herum brechen die Leute in überraschtes Jubeln aus, aber das ist nicht, was mich antreibt weiterzumachen. Sondern das kurze Zucken an Grays Wange, als er sich den Becher schnappt, den Ball herausangelt und zum Waschen weiterreicht, bevor er das Bier trinkt. Sein Blick ist dabei die ganze Zeit auf mich gerichtet, so wie meiner auf ihn. Der leere Becher wird abgestellt und mir der Ball erneut in die Hand gedrückt. Ich fahre mir mit der Zungenspitze über die Unterlippe, fokussiere mein nächstes Ziel … und *Plopp.*

Dieses Mal rastet die Menge aus. »Scheiße verdammt, wieso hat sie nicht die ganze Zeit mitgespielt?!«, höre ich Lee ausrufen, während die anderen Mitspieler aus Grays Team näher an den Tisch rücken. Erneut beobachte ich nur, wie Gray den Ball herausangelt und den Becher an die Lippen setzt. Etwas funkelt in seinen Augen, während mir das Adrenalin in den Adern rauscht. Doch mich auf ihn zu fokussieren hilft, um die Nerven zu behalten, obwohl ich mich in einer der Situationen befinde, die ich am liebsten vermeide.

Als mir dieses Mal der Ball gereicht wird, macht Gray etwas Eigenartiges. Er geht in die Hocke, sodass seine Arme auf der Tischplatte verschränkt liegen und er darauf sein Kinn aufstützen kann. Diese Position verursacht genau drei Sachen:

Erstens betont es seine muskulöse Schulter- und Armpartie, die kein Zweifel daran lässt, wie hart er trainiert.

Zweitens bringt es sein Lächeln genau auf die Höhe mit dem Becher, sodass mir nichts anderes übrig bleibt, als auch ihn zu betrachten, wenn ich den Becher fixiere. Und das ist nicht mehr dieses Blödmann-Lächeln. O nein, das hier ist seine Geheimwaffe. Ein Lächeln, das das Grübchen in seiner linken Wange zum Vorschein bringt, seine blauen Augen betont, deren Farbe mir zuvor nicht aufgefallen ist, und das Höschen eines jeden Mädchens in Flammen setzen kann.

Und drittens ... bringt es auch mich dazu, zu lächeln.

Dieses Mal bin ich diejenige, die den Kopf schräg legt.

»Funktioniert das mit dem Lächeln bei anderen Mädchen?«

Dann werfe ich.

Plopp.

Kapitel 3

Man könnte meinen, ich sei eine Kriegsheldin.

Kurz vor einem Nervenzusammenbruch kralle ich mich an die breiten Schultern eines Eishockeyspielers, der mich wie eine Trophäe durch die Gegend trägt. Ich vermisse die feste Erde unter meinen Füßen. Aber ich traue mich nicht, etwas zu sagen.

Seitdem ich den Ball auch im letzten Becher perfekt versenkt habe, ist mein Hals wie zugeschnürt. Ich stehe absolut nicht auf diese Aufmerksamkeit und bin zu nichts anderem in der Lage, als mich wie erstarrt festzuklammern. Alexis suche ich vergeblich in der Menge, und dass, obwohl ich durch meine erhöhte Position den perfekten Aussichtspunkt habe. Aber alles, was ich sehe, ist eine Horde Eishockeyspieler, die johlend auf und ab springt und die dabei Gray immer wieder spaßhaft hin und her schubsen. Ich hätte erwartet, dass dieser nach seiner Niederlage schlecht gelaunt ist. Doch als ich sein Gesicht kurz im spärlichen Licht der Lichterketten aufblitzen sehe, überrascht er mich mit einem Grinsen, während er eine Hand seines Teamkollegen wegschlägt. Das nimmt mich für einen Moment so ein, dass ich nicht bemerke, wie Lee an mich herantritt, bis ein Becher direkt vor meiner Nase schwebt und ich ihn aus Reflex entgegennehme. Schwerer Fehler, wie ich eine Sekunde später bemerke, als der Kerl unter mir sich bewegt und ich nur noch eine Hand habe, um mich festzuhalten.

»Row, du bist eine Legende!« Lee strahlt über das ganze Gesicht, aber ich bringe nur ein wackliges Lächeln zustande. Irgendwie komisch, zu ihm hinunterzusehen. Mit meinen eins fünfundsechzig passiert mir das nicht oft.

»Du weißt ja nicht, wie lange wir schon versuchen, Gray von seinem eisernen Thron zu stürzen. Also, Leute!« Lee wendet sich an die anderen. »Ein Hoch auf Row, die Bezwingerin des Beerpong-Titans!«

Zustimmendes Gegröle erklingt, was vielleicht schmeichelhaft gewesen wäre, wenn nicht der Kerl, der mich hält, ebenso mit eingestimmt hätte und mich damit ziemlich durchschüttelt. O Gott, ich glaube, mir wird gleich schwarz vor Augen.

»Jaja, Leute, sie hat mich vernichtend geschlagen. Ich gebe meine Krone hiermit ab.« Die schwarzen Pünktchen in meiner Sicht wegblinzelnd, versuche ich meinen Blick zu fokussieren. Gray hat sich bis zu mir durchgedrängelt, steht jetzt in der Mitte dieses ganzen Chaos und betrachtet mich mit funkelnden Augen.

»Aber jetzt, Bas, lässt du eure kleine Heldin lieber runter. Sie ist schon ganz grün um die Nase.«

Ich war noch niemanden so dankbar wie Gray, als dieser mir einen Arm um die Taille schlingt und mich von dem Muskelberg, auf dem ich gesessen habe, herunterhebt. Sobald es mir sicher erscheint, meinen Klammergriff zu lösen, kralle ich mich nicht mehr an Bas fest, sondern wechsle zu Gray, der mich sicher zu Boden gleiten lässt. Ich muss mich allerdings einen Moment an ihm festhalten, denn meine Knie zittern so sehr, dass ich andernfalls Angst gehabt hätte, wegzusacken.

»Hm, Getränke scheinst du gern über mich zu schütten.«

Irritiert richte ich meinen Blick auf Grays blaue Augen, die mich belustigt anfunkeln, und brauche kurz, um seine Worte zu verstehen. Denn während er mich gerettet hat, habe ich den vollen Becher, den Lee mir gereicht hat, nicht sonderlich achtsam gehalten, sodass Grays Trikot an der Schulter total durchnässt ist und nach Bier stinkt.

»T-Tut mir leid.«

Aus meiner Kehle will kaum ein Laut kommen, aber Gray nimmt mir es erstaunlicherweise nicht krumm. Stattdessen nickt er nur in Richtung der Terrasse. »Komm, bringen wir dich in Sicherheit, bevor dich diese Idioten zu ihrer Göttin erklären.«

Solange er mich aus diesem Mob bringt, würde ich ihm in diesem Moment überallhin folgen. Mit sanftem Druck schiebt Gray mich zwischen seinen Freunden hindurch, die mir von allen Seiten zuprosten. Ich gebe mein Bestes, zumindest freundlich zu lächeln, aber wahrscheinlich sehe ich eher aus, als würde ich mich gleich übergeben. Dafür, dass ich mich mit einem Buch auf der Couch am wohlsten fühle, ist das hier einfach zu viel.

Ich fühle mich noch immer nicht sicher auf den Beinen, deshalb bin ich froh über die Hand, mit der er mich am Unterarm stützt. Wenigstens ist es auf der Terrasse etwas ruhiger, bei klarem Verstand bin ich aber noch nicht. Sonst hätte ich niemals zugelassen, dass Gray eine Hand auf meinen unteren Rücken legt, um mich durch die Menge zu dirigieren.

»Alexis steht da drüben und hatte dich die ganze Zeit im Blick. Pass heute Abend lieber auf dich auf, Roween, du hast eine Horde Eishockeyspieler auf dich aufmerksam gemacht.«

Mir stehen sofort alle Haare zu Berge. Bevor ich mich jedoch umdrehen und fragen kann, was er damit meint, ist Gray auch schon in der Menge verschwunden. Ich sehe nur noch seinen dunklen Haarschopf, als er die Treppen hinunter- und zurück in den Garten läuft. Für einen Moment stehe ich unschlüssig da, so unvermittelt ist er gegangen, doch dann reißt mich eine Berührung an der Schulter wieder ins Hier und Jetzt. »Geht es dir gut?«

Besorgt mustert mich Alexis, aber ich bin nur in der Lage, sie stumm anzustarren. So ganz sicher bin ich mir nicht.

Alexis drückt mir einen neuen gefüllten Becher in die Hand und nimmt mir den anderen ab. »Trink. Das brauchst du jetzt.« Ich gehorche einfach, während sie an dem Bier schnuppert, das Gesicht verzieht und es dem nächstbesten Kerl in die Hand drückt, der an uns vorbeikommt.

Was auch immer sie mir da gegeben hat, es ist stärker als die Mischung vorhin. Der Alkohol brennt in meiner Kehle, aber Alexis hat recht. Das ist genau das, was ich jetzt brauche, damit meine Gedanken nicht in die Vergangenheit abschweifen. Mein Herz klopft selbst jetzt noch so schnell, als würde es meiner Brust entfliehen wollen, und alles, was ich machen kann, um die aufsteigende Panik zu verdrängen, ist, den Becher zu exen und genau ein Wort zu sagen: »Mehr.«

Alexis hinterfragt die Forderung nicht, sondern verschränkt unsere Finger miteinander, wie wir es schon so oft getan haben, um allem anderen auf der Welt zu entkommen, und zieht mich in Richtung des Getränketisches. Mein Becher ist innerhalb von Sekunden wieder gefüllt, genauso wie der von Alexis. Ich lehne mich an die Tischkante, um mein Gleichgewicht zu behalten, nicht sicher, ob es das nachlassende Adrenalin oder der Alkohol ist, der mich so unsicher auf den Beinen stehen lässt. Wahrscheinlich eine Mischung aus beidem. Ich nehme mir meinen Becher und stoße mit Alexis an, als sie ihren auffordernd hochhält.

»Darauf, dass die Leute nur noch mit uns lachen werden und nie wieder über uns.« Ich schaue ihr in die Augen und sehe darin die gleichen Erinnerungen, mit denen auch ich zu kämpfen habe. »Auf uns.«

Wir beide trinken in großen Schlucken. Mein Blick gleitet über die Party. Auf der Rasenfläche feiern die Eishockeyspieler so, als würden sie auch hier als ein Team fungieren. Ich schüttle den Kopf. Ich brauche noch mehr Abstand zu dieser Horde Verrückter.

»Sollen wir mal reingehen? Ich will … tanzen.«

Keine Ahnung, ob ich wirklich tanzen will. Aber das ist immer noch besser, als weiter hier herumzustehen und dieses beklemmende Gefühl in der Brust zu spüren.

»Klar, beim Tanzen bin ich immer dabei. Aber Getränke stören dabei nur.«

Alexis legt den Kopf in den Nacken, leert ihren Becher und ich tue es ihr gleich. O Mann, in spätestens einer halben Stunde werde ich das bereuen. Aber im Moment ist es mir egal, also werfe ich meinen Becher in einen Müllsack, der an der Tischkante befestigt ist, und taumle dann mit Alexis auf die Terrassentür zu.

Sobald Alexis sie aufzieht und wir das Innere des Hauses betreten, haut die Musik einen fast um. Der laute Bass vibriert unter meinen Füßen, und für einen Moment befürchte ich, nie wieder richtig zu hören. Alexis greift zum wohl hundertsten Mal an diesem Abend nach meiner Hand und zieht mich weiter. Nur am Rande bemerke ich, dass wir uns in einer Küche befinden. Überall an den Wänden und Schränken lehnen Pärchen oder kleine Freundesgruppen und versuchen ihr Bestes, sich etwas über die Musik zuzurufen. Unser Weg führt uns vorbei an einer echt schicken Kücheninsel zu einem großen Türbogen, der in einen Raum führt, in dem sich eine ganze Masse zur Musik bewegt. In meinem Unterbewusstsein schrillen Alarmglocken, aber der Nebel in meinem Kopf ist inzwischen dicht genug, dass ich sie ignoriere.

Alexis bleibt nicht am Rand der Menge stehen, sondern drängt sich mitten hindurch. Dass wir dabei an zig andere stoßen, scheint hier niemandem etwas auszumachen. Und nachdem mir für einen Moment die Luft wegbleibt, so ... beengend ist es zwischen all den Leuten, entscheide ich, mich von dem Rhythmus treiben zu lassen.

So kommt es, dass ich diejenige bin, die Alexis an der Hand zurückzieht, damit sie stehen bleibt. Zur gleichen Zeit setzt ein neues Lied ein, und ich bin sofort hin und weg von der düsteren Energie, die es verströmt. Ich bemerke noch

Alexis' fragenden Blick, dann schließe ich die Augen und lasse los. Die Musik übernimmt die Führung, zusammen mit dem Alkohol, sodass ich anfange, die Hüften im Takt zu schwingen.

Irgendwann spüre ich zwei Hände auf meiner Taille und öffne blinzelnd die Augen, nur um Alexis zu erblicken, die ihrerseits den Kopf in den Nacken gelegt hat und sich von der pulsierenden Energie wegtragen lässt. Ich lege ihr ebenfalls die Hände in den Nacken, und zusammen verfallen wir in einen aufreizenden Tanz. Aber ich mache mir keine Gedanken darüber, was die Leute denken könnten. Die meisten scheinen ebenfalls den Kopf ausgeschaltet zu haben.

Die Übergänge zwischen den Liedern werden immer flüssiger. So kommt es mir zumindest vor. Bald weiß ich nicht mehr, wie lange wir schon hier sind. Als ein fremdes Mädchen meine Hand ergreift und Alexis und mich in eine größere Runde zieht, bin ich nicht so zurückhaltend wie sonst. Stattdessen lege ich den Kopf in den Nacken und lache herzhaft, während ich die Arme in die Luft strecke. Danach ziehen einige Typen Alexis zu sich, und ich folge ihr, denn das Einzige, worauf ich noch achte, ist, sie nicht zu verlieren und keine fremden Hände an Stellen wandern zu lassen, an denen ich sie nicht haben will.

Die Gesichter sind inzwischen so verschwommen, dass ich sogar Cass, eine meiner Mitbewohnerinnen, beinahe nicht erkenne. Erst ihr Freudenschrei, den ich sogar über die Musik höre, macht mich auf sie aufmerksam, und im nächsten Moment liegen wir uns in den Armen. Dümmlich grinse ich in ihre Haare, die ihr in einem Afro vom Kopf stehen. »O mein Gott, du bist wirklich hier!«

»Klaro. Hast du noch nicht von meiner rühmlichen Tat gehört? Ich habe Gray beim Beerpong besiegt.«

Cass schiebt mich an den Schultern zurück und starrt mich geschockt an. »Du veraschst mich! Jonah Grayham wurde beim Beerpong besiegt?«

29

Jonah Grayham? Ich brauche einen Moment, um zu verstehen, dass Gray ein Spitzname sein muss, aber dann nicke ich eifrig, obwohl ich nicht mal weiß, weshalb ich stolz darauf bin. Aber Cass scheint es im nächsten Moment eh wieder vergessen zu haben, denn ein neues Lied beginnt und sie fängt an, wie ein Kleinkind auf und ab zu springen. »O mein Gott, das ist mein Song! Tanz mit mir, Row!«

Und das tue ich. Der Beat ist schnell, und ich merke, wie ein dünner Schweißfilm mich überzieht, aber es tut so gut, mit Cass wie eine Verrückte herumzuhüpfen und alle Energie herauszulassen. Wir bleiben noch für ein paar Lieder zusammen, bis Cass von einer ihrer Freundinnen angetippt wird und sich von mir verabschiedet. »Wir sehen uns zu Hause!«

Ich winke ihr zu, als sie in der Menge verschwindet, und bleibe einen Moment stehen. Meine Ohren rauschen, und ich muss einige Ausfallschritte machen, um das Gleichgewicht zu halten. Obwohl ich mich nicht mehr bewege, dreht sich der Raum weiter. Anstatt besorgt zu sein, kichere ich in mich hinein. Verdammt, ich bin betrunken. Ich versuche mich wieder zu fassen, nehme einige tiefe Atemzüge. Doch unter all den Leuten ist die Luft so schlecht, dass das kaum etwas bringt. Vielleicht ist es an der Zeit, um rauszugehen.

Suchend blicke ich mich nach Alexis um, kann sie aber nirgendwo in der Nähe entdecken. Ich habe ganz vergessen, darauf zu achten, wo sie hingeht, während ich mit Cass getanzt habe. Unsicher beiße ich mir auf die Lippe. Ich könnte sie suchen, aber das erscheint mir nicht als die beste Idee, in Anbetracht der überfüllten Party. Doch einfach stehen zu bleiben bringt mich auch nicht weiter, also stolpere ich los, mit dem Ziel, an die frische Luft zu kommen. In der Küche hat sich die Anzahl der knutschenden Pärchen verdoppelt, und ich halte den Blick aus gleich zwei Gründen gesenkt: Erstens weil es mir hilft, gerade zu laufen, und zweitens, um nicht jugendfreien Dingen auszuweichen.

Als ich die Terrassentür endlich erreicht habe, stoße ich sie erleichtert auf und nehme einen tiefen Atemzug. Frische Luft ist herrlich. Erst danach fällt mir auf, dass sich hier draußen etwas verändert hat. Zum einen ist die Musik aus, aber das Auffälligere ist, dass die Leute nicht mehr in Gruppen verteilt stehen. Stattdessen drängen sich alle an den Rand der Terrasse und sehen wie gebannt in den Garten hinunter. Neugierig stolpere ich nach vorn und suche mir eine Lücke, durch die ich einen Blick auf das, was auch immer da geschieht, erhaschen kann. Auch im Garten haben sich alle in einem Kreis aufgestellt, in dessen Mitte ein freier Platz entstanden ist. Eigentlich sollte es mich nicht wundern, dass das Eishockeyteam dort in seinen Trikots steht. Inzwischen sind sie zusätzlich noch mit Schlägern ausgerüstet und ... ist das Farbe in ihren Gesichtern?

Ich beuge mich vor, um mehr zu erkennen, aber es hilft nicht viel. Dafür entdecke ich ein anderes Gesicht in der Menge. »Lex!«

Natürlich kann sie mich über die Entfernung nicht hören, denn sie steht ein gutes Stück entfernt von der Terrasse in der ersten Reihe und macht Lee wieder schöne Augen. Also präge ich mir ihre Position ein, drehe mich um und dränge mich zwischen den Leuten hindurch auf die Treppe zu. Von einigen bekomme ich forsche Worte zugeworfen, als ich mich rücksichtslos an ihnen vorbeidrücke, aber ich kämpfe mich weiter voran. Ich habe es gerade auf die Rasenfläche geschafft, als sich über die ungewöhnliche Stille eine tiefe Stimme erhebt. »Zwei gewonnene Meisterschaften im letzten Jahrzehnt, sechsmal im Finale und jedes Mal im Halbfinale. Wir blicken auf eine lange Tradition erfolgreicher Eishockeyspieler zurück. Auf Legenden des Sports, auf Kampfgeist und harte Arbeit. Wir kämpfen für unseren Erfolg, opfern Schweiß und Blut, und kein Tropfen ist verschwendet!«

In unheimlichem Einklang antwortet die Gruppe: »Kein Tropfen ist verschwendet!«

Mich überzieht eine Gänsehaut, und ich schlängele mich viel vorsichtiger zwischen den Leuten hindurch, als könnte eine falsche Bewegung die seltsame Stimmung stören.

»Wir sind mehr als Spieler. Wir sind mehr als ein Team. Wir sind eine Familie mit einem Ziel: die Meisterschaften! Wir schwören, uns diesem Ziel zu verpflichten. Die Opfer zu erbringen, die es erfordern wird, und unseren Brüdern in allem beizustehen, sie an erste Stelle zu setzen und nichts und niemanden zwischen uns kommen zu lassen!«

Ich kann inzwischen Alexis von hinten sehen. Noch durch diese winzige Lücke hindurch und ich habe es geschafft ...

»Wir schwören!« Die Worte nehmen mich in den Bann, als ich den letzten Meter an Alexis' Seite stolpere und sich das Spektakel mit einem Mal vor mir ausbreitet. Auch Alexis ist viel zu gefesselt, um mich wirklich wahrzunehmen. Die Spieler haben sich zentrisch aufgestellt und halten alle ihre Schläger verkehrt herum in der Hand. Das kommt mir komisch vor, bis einer von ihnen rhythmisch mit dem Schlägerende auf die Erde klopft. Es ist unheimlich, wie sich dieses Geräusch über alles ausbreitet, denn es kommt mir vor, als würden die Leute den Atem anhalten, so still ist es geworden.

»Wir siegen und fallen zusammen.«

Die Worte sind voller Ernst. Ein Versprechen.

Der nächste Spieler steigt in den Rhythmus mit ein und schafft es, meine Gänsehaut noch zu verstärken.

»Wir siegen und fallen zusammen.«

Und so gleiten die dumpfen Schläge und Worte den Kreis entlang, bilden einen Sog, der einen wie automatisch im gleichen Rhythmus mit dem Fuß aufstampfen lässt, bis der Garten wie von einem Herzschlag erfüllt ist. Mir wird erst klar, dass ich selbst mitmache, als nach einem finalen Schlag alles still wird. Dieses Mal bin ich mir sicher, dass jeder die Luft anhält und beobachtet, was als Nächstes passiert.

Die Spieler drehen sich alle gleichzeitig um. Ich hatte vorhin recht, sie haben sich wirklich mit blauer Farbe eine Art Kriegsbemalung ins Gesicht geschmiert. Aber in diesem Moment wirkt es nicht mehr lächerlich, sondern verleiht den scharfen Blicken der Jungs den letzten Schliff, um einen zittrig nach Luft schnappen zu lassen. Als Nächstes spricht ein dunkelhäutiger Riese, den ich vorhin am Rande der Beerpong-Gruppe wahrgenommen habe. Er lässt seinen Schläger locker von einer in die andere Hand gleiten, und als er die Stimme erhebt, wird mir klar, dass er die Zeremonie geleitet hat.

»Wir haben gelobt, alles uns nur Erdenkliche zu opfern, für eine Saison, die niemand so schnell vergisst. Aber was seid ihr bereit zu opfern? Wer von euch verpflichtet sich, uns einen Teil von sich zu geben? Tretet vor!«

Ich weiß nicht, was im nächsten Moment genau passiert. Alles, was ich weiß, ist, dass der letzte Tag angebrochen sein muss, denn um mich herum bricht das Chaos aus, als über ein Dutzend Mädchen sich plötzlich vordrängt. Die Art und Weise, wie dafür sogar Ellenbogen zum Einsatz kommen, macht deutlich, dass ich schleunigst Platz machen sollte. In der Hoffnung, Alexis und mich schnell genug aus der Schusslinie zu bekommen, greife ich nach ihr. Allerdings kommt sie mir zuvor ... nur dass sie mich ins Innere des Chaos stößt.

Kapitel 4

Gray

Ich bin einer der Letzten, die in die rhythmischen Schläge mit einsteigen, und es haut mich fast um, als die Menge unseren Herzschlag mit aufnimmt. Es ist ein berauschendes Gefühl, im Zentrum dieses Einklangs zu stehen, und ich beobachte mit einem zufriedenen Lächeln, dass diese Tradition den gewünschten Effekt auf die Frischlinge hat.

Ich erinnere mich noch zu gut, dass es mir letztes Jahr ähnlich ergangen ist. Als man mir das erste Mal von diesem Ritual erzählt hat, habe ich die Augen verdreht und es als dämlichen Humbug abgetan, damit man der Eishockeymannschaft noch mehr Aufmerksamkeit schenkt. Nicht dass ich etwas dagegen hätte. Es hat definitiv seine Vorteile, Teil des Teams zu sein. Es mangelt einem nie an weiblicher Gesellschaft, manche Professoren, wenn auch nicht alle, drücken hin und wieder ein Auge zu und das Verbindungshaus ist der absolute Hammer. Aber als ich das erste Mal in diesem Kreis stand und unser Kapitän anfing zu sprechen ... Mir ist es eiskalt den Rücken hinuntergelaufen, und ob ich wollte oder nicht, ich wurde ein Teil des Teams. Ein Bruder auf dem Eis. Seitdem finde ich die Show zwar an einigen Stellen zu dick aufgetragen, aber ich verstehe den Sinn dahinter. Es stärkt die Bande im Team und bereitet einen emotional auf die Saison vor. Denn diese Art von Einklang, den wir in diesem Moment erreichen, brauchen wir auch später im Spiel.

Allerdings nähern wir uns unaufhaltsam dem letzten und übertriebensten Teil des Ganzen. *Das Jungfrauenopfer*, wie Lee es immer nennt. Als ob irgendeine der Damen noch Jungfrau wäre. Eigentlich ist es nur eine Masche, damit niemand von uns die Party allein verlässt. Dabei bin ich mir ziemlich sicher, dass auch sonst niemand von uns damit ein Problem hätte, wenn er sich nicht total dämlich anstellt. Sportler sind beliebt. Und das Eishockeyteam erst recht.

Ich blicke zu Lee, der mit seinen Augenbrauen wackelt und dann mit einem Kopfnicken in Richtung seines festgelegten Opfers zeigt. Alexis steht ganz vorn und grinst meinen Freund bereits wissend an. Ich bezweifle, dass Lee Probleme haben wird, sie einzufangen. Wenn man ihrem Ruf Glauben schenken kann, hat damit kein Kerl sonderlich große Probleme. Was mich allerdings überrascht, ist, neben Alexis das andere Mädchen zu sehen. Row. Die Kleine, die mich in meinem eigenen Spiel geschlagen hat.

Ein Grinsen breitet sich auf meinem Gesicht aus.

Dann geht alles ganz schnell. Elijah sagt die entscheidenden Worte und die Hölle bricht los, als eine Horde Mädchen nach vorn stürzt. Die Regeln sind einfach: Wer ein Mädchen als Erstes einfängt, hat damit Anspruch auf sie. Natürlich nur im symbolischen Sinne, aber die Mädchen wissen im Normalfall, was es bedeutet, und wollen es selbst.

Allerdings bin ich mir sicher, dass das auf eine von ihnen nicht zutrifft. Denn Rows entsetzter Gesichtsausdruck, als Alexis sie beim Vortreten aus Versehen anstößt und damit mit in das Chaos reißt, verrät ihre Unwissenheit. Aber jetzt ist sie Teil des Freiwildes, und nach ihrem Auftritt vorhin ist sie jedem meiner Teamkollegen bekannt. Ich bemerke sofort, dass sich begierige Blicke auf sie richten. Und ich weiß, dass viele von ihnen nichts Anständiges im Sinn haben.

Also handle ich, ohne weiter darüber nachzudenken, und strecke meinen Schläger aus. Das ist leichter, als mich durch all die anderen hindurchzuquetschen, die wild durcheinanderlaufen. Ich hake das Ende um Rows Hüfte, gehe einen Schritt vor und ziehe sie zu mir, bevor Rick, ein Drittsemester, sie am Arm schnappen kann. Er zieht überrascht eine Augenbraue hoch, als ich Row, die erschrocken aufquietscht, auffange und sie mit einem Arm an mich drücke. »Zu langsam, Alter.«

Rick verzieht die Lippen zu einem schiefen Grinsen und tippt sich an eine imaginäre Hutkrempe, bevor er sich umdreht und wieder auf Jagd geht. Das gibt mir die Möglichkeit, meine Aufmerksamkeit auf das Mädchen in meinen Armen zu lenken, das mich verschreckt mit großen dunklen Augen ansieht. Ihr Blick ist verhangen, was wohl erklärt, weshalb ich sie so einfach aus dem Zentrum des Chaos bringen kann. Irgendetwas sagt mir, dass sie ohne den Alkohol nicht so gefügsam wäre. Allerdings behalte ich den Arm weiterhin um ihre Taille, damit sie sich nicht wieder in die Menge stürzt, sobald sie anfängt, sich gegen mich zu wehren. Was im Übrigen genau jetzt ist.

»Lass mich los!« Sie greift nach meiner Hand, um meine Finger zu lösen, aber da hat sie keine Chance. Grinsend beuge ich mich vor, um meinen Mund auf Höhe mit ihrem Ohr zu bringen, was sie sofort wieder erstarren lässt.

»Wieso sollte ich? Du bist jetzt meine Opfergabe.«

Ihr Blick ist göttlich. Eine Mischung aus Entsetzen und *Du kannst mich mal.* Kichernd drehe ich sie zu mir um, sodass meine Hände auf ihren Hüften ruhen und sie mir zugewandt dasteht. Eigentlich habe ich das nur gemacht, weil sich nach und nach all meine Teamkollegen so aufstellen, aber dass das Row noch wütender werden lässt, ist ein zusätzlicher Pluspunkt. Es ist irgendwie niedlich, wie sie ihre gepiercte Augenbraue hochzieht und auf tough macht. Vor allem, nachdem ich gesehen habe, wie all die großen Kerle sie vorhin verschreckt haben. Auch jetzt verbirgt sich ein Teil dieser Unsicherheit hinter dem wütenden Glitzern in ihren Augen.

»Lass. Mich. Los.« Wieder windet sie sich unter meinem Griff, aber selbst wenn ich es gewollt hätte, wäre es inzwischen zu spät. Das Durcheinander hat sich wieder gelichtet, und während die übrig gebliebenen Mädchen sich schmollend verziehen, stellen sich auch die Letzten von uns mit ihrer Auserkorenen auf, sodass wir einen Kreis bilden. Elijah wirft mit einem breiten Grinsen einen Blick in die Runde. Vor ihm steht seine Freundin Kayla, eine süße kleine Blondine, der man am Gesicht ablesen kann, dass sie dieses Ritual total schwachsinnig findet. Aber auch wenn man es ihr nicht zutrauen würde, ist sie extrem besitzergreifend. Einem anderen Mädchen hätte sie ihren Platz nie überlassen. »Auf eine erfolgreiche Saison!«

Eigentlich antworten wir unserem Kapitän jetzt im Chor, aber als ich den Mund öffne, entkommt mir nur ein schmerzhaftes Stöhnen, weil sich eine Ferse mit Nachdruck in meinen Fußrücken bohrt. Überrascht lasse ich Row los, doch diese scheint ebenfalls überrumpelt zu sein und verliert das Gleichgewicht, sodass sie nach meinem Trikot greift, um nicht zu fallen. Das passt perfekt, denn während ich mich von meiner Überraschung erholt habe, sind meine Teamkollegen schon einen Schritt weitergegangen. Also nutze ich es einfach aus, dass Row so nah bei mir steht, beuge mich vor und mache es allen anderen im Kreis nach, indem ich meine Lippen auf ihre drücke.

Ich habe schon viele Mädchen geküsst, und im Normalfall werde ich von weichen einladenden Lippen begrüßt. Aber Row ist ungefähr so entgegenkommend, wie es eine Statue von Cäsar gewesen wäre. Steinhart, störrisch und unerbittlich. Ich weiß zwar nicht wieso, aber das bringt mich zum Grinsen, während mein Mund noch immer sacht auf ihrem liegt. Selbst dass mein Fuß von ihrem Tritt pocht, stört mich nicht. Das Ganze ist einfach amüsant, vor allem, da Row derart überfordert zu sein scheint, dass sie sich nicht einmal bewegt.

Ich beende den Kuss als Erstes im Kreis. Was daran liegen könnte, dass mein Mädchen als einziges nicht mitmachen will. Als ich ihr wieder in die Augen sehe, bohrt sich ihr Blick so intensiv in meinen, als würde sie darin etwas suchen. Und was auch immer sie zu finden scheint, es lässt eine steile Falte zwischen ihren Brauen entstehen, bei der ich nicht widerstehen kann, sie mit meinem Daumen glatt zu streichen. »Entspann dich. In ein paar Sekunden ist das alles vorbei und du kannst wieder in deinen Schatten verschwinden.«

Es ist, als würde ein Vorhang fallen. Von einem auf den anderen Moment ist ihr Gesicht vollkommen verschlossen und ein harter Ausdruck liegt in ihren Augen. Ich rechne mit einer feurigen Antwort, genauso temperamentvoll, wie es ihr Tritt gewesen ist. Doch sie dreht sich einfach um und verschwindet in Sekundenschnelle, während ich wie ein Idiot dastehe.

Glücklicherweise ist es nicht ganz so auffällig, dass ich gerade sitzen gelassen wurde, weil auch in die anderen wieder Bewegung kommt. Die Pärchen lösen sich voneinander, wobei ein paar sich nun ein stilleres Örtchen suchen, um da weiterzumachen, wo sie gerade unterbrochen wurden.

Um nicht wie der letzte Trottel dazustehen, gehe ich zu Bas und Lee, die zwar jeweils ihr Mädchen an der Hand halten, aber zumindest nicht so wirken, als würden sie sich gleich in ihr Zimmer zurückziehen. Stattdessen begrüßt Lee mich mit einem irritierten Blick. »Wie hast du es geschafft, so schnell ein Mädchen zu vergraulen?«

Nichtssagend zucke ich mit den Schultern. »Wahrscheinlich steht sie auf niemanden, den sie beim Beerpong geschlagen hat.«

Meine Antwort war nur als Witz gemeint, aber als Alexis sich wie vom Blitz getroffen zu mir umdreht, befürchte ich, etwas Falsches gesagt zu haben.

»Row war bei dir?«

Wieder zucke ich nur mit den Schultern. Das ist doch nichts Besonderes. »Ja. Aber sie ist gegangen, sobald sie konnte.« Um nicht zu sagen, dass sie geradezu vor mir weggerannt ist. Alexis scheint das nur noch mehr zu alarmieren. Sie sieht sich suchend um, aber wahrscheinlich ist Row ans andere Ende der Welt geflohen. Keine Ahnung, was in die Kleine gefahren ist.

»Weißt du, wo sie hin ist?«

Woher soll ich das denn wissen? Ich seufze. Das wird mir alles zu kompliziert. Es hat schon seine Gründe, weshalb ich keine feste Beziehung habe. Aber ich will nicht unfreundlich sein und damit Lee die Tour versauen. Also setze ich ein Lächeln auf und schüttle den Kopf. »Bestimmt ist sie reingegangen. Vielleicht mal kurz auf die Toilette oder so. Sie wird schon wieder auftauchen.« Als auch das Alexis nicht zu beruhigen scheint, nimmt Lee sie an der Hand und zieht sie an sich. »Babe, lass uns tanzen gehen. Die Party wird sich jetzt nach drinnen verlagern, Row muss also irgendwann dort vorbeikommen.«

Ich glaube weniger, dass seine Worte sie beruhigen, als dass Alexis sich von Lees Hand ablenken lässt, mit der er sachte an ihrer Taille entlangfährt. Auf jeden Fall entspannt sie sich nach einigen Augenblicken und nickt schließlich. »Aber haltet die Augen nach ihr offen. Sie kennt hier kaum einen, und ich will nicht, dass sie völlig allein herumstreunert.«

Wir alle, Bas und das Mädchen an seiner Seite mit eingeschlossen, nicken bestätigend, und ich weiß nicht, ob es nur mir so ergeht, doch ich frage mich, wie man hier niemanden kennen kann. Gefühlt ist das halbe College da. Um uns nicht aufzuhalten, als wir uns endlich in Bewegung setzen, schweige ich jedoch lieber.

Kapitel 5

Ich bin verdammt wütend.

Als einer der letzten Gäste sitze ich auf einem Barhocker in der Küche und starre finster vor mich hin. Im Wohnzimmer tanzen noch vereinzelt Leute, während der Großteil der Party sich inzwischen aufgelöst hat. Problem an dem Ganzen? Elisa und Heather, diese illoyalen Schlangen, die sich Alexis' Freunde schimpfen. Super Freunde, die einfach nach Hause fahren, ohne auch nur zu wissen, wo Alexis genau ist. Ich habe die zwei gerade so am Taxi erwischt, als ich von meinem langen Spaziergang zurückkam. Auf meine Frage, wo Alexis sei, hat Elisa tatsächlich die Unverschämtheit besessen, mit den Schultern zu zucken und zu sagen: »Die kleine Aufreißerin wird schon ein warmes Bett gefunden haben.« Davon war ich so baff, dass ich die beiden ohne Erwiderung habe davondüsen lassen.

Obwohl ich ihnen am liebsten einen Stein hinterhergeschmissen hätte, habe ich mich zusammengenommen und das einzig Richtige getan: Ich bin wieder reingegangen. Denn ich werde Alexis nicht im Stich lassen. Nicht, solange ich nicht weiß, ob es ihr gut geht.

Da ich nur vermuten kann, dass sie mit Lee an einen privaten Ort verschwunden ist, habe ich ihr geschrieben und bin einfach hiergeblieben. Kurz ist mein schlechtes Gewissen aufgeblitzt, dass ich sie allein gelassen habe, aber Grays Worte haben mich unerwartet hart erwischt. Ich weiß, dass er sie nicht so gemeint hat, doch für mich waren sie eine Erinnerung daran, wie ich meine ganze Schulzeit über behandelt wurde: Man hat mich ins Licht gezerrt, mir Freundschaft vorgeheuchelt, bis ich meinen Zweck erfüllt hatte und man mich dann wieder getrost in meinen Schatten stoßen konnte. Wie einen Pulli, den man achtlos in die Ecke schmeißt, sobald der Winter vorbei ist. Und ich bin jedes Mal wieder darauf hereingefallen. Habe den Leuten bei den Hausaufgaben geholfen, ihnen meine Aufsätze gegeben und sie bei Arbeiten abschreiben lassen, nur damit sie mich an einem Tag wie ihre beste Freundin behandelten, bevor ich es am nächsten schon nicht mehr wert war, gegrüßt zu werden.

Diese Gedanken musste ich irgendwie loswerden, mir wieder bewusst machen, dass ich von niemandem Bestätigung brauche, um mit mir selbst zufrieden zu sein. Und dafür musste ich weg, weg von diesem Haus und weg von den Leuten. Auch wenn ich deswegen nicht weiß, wo Alexis sich aufhält.

Also sitze ich hier, bekomme langsam, aber sicher Rückenschmerzen, weil der Barhocker keine Lehne hat und mein Körper so müde ist, dass ich mich am liebsten auf die Kücheninsel gelegt hätte, wenn diese nicht von umgekippten Bechern völlig verklebt wäre. Inzwischen ist es halb drei, eine Zeit, um die ich normalerweise friedlich in meinem Bett liege. Aber die Wut auf Elisa und Heather hat etwas Gutes an sich: Ich bleibe wach. Zumindest für den Moment. Kurzzeitig habe ich *Candy Crush* auf meinem Handy gespielt, aber inzwischen spare ich mir lieber den Akku. Wer weiß, was noch alles passiert und wie lange ich hier noch sitze. Das macht mein Warten allerdings ziemlich langweilig.

Gott, hätte ich mir zumindest ein Buch eingepackt oder meine Notizen, aber so bin ich verdammt, nichts zu tun, während die Zeit voranschleicht. Vielleicht bin ich sogar weggedöst, denn das Nächste, was ich wahrnehme, ist plötzliche Stille. Ich weiß gar nicht, weshalb mich das hochschrecken lässt, bis mir klar wird, dass jemand die Musik ausgeschaltet hat.

»Also, Leute, die Party ist vorbei, Zeit zu gehen.«

Ich blinzle verschlafen. Jemand dirigiert die verbliebenen Gäste zur Haustür, und ich brauche kurz, um zu erkennen, dass es Gray ist, der den Rausschmeißer spielt. Er stützt gerade einen zugedröhnten Typen und schleppt ihn aus dem Zimmer. Da ich mich in der hintersten Ecke verkrochen habe, scheint er mich nicht entdeckt zu haben.

Zögerlich rutsche ich vom Barhocker. Es entspricht nicht meinem Naturell, aus der Reihe zu tanzen, aber keine Armee würde mich ohne Alexis aus diesem Haus kriegen, also werde ich wohl oder übel Gray davon überzeugen müssen, dass ich hierbleibe.

Unauffällig schleiche ich den Leuten hinterher und spähe aus dem Wohnzimmer in einen Gang, von dem neben der Haustür nochmals vier Türen abgehen sowie eine Treppe, die ein Stockwerk höher führt.

»Schön, dass ihr alle hier wart. Ich wünsche euch einen guten Nachhauseweg, verlauft euch nicht.« Nach und nach hilft Gray den Leuten mit einem kleinen Stoß, aus der Haustür zu stolpern, bis nur noch ein hübsches Mädchen mit einer dunklen Lockenmähne übrig bleibt. Oh, und natürlich ich, halb versteckt hinter dem Türrahmen zum Wohnzimmer.

»Baby, danke für die schöne Nacht.« Gray zieht das Mädchen näher zu sich und verwickelt sie in einen unverschämt tiefen Kuss, bei dem ich naserümpfend den Blick senke, bis ein Kichern mir signalisiert, dass die kleine Show vorbei ist.

»Immer wieder gern. Meine Nummer hast du ja.« Das Mädchen fährt ihm verführerisch über die Brust, was Gray dazu veranlasst, an ihrem Hals zu knabbern, sodass ich glaube, sie verschwinden gleich für eine zweite Runde nach oben. Aber Gray löst sich mit einem schweren Seufzen und hält die Tür für seine Begleitung auf. »Geh besser, bevor ich dich nicht mehr gehen lasse.«

Bei den Worten stößt es mir sauer auf. Aber das Mädel scheint ihm die Nummer abzunehmen, kichert und lässt sich dann von ihm rausschieben. Wohlbemerkt rutscht dabei seine Hand etwas zu tief auf ihren Rücken. Sobald die Tür ins Schloss fällt, stößt Gray einen weiteren Seufzer aus, der weniger gespielt wirkt und sich auch viel genervter anhört. Aha, es waren also nur schmierige Worte. Arschloch.

Aber ich unterdrücke meine Empörung, die ich im Namen aller Frauen empfinde, und gehe leise einen Schritt nach vorn. In der Stille des Hauses reicht das jedoch, um Gray auf mich aufmerksam zu machen. Erschrocken fährt er herum und hebt die Arme, als würde er mich gleich k. o. schlagen.

»Scheiße, verdammt!« Verdattert starrt er mich an, bis er registriert, dass ich keine Gefahr bin. Ich jedoch bin wie das Reh im Scheinwerferlicht erstarrt. Hätte Gray wirklich zugeschlagen, hätte ich mich keinen Zentimeter bewegt, um auszuweichen.

So stehen wir einige Sekunden da, bevor er sich mit einem Schnaufen durch die Haare fährt. »Ist dir eigentlich klar, wie kurz ich davor war, dir eine reinzuhauen? Weshalb schleichst du dich so von hinten an? Was machst du überhaupt noch hier?« Überrumpelt von der Situation bleibe ich stumm wie ein Fisch, während mein Herz versucht, sich wieder zu beruhigen. Gray schließt kurz die Augen und nimmt noch einige tiefe Atemzüge, bevor er sich wieder an mich wendet. »Erde an Row?«

Mit einem Kopfschütteln löse ich mich aus meiner Starre und lockere meine Hände, die ich schmerzhaft ineinander verkrampft hatte. »Ich ... ich warte auf Alexis.«

Gray runzelt die Stirn. »Alexis? Die ist doch ...« Sein Blick huscht zur Treppe nach oben, wo sich anscheinend die Zimmer der Jungs befinden. Ja, Alexis ist dort oben. Mit Lee. Und macht wahrscheinlich unanständige Dinge. Genau das geht Gray wohl im Kopf herum, mit dem Zusatz, wie erbärmlich es bitte sein muss, dass ich hier unten auf sie warten will.

Aber ich stehe zu meinem Punkt, auch wenn meine Wangen verräterisch glühen.

»Süße, ich glaube nicht, dass Alexis damit rechnet, dass hier unten jemand auf sie ... wartet.«

Ich fahre mir mit der Zungenspitze über die Lippen, und wie automatisch wandert mein Finger zu meinem Augenbrauenpiercing. Das Metall zu fühlen gibt mir meine Gelassenheit zurück. »Tja, umso mehr wird sie sich freuen, wenn es doch einer tut.«

Grays Augenbrauen wandern nach oben, aber er verkneift sich einen Kommentar. Für ihn muss das absolut komisch wirken, ich kann ihm dennoch kaum anvertrauen, dass Alexis nach dem Sex mit seinem Freund vermutlich einen Nervenzusammenbruch epischen Ausmaßes haben wird und ich sie in diesem Zustand keinesfalls allein lassen will. Soll er mich einfach als das kleine naive Mädchen ohne Freunde abstempeln. Letztlich kann es mir egal sein, was Gray von mir denkt. Hauptsache, ich kann hierbleiben.

»Na ja, dann gute Nacht. Ich warte weiter in der Küche.« Damit will ich mich abwenden und uns beide von dieser unangenehmen Situation befreien. Doch Gray hat andere Pläne. Denn ich bin keine fünf Meter vorangekommen, da höre ich hinter mir ein Seufzen, und schon hat er mich eingeholt. Als er meinen verwirrten Blick auffängt, verzieht er seinen Mund zu einem spöttischen Lächeln. »Denkst du, ich kann mich einfach schlafen legen, wenn eine Quasifremde allein in meinem Haus unterwegs ist? Du hast dich zwar vor allen anderen für diese Saison für mich verpflichtet, aber woher soll ich wissen, dass du keine kleine Diebin bist?«

Ich weiß nicht, was meine Wangen mehr zum Brennen bringt: Die Tatsache, dass mir Diebstahl unterstellt wurde, oder die Erwähnung dieses bescheuerten, sexistischen Rituals, in das mich Alexis katapultiert hat. Sie hat echt Glück, dass ich mich so sehr um sie sorge, ansonsten würde ich nur hier warten, um ihr den Kopf abzureißen. Aber eins nach dem anderen. Zunächst muss ich mit diesem Eishockeyspieler fertigwerden.

»Du ... willst mir also Gesellschaft leisten?«

Mit gerunzelter Stirn bleibe ich im Türrahmen zur Küche stehen, während Gray entspannt zu einem der Schränke läuft. »Klaro. Dann weiß ich wenigstens, dass du keinen Unsinn treibst. Und außerdem«, er wirft mir ein freches Grinsen zu, »muss ich noch einen Titel zurückgewinnen.«

Ich rätsele, was er meint, bis er einen Stapel Plastikbecher aus dem Schrank holt, zusammen mit einem Pingpongball, den er mir zuwirft.

»Ich verlange eine Revanche, Roween. Und dieses Mal unterschätze ich dich nicht.« Verdattert beobachte ich ihn dabei, wie er den Müll von der Kücheninsel räumt und mit einem nassen Lappen darüberwischt, um zumindest den größten Dreck wegzubekommen. Dann stellt er mit geübten Handgriffen die Becher zu einer Pyramide an jeder Seite auf, während ich mich immer noch nicht vom Fleck gerührt habe. Es ist zu spät in der Nacht, als dass man von meinem Gehirn Reaktionen auf so spontane Dinge erwarten darf.

Meine absolute Regungslosigkeit handelt mir einen weiteren spöttischen Blick ein, als Gray fertig aufgebaut hat. »Diebin und auch noch Drückeberger? Du enttäuschst mich, Row.« Das reißt mich aus meiner Starre.

»Du willst jetzt noch Beerpong spielen? Tut mir ja leid, ich finde es etwas zu spät, um Alkohol zu trinken.«

»Umso besser ...«, Gray geht auf den Kühlschrank zu und holt etwas heraus, bevor er sich mit einem breiten Grinsen zu mir dreht, »dass wir mit Wasser spielen werden. Ich bin total dehydriert, und dir schadet es nach diesem Abend auch nicht, ein bisschen Flüssigkeit zu dir zu nehmen.« Da kann ich ihm nicht widersprechen. Tatsächlich fühlt sich mein Hals wie ausgedörrt an.

»Also, darf ich dich zu einer Partie Wasserpong herausfordern?« Die Frage ist nur rhetorisch gemeint, denn Gray füllt die Becher bereits zu je einem Viertel auf. Aber innerlich habe ich mich eh schon geschlagen gegeben. Vielleicht ist das hier ja sogar besser, als allein die Zeit totzuschlagen.

»Na gut, ich fange an.«

Gray lächelt mich an und das Grübchen erscheint auf seiner Wange. Der Typ ist einfach viel zu sehr von sich selbst überzeugt. Vielleicht kann ich ihm ja dabei helfen, sein Ego zu bewältigen, wenn ich ihn erneut besiege.

Es ist wirklich schon spät und ich bin müde. Die Becher zu fixieren ist viel schwerer geworden. Aber das kenne ich nur zu gut von den langen Nächten, in denen ich an meinem Schreibtisch gesessen und noch gelernt habe, weil ich mit meinem Tagespensum nicht zufrieden gewesen bin. Der Ball segelt daher wackeliger durch die Luft, trotzdem landet er im Ziel.

»Wieso kannst du das so gut? Du scheinst mir nicht der Typ Mädchen zu sein, den man oft auf Partys trifft.« Gray sieht mich nachdenklich an, während er den Pingpongball aus dem Becher holt und dann das Wasser in einem Zug hinunterstürzt. Meine Güte, die Nummer mit dem Mädchen muss ja anstrengend gewesen sein.

Desinteressiert zucke ich mit den Schultern. »Mein Mülleimer steht nicht direkt neben meinem Schreibtisch, und ich bin meistens zu faul, um aufzustehen. Also werfe ich.«

Das scheint Gray zu überraschen. Er betrachtet mich für einen Moment verwundert und bricht dann in ein herzhaftes Lachen aus, bei dem mein Herz einen kleinen Hüpfer macht. »Okay, das passt besser als meine Theorie über ein Doppelleben.« Immer noch grinsend stellt sich Gray zu seinem Wurf auf und trifft natürlich perfekt. Ich setze den Becher an und stürze ihn ähnlich schnell wie Gray hinunter. Dann positioniere ich mich für meinen zweiten Wurf. So geht es einige Male hin und her, bis Gray innehält und mich mit schief gelegtem Kopf betrachtet. Verwirrt ziehe ich eine Augenbraue hoch. »Was?«

Einer seiner Mundwinkel zuckt. »Na ja, ich warte seit geraumer Zeit, dass du nachfragst, woher ich dieses erstaunliche Talent habe. Du bist ziemlich unhöflich, Roween.«

Mir schießt das Blut in den Kopf. »Hör auf, mich so zu nennen.«

Das Grinsen, das sich bereits angekündigt hatte, breitet sich auf Grays Gesicht aus. »Wie denn? Roween? So heißt du doch.« Vielleicht ist das der Name, der auf meiner Geburtsurkunde steht, aber außer meiner Mom, wenn sie sauer auf mich ist, ruft mich niemand so.

»Einfach nur Row, okay?«

»Oh, wenn du auf Spitznamen bestehst, nenne ich dich lieber Bunny.«

»Bunny?«

»Du weißt schon«, als wäre unser Gespräch nur ganz nebensächlich, dreht Gray den Pingpongball zwischen seinen Fingern, »wie Puck Bunny. Nachdem du dich vorhin so bereitwillig in den Ring geworfen hast, um unserem Team beizustehen.«

»Du ...?! Von wegen bereitwillig! Alexis hat mich geschubst!« Gray betrachtet mich mit hochgezogenen Augenbrauen.

»So sah das für mich nicht aus, als du dich an meinem Trikot festgeklammert hast.«

Wutentbrannt stemme ich die Hände in die Hüften. »Ach, du meinst, nachdem ich dich getreten habe? Oder bevor ich keine Sekunde verschwendet habe, um von dir wegzukommen?«

Jetzt breitet sich wieder ein Grinsen auf seinen Lippen aus, und das macht mich noch verrückter als der herabwürdigende Gesichtsausdruck davor. »Touché. Aber gut zu wissen, dass du deine Zunge nicht verschluckt hast.«

Mit einem frustrierten Stöhnen werfe ich die Hände in die Luft und hätte sie am liebsten um seinen Hals gelegt. »Was meinst du damit jetzt schon wieder?«

Gray beginnt wieder zu lachen, und aus unerfindlichen Gründen muss ich meine Zähne in meine Unterlippe vergraben, um bei dem Geräusch nicht zu lächeln. »Na ja, dass wir uns mehrere Minuten total unbehaglich angeschwiegen haben. Du bist nicht sonderlich gesprächig, was?« Er betrachtet mich mit einem schiefen Grinsen, und ich muss den Blick abwenden, damit er nicht sieht, wie dieses kleine Geständnis meine Wut verpuffen lässt.

»Im Normalfall sehe ich keinen Mehrwert darin, mich mit anderen auseinanderzusetzen.«

»Autsch.« Gespielt verletzt fasst sich Gray an die Brust. Ich verdrehe die Augen und fahre mir zögerlich mit der Zungenspitze über die Lippen. Normalerweise würde ich einfach die Klappe halten. Aber mir entgeht nicht, wie Gray meine Reaktion abwartet, also nehme ich einen tiefen Atemzug und überwinde mich selbst.

»Ich halte nicht viel von Small Talk. Ist eh alles nur geheuchelt. Und ich muss mich nicht über irgendwelchen Unsinn unterhalten, nur um das Gefühl zu haben, dazuzugehören. Ernsthafte Gespräche kann man mit den meisten eh nicht führen, und wenn ich jedem meine Meinung zu dem Quatsch, den sie hier am College abziehen, sagen würde, hätte ich vielleicht ein paar ungewollte Schwangerschaften verhindert, aber dafür wohl auch nie wieder meine Ruhe. Und mir geht nichts über meine Ruhe. Zufrieden?«

Herausfordernd ziehe ich eine Augenbraue hoch. Soll er mir doch widersprechen oder mich als Einsiedlerin abstempeln. Aber Gray sagt gar nichts. Stattdessen betrachtet er mich einen Moment nachdenklich und wirft dann so unvermittelt den Pingpongball, dass ich erschrocken zusammenzucke. Ich hatte völlig vergessen, dass wir uns inmitten des Spiels befinden. Natürlich trifft er. Froh über die Ablenkung, komme ich meiner Pflicht nach und trinke das Wasser. Dann werfe ich.

»Hat es dir jetzt die Sprache verschlagen? Du bist ziemlich unhöflich, Gray.« Ich betrachte ihn kühl, um mir nicht anmerken zu lassen, wie nervös ich bin. Gerade noch hat er sich unterhalten wollen, und jetzt schweigt er wie ein Grab. Ich verstehe diesen Kerl einfach nicht.

»Oh, ich suche nur nach einem intellektuellen Thema, mit dem ich nicht deinen Unwillen hervorrufe. Ich will deine Meinung über uns normale Menschen ja nicht weiter verschlechtern.«

»Ich meine das nicht als Beleidigung. Es ist einfach eine Erfahrung, die ich gemacht habe.« Ich zucke mit den Schultern und blicke ihm fest in die Augen, um zu zeigen, dass ich zu meinen Worten stehe. Wahrscheinlich liegt es eher an mir als an den anderen, dass ich die meisten Gespräche als unangenehm empfinde. Aber ich habe mich schon als Kind nicht für die gleichen Dinge wie die anderen interessiert. Ich habe kein Problem damit, mich für Tage in meinem Zimmer zu vergraben, in Büchern zu stöbern oder zu lernen. Das normalste Thema, das ich anzubieten habe, sind Serien oder die Uni. Doch ich kenne wenige Menschen, die sich nach einer Vorlesung über die weiterführende Lektüre unterhalten wollen, die nicht mal prüfungsrelevant ist. Eigentlich kenne ich kaum einen, der sie überhaupt liest.

Vielleicht kann man mir vorwerfen, dass ich zu wenig Interesse an meinen Mitmenschen zeige. Aber nachdem ich meine Highschool-Zeit über erfahren musste, dass meine Mitschüler mich jedes Mal lachend links liegen ließen, wenn ich versucht habe, Freundschaften zu schließen, ist das für mich kein Argument mehr. Ich habe nur einen kleinen Freundeskreis, aber Alexis, Cass, Mary und meine Familie reichen mir. Bei ihnen weiß ich, dass sie nicht nur Interesse heucheln, damit ich ihnen bei etwas helfe. Und als Gegenleistung würde ich alles für sie geben.

»Ich habe es nicht als Beleidigung aufgefasst.« Ich merke es Grays Tonfall an, dass er über etwas nachdenkt. Bevor er weiterspricht, wirft er wieder den Ball in einen meiner Becher. »Ich glaube nur, dass man Menschen eine faire Chance geben sollte, bevor man sie beurteilt.«

Ach ja, so oft, wie man mir eine faire Chance gegeben hat? Oder Alexis? Die Erinnerungen lassen heiße Wut in mir aufkochen. Ich versuche sie mit dem Wasser hinunterzuspülen, aber es will mir nicht gelingen. Eigentlich rede ich nicht über unsere Vergangenheit. Es ist schmerzhaft und unnötig, denn es ist vergangen. Irrelevant für heute. Doch in diesem Moment hätte ich Gray gern entgegengespien, dass er das den Monstern sagen soll, die zwei Mädchen dafür ausgeschlossen, gehänselt und gequält haben, weil sie aufgrund des ersten Eindrucks nicht in die Norm passten. Aber ich beiße mir auf die Zunge, denn Alexis würde mich dafür umbringen, wenn ich das Thema gegenüber einem Fremden aufkommen lasse. Stattdessen werfe ich einfach den Ball, wenn auch viel zu hart und geradlinig, als dass er in einem Becher hätte landen können. Er prallt an Grays Brust ab, der mich mit gerunzelter Stirn betrachtet, und dopst ein-, zweimal auf dem Tisch auf, bevor er hinunterrollt.

»Bitte, du hast gewonnen. Ist jetzt deine Ehre wiederhergestellt?« Ich bin stolz auf mich, dass sich meine Stimme so gefasst anhört, obwohl ich hinter der Kücheninsel meine Fäuste balle.

Gray zuckt mit den Schultern, schnappt sich seine verbliebenen Becher und trinkt sie aus. »Nein, das waren unfaire Bedingungen. Ich befürchte, du wirst noch mal gegen mich antreten müssen.«

Ich schnaufe. »Von müssen kann nicht die Rede sein. Keine Sorge, ich werde nicht noch mal auf einer eurer Partys auftauchen. Dein Ruf ist also in Sicherheit.«

Wie nebenbei wirft er mir ein Lächeln zu, während er die Becher aufräumt. »Schade. Du hast die Party amüsant gemacht.«

Tja, ich bin aber kein Comedyprogramm. Die Zähne fest aufeinandergepresst, erwidere ich nichts.

»Trinkst du das noch?« Gray deutet auf die Becher vor mir und macht Anstalten, zu mir herüberzukommen. Da ich das nicht will, nicke ich schnell und stürze den Inhalt nacheinander hinunter. Natürlich kommt Gray trotzdem herüber, um die leeren Becher einzusammeln, aber bis dahin kann ich unauffällig einen Schritt zurücktreten. Seine Gesellschaft ist mir einfach zu viel. Mein erster Instinkt war doch richtig: Gesellschaft macht das Warten nur anstrengender. Also stelle ich die einzige Frage, die mir einfällt, um kurz meine Ruhe zu haben: »Wo sind bei euch die Toiletten?«

Kapitel 6

Als ich von der Toilette zurückkomme, haben sich zwei Dinge geändert:

Zum einen habe ich mich wieder im Griff, und es tut mir fast leid, dass Gray einen Teil meines emotionalen Ballasts abbekommen hat. Vor allem ist es mir unangenehm, wie tief das Thema mich trifft. So verletzlich will ich mich nicht mehr geben. Noch ein Grund, weshalb ich Gesellschaft meist meide: Sich stark und unabhängig zu fühlen, gelingt mir viel leichter, wenn ich mit niemandem konfrontiert bin, dem ich es beweisen muss.

Zum anderen finde ich Gray nicht mehr in der Küche vor, sondern im Wohnzimmer, in dem nun zwei Sitzsäcke stehen. In einem von ihnen sitzt Gray, und das schlechte Gewissen nagt an mir, als ich sehe, wie er erschöpft einen Arm über die Augen gelegt hat. Ich habe ihn nicht gezwungen, bei mir zu bleiben, dennoch ist es eine nett gemeinte Geste, mir Gesellschaft zu leisten. Oder er will wirklich sichergehen, dass ich nichts stehle. Aber wenn er deswegen besorgt wäre, hätte er kaum das halbe College eingeladen. »Du kannst wirklich schlafen gehen. Von mir aus lege ich auch ein Indianerehrenwort ab, dass ich nichts anstelle.«

Anscheinend hatte Gray nicht gehört, dass ich den Raum betreten habe, denn bei meinen Worten blickt er überrascht auf. Dann zuckt er mit den Schultern. »Ich hab's schon gesagt, Bunny, ich kann sowieso nicht schlafen, wenn du hier unten herumlungerst.« Mit einer Handbewegung bietet er mir den anderen Sitzsack an. »Es wäre zu laut gewesen, die Couch wieder an ihren Platz zu schieben. Ich hoffe, der Sitzsack reicht dir.«

»Nenn mich nicht *Bunny*.« Mit verschränkten Armen bleibe ich stehen, um hoffentlich etwas Autorität auszustrahlen. Auf gar keinen Fall lasse ich mich als Puck-Häschen bezeichnen.

»Ach, also doch lieber Roween?« Spöttisch zieht er einen Mundwinkel nach oben.

»Einfach Row.« Ich knurre die Worte fast, gebe dann aber meiner Müdigkeit nach und lasse mich in den Sitzsack fallen. Es tut richtig gut, in ihm zu versinken, und ich stoße ein leises Seufzen aus.

»Ich verstehe nicht so ganz, weshalb du hierbleibst.« Als ich Grays Blick begegne, kann ich darin nur Interesse erkennen, also entscheide ich mich für eine Halbwahrheit. »Ich habe kein gutes Gefühl. Ich weiß, was für einen Ruf Alexis hat. Das hier ist nichts Besonderes für sie. Aber ich bin ihre beste Freundin und ... Ich weiß einfach, dass sie mich braucht.« Das hoffe ich zumindest, denn andernfalls wäre mein aufdringliches Verhalten mehr als unangenehm. Unwohl betrachte ich meine Finger, aber mehr Details kann ich ihm nicht geben.

Erstaunlicherweise hakt Gray nicht weiter nach. »Na, dann hoffe ich, dass Alexis eine so loyale Freundin zu schätzen weiß.« Ein Seufzen veranlasst mich, wieder hochzusehen, aber er hat sich nur in seinem Sitzsack zurückgelehnt und die Augen geschlossen. Wie er mit seiner großen Gestalt und den breiten Schultern an allen Seiten über den Sitzsack ragt, entlockt mir ein kleines Lächeln. Vor allem, da ich in meinem fast untergehe.

»Welches Hauptfach hast du eigentlich?« Gray öffnet nicht die Augen, als er die Frage stellt, und vielleicht kann ich mich deshalb ebenfalls entspannen. Er wirkt so ungezwungen, dass es nur lächerlich wäre, mich unbehaglich zu fühlen.

»Biologie.« Dass ich nebenbei noch zwei freiwillige Fächer belege, lasse ich unerwähnt. Die meisten Leute haben dafür kein Verständnis. Nach einer kurzen Pause fällt mir ein, dass ich mit der Gegenfrage an der Reihe bin und hänge meiner knappen Antwort ein zögerliches »Und du?« an. Gray verzieht seine Lippen zu einem Lächeln.

»Ahhh, meine Erziehung fruchtet. Ich habe Architektur im Hauptfach. Wieso Biologie? Willst du Ärztin werden? Die Noten und das Potenzial dazu hast du bestimmt.« Die Frage bekomme ich des Öfteren gestellt, deswegen erklingt meine Antwort reflexartig, während ich gedankenverloren über mein Piercing streiche. »Nein, nicht zwingend. Natürlich habe ich mit dem Gedanken gespielt, aber in der Forschung würde ich mich wohler fühlen. Du weißt schon, nicht so viele Leute …« Jetzt grinst Gray richtig und öffnet ein Auge.

»Natürlich. Du bist eher das Genie im Hintergrund.«

Normalerweise reagiere ich empfindlich darauf, wenn mich jemand auf meine Intelligenz anspricht. Sie wurde schon zu oft gegen mich verwendet. Aber ich gebe mein Bestes, nicht das Negative in Grays Worten zu suchen. Stattdessen versuche ich mich an einem Lächeln. Die Müdigkeit, die mich langsam, aber sicher einlullt, hilft dabei. Das Ganze wirkt eh wie ein absurder Traum. Warum sonst sollte jemand zu schätzen wissen, dass mein Kopf immer auf Hochtouren läuft?

»Und was ist mit dir? Wirst du Profispieler?«

Gray zuckt mit den Schultern und schließt wieder beide Augen. »Klar, wenn alles so läuft, wie ich es geplant habe, ist das die Idealversion meiner Zukunft. Aber ich weiß auch, dass eine Verletzung ausreichen kann, um alles zu zerstören. Also ist mein Alternativplan, Stadtplaner zu werden.«

Das überrascht mich jetzt. Einen Ersatzplan zu haben würde ich natürlich allen ans Herz legen, aber von Eishockey auf Stadtplanung ist ein unerwartet großer Sprung. Tatsächlich macht es mich sogar neugierig. »Wieso denn das?«

Okay, das hat sich abwertend angehört. Mit glühenden Wangen versuche ich mich zu verbessern. »Also ich meine, wie kommst du auf diesen konkreten Plan?«

Gray zwinkert mir zu und verschränkt die Hände hinter dem Kopf. Ich komme nicht umhin, bei der Haltung einen kurzen Blick auf seine Armmuskeln zu riskieren. »Keine Sorge, ich habe schon verstanden, was du meinst, Bunny.«

»Row!«

Meinen Einwurf ignorierend schweift Grays Blick ab, als würde er in Erinnerungen abtauchen. »Ich bin in New York aufgewachsen. Ich glaube, daher kommt meine Faszination für Städte. Außerdem wird Platz immer knapper und es immer wichtiger, Städte so zu planen, dass sie mehr Leute aufnehmen können. Es wird noch viel Potenzial verschwendet. Also habe ich mir gedacht, wenn ich die Welt nicht mit meinem Spiel bereichern kann, dann zumindest mit ein paar meiner Ideen.«

»Na, dass du die Welt bereichern wirst, scheint für dich ziemlich sicher zu sein.« Spöttisch hebe ich eine Augenbraue hoch, lächle aber, um meinen Worten die Schärfe zu nehmen.

Doch Gray scheint gut zu verstehen, wie ich die Dinge meine. »Eine gute Portion Selbstvertrauen öffnet einem bereits viele Türen. Und auf dem Eis hast du sonst keine Chance.« Er zuckt mit den Schultern, natürlich mit seinem typischen Grinsen. Als ich ihn das erste Mal sah, habe ich es für Selbstverliebtheit gehalten. Aber so langsam glaube ich, dass Gray einfach der Typ Mensch ist, der mit Selbstvertrauen und offenen Armen durch die Welt schreitet.

»Wenn man etwas wirklich gut kann, ist es nichts Schlimmes, seine Fähigkeiten mit Selbstvertrauen zu zeigen.« Das ist eine Lektion, die ich über die Jahre gelernt habe. Ich kann nicht gut mit Menschen umgehen, doch in meinem Fachgebiet scheue ich nicht davor zurück, mein Wissen zu zeigen.

»Da stimme ich dir absolut zu.« In stummer Übereinkunft lächeln wir uns an, und überraschenderweise entspanne ich mich. Das schaffen nur die wenigsten.

»Hört sich an, als wüsstest du mehr als mancher Professor hier. Gibst du auch Nachhilfe? Ein paar von uns könnten die echt gebrauchen.«

Es ist eine Kombination aus seinen Worten und einem plötzlichen Rumpeln, die mich aufschrecken lässt. Zunächst treffen sich Grays und meine Blicke und ich weiß selbst, dass ich schlecht gelaunt aussehe. Aber ich mag es nicht, wenn mich jemand auf Nachhilfe anspricht. Auch das ruft unangenehme Erinnerungen hervor. Im nächsten Moment bin ich schon auf meinen Beinen und sause aus dem Wohnzimmer auf den Flur. Denn ich erkenne die erstickte Stimme, die von den Treppen zu uns hinunterschallt. »Verdammter Mist aber auch!«

Alexis streift sich gerade ihre High Heels von den Füßen, um die Stufen hinunterzukommen, als ich am Fuß der Treppe ankomme. Für einen Moment weiß ich nicht, ob ich mit meiner Befürchtung richtiggelegen habe oder ob sie sich nur wegschleichen will, um einen peinlichen Morgen danach zu vermeiden. Aber als sie den Blick hebt, ist ihr Gesicht mit Mascara und Tränen verschmiert und sie stößt ein kleines Wimmern aus. »Du bist noch hier?«

Ich trete zwei Schritte vor und öffne zur Antwort nur meine Arme. Keine Sekunde später ist Alexis schon bei mir. Sie zittert am ganzen Körper und beginnt zu weinen, als ich sie fest an mich drücke. Keine Ahnung, wie die Situation auf Gray wirken muss. Es ist schwer zu verstehen, weshalb Alexis so aufgelöst ist, wenn man ihre Vergangenheit nicht kennt. Immerhin ist sie völlig freiwillig mit Lee mitgegangen. Aber für solche Gedanken ist Zeit, wenn es Alexis besser geht.

Sie leicht von mir schiebend löse ich mit geübten Griffen ihre Hand, mit der sie ihr anderes Handgelenk umklammert, als müsste sie sich vergewissern, dass sie es mit ihren Fingern umschließen kann. Dass sie nicht mehr das kleine fette Mädchen ist. Denn genau das ist die Angst, die in ihren Augen steht, als sie meinem Blick begegnet. Diese Furcht, die sie heimsucht, egal wie gesund sie sich inzwischen ernährt oder wie oft sie trainieren geht. Es ist ein Selbstbild, das in ihren Kopf gemeißelt wurde, mit so vielen Schimpfnamen und Schikanen verknüpft, dass es unmöglich ist, es loszuwerden. Egal wie viele Kerle sie für ihren Körper bewundern, egal welche Kleidergröße sie trägt, und egal, wie oft ich ihr sage, dass sie wunderschön ist, genau so, wie sie ist. Sich selbst als schön anzuerkennen ist eine Fähigkeit, die Alexis schon lange nicht mehr besitzt.

»I-ich weiß auch nicht, wa-was passiert ist. I-Ich ...« Liebevoll fange ich eine Träne auf, die von ihren Wimpern zu fallen droht, und schüttle sanft, aber entschlossen den Kopf.

»Du musst mir nichts erklären. Wir werden jetzt einfach gehen. Es ist alles gut. Du bist immer noch wunderschön, es hat sich in den letzten Stunden nichts verändert.«

Selbstverachtung steht in ihren Augen, bevor sie den Kopf abwendet. »Ich war noch nie wunderschön.« Die gewisperten Worte brechen mir fast das Herz. Mir ist es egal, ob Alexis zehn Kilo zu schwer ist oder eine Traumfigur hat. Sie war meine einzige Stütze in unserer Jugend, und allein das macht sie für mich zum schönsten Menschen der Welt.

Ich ziehe sie in eine feste Umarmung. »Doch, das warst du schon immer.«

Alexis wird von einem starken Zittern erfasst und wehrt sich gegen meinen Griff. »Lüg mich nicht an. Ich war fett und ich war hässlich. Und ich bin es immer noch.« Sie windet sich so heftig, dass ich sie widerstrebend loslasse, nur um erneut nach ihrer Hand zu greifen und ihren Griff zu lösen, der sich fest um ihr Handgelenk geschlossen hat. Dieses Mal bleiben von ihren Fingernägeln rote Halbmonde auf ihrer Haut zurück.

»Hör auf, Alexis.« Sie schlingt ihre Arme fest um sich, als müsste sich zusammenhalten. Ich kenne diese Geste. Habe sie viel zu oft so in den Mädchentoiletten vorgefunden. Damals habe ich mich zu ihr gesetzt. Ihr so lange stillen Beistand geleistet, bis sie wieder reden konnte. Und auch heute würde ich das machen. Aber dafür müssen wir von hier weg. Zu wissen, dass Gray im Zimmer nebenan alles mitbekommt, beunruhigt mich.

Ich fasse Alexis im Nacken und ziehe ihre Stirn an meine. Noch eine vertraute Geste, die sie zum Glück zulässt. »Ich bin bei dir und du bist bei mir. Daran wird sich nie etwas ändern. Aber was sich geändert hat, ist, dass wir nicht mehr in der Schule sind. Wir sind keine wehrlosen Mädchen mehr, und wir lassen uns auch nicht mehr unterkriegen.«

Die Worte entfalten genug Wirkung, dass Alexis zittrig die Luft einzieht und sich aufrichtet, bevor sie mir leicht zunickt. Es ist nur ein Pflaster und wird nicht lange halten. Das Schlimmste steht ihr noch bevor, wenn die Erinnerungen wieder hochschwappen. Wenn man sich nicht mehr sicher ist, ob man dieser Hölle wirklich entkommen ist.

Ich nehme sie sanft an der Hand und laufe mit ihr in Richtung Tür. Dabei widerstehe ich dem Drang, ins Wohnzimmer hineinzusehen. Alexis soll nicht wissen, dass sie einen Zuschauer bei ihrem Zusammenbruch hatte. Das würde sie im Moment noch mehr aus dem Gleichgewicht bringen. »Geh schon mal raus. Ich hole kurz meine Sachen.« Alexis scheint meine Worte nicht wirklich wahrzunehmen, nickt nur lethargisch und setzt sich vor der Haustür auf die Treppenstufen, um wieder in ihre Schuhe zu schlüpfen. Ich schließe die Tür hinter ihr nur ungern, denn jetzt kann ich nicht mehr verfolgen, was sie macht. Aber ich muss kurz mit Gray sprechen, und das soll *sie* wiederum nicht hören.

Als ich ins Wohnzimmer zurückgehe, bin ich erstaunlich ruhig. Das war schon immer so: Wenn Alexis nicht mehr die

Starke sein konnte, übernahm ich das. Ich weiß, dass ich mich jetzt um sie kümmern muss.

Trotzdem zucke ich zusammen, als ich fast in Gray hineinlaufe, der sich hinter dem Türrahmen mit einem Arm an der Wand abstützt und finster dreinblickt. Am liebsten würde ich ihn fragen, was er mitbekommen hat. Aber ich traue mich nicht, das Thema anzuschneiden. »Wir gehen dann.«

Mit zusammengezogenen Augenbrauen betrachtet mich Gray, und ich bin beeindruckt, dass er tatsächlich keine Fragen stellt, sondern nur stumm nickt. Unsere Blicke bleiben kurz ineinander hängen. Ich weiß nicht, was er in meinen Augen erkennen kann, seine sind in diesem Moment völlig unergründlich. Ich blinzle und wende den Kopf ab, bevor ich schnell meine Tasche und meine Jacke aus der Küche hole. Als ich zurückkomme, hat Gray sich nicht von der Stelle bewegt. Von hinten sehen seine Schultern noch breiter aus, und für einen Moment frage ich mich, wie es wäre, zu den Starken zu gehören. Zu denen, die sich von nichts aus dem Gleichgewicht bringen lassen. Ich frage mich, wie es wäre, sein Selbstbewusstsein, sein Ansehen und seine Freunde zu haben. Er hat sich bestimmt immer zur Wehr gesetzt, wenn jemand ihm blöd kam.

»Bye.« Hätte ich es vermeiden können, direkt an ihm vorbeizulaufen, hätte ich es getan. Aber da er direkt neben der einzigen Tür verharrt, muss ich ihm nahe kommen. Dass ich dabei die Luft anhalte, fällt mir erst auf, als ich sie mit einem Keuchen ausstoße, da er mich mit einer Hand an der Schulter aufhält.

»Warte. Wie kommt ihr heim?«

»Wir laufen.« Ich zucke mit den Schultern, als wäre nichts dabei, obwohl es noch immer mitten in der Nacht ist – oder früher Morgen, je nachdem.

Als hätte ich damit seine Befürchtung bestätigt, runzelt Gray die Stirn. »Auf keinen Fall. Ich fahre euch.« Entschlossen stößt er sich von der Wand ab, aber dieses Mal bin ich es, die ihn zurückhält.

»Nein, spinnst du? Du hast nicht geschlafen und bist zudem alkoholisiert. Keine Chance, dass du dich hinter ein Steuer setzt.«

Gray bedenkt mich mit einem schiefen Grinsen, und vermutlich will er etwas so Dämliches von sich geben, wie, dass er längst wieder nüchtern ist. Daher schneide ich ihm das Wort ab. »Außerdem ist es das Letzte, was Alexis will, dass jemand sie so sieht. Lass es einfach gut sein, okay?«

Ich habe die Stimme gesenkt, damit Alexis uns auf keinen Fall hört, und die Worte haben ihre gewünschte Wirkung. Ich kann sehen, wie ein Teil von Grays Entschlossenheit bröselt. »Row, ihr seid zwei Mädchen und müsst über den ganzen Campus …«

»Das sind vielleicht zwanzig Minuten bis zum Studentenwohnheim, das packen wir schon. Alexis' High Heels sind spitz genug, um als Waffe zu fungieren.« Ich gebe es ungern zu, aber Grays Besorgnis rührt mich. Ich befürchte, dass ich ihn nicht länger als einen Idioten abstempeln kann.

Unentschlossen reibt er sich über das Gesicht. »Na gut, dann machen wir es so, ich gebe dir meine Nummer, und sobald etwas ist oder ihr zu Hause ankommt, schreibst du mir!«

Ich kann nicht verhindern, dass ich nun diejenige bin, die ihm ein schiefes Grinsen schenkt. »Oh, ist das die neueste Masche, um die Nummer von Mädchen zu bekommen?«

Gray grinst ebenfalls, und es hat für mich ziemlich viel zu heißen, dass ich hier mit ihm herumwitzele. »Bunny, glaub mir, wenn es darum gehen würde, hätte ich das schon viel geschickter angestellt. Und jetzt gib dein Handy her.«

Ich verdrehe nur die Augen über den dummen Spitznamen, ziehe mein Handy aus der Hosentasche, entsperre es und reiche es weiter. Gray ist flink mit den Fingern. Ich kenne meine Nummer nicht einmal auswendig, aber er hat seine innerhalb von Sekunden eingespeichert. Bevor er mir das

Handy wieder in die ausgestreckte Hand legt, ruft er sich kurz selbst an und zwinkert mir zu. »Ich muss dich ja auch erreichen können, wenn mir etwas auf meinen Weg ins Bett passiert.«

Nein, er ist doch noch ein Idiot. Ich schnappe mir mein Handy aus seiner Hand. »Also dann ... Man sieht sich?«

Der Schalk verschwindet wieder aus Grays Augen, und er blickt mich ernst an. »Du schreibst mir, klar? Und wenn was ist, rufst du an. Ich werde wach bleiben, bis ich die Bestätigung habe, dass ihr beide sicher daheim seid.«

Verlegen wende ich mich ab und schmeiße ihm noch ein »Ja, Mom« über die Schulter zu, bevor ich schnellstens verschwinde. Das warme Gefühl in meiner Brust kann ich allerdings nicht in diesem Haus zurücklassen. Und das gefällt mir gar nicht. Normalerweise vertraue ich Leuten nicht nach wenigen Stunden. Aber Gray hat es irgendwie geschafft, egal wie sehr ich mich dagegen wehren wollte.

Kapitel 7

Draußen sitzt Alexis so da, wie ich sie zurückgelassen habe. Sie hat das Gesicht in den Händen vergraben und ihre Schultern zittern. Selbst als ich zu ihr trete, blickt sie nicht auf. Der Anblick zerreißt mich. Alexis zerstört sich selbst. Ich würde es ihr nie ins Gesicht sagen, aber ich glaube nicht, dass man seinen Körper jemand anderen anvertrauen sollte, wenn man keine vernünftige Bindung zu ihm hat. Sex mit den schärfsten Typen des Colleges gibt Alexis für einen kurzen Moment das Gefühl, nicht mehr das unbeliebte Mädchen zu sein, doch letztendlich reduziert es sie auf ihre größte Unsicherheit: ihre Figur. Inzwischen hat sie zwar geradezu perfekte Proportionen, mit Kurven an den richtigen Stellen, aber das Konzept ist das gleiche wie damals, als unsere Mitschüler sie für ihr Übergewicht runtergemacht haben.

»Komm, wir gehen nach Hause.« Auffordernd halte ich ihr meine Hände hin, und nach einer gefühlten Ewigkeit ergreift sie sie und lässt sich beim Aufstehen helfen. Allerdings hebt sie kein einziges Mal den Blick, und ich weiß nicht, ob sie aufrecht stehen geblieben wäre, hätte ich ihr nicht sofort stützend einen Arm um die Hüften geschlungen. Sie ist völlig neben der Spur, und das macht mir Angst, denn so schlimm war ihr Absturz schon lange nicht mehr. Ich ziehe sie Richtung Bürgersteig und schweige, bis das Verbindungshaus hinter uns in der Dunkelheit verschwindet.

»An was denkst du?« Ich bin mir nicht sicher, ob es die beste Idee ist, Alexis zum Reden zu bringen. Dennoch lasse ich nicht locker, als sie nicht antwortet. »Lex! Woran denkst du?!«

Neben mir zuckt Alexis zusammen, aber das ist mir egal, denn wenigstens sieht sie mich wieder an. Selbst unter den Make-up-Resten kann ich die roten Striemen auf ihrer Haut erkennen. Mir wird übel, weil die Jungs ihr früher so lange in die Wangen gezwickt haben, bis ihre Haut ähnlich gerötet war. *Das Schweinchen mit den fetten Backen!*«

Ich weiß, dass Alexis vier Ticks hat, wenn es um ihren Körper geht: Sie überprüft, ob sie mit einer Hand ihr Handgelenk umschließen kann und mit beiden Händen ihr Bein kurz über dem Knie. Dann betrachtet sie die Kontur ihrer Wange, ob sie leicht eingefallen ist, und testet, ob sie ein Doppelkinn bekommt, wenn sie das Kinn anzieht. Das ist krankhaft, dessen bin ich mir bewusst. Aber jeder einzelne Tick hat seine Ursprungsgeschichte.

»Ka-Kannst du dich noch an das eine Mal im Sportunterricht erinnern, als ich meine Sportkleidung vergessen habe?«

Meine Hände ballen sich von selbst zu Fäusten. Natürlich kann ich mich daran erinnern. Das war Anfang der neunten Klasse. Aber ich nicke nur, denn ich möchte, dass Alexis weiterredet. Vielleicht wird es einfacher, wenn wir die Erinnerung teilen.

»Du hast mir eins von deinen Tops ausgeliehen, weil der Sportlehrer mir gedroht hatte, mich durchfallen zu lassen, wenn ich mich noch mal vom Unterricht drücken sollte. Natürlich waren mir deine Sachen viel zu eng. Mein Speck«, Alexis krallt die Hände in ihre Seiten, »ist überall hervorgequollen.« Die ganze Klasse hat damals angefangen zu lachen, als wir die Sporthalle betreten haben. Und weil unserer Lehrer wütend war, dass Alexis keine Sporthose, sondern nur ihre weiten Stoffhosen trug, hat er dies nicht unterbunden.

»Es war so demütigend.« Alexis wispert nur noch. Ihr Blick ist starr geradeaus gerichtet.

»Als würde ich ihnen den letzten Beweis dafür liefern, dass sie absolut recht hatten. Dass ich nur eine fette Kuh bin, mit der sie machen können, was sie wollen. Sie haben mir meine normalen Kleider an dem Tag geklaut.« Ihre Augen sind groß und glasig, als sich unsere Blicke begegnen. »Die ganze Schule hat mich so gesehen. Und alle haben sie gelacht oder mir Beleidigungen hinterhergeworfen.« Auch mich überkommt das Grauen, wenn ich an diesen Tag zurückdenke. Ich habe Alexis nach der nächsten Unterrichtsstunde auf den Toiletten gefunden und mit ihr dort gewartet, bis der Schultag vorbei war, weil sie sich nicht mehr hinausgetraut hat.

»Sie lachen immer noch.« Alexis schlingt die Arme fest um sich, doch zumindest läuft sie inzwischen wieder selbstständig. »In meinem Kopf lachen sie immer noch, wann auch immer ich mich so anziehe.« Ich lasse meinen Blick über ihr Outfit huschen. Alles sitzt perfekt. Ich sehe kein Gramm Fett an der falschen Stelle.

»Es lacht aber niemand mehr. Überall folgen dir bewundernde Blicke. Alexis, die Leute beneiden dich um deine Figur!«

Sie wirft mir ein zittriges Lächeln zu, und ich weiß, dass sie die folgenden Worte selbst nicht glaubt. »Ja, nicht wahr, ich habe es geschafft.«

Wie soll ich ihr klarmachen, dass sie das wirklich hat? Jeder der Jungs, die sie früher fertiggemacht haben, würde ihr heute sabbernd hinterherlaufen. Aber viel wichtiger ist, dass sie stolz auf sich sein kann. Sie hat mehr Selbstdisziplin gezeigt, als die meisten Menschen überhaupt besitzen, als sie von allein angefangen hat abzunehmen.

»Hat Lee ... irgendwas gesagt? Was ist da oben passiert, Lex?«

»Nein. Er hat absolut nichts falsch gemacht. Er hat längst geschlafen ...« Ein bitteres Schnaufen entkommt Alexis, und sie löst sich aus meinem Arm, den ich noch immer um sie geschlungen habe. »Niemand macht etwas falsch. Das bin einfach ich. Ich bin so kaputt, da gibt es nichts, was man an mir liebhaben könnte.«

Ich bleibe unvermittelt stehen und halte Alexis an der Hand zurück. »Das will ich nie wieder von dir hören.« Ich knirsche mit den Zähnen, so sehr muss ich meine Wut zurückhalten.

Alexis scheint nun vollends aus ihrer Lethargie zu erwachen und reckt mir entschlossen das Kinn entgegen. »Wieso? Es stimmt doch. Sieh mich an! Ich lasse mich von jedem durchficken, nur um das Gefühl zu haben, nicht mehr die hässliche fette Gans zu sein! Und was bringt es mir? Nichts!«

»Du sagst das nie wieder, weil du sie sonst gewinnen lässt!« Ich schreie. Und dabei ist mir vollkommen egal, dass es mitten in der Nacht ist. Mein Atem geht nur abgehackt, als all die Bitterkeit hochkommt. Denn das, was Alexis sagt, trifft nicht nur auf sie zu. Mich hat es genauso geprägt, was diese Mistkerle mit uns in der Schule abgezogen haben. Zwar war meine Schikane nicht halb so schlimm wie das, was Alexis durchgestanden hat, aber ich will nicht, wenn ich sie ansehe oder in den Spiegel schaue, das Trümmerfeld sehen, das sie aus uns gemacht haben. Das lasse ich nicht zu.

»Das alles ist Vergangenheit. Wir werden diesen Arschlöchern nie wieder begegnen. Und ich weigere mich, dass wir uns von ihnen zerstören lassen! Du bist nicht kaputt. Du bist einzigartig und stark. Du hast die Hölle überlebt und bist daraus als neuer Mensch hervorgegangen. Und wenn du mit jedem Junggesellen der Welt schläfst, scheiß drauf! Du kannst es. Denn es gibt zigtausend Dinge an dir, die anbetungswürdig und liebenswert sind!« Aufgebracht schmeiße ich die Hände in die Luft.

Alexis starrt mich überrascht an. Kein Wunder, eigentlich bin ich die Ruhige von uns beiden. Aber meine Nerven liegen blank. Ich schließe für einen Moment die Augen und zwinge mich, langsam ein- und auszuatmen. »Komm, lass uns weitergehen.«

Es bleibt einige Zeit still zwischen uns. Der Campus ist wie leer gefegt, und die Laternen beleuchten die Straße nur spärlich. In mir brodelt es immer noch so sehr, dass mir kaum auffällt, wie unheimlich all das ist. Bis Alexis ihre Hand in meine schiebt. Die identischen Armbänder an unseren Handgelenken liegen perfekt aneinander.

»Danke, dass du auf mich gewartet hast.«

»Ich werde immer für dich da sein.«

»Und ich für dich.«

Ich bin beeindruckt, wie Alexis in ihren hohen Schuhen den Weg zurücklegt, denn meine Füße schmerzen trotz der Sneaker, als wir endlich an ihrem Wohnheim ankommen. Ich selbst wohne außerhalb des Campus, und allein der Gedanke weiterzulaufen bringt mich um. Aber Alexis lädt mich stumm ein, indem sie mir die Tür aufhält, und ich lächle sie dankbar an. Früher war es unser Traum gewesen, zusammenzuziehen. Doch Alexis' Eltern können sich nichts anderes leisten als ein Zimmer im Studentenwohnheim, und ich würde es dort keine Woche aushalten. Also habe ich mir etwas Abgelegeneres gesucht und wir treffen uns regelmäßig für einen Filmabend oder um unserer Lieblingsbeschäftigung nachzugehen: Sneak-Previews im Kino.

Wir sind so spät unterwegs, dass es selbst im Studentenwohnheim still ist. Schritt für Schritt quälen wir uns die Stockwerke hoch, dann sind es nur noch ein paar Meter und wir sind endlich an ihrem Zimmer angelangt. Leise schließt Alexis auf und wir versuchen so geräuschlos wie möglich einzutreten, um Silvia, Alexis' Zimmergenossin, nicht aufzuwecken, die nur als Häufchen unter ihrer Bettdecke zu erkennen ist. Ich beneide sie dafür mit jeder Faser meines Körpers. Keine von uns sagt etwas, während wir in gemütlichere Sachen schlüpfen und Richtung Gemeinschaftsbad schleichen. Alexis wirkt völlig in sich gekehrt und fährt immer wieder unruhig über ihr Handgelenk. Das beobachte ich genauso besorgt wie den übergroßen Pulli, den sie aus dem Kleiderschrank geholt hat, um jeden Zentimeter ihres Körpers zu verstecken. Aber ich verkneife mir jedes Wort, bis ich sie im Bad beim Abschminken dabei erwische, wie sie immer wieder den Kopf hin und her wendet, um die Konturen ihres Gesichts zu prüfen. Mit zwei Schritten bin ich bei ihr und schlinge von hinten die Arme um sie. Ich spüre, wie schlank sie unter dem Pullover ist, und da meine Arme wie ein Gürtel fungieren, wird ihre Silhouette auch wieder sichtbar. »Sieh dich an, Alexis. Du würdest dreimal in diesen Sack passen.«

Wie hypnotisiert starrt Alexis auf meine Arme, bevor sie in einem zittrigen Seufzen die Luft ausstößt und sich gegen mich lehnt. »Vorhin, da habe ich Angst bekommen, dass Lee am nächsten Morgen angeekelt davon wäre, mit mir geschlafen zu haben. Manchmal ... manchmal träume ich davon, dass die Kerle das machen, was die Jungs früher immer gemacht haben, wenn ich ins Klassenzimmer gekommen bin.« Ich weiß sofort, was sie meint. Irgendwann hat es sich eingebürgert, dass Alexis von einem Chor aus Muh-Geräuschen begrüßt wurde, nachdem einer der Idioten gerufen hatte: »Oh, da kommt die fette Kuh!«

Mitfühlend verziehe ich das Gesicht und lege Alexis tröstend eine Hand auf die Schulter. »Na, hör mal, wie lächerlich wäre es, wenn Lee auf einmal im Bett Kuh spielen würde. Also da würde ich seinen gesunden Menschenverstand anzweifeln. Oder seine sexuellen Vorlieben.« Alexis stößt ein schnaubendes Lachen aus und ich spüre, wie sie sich entspannt. »Ja, das wäre ziemlich verrückt. Danke, Row. Und es tut mir leid.«

»Das muss es nicht. Das muss es dir nie, das weißt du doch. Versprich mir nur, immer mit mir zu reden. Zusammen haben wir schon immer alles geschafft.«

Sie legt eine Hand auf meine und drückt sie kurz. »Es tut mir trotzdem leid. Der Abend war dazu gedacht, dich von deinen Dämonen zu befreien, und jetzt bist du diejenige, die mich stützen muss.«

Bei ihren Worten versteife ich mich. »Ich war unter Menschen, und ich hatte sogar ein bisschen Spaß. Also deine Mission ist erfüllt.«

Über den Spiegel wirft mir Alexis ein kleines, aber echtes Lächeln zu. »Das freut mich. Heißt das, ich darf dich ab sofort öfter mitnehmen?«

Schnaubend verdrehe ich die Augen. »Na, nicht gleich übertreiben.«

Trotzdem lächle ich zurück, bevor ich mich von ihr löse und an das Waschbecken neben sie trete. Danach machen wir uns beide schweigend bettfertig. Allerdings haben Alexis' Worte mich zum Nachdenken gebracht. Es hat wirklich Momente gegeben, die ich richtig genossen habe. Gut, vielleicht lag das am Alkohol, aber das Tanzen war richtig befreiend, und auch zusammen mit Gray zu warten war ganz angenehm. Rückblickend kommt mir die Nacht so absurd vor, dass ich morgen bestimmt bezweifeln werde, ob sie wirklich real war.

Als wir endlich fertig sind und Alexis sich auf den Weg zurück zum Zimmer machen will, deute ich bei ihrem fragenden Blick auf die Toiletten. »Ich komme gleich nach.« Mit einem kleinen Lächeln nickt Alexis und verschwindet dann raus auf den Gang. Sobald sich die Tür hinter ihr geschlossen hat, hole ich mit einem erleichterten Seufzen mein Handy hervor. Denn ich habe tatsächlich noch etwas zu erledigen, doch das hat nichts mit einem Toilettengang zu tun.

Grays Kontakt habe ich schnell gefunden, doch letztendlich schweben meine Finger zögerlich über der Tastatur. Ich komme mir dumm vor, ihm zu schreiben. Als wäre ich wirklich eines seiner Puck Bunnys. Aber als auf einmal der Schriftzug *online* erscheint, ermahne ich mich selbst, nicht so ein Feigling zu sein.

Ich: Nichts passiert. Sind jetzt sicher daheim.

Ich will das Handy schon wegstecken, da leuchtet mein Display auf, um mir eine neue Nachricht anzuzeigen. Überrascht entsperre ich das Handy wieder.

Gray: Gut zu hören. Schlaft gut, ihr zwei :)

Die Nachricht finde ich so lieb, dass ich mich bei einem Lächeln erwische. Allerdings vergeht mir das gleich wieder, als noch eine Nachricht eintrudelt.

Gray: Ich hoffe, Alexis geht es bald besser.

Darauf hoffe ich schon seit drei Jahren.

Kapitel 8

Gray

Das Schlimme daran, der Partygeber zu sein, ist, dass man am nächsten Tag nicht in aller Ruhe seinen Rausch ausschlafen kann. Gefühlt habe ich noch keine Stunde geschlafen, da weckt mich ein penetrantes Klopfen an der Tür.

Mit einem Stöhnen drehe ich mich im Bett um und hoffe, dass es einfach wieder aufhört. Aber natürlich tut es das nicht. Stattdessen höre ich Bas' Stimme über das Klopfen hinweg sagen: »Mann, steh endlich auf! Keiner drückt sich vorm Aufräumen. Wenn du nicht bald aufmachst, ramm ich die Tür einfach ein. Mir egal, ob ich deinen nackten Hintern zu sehen bekomme!«

Mir über das Gesicht reibend zwinge ich mich dazu, zu meiner Zimmertür zu schlurfen, und schließe auf. Keine Sekunde später hat Bas sie schon geöffnet und streckt seinen Kopf rein. Allerdings hält er die Augen fest zusammengekniffen. »Sind alle angezogen? Na ja, eigentlich ist es mir nur bei dir wichtig, Gray.« Anzüglich wackelt Bas mit den Augenbrauen, woraufhin ich ihn anrempele.

»Hier ist niemand außer mir und ich habe Boxershorts an.«

Bas öffnet seine Augen, während ich zu meinem Schrank trotte. »Hä, bist du nicht gestern mit einem Mädel nach oben?«

Ja, das war ich. Aber um ehrlich zu sein, habe ich das Gefühl, als wäre das eine völlig andere Nacht gewesen als die, die ich unten mit Row verbracht habe. Doch da die Jungs bisher nichts von dem Drama mitbekommen haben, zucke ich nur mit den Achseln. »Sie ist noch nachts gegangen.«

Man mag es kaum glauben, doch Bas ist eine richtige Glucke. Er hat zwar nichts gegen One-Night-Stands, aber wenn er mitbekommt, dass wir eins der Mädchen nicht gut behandeln, wird er richtig hässlich. »Du kannst ein Mädchen nicht einfach mitten in der Nacht vor die Haustür setzen!«

Ich verdrehe nur die Augen darüber, wie Bas mit verschränkten Armen dasteht und mich vorwurfsvoll ansieht, während ich in Shirt und Jogginghose schlüpfe. »Keine Sorge, sie wollte es so. Ich war ganz Gentleman.« Na ja, zumindest habe ich sie nicht aus dem Bett geschmissen. Ich kann jedoch nicht abstreiten, dass sie mir etwas zu ... anhänglich wurde.

Das bringt Bas zum Schnaufen, und mit einem Lächeln wirft er mir entgegen: »Gentleman? Als wäre das einer von euch Idioten hier.«

»O ja, und du bist die große Ausnahme!« Lee lehnt mit einem Mal im Türrahmen und grinst Bas an, der nur eine Augenbraue hochzieht.

»Ja, ich wurde von meiner Mom nun mal gut erzogen.« Dagegen kann ich nichts einwenden. Ich bin gleichzeitig mit Bas eingezogen, deswegen weiß ich nur aus Erzählungen, wie es hier früher zugegangen ist ... und ich muss schon sagen, dass er uns in den Arsch tritt, was Hausarbeiten, Mädels und alles Mögliche angeht, scheint der Himmel auf Erden für das Zusammenleben zu sein.

»Jungs, Kaffeekränzchen werden später gehalten. Habt ihr euch angesehen, wie der Garten aussieht? Jedes Jahr aufs

Neue frage ich mich, ob diese Party den ganzen Scheiß wert ist.«

Als auch noch ein mürrisch dreinblickender Rick in meinem Zimmer auftaucht und Lee eine Mülltüte in die Hand drückt, beschließe ich, dass es mir hier drinnen zu viele männliche Wesen werden. Also winke ich die Jungs mit einer Handbewegung raus und folge ihnen. »Na dann, Leute, lasst den Spaß beginnen.«

Wahrscheinlich hat man in der Hölle mehr Spaß als meine verkaterten Teamkollegen und ich beim Aufräumen. Meinem Kopf geht es durch das Wasserpong-Spiel zwar im Vergleich zu den anderen ziemlich gut, aber ehrlich, es gibt Schöneres, als Hunderte Plastikbecher aufzusammeln und alles gründlich zu putzen.

Mein Gehirn ist mittlerweile wach genug, um sich mit gestern Nacht zu beschäftigen. Ich wollte zwar nicht Alexis und Row belauschen, als sie sich auf dem Flur unterhalten haben, dennoch habe ich das eine oder andere aufgeschnappt. Row hatte auf jeden Fall recht: Alexis hat sie gebraucht. Ich verstehe nur nicht wieso. Nicht dass ich aus eigener Erfahrung sprechen könnte, aber ich habe noch nie gehört, dass Lee ein schlechter Liebhaber wäre, und er ist auch keiner der Kerle, die Mädchen wegschmeißen wie ein gebrauchtes Taschentuch. Die wenigen Worte, die ich verstanden habe, haben von einer so tief sitzenden Unsicherheit gezeugt, dass ich nicht anders kann, als mich zu fragen, was da los ist. Ich habe nicht erwartet, dass ein Mädchen wie Alexis, mit ihrem Körper und ihrem Ruf, einen derartigen Zusammenbruch erleidet.

Ich nutze also die Gelegenheit, als ich zu zweit mit Lee die Terrasse wische, um meinen Freund unauffällig auszuhorchen. »Sag mal, ist zwischen dir und Alexis gestern was gelaufen?«

Fertig mit der Welt – oder allem voran mit dem Alkohol –, fährt sich Lee durch die Haare und stützt sich auf den Mopp in seinen Händen. »Ja, aber ... na ja, sie hat sich nachts davongeschlichen. Ich hab's absolut nicht mitbekommen. Als ich heute Morgen aufgewacht bin, war ich einfach allein. Leider. Das Mädel weiß ihren Körper zu nutzen, ich hätte nichts gegen eine weitere Runde gehabt. Dann hätte dieser Tag zumindest gut angefangen.« Demotiviert fährt Lee fort, die Terrasse zu wischen, und ich kann mir beim Anblick meines Freundes ein Schmunzeln nicht verkneifen. O Mann, ich hoffe, ich sehe nicht genauso fertig aus.

»Wahrscheinlich sollte ich mir nichts daraus machen. Alexis ist immerhin nicht dafür bekannt, lange beim Gleichen zu bleiben.«

Damit hat Lee nicht unrecht, aber ich bin mir sicher, dass Alexis' Flucht einen anderen Grund hatte. Allerdings bin ich mir auch sicher, dass nicht jeder über Rows und Alexis' Gespräch Bescheid wissen soll. Also belasse ich es bei einem Schulterzucken. »Gut möglich. Aber solange ihr beiden euren Spaß hattet.«

»Oh, glaub mir, den hatten wir.« Lee wirft mir ein anzügliches Lächeln zu, dass nur zu deutlich macht, wie gut die Nacht gewesen sein muss. »Was ist eigentlich mit der kleinen Freundin von Alexis? Row, wenn ich mich nicht irre. Ist die noch mal aufgetaucht?«

Ich kann nicht anders, als einen Mundwinkel nach oben zu ziehen, als Lee Row erwähnt. »Ja, ich habe sie später noch gesehen.«

»Da hast du dir, glaube ich, das falsche Tribut ausgesucht. Kann mir nicht vorstellen, dass sie sich dir an den Hals schmeißen wird. Aber hey, so, wie sie dich beim Beerpong fertiggemacht hat, ist es für deinen Kleinen vielleicht besser, dich nicht mit ihr anzulegen.«

Lee grinst mich an und ich wedle als Rache mit meinem Wischmopp in seine Richtung. »Keine Sorge, das hält mein

Ego schon aus. Ich wollte eh nichts von ihr. Aber wenn ich sie mir nicht geangelt hätte, hätte das ein anderer gemacht. Und der hätte mehr von ihr erwartet.«

In einer großen Geste legt sich Lee die Hand ans Herz und stößt ein Seufzer aus. »Hach, nicht nur ein Beerpong-Gott, sondern auch eine gute Seele. Man sollte dir die Füße küssen.«

Innerlich die Augen über diesen Idioten verdrehend, grinse ich und deute auf den Boden. »Klar, knie nieder und fang gleich damit an. Hat viel zu lange gedauert, dass ihr mir endlich die Ehre zukommen lasst, die mir gebührt.«

Spaßhaft verbeugt sich Lee vor mir, als würde er mich anbeten, nutzt die Position jedoch dafür, mich überraschend mit der Schulter zu rammen. »Genug dein Ego geschmeichelt, du Leichtgewicht!«

Der Zusammenprall raubt mir für einen Moment den Atem, wodurch Lee an Boden gewinnt und mich nach hinten schiebt. Kaum sauge ich begierig die Luft in meine Lungen, stelle ich mich breiter hin und halte dagegen, während ich seinen Rücken umklammere. »Von wegen Leichtgewicht! Wir können gleich morgen testen, wer von uns beiden mehr stemmen kann.« Immer noch spielerisch rangelnd werden wir von Rick unterbrochen, der fluchend aus dem Garten zu uns hochkommt.

»Kann mir jemand erklären, wie ein Großteil meines Kleiderschrankes in den Pool kommt? Den Scheiß gebe ich mir nie wieder!«

Mit einem letzten freundschaftlichen Stoß richten Lee und ich uns auf und werfen uns einen bedeutungsvollen Blick zu. »Das sagst du jedes Jahr.«

»Dieses Mal meine ich es ernst!«

Als wir endlich mit Aufräumen fertig sind, ist vom Sonntag nicht mehr viel übrig. Eigentlich hätte ich genug für meine Kurse zu tun, aber mich hat der Schlafmangel eingeholt, und als sich Rick, Bas und Lee auf die Couch pflanzen und anfangen zu zocken, kann ich mich wie leider viel zu oft nicht mehr motivieren, hoch an meinen Schreibtisch zu gehen. Am nächsten Morgen bereue ich es jedoch, als ich in Architekturgeschichte sitze und nur die Hälfte dessen verstehe, was meine Professorin da erzählt. Unruhig klicke ich mit meinem Kugelschreiber – auf, zu, auf, zu, auf, zu –, bis mir eine große Hand den Stift aus der Hand reißt und Mika mich böse ansieht. Und als bulliger Footballspieler kann er das wirklich gut.

»Mann, du machst mich wahnsinnig!«

Ich zucke entschuldigend mit den Schultern. »Sorry, ich habe mir nicht das Kapitel durchgelesen, das wir für heute gebraucht hätten. Keine Ahnung, wovon Mrs Forell da redet.«

Mika betrachtet mich kritisch, denn wir wissen beide, dass ich mehr als ein Kapitel im Verzug bin. Lernen ist mir noch nie leichtgefallen. Ich war schon immer das Kind, das am liebsten den ganzen Tag herumgerannt wäre. Es hat seine Gründe, weshalb meine Eltern mich beim Eishockey immer so unterstützt haben. Nur wenn ich fix und fertig vom Training nach Hause kam, saß ich ausnahmsweise ruhig am Schreibtisch. Und auch wenn ich inzwischen selbst weiß, wie wichtig eine gute Ausbildung ist, schaffe ich es kaum, konzentriert zu lernen.

»He, so langsam musst du dich echt ranhalten! Wir wissen beide, was passiert, wenn du noch eine schlechte Note kassierst.«

Mikas Worte lassen mich die Lippen fest zusammenpressen. O ja, und wie ich das weiß, nachdem ich letztes Jahr fast zwei Monate auf der Bank verbringen durfte, weil mein Notendurchschnitt zu schlecht geworden war. Und auch dieses Jahr sieht es nicht viel besser aus.

»Ich bin mir sicher, dass dein Team nicht begeistert wäre, wieder auf dich zu verzichten, nur weil du zu faul bist, die

Schulbank zu drücken. Vor allem, weil du es besser kannst, Gray. Benutz das Gehirn, das Gott dir geschenkt hat.«

Am liebsten hätte ich bei Mikas Worten ironisch aufgeschnaubt. Es ist nicht so, dass ich zu faul bin. Verdammt, ich trainiere jeden Tag in der Woche für meine Ziele! Aber wenn es ums Lernen geht, wird einfach alles andere viel interessanter. Ich versuche mich zu fokussieren, nur um fünf Minuten später festzustellen, dass ich mich wieder habe ablenken lassen.

Aber letztendlich kommt es aufs Gleiche hinaus: Mika hat recht. Wenn ich aufs Eis will, muss ich meinen Notenschnitt halten – egal wie schwer es mir fällt.

»Ich weiß. Vielleicht sollte ich mir einen Lernpartner suchen, der mich dazu zwingt, die Sachen zu machen.« Ich lasse den Blick durch den Raum schweifen und bleibe bei zwei heißen Mädchen in der Reihe vor uns hängen. Als eine der beiden sich kurz umdreht und meinen Blick auffängt, schlägt mir Mika kräftig auf den Arm.

»Lernpartner? Gut Idee. Aber bei den beiden bist du definitiv falsch. Die lenken dich mehr ab, als dass sie dir helfen. Und mir fehlt die Zeit, dir in den Arsch zu treten.«

Seufzend bemerke ich, dass sich das Mädchen bereits wieder umgedreht hat, muss Mika aber zustimmen. »Ach ja, und wen schlägst du sonst vor?«

»Keine Ahnung, such dir jemanden, der sich nicht so leicht vom Lernen ablenken lässt, und klemm dich an ihn. Irgendjemanden wird es schon geben, der sich von deinem Charme nicht beeindrucken lässt.«

Ich stütze das Kinn auf und blinzle übertrieben zu Mika hinüber. »Niemand kann meinem Charme widerstehen.«

Er verdreht nur schnaubend die Augen und konzentriert sich wieder auf Mrs Forell. Das versuche ich auch, aber verdammt, von was redet sie da?

Natürlich hätte ich gleich am Montag nachholen sollen, was ich über das Wochenende – und die letzten Wochen – verpasst habe. Aber nach meinen Kursen bleibt mir kaum Zeit, etwas zu essen, bevor ich zum Training muss. Das ganze Team ist hoch konzentriert und gibt alles beim On-Ice-Training. Am Wochenende steht unser erstes Spiel der Saison an, und es ist unser festes Ziel, mit einem Sieg zu starten.

Also bleibt mir nur noch der Abend, doch kaum, dass ich mich hinsetze, geht meine Konzentration flöten. Wann auch immer ich mit der ersten Seite im Lehrbuch beginne, fällt mir etwas Wichtiges ein, was sofort gemacht werden muss. Erst ist es meine Wäsche, die ich heute noch anstellen wollte, dann das alte Brötchen, das ich aus meiner Tasche räumen muss. In der Küche lasse ich mich von Lee und Bas ablenken, die sich um eine Portion Lasagne streiten, und komme erst kurz nach neun zurück an meinen Schreibtisch.

Fest entschlossen, diesen Mist nun anzugehen, erwische ich mich nach zwei Seiten, wie ich mit meinem Handy Angebote für Winterreifen vergleiche, die ich mir bald zulegen muss. Spätestens da gebe ich es auf und beschließe, lieber früh ins Bett zu gehen, mit dem festen Entschluss, morgen den Stoff nachzuholen.

Da ich aber weiß, dass das im Verbindungshaus nichts wird, wenn andauernd jemand in mein Zimmer platzt oder die Jungs gemeinsam zocken wollen, gehe ich tatsächlich am nächsten Tag nach meinen Vorlesungen in die Bibliothek. Das bringt mich zwar um ein gescheites Mittagessen, sodass ich mir nur ein belegtes Brötchen zum Mitnehmen hole, aber nachdem ich auch heute in den Vorlesungen ziemlich schlecht abgeschnitten habe, hat mich eine grimmige Entschlossenheit gepackt. Praktischerweise verirrt sich keiner meiner Freunde in die Bibliothek, sodass mich nichts ablenken sollte.

Davon gehe ich zumindest aus, bis ich das alte Gebäude betrete und als Erstes ein vertrautes Gesicht am Ausleihschalter entdecke. Ich grinse. Wer hätte das gedacht?

Damit beschäftigt, einem anderen Studenten zu helfen, steht Row über ein Buch gebeugt und tippt dann flink etwas in den PC ein. Eigentlich brauche ich nichts, immerhin habe ich all meine Lernsachen bei mir, trotzdem trete ich näher heran.

»Geh in die Abteilung für Soziologie und dort die dritte Regalreihe unter den Initialen des Autors. Da müsste die neuere Auflage stehen.« Der Student bedankt sich, aber Row wendet sich bereits wieder einem Buch zu, das vor ihr liegt.

Als der Kerl daraufhin abzieht, nutze ich meine Gelegenheit und lehne mich lässig gegen den Tresen. Was mache ich hier eigentlich? Vielleicht mich einfach nur vorm Lernen drücken. Auf jeden Fall erwische ich mich dabei, wie ich mein charmantestes Lächeln auspacke und das Kinn locker in die Hand stütze. »Na, wenn das nicht mein Bunny ist.«

Wie von der Tarantel gestochen schießt Rows Blick nach oben, und ich kann für einen Moment Überraschung in ihren Augen sehen, bevor sie unbeeindruckt eine Augenbraue in die Höhe zieht. Dabei blitzt ihr Piercing im Licht auf und lenkt mich für einen Moment ab. Irgendwie verwirrt mich das kleine Stück Metall.

»Wie kann ich dir behilflich sein?«

»Du könntest mich bei unserem Spiel am Samstag anfeuern. Als mein Glücksbringer für diese Saison gehört das zu deinen Aufgaben.«

Jetzt wandert auch ihre zweite Augenbraue nach oben und sie atmet tief durch, bevor sie zu einer Antwort ansetzt. Irgendwie ist es lustig, sie mit dieser dämlichen Tradition aufzuziehen. Vor allem, da sie absolut keine Verpflichtungen hat. Die meisten meiner Teamkollegen verbringen die Nacht mit ihrer Auserwählten und das war's. Aber das weiß Row nicht, und es macht Spaß, sie aus ihrem Schneckenhaus zu locken.

Dieses Mal lächelt sie nur künstlich und erwidert: »Ich habe keine anderen Verpflichtungen, als dir weiterzuhelfen, falls du eine Frage zu einem Titel der Bibliothek hast. Also, gibt es in Bezug *darauf* etwas, was ich für dich tun kann?«

Schulterzuckend gestehe ich locker: »Nein, eigentlich nicht. Ich wollte nur höflich sein und Hallo sagen. Ich wusste nicht, dass du nebenbei arbeitest. Ich habe gedacht, dein Hauptberuf ist Lernen.« Bei der Andeutung auf unser letztes Gespräch grinse ich sie schief an und erwarte, dass sie die Geste erwidert. Stattdessen beobachte ich nur, wie ihr Blick sich verfinstert und sie abwehrend die Arme verschränkt.

»Mhm, na dann. Hallo.«

Ich runzle die Stirn bei ihrer kurz angebundenen Antwort. Ich bin es nicht gewohnt, dass die Leute sich nicht mit mir unterhalten wollen. Und warum auch immer will ich, dass Row keine Ausnahme bildet. Zumal es neulich Nacht nicht so gewirkt hat, als wäre es eine Qual, mit mir zu reden. Ganz anders als jetzt.

»Passt auf jeden Fall zu dir. Wenigstens weiß ich jetzt, auf wen ich zukommen muss, wenn ich Hilfe brauche. Wie lange ...«

Bevor ich ihr eine Frage stellen kann, unterbricht sie mich mit einem lauten Seufzen. Das lässt mich überrascht innehalten, genauso wie ihr verschlossener Blick, als sie die Hände ineinander gefaltet auf den Tresen vor sich ablegt. »Hör mal, ich muss hier wirklich arbeiten, und du hast bestimmt auch Besseres zu tun. Also wenn du einfach durchgehen würdest ...«

Autsch. Das war hart. Und um ehrlich zu sein, sogar unhöflich. Bedeutungsvoll lasse ich den Blick durch den Raum schweifen, in dem weit und breit niemand in Sicht ist, der eine Frage haben könnte. Letztendlich bleibt mein Blick an dem aufgeschlagenen Buch vor Row hängen. Ich bin nicht dumm. Und das hier habe ich auch nicht nötig.

Dieses Mal bin ich derjenige, der eine Augenbraue hochzieht. »Ah, ich sehe schon. Ich gehöre also zu den Leuten, bei denen es sich nicht lohnt, Konversation zu betreiben. Na dann, noch einen schönen Tag.«

Damit packe ich meine Sachen zusammen und verziehe mich. Als ich einen kurzen Blick zurückwerfe und sehe, dass Row sich bereits wieder ihrer Lektüre zugewendet hat, schnaube ich. Das Mädchen lässt sich wohl durch nichts von ihrem Weg abbringen. Vielleicht sollte ich sie fragen, ob sie mein Lernbuddy werden will. Zumindest falls mein Stolz das noch zulässt.

Kapitel 9

Ich bin die ganze Woche schlecht gelaunt. Zum einen hänge ich in meinen Fächern hinterher. Na ja, zumindest bei meinem Plan für das Semester. Und zum anderen ist es nicht nur Alexis, die nach dieser schicksalhaften Party mit Erinnerungen zu kämpfen hat. Immer wenn wir uns treffen, zum Beispiel zu einem Kaffee, erwische ich sie dabei, wie sie nervös ihr Handgelenk umfasst oder sich über die Kieferlinie streift. Und das Schlimme ist, dass ich auch in alte Gewohnheiten verfalle. Am Montagmorgen lasse ich mich tatsächlich vom Gekicher einiger Kommilitonen abhalten, mich bezüglich einer Frage zu melden, und in der Nacht auf Dienstag habe ich seit Langem mal wieder diesen einen Albtraum, der mich meine Schulzeit lang verfolgt hat.

Er beginnt immer gleich. Voller Vorfreude eile ich auf eine Gruppe zu, die sich vor dem Portal meiner alten Highschool versammelt hat. Einige von ihnen sehen mich kommen, heben grüßend die Hand. Ein Mädchen lächelt mich sogar an. Mein Herz macht einen Sprung, und glücklich stelle ich mich zu ihnen. Ich kann nicht wirklich mitreden, sauge aber die Worte der anderen in mich auf. Der Traum ist eingenommen von allumfassenden positiven Gefühlen. Meine Brust schmerzt, als würde sie vor Freude platzen. Das hier ist alles, was ich mir jemals gewünscht habe. Mich nicht wie eine Außenseiterin zu fühlen.

Irgendwann fragt mich ein hochgewachsener Junge mit strubbeligen dunklen Haaren nach meinen Mathehausaufgaben. Er heißt Michael, und allein dass *er* tatsächlich *mich* anspricht, lässt mir die Röte ins Gesicht schießen. Ich bin absolut und bis über beide Ohren in ihn verknallt. Und endlich hat er mich bemerkt.

Die Gruppe setzt sich in Bewegung und ich dackle ihnen bedenkenlos hinterher. Mir macht es weder etwas aus, dass ich einen Schritt hinterherlaufe, noch dass ich nicht weiß, wohin es geht. Ich bin einfach nur froh, dabei zu sein. Dazuzugehören. Wir kommen zur Main Street unserer Stadt und setzen uns in ein Eiscafé. Und das ist das erste Mal, dass mich in der Traumlandschaft Bedrückung überkommt. Denn der Ort löst Erinnerungen aus, die sogar durch den Schleier aus purer Glückseligkeit dringen.

Mir fällt auf, wie alle um mich herum reden, und obwohl ich mittendrin sitze, werde ich nicht daran beteiligt. Noch bin ich voller Hoffnungen. Ich schmeiße etwas in das Gespräch rechts von mir ein und lächle bis über beide Ohren, aber man wirft mir nur komische Blicke zu. Also versuche ich es bei dem Mädchen, das mich vorhin angelächelt hat, und sage ihr, wie schön ich ihr Kleid finde. Sie runzelt nur die Stirn und meint, dass es ihr nicht gefällt. Es ist außer Mode, vom letzten Jahr. Mir ist das peinlich, und ein Teil der Freude wird von Unbehagen überlagert. Ich will nichts Falsches sagen. Also bleibe ich stumm und merke, wie sich Panik in meinem Magen ausbreitet. Ich will es nicht zerstören, jetzt, wo ich endlich dazugehöre.

Dann höre ich, wie Michael etwas zum Chemieunterricht sagt, und sehe meine Chance. Ich bin gut in Chemie. Ich bin in allen Fächern gut, und bevor ich über die Worte nachgedacht habe, sprudelt schon ein Schwall Fachwissen aus mir hervor. Aber nicht über das, was wir gerade lernen. Sondern über die Themen, die wir erst in zwei Monaten behandeln werden. Die Gruppe wird still. Ich spüre all die Blicke auf mir, und in dem Moment wird mir klar, was sie in mir sehen. Eine kleine Streberin, die nicht in den Kleidern der letzten Saison herumläuft, sondern in denen des letzten Jahrzehnts. Ein unbeholfenes Mädchen, das keinen Small Talk betreiben kann, geschweige denn interessant ist. Ein hässliches Entlein, das nicht in die Gruppe passt.

Ab hier nimmt der Traum eine Vogelperspektive ein. Ich befinde mich nicht mehr in meinem Körper, sondern sehe die Szene von oben. Ich weiß alles, höre alles und sehe alles. Ich bin mir sogar bewusst darüber, wie der Traum enden wird, und das lässt mein Herz nervös flattern.

Michael fragt das hässliche Entlein, ob es für sie bestellen kann. Und in dem Wunsch dazuzugehören nickt das hässliche Entlein überschwänglich. Ungeschickt stößt es beim Aufstehen einen Stuhl um, was einige Mädchen zum Lachen bringt. Sie unterdrücken es jedoch schnell, indem sie sich eine Hand vor den Mund schlagen. Trotzdem hallt der Laut nach, gräbt sich in das Gedächtnis des hässlichen Entleins und lässt es rot anlaufen. Es beeilt sich, loszulaufen. Doch kaum hat es sich umgedreht, kichern die ersten Mädchen hinter seinem Rücken. Deuten auf die *Hello Kitty*-Socken, die aus den Schuhen hervorschauen. *»Wie peinlich!«* – *»Von Mode hat sie in ihren Büchern wohl nichts gelesen!«*

An der Theke angekommen, sieht sich das hässliche Entlein um. Es will den Leuten ein Lächeln zuwerfen, aber die Gruppe tuschelt untereinander, keiner scheint es zu beachten. Es hat immer noch die Hoffnung, sich integrieren zu können. *Vielleicht, wenn ich ihnen ihr Eis bringe,* denkt es. Doch als es sich umdreht, um zu bestellen, steht die Gruppe einvernehmlich auf. Innerhalb von Sekunden sind sie aus dem Café verschwunden.

Das ist der Moment, in dem ich wieder in meinen Körper gezogen werde. Denn der Schmerz, als ich mich umdrehe und da niemand mehr ist, ist zu groß, als dass ich ihm entkommen könnte. Er reißt mir den Boden unter den Füßen weg, lässt meine Fingerspitzen taub werden, während ein Tornado aus Emotionen in mir wütet und nichts weiter als Scham und Selbstzweifel zurücklässt.

Doch das Schlimmste sind die Momente nach dem Aufwachen. Wenn ich im Halbschlaf bin und die Realität weiter entfernt scheint als der Traum. Denn in diesen Momenten wünsche ich mich so sehnlichst an den Beginn des Geschehens zurück, um es dieses Mal richtig zu machen, dass ich mit Schnappatmung im Bett liege, eine Hand an die Brust gedrückt, als könnte ich damit mein Herz vorm Zerspringen bewahren. Und dass ich selbst heute, nachdem ich dachte, so viel stärker geworden zu sein, immer noch diese Sehnsucht nach Akzeptanz verspüre, droht mich für einen Moment zu zerstören. Denn ich hatte mir zum Schulabschluss geschworen, dass ich mich nie wieder verstelle, um anderen zu gefallen.

Vielleicht bin ich deswegen so abweisend zu Gray, als er am Nachmittag in der Bibliothek auftaucht. Ich will mir selbst beweisen, dass ich über dem stehe, was mich zwischen Schlaf und Wachsein gefangen hielt. Zudem irritiert es mich, weshalb er sich die Mühe macht, mit mir zu reden. Mal abgesehen davon, dass ich es nicht will. Ich will nur mein ruhiges Collegeleben weiterführen, als hätte es diese Party nie gegeben. Denn auch wenn der Abend einem Paralleluniversum entsprungen scheint, hat es nichts geändert. Ich bin immer noch am liebsten allein.

Grays Worte treffen mich trotzdem unerwartet hart. Ich habe nicht überlegt, ob es ihn verletzen könnte, dass ich seine Gesprächsversuche abwiegele. Wieso auch? Er hat doch genug andere Leute, mit denen er interessantere Gespräche führen kann. Über Sport oder so was. Themen, mit denen ich nichts anfangen kann.

Ich wende mich meinem Buch wieder zu, kaum dass er sich umgedreht hat. Aber die ersten Sekunden starre ich auf die Seite, ohne dass ich wirklich etwas lese. Dafür bin ich zu verwirrt und meine Gefühle zu aufgewühlt nach diesem Traum. Ich will nicht daran zweifeln, ob ich etwas falsch gemacht habe. Aber wahrscheinlich bin ich wirklich unhöflich gewesen. Und meine Eltern haben mich zu gut erzogen, als dass mir das nicht ein schlechtes Gewissen verursacht. Trotzdem schweige ich, als Gray einige Stunden später wieder an mir vorbeiläuft. Ich traue mich nicht, etwas zu sagen, und kaum, dass er aus der Tür raus ist, macht mich das stinkwütend auf mich selbst. Denn so hat die alte Row gehandelt. Sie hat sich nicht getraut, zu sich selbst und ihren Fehlern zu stehen.

Ich brauche die restliche Woche, um wieder in meinen Rhythmus zu finden. Als ich am Samstagabend entspannt auf der Couch sitze, fühle ich mich wieder mehr wie ich selbst. Ich bin allein in der Wohnung, allerdings weiß ich nicht, wo meine zwei Mitbewohnerinnen Mary und Cass sind. Als ich heute Morgen los bin, waren sie noch nicht wach, und als ich vorhin von der Bibliothek zurückgekommen bin, waren sie bereits weg. Also habe ich mir einen Film eingelegt und auf mein Handy gesehen, das den Tag über ausgeschaltet in meiner Tasche gelegen hat. Tatsächlich erwarteten mich sogar mehrere Nachrichten. Eine ist von Cass, die mich aufklärt, dass sie zusammen mit Mary und deren Freund Jackson beim Eishockeyspiel ist. Das lässt in mir ein unwohles Gefühl aufsteigen. Mit genügend Abstand bin ich mir ziemlich sicher, dass Gray mich mit meinen *Bunny-Verpflichtungen* nur aufziehen wollte. Aber indirekt hat er mich eingeladen, zum Spiel zu kommen. Na ja, spätestens am Ende unseres kleinen ... Gesprächs hat er diesbezüglich bestimmt seine Meinung geändert. Und selbst wenn, ich und ein Eishockeyspiel? Dass ich nicht lache. Ich kenne ja nicht einmal die Regeln. Also schiebe ich das Gefühl beiseite.

Allerdings überrasche ich mich, als ich nachfrage, wie der Spielstand ist. Ich weiß nicht einmal, welchen Platz die Jungs letztes Jahr eingenommen haben, aber irgendwie erscheint es mir richtig, mich darüber zu informieren.

Um mich von dem Gedanken abzulenken, öffne ich die anderen Nachrichten. Eine ist von meiner Mom, und ich muss beim Anblick des Bildes, das sie mir geschickt hat, grinsen. Es ist ein Selfie-Versuch meiner Eltern, bei dem das halbe Gesicht meines Dads abgeschnitten ist, während Mom angestrengt die Stirn runzelt, um das Foto zu schießen. Trotzdem ist es süß. Im Hintergrund kann ich unseren Garten erkennen, und ich wäre nur zu gern bei ihnen, um dort die letzten schönen Tage des Spätsommers zu genießen. Aber ich fahre fast vier Stunden nach Hause, und das auch nur, wenn ich ein Auto hätte – was ich nicht habe. Also muss ich mich damit begnügen, meiner Mom zu antworten, dass ich die beiden vermisse.

Ich habe ein sehr enges Verhältnis zu meinen Eltern. Vielleicht liegt es daran, dass ich meine Wochenenden mit ihnen verbracht habe, anstatt mit Freunden wegzugehen. Denn außer Alexis gab es niemanden, mit dem ich etwas hätte unternehmen können. Trotzdem habe ich nie mit ihnen darüber geredet, was in der Schule passiert ist. Was hätten sie auch tun sollen? Gegen Unbeliebtheit hilft kein Elterngespräch mit dem Lehrer. Ganz im Gegenteil.

Ich zucke zusammen, als mein Handy auf einmal in meiner Hand vibriert. Aber es ist nur eine Nachricht von Cass mit einem Daumen nach unten. Ich ziehe eine Augenbraue hoch und warte darauf, dass sie noch mehr schreibt.

Cass: Sieht so aus, als würden unsere Jungs verlieren.

Damit habe ich nicht gerechnet. Und um ehrlich zu sein, weiß ich auch nicht, was man darauf antwortet. Ihr noch viel Spaß zu wünschen käme seltsam rüber, aber eine andere Antwort habe ich nicht in petto. Also schicke ich schlussendlich nur einen traurig blickenden Smiley zurück. Damit kann man kaum falschliegen. Danach öffne ich den Chat mit Alexis, da auch sie mir im Laufe des Tages geschrieben hat.

Alexis: Hab gerade Lee getroffen ... Der hat mich total komisch angesehen. Hoffentlich hat er nicht mitbekommen, wie ich in der Nacht abgehauen bin :(

Meine Atmung setzt bei ihren Worten einen Moment aus. Denn auch wenn ich es für unwahrscheinlich halte, dass Lee etwas mitbekommen hat, besteht eine realistische Chance, dass ein Freund von ihm Wort für Wort gehört hat, was in der Nacht passiert ist. Und Alexis weiß nicht, dass sie einen Zuschauer gehabt hatte. Weil ich es ihr noch immer nicht erzählt habe.

Ich zögere einen Moment, unsicher, wie ich reagieren soll. Zum einen wäre es absolut richtig, ihr reinen Wein einzuschenken, zum anderen ist eine Woche vergangen und Alexis scheint sich endlich wieder gefangen zu haben. Das würde ich mit meinem Geständnis zerstören. Mein Herz pocht unangenehm schnell in meiner Brust, als ich eine Antwort tippe und gleichzeitig einen Entschluss fasse.

Ich: Kann ich mir nicht vorstellen, sonst hätte er schon längst etwas gesagt. Mach dir einfach nichts aus ihm.

Mit dem Teil, den ich auslasse, besiegle ich gleichzeitig mein Schicksal: Denn jetzt muss ich mit Gray reden. Und das nicht nur, um mich zu entschuldigen. Ich muss ihn bitten, Stillschweigen zu bewahren über was auch immer er mitbekommen hat.

Und hoffen, dass die Gerüchteküche nicht schon Bescheid weiß.

Unser Eishockeyteam hat tatsächlich das erste Spiel verloren. Und als hängt davon die Ehre des Colleges ab, ist die Stimmung am Montag auf dem gesamten Campus bedrückt. Dass zudem der Herbst immer mehr einzieht und uns einen kalten Wind beschert, trägt auch dazu bei, dass alle Studenten tief in ihre Jacken gemummelt von einem Gebäude ins nächste jagen, ohne fröhlich zu plaudern oder sich mit einem Kaffee auf eine der Bänke zu setzen.

Meine Stimmung ist allerdings aus anderen Gründen angespannt. Ich habe das Wochenende darüber gegrübelt, wie ich es am besten anstelle, Gray anzusprechen. Einige Male habe ich kurz davorgestanden, ihm eine Nachricht zu schicken, mich letztendlich jedoch nicht getraut. Wie feige das war, gestehe ich mir ein, als ich am Dienstagnachmittag die Bibliothek betrete und dabei unruhig den Blick schweifen lasse. Letzte Woche ist Gray zwar erst zwei Stunden nach meinem Schichtbeginn aufgetaucht, trotzdem könnte er bereits da sein. Genauso wie es möglich ist, dass er gar nicht auftaucht. Ich bin mir nur nicht sicher, ob mir das lieber wäre oder nicht.

Die Entscheidung von mir wegschiebend nehme ich einen großen Schluck Kaffee, den mir Alexis nach meiner letzten Vorlesung vorbeigebracht hat. Ich gehe nach hinten in den Pausenraum der studentischen Aushilfen und lege dort meine Tasche und meine Jacke ab. Den Kaffee behalte ich allerdings bei mir, als ich mich auf die Suche nach der älteren Dame mache, die mir vor einem halben Jahr diesen fantastischen Job angeboten hat, nachdem ich eh gefühlt jede Minute hier verbracht habe. »*Wenn du schon hier bist, kannst du dafür auch bezahlt werden*«, hat Karla zu mir gesagt und mir einen Stapel Bücher zum Aufräumen in die Hand gedrückt. Seitdem greife ich ihr drei-, viermal in der Woche unter die Arme. Letztendlich finde ich Karla hinten in der Abteilung für Jura, wo sie auf einer Leiter steht und der Studentin neben ihr hilft, ein Buch zu finden. »Ah ja, hier haben wir es!«

Mit einem Ächzen steigt sie die Sprossen hinunter, und als das klapprige Ding unter ihr wackelt, mache ich mich schnell daran, die Leiter festzuhalten, bis meine Chefin sicheren Boden unter den Füßen hat. Karla dreht sich lächelnd zu mir um, und als sie mich erkennt, scheinen die Krähenfüße um ihre Augen sich noch zu vertiefen.

»Ach Schätzchen, da bist du ja!« Karla drückt der Studentin das Buch in die Hand, die sich daraufhin bedankt und zurück an ihren Platz geht. Danach werde ich in eine kurze, aber herzliche Umarmung gezogen, und auch wenn es seine Zeit gebraucht hat, bis ich mich an Karlas offenherzige Art gewöhnt habe, erwidere ich mittlerweile die Geste. »Mir ist nicht aufgefallen, dass es bereits so spät ist. Scheint so, als wäre es Zeit für meine Pause.« Karla zwinkert mir verschwörerisch zu und hakt sich bei mir unter, um mit mir nach vorn an den Empfang zu laufen.

»Gibt es heute irgendetwas Spezielles zu tun?« Da Karla aufgrund ihres Rückens nicht mehr schwer tragen soll, übernehme ich es, für sie Neubestellungen auszuräumen, aber Karla tätschelt mir kopfschüttelnd die Hand.

»Nein, nein, Schätzchen. Du darfst heute einfach am Infoschalter bleiben. Meredith kommt nachher und kann die Bücher mit mir zusammen wegräumen.« Vorn angekommen, lässt Karla mich los und geht weiter in Richtung Pausenraum. »Ich bin in einer halben Stunde wieder da!«

»Lass dir Zeit. Ich halte die Stellung.« Dafür schenkt sie mir ein dankbares Lächeln und ist dann um die nächste Ecke verschwunden. Ich wiederum lasse mich mit einem Seufzen auf den Stuhl hinter dem Tresen fallen und nehme einen Schluck von meinem Kaffee, bevor ich ihn neben mir abstelle. Aus einer Schublade zaubere ich das Buch, das ich letzte Woche angefangen habe. *Eine kurze Geschichte der Zeit.*

Zum Lesen komme ich jedoch nicht. Dafür bin ich viel zu unruhig, denn jedes Mal, wenn die Tür aufschwingt, blicke ich mit klopfendem Herz auf, hin- und hergerissen zwischen Angst und Hoffnung, dass es Gray sein könnte. Ich komme mir total heuchlerisch vor. Ich weiß aus eigener Erfahrung, wie es ist, wenn Leute nur nett zu einem sind, weil sie etwas wollen. Und so eine Person will ich absolut nicht sein.

Ich seufze und nehme den letzten Schluck meines Kaffees. Allerdings hätte ich noch zwei weitere trinken können, bevor Gray hier auftaucht. Und wie es das Schicksal so will, bin ich gerade mit einer Studentin beschäftigt, die ein Buch verlängern will. Daher bemerke ich ihn nur aus dem Augenwinkel, und hätte Gray nicht diese übliche selbstbewusste Ausstrahlung der Sportler, hätte ich ihn sogar übersehen. So springt mein Blick jedoch sofort zu ihm.

»Wir können es für weitere ...« Mitten im Satz stocke ich. Gray tippt etwas in sein Handy ein und sieht dabei kein einziges Mal auf. Ich schlucke hart und befeuchte mir die Lippen, bevor ich dem Mädchen vor mir ein kurzes Lächeln zuwerfe und mit einem »Entschuldige, ich komme gleich wieder und dann können wir das Buch verlängern« meinen Platz verlasse. Dann laufe ich Gray hinterher, bevor ich erneut wie ein Feigling kneife. »Gray, warte kurz!«

Meinen Blick fest auf ihn gerichtet, entgeht mir nicht, wie er sich versteift, aber zumindest hält er inne, und das zu meinem Glück auf dem kleinen Gang, der vom Empfang zur Bibliothek führt. So sind wir halbwegs ungestört.

Ich versuche mich an einem freundlichen Lächeln, als Gray sich zu mir umdreht. Aber wahrscheinlich habe ich es verdient, dass er es nur mit einer hochgezogenen Augenbraue quittiert. Unsicher bleibe ich einen Schritt vor ihm stehen. Mein Herz klopft wie verrückt, und im Moment würde ich lieber eine Prüfung schreiben, als mich diesem Gespräch zu stellen. »Wie kann ich dir behilflich sein?« Schon ironisch, wie er meine Worte gegen mich verwendet. Den trockenen Tonfall bekommt er auf jeden Fall gut hin.

»Eigentlich wollte ich nur Hallo sagen.«

Okay, keine Ahnung, woher der Mut für diese Worte stammt, aber sofort schießt mir das Blut ins Gesicht und ich fahre mir nervös über die Augenbraue mit meinem Piercing.

Das hier ist definitiv außerhalb meiner Komfortzone. Der einzige Grund, weshalb ich nicht sofort im Boden versinke, ist, dass einer von Grays Mundwinkeln zuckt, und auch wenn das nicht sein breites Grinsen ist, reicht es, um mir genug Selbstvertrauen zu geben.

»Ich wollte mich entschuldigen. Ich war letzte Woche total unhöflich, und ich hoffe, es reicht dir als Erklärung, dass du mich auf dem falschen Fuß erwischt hast. Zumal ich nicht erwartet habe, dass einer der großen Eishockeyspieler sich mit mir unterhalten will.«

Einige frustrierende Sekunden bleibt es still, bis Gray letztendlich einen Seufzer ausstößt und sich durch die Haare fährt. »Von den großen Eishockeyspielern kann kaum die Rede sein nach der Niederlage am Wochenende. Aber das ist wohl zu deinem Glück, Bunny. In meiner neu gewonnenen Demut verzeihe ich dir.«

Als wäre nichts gewesen, grinst er mich daraufhin wieder an, und mir fällt ein Stein vom Herzen. Was man machen muss, wenn der Gegenüber einem nicht verzeihen will, liegt so weit außerhalb meiner sozialen Kompetenzen, dass es in einem Desaster geendet hätte. Allen Anschein nach habe ich den ersten Part dieses Gespräches geschafft. Jetzt kann mein Herz also aufhören, so schnell zu schlagen, als würde es gleich aus meiner Brust hüpfen. »Ich habe davon gehört. Tut mir leid, dass euer Saisonstart nicht so gut gelaufen ist.« Immer noch nervös spiele ich am Saum meines Shirts herum.

Gray bemüht sich darum, einen ernsten Gesichtsausdruck aufzusetzen, aber wirklich gelingen will es ihm nicht. »Ich werde jetzt nicht sagen, dass es womöglich daran gelegen hat, dass mein Glücksbringer nicht da war. Immerhin will ich es nicht gleich wieder zerstören, dass du mit mir redest, Bunny.«

Ich schlucke die Entrüstung über diesen dummen Spitznamen hinunter, das Augenverdrehen kann ich mir trotzdem nicht verkneifen. »Ist ja nicht so, als hättest du es gerade indirekt gesagt.«

Jetzt grinst Gray wieder. »Ach komm, ein so geschicktes Manöver traust du einem Sportler doch nicht zu.«

Ich muss mir ein Kichern verkneifen. »Über die Definition von ›geschickt‹ kann man streiten.«

Gray öffnet bereits den Mund, doch kommt ihm eine andere Stimme zuvor. »Ähm, Entschuldigung? Ich will hier ungern den ganzen Tag warten.«

Als ich die Studentin mit dem zu verlängernden Buch in der Hand hinter mir entdecke, verziehe ich kurz das Gesicht. Mist, vergessen. Und sonderlich erfreut sieht sie nicht aus, mich hier bei einem kleinen Plausch zu erwischen. »Ich komme!«

Unsicher, was ich jetzt machen soll, wende ich mich halb im Gehen Gray zu und deute dämlich Richtung Empfang. »Sorry, ich muss kurz ... Wenn du ... Ach, egal.« Ich eile mit hochrotem Kopf los, bevor ich weiter herumstottere. Kaum hinterm Tresen angekommen, greife ich nach dem Buch der Frau. »Tut mir leid. So ... Jetzt noch kurz abscannen.« Schnell tippe ich etwas in den Computer ein und reiche das Buch der Studentin zurück. »Es ist nochmals für drei Wochen verlängert. Das ist aber die endgültige Frist.«

Mit leicht säuerlicher Miene nimmt sie ihr Buch entgegen und grummelt ein leises »Danke«. Bevor sie jedoch einen Abgang macht, schweift ihr Blick hinter mich, und der erstaunte Ausdruck, der sich dabei auf ihr Gesicht schleicht, veranlasst mich dazu, mich ebenfalls umzudrehen. An der Wand, die Arme lässig vor der Brust verschränkt, steht Gray. In seiner gefütterten Jeansjacke sieht er dabei noch breiter gebaut aus, und ich muss hart schlucken, da er offensichtlich darauf wartet, unser Gespräch weiterzuführen. Also zwinge ich mich ein weiteres Mal aus meiner Komfortzone und schenke ihm ein verkrampftes Lächeln.

Gray kommt auf mich zu und lehnt sich wie letzte Woche gegen den Tresen. »Ich habe es mir anders überlegt.« Verwirrt über sein Pokerface lasse auch ich mein Lächeln fallen und betrachte ihn stattdessen misstrauisch. Dass ich mich dabei am Schalter festklammere, ist hoffentlich nicht allzu auffällig. Denn diese zwischenmenschlichen Interaktionen, wenn es nicht mitten in der Nacht ist und ich zuvor getrunken habe, zerren ziemlich an meinen Nerven. Vor allem, da Gray die Sorte Mensch ist, von der ich selbst in meinen Träumen links liegen gelassen werde. Aber den Gedanken vertreibe ich gleich aus meinem Kopf. Zum einen hat Gray mir, von seinem Ruf abgesehen, keinen Grund gegeben, ihn in die gleiche Schublade wie Michael zu stecken. Und zum anderen hilft der Gedanke an meine größten Ängste nicht, um mich selbstbewusst zu geben.

»Was hast du dir anders überlegt?«

Das Kinn auf die Hand gestützt lässt Gray seine langen Finger gegen seine Wange trommeln, und ich weiß nicht, wie er es schafft, mir so unverhohlen in die Augen zu sehen, aber ich gebe mir größte Mühe, es ihm gleichzutun.

»Dir zu verzeihen. Das habe ich mir anders überlegt. Ich glaube ...«, das Grinsen, das sich auf sein Gesicht schleicht, lässt mich nichts Gutes ahnen, »ich will erst eine Entschädigung.«

Bei dem listigen Glitzern in seinen Augen schweift meine Vorstellung in eine ganz bestimmte Richtung ab. Die Empörung, die daraufhin in mir aufkommt, hilft mir, ihm die Stirn zu bieten. »Oh, das kannst du dir gleich aus dem Kopf schlagen! Wenn du wieder mit deinen *Bunny-Verpflichtungen* kommst, verzichte ich herzlichst gern auf deine Vergebung. Um ehrlich zu sein, bin ich dann sogar dankbar, wenn du nie wieder mit mir sprichst!«

Ich bin mir sicher, mein Ekel muss mir ins Gesicht geschrieben stehen, und weshalb auch immer lässt das Gray in herzhaftes Gelächter ausbrechen.

»O Gott, Bunny! Was denkst du von mir? Keine Sorge, ich bin nicht scharf auf sexuelle Gefälligkeiten. Ich mag es, wenn die Frau gern mit in mein Bett kommt. Und glaub mir, da gibt es genug Freiwillige.«

Hitze schießt mir in den Kopf, als Gray anzüglich mit den Augenbrauen wackelt, während ich mit dem Blick einer Gruppe Studenten folge, die gerade in die Bibliothek kommt. Jepp, die haben definitiv jedes Wort mitgehört. Auch Gray bemerkt die Leute, als sie hinter ihm vorbeilaufen. Allerdings scheint er sich keine Gedanken darüber zu machen. Dieses Selbstvertrauen hätte ich auch gern. Stattdessen stoße ich langsam, aber sicher an meine Grenzen. Ein leerer stiller Raum, ganz für mich. Das wäre jetzt großartig.

Einen tiefen Atemzug nehmend, frage ich schließlich: »Und was willst du dann?«

»Werde mein Lernbuddy.« Die Antwort kommt wie aus der Pistole geschossen, sodass mein Gehirn eine Sekunde braucht, um die Worte zu verarbeiten. Und damit erwischt er mich eiskalt. Wahrscheinlich sieht es ziemlich bescheuert aus, wie ich nach hinten stolpere und auf meinem Stuhl lande, als hätte man eine Kugel auf mich abgefeuert und nicht nur drei harmlose Worte.

»Ich gebe keine Nachhilfe.« Die Antwort erfolgt völlig automatisch. Genauso monoton und mechanisch hört sie sich auch an.

Eindeutig verwirrt von meiner Reaktion runzelt Gray die Stirn. »Ich will ja auch keine Nachhilfe. Wir haben nicht mal Fächer zusammen. Ich brauche nur jemanden, der mir auf die Finger klopft, wenn ich mich ablenken lasse. Irgendwie hänge ich in meinen Kursen ständig hinterher, und das kann ich mir mit meinem straffen Trainingszeitplan auf Dauer nicht erlauben. Sonst schaffe ich es nicht, meinen Notendurchschnitt zu halten.« Die Erwähnung, dass er nicht meine Aufzeichnungen oder sonst was haben will, lässt mich zumindest weit genug aus meiner Defensivhaltung aufschrecken, dass ich seine restlichen Worte bewusst verarbeite. Trotzdem traue ich dem Ganzen nicht. Wann auch immer man mich um Hilfe gebeten hat, wurde ich als Abkürzung für gute Noten genutzt und dabei wie ein Fußabtreter behandelt. Das werde ich auf dem College nicht zulassen. Es ist nicht so, als hätten mich nicht Kommilitonen um meine Mitschriften, Zusammenfassungen oder Hausarbeiten gefragt. Aber wenn man sonst kein Wort mit mir wechselt, sind die Hintergedanken doch auffällig.

»Aha, und was genau erwartest du von mir?«

Sich von mir nicht aus der Ruhe bringen lassend, zuckt Gray locker mit den Schultern. »Eigentlich nur, dass du dich neben mich setzt, mir das Handy wegnimmst und mir keine andere Wahl lässt, als mich meinen Lehrbüchern zu widmen. Du scheinst mir so, als würdest du dich von nichts ablenken lassen, und ich möchte mir davon etwas abschneiden.«

Immer noch argwöhnisch mustere ich ihn. Das ist eine sehr seltsame Bitte. »Gray, ich habe keine Zeit, jeden Tag deine Mommy zu spielen und nachzusehen, ob du deine Hausaufgaben machst.«

Gray richtet sich auf und rückt den Rucksack auf seinen Schultern zurecht. »Sagt ja auch niemand. Vielleicht ...« Suchend lässt er den Blick schweifen, bleibt an der zweiten Hälfte des Schalters hängen, die wir nie besetzt haben, und grinst. »Ich könnte mich neben dich setzen und du müsstest nichts anderes machen, als ganz normal deinem Job nachzugehen und mir hin und wieder einen Klaps zu verpassen, wenn ich nicht konzentriert lerne.«

Mit einem mulmigen Gefühl im Magen betrachte ich den leeren Stuhl neben mir. Eigentlich gibt es nichts dagegen einzuwenden. Es würde mir auch nicht viel abverlangen. Aber mein Inneres sträubt sich dagegen. Ich liebe meine Arbeit, weil ich hier die meiste Zeit meine Ruhe habe. Mit einem Eishockeyspieler an meiner Seite, so befürchte ich, wird sich das bald ändern.

»Komm schon, Row. Gib mir eine Chance.«

Die Worte schleudern mich zurück zu unserem Wasserpong-Spiel. Damals hat Gray mir auch vorgeworfen, den Leuten keine faire Chance zu geben. Und ich weiß nicht warum, aber er lässt mich mein Verhalten anzweifeln. Vielleicht bin ich tatsächlich zu verschlossen. Und auch wenn ich meine Gründe dafür habe, werde ich nie etwas Neues erfahren, wenn ich es nicht zulasse. Selbst Alexis hat gesagt, dass sie mich auf die Party geschleppt hat, damit ich endlich einen Teil meiner Dämonen loswerde.

»Gut, wir können es ausprobieren.«

Sofort strahlt er mich an und schwingt seine Tasche über den Tresen. »Super! Ich werde dir gar nicht auffallen.«

Als ich Gray dabei beobachte, wie er sich auf den Stuhl neben mir fallen lässt, muss ich einen tiefen Atemzug nehmen. Hoffentlich übernehme ich mich nicht mit diesem ewig grinsenden Eishockeyspieler. »Das hoffe ich auch für dich. Das ist nämlich eine meiner Bedingungen, damit ich dein Lernbuddy bin.«

Seine Notizen und Bücher ausbreitend wirft mir Gray nur ein kurzes Grinsen zu. »Aha, und was sind die anderen?«

Da muss ich nicht lange überlegen. »Du nennst mich nicht mehr Bunny. Oh, und du bringst mir immer einen Kaffee mit. Sonst komme ich mit deinem Gemüt nicht zurecht. Milch und zwei Stück Zucker. Und ...« Ich zögere und das veranlasst ihn, zu mir herüberzusehen. »Und du erzählst niemandem, was auch immer du in der Nacht von Alexis mitbekommen hast. Das ist nichts, was hier die Runde machen muss.« Bei meinem ernsten Blick bildet sich eine steile Falte zwischen Grays Augenbrauen, doch seine Züge glätten sich schnell wieder und er lässt klickend seinen Kugelschreiber aufspringen.

»Okay, dann ist es also beschlossene Sache: Als Entschädigung dafür, dass ich dir dein unhöfliches Verhalten verzeihe, zwingst du mich dazu, konzentriert meine Vorlesungen nachzubereiten. Und das machst du so lange, wie ich dir nicht zu sehr auf die Nerven gehe, dir einen Kaffee mit Milch und zwei Stück Zucker mitbringe und kein Wort über etwas verliere, von dem ich schon gar nicht mehr weiß, was du meinst.«

Mit verschränkten Armen lehne ich mich in meinem Stuhl zurück. »Du hast etwas vergessen.«

Er reagiert auf meine Worte mit einem schelmischen Grinsen. »Ich habe nichts vergessen, Bunny. Ich habe nur das ausgelassen, was ich dir so oder so nicht versprechen kann. Und außerdem«, sein Gesichtsausdruck wird ernst, »habe ich niemandem etwas über Alexis erzählt. Ich hätte es nicht mitbekommen sollen und habe auch kein Recht, darüber zu urteilen, nachzubohren oder es weiterzuerzählen. Für mich ist da nichts passiert.«

Und das ist der Moment, in dem ich mich in Grays Gegenwart entspanne. Vielleicht verzeihe ich ihm deswegen sogar diesen dämlichen Spitznamen.

Kapitel 10

Mein erster Nachmittag als Lernbuddy verläuft tatsächlich ganz angenehm. Gray stört mich erstaunlicherweise nicht. Mir wird zwar schnell klar, dass er sich wirklich leicht ablenken lässt, denn ich erwische ihn schon nach zehn Minuten dabei, wie er Löcher in die Luft starrt, anstatt sich auf seine Lernsachen zu konzentrieren. Aber ich nehme ihm einfach beim Wort und verpasse ihm einen Klaps auf den Hinterkopf. Das lässt ihn aus seiner Tagträumerei aufschrecken und mit einem erstaunten Gesichtsausdruck zu mir herumfahren.

»Aua, was sollte das denn?«

Ich erröte und bin mir nicht mehr so sicher, ob ich richtig gehandelt habe. Aber davon lasse ich mir nichts anmerken, sondern ziehe nur gespielt unbeeindruckt eine Augenbraue in die Höhe. »Ich komme meiner Pflicht nach. Du sollst nicht herumträumen, sondern arbeiten.« Ich deute auf das aufgeschlagene Buch vor ihm, und er stützt mit einem Seufzen seinen Kopf auf der Hand auf.

»Ich sehe schon, bei dir bin ich richtig gelandet.« Oh, und wie er das ist. Wenn es um Disziplin beim Lernen geht, bin ich die Meisterin.

Innerhalb einer Stunde habe ich ihm noch vier weitere leichte Schläge gegeben, und nachdem er beim letzten mit einem Stöhnen das Gesicht in den Händen vergräbt und etwas von »Schlimmer als eine Gefängniswärterin« murmelt, muss ich mir sogar ein Lächeln verkneifen. Denn die leichte Verzweiflung steht Gray. Bei diesem Anblick kann man fast vergessen, dass er eine Gottheit auf dem Eis ist. Er wirkt einfach ganz normal. Definitiv zu attraktiv und zu charmant, wie er zwei Studentinnen ein verführerisches Lächeln schenkt – was ihm übrigens Schlag fünf auf den Hinterkopf einbringt –, aber nicht mehr so ... perfekt. Hier in der Bibliothek quält er sich mit den gleichen Problemen herum wie jeder andere Student.

Und das bewirkt Wunder für meine strapazierten Nerven. Innerhalb von zwei Stunden höre ich auf, mir Gedanken über das zu machen, was ich gegenüber Gray äußere. Ich kann völlig entspannt in meinem Buch weiterlesen und werfe ihm keine unsicheren Seitenblicke zu, wenn ich einem Studenten bei seinen Belangen weiterhelfe, weil ich mich beobachtet fühle. Und dadurch ist es tatsächlich angenehm mit ihm.

Als Gray gegen fünf Uhr nachmittags seine Sachen einpackt, betrachte ich ihn kritisch, voll in meiner Rolle als Gefängniswärterin. »Was machst du da?«

Mit einem Schmunzeln steckt Gray seinen Block zurück in die Tasche. »Nicht gleich wieder zuschlagen, Bunny! Ich habe Training, und so ungern ich deine Erziehungsmaßnahmen an diesem Punkt abbreche, muss ich wirklich los, wenn ich vom Coach nicht auch diszipliniert werden will. Ich bin mir zwar nicht sicher, wie viele Gehirnzellen ich verloren habe, aber so produktiv war ich mein ganzes Leben noch nicht. Danke.« Er zwinkert mir zu und ich lächle zurück. »Wann darf ich mich wieder in deine Obhut begeben?«

Seine Tasche schulternd sieht Gray mich erwartungsvoll an, und entgegen all meiner sonstigen Abneigung, zucke ich nur mit den Schultern und sage: »Ich arbeite meistens Dienstag-, Donnerstag- und Freitagnachmittag. Komm einfach vorbei, wann es dir passt. Ich bin sowieso da.«

Mit einem spitzbübischen Lächeln betrachtet mich Gray, während er hinter dem Tresen hervorkommt. »Bin ich damit in den Kreis der Leute aufgenommen, die du nicht als störend empfindest?«

Ich lasse mir nicht anmerken, wie persönlich ich die Frage finde. Denn um ehrlich zu sein, bedeutet es das wirklich. Und das lässt ein flattriges Gefühl in meinem Magen entstehen. »Das heißt, du gehörst zu den Auserwählten, die mir einen Kaffee mitbringen dürfen.«

Kurz bevor er aus der Tür verschwindet, wirft er mir über die Schulter ein »Aye, aye, Madame!« zu, das mich seufzend den Kopf schütteln lässt. Der Kerl hat sie doch nicht alle.

Trotzdem verlässt das kleine Lächeln meine Lippen nicht mehr.

Am Abend sitze ich vor meinem Ökologiebuch und fasse das Kapitel für die nächste Stunde zusammen. Natürlich wäre es viel zeitsparender, mir die Kapitel nur durchzulesen, aber ich finde, dass das Schreiben dabei hilft, die Dinge auch langfristig zu behalten, und mir fällt es leichter, mit meinen eigenen Notizen zu lernen. Ich bin dabei so konzentriert, dass ich das Klopfen an meiner Zimmertür zuerst überhöre. Zumindest bis Alexis die Tür aufreißt und hereinmarschiert. Aber auch dieser Auftritt lässt mich nur kurz hochsehen, bevor ich weiterschreibe. Denn um ehrlich zu sein, passiert es mit erstaunlicher Regelmäßigkeit, dass ich vor lauter Lernen unser wöchentliches Filmdate vergesse und Alexis deswegen in mein Zimmer platzt. Sie lässt sich ohne ein Wort auf mein Bett fallen und wirft mir nur einen bedeutungsvollen Blick zu.

»Buch zu, Row! Es ist nach neun, da sollte man sich entspannen dürfen.«

Abwinkend deute ich auf das Ende meines Bettes, wo mein Laptop liegt. »Ich brauche noch kurz. Aber wenn du willst, kannst du schon etwas auf Netflix raussuchen.« Darauf höre ich nur ein Rascheln und ein Seufzen, als Alexis feststellt, dass sie von ihrer jetzigen Position aus nicht an den Laptop kommt. Über das Bett ausgestreckt liegt sie da, einen Arm in

Richtung Laptop gestreckt, zu dem ihr jedoch gute fünfzig Zentimeter fehlen. »Wenn du nicht seit Neuestem Jedikräfte besitzt, könnte aufstehen hilfreich sein.«

Schmollend schiebt Alexis ihre Unterlippe vor und lässt den Arm fallen. »Meine Beine sind Wackelpudding nach dem Training heute.« Anklagend deutet sie auf die Sporttasche, die sie vor meinem Bett abgestellt hat, und erst jetzt fällt mir auf, dass ihre Haare vom Duschen noch leicht nass sind. Anscheinend ist sie vom Fitnessstudio direkt hergekommen, und vielleicht bin ich etwas schadenfroh, als ich Alexis dabei beobachte, wie sie sich die Oberschenkel massiert.

»Tja, ich sage es immer wieder: ›Sport ist Mord‹.« Ich grinse sie fies an bei dieser kleinen Stichelei. Es ist schön, dass Alexis zu ihrem üblichen Gemüt zurückgekehrt ist.

»Und ich sage immer wieder: ›Lernen ist Mord‹. Aber anscheinend sind wir beide ziemlich versessen darauf zu sterben.«

Augenverdrehend schmeiße ich meinen Kugelschreiber nach ihr und drehe mich wieder zu meinem Schreibtisch um. »Du weißt einfach nicht, was gut für dich ist. Aber keine Sorge, ich werde dich immer aufnehmen, wenn ich mit einem super Job dastehe und du deine Miete nicht mehr bezahlen kannst.« Wieder ertönt ein Rascheln, gefolgt von einem Seufzen. Vermutlich hat Alexis sich auf den Rücken gerollt und melodramatisch eine Hand an die Stirn gelegt. »Meine Güte, nicht mal das College beendet und schon so eingebildet. Ich erwarte eine richtig große Villa, wenn ich zu dir angekrochen komme!«

Ihre Worte werden von dem Stift begleitet, den sie mir zurückwirft. Er fliegt knapp an meinem Kopf vorbei und landet auf meinem Schreibtisch. Ich ducke mich kichernd.

»Schnapp dir einfach mein Handy, darüber kannst du auch auf Netflix.«

Mit diesen Worten nehme den Kugelschreiber wieder in die Hand und vertiefe mich in meine Lektüre. Mir fehlen noch drei Seiten, und ich bin mir zwar nicht sicher, wie viel Zeit ich dafür noch brauche, doch Alexis bleibt still und lässt mich konzentriert arbeiten. Das liebe ich an ihr. Sie versteht, dass ich als Erstes hier fertig sein muss, bevor ich mich entspannen kann, und sie respektiert es. Die meisten anderen hätten sich wahrscheinlich echauffiert, dass ich mich trotz Besuch nicht von meinem Buch löse. So vergesse ich fast, dass ich nicht allein bin, bis ich den letzten Punkt setze und mich mit einem Seufzen auf dem Stuhl strecke, um meine Schultermuskulatur zu dehnen. »So, ich bin fertig. Was hast du ausgesucht?«

Mit einem Lächeln auf den Lippen drehe ich mich zu Alexis um, die jedoch wie gebannt auf mein Handy starrt. »Oh. Mein. Gott. Row.« Ihr Blick schießt nach oben, und bei dem Glitzern in ihren Augen bekomme ich es mit der Angst zu tun.

»Was?« Ich verschränke die Arme vor der Brust und runzle die Stirn.

Langsam breitet sich ein Grinsen auf Alexis' Gesicht aus, und dafür, dass sie sich vorhin nicht von der Stelle bewegen wollte, ist sie schneller in einer aufrechten Position, als ich gucken kann. »Wieso hast du gerade eine Nachricht von Jonah Grayham erhalten?« Als wäre es der Heilige Gral, hält Alexis mein Handy in die Luft, doch ich brauche einen Moment, bis ich verstehe, was sie meint. Jonah Grayham ...? Gray!

Wie von der Tarantel gestochen springe ich auf und reiße Alexis das Handy aus der Hand, die sich bei meiner Reaktion lachend auf den Rücken fallen lässt. Dabei will ich nur vermeiden, dass sie den Chat liest, in dem Gray Alexis wünscht, dass es ihr bald besser geht ... Zumindest sage ich mir das, während ich mit hochrotem Gesicht das Handy an meine Brust drücke.

Wieso in Gottes Namen schreibt mir Gray? Und weshalb nennt ihn jeder Gray und nicht Jonah? Das ist vielleicht nebensächlich, aber mein Gehirn bevorzugt es gerade, sich mit den unwichtigen Dingen zu beschäftigen.

»Was hast du gelesen?«

Über ihr Kichern hinweg bemerkt Alexis nicht die Panik in meiner Stimme. »Nichts. Als ich den Namen Gray gesehen habe, war mein Gehirn so lahmgelegt, dass die Benachrichtigung bereits wieder verschwunden war. Wieso weiß ich nichts davon, dass du seine Nummer eingespeichert hast?«

Anzüglich wackelt Alexis mit den Augenbrauen, aber ich nehme es vor Erleichterung kaum wahr. Ich traue mich sogar, den Klammergriff um mein Handy zu lösen, um es zu entsperren.

Gray: Habe schon einen Dauerauftrag im Café aufgegeben. Kaffee mit Milch und zwei Stück Zucker ;)

Ich weiß nicht, ob ich grinsen oder ihn verfluchen soll, also entscheide ich mich letztendlich für ein Seufzen. Das veranlasst Alexis, in ihrer Funktion als beste Freundin, quietschend herumzuzappeln und in einer Tour »Erzähl schon! Erzähl schon! Erzähl schon!« von sich zu geben. Als sie sich letztendlich ein Kissen greift und es nach mir wirft, ergebe ich mich mit erhobenen Händen. »Ist ja gut! Ich erzähl es ja.«

Zumindest den Teil, der Alexis nicht an das Tief der letzten Woche erinnert. Mit großen Augen sieht sie mich erwartungsvoll an. Was mich erneut zum Seufzen bringt. Gleichzeitig kann ich mir das Lächeln nicht verkneifen. Ich komme mir vor wie in einem Teeniefilm.

»Wir haben uns später auf der Party unterhalten. Na ja, eigentlich haben wir Wasserpong gespielt ...«

»Wasserpong?«

Stimmt ja, der Begriff ist nicht unbedingt jedem geläufig. Jetzt muss ich wirklich grinsen. »Du weißt schon, Beerpong, nur mit Wasser. Hast du das noch nie gespielt? Ist der absolute Hit bei den Anti-Alkis. Moment, stimmt ja ... dazu gehörst du ja nicht.«

Provozierend ziehe ich eine Augenbraue hoch, doch Alexis vergräbt nur die Zähne in der Unterlippe, um sich ein Lachen zu verkneifen. »Süß, ihr habt schon das erste Spiel zusammen erfunden. Darf ich die Namen für die Kinder aussuchen?«

Touché. Aber die Richtung, in die das Gespräch steuert, gefällt mir nicht, also setze ich wieder einen ernsten Gesichtsausdruck auf. »Du weißt ganz genau, dass das nicht so was ist.«

Im Gegensatz zu Alexis habe ich null Erfahrung mit Jungs. Oder zumindest lasse ich den einen keuschen Kuss mit Flo in der achten Klasse nicht als solche gelten. Immerhin war es nur eine Bestechung gewesen, damit ich die ganze Arbeit bei unserem Geschichtsprojekt übernahm.

»Ach ja, und was ist es dann?«

So beiläufig wie möglich zucke ich mit den Schultern. »Er hat mich zu seinem Lernbuddy auserkoren. Oder na ja, viel mehr zu seiner Gefängniswärterin.« Ich unterdrücke mein Schmunzeln, in dem Wissen, dass Alexis sonst wieder etwas hineininterpretieren wird.

»Lernbuddy?«, zweifelt sie. »Ich habe gedacht, du lässt dich auf so was nicht mehr ein.«

Es berührt mich, dass Alexis' zuvor neckender Tonfall sofort zu einem besorgten umgeschlagen ist. Anscheinend gehen ihre wilden Fantasien von mir und Gray nicht so weit, dass sie vergisst, weshalb ich sonst so verschlossen gegenüber anderen bin. Und auch wenn meine erste Reaktion genauso ausgefallen ist, macht mir die ganze Lernbuddy-Geschichte inzwischen fast gar nichts mehr aus. Das vor Alexis zu gestehen lässt mich allerdings verlegen erröten.

»Es ist nicht ›so was‹. Ich gebe ihm keine Nachhilfe. Worin auch? Wir haben keine Kurse zusammen. Ich habe ihm nur erlaubt, sich während meiner Arbeit in der Bibliothek neben mich zu setzen, und ich habe das Recht, ihn jedes Mal zu schlagen, wenn er sich von seinen Lernsachen ablenken lässt.« Na also, ausgesprochen hört es sich nach keiner großen Sache an, oder?

Aber das scheint Alexis anders zu sehen, denn sie starrt mich aus großen Augen an.»Aha ... Und was ist dein Vorteil dabei?«

Für einen Moment bin ich perplex von der Frage.»Wieso brauche ich denn einen größeren Nutzen davon?«

Alexis schmunzelt bei meinem verwirrten Gesichtsausdruck.»Nun ja, weil ich an meinen Händen abzählen kann, wie viele Menschen du eng genug ins Herz geschlossen hast, um nur ihretwegen etwas für sie zu tun. Und das letzte Mal, als ich nachgezählt habe, war Gray noch keine dieser Personen.«

Dem kann ich kaum widersprechen. Selbst bei Cass und Mary habe ich fast zwei Monate gebraucht, um mich halbwegs wohlzufühlen. Und die beiden sind, was ihren Charakter angeht, bei Weitem nicht so speziell wie Gray. Klar, vielleicht habe ich zum Teil für seine Verschwiegenheit dem Deal zugestimmt, aber ich habe Gray geglaubt, als er sagte, er würde so oder so niemandem davon erzählen. Also kann ich es kaum darauf schieben.

Irgendwie ist es mit ihm einfach anders. Er unterhält sich mit mir so selbstverständlich und unverblümt, dass es unmöglich ist, ihn zu ignorieren. So direkt wie er hat mir noch nie jemand gesagt, dass ich mich unhöflich verhalte. Und auch wenn ich mir wünschen würde, auf seine Meinung nichts zu geben, habe ich sie mir doch zu Herzen genommen. Dass Gray es schafft, mich auf diese Weise zu berühren, ist ziemlich beängstigend und zudem auch verdammt verwirrend.

Deswegen teile ich meine neu gewonnene Erkenntnis nicht mit Alexis, sondern zucke nur mit den Schultern.»Er bringt mir Kaffee mit, reicht dir das als Nutzen?«

Alexis fängt wieder an zu grinsen. »Wenn ein Kaffee alles ist, was *du* brauchst. Ich werde mich nicht darüber beschweren, dass du Zeit mit einem superheißen Eishockeystar verbringst.«

Ich setze schon dazu an, Alexis erneut zurechtzuweisen, da winkt sie bereits ab. »Versuch es erst gar nicht. Und jetzt komm endlich mit deinem Laptop her. Ich brauche meine Dosis *Magic Mike*. Immerhin habe ich keine Lerndates mit so einem Leckerbissen wie Gray.«

Kapitel 11

Mit meiner Einladung, dass Gray zu jeder Zeit vorbeikommen kann, habe ich einen großen Fehler begangen. Denn das bedeutet, dass ich tatsächlich nie weiß, ob er kommt oder nicht. So erwarte ich den ganzen Donnerstag, dass Gray jede Minute durch die Tür marschieren könnte, und kann mich kaum länger als eine Sekunde konzentrieren.

Entsprechend schlecht gelaunt bin ich am Nachmittag. Am liebsten würde ich Gray dafür die Schuld in die Schuhe schieben, aber das wäre ziemlich unfair. Immerhin macht er nichts Falsches. Stattdessen bin ich sauer auf mich. Denn ich sollte mich von einem Eishockeyspieler nicht so aus dem Gleichgewicht bringen lassen. Ich werde nicht zu einer jüngeren Version von mir selbst mutieren und darauf hoffen, Beachtung von Menschen zu finden, die mir eigentlich egal sein können. Also zwinge ich mich dazu, den Blick starr auf mein Buch zu richten, und Wunder über Wunder, ich schaffe es die letzte Stunde tatsächlich, ein paar Seiten weiterzukommen und mich an das zu erinnern, was ich gelesen habe.

Am Freitag gelingt es mir für die erste Stunde sogar, meiner Arbeit normal nachzugehen. Was vielleicht auch daran liegen könnte, dass ich im hinteren Teil der Bibliothek bin und Bücher einsortiere. Die Tätigkeit ist eintönig, aber nach Biochemie genau das Richtige, um den Rauch in meinem Kopf zu lichten. Als alle Bücher eingeräumt sind, mache ich mich wieder auf den Weg nach vorn, um Karla Bescheid zu geben, dass ich fertig bin.

Allerdings bleibe ich wie zur Salzsäule erstarrt stehen, als ich Gray am Tresen angelehnt vorfinde und ihn dabei erwische, wie er meine Chefin um den Finger wickelt. Und bei der Art, wie Karla lachend seinen Arm tätschelt, ist er ziemlich erfolgreich.

»Ach Schätzchen, das ist ja herrlich! Eine so erfrischende Geschichte habe ich schon lange nicht mehr gehört! Deine Grandma scheint eine ganz besondere Person zu sein. Ich hoffe, du besuchst sie regelmäßig.« In mütterlicher Manier ermahnt Karla Gray mit dem Zeigefinger und lächelt ihn dabei milde an.

»So oft ich kann, Karla, das verspreche ich. Aber neben dem College und dem Training ist es manchmal schwer, genug Zeit für die Familie zu finden.«

Karla stößt ein wehmütiges Seufzen aus und drückt Grays Hand. »Schlimm, wie euch jungen Leuten immer mehr die Zeit fehlt. Ihr solltet euer Leben genießen und nicht nur von einem Termin zum anderen rennen. Roween, das fleißige Mädchen, versuche ich auch dazu zu bringen, die Bücher aus der Hand zu legen und ein bisschen zu leben. Aber ihr scheint immer so unter Strom zu stehen, immer mit der Deadline für die nächste Prüfung beschäftigt, wie soll man da noch loslassen?«

Mit hochroten Wangen schaffe ich es nicht, mich zu bewegen. Vor allem nicht, als ich bemerke, wie Gray bei Erwähnung meines vollständigen Namens ein Stück breiter grinst.

»Ich kann dir nur zustimmen. Aber Roween werden wir noch von ihren Büchern loseisen ...«

Hinter mir will sich eine lautstarke Studentengruppe vorbeidrängeln und ich stolpere zwei Schritte nach vorn. Das hat allerdings zur Folge, dass Karla und Gray auf mich aufmerksam werden, und während meine Wangen bei Grays Blick noch stärker brennen, scheint es ihm nicht unangenehm, bei ihrem Gespräch erwischt worden zu sein.»Aha, wenn man vom Teufel spricht. Da ist ja meine Diktatorin.«

Gezwungenermaßen trete ich näher zu den beiden heran. »Ich bin mit den Büchern fertig. Was kann ich sonst noch tun?«

»Oh, wie ich gehört habe, hast du noch einen Nebenjob bei diesem jungen Mann angenommen. Von daher würde ich vorschlagen, dass ich mich nach hinten verdrücke und euch zwei Süßen Platz mache. War schön, dich kennenzulernen, mein Lieber, und lass dich nicht zu sehr von unserer Roween in die Mangel nehmen.« Mir schelmisch zuzwinkernd knufft Karla Gray ein letztes Mal und verschwindet dann schnell.

Gray grinst wie eh und je und hält mir einen Kaffeebecher unter die Nase, als wäre nichts gewesen.»Bitte schön, die gewünschte Menge Koffein. Ich habe als Entschädigung für mein Fernbleiben gestern mir von dem Barista eine Empfehlung geben lassen und dir etwas Ausgefalleneres besorgt. Aber falls es dir nicht schmeckt, habe ich vorsichtshalber auch deinen Kaffee mit Milch und zwei Stück Zucker dabei. Wie du siehst, bin ich auf alles vorbereitet.«

Während ich perplex den Pappbecher annehme, stellt Gray einen zweiten auf den Tresen ab und schmeißt seine Tasche auf den Stuhl, den er schon Dienstag besetzt hat. Bei der Selbstverständlichkeit könnte man meinen, dass er schon mehrere Monate hier arbeitet und nicht ich. Ich muss mich so langsam mal am Riemen reißen!

Doch zuerst nehme ich einen großen Schluck von dieser Kaffeekreation, deren köstlicher Duft mir schon in die Nase strömt, seitdem Gray sie mir in die Hand gedrückt hat. Und o mein Gott ... Ich bin süchtig. Mit großen Augen nehme ich noch einen Schluck und seufze leise. Himmlisch. Was ist das?

»Na, schmeckt's?« Gray sitzt schräg gegenüber von mir und hat die Arme auf der Holzoberfläche des Empfangstresens aufgestützt, während er mich mit funkelnden blauen Augen betrachtet.

Aber ich bin viel zu begeistert von diesem Schatz, den er mir da mitgebracht hat, um mich von Grays Aussehen, Grays Ausstrahlung, Gray überhaupt aus dem Konzept bringen zu lassen. »Willst du mich auf den Arm nehmen? Das ist göttlich! Was hast du da genau bestellt?«

Ich nehme einen weiteren Schluck und lasse die Geschmacksexplosion genüsslich auf meiner Zunge zergehen. Da sind so viele verschiedene Geschmacksnoten, dass es mir schwerfällt, sie auseinanderzuhalten. Alles, was ich weiß, ist, dass es genau richtig süß ist und die verschiedenen Gewürze eine perfekte Mischung ergeben.

»Scheint, als dürfte ich dir das nicht verraten. Sonst habe ich nichts mehr, um dich zu bestechen.«

Ich schlage die Augen auf, von denen mir nicht einmal aufgefallen ist, dass ich sie geschlossen habe, und betrachte Gray mit einem Stirnrunzeln. »Ich bin sowieso nicht bestechlich. Wenn du irgendwas in der Art versuchst, platzt unser kleiner Deal sofort.«

Mir ist klar, dass die Worte viel zu harsch sind, aber dieser Punkt ist nicht verhandelbar. Gray scheint meinen Ausbruch recht gelassen zu nehmen. Er kneift zwar kurz die Augen zusammen, zuckt aber nur mit den Schultern. »Na gut, dann brauche ich diese Gray-Spezial-Kreation trotzdem noch für die Male, wenn ich mich für etwas entschuldigen muss. Ich befürchte, einen Lernbuddy wie dich finde ich kein zweites Mal.«

Schleimer. Ich ziehe eine Augenbraue hoch. »Gray-Spezial also? Ich habe gedacht, du bist einer Empfehlung gefolgt.«

»Allein dadurch, dass ich den Kaffee in den Händen gehalten habe, ist er etwas ganz Besonderes geworden. Schmeckst du nicht die Note der Unverbesserlichkeit?«

»Du meinst eher der Überheblichkeit.« Grinsend schüttle ich den Kopf. Gray ist definitiv unverbesserlich. Und zwar unverbesserlich dämlich.

»Es ist nicht überheblich, wenn es stimmt.«

»Aha, wenn du so unverbesserlich bist, weshalb muss ich mich dann mit deiner Anwesenheit abmühen, damit du deine Hausaufgaben machst, kleiner Jonah?« Grays richtiger Vorname kommt mir nur schwer über die Lippen, aber das überraschte Aufblitzen in seinen Augen ist es wert.

Gray kontert jedoch mit einem Grinsen. »Vielleicht genieße ich ja deine Anwesenheit, Roween.«

Dass ich nicht lache. Aber ich ziehe nur ungläubig die Augenbrauen zusammen und erwidere darauf nichts mehr. Das Funkeln in seinen Augen verrät eh, dass er das Ganze scherzhaft meint. Stattdessen kommt mir eine andere Frage in den Sinn, die mich schon länger beschäftigt. Unsicher beiße ich mir auf die Lippe. Ob ich sie stellen soll?

Um meine Unschlüssigkeit zu überspielen, tue ich es Gray nach und umrunde den Empfangsschalter, um mich dahinter auf den Stuhl zu setzen. Eigentlich ist es lächerlich. Es ist nur eine Frage, trotzdem kommt es mir so privat vor.

»Sag mal.« Ich nestle an meinem Kaffeebecher herum, um Gray nicht direkt anzusehen. »Weshalb nennt dich jeder Gray und nicht Jonah?« Einen Schluck von meinem neuen Lieblingskaffee nehmend wage ich es, den Blick zu heben, und bin etwas stolz auf mich. So schwer war das doch nicht.

Gray bedenkt mich mit einem schiefen Grinsen, und meine Wangen werden warm, als mir klar wird, dass ihm mein Zögern aufgefallen ist. »Den Spitznamen habe ich schon so lange, wie ich auf dem Eis stehe. Das hat sich irgendwie eingebürgert.« Er zuckt mit den Schultern, und auch sein zweiter Mundwinkel wandert nach oben. »Ich wurde inzwischen so oft als Gray angefeuert, gerufen und anmoderiert, dass ich ihn gar nicht mehr ablegen kann und es auch nicht will. Außerdem, hier auf dem College sind wir Sportler eh über die Nachnamen auf unseren Trikots bekannt.«

Gray schafft es, mich mit dieser offenen Antwort zu überraschen. Er ist wirklich ganz anders als ich. Macht sich keine Sorgen darüber, was er über sich verraten könnte oder dass es seinen Gegenüber gar nicht interessiert. Er ist völlig arglos, und irgendwie erweckt das in mir den Wunsch, auch ein bisschen so zu sein. Ein bisschen unbefangener.

Schüchtern lächle ich ihn an. »Also ist es dir egal, wie man dich nennt?«

»Ich reagiere auf jeden Fall auf beides. Aber ich muss zugeben, ›Jonah‹ in diesem Umfeld zu hören überrascht mich immer wieder.«

Er zwinkert mir zu, und irgendwie habe ich das Gefühl, dass das zugleich ein Lob für meinen Konter von vorhin ist. Aber ich will mich nicht völlig seinem Charme ausliefern, also setze ich schnell eine strenge Miene auf und deute auf seinen Rucksack. »Nun denn, Gray, Jonah oder Mr Grayham, wie auch immer Sie sich nennen mögen. Wir sind nicht hier, um ein Kaffeekränzchen abzuhalten. Lernsachen auspacken und los geht's!«

»Ahh!« Dramatisch legt sich Gray eine Hand ans Herz und schließt die Augen. »Da spricht sie wieder, die Tyrannin. Womit habe ich das nur verdient?«

Ich bin mir sicher, dieses Mal sind es meine Augen, die funkeln, als ich aus meinem üblichen Versteck mein Buch herausziehe und Gray leicht gegen den Arm boxe. »Mit deiner Faulheit, wie es mir scheint. Und jetzt sei ein großer, starker Eishockeyspieler und lern!«

Eine Stunde später streckt sich Gray seufzend und lehnt sich erschöpft in seinem Stuhl zurück. Ich werfe ihm einen mahnenden Blick zu, doch er hebt verteidigend die Hände. »Nein, Bunny, verschone mich mit diesem Blick. Ich brauche eine Pause. Das Training von gestern sitzt mir in den Knochen, und in zwei Stunden wird unser Trainer uns wieder Feuer unterm Hintern machen. Gönne mir wenigstens diese friedvollen fünf Minuten.«

Es ist weniger seine dramatische Ansprache als die Tatsache, dass er sich einen Unterarm über die Augen legt, die mich in meiner Zurechtweisung innehalten lässt. Ich kenne diese Geste. So saß er auch da, als ich ihn in der Nacht der Party auf dem Sitzsack vorgefunden habe. Also halte ich die Klappe und lehne mich ebenfalls in meinem Stuhl zurück. Bevor ich allerdings wieder in mein Buch abtauchen kann, dreht Gray den Kopf zu mir und schenkt mir sein übliches schiefes Lächeln. »Das heißt nicht, dass du nicht mit mir sprechen darfst, Bunny.«

Ich ziehe eine Augenbraue in die Höhe. »Wer sagt, dass ich mit dir sprechen will?«

Es ist erstaunlich, wie oft ich bei Gray beobachten kann, dass sich dieses Halblächeln in ein richtiges verwandelt, mit Grübchen und allem Drum und Dran. »Na, ich.«

Seufzend verdrehe ich die Augen und lege mir das aufgeschlagene Buch auf die Beine. »Überheblich, sagte ich doch.«

»Nein, nur interessiert daran, dich zum Sprechen zu bringen. Ich finde, wir machen Fortschritte.« Das lässt mich überrascht aufblicken, bis mein Gesicht mit Verzögerung rot anläuft, als mir die Bedeutung seiner Worte klar wird. Um davon abzulenken, stelle ich direkt eine andere Frage.

»Nimmt euch euer Trainer wegen der Niederlage letztes Wochenende so hart ran?«

Gray verrät mir über seinen Blick, dass er sich meines Ablenkungsmanövers bewusst ist, trotzdem geht er darauf ein, während er anfängt, seinen Kugelschreiber zwischen den Fingern zu drehen. »Ja. Das Schlimme ist, dass wir gegen das Team haushoch hätten gewinnen müssen. Aber unsere Versuche im Angriff waren grottig, und die Verteidigung kann nicht jeden gegnerischen Angriff vereiteln. Irgendwie hat unserem Team die Dynamik gefehlt.«

»Und denkst du, es wird dieses Mal besser?« Ich habe absolut keine Ahnung von Eishockey. Umso erstaunter bin ich, dass ich die Frage aus ehrlichem Interesse stelle. Aber die Art, wie Gray die Stirn runzelt und mit den Gedanken in seiner völlig eigenen Welt zu sein scheint, lässt mir keine andere Wahl, als das Thema auch ernst zu nehmen.

»Na ja, unsere Gegner sind dafür bekannt, alles in Grund und Boden zu walzen, was zwischen sie und den Puck gerät.« Er wirft mir ein verzerrtes Lächeln zu, und so, wie er sich dabei über die Rippen fährt, hat er die Erfahrung schon selbst gemacht. Die Frage, ob das normal im Eishockey ist, verkneife ich mir. Ich will nicht völlig unterbemittelt erscheinen. Und eine gute Recherche wird mir die Antwort hoffentlich auch liefern.

»Hört sich ... schmerzhaft an.« Ich runzle die Stirn und irgendetwas an meinem Gesichtsausdruck bringt Gray zum Lachen.

»Das kann man sagen. Aber bitte, lass uns nicht von all den Prellungen in meiner Zukunft reden. Sonst traue ich mich gar nicht mehr aufs Eis.« Er zwinkert mir zu, doch ich bin mir ziemlich sicher, dass nichts Gray davon abhalten würde, Eishockey zu spielen. Und das, obwohl ich ihn noch nie habe spielen sehen.

»Also, Bunny, was hast du so am Wochenende geplant?«

Grinsend verschränkt Gray die Hände hinter dem Kopf, während er den Kuli immer wieder auf und zu klickt, und sieht mich interessiert an. Mit der Frage habe ich nicht gerechnet. Vielleicht weil ich nicht davon ausgegangen bin, dass es ihn interessieren könnte.

»Ähm, eigentlich nichts. Ich will mir die kommenden Themen meiner Kurse ansehen und muss dieses System in Ökologie wiederholen. Ich bin mir ziemlich sicher, dass Mrs Jamson uns darüber abfragen wird. Und ... das hast du mit deiner Frage wahrscheinlich nicht gemeint.«

Verlegen schließe ich die Augen und denke an all die ähnlichen Situationen während meiner Schulzeit. Wenn man mich aus Höflichkeit während einer Gruppenarbeit gefragt hat, was ich so vorhabe, und ich eine genauso erbärmliche Antwort gegeben habe. Denn das haben mir die Blicke der anderen vermittelt. *Was für ein erbärmliches Dasein.*

»Wieso denn? Ich habe gefragt, was du geplant hast. Und wenn das dein Wochenendplan ist, habe ich auch genau das gemeint.«

Überrascht reiße ich die Augen auf. Gray hat ein sanftes Lächeln aufgesetzt, und ich weiß nicht genau, was in seinen Augen steht, aber es versetzt meinem Herz einen Stich.

»Heißt nicht, dass ich mir nicht erhofft hätte, du hättest etwas Interaktiveres geplant. Aber du brauchst dich nicht dafür zu schämen, wer du bist oder was du machst. Eigentlich ist es ganz süß, was für ein Nerd du bist.«

Als hätte er sich mit seinen Worten selbst überrascht, runzelt Gray kurz die Stirn. Und vielleicht wurde ich gerade zum ersten Mal in meinem Leben als Nerd bezeichnet und fasse es nicht als Beleidigung auf. Allerdings hilft mir das nicht dabei, meine Fassung wiederzuerlangen, und es ist wirklich peinlich, wie ich herumstottere, nur um ein »D-danke« herauszubringen. Mit brennenden Wangen nehme ich mein Buch wieder zur Hand.

»Also, war die Pause lang genug? Wenn du gleich zum Training losmusst, solltest du dich jetzt lieber konzentrieren.«

»Ach Bunny, und gerade habe ich gedacht, du wärst tatsächlich ein Mensch und nicht nur eine Lernmaschine.«

Ich werfe Gray ein schiefes Grinsen zu, der sich mit einem Stöhnen die Hände vors Gesicht geschlagen hat, und bin ihm dankbar, dass er nicht weiter auf dieser persönlichen Ebene spricht. Das gibt mir die Möglichkeit, meine Verletzlichkeit wieder hinter einer spitzen Zunge zu verstecken. »Tja, da hast du dich geirrt, Eisratte.«

Über den Ausdruck, den ich damals auf der Party aufgeschnappt habe, schaut Gray einen Moment erstaunt, bevor er zu lachen anfängt. »Oje, ich glaube, wir müssen darauf achten, dass dir die Macht nicht zu Kopf steigt, Bunny.« Trotz seiner Beschwerden kommt Gray meinen Befehlen nach und zückt seinen Stift, um sich noch eine gute Stunde mit seinen

Unterlagen abzurackern. Dabei hibbelt er mit einem Bein, wie es eine Angewohnheit von ihm zu sein scheint.

Tatsächlich macht es mich fast traurig, als Gray bald darauf beginnt, seine Sachen zusammenzupacken. In stiller Übereinkunft neben ihm zu sitzen, während jeder von uns seinen eigenen Dingen nachgeht, hat etwas Entspannendes an sich. Eine Harmonie, die ich nicht begreifen kann.

Als Gray seinen Rucksack fertig gepackt hat und mit seiner Jacke in der Hand vor dem Schalter steht, wirft er mir sein gewohntes Grinsen zu. »Also, bis Dienstag, Bunny.«

Ich nicke nur, doch als Gray mir den Rücken zukehrt und schon halb an der Tür angekommen ist, fällt mir noch etwas ein.

»Gray?«

Mit einem schiefen Lächeln auf den Lippen bleibt er stehen und wirft mir einen Blick über die Schulter zu.

»Viel Glück am Sonntag.«

Kapitel 12

Der Samstag fliegt nur so dahin, was daran liegen könnte, dass ich den ganzen Tag am Schreibtisch sitze, um meine To-dos abzuarbeiten. Nur mittags werde ich kurz von meinen zwei Mitbewohnerinnen gestört, als sie reinplatzen, um mich zu fragen, ob ich mit auf eine Shoppingtour kommen möchte. Cass und Mary kennen sich ein Jahr länger als ich sie. Sie haben damals diese WG gegründet und mich aufgenommen, nachdem ihre alte Mitbewohnerin das College geschmissen hat. Gerade zu Anfang machte es das für mich noch schwerer, mit ihnen warm zu werden. Sie waren so gut aufeinander eingespielt und gleichzeitig so hübsch und selbstbewusst. Die ersten Wochen habe ich kaum ein Wort mit ihnen geredet, weil ich sie für genauso zickig und hinterlistig wie die Mädchen in meiner Highschool gehalten habe. Mädchen wie Joyce, das Sternchen meiner alten Schule – oder besser gesagt: der ganzen Stadt.

Allein der Gedanke an Joyce dreht mir noch heute den Magen um. Kein Wunder, nachdem sie fünf Jahre lang Alexis' und mein Leben zur Hölle gemacht hat, während sie von unseren Lehrern und Eltern in den Himmel gelobt wurde. Denn jeder hat Joyce geliebt. Oder zumindest das, was sie den meisten Menschen gezeigt hat. Wahrscheinlich kamen nur wenige in den Genuss, ihr anderes Gesicht zu sehen. Das Monster, das sich am Abend unseres Abschlussballs vor mich gestellt und gesagt hat: »*Wenn du nicht manchmal so nützlich*

gewesen wärst, Kleine, hättest du dich meinetwegen die ge-
samte Schulzeit mit deiner fetten Freundin in der Mädchentoi-
lette verstecken können. Da wart ihr wirklich gut aufgehoben.«
All diese Erfahrungen haben mich dazu gebracht, Menschen auf Abstand zu halten. Gleiches galt auch für Mary
und Cass, bis Cass das Herz gebrochen wurde und ich allein
mit ihr und zwei Eispackungen in dieser Wohnung festgeses-
sen habe. Drei Stunden und vier Tempopackungen später
war jeder Vergleich zu Joyce ausradiert und ich offiziell ins
Herz der WG aufgenommen. Meist unternehmen wir nichts
gemeinsam, weil ich so wie heute zu viel zu tun habe oder
ich lieber einen gemütlichen Filmabend mit Alexis mache,
trotzdem, es fühlt sich gut an, gefragt zu werden. Dementsprechend sage ich auch heute schweren Herzens ab und
vertiefe mich wieder in meine Unterlagen.

Erschöpft lasse ich mich abends in mein Bett fallen und
strecke meinen vom vielen Sitzen schmerzenden Rücken. Ein
Stehschreibtisch wäre definitiv eine kluge Anschaffung, aber
dafür werde ich wohl bis Weihnachten warten. Also drehe
ich mich mit einem Seufzen auf den Bauch und greife nach
meinem Handy, um mich von meinen Schmerzen abzulenken.

Tatsächlich erwarten mich zwei Nachrichten: eine von
Alexis und ein Anruf in Abwesenheit von meiner Mom. Da
das zweite länger dauern könnte, antworte ich erst mal
Alexis. Doch viel zu antworten gibt es eigentlich nicht. Sie
hat mir nur die Adresse der Bar geschickt, in die sie heute
Abend geht, so wie wir das immer machen, wenn die andere
allein unterwegs ist. Na ja, also wenn Alexis allein unterwegs
ist. Ich weiß zwar, dass Elisa und Heather bei ihr sind, aber
der Partyabend hat deutlich gezeigt, wie wenig Verlass auf
die ist.

Ich mache mir wirklich Sorgen um Alexis. Leider scheint
sie weiterhin ihre Probleme mit Alkohol, Feiern und Sex zu
betäuben. Also schreibe ich ihr nur, dass sie auf sich aufpas-

sen soll und jederzeit anrufen kann, bevor ich die Nummer meiner Mom wähle.

»Ja, hallo?«

»Hey, Mom, entschuldige, dass ich vorhin nicht drangegangen bin.«

»Row! Wie schön, dass du dich zurückmeldest! Ach Spätzchen, so wie ich dich kenne, warst du völlig vertieft in ein Buch, da kann sich eine Mom nicht beschweren. Wie läuft es so? Gibt es etwas Neues bei dir?«

Grinsend lehne ich mich in meine Kissen zurück. Meine Mom und ich stehen uns sehr nahe. Auch wenn ich mir ständig anhören darf, endlich einmal »die Nase aus den Büchern zu bekommen« und »das Leben mehr zu genießen«, weiß ich, wie stolz sie auf mich ist und dass ich mich auf sie und Dad immer verlassen kann. Umso mehr freue ich mich, als meine Mom mir erzählt, dass sie bald vorbeikommen.

»Wirklich? Wann?!«

»Über das dritte Oktoberwochenende. Wir haben Urlaub und wollten Tante Mandy besuchen, da haben wir uns gedacht, wir fahren danach bis zu dir hoch. Hotel ist bereits gebucht, also, wehe du hast etwas anderes vor.«

Als ob ich das hätte.

»Und wehe, du schiebst vor, etwas für das College machen zu müssen. Ich will die Zeit mit meiner Tochter ausnutzen!«

Lachend schüttle ich den Kopf, auch wenn diese Befürchtung viel wahrscheinlicher ist. »Ich glaube, du hast das Prinzip des Mutterdaseins nicht verstanden: Du sollst mich dazu ermutigen, gewissenhaft und fleißig zu sein, damit ich einen guten Job finde und mir nie Sorgen um Geld machen muss.«

In diesem Moment mischt sich mein Dad aus dem Hintergrund in das Gespräch ein.

»Ganz genau, Row! Und wenn du Millionärin bist, wirst du an deinen alten Herrn denken, der dich immer unterstützt hat, und ihm seinen größten Wunsch nach einem Ferrari erfüllen!«

Während ich über den Running Gag zwischen meinem Dad und mir breit grinse, höre ich meine Mom leise schimpfen. Da Diskussionen bei den beiden oft ausarten, setze ich dem Ganzen direkt ein Ende.

»Also, ich verspreche, mir auf jeden Fall das Wochenende für euch Zeit zu nehmen. Ich freue mich, dass ihr herkommt. Und jetzt erzähl, was gibt es Neues bei euch?«

Die nächste Viertelstunde lausche ich meiner Mom, während sie von neuen Gartenzäunen, der Renovierung ihres Lieblingseiscafés und dem Klatsch aus ihrem Freundeskreis erzählt. Ja, um ehrlich zu sein, ist die Hälfte davon ziemlich uninteressant, aber ich liebe es, meiner Mom zuzuhören. Das erinnert mich an die Nächte, als sie sich neben mein Bett gesetzt und mir von ihrem Alltag erzählt hat, bis ich endlich einschlafen konnte. Damals hatte ich oft Albträume. Davon, komplett allein zu sein, von den anderen verspottet zu werden. Und auch wenn Mom nicht genau wusste, was los war, hatte sie den richtigen mütterlichen Instinkt und gab mir das, was ich gebraucht habe: Jemanden, der bei mir ist, egal was passiert.

Als wir uns verabschieden, ist es schon halb sieben und ich habe einen Bärenhunger. Doch bevor ich mit einem Seufzen mein Handy weglegen kann, stelle ich überrascht fest, dass ich eine weitere Nachricht habe. Komisch, ich hätte nicht erwartet, heute Abend noch etwas von Alexis zu hören.

Doch es ist nicht Alexis' Chat, der sich öffnet. Erstaunt starre ich auf Grays Namen. Unter seiner Nachricht von Dienstag bezüglich des Kaffees steht nun eine zweite. Und ja, ich habe ihm damals nicht geantwortet. Ich weiß, das ist unhöflich, aber per Handy bin ich noch unkommunikativer als in persona.

Gray: Kaum sitzt du nicht mehr neben mir, ist wieder alles interessanter als meine Aufzeichnungen ... Die weiße Wand vor mei-

ner Nase, die Schatten, die mein Licht wirft, selbst der Kleider-
stapel, den ich seit einer Woche aufräumen will :(

Ich schmunzle und kann mir zu gut vorstellen, wie Gray in seinem Zimmer sitzt und anfängt, mit den Fingern ein Schattenspiel zu kreieren. Wundert mich nicht, dass der Kerl Sportler geworden ist. Er braucht ein klares Ziel vor Augen, um konzentriert zu bleiben. Und vor allem kann er nicht gut still sitzen.

Ich: Böse! Augen aufs Buch und Konzentration!

Ich schicke die Nachricht ab und erhebe mich endlich von meinem Bett, um in die Küche zu dackeln. Allerdings behalte ich mein Handy in der Hand, und tatsächlich blinkt es auf, bevor ich den Kühlschrank öffne.

Gray: Übers Handy hast du einfach nicht dieselbe Autorität, wie
wenn du mich als Boxsack nutzt ;) aber ich muss gestehen ...
Für heute habe ich aufgegeben. Der Duft von Pizza hat meine
Selbstbeherrschung besiegt.

O Gott, in diesem Moment kann ich das zu gut nachvollziehen. Allein das Wort *Pizza* lässt meinen Magen knurren.

Ich: Pizza ist eine Ausnahme, dafür darf man eine Pause ma-
chen. Ich würde dafür töten, jetzt eine zu haben.

Danach lege ich das Handy zur Seite und öffne endlich den Kühlschrank. Glücklicherweise sind Cass und Mary genauso darauf bedacht, ihn immer gefüllt zu halten, wie ich, sodass ich nicht vor einer gähnenden Leere stehe. Ich habe zwar vor, etwas Gescheites zu kochen, trotzdem nehme ich mir erst mal einen Schokoriegel, die wir immer kühl lagern, um den ersten Hunger zu stillen. Wirklich, mein Magen steht kurz davor, sich selbst zu verdauen. Sobald ich den ersten Bissen genommen habe, räume ich alles raus, was ich für ein Tomatenrisotto mit Zucchini benötige. Als ich mein Handy das nächste Mal aus dem Augenwinkel blinken sehe, lehne mich mit dem Rest meines Schokoriegels an die Küchenschränke.

Gray: Aha, dann weiß ich ja, mit was ich dich im schlimmsten Fall ablenken kann ;) Komm doch vorbei, wir bestellen eh immer viel zu viel.

Vor Erstaunen verschlucke ich mich und muss, von heftigem Husten geschüttelt, das Handy wieder aus der Hand legen, um keinen Erstickungstod zu sterben. Röchelnd eile ich zum Wasserhahn und fülle mir ein Glas, um das raue Gefühl in meinem Hals zu beruhigen. Ich habe mich verlesen. Ausgeschlossen, dass Gray mich gerade zum Pizzaessen eingeladen hat. Aber als ich eine Minute später zögernd die Nachricht öffne, steht noch immer das Gleiche da. Ungläubig starre ich auf das Display. Mir ist flau im Magen, und das hat nichts mit dem Schokoriegel zu tun, da bin ich mir sicher.

Wurde ich je von jemand anderem als Alexis spontan eingeladen? Nein, nicht dass ich wüsste. Bin ich versucht, das Angebot anzunehmen? Nein, nicht mal für Pizza.

Was soll ich dort mit all den Eishockeyspielern? Über Sport kann ich mich nicht unterhalten, und wenn Gray nicht zufällig über den Stoff reden will, den er nacharbeiten muss, weiß ich nicht, was ich zu einem Gespräch beitragen sollte. Mal davon abgesehen, dass ich ohne Auto nicht zu ihm fahren kann. Meine Antwort ist also klar.

Ich: Nein danke. Euch einen guten Appetit.

Dann lege ich das Handy weg, dieses Mal mit dem Bildschirm nach unten, und beginne zu kochen.

Kapitel 13

Gray

Mir geht es scheiße. Es gibt kaum eine Körperstelle, die mir nicht wehtut. Stehen ist schmerzhaft, Sitzen ist schmerzhaft, selbst Liegen ist schmerzhaft. Und das alles habe ich diesem Mistkerl von McAdams aus dem gegnerischen Team zu verdanken, der es sich zur Aufgabe gemacht hat, alle Spieler davon abzuhalten, dem Puck zu nahe zu kommen. Eishockey ist ein rauer Sport, keine Frage, aber so oft wie am Sonntag habe ich selten die Bande geküsst. Doch dass ich eine einzige Prellung bin, ist keine Ausrede dafür, am Montag die Kurse zu schwänzen, außer ich will auch vom Coach vermöbelt werden. Also schleppe ich mich von Hörsaal zu Hörsaal und träume von Coolpacks und meinem Bett.

Das Schlimme ist, dass wir trotz all der Qualen, die mein Team auf sich genommen hat – denn McAdams hat uns alle übel erwischt –, trotzdem nicht gewonnen haben. Und das macht die Schmerzen unerträglich. Zwei Niederlagen zum Saisonstart drücken die Stimmung des Teams deutlich. Ich halte mich beim Training zwar aus allem raus, weil ich wie ein halb toter Schwan über das Eis gleite, aber Rick und Elijah geraten so heftig aneinander, dass der Trainer dazwischengehen muss. Dabei müssen wir zusammenhalten, wenn wir die Saison rumreißen wollen. Vor allem die Frischlinge fangen an, ein Gesicht zu ziehen, als hätte man ihnen die beste Mousse au Chocolat der Welt versprochen, und jetzt müssten sie sich mit verbranntem Schokoladenkuchen zufriedengeben. Sie haben sich von ihrem ersten Jahr mehr erwartet, und diese Demotivation darf sich bei ihnen nicht festfahren.

Das Einzige, was meine Stimmung rettet, ist, dass Rows Einfluss zu wirken scheint. Es fällt mir zwar verdammt schwer, mich an einem Stück auf den Unterrichtsstoff zu konzentrieren, aber da Row einen sechsten Sinn dafür hat, wenn ich mit den Gedanken abdrifte, habe ich zumindest einen Teil aufarbeiten können. Und um ehrlich zu sein, fühlt es sich gut an, im Kurs zu sitzen und zu verstehen, um was es geht.

Irgendwo aus meinen seelischen Tiefen kommt daher ein Lächeln hoch, als ich Row erblicke, die den Kopf hebt, als ich am Dienstag durch die Tür der Bibliothek trete. Sie hat eine Latzhose an und trägt ihre Haare in zwei geflochtenen Zöpfen. Diese Kombination habe ich noch nie bei jemandem gesehen, der älter als fünf Jahre ist, aber an Row sieht es niedlich aus.

»Hey, Bunny. Dein Kaffee.«

Zwinkernd stelle ich den Becher vor ihr ab. Dann umrunde ich die Theke und setze mich auf meinen neuen Stammplatz, während ich Row so unauffällig wie möglich beobachte. Eigentlich hatte ich nicht geplant, ihr wieder die Gray-Spezial-Kreation mitzubringen, aber während ich im Café gewartet habe, um meine Bestellung aufzugeben, musste ich daran denken, wie sie letzte Woche den ersten Schluck davon genommen hat. Diese Begeisterung war so niedlich gewesen, und ich brauche heute irgendetwas Erfreuliches.

Und tatsächlich, als Row nach dem Becher greift und der Duft meinen Plan verrät, stellt sich wieder dieses Glitzern in ihren Augen ein, während sie ihre Lippen zu einem Lächeln verzieht. Als sie dann einen entzückten Seufzer von sich gibt, bin ich so zufrieden mit mir, dass ich kurz das schmerzhafte Pochen an meiner Seite vergesse.

Sich mit der Zungenspitze über die Lippen fahrend, dreht sich Row zu mir um und grinst mich offen an. O ja, wir machen Fortschritte, was ihre verschlossene Art angeht.

»Für was willst du dich denn entschuldigen?« Sie hebt den Kaffeebecher leicht in die Höhe, und ich reiße mich wieder zusammen.

»Sieh es als vorbeugende Maßnahme an. Ich befürchte, mit meiner Konzentration steht es heute nicht so gut.«

Ich rutsche auf dem Stuhl hin und her, aber es gibt keine angenehme Position. Dadurch muss mein Grinsen etwas verzerrt ausgesehen haben, denn Row runzelt die Stirn und lässt ihren Blick zu meiner Hand gleiten, mit der ich mir die Rippen halte. Aber Verständnis glättet schnell ihre Gesichtszüge. Ich rechne schon mit dem mitleidigen Kommentar, den ich sonst von Mädchen bekomme, doch Row überrascht mich, indem sie sich abwendet und in ihrer Tasche kramt. Verwirrt runzle ich die Stirn, als auf einmal eine Papiertüte vor mir liegt und Rows Wangen sich mit leichter Röte überziehen.

Belustigt hebe ich einen Mundwinkel. »Was ist das?«

Ihre Verlegenheit überspielend zuckt Row mit den Schultern und hantiert an einem Armband an ihrem Handgelenk herum.

»Ich habe von eurer Niederlage gehört und dachte mir, du brauchst vielleicht eine kleine Aufheiterung.«

Mehr sagt sie nicht, und das steigert nur meine Neugierde. Also ziehe ich sie nicht weiter auf, sondern öffne die Bäckertüte. Keine Sekunde später hole ich überrascht einen Blaubeer-Cheesecake-Muffin daraus hervor. Wow. Ich liebe alles, was mit Cheesecake verwandt ist. Und die Geste ist verdammt lieb von Row.

Freudig blicke ich auf, doch Row hat sich mit glühenden Wangen von mir abgewandt, was mich noch breiter grinsen lässt. Dieses Mädchen könnte nicht ambivalenter sein: Mal überrumpelt sie mich mit ihrer frechen Zunge, und im nächsten Moment ist sie wieder verlegen. Ich frage mich wirklich, was sie so verunsichert.

»O Mann, Bunny, ich könnte dich küssen. Das hat meinen Tag von beschissen auf erträglich katapultiert.«

Meine Worte lassen Row zunächst zusammenzucken, und ich würde mein Trikot darauf verwetten, dass das an dem Wort *küssen* liegt. Doch zumindest dreht sie sich mir wieder zu und fährt sich unbewusst mit dem Daumen über ihre Augenbraue. Oder vielmehr über das glitzernde Piercing darin. Eine Geste, die man bei Row oft beobachten kann, wenn sie sich zu beruhigen versucht.

»Ich nehme das mal als ein Danke. Und in dem Fall: gern geschehen.«

Es ist wirklich faszinierend, wie sie ihre Fassung verliert, um sie innerhalb einer Sekunde wieder wie einen Schutzschild vor sich zu tragen. Aber ich gehe nicht weiter auf ihre Worte ein, sondern breche den Muffin entzwei und halte ihr eine Hälfte hin. Das scheint sie wiederum zu überraschen. So interpretiere ich zumindest ihren verständnislosen Gesichtsausdruck, während sie den Muffin anstarrt.

Als sie das gut zehn Sekunden gemacht hat, schnaube ich belustigt und wackle mit dem Gebäck unter ihrer Nase.

»Na komm, Bunny. Meine Mom hat mir Manieren beigebracht.«

Das scheint Row aus ihrer Starre zu lösen, denn sie schüttelt den Kopf, bevor sie sich räuspert und meine Hand wegdrückt. »Nein, das ist deiner. Ich habe was Eigenes.«

Ich beobachte sie, wie sie eine zweite Tüte aus ihrer Tasche zaubert und mit dieser nun vor meiner Nase herumwedelt. Grinsend lehne ich mich zurück und unterdrücke ein Stöhnen, als mein misshandelter Körper aufschreit.

»Ahh, perfekt, umso mehr für mich. Und was hast du da Gutes?«

Auch Row öffnet die Tüte und zieht daraus einen Pappteller mit einem Stück Kuchen hervor. Und um genau zu sein, ist es ein Lemon-Cheesecake, der mir das Wasser im Mund zusammenlaufen lässt. Ich habe den Verdacht, vor mir ebenfalls einen Cheesecake-Liebhaber sitzen zu haben. Und zudem einen mit gutem Geschmack, denn es gibt nichts Göttlicheres als Lemon-Cheesecake – insbesondere der meiner Mom.

»Das nächste Mal will ich den auch haben.«

Auf meine Aussage hin blickt Row überrascht zu mir, und es braucht einen Moment, bis dieser Ausdruck sich in ein Lächeln verwandelt. »Wer sagt denn, dass es ein nächstes Mal gibt?«

Ich grinse und nehme einen Bissen von meinem Muffin. Verdammt, ist der gut. »Ich.«

Durch meinen vollen Mund klingt das Wort gedämpft, doch es bringt Rows Augen zum Funkeln.

»Wie war das noch mal mit den Manieren, die deine Mom dir beigebracht hat? Mit vollem Mund spricht man nicht.« Einen ihrer Zöpfe über die Schulter werfend holt Row eine Plastikgabel hervor, um selbst einen Bissen von ihrem Kuchen zu nehmen.

Danach sitzen wir in einvernehmlichem Schweigen da und essen. Als zwischendrin ein Student zu Row kommt und sie bei etwas um Hilfe fragt, packe ich mein Handy aus, um kurz draufzusehen. Es gibt einige Nachrichten im Gruppenchat des Teams, und ich muss ein Stöhnen unterdrücken. Aber als ich den Chat öffne, ist es nicht, wie ich befürchtet habe, mein Trainer, der geschrieben hat. Stattdessen ist die Nachricht von Elijah.

Elijah: Teambuildingmaßnahme heute Abend um 21 Uhr im Irish Pub. Ich erwarte jeden dort!

Darunter haben die Jungs fleißig kommentiert. Angefangen mit Lee und einem

Aye, aye, Sir!

über Rick mit seiner ewig schlechten Laune und einem

Seit wann darfst du mir vorschreiben, wie ich meine Abende verbringe? Mit euch stinkenden Affen muss ich mich schon viel zu oft abgeben.

Und zig Nachrichten darüber, was für ein Muffel Rick ist. Aber ich weiß, dass er heute Abend auftauchen wird, genauso wie alle anderen. Denn wir sind ein Team, auch wenn es momentan nicht so gut auf dem Eis läuft. Und wer würde zu ein, zwei Bier schon Nein sagen?

Mein Blick huscht zu Row. Sie würde zu ein, zwei Bier Nein sagen. Und das bringt mich auf eine Idee. Ich grinse sie breit an, was Row verwirrt die Stirn runzeln lässt, nachdem sie das Gespräch mit dem Studenten beendet hat.

»Du grinst auch immer, oder?«

»Bunny, das ist deine Gegenwart. Du bringst mich einfach immer zum Lächeln.«

Ich sehe die Unsicherheit in ihren Augen aufblitzen, bevor sie sie gekonnt mit einem Schnauben überspielt. »Ja klar.«

Die Art, wie sie sich wieder ihrem Kuchen zuwendet, ohne auf meine Worte einzugehen, sehe ich als Herausforderung. Und bevor sie sich mit der Gabel ein Stück abstechen kann, habe ich ihr das Plastikding schon aus der Hand geklaut. »He, was ...?!«

Ohne auf ihren Ausruf einzugehen, nehme ich mir selbst ein Stück Kuchen und schiebe es mir in den Mund. Lecker, aber nicht so gut wie der von meiner Mom.

»Unterstellst du mir etwa, zu lügen, Bunny?«

»Ich unterstelle dir vor allem, meinen Kuchen zu klauen!«

Belustigt grinse ich, während sich Row vor mir aufbaut und die Hände in die Hüften stemmt. Bei ihrer Größe und der Latzhose sieht das echt putzig aus. Vor allem, da sie trotz ihres wütenden Gesichtsausdrucks nervös das Gewicht verlagert.

»Ich kann es nicht auf mir sitzen lassen, dass du mir nicht glaubst. Jetzt musst du heute Abend auf jeden Fall mitkommen.«

Ich halte die Gabel aus ihrer Reichweite, als sie versucht danach zu greifen, und grinse sie schelmisch an. Sie ist so sehr auf ihre Gabel fixiert, dass sie meine Worte nicht mitbekommt, denn ihre Reaktion erfolgt mit Verzögerung.

»Heute Abend? Von was sprichst du überhaupt?«

Defensiv verschränkt sie die Arme. Aber davon lasse ich mich nicht mehr abschrecken. Ich weiß inzwischen, wer sich hinter diesem massiven Verteidigungswall versteckt.

»Die Jungs treffen sich heute Abend im Irish Pub. Und da du meine Stimmungsaufhellerin bist, musst du mitkommen und etwas Sonnenschein unter uns betrübte Eishockeyspieler bringen.« Ich schlage das wie beiläufig vor, während ich die Gabel zwischen meinen Fingern kreisen lasse. Trotzdem bemerke ich, wie Row alle Schotten dicht macht.

»Ich bin keine Happy Pill und auch nicht das Bespaßungsprogramm.« Ich erkenne kaum Rows Stimme, so kalt und distanziert klingt sie. Jetzt ist Fingerspitzengefühl gefragt. Wenn ich etwas Falsches sage, könnte ich alles zunichtemachen. Und das will ich nicht. Nicht weil ich dann keinen Platz mehr zum Lernen habe. Sondern weil es mir gefallen hat, wie Row mit jedem Treffen weiter auftaute.

Also lächle ich, ganz ehrlich, ohne Spott oder Schalk.

»Nein, du bist eine Freundin, mit der ich gern Zeit verbringe. Und nachdem du meine Einladung zur Pizza schon ausgeschlagen hast, würde es mich freuen, wenn du mitkommst.«

Und damit habe ich sie. Das weiß ich ganz genau, als ich sehe, wie sich ihr Mund vor Erstaunen leicht öffnet. Aber es verwundert mich, dass sie zurückwankt, als könnte sie mir nicht glauben. Ist der Ruf von uns Eishockeyspielern unter den weiblichen Studenten wirklich so schlecht?

»Und was soll ich unter all den Jungs? Das ergibt keinen Sinn, Gray.«

Sie wendet das Gesicht ab, und ich muss mich davon abhalten, ihren Kopf wieder zu mir zu drehen. »Du sollst einfach Spaß haben. He, immerhin habe ich doch Karla versprochen, dich von deinen Büchern loszueisen.«

Bei der Erwähnung ihrer Chefin schnaubt Row ironisch und sieht kein bisschen überzeugter aus. Also fahre ich andere Geschütze auf. »Komm schon, Bunny, dafür verspreche ich dir, den Gray-Spezial-Kaffee jedes Mal mitzubringen. Bitte, bitte?«

Um ihre Aufmerksamkeit wieder auf mich zu lenken, zupfe ich an einem ihrer Zöpfe, und tatsächlich fährt sie zu mir herum und schlägt meine Hand weg. Damit habe ich noch gerechnet, was mich aber völlig unvorbereitet trifft, ist der Schmerz, der hinter der Wut in ihren Augen liegt.

»Ich bin kein Spielzeug, okay? Versuch mich nicht mit deinem Lächeln und einem Dackelblick zu überreden, wenn du nicht wirklich etwas mit mir unternehmen willst. Keine Sorge, ich werde trotzdem deine kleine Wärterin spielen und darauf achten, dass du dich auf deine Kurse konzentrierst. Dafür musst du mir keinen Honig ums Maul schmieren.«

Die Bitterkeit in ihrer Stimme lässt mich überrascht zurückfahren, aber ich fange mich schnell wieder. »Bunny ...«

»Nicht Bunny. Row.«

Damit lässt sich Row zurück in ihren Stuhl plumpsen und funkelt mich herausfordernd an. Aber das ist nur Tarnung für all die Gefühle, die sich dahinter verstecken. Und das lässt Entschlossenheit in mir aufkommen. Ich stehe auf, um mich auf die Lehnen von Rows Stuhl zu stützen und mich so weit zu ihr hinunterzulehnen, bis unsere Gesichter auf Augenhöhe sind.

»*Row.*« Ich sage ihren Namen mit Nachdruck, und so nah bei ihr spüre ich, wie sie leicht zusammenzuckt. »Ich lade dich nicht ein, um dich irgendwie zu verarschen. So bin ich nicht, oder habe ich dir bisher irgendeinen Grund gegeben, das von mir zu glauben?«

Ich mache eine kurze Pause, um ihr die Möglichkeit zu geben, etwas einzuwenden. Aber das tut sie nicht.

»Ich will, dass du heute Abend mitkommst, weil es mir gefallen würde. Und ich weiß, dass du auch Spaß haben wirst. Und wenn ich falschliege und irgendetwas passiert, was mich als ein Arschloch outet, darfst du mir einen Tritt verpassen und musst mich nie wieder sehen.«

Row lässt bei meinen ernst gemeinten Worten die verschränkten Arme fallen und die Härte verschwindet aus ihrem Blick. Was zurückbleibt, ist eine Verletzlichkeit, die mir kurz den Atem raubt. Mir ist noch nie aufgefallen, dass ihre braunen Augen von einem grünen Kranz durchzogen sind.

»Vertrau mir.«

Ich kann aus der Art, wie sie die Lippen zusammenpresst, erkennen, wie gern sie das würde. Und wie viel Angst es ihr zugleich macht.

»Ich ... Ich kann gar nicht. Ich habe kein Auto, und abends fahren kaum noch Busse.« Sie windet sich unwohl auf dem Stuhl. Ich verstehe das Signal und weiche einen Schritt zurück, um ihr wieder Platz zu geben.

»Kein Problem. Ich hole dich um Viertel vor neun ab und bringe dich nach Hause, wann auch immer du willst. Hauptsache, du kommst mit.«

Row kneift die Augen zusammen, als könnte sie selbst nicht glauben, was gerade passiert. Schlussendlich nickt sie zögerlich.

131

Kapitel 14

Ich kann nicht glauben, was ich da getan habe.

Es ist halb neun und ich bin nervlich ein einziges Wrack, als ich mich im Spiegel betrachte. Ich bin so blass um die Nase, dass selbst die dezente Schminke, die ich aufgetragen habe, nicht hilft, das zu verbergen. Alexis steht von meinem Bett auf und kommt zu mir herüber, um mir beruhigend die Hände auf die Schultern zu legen.

»Row, entspann dich. Du wirst einen schönen Abend haben.«

»Du weißt, dass ich für so was nicht geschaffen bin.«

Über den Spiegel schenkt mir Alexis einen strengen Blick.

»Rede keinen Unsinn. Hast du nicht erst neulich gesagt, ich soll mich nicht von meinen Dämonen beherrschen lassen? Das gilt für dich genauso. Du scheinst dich mit Gray gut zu verstehen, und die Eishockeyspieler vergöttern dich seit der Beerpong-Partie.«

Sie greift nach meinem Handgelenk und spielt mit dem Silberkettchen, das darum geschlungen ist. »Nicht unterkriegen lassen.« Ihr aufmunterndes Lächeln beruhigt meinen Herzschlag tatsächlich, und mit einem tiefen Atemzug wende ich mich vom Spiegel ab.

Sobald ich von der Bibliothek nach Hause gekommen bin, habe ich einen Notruf an Alexis gesendet. Sie ist seit fast zwei Stunden hier und leistet mir mentalen Beistand. Statt der Latzhose stecke ich nun in einer schwarzen Jeans, an deren Beinen sich ein Rosenmuster hochzieht, und trage dazu ein weißes Langarmshirt, über dessen Ausschnitt sich zwei Bänder kreuzen. Ich muss sagen, damit hat Alexis das perfekte Outfit ausgewählt. Es ist nicht zu auffällig, sondern auf eine schlichte Art hübsch. Meine hellbraunen Haare habe ich zu einem Pferdeschwanz hochgebunden, und irgendwann in den letzten zehn Minuten konnte Alexis mich zu den goldenen Creolen überreden, die jetzt an meinen Ohren baumeln.

»Du siehst wirklich toll aus.« Auf Alexis' Gesicht schleicht sich wieder diese übertriebene Freude, mit der sie auch hier angekommen ist. Sie scheint sich über meine Pläne für diesen Abend mehr zu freuen als ich, denn ich würde lieber im Schlafanzug in meinem Bett liegen. Ich glaube, mir wird übel.

»Und du bist dir sicher, dass du nicht mitkommen willst?« Alexis schüttelt entschieden den Kopf.

»Er hat dich eingeladen. Außerdem wäre Lee auch dort, und seinen Fragen will ich lieber aus dem Weg gehen. Aber ich lasse mein Handy dauerhaft auf laut, und wenn irgendetwas ist, bin ich nur einen Anruf entfernt, okay?«

Ich nehme erneut einen tiefen Atemzug und hänge mir meine Tasche um. Ich verstehe wirklich nicht, wie Gray mich zu einer Zusage überreden konnte. Selbst wenn er, aus welchen Gründen auch immer, tatsächlich meine Gesellschaft mag, wird er seine Meinung spätestens heute Abend ändern, wenn er merkt, wie langweilig ich bin. Bestimmt werde ich die ganze Zeit stumm in meiner Ecke sitzen, während alle Gesprächsversuche im Sand verlaufen, und irgendwann wird Gray einen Grund vorschieben, mich nach Hause zu bringen, weil es ihm peinlich ist, mich überhaupt eingeladen zu haben.

Anscheinend liest Alexis mir meine Gedanken vom Gesicht ab, denn sie stößt einen Seufzer aus und zieht mich in eine feste Umarmung. »Denk nicht so. Wenn du mit der Einstellung dort hingehst, dann ist das eine sich selbst erfüllende Prophezeiung. Versuch einfach, du selbst zu sein. Ob du es glaubst oder nicht, die Row, die ich kenne, ist ziemlich liebenswert.«

Ich weiß, dass sie recht hat. Dennoch stelle ich mich auf das Schlimmstmögliche ein. Sonst tut es nachher noch viel mehr weh. Und dass Gray inzwischen die Macht hat, mir wehzutun, jagt mir einen riesigen Schreck ein.

»Er ist ein verdammter Sportler.«

Als würden diese fünf Worte alles erklären, was mir gerade durch den Kopf schießt, drückt mich Alexis noch einmal fest an sich und tritt dann einen Schritt zurück, während sie unsere Hände miteinander verschränkt.

»Ich weiß, aber ich habe mich umgehört. Es gibt keine einzige Person auf diesem Campus, die etwas gegen Jonah Grayham hat. Er scheint überall beliebt zu sein und ist nur für seine offene, gut gelaunte Art bekannt.«

Das Wort *beliebt* lässt mich noch blasser werden.

»Okay, schieb mich jetzt aus der Tür raus oder ich werde nicht gehen.«

Die Panik in meinen Augen sehend, seufzt Alexis und kommt meiner Aufforderung nach, indem sie mich an den Schultern packt und aus meinem Zimmer manövriert. Auf dem Flur schlüpfe ich in meine Sneaker, und als ich mich wieder aufrichte, hält mir Alexis bereits die Tür auf und grinst mich stolz an.

»Ich finde es toll, dass du ihm zugesagt hast. Gray wird mir von Woche zu Woche sympathischer.«

Das mulmige Gefühl in meinem Magen verstärkt sich, als ich den wissenden Ausdruck in Alexis' Augen entdecke. Ihre Gedanken driften in eine völlig falsche Richtung ab, davon bin ich überzeugt.

»Und du mir mit jeder Woche unsympathischer.«

»Hab dich auch lieb, Schätzchen. Und jetzt geh endlich, dein Verehrer wartet bestimmt schon!«, zwitschert Alexis und kassiert dafür einen Mittelfinger.

Aber ich gehe die ersten Treppenstufen herunter, bevor mich der Mut verlässt. Ich höre noch ihr Lachen, dann fällt die Tür ins Schloss, und ich bin mit dem heftigen Flattern in meiner Brust allein. Alexis und ich haben ausgemacht, dass sie fünf Minuten nach mir geht, damit sie nicht wie mein Babysitter wirkt. Allerdings bin ich mir nicht sicher, ob ich mit einem Babysitter nicht besser dran wäre.

Ich gestehe es mir ungern ein, aber ich habe wirklich Angst. Ich habe mich noch nie mit Freunden in einem Pub getroffen. Ich bin so verunsichert, dass sich mein Magen zu einem festen Ballen zusammengezogen hat und ich blinzeln muss, damit meine Sicht klar bleibt. Doch dann fallen mir wieder Alexis' Worte ein, dass ich mich nicht von meinen Dämonen unterkriegen lassen soll. Egal wie dieser Abend ausgeht, es ist der erste Schritt in die richtige Richtung.

Mit neu gewonnenem Mut öffne ich die Haustür und trete in die kühle Herbstluft.

Ich sehe Gray sofort. Er hat am Straßenrand geparkt und lehnt lässig gegen sein Auto, das Handy in der Hand. Der Anblick hätte mich beinahe die Flucht ergreifen lassen, doch als hätte er mich gespürt, hebt er den Kopf. Und sobald sein Blick meinen einfängt, weiß ich, dass ich nicht mehr entkommen kann.

»Bunny, du bist das erste Mädchen, das wirklich pünktlich fertig ist.«

Nervös streiche ich über mein Piercing. Dann trete ich mutig auf ihn zu und wage ein Lächeln. »Tja, ich bin nicht so wie die anderen.«

Sein Grinsen wird noch ein Stück breiter, und als ich sein Auto erreiche, öffnet er mir die Beifahrertür. »Wahre Worte.«

Ich erröte, aber das sieht er hoffentlich nicht, da ich bereits in den Jeep klettere. Mir gefällt der Wagen. Er hat definitiv seine Gebrauchsspuren, doch Gray kümmert sich um seinen fahrbaren Untersatz, zumindest sind keine Müllberge hinter den Sitzen versteckt. Als Gray auf der anderen Seite einsteigt, sitze ich bereits brav angeschnallt da und habe die Hände fest ineinandergeschlungen in meinem Schoß abgelegt. Er mustert mich mit einem Seitenblick, während er den Motor startet.

»Entspann dich, Row, sonst schnürst du dir noch das Blut in den Fingern ab. Wenn es dich beruhigt, du bist nicht das einzige weibliche Wesen heute Abend. Elijah hat seine Freundin dabei.«

Ein Bild von einem zierlichen blonden Mädchen blitzt vor meinen Augen auf, das mir auf der Party neben einem der Eishockeyspieler aufgefallen war. Ich hoffe, Gray meint sie. Ich weiß noch, dass sie mir sympathisch erschien.

Mit einem lautlosen Seufzen lehne ich mich gegen die Autotür. »Ich bin völlig entspannt.«

Den Blinker setzend fährt Gray los, und auch wenn ich nur sein Profil sehe, erkenne ich den belustigten Zug um seinen Mund.

»Ach ja, und wieso spielst du dann nervös an deinem Piercing herum?«

Erstaunt halte ich in der kreisenden Bewegung inne, mit der ich mit einem Finger um das Piercing fahre. Das ist ihm aufgefallen? Ich lasse die Hand fallen und lehne den Kopf gegen die Glasscheibe.

»Ähm ... Schlechte Angewohnheit.«

Seine Zähne blitzen auf, als er mir ein Lächeln zuwirft und sich dann wieder auf den Verkehr konzentriert. »Was mich wirklich interessieren würde: Wie kommt es, dass jemand wie du an einer so offensichtlichen Stelle gepierct ist?«

Die Frage überrascht mich im ersten Moment, dann lässt mich seine Formulierung beinahe ironisch aufschnauben. Denn damit hat er sie sich selbst beantwortet. Es ist schon witzig, wie alle Leute zu wissen glauben, wie ein bestimmter Typ Mensch auszusehen hat. Als dürfe man nicht selbst entscheiden, wie man sich auslebt. Das hasse ich.

»Weil es mir gefallen hat.«

Meine Antwort ist kurz angebunden, aber immerhin rede ich auch sonst nicht wie ein Wasserfall. Gray runzelt trotzdem überrascht die Stirn. »Oh-kaay. Du machst sonst kaum Dinge aus einer Laune heraus, warum also das?«

»Ach, und woher willst du das wissen?« Herausfordernd funkle ich ihn an, davon lässt sich Gray jedoch nicht beeindrucken. Stattdessen lacht er auf, und es wäre um einiges leichter, auf ihn wütend zu sein, wenn dieses Lachen etwas Gehässiges an sich hätte. Doch so ist Gray nicht, und deswegen kann ich ihm seine dumme Frage schon fast verzeihen.

»Sorry, dann muss mich mein Eindruck getrogen haben.«

Mir fällt erst auf, dass ich wieder angefangen habe, an meinem Piercing herumzuspielen, als mir Gray einen belustigten Blick schenkt. Daraufhin will ich die Hand fallen lassen, entscheide mich jedoch dagegen. Das Metall unter meiner Fingerkuppe spürend, sehe ich starr geradeaus. Aber ich weiß, dass Gray mich trotzdem versteht, als ich sage: »Das Piercing steht dafür, wie leicht Menschen sich täuschen lassen. Keiner glaubt, dass jemand Gepierctes ein Streber ist oder dass ein Streber sich piercen lässt. Dieses kleine Stück Metall erinnert mich daran, dass ich die Leute sehen lassen kann, was auch immer ich will. Ich muss nicht ihren Vorstellungen gerecht werden, und sie haben nur so viel Macht über mich, wie ich ihnen gebe.«

Danach herrscht erst einmal Stille, und ich verbiete es mir, auf mein schnell klopfendes Herz zu hören und nervös zu werden. Stattdessen sehe ich ruhig aus dem Fenster, während Gray auf einen kiesbelegten Parkplatz abbiegt und sich in eine leere Lücke stellt. Als er den Motor ausstellt, balle ich meine Hände fest zusammen.

Gray steigt ohne ein Wort aus, und nach einem tiefen Atemzug schnalle ich mich ab und will es ihm gleichtun. Doch da hat er den Wagen bereits umrundet und öffnet mir die Tür. Mit einem Mal sind unsere Gesichter keine zwanzig

Zentimeter voneinander entfernt, und ich weiß nicht, ob ich deswegen nach Luft schnappe oder aufgrund des sanften Ausdrucks seiner blauen Augen.

»Ich mag dein Piercing auf jeden Fall. Für mich steht es für all die Überraschungen, die du zu verbergen hast.«

Als gäbe es nichts Normaleres auf der Welt, legt Gray daraufhin seine Hände um meine Taille und hebt mich aus dem Jeep heraus, um mich vor ihm abzusetzen. Habe ich gerade von zwanzig Zentimetern gesprochen? Jetzt sind wir bei zehn angelangt.

Dass er mich damit aus dem Konzept bringt, ist, dem Glitzern in seinen Augen nach, Gray völlig bewusst. Grinsend hebt er die Hand und fährt mit seiner viel größeren und raueren Fingerkuppe über den kleinen metallischen Stecker in meiner Augenbraue. Ich erschaudere unter der Berührung und halte wie automatisch die Luft an.

Grays Gesichtszüge wirken völlig entspannt, als er mit seiner Hand mein Gesicht umschließt und mich mit einem Ausdruck in den Augen mustert, den ich nicht ganz entschlüsseln kann. Doch bevor das Ganze unangenehm werden kann, schleicht sich wieder sein übliches Lächeln auf seine Lippen und er tritt einen Schritt zurück. Während ich noch beruhigend ein- und ausatme, greift Gray nach meiner Hand und zieht mich zwischen den Autos hervor. »Komm, es ist an der Zeit, dass du die anderen Chaoten kennenlernst.«

Ich weiß nicht, ob die letzten Minuten mich so sehr geschockt haben, dass mein Körper nun auf Autopilot umstellt. Alles, was ich weiß, ist, dass, während Gray mich über den Parkplatz führt und seine warme Hand meine einhüllt, ich zum ersten Mal heute Abend keine Angst habe.

Kapitel 15

Keine Ahnung, was ich mir unter einem Irish Pub vorgestellt habe, aber als ich den Laden betrete, weiß ich, dass er genau so auszusehen hat.

Der Raum ist nur spärlich beleuchtet, und es sind auch an einem Dienstagabend viele Leute hier. Von überall dringen Stimmen an mein Ohr und ich sehe kaum einen freien Tisch. An einer Wand ist eine große Leinwand angebracht, auf der ein Footballspiel gezeigt wird. Gegenüber vom Eingang zieht sich ein langer Bartresen, und dahinter erstreckt sich ein deckenhohes Regal mit allen möglichen Spirituosen. Bier wird von richtigen Fässern abgezapft und die Tische sind eigentlich Holzplatten, die auf Fässern befestigt sind.

Ich hätte mich gern weiter umgesehen, aber Gray zieht mich zielstrebig auf eine Ecke zu, aus der besonders lautes Gelächter zu hören ist. Sofort kehrt meine Nervosität zurück, als wir vor dem Eishockeyteam stehen bleiben, das zwei Tische belagert. Unsicher lasse ich meinen Blick über all die unbekannten Gesichter gleiten. Ich kenne lediglich Lee mit seinem Lockenkopf und den Giganten, der mich auf seinen Schultern herumgetragen hat.

»Hey, Leute, das ist ...« Gray wird mitten im Satz unterbrochen, als seine Teamkameraden aufblicken und Lee ruft: »Row, die Beerpong-Queen!«

Als würde das schon alles sagen, fangen alle an zu grölen und Stühle werden gerückt, um uns Platz zu machen.

»Sie kommt neben mich!«

»He, nein! Ich bin schon länger im Team und habe damit ein Vorrecht ...«

»Pech, Leute, wir haben hier noch am meisten Platz.«

Überfordert blicke ich zu Gray, der über die Kabbelei seiner Freunde lacht. »Sie kommt da hin, wo ihr auch für meinen fetten Arsch Platz macht. Sie ist immer noch mein Gast, auch wenn ihr sie alle vergöttert.«

Er schenkt mir ein Zwinkern, bei dem mein Herz für einen Moment aussetzt. Aber ich bin froh, ihn als Anker zu haben, denn allein hätte mich das stürmische Gemüt der Jungs umgehauen. So kann ich mich an Grays Hand festklammern, während er mich zu der Sitzbank führt, auf der Lee und der Gigant zusammengerutscht sind. Ich hatte eigentlich vor, mich an den Rand zu setzen, um nicht mitten im Getümmel zu sein, aber Gray scheint Gedanken lesen zu können, denn er drückt mich mit einem kleinen Kopfschütteln auf die Bank und schneidet mir meinen Fluchtweg ab, indem er sich selbst setzt.

»Hey, ich bin Lee, falls du dich nicht mehr erinnerst.«

Mit einem freundlichen Lächeln hält mir Lee die Hand hin, und ich bin froh, dass die Geste so eindeutig ist, dass mein Körper automatisch reagiert.

»Row.«

Ich schüttle ihm kurz die Hand, und als hätte Lee eine Lawine losgetreten, hält mir mit einem Mal jeder eine Hand hin. Die ganze Runde stellt sich in einer so unglaublichen Geschwindigkeit vor, dass mir der Kopf schwirrt. Ich weiß, dass das eine sehr nette Geste ist, aber ich fühle mich völlig überrannt. Doch wieder ist Gray meine Rettung, indem er mir eine Karte zuschiebt, an der ich mich festklammern kann.

»Nicht unterkriegen lassen. Die Jungs sind am Ausflippen, seitdem ich gesagt habe, dass ich dich mitbringe. Du scheinst einen bleibenden Eindruck hinterlassen zu haben.« Er zwinkert mir zu und drückt unter dem Tisch aufmunternd meine Hand.

Ich werfe ihm ein kleines dankbares Lächeln zu, während mein Gehirn fieberhaft analysiert, was es bedenklicher findet: dass meine kleine Showeinlage auf der Party in Erinnerung geblieben ist oder dass Grays Berührung mich tatsächlich beruhigt. Ich komme zu der Entscheidung, dass es leichter ist, ein Getränk auszusuchen, als darüber nachzudenken.

So entspanne ich vielleicht eine Minute, bevor sich Gray erneut zu mir lehnt und, in der Erwartung, dass er etwas sagen will, ich den Kopf zu ihm drehe. Aber er sieht nur über meine Schulter mit in die Karte hinein und ist mir dabei so nahe, dass sein Atem meine Wange entlangstreicht. Mich überläuft ein kleiner Schauer, und ich frage mich, ob er mich absichtlich aus dem Gleichgewicht bringen will. Also mache ich das Einzige, was ihn wieder auf Abstand bringt, und schiebe ihm die Karte zu. Gray sieht mich überrascht an, doch ich murmle ein »Ich weiß, was ich will«, bevor ich mich auf die Gespräche der anderen konzentriere.

»He, Bas, habe ich das richtig gesehen und du hast vorhin bei der Bankpresse nachgelassen? Mach weiter so, und meine Wette zu gewinnen wird leichter, als ich bisher gedacht habe.« Ein grünäugiger Typ auf der gegenüberliegenden Seite des Tisches grinst Bas, der sich als mein menschlicher Stuhl herausstellt, herausfordernd an und spannt in übertriebener Geste seinen Bizeps an. Bevor er auch noch einen Kuss darauf platzieren kann, trifft ihn eine Serviette an der Stirn.

»Davon träumst du wohl, Caleb. Am Ende des Jahres bin ich um hundert Dollar reicher und du um dein Ego ärmer.«

Die Arme vor der Brust verschränkend, was ein beeindruckendes Muskelspiel zur Folge hat, lehnt sich Bas lässig zurück und grinst schief. Lee neben mir lacht auf und schüttelt über diesen Caleb den Kopf.

»An deiner Stelle hätte ich die Chance genutzt und mich aus der Wette zurückgezogen, als Bas dir die Möglichkeit gegeben hat.«

Aha. Ich habe absolut den Durchblick, um was es hier geht. Nicht.

Unbehaglich rutsche ich auf meinem Platz hin und her, während auch die anderen mit einsteigen und Caleb aufziehen. Der scheint nicht sonderlich begeistert, dass keiner seiner Teamkameraden an ihn glaubt.

»Caleb hat auf der Party vor zwei Wochen im Vollsuff stolz verkündet, er könne Ende des Jahres mehr drücken als Bas. Rick hat ein Video davon aufgenommen, und jetzt lässt Calebs Ego es nicht mehr zu, dass er einen Rückzieher macht. Aber seine Chancen ... Na ja, du siehst es ja selbst.«

Überrascht wende ich mich zu Gray, der sich zu mir gelehnt hat und mir verschwörerisch zuzwinkert, bevor er sich wieder aufrichtet. Nachdem ich den Sinn dahinter verstanden habe, betrachte ich die beiden Jungs genauer. Und muss Gray recht geben. Klar, auch Caleb ist nicht schlecht gebaut. Aber Bas ist einfach ein Schrank. Ich glaube, mein Kopf hat einen kleineren Umfang als sein Oberarm.

»He, da ist Elijah endlich!«

Der Ausruf erklingt vom anderen Tisch, den das Eishockeyteam belagert, aber alle Jungs wenden gleichzeitig den Kopf zum Eingang und prosten dem Neuankömmling zu, der kurz in unsere Richtung winkt, sich dann jedoch umdreht. Ich will schon verwirrt die Stirn runzeln, als er die Hand ausstreckt, eine zierliche Blondine den Pub betritt und vertrauensvoll ihre Hand in seine legt. Da erkenne ich die beiden als das Pärchen wieder, das mir schon auf der Party aufgefallen ist. Und mit einem Mal wird mir klar, dass Gray und ich vorhin ein ähnliches Bild abgegeben haben müssen.

Mein Gesicht ist innerhalb einer Sekunde tiefrot angelaufen, während Elijah mit seiner Freundin den Tisch erreicht und erst einmal Caleb kameradschaftlich seine freie Hand auf die Schulter legt. »Wieso habe ich das Gefühl, es ging wieder um deine Dummheit, sich mit Bas zu messen?«

»Was seid ihr nur für Freunde, dass keiner auf meiner Seite steht?«

Alle Jungs fangen an, über Calebs kleinen Ausbruch zu lachen, während dieser einen Schmollmund zieht. Seine Freunde scheint es nicht zu interessieren, ob sie ihn mit ihrem Verhalten vielleicht verletzen. Und das lässt mich finster die Stirn runzeln, vor allem, als Caleb genervt die Serviette zerreißt, die Bas vorhin nach ihm geschmissen hat. Ich weiß, wie es sich anfühlt, wenn eine Gruppe gegen einen wettert. Und während mein Herz immer schneller schlägt, hat mein Gehirn einen kurzen Aussetzer, denn ich sage: »Ich setze auf dich.«

Überrascht verstummen die Stimmen, und alle Blicke richten sich auf mich. Aber ich konzentriere mich einfach auf Caleb, der erstaunt den Mund öffnet. Verkrampft lächle ich und kralle meine Hände unter dem Tisch fest ineinander.

Glücklicherweise fängt Caleb seinerseits an, breit zu grinsen. »Danke dir. Wenigstens eine. Ich mag sie, Gray, du kannst sie öfter mitbringen.«

Und damit brechen die Jungs in Gelächter aus, holen noch zwei Stühle von einem Nachbartisch, rücken zusammen und haben mich wieder vergessen. Zum Glück, denn mein Atem geht, als wäre ich einen Marathon gelaufen, und ich muss gegen schwarze Punkte vor meinen Augen anblinzeln. Plötzlich schwebt eine manikürte Hand vor meinem Gesicht, und es vergehen peinliche Sekunden, bis ich zu der dazugehörigen Person hochsehe.

»Hi, ich bin Kayla, und anscheinend sind wir jetzt Verbündete.«

Elijahs Freundin strahlt mich freundlich an und ich bin froh, dass die Erziehung meiner Eltern tief genug sitzt, dass ich aus meiner Erstarrung erwache und Kaylas Hand ergreife.

»Hi, schön, dich kennenzulernen.« Das sagt man so, oder? Aber als Kayla mich weiter erwartungsvoll ansieht, werde ich unsicher. Es braucht einen kleinen Stupser von Grays Ellenbogen, damit bei mir der Groschen fällt.

»Uhm, und ich heiße Row.«

Während ich feuerrot anlaufe, lässt meine Unbeholfenheit Kayla auflachen, und sie umschließt meine Hand kurz mit ihrer zweiten, bevor sie sie loslässt. »Schön, dass du hier bist. Sollte dir einer der Jungs auf die Nerven gehen, vor allem der liebe Gray hier, dann sag mir Bescheid. Ich kenne von jedem mindestens ein Geheimnis.«

Kayla zwinkert mir verschwörerisch zu, und auch wenn mir das Herz noch immer bis zum Hals schlägt, beruhigt mich die Geste. Sie scheint tatsächlich nett zu sein.

»He, Kayla! Du hast mir damals versprochen, dass du das nie gegen mich verwenden würdest.«

Gray zieht einen Schmollmund, woraufhin Kayla versucht, ihm durch die Haare zu wuscheln, doch er kann ihrer Hand entkommen. »Nein, ich habe dir versprochen, es nicht Elijah zu erzählen, damit *er* es nicht gegen dich verwenden kann.«

Daraufhin mischt sich auch Elijah ein, der am anderen Ende des Tisches auf seinem Stuhl nach hinten kippt, um zu uns herüberzusehen.

»Du stiftest meine Freundin dazu an, Geheimnisse vor mir zu haben?«

»Ach Schatz.« Mit einem Seufzen geht Kayla zu ihrem Freund und lässt sich auf den freien Stuhl neben ihm fallen. »Benimm dich, wir haben immerhin einen Neuling in der Runde.«

Damit bin wohl ich gemeint, doch bevor Elijah darauf reagieren kann, rettet mich eine Kellnerin, die an unseren Tisch tritt.

»Hi, was kann ich den Neuankömmlingen bringen?« Erwartungsvoll Block und Stift gezückt, sieht sie zunächst Gray an, der sich ein alkoholfreies Bier bestellt und mich dann aufmunternd anlächelt. Aber ich ignoriere ihn, denn ein Getränk zu bestellen schaffe ich dann doch ohne mentale Unterstützung.

»Eine Cola bitte.« Froh, bald ein Glas vor mir zu haben, an dem ich mich festhalten kann, lasse ich mich mit einem lautlosen Seufzer nach hinten sinken. Gray geht in die entgegengesetzte Richtung und stützt seinen Ellenbogen auf dem Tisch ab, während er mich ansieht.

»Du kannst dir auch etwas Alkoholisches bestellen. Ich bringe dich sicher nach Hause, versprochen. Und dieses Mal lasse ich mich nicht davon abbringen.«

Er grinst bei seiner Anspielung auf die Partynacht, und das lässt mich schmunzeln. Gott, diese Nacht kommt mir vor wie der Teil eines anderen Lebens.

»Das ist lieb, aber ich will wirklich nichts anderes.« Gray will etwas erwidern, aber da kommt die Kellnerin zurück an unseren Tisch, allerdings ohne meine erhoffte Cola. »Bevor ich es vergesse zu sagen, in ein paar Minuten fängt unser Pub-Quiz an. Der Gewinnertisch hat den ganzen Abend Freigetränke.«

Auf den Gesichtern der Jungs breitet sich ein Grinsen aus, und Lee hebt eine Hand, bevor die Kellnerin zum nächsten Tisch gehen kann. »Na, wenn das so ist, nehmen wir noch drei Pitcher Bier. Irgendeinen Sieg müssen wir diesen Monat erlangen, nicht wahr, Jungs?« Er erhält zustimmendes Gemurmel und die Kellnerin vermerkt sich auch diese Bestellung und verschwindet dann Richtung Bar.

»Ein Quiz? Also Leute, da bin ich raus. Mein Wissen bezieht sich rein auf Eishockey.«

Als würde er darauf anstoßen, hebt ein dunkelhaariger Kerl am anderen Tisch sein Glas und trinkt in wenigen Zügen die Hälfte aus. »Tja, Rick, wie gut, dass du nicht an unserem Tisch sitzt. Hier drüben befindet sich die schlaue Hälfte des Teams.« Im Brustton der Überzeugung klopft Lee auf das

Holz der Tischplatte, wird aber sogleich von einem Teamkameraden ausgebremst.

»Ich würde weniger die Klappe aufreißen, Lee. Das letzte Mal musste die Kleine dir auch aus der Patsche helfen. Willst du es wirklich darauf ankommen lassen?«

Mir ist nicht einmal klar, dass ich gemeint bin, bis Lee einen Arm auf meine Schulter stützt und selbstgefällig erwidert: »Ach, ich habe vollstes Vertrauen in Row.«

Zum keine Ahnung wievielten Mal an diesem Abend merke ich, wie meine Wangen glühen. Was soll ich denn darauf erwidern? Aber bevor mein Schweigen so richtig peinlich werden kann, rettet mich die Kellnerin, die erneut an unseren Tisch kommt und unsere Getränke abstellt. Sobald meine Cola vor mir steht, umschließe ich sie mit beiden Händen und ziehe sie näher zu mir. Auch die Pitcher werden gebracht, und ich mache große Augen bei der Menge Bier. Dazu reicht die Kellnerin Lee ein Tablet, das wohl für das Quiz gedacht sein muss. Meine Finger zucken kurz, denn um ehrlich zu sein, hätte ich wirklich Lust mitzumachen. Aber Lee tippt bereits fröhlich darauf herum.

»Also, Jungs, ich erwarte Höchstleistungen! Ich will dieses Quiz gewinnen!«

Und als hätte Lee ihn damit herbeigerufen, tritt ein Mann mit grau-roten Haaren und Mikrofon in der Hand vor die Bar und räuspert sich.

»Einen schönen Abend, liebe Gäste! Wie jeden Dienstag gibt es auch heute eine Runde unseres berühmt-berüchtigten Pub-Quiz! Für alle Neulinge, es ist ganz einfach: Ich lese eine Frage vor, die gleichzeitig auf den Tablets vor euch erscheint. Danach habt ihr dreißig Sekunden Zeit, um an eurem Tisch zu beratschlagen, was die richtige Antwort ist. Externe Hilfsmittel sind nicht erlaubt, es ist Köpfchen gefragt! Einmal eingeloggt kann man die Antwort nicht mehr ändern. Nach jeder Frage verkünde ich die richtige Lösung, und am Ende gewinnt der Tisch mit den meisten korrekten Antworten! Allen viel Glück, und hier kommt auch schon die erste Frage: Was ist die Umkehrreaktion der Veresterung?«

Das ist einfach ...

Kapitel 16

Gray

Mir ist klar, dass sich Row nicht hundertprozentig wohlfühlt, aber ich finde, dass sie sich bisher wirklich gut schlägt. Sie ist zwar etwas zu ruhig für meinen Geschmack, aber sie ist noch nicht durch das Toilettenfenster geflüchtet, und zumindest behält sie ein Lächeln auf den Lippen. Das ist doch kein schlechter Anfang.

Vertieft darin, Row zu beobachten, wie sie nervös ihr Colaglas hin und her dreht, werde ich erst auf das Pub-Quiz aufmerksam, als meine Freunde aufgeregt miteinander diskutieren.

»Scheiße verdammt, gibt es Auswahlmöglichkeiten?« Mit zusammengezogen Augenbrauen betrachtet Caleb Lee, doch dieser schüttelt den Kopf.

»Nein, wir müssen selbst auf die Antwort kommen, also Vorschläge, Jungs?«

Ahnungslose Blicke werden getauscht, und ich schiele über Row hinweg auf das Tablet, um die Frage nachzulesen.

Was zum ... Was ist überhaupt eine Veresterung?

»Kommt schon! Wir brauchen irgendeine Antwort! Was wisst ihr noch aus dem Chemieunterricht?«

Lee fährt sich durch die Haare und sieht auffordernd in die Runde, bis Bas schließlich mit einem Schulterzucken sagt:

»Elektrolyse?« Dass sich die Antwort wie eine Frage anhört, sagt schon alles aus. Der Gedanke kommt nicht nur mir, denn neben mir höre ich ein leises Schnaufen, und während Lee noch hektisch die vermeintlich falsche Antwort eintippt, höre ich Row murmeln: »Verseifung.«

Aber sie spricht zu leise, als dass jemand anderes außer mir es mitbekommt, und bevor ich nachhaken kann, spricht schon wieder der Pubbesitzer.

»So, die Zeit ist abgelaufen. Es sind keine Antworten mehr möglich. Aber was wäre überhaupt die richtige Lösung gewesen?« Nach einer Kunstpause sieht der Mann auf eine Karteikarte, und irgendetwas sagt mir, dass er es selbst auch nicht gewusst hätte.

»Die Umkehrreaktion der Veresterung ist die ... Verseifung!«

Von einigen Tischen ertönen erfreute Ausrufe, während durch unsere Runde ein Stöhnen läuft.

»Elektrolyse, Bas? Wirklich?« Lee sieht verärgert aus. Aber ich weiß, dass es nicht an der falschen Antwort liegt, sondern daran, dass wir es alle leid sind zu verlieren. Egal ob auf dem Eis oder in einem Pub.

»Wenigstens ist mir irgendetwas eingefallen. Von euch kam gar kein Vorschlag.« Auch Bas wirkt genervt, als er die Arme verschränkt, und ich hätte ihm beinahe widersprochen. Denn immerhin hat Row eine Lösung vorgeschlagen. Und dazu noch die richtige. Aber ich beiße mir rechtzeitig auf die Zunge, denn Row starrt stur auf ihr Getränk und scheint nicht daran interessiert, wieder Aufmerksamkeit auf sich zu ziehen.

Letztendlich versucht Kayla, die Wogen zu glätten. »Das war die allererste Frage. Wartet ab, die nächste beantworten wir richtig.«

Leider liegt sie mit dieser Aussage jedoch falsch. Als die nächste Quizfrage gestellt wird – »Welche vier Gehirnlappen werden unterschieden?« –, sind die Fragezeichen auf den Gesichtern noch viel größer. Und dem anderen Tisch, der auch vom Team belegt wird, geht es nicht viel besser. Kayla sagt schlussendlich, dass sie sich aus *Grey's Anatomy* an einen Frontallappen zu erinnern meint, aber mehr Fachausdrücke aus der Serie sind bei der Freundin unseres Kapitäns nicht hängen geblieben.

Kurz bevor das Zeitintervall abgelaufen ist, höre ich wieder leises Gemurmel. »Frontallappen, Parietallappen, Okzipitallappen und Temporallappen.« Und während Row in einer völlig anderen Welt versunken scheint und weiter mit ihrem Glas herumspielt, wiederholt der Barbesitzer ihre Worte eins zu eins als die richtige Antwort. Er nennt sogar die gleiche Reihenfolge, verdammt.

Durch die Jungs geht wieder ein frustriertes Raunen, in das ich vielleicht eingestimmt hätte, wenn ich nicht so fasziniert von dem Mädchen neben mir gewesen wäre.

»Die Pitcher gehen auf dich, Lee. Das ist der Preis für deinen Übermut.« Damit schenkt Bas in unserer Runde nach, während Lee mächtig angefressen aussieht.

»Jaja. Ich werd's bezahlen, wenn wir verlieren. Schon wieder.« Schlecht gelaunt greift Lee nach seinem Glas und trinkt es aus, um sich dann selbst nachzufüllen. Ich runzle die Stirn, weil mir die Einstellung nicht gefällt. Immerhin war der Abend dafür gedacht, die Stimmung zu bessern und sie nicht weiter in den Keller zu ziehen.

»So und damit sind wir schon bei Frage Nummer drei: Wie nennt sich der Muskel, der hauptsächlich fürs Lächeln zuständig ist?« Der Pubbesitzer zieht vorn noch eine kleine Show ab, aber mein Blick ist fest auf Row gerichtet, die, als müsste sie besagten Muskel erproben, die Mundwinkel zu einem kleinen Lächeln verzieht. Um mich herum brechen die Jungs in Diskussionen aus.

»Keine Ahnung, Leute. Der Lachmuskel? Muskulus Lachilus? Irgendein komischer lateinischer Begriff, den sich eh niemand merken ...«

»Musculus zygomaticus major.«

Ich unterbreche Lee in seiner Schimpftirade, was mir einen verwunderten Blick beschert. »Na los, schreib schon. Musculus zygomaticus major.«

Lee runzelt die Stirn, doch dann wandert sein Blick kurz zu Row, die mich mit offenem Mund anstarrt, und macht sich daran zu tippen. Ich schenke Row ein schiefes Grinsen. »Enthalte uns dein Wissen nicht vor. Du siehst doch, wie aufgeschmissen wir Sportler ohne dich sind.«

Leichte Röte überzieht Rows Wangen, und ich finde den Anblick, wie sie die Unterlippe zwischen die Zähne zieht und in einer scheinbar automatischen Bewegung mit einem Finger über ihr Piercing fährt, absolut niedlich. Das Mädchen hat etwas an sich, das in mir das Bedürfnis aufkommen lässt, sie aus ihrem Schneckenhaus herauszulocken. Und mit jedem Stückchen Fortschritt offenbart sie eine weitere Facette an ihr, die meine Faszination noch verstärkt.

Jetzt zum Beispiel ist es die Art, wie sie versucht, ihre Intelligenz zu verbergen, die mich völlig unerwartet trifft. Wann auch immer ich sie bisher getroffen habe, zeigte sie selbstbewusst, wer sie ist und was sie kann. Aber hier, inmitten von uns großen Kerlen, macht sie sich ganz klein.

Schon wird die Lösung verkündet. Und o Wunder, o Wunder: Wir haben die erste richtig beantwortete Frage des Abends.

»Mann, Gray, woher wusstest du das?« Caleb sieht mich erstaunt an, aber ich werde mich sicherlich nicht mit fremdem Ruhm schmücken.

»Oh, das kam nicht von mir. Sondern von deiner einzig treuen Unterstützerin.« Ich nicke zu Row, und Caleb ist nicht der Einzige, der seinen Blick daraufhin auf sie richtet. Ich spüre, wie sie unbehaglich hin und her rutscht, und lege ihr beruhigend eine Hand aufs Knie.

»Wahnsinn, woher weißt du denn so was?« Caleb scheint ernsthaft beeindruckt, aber ich glaube, das ist Row nicht bewusst. Sie zuckt nur schüchtern mit den Schultern und sagt: »Mein Hauptfach ist Biologie.«

Sie nimmt einen großen Schluck ihrer Cola, und mir ist klar, dass das ein Vorwand ist, um keine weiteren Fragen zu beantworten.

»Und weiter geht's mit der nächsten Frage! Dieses Mal etwas für die Musiker unter euch: In welcher Epoche kam der Generalbass auf?«

Die Jungs sehen sich verständnislos an, und ich kann es ihnen nicht verübeln, denn ich weiß nicht einmal, was damit gemeint ist. Aber anders als sie, nehme ich es Row nicht ab, dass sich ihre Expertise nur auf Biologie bezieht. Also stoße ich sie leicht mit der Schulter an, damit sie mir ihre Aufmerksamkeit schenkt. »Komm, Bunny, Lee hat nicht das Geld für das ganze Bier.« Ich zwinkere meinem Freund zu, der wiederum nur die Augen verdreht. Seine Eltern sind, was Taschengeld angeht, sehr großzügig.

Aber das weiß Row nicht, und ich kann sehen, wie sie unsicher zu Lee blickt und sich etwas in ihr erweicht. Sie beißt sich auf die Lippe, doch schlussendlich gibt sie Lee die Antwort.

»Barock.« Mehr sagt sie nicht, bevor sie ihren Blick wieder auf ihr Glas richtet.

»Tja, und wer von euch wusste die Antwort? Tatsächlich wurde besagte Epoche sogar als das Generalbasszeitalter bezeichnet, und natürlich handelt es sich dabei um den ... Barock!«

Wieder ertönen aus dem Raum vereinzelt freudige Ausrufe, aber unser Tisch ist komplett still. Was daran liegen könnte, dass alle Row mit offen stehendem Mund anstarren. Nur ich grinse über das ganze Gesicht.

»Verdammt, Bunny, du bist wirklich etwas ganz Besonderes.«

Ihr Blick trifft auf meinen und ich versuche, so offen wie möglich zu lächeln. Das hat früher auch funktioniert, wenn sie sich zurückgezogen hat. Wie so oft nimmt sie einen tiefen Atemzug und schenkt mir dann ein Lächeln. Es ist, als müsste sie sich jedes Mal von Neuem überzeugen, dass ich meine Worte ernst meine. Ich hoffe, dass sie bald verstanden hat, dass ich nicht so jemand bin, der zu seinen Worten nicht steht.

»Okay, wer ist bereit für die nächste Frage? Dieses Mal geht es um kulturelles Wissen. Wann wurde der Buchdruck erfunden?«

Dieses Mal sehen die Jungs Row direkt erwartungsvoll an. Ich weiß, dass sie es bemerkt, denn sie spannt sich an und hat ihren Blick wieder fest auf ihr Glas geheftet. Der Anblick bereitet mir ein schlechtes Gewissen.

Ich bereite mich darauf vor, selbst irgendetwas in die Runde zu werfen, um die Aufmerksamkeit von ihr abzulenken, da stößt sie ein lautloses Seufzen aus und richtet sich kerzengerade auf. Die Schüchternheit und Röte sind aus ihrem Gesicht verschwunden, mit einem Mal habe ich wieder das selbstbewusste Mädchen von der Party vor mir. »1440.«

Lee ist bereits am Tippen, und ich kann sehen, wie sich Caleb und Bas angrinsen und sich zuprosten.

Auf jede neue Frage kommt Rows Antwort wie aus der Pistole geschossen. Ich sehe zwar, wie sie sich nervös mit den Händen über die Beine reibt oder ihr Gewicht andauernd verlagert, aber das Mädchen wirft mit Wissen um sich, als gäbe es kein Morgen mehr. Und ich bin absolut sprachlos, während die Jungs euphorisch mehr und mehr Bier fließen lassen.

Schlussendlich entspannt sich sogar Row. Es hat zwar den halben Abend gedauert, aber sie fängt an, über die Blödeleien meiner Kumpels zu lachen oder wirft selbst einen Kommentar in die Runde. Und das ist wirklich schön. In diesem Moment ist *sie* wirklich schön. Auch wenn sie keinen tiefen Ausschnitt oder einen aufreizenden Rock anhat. Sie ist schön, und das auf eine Weise, wie ich sie bisher bei keinem anderen Mädchen so wahrgenommen habe. Als ich Lees Grinsen über Rows Kopf hinweg sehe, wird mir klar, dass Bas und er vorhin mit ihren Sticheleien darüber, dass ich ein Mädchen mitbringe, vielleicht richtiglagen. Vielleicht hat Row mein Interesse geweckt.

Der Gedanke verwundert mich für einen Moment. Ich war seit der zehnten Klasse nicht mehr an etwas Langfristigem interessiert. Und obwohl ich mir absolut sicher bin, dass Row nur für langfristige Dinge zu haben ist, stört mich das kein bisschen. Ich *will* sie näher kennenlernen. Ich will verstehen, weshalb sie manchmal so eingeschüchtert ist, Menschen nur die kalte Schulter zeigt und vieles sofort als Angriff versteht. Und ich will die Person kennenlernen, die dahintersteckt. Ob ich deswegen eine Beziehung will, steht auf einem anderen Blatt. Aber Row ist eine Freundin geworden, die ich so schnell nicht verlieren möchte.

Und obwohl der Gedanke mich erschrecken sollte, muss ich bei dieser Erkenntnis grinsen. Denn Row wird es mir definitiv nicht leicht machen. Aber bevor ich mich meiner ganz persönlichen Herausforderung widmen kann, werde ich vom Pubbesitzer unterbrochen, der nach einer längeren Pause wieder vor die Bar tritt.

»Weiter geht's mit der zweiten Hälfte unseres Quiz! Noch zehn Fragen und der Gewinner wird gekürt. Und damit ihr nicht mehr so lange auf eure Freigetränke warten müsst, machen wir auch direkt weiter: Von wem stammt das literarische Meisterwerk *Sturmhöhe*?«

Row setzt bereits zur Antwort an, da unterbricht Bas sie, der sein Bier so schwungvoll absetzt, dass es überschwappt. »Oh, das weiß ich! Meine Mom hat dieses Buch verschlungen. Dieses Mal brauchen wir dich nicht, Row.« Er funkelt sie herausfordernd an, doch zu meiner Überraschung lacht sie über die spaßhafte Formulierung.

»Na dann, Bas, ich halte dich nicht auf.«

Bas grinst etwas zu breit, als dass er noch als nüchtern durchgehen kann, und sagt im Brustton der Überzeugung. »Jane Austen!«

Ich kann Bas' Antwort weder bestätigen noch verneinen. Dass Jane Austen *Stolz und Vorurteil* geschrieben hat, weiß ich nur, weil mir ein Mädchen davon vorgeschwärmt hat, bevor sie in Stimmung gekommen ist. Doch an der Art, wie Row die Wangen einsaugt, um nicht zu lachen, scheint Bas wohl danebenzuliegen. Auch Lee vertraut seinem Kumpel nicht.

»Bas, nimm es mir nicht böse, aber es geht um Freibier.« Und mehr sagt er nicht, während er das Tablet weiter an Row reicht, die sich das Lachen nicht mehr verkneifen kann und sogleich fleißig tippt. Amüsiert davon, wie Row mit meinen Freunden umgeht, werfe ich lächelnd einen Blick darauf, was sie im Namen der ganzen Gruppe antwortet. Natürlich ist es nicht Jane Austen.

»Ich hoffe, wir haben hier einige belesene Menschen unter uns, denn dann dürfte euch die Antwort nicht sonderlich schwerfallen. Im 19. Jahrhundert veröffentlichte Emily Brontë unter dem Pseudonym Ellis Bell den Roman. Korrekt ist also Emily Brontë!«

Während Bas verdutzt aus der Wäsche schaut, greift Lee neugierig wieder nach dem Tablet. »Und? Haben wir es richtig?«

Ich kann nicht anders, als mit einem stolzen Lächeln ein Arm um Row zu legen und sie zu mir zu ziehen. »Natürlich haben wir das.«

Ich fange Rows überraschten Blick auf. Erneut steht ihr Piercing im Kontrast zu der Unschuld und Unsicherheit, die aus ihren Augen sprechen. Sie ist wirklich verdammt gut darin, die Toughe zu geben. Zumindest solange sie einen auf Abstand halten kann. Aber hier, mit ihrem Rücken an meine Brust gelehnt, ist davon nicht mehr viel übrig, und das verstärkt in mir das Bedürfnis, sie im Arm zu halten. Verdammt, dieses Mädchen wickelt mich um ihren Finger ... und das, ohne es selbst zu wissen.

Mit einem tiefen Atemzug lässt Row vertrauensvoll den Kopf gegen meine Schulter sinken. »Danke, dass du mich mitgenommen hast.«

Ich erlaube mir für einen Moment, die Nase in ihrem Haar zu vergraben, um mein Lächeln zu verbergen. »Danke, dass du uns einen kleinen Sieg schenkst.«

Kapitel 17

Ich hätte mit allem gerechnet, aber nicht damit, dass ich am Ende des Abends lachend aus dem Pub schwanke, weil Lee sich so schwer auf mich stützt, dass ich kaum geradeaus laufen kann. Ich fühle mich auf eine seltsame Art und Weise losgelöst, wie ich sie nicht einmal vom Alkohol kenne – den ich im Übrigen nicht angerührt habe. Und ich fühle mich wohl.

Gray hält sich keinen Meter hinter Lee und mir auf, seine Hände in den Taschen seiner gefütterten Jeansjacke vergraben, und schenkt mir ein kleines Lächeln, als er meinen Blick bemerkt. Anstatt ertappt zur Seite zu sehen, erwidere ich sein Lächeln.

»Row, du *musst* am Samstag zu unserem Spiel kommen! Ich spüre es, wenn du da bist, gewinnen wir.«

Lee zieht mich enger an sich, und ich gebe ein überraschtes Quieken von mir. »He, Lee, zerquetsch unseren Glücksbringer nicht!«, nuschelt da Bas und legt seinerseits einen Arm um mich. »Wir brauchen sie noch. Und zwar jeden Dienstag hier im Pub! Ich werde nie wieder ein Bier bezahlen.«

Die beiden haben definitiv einen über den Durst getrunken. Eigentlich hat das die ganze Gruppe, die Fahrer ausgenommen. Aber ich verkneife mir den Kommentar und grinse nur, während ich versuche, zwischen den beiden Muskelbergen das Gleichgewicht zu halten.

Auch Kayla, die an Elijah angelehnt dasteht, sieht so aus, als hätte sie etwas zu tief in ihr Glas gesehen, und hält einen Daumen hoch in unsere Richtung. »Sehe ich absolut wie Bas. Gray, du solltest dich öfter mit so intelligenten Leuten abgeben, vielleicht färbt das irgendwann ab.«

Hinter mir ertönt ein Lachen, und ehe ich mich's versehe, werden Lees und Bas' Arme weggeschoben und zwei warme Hände legen sich auf meine Schultern. »Das tut es bereits. Hoffe ich zumindest.«

Ob Gray klar ist, was für ein großer Vertrauensbeweis es ist, dass ich mich nicht rühre? Denn im Normalfall wäre ich ausgewichen. Es mag von außen nach nichts aussehen, aber es sind diese kleinen Gesten, die für mich einen großen Schritt darstellen. Auch meine Schutzschilder so weit fallen zu lassen, dass ich vor all den Leuten beim Pub-Quiz geantwortet habe, hat mir viel Mut abgefordert. Aber diese Selbstsicherheit hat mir Gray gegeben, indem er mein Wissen als etwas Bewundernswertes hingestellt hat. Er hat mir das Gefühl gegeben, anders zu sein – auf eine gute Art und Weise.

»Ein Glücksbringer könnte uns Samstag nicht schaden.« Elijah lächelt mir zu, bevor er selbstvergessen einen Kuss auf Kaylas Scheitel drückt. »Also, wenn du vorbeikommen möchtest, wir freuen uns.« Hinter Elijah nickt Caleb heftig.

»Ich weiß nicht, ich wäre allein und ...«

»Ach was, du kannst dich zu mir setzen!« Überrascht blicke ich zu Kayla, die einen Schritt auf mich zutaumelt und nach meiner Hand greift. Die Berührung kommt so plötzlich und ich zucke zurück, bevor ich es verhindern kann, doch dann verschränke ich unsere Finger miteinander. Auch wenn mein Herz deswegen fast aus der Brust hüpft. »Sicher? Ich will mich nicht aufdrängen und ...«

»Ach Quatsch! So was will ich nicht hören! Ich hole dich vor dem Spiel ab und hänge mich wie eine Klette an dich. Das wird witzig, versprochen. Gib mir einfach dein Handy, dann speichere ich meine Nummer ein.«

Es heißt doch, Betrunkene sagen die Wahrheit, oder? Denn ich will Kaylas Worten so unbedingt Glauben schenken, dass es mir fast den Magen umdreht. Ich will, dass die anderen heute wirklich mit mir Spaß hatten, und das nicht nur wegen des Freibiers. Denn ich hatte Spaß, und ich werde es nicht überleben, wenn Gray und seine Freunde nur mit mir spielen wie meine ehemaligen Mitschüler. Also klammere ich mich an den kleinen Hoffnungsschimmer, den mir dieser Abend gegeben hat, und fische mein Handy aus der Hosentasche.

Als Kayla mir mein Handy zurückgibt, beginnen die Jungs, sich zu verabschieden. Handschläge werden ausgetauscht, Schultern werden geklopft, und tatsächlich kommen ein paar – insbesondere diejenigen, die mit mir am Tisch saßen und einiges an Bier getrunken haben – zu mir und ziehen mich in eine Bärenumarmung. Ich muss wohl kaum erwähnen, dass ich steif wie ein Brett bin und es wahrscheinlich angenehmer wäre, einen Kaktus zu umarmen. Aber mein Körper ist zu sehr mit Hyperventilieren beschäftigt, als dass er zu einer Reaktion bereit wäre. Lediglich bei Bas und Lee schaffe ich es, unbeholfen einen Arm um sie zu legen.

»Row, ich kenne niemanden, bei dem Intelligenz so sexy ist wie bei dir. Sag Bescheid, wenn Gray es vermasselt.«

Bas zwinkert mir verschwörerisch zu, aber ich kann ihn nur perplex ansehen. Glücklicherweise eilt Gray mir zu Hilfe, indem er seinen Kumpel kräftig gegen den Arm boxt. »Du kleiner Casanova. Geh lieber heim und schlaf deinen Rausch aus. Wer nimmt euch mit?«

Bas, der bei dem Schlag nicht einmal zusammengezuckt ist, grinst nur dämlich und deutet hinter sich. »Elijah hat sich angeboten. Und du behandelst diese kleine Lady wie ein Gentleman, verstanden? Ich bekomme es raus, wenn du irgendetwas anstellst.«

»Ja, Mommy. Komm, Row, wir gehen, bevor Bas noch als Anstandsdame mitkommen möchte.« Gray zwinkert Bas zu und ich erröte. Wieso sollten wir denn eine Anstandsdame brauchen? Verlegen winke ich Lee und Bas zu, da Gray mir eine Hand auf den Rücken legt und mich Richtung Auto schiebt.

»Jetzt kannst du ehrlich sein: Wie schlimm findest du die Idioten?« Gray öffnet mir grinsend die Autotür, und auch wenn ich weiß, dass er es als Scherz meint, kann ich, so aufgekratzt, wie ich von dem Abend bin, nicht ebenso spaßhaft reagieren.

»Sie sind wirklich nett. Du kannst froh sein, Freunde zu haben, mit denen dich so viel verbindet und die dich einfach akzeptieren.«

Gray stößt ein Seufzen aus und tritt zu mir hinter den Schutz der Tür. »Wahre Worte, Bunny. Aber wer hat dich nur dazu gebracht, immer so wehmütig zu klingen?«

Ich öffne den Mund, aber kein Ton kommt heraus, denn mein Hals ist wie zugeschnürt. Anstatt eine Antwort zu erwarten, zieht Gray mich in eine feste Umarmung, und obwohl meine Arme hilflos herabhängen, entspanne ich mich in seiner Nähe sofort. Wie sehr der Abend an mir gezerrt hat, wird mir erst klar, als ich daraufhin anfange zu zittern. Gray sagt nichts, und dafür bin ich ihm dankbar, denn später wird mir das hier unendlich peinlich sein. Er streichelt nur beruhigend über meinen Rücken, auch wenn das meine mentale Stabilität weiter gefährdet. Es ist, als würde Grays Behutsamkeit meine Verletzlichkeit hervorlocken. Und da wird mir klar, dass Gray mir wirklich gefährlich werden könnte. Denn er ist dazu in der Lage, meine Schutzmauern niederzureißen. Und dann kann er meine ganze Welt niederbrennen.

Dennoch vergrabe das Gesicht an seiner Brust, während meine Arme ein Eigenleben entwickeln und sich um ihn schlingen. Gray riecht gut. Das ist mir bisher nie aufgefallen. Nach diesen typischen Männerduschgelen. Und er fühlt sich gut an. Stark. Sicher. Trotzdem frage ich mich, ob es mutig oder töricht ist, sich Gray gegenüber weiter zu öffnen. Ich weiß, dass die Art, wie ich mein Leben führe, nicht richtig ist. Irgendwie nur ... halb. Aber ich weiß auch, weshalb ich so vorsichtig geworden bin. Lieber eine Person zu viel von mir wegstoße als eine zu wenig.

Weil ein halbes Leben immer noch besser ist als ein zerbrochenes.

Von dem Wirrwarr in meinem Kopf völlig erschöpft, stoße ich ein Seufzen aus und löse mich langsam von Gray. In seiner Nähe kann ich sowieso keinen klaren Gedanken fassen.

»Los, Bunny, spring in den Wagen. Höchste Zeit, dass wir beide ins Bett kommen.«

Ich bin rot angelaufen, bevor mir die Zweideutigkeit seiner Worte bewusst wird. Und weil es nicht anders sein kann, bringt Gray mein verstörter Gesichtsausdruck natürlich zum Lachen.

»Keine Sorge, Bunny, natürlich in getrennte Betten. Ich will keinen Hausarrest von Mommy Bas bekommen.«

Er zwinkert mir zu und ich beschließe, die tiefgründigen Gedanken wegzuschieben. Das hier ist immer noch Jonah Grayham. Der Eishockeyspieler mit dem selbstsichersten Lächeln dieser Welt. Er blödelt herum, lacht viel und würde über all meine Überlegungen nur den Kopf schütteln. Vielleicht muss ich einfach lernen, bei Gray nicht immer nach einer tieferen Bedeutung zu suchen.

»Das hast du mit voller Absicht so zweideutig gesagt.« Ich drehe mich um und steige in den Wagen ein, während hinter mir wieder Grays tiefes Lachen erklingt.

»Ach, und wenn ich das habe? Was dann, Bunny?«

Als ich vom Anschnallen aufblicke, hat sich Gray ins Wageninnere gelehnt und grinst mich schief an. Allein die erneute Nähe lässt mein Herz schneller klopfen, aber ich versuche einen kühlen Kopf zu bewahren. »Dann sage ich Kayla Bescheid, dass du mir auf die Nerven gehst, und das war's mit deinem Geheimnis.« Ich ziehe herausfordernd eine Augenbraue in die Höhe.

»O Bunny, von mir aus kann ich dir all meine Geheimnisse erzählen. Dafür musst du nicht erst Kayla fragen.«

Und damit hat er das letzte Wort, bevor er die Beifahrertür zuschlägt und mich mit offenem Mund sitzen lässt. Ist das gerade ein Flirt gewesen?

Als Gray auf der anderen Seite einsteigt, lehne ich mich wie auf der Hinfahrt gegen das Fenster. Und bis Gray den Motor angelassen hat, habe ich die passende Erwiderung parat. »Na dann, Gray, lass großen Worten Taten folgen. Was ist dein peinlichstes Geheimnis?« Ich grinse ihn fies an, als er mir einen Seitenblick zuwirft, aber dieser Kerl lässt sich von nichts aus der Ruhe bringen. Er klopft nur rhythmisch mit den Fingern auf das Lenkrad.

»Oh, das ist einfach: Meinen ersten Kuss hatte ich mit meinem Hund Lea. Und ich schwöre, er war bis heute der beste.«

Gray zwinkert mir zu und ich kann nicht anders, als bei der Vorstellung zu kichern, wie sein Gesicht von einem Hund abgeschlabbert wird.

»Und was ist die offizielle Version deines ersten Kusses?«

Grays Lippen öffnen sich zu einem Zahnpastalächeln. »Oh, dass Lea eine heißblütige Blondine aus der Stufe über mir war und sie gar nicht genug von mir bekommen konnte. Du weißt doch, bei Lügengeschichten muss man so nah wie möglich an der Wahrheit bleiben.«

Das bringt mich nur noch mehr zum Lachen. Zumindest bis Gray die Gegenfrage stellt. »Und bei dir, Bunny? Was verheimlichst du der Welt so?«

Tja, das ist gar nicht so leicht zu beantworten. Ist über etwas zu schweigen gleichzusetzen mit verheimlichen? Denn dann kann ich einen ganzen Roman darüber verfassen. Und der würde definitiv die Stimmung killen. Aber ich bin mir sicher, dass auch Gray nicht erpicht darauf ist, verzweifelte Teenagergeschichten zu hören. Also nehme ich einen tiefen Atemzug und stelle mich dumm.

»Keine Ahnung, was du meinst, ich bin doch ein offenes Buch.« Ich stütze mein Kinn auf eine Hand auf und betrachte Gray mit einem ironischen Schmunzeln.

»Aha, ich verstehe schon. Ich muss erst noch dein Vertrauen gewinnen. Aber keine Sorge, Bunny, ich kann sehr beharrlich sein.«

Ja, Jonah Grayham, das ist mir durchaus schon aufgefallen.

Kapitel 18

Am Mittwochabend sind Alexis und ich zu unserem fast wöchentlichen Sneak-Preview-Date verabredet. Punkt neunzehn Uhr holt sie mich ab und wir fahren in das örtliche Kino, um uns mit Popcorn vollzuschlagen und uns vom Film der Woche überraschen zu lassen. Das ist unser Ding seit der Highschool, und egal wie gut oder schlecht der Film ist, der Abend ist immer witzig.

Allerdings muss ich heute im Auto zuerst Rede und Antwort zu meinem *Date* stehen. Also erzähle ich zögerlich von gestern Abend, anstatt wie sonst mit Alexis schief zum Radio mitzusingen. Doch es fällt mir schwer. Objektiv war der Abend nicht aufregend, und Alexis' Frage, ob etwas zwischen Gray und mir gelaufen sei, beantworte ich mit glühenden Wangen und einem Nein. Trotzdem fühlt es sich für mich subjektiv so an, als wäre gestern Abend ein ganzer Monat vergangen.

Nur Alexis' ausgezeichneten Aushorchkünsten ist es zu verdanken, dass sie jedes Detail kennt, als wir mit Popcorn und Getränken bewaffnet auf den Einlass ins Kino warten. »Siehst du ihn morgen wieder?«

»Keine Ahnung«, versuche ich möglichst locker zu antworten.

Der wissende Ausdruck auf Alexis' Gesicht gefällt mir nicht, denn das aufgeregte Flattern in meiner Brust gibt ihr insgeheim recht. Ich freue mich darauf, Gray zu sehen. Aber ich versuche mir das nicht anmerken zu lassen, und das funktioniert auch ganz gut, bis mir bei meinem nächsten Schluck Cola noch eine weitere Sache einfällt.

»Oh, und ich habe versprochen, am Samstag zum Spiel zu kommen.«

Alexis verschluckt sich heftig an ihrem Wasser und hustet sich die Seele aus dem Leib, während ich rot anlaufe. So stehen wir zumindest beide mit hochrotem Kopf da, als Alexis wieder normal Luft bekommt und mich wie ein Ufo anstarrt.

»Du hast was?«, krächzt sie, und ich sehe unbehaglich auf meine Hände, mit denen ich den Pappbecher umgreife.

»Sie haben mich dazu überredet, zu ihrem Spiel zu kommen. Ist doch nichts Besonderes.«

Alexis lacht schnaubend, bevor sie meine Hand greift und mich damit dazu bringt, ihr ins Gesicht zu sehen.

»Nichts Besonderes, Row? Ich brauche fast ein halbes Jahr Vorlauf, um dich irgendwo hinzukriegen, wo mehr als zehn Menschen anwesend sind. Und für Gray gehst du auf eine Sportveranstaltung mit mehreren Tausend Zuschauern? Das ist definitiv etwas Besonderes!«

So ausgedrückt hört es sich wirklich nach etwas Großem an und das lässt meine Wangen nur noch mehr brennen. »Na ja, eigentlich versucht Gray mich seit zwei Wochen dazu zu bringen ...«, versuche ich mich herauszureden.

»WIE BITTE? Und davon erfahre ich erst jetzt? Roween Mathews, was verheimlichst du mir sonst noch?«

Verlegen lächle ich und fahre mir über mein Piercing. »Na ja, ich glaube, damals hat er es nur als Spaß gemeint. Irgendwas von wegen Verpflichtungen, weil ich sein Bunny bin ...«

Wieder komme ich nicht dazu, zu Ende zu sprechen, weil mich Alexis mit einem dramatischen Quietschen unterbricht.

»Sein Bunny?« Alexis ist bewusst, was dieser Spitzname im Normalfall bedeutet, daher starrt sie mich in einer Mischung aus Entsetzen und Belustigung an. Irgendwie ist es für mich inzwischen so normal geworden, von Gray so genannt zu werden, dass ich nur mit den Schultern zucke. Ich habe die Hoffnung aufgegeben, diesen Spitznamen loszuwerden.

»Ja, wegen des verfluchten Rituals.«

Bevor Alexis etwas darauf erwidern kann, schweift ihr Blick hinter mich und bleibt dort an etwas hängen, was sie erschrocken innehalten lässt. »Scheiße!«

Mit einem Mal nicht mehr in Kicherlaune, dreht sie sich zur Seite und hält sich eine Hand vors Gesicht, während ich mich verwundert umsehe, aber ich erblicke nur ein plauderndes Pärchen, das gerade das Kino betritt. Mit gerunzelter Stirn wende ich mich wieder zu meiner besten Freundin, die versucht, sich hinter ihrem Wasser zu verstecken. Wie man sich vorstellen kann, gelingt das nur mit mäßigem Erfolg.

»Lex, was ist los?«

Alexis fährt sich mit einem Stöhnen über das Gesicht. »Der Kerl, der gerade hereingekommen ist? Mit dem hatte ich am Samstag was.«

Erstaunt ziehe ich die Augenbrauen hoch und blicke mich erneut um, aber die einzigen Neuankömmlinge, die sich zum Bestellen an den Verkaufsschalter anstellen, sind das Pärchen.

»Okay und seit wann versteckst du dich vor deinen alten Flammen?«

»Seitdem ich nicht wusste, dass er eigentlich in einer Beziehung ist.« Alexis presst die Worte angespannt hervor. Und da geht auch mir ein Licht auf und ich blicke mit einem stummen »Oh« zu dem Jungen, der vertrauensvoll einen Arm um seine Freundin geschlungen hat. Die er erst am Wochenende betrogen hat.

»Nicht gut.«

»Nein, absolut nicht gut. Verdammt, hätte ich das gewusst, wäre da nie was gelaufen! So was macht nur Probleme.« Wieder erklingt ein frustriertes Stöhnen, und dieses Mal kann ich Alexis zu gut verstehen. Glücklicherweise wird der Einlass für unseren Kinosaal eröffnet, sodass wir schnell zu unseren Plätzen fliehen, bevor es zu einer unangenehmen Situation kommen kann.

Es ist ein Gefühl, das mich am Donnerstagmorgen im Vorlesungssaal auf mein Handy sehen lässt, kurz bevor der Kurs losgeht. Und das Pop-up, das eine Nachricht von Gray ankündigt, beschleunigt meinen Herzschlag sofort. Fehlt nur noch, dass ich anfange, wie eine Bekloppte zu lächeln. Doch das wäre mir eh vergangen, sobald ich die Nachricht gelesen habe.

Gray: Sorry, Bunny, ich schaffe es heute Nachmittag nicht :
(hoffe, du bekommst den Tag auch ohne meine einnehmende
Persönlichkeit rum ;) und vergiss nicht, Kayla für Samstag
deine Adresse zu geben.

Eigentlich ist es ziemlich nett von ihm, mir Bescheid zu geben. Ich kann mich noch gut an letzte Woche erinnern, als ich wie auf heißen Kohlen saß. Trotzdem wünscht sich ein Teil von mir, keine Nachricht erhalten zu haben, denn jetzt ist mir die gute Laune vergangen. Und das gestehe ich mir wirklich ungern ein.

Außerdem tritt meine Professorin gerade nach vorn ans Pult. Also tippe ich halb blind unter dem Tisch in etwa

Okay, danke fürs Bescheidgeben.

Danach lasse ich mein Handy in die Tasche fallen und fokussiere mich auf meine Vorlesung. Zumindest das bekomme ich hin, ohne dass mich Gedanken an Gray ablenken.

»Guten Morgen, meine Herrschaften. Bevor wir heute beginnen, möchte ich, wie angekündigt, die Themen für die Projektarbeiten der nächsten Wochen vergeben.« Professorin Ming blättert in ihren Unterlagen, und sofort tuscheln die Leute im Saal. Im Gegensatz dazu stöhne ich im Stillen auf und hätte am liebsten das Gesicht in den Händen vergraben. Verdammt, das hatte ich total verdrängt.

An sich sind die Projekte ziemlich cool. Psychologie ist zwar nur ein freiwilliger Kurs von mir, aber die Themen sind spannend, und die Projektarbeiten geben einem die Möglichkeit, sich vom Inhalt der Vorlesung losgelöst in einen Bereich vertieft einzuarbeiten. Das Problem ist: Man muss in Zweierteams arbeiten.

»Sie müssen sich nicht untereinander absprechen, ich habe die Paare eingeteilt, und ohne triftigen Grund wird auch nicht getauscht.« Bei dem strengen Blick, den die Professorin uns über den Rand ihrer Brille hinweg schenkt, geht dieses Mal ein Stöhnen durch die Menge. Aber sich mit Professorin Ming anzulegen hat jeder nach der ersten Stunde aufgegeben. Die Frau hat es faustdick hinter den Ohren, und dafür bewundere ich sie. Vor allem, weil sie fachlich ein Genie ist und, wenn es darauf ankommt, genauso weiche Saiten aufziehen kann.

»Gut, dann fangen wir an: Svenja Thomson und ...«

Ich höre mit halbem Ohr zu, wie ein Name nach dem anderen genannt wird und welche Themen verteilt werden. Dabei kritzele ich auf dem Rand meines Blockes, bis mein Name aufgerufen wird. »Elizabeth Flynn und Roween Mathews. Ihr Thema: Psychosomatik.«

Ich hebe den Arm, damit meine Projektpartnerin mich entdecken kann, und sehe mich gleichzeitig um. Es ist ein Mädchen, vier Reihen hinter mir, mit honigblonden Haaren und einem babyblauen Oberteil, das begeistert grinst, als sie mich entdeckt. Na super. Das wird spaßig. Aus Höflichkeit ziehe ich die Mundwinkel leicht nach oben, wende mich aber schnell wieder ab. Elizabeth sieht so aus, als würde sie viel und gern reden. Und das beißt sich ziemlich mit meiner Vorstellung, wie diese Projektarbeit verlaufen soll.

Eine kleine Stimme in meinem Hinterkopf erinnert mich daran, dass ich einen anderen Idioten mit großer Klappe inzwischen gern ertrage, aber ich verweigere mir den Vergleich zu Gray.

Als Professorin Ming mit ihrer Liste fertig ist, habe ich den linken Rand meines Blocks ausgefüllt. Gruppenarbeiten sind so gar nicht meins. Ich vertraue weder meinen Projektpartnern noch will ich mich mit ihnen treffen, um unproduktiv drei Stunden zu verschwenden und dann am Ende doch alles selbst zu machen. Da habe ich lieber den doppelten Arbeitsaufwand und muss mich nur auf mich selbst verlassen. Ich reibe mir über meine Brust, als diese zu schmerzen anfängt. Ich kenne dieses Ziehen. Es ist ein Abklatsch der naiven Hoffnung, die ich empfunden habe, wenn ich mit Joyce oder Michael zusammen in einer Gruppe eingeteilt worden war und dachte, dieses Mal würde es anders ablaufen.

»Gut, dann wäre das ja erledigt. Ich gebe Ihnen am Ende eine Viertelstunde, um sich mit Ihrem Partner zusammenzusetzen und die nächsten Schritte zu besprechen. Alle benötigten Texte und Informationen finden Sie in einem Ordner in unserem Onlineportal. Ich erwarte ein dreißigminütiges Referat mit Handout und Präsentation. Machen Sie es interessant, interaktiv und zu Ihrem Spezialgebiet!« Damit klappt Professorin Ming ihren Ordner zu und öffnet ihre eigene PowerPoint-Präsentation als Signal, dass es nun mit dem klausurrelevanten Stoff weitergeht. »Wir sind letzte Woche bei der Dissonanz-Theorie stehen geblieben. Kann jemand in eigenen Worten zusammenfassen, um was es dabei geht?«

Meine Hand schießt in die Höhe, und die nächste Stunde vergeht wie im Rausch. Ich bin voll konzentriert und habe diese verdammte Gruppenarbeit fast vergessen, da gibt uns Professorin Ming, wie angekündigt, die letzten fünfzehn Minuten Zeit, um uns zusammenzusetzen, anstatt mit ihrem viel interessanteren Vortrag weiterzumachen. Und bevor ich mich mental darauf vorbereiten kann, sitzt ein strahlendes, in Babyblau gekleidetes Mädchen neben mir.

»Hi, ich bin Elizabeth, aber nenne mich einfach Beth. Und du bist Roween, richtig?« Ich starre auf die Hand, die mir hingehalten wird, und nehme sie mit einem leisen Seufzen an. »Einfach nur Row.«

»Oh, da steht wohl noch jemand nicht auf seinen vollständigen Namen. Ich hasse es, wenn mich jemand Elizabeth nennt, dann komme ich mir gleich fünfzig Jahre älter vor.« Beth lacht auf und ich nicke mit einem verkrampften Lächeln.

»Okay, was hältst du davon: Wir teilen uns die Arbeit gleich zu Anfang auf, jeder macht seine Hälfte, und dann müssen wir uns nur für die Präsentation treffen.« Als wäre das Thema für mich bereits erledigt, packe ich meine Sachen zusammen. Meine neue Projektpartnerin scheint das Signal zu verstehen, zumindest wirkt ihre Begeisterung plötzlich gedämpft.

»Oh, ähm, okay ... Ich habe eigentlich gedacht, wir könnten uns in der Bibliothek treffen und die Texte zusammen durchgehen. Du weißt schon, Teamwork und sich ein bisschen kennenlernen.« Mit neuem Enthusiasmus strahlt mich Beth an und erinnert mich damit an Gray. Aber was Gruppenarbeiten betrifft, bin ich ein gebranntes Kind. Keine Chance, dass ich mich auf irgendetwas einlasse.

»Sorry, dafür fehlt mir, um ehrlich zu sein, die Zeit. Ich denke, es reicht, wenn wir die Präsentation zusammen machen.« Ich weiß, dass ich in diesem Moment extrem abweisend und kaltherzig erscheinen muss. Früher habe ich jedem geholfen, bin auf die Leute zugegangen und habe ähnlich wie Beth reagiert: immer mit einem Lächeln und auf der Suche nach Kontakt. Aber wenn man sich zu oft die Finger verbrannt hat, lässt man es irgendwann, die heiße Herdplatte anzufassen.

»Na gut ... Willst du mir zumindest deine Nummer geben, damit wir ausmachen können, wer was macht?« Beths

Stimme reißt mich zurück in die Gegenwart, und ich brauche einen Moment, um mich wieder zu sortieren.

»Ja klar, können wir machen. Gibst du mir dein Handy?«

Beth reicht mir sofort ihr Handy, und ich fange an, meine Nummer einzutippen. Ich werde zwar so oder so alles selbst durcharbeiten, doch so unhöflich bin ich nicht, um ihr das direkt ins Gesicht zu sagen. Also drücke ich ihr, als ich einen Kontakt mit meiner Nummer erstellt habe, wieder das Handy in die Hand und versuche es mit einem kleinen Lächeln, das hoffentlich nicht zu gezwungen wirkt. »Schreib mir einfach, was du machen willst.«

Ich warte kaum Beths Nicken ab, da schultere ich schon meine Tasche und mache, dass ich aus dem Saal rauskomme.

Kapitel 19

Die Arbeit in der Bibliothek an diesem Nachmittag ist stressig. Eine andere Aushilfe ist krank, und so müssen wir doppelt mit anpacken. Vor allem, da bei dem schlechten Wetter die halbe Studentenschaft sich gedacht hat, herzukommen. Aber zumindest können meine Gedanken zwischen dem Einsortieren zurückgegebener Bücher und dem Beantworten von Fragen nicht in falsche Richtungen abdriften.

Der Nachteil der stressigen Arbeit ist jedoch, dass der kleine Ordner, den ich die letzten zwei Tage mit meiner Recherche über Eishockey gefüllt habe, leider in meiner Tasche bleibt. Und das, obwohl ich einen kleinen Crashkurs echt nötig habe. Ich hasse es, unvorbereitet zu sein, und zumindest die Grundlagen dieses Sports möchte ich kennen, bevor ich mich ins Stadion begebe. Deswegen habe ich noch Dienstagnacht, als an Schlaf so oder so nicht zu denken war, meinen Laptop hochgefahren und mich durch die verschiedensten Videos, Artikel und Webseiten geklickt.

Als ich abends nach Hause komme, beschäftige ich mich zunächst mit den Texten für mein Psychologieprojekt. Das Thema, das uns Professorin Ming zugeteilt hat, ist tatsächlich ziemlich interessant, und so fliegt die Zeit an mir vorbei. Als ich das nächste Mal hochsehe, ist es bereits elf Uhr abends, und ich kann mir ein Gähnen nicht mehr verkneifen. Also mache ich mich bettfertig und kuschle mich mit den Eishockeyunterlagen unter meine Decke. Zumindest theoretisch werde ich diesen Sport bis Samstag verstehen.

Freitagnachmittag ist die Arbeit in der Bibliothek genauso stressig wie am Tag zuvor. Wir sind immer noch unterbesetzt, weil Karla auf die Schnelle niemanden finden konnte, der für den Krankheitsfall einspringt. Aber das Chaos ist nicht ganz so verheerend. Mir bleiben sogar ein paar Minuten, in denen ich mich am Informationsschalter einrichten kann, bevor Karla mir einen Wagen mit Büchern bringt, die verräumt werden müssen.

Erst eine halbe Stunde später komme ich wieder nach vorn. Ich bin gerade dabei, meinen Dutt neu zu machen, nachdem einige Strähnen rausgefallen sind, als ich um die Ecke zum Informationsschalter schieße.

»Oje, Bunny, du siehst aber verstrubbelt aus.«

Mein Kopf fährt zu Gray herum, der, als wäre es inzwischen völlig normal, hinter dem Tresen sitzt und mich frech angrinst. Mein Herz macht einen Sprung. »Tja, mein Lieber, einige von uns sind hier schwer am Arbeiten.«

Gray fängt an zu lachen und legt einen Stapel Blätter, die er zuvor in der Hand gehalten hat, neben einen Kaffeebecher auf meinen Platz. »He das ist unfair! Glaub mir, das Eishockeytraining hat es auch in sich.«

Nach dem Kaffeebecher greifend gehe ich um den Tresen herum und lasse mich auf meinen Stuhl fallen. »Jaja, eigentlich fahrt ihr doch nur ein paar Runden und tut auf hart.«

Grinsend dreht sich Gray auf seinem Stuhl zu mir. »Nach deiner Recherche solltest du selbst wissen, dass es nicht so ist.«

Mit einer hochgezogenen Augenbraue deutet er auf den Papierstapel, den er vor mir abgelegt hat, und erst jetzt fällt mir auf, dass es sich dabei um meinen Eishockeyordner handelt. Ich bin froh, dass ich noch keinen Schluck von meinem Kaffee genommen habe, sonst hätte ich ihn filmreif in einer

Fontäne über den Tresen verteilt. Innerhalb einer Sekunde steht mein Kopf in Flammen und ich drücke mir die Blätter an die Brust. »Du hast in meinen Sachen herumgeschnüffelt?!«

Mit einem nachdenklichen Gesichtsausdruck, den ich ihm nicht abnehme, lässt sich Gray in seinem Stuhl zurücksinken. »Also Schnüffeln würde ich das jetzt nicht nennen, wenn das offen herumliegt. Und viel wichtiger ist doch, Bunny, wenn du Fragen hast, wieso bist du nicht direkt zu mir gekommen?«

Herausfordernd funkelt er mich an, und wenn möglich wird mir das Ganze noch peinlicher. Aber mein Stolz ist zu groß, um zuzugeben, dass ich nicht dumm dastehen wollte. Im Pub am Dienstag haben mich alle für mein Wissen gefeiert. Mein Leben lang ist das Einzige, was ich richtig gut kann, das Lernen.

»Wieso sollte ich, wenn mir eine Google-Suche die gleichen Ergebnisse liefern kann?« Bemüht darum, locker zu wirken, öffne ich eine Schublade und lege die Papiere hinein. Aus den Augen, aus dem Sinn, nicht wahr? Aber bei Gray scheint das nicht zu funktionieren.

»Oh, glaub mir, Bunny, Eishockey ist nicht in Worte fassbar. Die Stimmung im Stadion, das Eis, das Team ... nichts von dem, was du gelesen hast, wird dich darauf vorbereiten.« Ich schlucke hart bei seinen Worten, denn das ist auch meine größte Sorge. Aber davon sage ich nichts. Und das wäre mir auch nicht gelungen, denn Gray ist mir mit einem Mal wieder so nah, dass es mir die Sprache verschlägt.

»Aber ich muss schon sagen, deine Eishockey-Recherche ist niedlich. Du bist voll und ganz die fleißige Studentin, hm?«

Federleicht streift er mit seinen Fingerkuppen meine Wange, als er eine einzelne Haarsträhne, die einfach nicht im Haargummi bleiben will, hinter mein Ohr streicht. Und ich bin mir sicher, ihm entgeht dabei nicht, wie mein Atem zittrig wird. Seine blauen Augen funkeln mich an, und es ist geradezu ein Wunder, aber ich fühle mich nicht angegriffen, verletzt oder habe das Bedürfnis, vor Gray zurückzuweichen. Ich verharre einfach, verliere mich in dem Moment ... bis Karlas Stimme mich zurück in die Realität reißt.

»Row, Süße? Ich bräuchte hinten deine Hilfe. Hast du ... oh! Der nette junge Herr ist ja wieder da!«

Karla strahlt über das ganze Gesicht, und ich will hastig Abstand zwischen Gray und mich bringen, doch er kommt mir zuvor und lächelt meine Chefin höflich an. »Hallo, Karla. Ich hoffe, dir geht es gut?«

»Ach, jetzt schon viel besser!« Karla zwinkert Gray zu und ich sitze nur fassungslos daneben, als mir klar wird, dass das ein Flirt war. Gray nimmt es, wie alles, entspannt und lacht herzlich auf. »Freut mich, dass ich helfen konnte.«

Auch er zwinkert, und so langsam wird mir das alles echt zu bunt. Aber anscheinend ist der Grund, weshalb Karla mich gesucht hat, wichtig genug, sodass sie sich an ihre abgebrochene Frage erinnert. »Süße, ich befürchte, heute kannst du nicht hier vorn bei deinem Freund bleiben.« Ich öffne schon den Mund, um Karla zu verbessern, da hält mich ein Ellenbogenstoß davon ab. Erstaunt blicke ich zu Gray. »Hinten ist eine neue Lieferung angekommen, und mit der Unterbesetzung wirst du das leider übernehmen müssen. Ist das in Ordnung für euch zwei Schnuckelchen?«

Immer noch irritiert blinzle ich Karla einen Moment dümmlich an. »Ähm.« Ich räuspere mich. »Ja klar, dafür werde ich schließlich bezahlt. Ich bin gleich da.«

»Ach, keine Eile. Einen Moment können die Bücher noch warten.« Herzlich wie eh und je lächelt mich Karla an. »Ich werde euch zwei jetzt mal in Ruhe lassen. War schön, dich wiederzusehen, Schätzchen!« Mit einem letzten Lächeln an Gray dreht sich meine Chefin um und verschwindet. Das gibt mir die Möglichkeit, zu *meinem Freund* herumzufahren und ihn ungläubig anzusehen.

»Wieso hast du mich das nicht richtigstellen lassen?«

Die Frage ist mir mehr als unangenehm, und das Herz springt mir dabei aus der Brust, aber sie ist mir zu wichtig, um sie mir zu verkneifen.

»Keine Sorge, Bunny. Ich habe mir nur gedacht, dass sie mich bestimmt hinausgeschmissen hätte, wenn sie wüsste, dass ich nur ein dahergelaufener Kerl bin, der sich dir als Lernbuddy aufgedrängt hat. Und ich will meinen Eins-A-Lernplatz nicht verlieren.«

Bei seinen Worten fährt mir ein Stich durch die Brust. Da ich nicht das Risiko eingehen möchte, dass das Gespräch in falsche Richtungen geht, belasse ich es einfach dabei und erhebe mich mit einem Seufzen.

»Tja, den Platz hast du, aber ich werde dir heute kein allzu guter Lernbuddy sein. Wir haben einen Krankheitsfall, also gibt es mehr zu tun als sonst. Ich schaue hin und wieder vorbei, um motivierende Klapse auszuteilen.«

Mit einem Stöhnen lässt Gray sich nach hinten sinken, aber das Lächeln, das seine Lippen ziert, während er sich einen Arm über die Augen legt, verrät, dass er nur Spaß macht, als er sagt: »Jaja, du machst das doch in Wahrheit nur, um deine Aggressionen auszuleben.«

Darauf erwidere ich nichts, dennoch bin ich froh, dass er mein Grinsen nicht sehen kann, als ich mich umdrehe und nach hinten verschwinde.

Den Nachmittag über pendle ich zwischen dem Infoschalter und überall, wo ich gebraucht werde, hin und her. Trotzdem lächle ich ziemlich viel, und das ist wohl Gray zu verdanken. Sein Nachmittag scheint jedoch nicht so produktiv zu sein, denn jedes Mal, wenn ich zu ihm komme, sitzt er mit dem Handy in der Hand da, sodass ich ihm einen Schlag auf den Arm gebe. Als das zum vierten Mal passiert, kneife ich die Augen zusammen, gehe auf ihn zu und schnipse ihm gegen die Stirn. Das kommt wohl unerwartet, denn er zuckt zusammen und sieht mich überrascht an.

»Bunny, probierst du jetzt neue Methoden aus?«

Um meinen Füßen Entspannung zu gönnen, lehne ich mich an den Tresen. »Tja, die bisherigen scheinen ja heute zu versagen. Ist das aufgeschlagene Buch etwa nur ein Alibi?« Gray legt sein Handy weg, stützt die Arme auf den Tresen auf und beugt sich leicht zu mir vor.

»Ich vermisse nun mal schmerzlich meinen Lernbuddy.« Seine Augen funkeln, und ich kann gar nicht anders, als zu grinsen.

»Du kleiner Charmeur. Und was tust du, wenn ich mal krank bin? Oder einfach nicht kann? Das hier sollte dir vor allem dabei helfen, dich selbstständig zum Lernen zu motivieren.«

Gray wackelt anzüglich mit den Augenbrauen. »Wenn du mich zwingst, macht es aber viel mehr Spaß. Und wenn du einmal krank bist, Bunny, musst du nur Bescheid geben und ich stehe mit einer Hühnersuppe vor deiner Tür.«

Ich versuche, meine Mundwinkel davon abzuhalten, noch weiter nach oben zu wandern, und stattdessen einen tadelnden Blick aufzusetzen.

»Das wäre aber schlecht.«

»Ach ja? Ich habe gedacht, ihr Mädchen steht darauf, wenn man sich um euch kümmert.«

Ich weiß nicht, wie es anderen Mädchen geht, doch mein Herz schlägt bei dem Gedanken, wie Gray mich gesund pflegt, ein bisschen schneller. »Dagegen sage ich auch nichts. Aber ich bin Vegetarierin. Mit deiner Hühnersuppe könnte ich nichts anfangen.«

Grays offen stehender Mund zeugt von seiner Überraschung, bevor er sich wieder fängt. »Oh, wow, Bunny, mir wird gerade bewusst, wie wenig ich über dich weiß. Gibt es sonst noch abartige Gewohnheiten von dir?«

Lachend stoße ich mich vom Tresen ab, und mir wird bewusst, wie einfach es mir inzwischen fällt, mit Gray zu reden, wenn wir unter uns sind. Ein Gespräch dieser Art hätte ich nicht einmal mit Alexis geführt. Nicht so locker und entspannt.

»Kein Fleisch zu essen siehst du als abartig an? Ich weiß nicht, ob ich weiterhin dein Lernbuddy sein kann.« Ich möchte an seiner Seite des Schalters vorbeilaufen, da hält er mich mit einer Hand am Handgelenk zurück und zieht mich an seine warme Brust. Ich erstarre vor Schock.

»Schwere Geschütze, die du da auffährst, Bunny.« Grays Atem streift meine Schläfe und beschert mir eine Gänsehaut. »Ich nehme mit sofortiger Wirkung alles zurück. Du bist ein glänzendes Vorbild für die Menschheit, und wir Fleischesser sollten uns was schämen. Bleibst du jetzt mein Lernbuddy?«

Wie ein kleines Kind zupft er an meinem Ärmel, und wäre ich in der Lage, normal zu atmen, würde ich über seine übertriebene Entschuldigung lachen. Aber bin ich schon stolz auf mich, dass ich den Kopf halb zu ihm umdrehe und ihm ein Grinsen schenke. »Als würde ich auf meinen Gray-Spezial-Kaffee verzichten können.«

»Das möchte jeder Mann hören.« Ich werde mit einem Lächeln seinerseits belohnt, doch bevor er mich in seinen Bann ziehen kann, strubbelt er mir wild durch die Haare, sodass ich quiekend zurückspringe. Durch die Strähnen, die mir über das ganze Gesicht hängen, werfe ich Gray einen wütenden Blick zu, aber dieser ist zu sehr damit beschäftigt, sich vor Lachen den Bauch zu halten, um es wirklich zu bemerken. Also beschließe ich, dass es endgültig Zeit ist zu gehen.

»Das wirst du noch bereuen, Fleischfresser!«

»Vor dir habe ich keine Angst, Pflanzenfresser!« Wäre ich nicht damit beschäftigt, meine Haare neu zusammenzubinden, hätte ich ihm den Mittelfinger gezeigt.

Ich schaffe es erst eineinhalb Stunden später wieder nach vorn, und es wundert mich nicht, den Platz leer vorzufinden. Letzte Woche war Gray um die Uhrzeit auch schon gegangen. Trotzdem sinkt meine Stimmung augenblicklich, und ich mache etwas, was ich sonst während der Arbeit nie tue: Ich hole mein Handy aus meiner Tasche und werfe einen Blick darauf.

Meine Enttäuschung darüber, dass Gray ohne ein Wort gegangen ist, wird sofort davon gemildert, dass ich eine Nachricht von ihm habe. Verdammt, ich stecke ziemlich in Schwierigkeiten, wenn mir ein paar geschriebene Zeilen so viel bedeuten, oder?

Gray: Sorry, Bunny, ich musste los und habe dich nicht mehr gesehen :(und keine Ausreden für morgen! Ich will dich auf der Tribüne sehen! Deine Karte hat Kayla auch schon ;)

Insgeheim habe ich tatsächlich an der einen oder anderen Ausrede gearbeitet. Doch diese Nachricht erinnert mich daran, dass es womöglich an der Zeit ist, über meinen Schatten zu springen. Gray hat mein Misstrauen nicht verdient, und ein Teil von mir freut sich darauf, ihn in seinem Element zu sehen. Also nehme ich einen tiefen Atemzug und antworte ihm:

Ich: Ich werde da sein. :)

Kapitel 20

Es ist der reine Wahnsinn. Überall, wohin ich blicke, sind Menschen über Menschen in Trikots, und wenn ich nicht Kaylas Hand in meiner spüren würde, wäre ich wahrscheinlich schreiend weggerannt. Meine Güte, ich wusste nicht, dass *so* viele sich für Eishockey interessieren.

Es ist Samstagnachmittag, und seit wir vor zehn Minuten das Eishockeystadion betreten haben, komme ich nicht mehr aus dem Staunen heraus. Kayla hat mich, wie verabredet, bei mir zu Hause abgeholt, und seitdem ich mich an ihre quirlige Art gewöhnt habe, kann ich mir niemand Besseres vorstellen, um mich in diese fremde Welt einzuführen. Sie hat mich gleich zu Anfang in ein Trikot gesteckt, sodass ich als Neuling nicht weiter auffalle. Natürlich ist es Grays Nummer, die hinten auf meinem Rücken prangt. Das Trikot ist so riesig, dass es mir bis zu den Kniekehlen reicht, und weshalb auch immer, ich fühle mich darin irgendwie sicher. Als würde ich genauso wie die Eishockeyspieler darunter Schutzausrüstung tragen – oder aber, als wäre Grays Name wie ein Schutzzauber. Meine Nervosität hält sich auf jeden Fall in Grenzen, während ich mich mit großen Augen von Kayla durch die Menge führen lasse.

»Wir müssen da vorn rein.« Sie deutet auf einen Eingang, den ich aufgrund all der Leute nur erahnen kann.

»Willst du vorher noch etwas zu essen holen?« Erstaunt schüttle ich den Kopf, als Kayla über die Schulter zu mir blickt, aber meine Wortkargheit scheint ihr nichts auszumachen.

»Gute Entscheidung. Ich begehe oft den Fehler, vorher noch eine Portion Pommes zu essen, die mir dann schwer im Magen liegt, wenn ich aufspringe.«

Aufspringe? Doch die hineinströmenden Zuschauer sind zu laut, als dass ich sie danach fragen kann. Also laufe ich ihr hinterher, weiche hier und da Getränkebechern, Armen und Fans aus, als wir durch einen Durchgang treten und sich plötzlich die Eishalle vor uns erstreckt.

Es ist atemberaubend. Rang um Rang türmt sich die Tribüne im Rundlauf auf. Von überall strömen die Fans auf die Sitzplätze im dunklen Blauton der Trikots unserer Jungs. Bereits jetzt herrscht eine erwartungsvolle Stimmung, die mir die Haare zu Berge stehen lässt.

»Komm, wir haben die besten Plätze von allen.« Mit einem Zwinkern zieht mich Kayla an der Hand weiter und führt mich auf einen mittleren Rang an der Längsseite des Spielfeldes. Wir sitzen nur ein paar Meter über den Plexiglasscheiben, die uns vor zu hoch gespielten Pucks schützen sollen, aber hoch genug, dass man das Eisfeld gut im Blick hat. Wenn sich kein Zweimetermensch vor mich hinsetzt, sind das wirklich ideale Plätze. Innerlich fiebere ich regelrecht auf das Spiel hin. Seitdem ich den ersten Blick auf die Eisfläche erhascht habe, versuche ich mir vorzustellen, wie die lachenden Jungs aus dem Pub in voller Montur über das Spielfeld rasen. Und ich will Gray sehen. Ihn dabei beobachten, wie er völlig in seinem Element ist.

Eine Hand legt sich auf mein Bein, das hibbelig auf und ab wippt, und Kayla stößt mich lachend mit der Schulter an. »Freust du dich auf dein erstes Spiel?«

Mein Lächeln hätte nicht ehrlicher sein können, als ich begeistert nicke. »Und wie. Hätte ich nicht gedacht, eigentlich bin ich kein Sportfanatiker.«

»Meine Liebe, ich kann dich nur zu gut verstehen.« Kaylas Augen funkeln, als sie sich verschwörerisch zu mir beugt. »Vor Elijah hätte man mich mit dem Wort ›Eishockey‹ in Tiefschlaf versetzen können. Aber glaub mir ... Nach heute verändert sich deine Welt. Die Atmosphäre, die Spannung, es ist, als stände man mit auf dem Feld.«

Mit einem Seufzen stützt Kayla die Ellenbogen auf ihre Beine ab. »Ich bin süchtig geworden. Und glaube mir, langweilig wird dir keinesfalls werden, nicht bei Eishockey. Das Spiel ist derart schnell, und immer passiert irgendetwas.«

Und so ist es auch, als fünf Minuten später mit einem Mal die Lichter in der Halle ausgehen. Ich will mich schon fragend an Kayla wenden, als aus den Lautsprechern Musik zu erschallen beginnt und die Menge ausrastet. Lauter Jubel ertönt, und Blitzlichter erfüllen sporadisch das Spielfeld. Mit wild klopfendem Herz und offen stehendem Mund versuche ich zu verstehen, was hier los ist, als ich den ersten Spieler über das Eis jagen sehe. Kayla neben mir springt auf und stimmt in das Jubeln mit ein. Aber ich bin zu erstaunt, um mich zu rühren, während nach und nach die Spieler auflaufen und von ihren tosenden Fans empfangen werden. Kein Wunder, dass Grays Ego größer ist als der Kontinent.

Sobald das Licht wieder angeschaltet wird, suche ich die Fläche nach der einen Nummer ab, die auch auf meinem Rücken zu lesen ist. Ich bemerke kaum, wie die gegnerische Mannschaft das Eis betritt, als ich endlich die Nummer 32 entdecke und ich meine Lippen zu einem Lächeln verziehe. Gray dreht seine Kreise auf dem Spielfeld, führt elegante Bewegungen mit seinem Schläger aus, als würde er den Puck führen, und schlägt hier und da seine Kumpels ab.

Dann finden sich alle Spieler in einer Reihe ein, ein Stadionsprecher kündigt erneut die beiden Teams an und das Spiel beginnt. Gray gehört zu den sechs Spielern, die zum ersten Abschlag auf dem Eis bleiben, und kaum ist der Puck in Bewegung, kommen meine Augen kaum hinterher. Ich bin froh über meine Recherche, sonst hätte ich nichts verstanden, auch wenn sich Kayla immer wieder die Mühe macht, sich zu mir zu beugen, um mir die Entscheidungen der Schiedsrichter zu erklären.

Trotzdem bewahrheiten sich Grays Worte: Auf das hier konnte ich mich nicht vorbereiten. All die technischen Dinge, die mir das Internet verraten hat, sind live etwas völlig anderes. Fliegender Wechsel? Den Namen hat der Spieleraustausch tatsächlich verdient, so schnell geht das Ganze. Das Spiel ist immer am Laufen, selbst als Zuschauer darf man keine Sekunde unaufmerksam sein. Und die kleine schwarze Scheibe? Fliegt manchmal so schnell von einem Ende der Spielfläche zum anderen, dass ich sie komplett aus den Augen verliere. Aber die Spieler scheinen immer genau zu wissen, wo der Puck und ihre Mitspieler sind. Mir ist durchaus klar, dass Sport auf diesem Niveau anspruchsvoll ist, aber wie viel mehr hinter Eishockey steckt, außer Schlittschuhfahren und körperlich trainiert zu sein, wird mir erst jetzt bewusst. Und ich bin völlig hin und weg.

Als ein gegnerischer Spieler freie Schussbahn hat, ziehe ich scharf die Luft ein und juble im nächsten Moment mit den Fans mit, als unser Torwart den heranrasenden Puck hält. Der Gegenangriff wird von unseren Jungs gestartet, und die Nummer 44 – Elijah, wie ich inzwischen weiß – ist innerhalb von Sekunden am Tor unserer Gegner, schlägt und ...

Kayla springt eine Millisekunde vor allen anderen auf und jubelt ihrem Freund zu. Inzwischen habe ich auch verstanden, warum eine Portion Pommes eine schlechte Idee wäre. So oft, wie sie sich setzt, nur um gleich wieder zu stehen, betreibt sie ebenfalls Hochleistungssport. Und es ist ansteckend. Alles hier ist ansteckend. Die Stimmung, als unser Team in Führung geht, die kurzen Fangesänge, die immer wieder angestimmt werden, und das aufregende Prickeln, das einen komplett erfüllt.

Das erste Drittel endet eins zu null für uns, und ich kann die Füße kaum ruhig halten. Aber Kayla kaut nervös auf ihrer Unterlippe.

»Hey, wir liegen in Führung, das ist gut, oder?«

»Klar, das ist nicht schlecht, doch ich habe schon Spiele gesehen, da lagen wir vier Tore in Führung und haben letztendlich doch verloren. Das Spiel ist noch lange nicht entschieden.« Überrascht sehe ich Kayla an, aber sie ist diejenige mit Erfahrung. Und sie sollte recht behalten.

Die ersten fünf Minuten des zweiten Drittels verbringe ich damit, zu bewundern, wie Gray über das Eis gleitet. Und wie er anscheinend völlig angstfrei auf einen Gegenspieler zurast und beide mit der Bande kollidieren. Ich verziehe dabei schmerzerfüllt das Gesicht, wie eigentlich jedes Mal, wenn es etwas rauer zugeht. Die Jungs zu kennen, die immer wieder hart zusammenprallen, hilft mir nicht dabei, distanziert zu bleiben. Schutzausrüstung hin oder her, der Check, den Lee gerade abbekommt, sieht schmerzhaft aus.

Die Spieler scheint das weniger zu stören, nach jedem Gerangel stieben sie auseinander, als wäre nichts gewesen. Hauptsache, einer ist im Besitz des Pucks. Und genau nach so einer Situation fällt das zweite Tor für uns und lässt die Zuschauer wieder in lautes Gejubel ausbrechen. Zusammen mit Kayla rufe ich den Namen des Torschützen mit der Menge. Rick Gravis. Sein Gesicht und sein Name werden groß auf den Stadionbildschirmen angezeigt, die hoch an der Decke über dem Eis hängen.

So groß die Euphorie auch ist, so schnell fällt sie wieder in sich zusammen, als in den nächsten Minuten zwei Tore nacheinander fallen – für die gegnerische Mannschaft. Die Atmosphäre verändert sich zu einer grimmigen Entschlossenheit, und als die Gegner fast in Führung gehen, greift Kayla nach Unterstützung suchend meine Hand, und ich kralle mich genauso fest an sie wie sie sich an mich. Das Drittel geht mit Gleichstand aus. Man merkt, dass die Nerven bei den Zuschauern angespannt sind, als sie zur Pause von der Tribüne strömen, um sich draußen etwas zu essen oder zu trinken zu kaufen. Kayla und ich bleiben wie zuvor sitzen, als würden wir sonst etwas verpassen.

Auf beiden Seiten liegt im letzten Drittel mehr Druck hinter den Schlägen. Die Angriffe werden aggressiver, genauso wie die Bodychecks, die ausgeteilt werden. Allein Gray kracht zwei Mal heftig gegen die Bande und lässt mich zusammenzucken.

Auch die Zuschauer geben noch einmal alles. Wann auch immer unser Team nach vorn stürmt, wird es angefeuert, und jeder gehaltene Puck durch unseren Torwart wird mit lautem Gejubel belohnt. Ich bin wie hypnotisiert von dem Spiel. Es sind die letzten fünf Minuten und die Nerven liegen blank. Gray stürmt in einem Passspiel mit Lee nach vorn, bis sie von den Gegnern abgefangen werden. Er spielt zu Lee, bevor ihm einer aus der gegnerischen Mannschaft in die Quere kommt und versucht, sich wieder freizulaufen. Lee passt weiter an die Nummer 17, dessen Name mir nichts sagt, und der Kampf um den Puck verlagert sich hinter das Tor.

Auch Gray kommt seinem Spielkameraden zu Hilfe und ein heftiges Gerangel entsteht, bei dem ich den Überblick verliere, wo der Puck ist oder welcher Schläger zu wem gehört. Mit einem Mal schlittert einer der Schläger über das Eis. Während Nummer 17 es irgendwie aus dem Gemenge schafft – noch immer in Puckbesitz, dafür aber mit den gegnerischen Spielern im Nacken –, läuft Gray seinem Schläger hinterher, der am rechten Rand des Spielfelds liegen bleibt. Ich beobachte so konzentriert, wie Gray sich selbst fallen lässt, um schnellstmöglich wieder seinen Schläger in die Hand zu bekommen, dass ich gar nicht mitbekomme, wie es Nummer 17 weiter ergeht. Deswegen kommt für mich der Puck wie aus dem Off, als er mit einem Mal auf Gray zuschlittert, der genau in diesem Moment die Finger um seinen Schläger legt, mitten in der Bewegung herumwirbelt und den Puck durch die Verteidigung hindurch ins Tor schlägt.

Ich stehe bereits und schreie mir die Seele aus dem Leib, da ist mir noch nicht bewusst, was da unten gerade passiert ist.

Jonah Grayham ist wirklich ein Eishockeygott.

Kapitel 21

Ich bin nervlich am Ende. So habe ich mich das letzte Mal nach einer Prüfung gefühlt. Ausgelaugt, aber auf eine zufriedene Art und Weise. Und ich strahle über das ganze Gesicht, so wie jeder um mich herum. Überall stehen Grüppchen in blauen Trikots und stoßen auf den Sieg an, denn Grays Schuss war der entscheidende Treffer. Das gegnerische Team hatte die letzten Minuten keine Chance, den Ausgleich zu erzielen, so gut war unsere Verteidigung, und als die letzte Sekunde abgelaufen ist, ist jedem ein riesiger Stein vom Herzen gefallen.

Auch Kayla ist total aufgekratzt. Sie hüpft durch die Menge, anstatt normal zu laufen, und stellt sich sofort an einem Stand an. »O mein Gott, endlich. Wir haben tatsächlich gewonnen!« Kayla umarmt mich stürmisch, und da ich in ähnlicher Stimmung bin, schlinge ich lachend die Arme um sie.

»Das war fantastisch. Danke, dass du mich mitgenommen hast.«

Kayla löst sich von mir, nur um sich bei mir unterzuhaken, und auch wenn mich die vertrauliche Geste überrascht, fühlt es sich richtig an.

»Genau genommen musst du dich bei Gray bedanken, ich war nur der Chauffeur. Wir gehen zu den Jungs, sobald ich mir sicher bin, dass die stinkenden Bären unter die Dusche gesprungen sind. Glaub mir, momentan willst du dich ihnen nicht auf zehn Meter nähern.«

Mit einem letzten Zwinkern tritt Kayla an den Schalter und bestellt zwei Bier. Währenddessen macht mein Herz einen kleinen Hüpfer bei dem Gedanken daran, Gray gleich zu treffen.

»Hier, das geht auf mich, dafür, dass du heute ein so toller Glücksbringer warst.«

Mit einem Grinsen drückt mir Kayla einen Plastikbecher Bier in die Hand, den ich mit einem leisen »Danke« entgegennehme. Dann drängen wir uns zurück durch die Menge zu einem Stehtisch, an dem noch Platz frei ist.

»Also Row, was sagst du zu Eishockey?«

Es ist Kaylas Grinsen anzusehen, dass sie meine Antwort bereits kennt, und die Worte sprudeln begeistert aus mir heraus, bevor ich es verhindern kann.

»Einfach unglaublich! Keine Ahnung, wie die Jungs es schaffen, trotz der Schutzausrüstung so wendig zu sein oder mit offenen Augen in einen Hundert-Kilo-Typen reinzurasen.« Mich schaudert es bei dem Gedanken, was für blaue Flecken ich bei solch einer Aktion davontragen würde.

»Ja, dazu braucht es eine gute Portion Courage und einen dicken Schädel. Du hättest das Spiel letzte Woche sehen müssen, da ist es noch viel heftiger zugegangen.«

Ich verziehe das Gesicht bei der Vorstellung. »Ja, ich habe mitbekommen, wie es Gray die Tage danach ging. Sah nicht sehr angenehm aus.«

Kayla schmunzelt. »Elijahs Jammern nach war es das auch nicht.«

Danach erzählt Kayla von den vergangenen Spielen, und ich bin dankbar, dass es reicht, hier und da bestätigende Laute von mir zu geben. Ich möchte zwar vor Grays Freunden nicht verschlossen wirken, trotzdem fällt es mir schwer, Small Talk zu halten. Aber Kayla schafft es gut, unsere Zeit zu füllen, bis sie mit einem Mal innehält und auf ihr Handy sieht.

»Ich denke, die Jungs sollten jetzt so weit sein. Komm!«

Kayla packt mich am Ellenbogen, um mich durch die Menge zu navigieren, was gut ist. Denn unter all den Leuten ist es schwer, den Überblick zu behalten, wo wir langgehen. Doch sie scheint es genau zu wissen, also vertraue ich ihr einfach und gebe mein Bestes, mich grob zu orientieren. Unsere leeren Bierbecher werden wir irgendwo auf dem Weg los, dann müssen wir ein Stockwerk tiefer und durch ein Geflecht aus Gängen, bis das Rauschen von Wasser und lachende Stimmen laut werden. Meine Aufregung ist mit einem Schlag zurück. Wie genau soll ich Gray begegnen? Ihn umarmen? Ihm die Hand reichen? Meine Gedanken werden abrupt unterbrochen, als zwei breitschultrige Gestalten einige Meter vor uns aus einer Tür treten und Kayla neben mir ein freudiges Quietschen ausstößt. Mein Gehirn hat kaum registriert, dass es Elijah und Gray sind, die ihr Gespräch unterbrechen, um sich uns zuzudrehen, da werde ich schon an der Hand mitgerissen und muss mit Kayla rennen, wenn ich nicht der Länge nach hinfallen will. Was mir unglaublich peinlich ist. Gray muss mich doch für völlig bescheuert halten, wie ich hier auf ihn zurenne, als wären wir in einer kitschigen Romanze.

Doch Grays überraschter Gesichtsausdruck weicht einem Grinsen, und er breitet seine Arme aus, in die ich keine Sekunde später falle, weil mein Schwung mir keine andere Möglichkeit gelassen hat. Stattdessen stellt sich ein Gefühl von Fliegen ein, als Gray mich vom Boden hebt und herumwirbelt, was mich in einer Mischung aus Überraschung und Freude auflachen lässt. Ich klammere mich an seinen Schultern fest, aber nicht, weil ich Angst habe, er würde mich fallen lassen, sondern weil ich das Gefühl mag, mich an ihm festzuhalten. Weil ich weiß, dass ich bei ihm sicher bin.

»Bunny, ich wusste doch, dass du mein Glücksbringer bist.«

Grays strahlendes Lächeln ist so ansteckend, dass ich es erwidern muss, während meine Hände, von einem seltsamen Eigenleben erfasst, eine noch feuchte Strähne seines dunklen Haars aus seiner Stirn streichen. »Ach was, das wart ihr ganz allein, ihr Eishockeygötter.« Meine Hände landen wieder auf seinen Schultern, und zum einen bin ich verunsichert davon, mit seinem Gesicht noch immer auf einer Höhe zu sein, zum anderen kenne ich kein schöneres Gefühl als das Kribbeln in meiner Magengrube, als Gray meine Beine um seine Hüfte schlingt, um mich besser halten zu können. Es ist fremd und aufregend und mein Herz rast, aber diese Nähe zwischen mir und Gray, der vor Stolz auf den Sieg und einem unbändigen Hochgefühl strahlt, würde ich für nichts aufgeben.

Auch wenn seine Lippen dadurch so gefährlich nah sind. Grays Blick gleitet ein Stück abwärts, und mir kommt es so vor, als würden wir gemeinsam die Luft anhalten. Für einen Moment keimt in mir die Hoffnung, der Wunsch auf, er würde mich küssen, da legt Gray seine Stirn an meine und sagt mit einem neckenden Unterton: »Wie ich sehe, ist mein Trikot bei dir angekommen. Ich habe mir gedacht, du fühlst dich vielleicht wohler, wenn du in der Menge nicht auffällst.«

Mit einem Seufzen schließe ich die Augen, während ich mit meinen neuen Erkenntnissen fertigwerde. Verdammt, ich *mag* Gray.

»Es ist perfekt, danke. Ich hoffe, ich darf es für die nächsten Male behalten?«

Dass die Frage vielleicht dreist war, wird mir erst bewusst, als Gray sich ein Stück zurücklehnt und mit einem Grinsen herausfordernd eine Augenbraue hochzieht. »Ach, das heißt, du willst wiederkommen?«

Ich laufe rot an und würde am liebsten schützend die Arme vor der Brust verschränken, aber dafür ist nicht genug Platz zwischen uns. Also kann ich nur seinem Blick ausweichen, während ich kleinlaut antworte. »Also, ähm, natürlich nur, wenn ich darf ...«

»Das ist keine Frage des Dürfens!«

Überrascht blicke ich zu Bas, der aus der Umkleide tritt, und kann nur noch aufquietschen, als mich zwei große Hände von hinten packen und ich ein zweites Mal durch die Luft gewirbelt werde.

»Du *musst* kommen! Ich bin sonst nicht so abergläubisch, aber ich bin fest davon überzeugt, dass du unser Glück mitgenommen hast, als du Gray während des Rituals hast stehen lassen. Also musst du wohl oder übel bei jedem Spiel dabei sein.«

Mit einem Drehwurm werde ich wieder auf dem Boden abgesetzt und greife nach Grays Arm, den er mir hilfsbereit hinhält. »Du kannst sie kaum dazu zwingen, Bas.« Auch Lee gesellt sich zu uns, und nach und nach versammelt sich das ganze Eishockeyteam auf dem Gang.

»Vielleicht nicht zwingen, aber wir können gewisse Anreize setzen.« Caleb taucht hinter Bas auf und legt ihm einen Arm um die Schultern. So langsam schwirrt mir der Kopf von all den Leuten.

»Aha, und was für Anreize?« Lee betrachtet seinen Teamkollegen mit einem zweifelnden Stirnrunzeln, doch Caleb scheint das locker zu nehmen und schenkt mir grinsend ein Zwinkern.

»Oh, alles, was Rows Herz begehrt. Ich könnte für einen Tag ihr Butler sein und immer oberkörperfrei herumlaufen. Dann bekommt sie wenigstens etwas anderes als Grays schwabbeligen Bauch zu sehen.«

»He, wen nennst du hier schwabbelig? Nur weil du dich seit Neuestem mit Bas misst, sollest du nicht vergessen, wer sonst noch mit dir im Fitnessraum ist. Momentan kann ich dich locker wegstecken.«

Ich bin froh, als sich die Kabbelei verselbstständigt und ich nur Zuschauerin sein muss, anstatt Caleb zu antworten. Das Eishockeyteam ist vom Sieg wie elektrisiert. Überall, wo ich hinsehe, wird gelacht, sich gegenseitig auf die Schultern geklopft oder aber spaßhaft miteinander gerangelt. Auch Kayla steht zwischen den Hünen und teilt den einen oder anderen Schlag auf den Arm aus, bevor sie die Spieler der Reihe nach umarmt und zum Sieg gratuliert. Ich beobachte sie fasziniert dabei, wie sie sich kein bisschen einschüchtern lässt. Sie ist ganz natürlich und locker, als wäre das ihre Familie. Sehnsucht fährt mir ins Herz, und da ich nicht die Freude der anderen dämpfen will, konzentriere ich mich schnell wieder auf Gray und Caleb, die gerade spielerisch die Fäuste heben.

»Na, Kleiner, traust du dich, gegen die Großen anzutreten?« Gray versetzt Caleb einen leichten Schlag vor die Brust, als dieser seine Deckung zu offen hält, aber nach dem Grinsen der beiden nimmt das keiner von ihnen ernst. Sie bauen überschüssige Energie ab, und ähnlich wie bei Geschwistern sind diese Raufereien mehr Liebesbeweis als alles andere.

»Also, Jungs, wo gehen wir unseren Sieg feiern?« Elijah hat die Stimme erhoben, um über das Geplapper gehört zu werden.

Ein braunhaariger Kerl, der letztens im Pub am anderen Tisch saß, meldet sich sofort zu Wort. »*Molly's*!«

»Echt jetzt, David? Eine Cocktailbar?« David bekommt von zwei seiner Kumpels schiefe Blicke zugeworfen, aber Kayla springt ihm zu Hilfe, bevor der Spott der Jungs anfangen kann.

»Nein, ein Mexikaner, mit den besten Cocktails und Longdrinks in der Umgebung! Klasse Vorschlag, ich brauche zur Feier des Abends etwas mit einem Schirmchen im Glas.«

David wirft noch ein »Leute, Tequila Shots!« in die Runde, und damit ist die Sache beschlossen. Schwatzend und herumalbernd setzt sich die Gruppe in Bewegung, und ich bin froh, dass Gray nah an meiner Seite bleibt, als auch Bas und Lee zu zwei Spielern vor uns aufschließen.

»Meine Eltern werden sich ärgern, dass sie ausgerechnet heute nicht hier waren.«

Überrascht blicke ich zu Gray auf. »Kommen sie denn oft zu deinen Spielen?«

»Eigentlich zu so gut wie jedem Heimspiel. Meine Eltern wohnen hier in der Nähe, in einer Kleinstadt, knapp eine Stunde entfernt. Aber heute haben unsere Nachbarn eine Gartenparty geschmissen, da konnten sie schlecht absagen. Stattdessen haben sie wahrscheinlich alle Gäste dazu gezwungen, mit ihnen die Liveübertragung anzusehen.«

Gray kichert in sich hinein, und ich wünschte, ich würde seine Eltern kennen, um mit ihm lachen zu können. Sie hören sich nett an.

»Aber hey.« Grinsend blickt Gray zu mir und lässt damit mein Herz ein Stück höherschlagen. »Nächsten Samstag haben wir noch ein Heimspiel, bevor die Auswärtsrunden kommen. Du bist natürlich herzlich eingeladen.« Mir stockt kurz der Atem, und ich hätte am liebsten direkt zugesagt. Doch über den Trubel des Abends habe ich völlig vergessen, dass meine Eltern nächstes Wochenende herkommen.

Bedrückt blicke ich auf den Boden. »Würde ich gern, aber meine Eltern kommen nächste Woche zu Besuch. Ich habe sie schon lange nicht mehr gesehen und ...«

»He.« Mit einer sanften Berührung drückt Gray mein Kinn hoch, sodass ich ihn wieder ansehen muss. »Das ist kein Problem. Wenn du willst, können deine Eltern gern mitkommen. Als Spieler kommen wir ganz einfach an Karten.«

Grays Lächeln wirkt wie immer völlig ehrlich, und ich merke, wie mein Bauch wieder zu kribbeln anfängt. Ich weiß, dass er es ernst meint, und das ist das schönste Gefühl, das ich jemals hatte.

»Wenn das möglich ist? Ich denke, meinem Dad würde es gefallen.« Ich schmunzle, als mir das Bild von meinem Dad in den Sinn kommt, wie er im Sessel vor unserem Fernseher sitzt und Sport ansieht.

»Na, dann steht das ja fest. Und das Trikot gehört ab sofort dir.«

Gray zupft an den viel zu langen Ärmeln, die mir über die Handgelenke fallen, während seine Augen funkeln. »Ich mag, wie es an dir aussieht.«

Das Kompliment lässt meine Wangen erröten und ich spiele selbst am Stoff herum. »Eigentlich kann ich es auch als Kleid tragen.«

Gray beugt sich zu mir und ist mir mit einem Mal ganz nahe, was mir einen angenehmen Schauer über den Rücken jagt. »Deal, das nächste Mal trägst du nur das Trikot.«

Meine Wangen werden heiß, und ich muss einen tiefen Atemzug nehmen, aber irgendwoher nehme ich den Mut, ihm mit einem schiefen Grinsen zu begegnen. »Und du oberkörperfrei mit deinem Schwabbelbauch.«

Spaßhaft knuffe ich Gray in die Seite, als dieser herzhaft zu lachen anfängt. Meines Ermessens nach ist da kein Gramm Fett zu viel.

»Oh, vertraue mir, ich verberge vieles unter meiner Kleidung, aber keinen Schwabbelbauch. Von mir aus kannst du dich gern selbst überzeugen.«

Ich schlucke hart und glaube ihm auch so jedes Wort, während wir am Ausgang des Stadions ankommen und raus in die frische Luft treten. Zum Glück, denn so langsam ist mir heiß geworden.

»He, Gray, kannst du mich mitnehmen?«

Lee lässt sich zu uns zurückfallen und Gray wendet sich seinem Freund zu. »Frag mal Bas, er dürfte noch einen Platz frei haben. Wir machen noch einen kleinen Abstecher, bevor wir ins *Molly's* kommen.«

Ich bin kurz davor zu fragen, wer mit »wir« gemeint ist, da legt Gray seine Hand auf meinen Rücken, und mir wird bewusst, dass »wir« genau zwei Personen beinhaltet: Gray und mich. So langsam bekomme ich Herzrhythmusstörungen.

Auch Lee zieht überrascht die Augenbrauen hoch, doch das wird schnell von einem Zucken seiner Mundwinkel abgelöst, als er mit einem lässigen Schulterzucken wieder zu den anderen aufschließt, die sich in Gruppen aufzuteilen beginnen und zu den Autos zu gehen. Nur Gray und ich bleiben übrig.

»Wir machen also einen kleinen Abstecher, ja?« Ich fahre mir nervös durch die Haare, um zu tarnen, wie ich mein Piercing berühre.

Aber Gray scheint das wie immer lässig zu nehmen und schnappt sich nur meine Hand. »Japp. Komm mit.«

Er führt mich zu seinem Jeep, und ich versuche, mich nicht vom Gefühl seiner Hand in meiner ablenken zu lassen.

»Aha, und wo soll es hingehen?«

Ganz der Gentleman, öffnet Gray mir die Beifahrertür und grinst mich über den Rahmen hinweg an. »Ist eine Überraschung. Ich sage nur so viel: Du hast mich auf die Idee gebracht.«

Und mit diesen mysteriösen Worten schlägt er die Tür hinter mir zu und läuft einmal um den Wagen, um selbst einzusteigen. Ich zermartere mir kurz den Kopf darüber, was er meinen könnte, aber da mich das Gefühl beschleicht, dass ich an meinem Schicksal sowieso nichts ändern kann, entscheide ich mich, einfach zu entspannen, während Gray bereits ausparkt.

»Wie ist das so? Da unten auf dem Eis zu stehen, wenn dir die Menge zujubelt?«

Ehrlich interessiert begegne ich Grays Blick, als dieser mir ein Schmunzeln zuwirft und sich dann darauf konzentriert, sich in den Verkehr einzufädeln.

»Ziemlich einschüchternd am Anfang. Aber um ehrlich zu sein, blendest du das meiste aus, sobald das Spiel anfängt. Erst wenn ein Tor fällt und die Menge feiert, wirst du dir wieder bewusst, wie viele Menschen mit deinem Team mit-fiebern.«

Ein Lächeln hat sich auf mein Gesicht geschlichen, denn ich habe heute mit eigenen Augen gesehen, wie Gray in das Spiel eintaucht, und ich kann mir nur zu gut vorstellen, wie er dabei alles andere außerhalb der Eisfläche vergisst. Er lebt für diesen Sport.

Gray wirft mir einen kurzen Blick zu und hebt bei meinem Gesichtsausdruck belustigt eine Augenbraue. »Was denn? Nicht die Antwort, die du erwartet hast?«

Ich wende den Kopf ab und betrachte die vorbeifahrenden Autos. »Doch. Ich finde es nur beeindruckend, wenn man mit Leib und Seele hinter etwas steht. Nicht jeder findet so etwas im Leben. Ich hoffe, es wird nie etwas geben, dass dich vom Eishockey abhält, Jonah Grayham.«

Danach bleibt es eine Zeit lang still zwischen uns. Aber es ist eine angenehme Stille, die meinen Körper nach dem auf-regenden Abend zur Ruhe kommen lässt und ich entspannt die Augen schließe. Es ist schon witzig, wie natürlich es sich anfühlt, so neben Gray zu sitzen. Ich fühle mich wohl, und auch wenn wir nicht reden, bin ich mir seiner Anwesenheit stets bewusst. Als würde er mir die Sicherheit geben, dass er nicht mit einem Mal verschwindet. Sich einfach umdreht und mich allein dastehen lässt.

Irgendwann merke ich, wie das Auto langsamer wird, doch ich will noch nicht diesen friedvollen Moment aufgeben, also halte ich meine Augen geschlossen, bis wir parken und ich Grays sanfte Berührung an meinem Bein spüre.

»Aufwachen, Schlafmütze, wir sind da.«

Ich schlage die Augen auf, als Gray aussteigt, um mir die Tür zu öffnen.

»Ich kann das auch selbst.« Mit einem gespielt bösen Blick runzle ich die Stirn, während ich mich abschnalle, auch wenn ich die Geste insgeheim süß finde. Es gibt mir das Gefühl, dass ich ihm tatsächlich wichtig bin, so lächerlich das auch ist.

Mit seinem üblichen Grinsen lehnt sich Gray zu mir ins Auto. »Aber so macht es mehr Spaß.«

Es ist wie ein Déjà-vu zu Dienstag, als er mich aus dem Wagen hebt und uns erneut nur wenige Zentimeter voneinander trennen. Nur dass dieses Mal meine Hände auf seiner Brust ruhen, während seine weiterhin um meine Taille liegen. Mein ganzer Körper fängt an zu prickeln, beginnend in der Magengrube. Und während wir uns beide gegenseitig ansehen, scheint sich eine immer stärker werdende Spannung zwischen uns aufzubauen. Zumindest bis ich es nicht mehr aushalte und den Blickkontakt abbreche.

»Also, wo sind wir hier?«

Als würde ich mich wirklich dafür interessieren, blicke ich mich um, dabei schwirren mir ganz andere Dinge durch den Kopf. Zum Beispiel, wie verdammt fest sich seine Muskeln unter meinen Händen anfühlen und wie gern ich mich an ihn gekuschelt hätte. Und wie verrückt diese Gedanken sind.

Als müsste auch er sich wieder in den Griff bekommen, spüre ich, wie Grays Brust sich unter einem tiefen Atemzug hebt und senkt, bevor er seine Hände von meiner Taille nimmt und einen Schritt zurücktritt. »Ich bin am Verhungern, und seit dem Muffin am Dienstag habe ich unstillbare Cravings. Alsooo ...« Gray bringt mich mit einer sanften Berührung dazu, mich umzudrehen, sodass ich über das Autodach hinweg das Schild einer *Cheesecake Factory*-Filiale erblicke.

»... habe ich mir gedacht, ich hole mir meine wohlverdiente Belohnung ab.«

Ich muss gar nicht den Mund öffnen, um Gray zu antworten, so laut knurrt mein Magen. Ohne weiter darüber nachzudenken, laufe ich auch schon los. »O mein Gott. Ich liebe Käsekuchen. Du hast mich in den Himmel gebracht. Das hier ist der Himmel!«

Ich höre Gray noch hinter mir lachen, da habe ich schon die Ladentür erreicht und halte sie mit einem strahlenden Grinsen für den Eishockeystar auf, der, die Hände in den Taschen seiner Jacke vergraben, hinter mir herschlendert.

»Dann lag ich mit meiner Vermutung wohl richtig. Mein Bunny hat die gleiche Schwäche wie ich.« Er zwinkert, und ich weiß nicht, ob es ihm bewusst ist, aber er hat mich gerade als *seins* bezeichnet. Und das lässt mein Herz fast explodieren.

Sobald Gray an mir vorbei ist, konzentriere ich mich auf die Auswahl, die sich in einer Kühltheke vor uns erstreckt. Und was für eine Auswahl das ist.

»Okay, ich habe mich geirrt. Das ist Himmel und Hölle zugleich. Wie soll man sich denn hierbei entscheiden?«

Verzweifelt lasse ich den Blick über die verschiedenen Sorten streifen. Strawberry, Raspberry, Blueberry, Lemon, Chocolate, Cinnamon, Peanuts, New York Cheesecake ... Am liebsten hätte ich mich einmal durch den ganzen Laden probiert.

»Was hältst du davon: Wir bestellen vier verschiedene Sorten und teilen sie untereinander. Dann können wir so viel wie möglich probieren.«

Belustigt sehe ich in Grays funkelnde Augen. »Vier? Sicher, dass du keinen Schwabbelbauch zu verbergen hast?«

Herausfordernd zieht Gray eine Augenbraue nach oben, behält aber sein Lächeln bei. »Was, Bunny? Willst du mir etwa sagen, dass du keine zwei Stück Cheesecake packst?«

Ich kann gar nicht anders, als zu grinsen. »Keine Sorge, Gray, damit werde ich schon fertig. Ich bin dabei.«

Ich kehre ihm halb den Rücken zu, um wieder die Auswahl zu betrachten. Vier auszuwählen ist um einiges leichter.

»Also einer steht schon fest.« Als Gray geheimnisvoll nicht weiterspricht, stoße ich ihn neugierig mit dem Ellenbogen an.

»Na komm schon, immerhin geht es auch um meinen Cheesecake! Welche Sorte?«

Anstatt zu antworten, beugt er sich vor, sodass sein Kinn meine Schläfe berührt, und deutet auf einen Kuchen. Lemon-Cheesecake. Den Kopf leicht zur Seite gedreht, beiße ich mir auf die Lippe, in der Hoffnung, nicht mehr wie eine Irre zu strahlen, während ich Grays Blick begegne. »Deal.«

Ich weiß nicht, wie lange wir brauchen, um uns für die restlichen drei Sorten zu entscheiden, aber ich habe noch nie mit jemandem so ernsthaft über Käsekuchen diskutiert wie mit Gray. Ich liebe die Art, wie er selbst aus so kleinen Dingen etwas Besonderes und Spaßiges machen kann. Schlussendlich landen wir jeweils mit zwei Tellern in der Hand an einem Tisch in einer abgelegenen Ecke des Ladens. Ich schwebe quasi auf Wolke sieben wegen der zwei Babys, die ich in der Hand trage, und kann kaum noch abwarten, sie zu probieren. Neben dem Lemon-Cheesecake haben wir uns für Cinnamon, Oreo und Raspberry entschieden, auch wenn wir beide uns einig sind, dass wir noch einmal herkommen müssen.

»O Mann, ich weiß nicht mal, wo ich anfangen soll!« Wie ein kleines Kind hibbele ich auf dem Stuhl herum und halte meine Gabel bereits in der Hand.

»Also das fällt mir leicht.« Mit einem schiefen Grinsen zieht Gray den Lemon-Cheesecake zu sich und nimmt sich das erste Stück. Da kann ich mich auch nicht mehr zurückhalten und greife nach dem erstbesten Teller, um mir den Geschmack auf der Zunge zergehen zu lassen. Dass ich seit meinem Mittagsessen nichts mehr gegessen habe, macht den Kuchen um ein Vielfaches leckerer. Mit einem Stöhnen nehme ich mir ein weiteres Stück. Nachdem ich mich durch drei der Sorten durchprobiert habe, fällt mir fast das Kinn auf die Tischplatte, als sich sehe, wie viel vom Lemon-Cheesecake schon aufgegessen ist.

»He! Ich habe gedacht, wir teilen!«

Gray, der mich mit einem seltsam abwesenden Ausdruck betrachtet, schüttelt den Kopf und scheint erst jetzt zu bemerken, dass von dem Stück nur noch ein Viertel übrig ist. Dann schleicht sich ein Grinsen auf sein Gesicht und er sagt mit Unschuldsmiene: »Tut mir leid, Bunny. Ich war so gefesselt.«

Empört schnaube ich und lehne mich über den Tisch, um mit meiner Gabel an den Kuchen zu kommen. »So viel ist dein Wort also wert, Gray. Ich bin enttäuscht.«

Doch sobald ich mir genüsslich das Stück Kuchen in den Mund geschoben habe, ist alles wieder vergeben und vergessen. Zumindest bis ich eine warme Hand spüre, die sich um mein Gesicht legt. Ich habe kaum Zeit, die Augen verwundert aufzureißen, da spüre ich schon Grays weiche Lippen auf meinen.

»Gott, das halte ich nicht mehr aus.«

Kapitel 22

Gray

Es tut mir leid, Row so zu überfallen, aber sie hat mich wortwörtlich um den Verstand gebracht. Mit all diesen leisen Lauten, die sie ausgestoßen hat, während sie sich durch unsere Cheesecake-Auswahl probiert hat. Eigentlich hat sie mich schon den ganzen Abend um den Verstand gebracht. Mit meinem Trikot, in dem sie so verdammt verlockend aussieht. Mit ihrem Vertrauen, als sie sich in meine Arme hat fallen lassen. Mit ihrer Begeisterung für den Sport, den ich liebe.

Es war nur eine Frage der Zeit, bis meine Selbstbeherrschung in sich zusammenfällt, und jetzt ist dieser Punkt endgültig erreicht.

Ich weiß nicht, seit wann mein Lernbuddy zu jemandem geworden ist, dem ich einfach nicht nahe genug kommen kann, aber in diesem Moment bereue ich es, mich gegenüber von Row gesetzt zu haben. Der Tisch zwischen uns ist wie eine Barriere, und für einen Augenblick ist Row wie erstarrt. Gerade als ich resigniert zu der Erkenntnis kommen will, dass ich das Band zwischen uns zu früh und zu sehr strapaziert habe, spüre ich, wie Rows Lippen mit einem lautlosen Seufzen an meinen weich werden. Als sie dann ihre viel kleinere Hand über meine legt, die noch immer ihre Wange umfasst, bin ich verloren. Ich wusste bisher nicht, dass ich auf den unschuldigen Typ Frau stehe. Normalerweise habe ich nichts dagegen, wenn das Mädchen forsch ist. Selbstbewusstsein ist sexy. Doch bei Row ist alles anders.

Der Kuss ist lang und süß. Ich halte mich zurück, weil ich mir bewusst bin, wie viel ich von Row fordere. Aber es lohnt sich, denn schlussendlich ist sie diejenige, die den Kuss intensiviert. Sie schmeckt nach Lemon-Cheesecake, und das lässt mich in den Kuss hineinlächeln, bevor ich mich von ihr löse, um meine Stirn an ihre zu legen.

»Das wollte ich schon den ganzen Tag machen.«

Ich spüre Rows schnelle Atemzüge, als sie ungläubig fragt: »Wirklich?«

Da Row generell mehr Taten als Worten glaubt, drücke ich ihr noch einen Kuss auf die Lippen, bevor ich mich zurücklehne und sie angrinse. »Und wie.«

Ihre Wangen sind rot angelaufen, und sie fährt sich in einer unbewussten Geste über ihr Piercing. »Gut, ich nämlich auch.«

Das überrascht mich und lässt mich für einen Moment ungläubig schauen, bevor ich nur noch mehr grinsen muss. »Verdammt, Bunny, hättest du das früher gesagt, hätte ich mich nicht die letzte Stunde am Riemen reißen müssen.«

Row greift wieder ihre Gabel und zuckt nur mit den Schultern, während sie sich wahllos ein Stück Kuchen abmacht. »Hast du doch auch nicht.«

»Ich glaube, meine Absichten waren ziemlich eindeutig. Immerhin trägst du mein Trikot.«

Grinsend tue ich es Row gleich und wende mich wieder dem Kuchen zu. Er schmeckt noch besser als zuvor.

»Aha, also ist das deine Aufreißernummer?« In der Angst, dass sie das wirklich glauben könnte, blicke ich auf und entspanne mich, als ich das Glitzern in Rows Augen sehe. Sie will mich nur auf den Arm nehmen.

»Nein, viel zu aufwendig. Im Normalfall reicht es, ein Getränk auszugeben.«

Row schnaubt belustigt, doch ich sehe ihr an, dass sie die nächsten Worte wirklich beschäftigen, und richte meine ganze Aufmerksamkeit auf sie. »Wirst du das denn weiterhin machen? Mädchen Getränke ausgeben?«

Da Row den Blick gesenkt hat, nehme ich mir eine Sekunde, um sie eingehend zu betrachten. Rein äußerlich wäre sie mir früher nie aufgefallen. Trotzdem weiß ich, dass ich sie inzwischen selbst in einem überfüllten Raum immer im Blick behalten würde.

»Nein, das Bedürfnis habe ich schon seit ein, zwei Wochen nicht mehr.«

Rows Blick schießt überrascht nach oben, und auch wenn sie versucht, es sich zu verkneifen, sehe ich das Lächeln, das an ihren Mundwinkeln zupft.

»Soso, schon ein, zwei Wochen nicht mehr. Sicher, dass du nicht vielleicht krank bist?«

Ich drehe die Gabel in meiner Hand und gebe mich ebenfalls ernst. »Oh, keinesfalls. Vielleicht sollte ich zum Arzt gehen.«

Rows Augen funkeln, während sie sich eine Gabel voll Oreo-Cheesecake nimmt. »Ach, ich habe gehört, Käsekuchen ist das Hausmittel für alles.«

»Na dann bin ich hoffentlich bis später geheilt und gebe einem ganz speziellen Mädchen ein Getränk aus.«

Jetzt lächelt Row aufrichtig, und ich weiß nicht, was daran anders ist, aber dieses Mal scheint in dieser Geste mehr mitzuschwingen. Ein kleiner Ausblick darauf, wie es zwischen uns weitergehen könnte. Und das lässt mein Herz schneller schlagen.

»Ich glaube, das würde dem Mädchen sehr gefallen.«

Ich halte Rows Hand in meiner, als wir im *Molly's* ankommen. Sie steht leicht hinter mir, als wollte sie in meinem

Schatten verschwinden, aber verübeln kann ich es ihr nicht. Eine Meute Eishockeyspieler in Feierlaune kann erschlagend sein. Dazu noch all die anderen Studenten, die zur Feier der Stunde mitgekommen sind, machen das *Molly's* rappelvoll. Jeder Tisch ist besetzt, und die sonst freie Fläche in der Mitte des Raumes wird als Tanzfläche benutzt.

Ich stehe keine drei Sekunden im Vorraum, da kommt auch schon ein deutlich angeheiterter Rick zu mir und schlingt einen Arm um meinen Hals. »Gray! Da bist du ja endlich! Wir konnten mit dem Anstoßen nicht mehr warten, ich hoffe, das nimmst du uns nicht übel.«

Grinsend klopfe ich Rick auf den Rücken. »Nach heute? Keinesfalls.«

Die Jungs sind schon richtig in Stimmung. Ich sehe Lee inmitten der Tanzfläche die Mädels um den Finger wickeln. Keine Ahnung, ob es sein ungewöhnlicher Lockenkopf oder sein Charme ist, aber sie fressen ihm aus der Hand. Bas wiederum sitzt mit ein paar anderen aus dem Team in einer Nische und öffnet gerade sein nächstes Bier, mit dem er mir zuprostet, als er meinen Blick bemerkt.

Mit einem letzten Schulterklopfen überlasse ich Rick einer Gruppe Mädchen, die den Torschützen hochleben lässt. Ich merke, dass einige von ihnen auch mir Blicke zuwerfen, aber ich wende mich Row zu. »Willst du was trinken?«

Row, die zuvor aufmerksam die Menge gemustert hat, sieht zu mir und nickt mit einem kleinen Lächeln. »Gern.«

Mehr muss ich nicht hören, um uns einen Weg zwischen all den Menschen hindurch zu bahnen, ohne ihre Hand loszulassen. Bis wir an der Bar ankommen, dauert es trotzdem seine Zeit, da ich ständig von jemandem aufgehalten werde, der mir zum Siegtor gratuliert. Auch an der Bar treffe ich auf einen Teamkollegen. Sean, ein braun gebrannter Kerl, den ich eher als Surferboy eingestuft hätte, wenn ich nicht sein Herz fürs Eis kennen würde, greift gerade nach einem Drink, den der Barkeeper ihm hingestellt hat, als ich ihm von hinten eine Hand auf die Schulter lege.

»Nett von dir, du hast schon für mich bestellt.«

Ich zwinkere Sean zu, und dass er einen seiner Mundwinkel nach oben zieht, ist ein Zeichen dafür, wie sehr sich das ganze Team über den Sieg freut. Normalerweise ist Sean eher der ernste Typ, mit einem eisernen Willen und einer Entschlossenheit, um die ich ihn beneide. Der Kerl geht die Dinge ohne Zögern an und weicht auch den übelsten Checks nicht aus.

»Davon träumst du wohl, Gray. Deine Getränke kannst du schön selbst bezahlen.« Seans Blick gleitet hinter mich, wo Row noch immer halb versteckt steht.

»Hi. Du musst die sagenumwobene Row sein. Ich bin Sean.«

Row nimmt zögerlich die ihr hingehaltene Hand an und grinst verlegen. »O Gott. Das hört sich nicht gut für mich an.«

Sean legt den Kopf schief und schmunzelt. »Kommt ganz drauf an, wie man es sieht. Dein Name fällt auf jeden Fall oft in Bezug auf Bier. Darf man dir eins anbieten?«

Ich kenne Sean gut genug, um zu wissen, dass das keine Anmache ist. Auch wenn man es dem Kerl mit seinen hart geschnittenen Gesichtszügen und dem oft unbeugsamen Blick nicht gleich ansieht, ist er ziemlich sensibel, wenn es um andere Menschen geht. Und Row ist es am Gesicht abzulesen, wie angespannt sie ist.

»Liebes Angebot, aber das übernehme ich.«

Sanft ziehe ich Row zu mir heran und lege einen Arm um sie. Die Geste fühlt sich im ersten Moment ungewohnt an, und ich bin mir unsicher, ob ich damit nicht einen Schritt zu weit gehe. Aber sobald ich spüre, wie Row sich vertrauensvoll an mich lehnt, kann ich mir ein Grinsen nicht verkneifen. Es ist alles richtig so, wie es ist.

»Also, Bunny, was willst du?«

Unentschlossen beißt sich Row auf die Lippe und sieht fragend zu mir auf. »Was gibt es denn?«

Suchend lasse ich meinen Blick über die Theke gleiten und entdecke eine Karte, ein, zwei Meter entfernt. »Einen Moment.«

Aus einem Impuls heraus drücke ich Row einen Kuss auf den Scheitel, bevor ich mich umdrehe und mich hinter den Leuten an der Bar zur Karte schlängle. Allerdings ist das gar nicht so einfach, vor allem, als mich die nächsten Jungs zum Spiel ansprechen. So wird das kurze Karteholen doch zu einer längeren Angelegenheit. Nachdem ich mich endlich loseisen kann, sehe ich Row unter all den Leuten nicht mehr. Verwirrt runzle ich die Stirn. Sie stand doch genau da, wo jetzt eine Gruppe Mädchen kampiert ...

Verdammt.

Schnellstmöglich bahne ich mir einen Weg zurück. Denn Row hat ihren Platz gar nicht verlassen, sondern wird von der Horde Mädchen umzingelt.

Als ich bei der Gruppe ankomme, hat sich eine steile Falte zwischen meinen Augenbrauen gebildet. Row steht leicht abgewandt zu mir, sodass ich ihr Gesicht nicht sehen kann. Thea habe ich dafür bestens im Blick. Ich kenne sie nicht wirklich, sie ist lediglich einer der treuesten Anhänger unseres Teams und verdient die Bezeichnung *Puck Bunny* wirklich. Im Normalfall habe ich nichts gegen sie. Sie verbreitet gute Stimmung nach einem gewonnenen Spiel und ist nicht aufdringlich, außer man macht klar, dass man es will. Aber sie ist verdammt neugierig und steckt gern ihre Nase in Dinge, die sie nichts angehen.

»Ich habe gehört, dass du die totale Überfliegerin bist. Volle Punktzahl in jedem Fach. Echt beeindruckend. Dafür muss man bestimmt höllisch viel lernen, oder?«

Das Lächeln, mit dem Thea Row betrachtet, ist nur aufgesetzt, während sie unschuldig eine Haarsträhne um ihren Finger dreht. Die Frage ist nicht böse gemeint, doch mir kommt es so vor, als würde Thea mit einem Stock im Bienennest herumstochern, auf der Suche nach Rows Schwachstellen.

»Ich weiß, was ich will, und dafür hänge ich mich rein. Aber danke.«

Ich kenne diesen Tonfall, abgeklärt und auf eine distanzierte Art freundlich, und weiß schon, bevor ich endlich einen Blick auf Row erhasche, welchen Gesichtsausdruck ich sehen werde. Ein unechtes Lächeln, harte Augen und eine beherrschte Körperhaltung, die allzu deutlich macht, dass sie nur aus Höflichkeit nicht einfach weggeht. Schnell gehe ich dazwischen, bevor Thea weitermachen kann.

»Hier ist die Karte. Sorry, dass es so lange gedauert hat.« Mit einem freundlichen Lächeln schiebe ich mich zwischen den Mädels hindurch, bis ich wieder neben Row an der Bar stehe. Es ist nur eine kleine Geste, doch sie streckt ihre Hand nach meiner aus, bevor sie sie wieder fallen lässt.

»Hey, Gray. Herzlichen Glückwunsch zum Tor.« Theas Lächeln wird ein Stück breiter, aber ich nicke nur kurz. Auf Small Talk habe ich gerade keine Lust. Vor allem nicht mit ihr und nicht, solange Row sich neben mir versteift.

»Also, Bunny, jetzt hast du die Wahl, was soll ich dir ausgeben?«

In einer eindeutigen Geste wende ich mich Row zu und blocke damit die anderen Mädchen mit meinem Rücken ab. Das lässt Row, die zuvor mit hartem Blick die Gruppe vor sich betrachtet hat, überrascht zu mir sehen, und es dauert nur einen Wimpernschlag, da werden ihre Augen wieder weicher und mir fällt ein Stein vom Herzen. Sie hat sich nicht einschüchtern lassen. Als Row die Karte von mir entgegengenommen hat und sich darin vertieft, werfe ich einen kurzen Blick zu Sean, der mir mit einem Kopfnicken bedeutet, dass die Meute abgehauen ist. Mit einem lautlosen Seufzen ändere ich meine Position, um Row nicht zu offensichtlich abzuschirmen. Das würde nur noch mehr ungewollte Aufmerksamkeit auf uns lenken.

»Mhm, ich glaube, das hört sich ganz gut an.«

Interessiert beuge ich mich vor, um zu sehen, auf welches Getränk Row zeigt. Erdbeer-Margarita. Was meine Erfahrung angeht, schmeckt das jeder Frau. »Zu Befehl.«

Ich mache den Barkeeper mit einer Hand auf uns aufmerksam, der mir daraufhin zu verstehen gibt, dass er noch kurz braucht.

»Aber du musst mir das wirklich nicht bezahlen. Ich habe selbst Geld dabei, und immerhin hast du schon den Cheesecake ausgegeben.«

Schüchtern beißt sich Row auf die Lippe und bringt mich damit zum Schmunzeln. Ist sie wirklich das gleiche Mädchen, das gerade mit Thea fertiggeworden ist?

»Das ist keine Frage des Müssens, sondern des Wollens. Das nächste Mal darfst du mich einladen. Auf Burger hätte ich mal wieder Lust.«

An Rows Mundwinkeln zupft ein Grinsen. »Ach, und ich habe schon gedacht, du wirst zum Gentleman. Da ist er wieder, der arrogante Eishockeyspieler.«

Bevor ich auf Rows neckischen Kommentar eingehen kann, steht der Barkeeper vor mir und ich gebe unsere Bestellung auf.

»Also, Row, war das heute dein erstes Eishockeyspiel?«

Seans Tonfall ist freundlich, als er sich auf seinem Barhocker seitlich zu uns dreht.

»Ja, war ziemlich beeindruckend.« Row hält die Hände vor ihrem Körper zusammengefaltet, was mir verrät, dass sie noch immer nervös ist.

»Das war ziemlicher Dusel. Kannst froh sein, deinen Schläger noch rechtzeitig in die Hand bekommen zu haben, Gray.«

Ich kratze mich am Kopf und muss Sean im Stillen zustimmen. Viel Taktik stand hinter dem Treffer nicht.

»Tor ist Tor. Und damit habe ich heute mehr erreicht als du.« Ich grinse und Sean verdreht die Augen, geht auf meinen Kommentar aber nicht weiter ein, sondern wendet sich lieber Row zu.

»Bei wem hast du gesessen?«

Auf ihr Gesicht schleicht sich ein breites Lächeln, als ihr Blick sofort zu Kayla schießt, die einige Meter entfernt bei einer Gruppe steht. »Bei Kayla. Sie war so lieb und hat mich an die Hand genommen, damit ich im Tumult nicht verloren gehe.« Und als hätte sie gehört, dass wir über sie sprechen, dreht sich Kayla in diesem Moment suchend um und fängt an zu grinsen, als sie Row neben mir entdeckt. Diese bemerkt es zwar nicht, weil der Barkeeper gerade unsere Getränke bringt, doch ich kann über die Menge hinweg beobachten, wie Kayla sich auf den Weg zu uns macht.

»Scheint so, als hättest du direkt eine neue Freundin gewonnen.«

Row, die gerade genüsslich an ihrem Strohhalm gezogen hat, sieht überrascht auf.

»Da seid ihr ja! Ich habe euch schon vermisst.« Ohne zu zögern, fällt Kayla Row um den Hals und bringt sie beide damit fast aus dem Gleichgewicht, hätte ich nicht rechtzeitig eine Hand ausgestreckt. Sean und ich wechseln einen Blick. Scheint so, als hätte die Freundin unseres Kapitäns bereits ein paar Cocktails getrunken.

»Row, du musst unbedingt mit mir tanzen!«

Und schon wird Row an der Hand weggezogen und kann mir nur noch über die Schulter einen letzten Blick zuwerfen. Hätte ich in diesem irgendeinen Anflug von Panik entdeckt, hätte ich dem Ganzen sofort ein Ende bereitet. Aber es scheint mir eher eine Frage zu sein, also forme ich mit den Lippen ein »Viel Spaß« und lasse die beiden davonziehen. Bei Kayla ist Row in guten, wenn auch betrunkenen Händen.

»Sie ist süß.« Sean legt den Kopf in den Nacken und leert sein Glas.

»Und sie ist tabu.«

»Schon klar, Gray.« Sean wirft mir ein wissendes Lächeln zu und dreht sich auf seinem Barhocker, sodass er sich mit den Armen auf dem Tresen abstützt und in den Raum hineinsieht. »Du weißt, dass das richtig viel Tratsch geben wird.«

Mit einem Seufzen tue ich es ihm gleich und entdecke auf Anhieb mehrere Grüppchen, die immer wieder neugierige Blicke zu Row werfen. Sie ist ein neues Gesicht, das allein sorgt schon für Aufmerksamkeit. Und den Leuten ist sicherlich nicht entgangen, dass ich bei unserer Ankunft ihre Hand gehalten habe.

»Ja, aber das ist es wert.«

Sean stößt ein ironisches Schnauben aus. »Oh, sie ist es bestimmt wert. Die Frage ist, ob du es wert bist, dass sie das über sich ergehen lassen muss.«

Ich werfe meinem Kumpel, der belustigt die Mundwinkel gekräuselt hat, einen finsteren Blick zu. »Danke dir. Schön zu wissen, dass du mich so wertschätzt.«

Sean verzieht seine Lippen zu einem richtigen Lächeln und schlägt mir auf den Arm. »Versau es einfach nicht. Sie scheint mir nicht unbedingt die Scheinwerfermaus zu sein, die sich an deinem Arm rekelt und die Aufmerksamkeit genießt.«

Mit einem Schmunzeln sehe ich zu Row, die gerade von Kayla zu einem Shot genötigt wird und angewidert den Kopf schüttelt, nachdem sie das Glas geleert hat. »Ich weiß. Das ist ja gerade das Besondere an ihr.«

Damit ist das Gespräch wohl beendet, denn Sean schenkt mir nur noch ein ernstes Nicken, bevor er von seinem Hocker rutscht und in der Menge verschwindet. Ich will ihm schon verwirrt hinterhersehen, als sich plötzlich eine Hand auf meine Schulter legt und ich mich zu einem grinsenden Lee umdrehe.

»Habe ich das richtig erfasst und du hast endlich alles unter Dach und Fach gebracht?«

Augenverdrehend streife ich seine Hand ab und verberge mein Grinsen hinter meinem Glas, als ich einen Schluck trinke. »Geht dich nichts an.«

»Ach, komm schon, Gray! Ihr verschwindet für fast eine Stunde, und dann spaziert ihr hier Hand in Hand herein. Das ist mehr als eindeutig!«

Ich ignoriere Lee einfach und beobachte weiter Row. Es liegt nicht daran, dass ich meinem Freund nicht erzählen will, was passiert ist, sondern vielmehr daran, dass ich nicht weiß, was ich erzählen soll. Ja, wir haben uns geküsst. Und für mich stehen die Dinge ziemlich klar. Ich will mit Row nicht nur meinen Spaß haben. Ich will sie kennenlernen, jede einzelne Facette an ihr. Ich will neben ihr in der Bibliothek sitzen oder etwas mit ihr essen gehen. Ich will sie bei meinen Spielen dabeihaben, und ich will allein den Anspruch auf all diese Dinge haben. Aber ich habe mit ihr noch nicht darüber geredet, was das für uns bedeutet. Und Sean hat recht. Row ist die Letzte, die sich im Mittelpunkt der Aufmerksamkeit wiederfinden will. Also sollte sowohl sie sich zunächst daran gewöhnen, mit einem Eishockeyspieler zusammen zu sein, wie auch meine Umgebung daran, dass es nun Row gibt. Wenn ich jetzt einfach mit der Wahrheit herausplatze, wird es dafür keine Zeit geben. Eishockeyspieler können ziemliche Tratschtanten sein.

Mit einem schiefen Grinsen sehe ich zu Lee auf. »Ich weiß nicht, was du als eindeutig interpretierst. Wir waren nur Cheesecake essen. Und jetzt habe ich Lust zu tanzen.«

Kapitel 23

Es ist mitten in der Nacht, als das Klingeln meines Handys mich aus dem Schlaf reißt.

Mit einem Stöhnen rolle ich mich in meinem Bett herum und stöhne gleich noch einmal, als ein Stich durch meine Schläfen fährt. Unkoordiniert taste ich nach meinem Handy auf dem Nachttisch, weil mein Kopf das Klingeln nicht länger erträgt.

»Ja?«

»Ich steh vor der Haustür, mach auf.« Selbst durch das Telefon ist deutlich zu hören, dass Alexis kurz vorm Explodieren ist, und da ich nicht will, dass sie in einem Wutanfall all meine Nachbarn weckt, quäle ich mich unter meiner Decke hervor und massiere mir die Schläfe.

»Zu Befehl.«

Dann lege ich auf und stemme mich aus dem Bett hoch. Bevor ich allerdings loslaufe, lasse ich meinem Gleichgewichtssinn kurz die Möglichkeit, sich an die aufrechte Position zu gewöhnen. Verdammt sei Kayla. Den ganzen Abend ist sie mit Shots zu mir gekommen.

Meinem Schicksal ergeben setze ich mich schlurfend in Bewegung. Im Flur strecke ich eine Hand nach der Wand aus, und den letzten Katzensprung bis zum Türöffner schaffe ich dann auch noch. Angeekelt fahre ich mir mit der Zungenspitze über meine Zähne. Mein Mund fühlt sich pelzig an. Sobald ich das Summen der kleinen Anlage höre, das mir verrät, dass Alexis unten die Tür aufdrücken kann, schlurfe ich Richtung Küche. Ich muss was trinken. Hätte Gray mich doch nur zu einer Runde Wasserpong herausgefordert, bevor er mich hier abgesetzt hat.

Obwohl meinem Körper absolut nicht danach ist, schleicht sich bei dem Gedanken an Gray ein Lächeln auf mein Gesicht, während ich mir ein Glas Wasser einschenke. In Erinnerungen an den Kuss versunken, den er mir zum Abschied gegeben hat, fahre ich mir mit den Fingerkuppen über die Lippen. Ich kann es immer noch nicht glauben, dass das wirklich passiert ist.

»Das ist doch unfassbar! Was traut sich diese kleine ...«

Eine Augenbraue in die Höhe gezogen drehe ich mich um und beobachte eine sichtlich angefressene Alexis, wie sie die Wohnung betritt. Sie wird nur von hinten durch das Licht im Treppenhaus angestrahlt, aber den hohen Schuhen nach zu urteilen, die sie sich von den Füßen streift, bevor sie die Tür hinter sich schließt, kommt sie direkt vom Feiern. Wie viel Uhr ist es eigentlich? Mit zusammengekniffenen Augen entziffere ich die Zeit auf der Backofenanzeige.

»Wo bist du denn, Row? Und weshalb verdammt ist hier kein Licht an?«

Ich höre nur das Klatschen, als Alexis mit Schwung den Lichtschalter betätigt und ich im nächsten Moment vom Wohnzimmerlicht geblendet werde. Stöhnend blinzle ich.

»Vielleicht, weil es drei Uhr an einem Sonntagmorgen ist? Was suchst du denn überhaupt hier und ... Verdammt, was ist denn mit dir passiert?«

Alexis blitzt mich zornig aus ihren Augen an, die von einem Schleier aus ihren nassen, verklebten Haaren halb versteckt werden. Verwirrt runzle ich die Stirn und mustere sie von oben bis unten.

»Regnet es etwa?«

Schnaubend lässt Alexis ihre Tasche auf den Boden fallen.

»O ja, und zwar Mojito und Sex on the Beach! Nein, verdammt, es regnet nicht! Diese Tussi hat mir ihren Drink ins Gesicht geschüttet. Und meinen gleich hinterher!«

Mit erhobenen Händen gehe ich auf Alexis zu. »Okay, okay, ruhig, Tiger. Ich will mein Wasser lieber selbst trinken, keine Sorge. Und sei bitte etwas leiser. Meine Mitbewohnerinnen wollen vielleicht schlafen.«

Mit einem zittrigen Atemzug schließt Alexis die Augen und senkt die Stimme. »Tut mir leid. Kann ich vielleicht duschen?«

Mit einem Nicken hake ich mich bei ihr unter und ignoriere dabei, dass auch ihr Oberteil nass ist. »Klar. Ich leih dir was zum Anziehen.«

Seufzend entspannt sich Alexis neben mir. »Danke.«

Wir setzen uns in Bewegung, und ich zupfe mit einem Zwinkern an unserem Freundschaftsarmband an ihrem Handgelenk. »Kein Ding. Aber ich will genau wissen, was da passiert ist.«

Schnaubend lehnt Alexis ihren Kopf an meine Schulter. »Wieso, denkst du, bin ich hier? Ich brauche jemanden, bei dem ich mich auskotzen kann.«

Sobald wir in meinem Zimmer sind und ich die Tür hinter uns schließe, drehe ich mich mit einem Schmunzeln zu Alexis. »Na dann, schieß los.«

Seufzend lässt sich Alexis auf meinen Schreibtischstuhl fallen, anstatt wie sonst mein Bett in Beschlag zu nehmen. Sehr rücksichtsvoll. Ich glaube, wenn mein Bett nach Alkohol stinken würde, würde das meinem Magen den Rest geben. Nie wieder Tequila mit Kayla.

»Ich war mit Elisa und Heather im *Cahun*.«

Als ich Alexis auf meinem Weg zum Kleiderschrank einen schiefen Blick zuwerfe, führt sie weiter aus: »Dieser neue Club in der Innenstadt. Von dem habe ich dir schon erzählt.«

Ich erwähne lieber nicht, dass ich meistens auf Durchzug schalte, wenn sie von den Bars und Clubs erzählt, in denen sie sich herumtreibt. Stattdessen vergrabe ich mich in meinen Klamotten auf der Suche nach etwas Bequemen für Alexis.

»War auch ein netter Abend, bis ich Julian in der Menge entdeckt habe. Mit seiner Freundin.«

Wieder werfe ich Alexis einen verständnislosen Blick zu. Sie sieht mich an, als müsste mir der Name irgendetwas sagen, gibt aber schlussendlich mit einem Seufzen nach. »Der Typ, den wir neulich im Kino gesehen haben. Der mit mir seine Freundin betrogen hat.«

Ein Licht geht in mir auf. Und eine Vorahnung, wohin die Geschichte führen wird. »O Gott.«

»Ja, o Gott trifft es ganz gut.« Angewidert zupft Alexis an ihrem Oberteil, das vor Nässe an ihrer Haut klebt. »Ich habe versucht, den beiden aus dem Weg zu gehen, aber der Typ war sturzbesoffen und hat sich, als seine Freundin kurz weg war, an mich rangemacht. Carly, wie sie im Übrigen heißt, hatte natürlich ihre Freundinnen in der Nähe. Die die Situation total verdreht geschildert haben.« Finster runzelt Alexis die Stirn. Aber zumindest lächelt sie kurz dankbar, als ich ihr eine Jogginghose samt Schlafshirt in die Hand drücke.

»Jedenfalls wurde ich von einem wütenden Mob Mädchen an der Bar umzingelt, durfte mir anhören, was für eine Schlampe ich doch sei und dass ich mich mit all meinen Geschlechtskrankheiten gefälligst von den festen Freunden anderer Mädchen fernhalten soll. Und dann sind nacheinander Getränke in meinem Gesicht gelandet.«

Mitfühlend verziehe ich das Gesicht. »Scheiße. Weiß sie auch von der Nacht mit Julian?«

Seufzend drückt sich Alexis aus dem Stuhl hoch und zuckt mit den Schultern. »Bei dem schuldigen Gesicht, das er gezogen hat, während seine Freundin auf mich losgegangen ist, weiß sie es spätestens jetzt. Aber ich schwöre dir, ich habe ihn sofort abgewiesen, als er heute Abend auf mich zugekommen ist! Und hätte ich gewusst, dass er vergeben ist, hätte ich das damals auch gemacht.«

Ich hake mich wieder bei Alexis unter, und zusammen machen wir uns auf den Weg ins Bad. Die Aufregung hat meinen Kopf halbwegs geklärt, aber um eine Aspirin werde ich trotzdem nicht herumkommen.

»Mir musst du das nicht sagen. Ich hoffe nur, dass Carly sich jetzt abreagiert hat.«

Sobald ich Alexis im Bad ein Handtuch gereicht habe, schält sie sich aus ihrer nassen Kleidung, froh, endlich die Sachen loszuwerden. Ich lasse mich in der Zeit auf den Klodeckel fallen und ziehe die Beine in einen Schneidersitz.

»Das sollte sie gefälligst lieber! Ich kann doch nichts dafür, wenn ihr Freund untreu ist. Julian ist der Übeltäter, der seinen Schwanz nicht in der Hose lassen kann. Und ich bin nicht dafür verantwortlich, wenn ihre Beziehung nicht so fest ist, wie sie gedacht hat.«

Alexis hat einen grimmigen Gesichtsausdruck aufgesetzt, als sie in die Dusche steigt. Aber ich kenne sie gut genug, um zu wissen, dass sie dahinter nur ihr schlechtes Gewissen verbirgt. Sie hat zwar nicht unrecht, denn schlussendlich war es Julians Entscheidung, seine Freundin zu betrügen, aber Alexis nimmt sich selbst nicht komplett aus der Rechnung. Auch wenn sie das nie zugeben würde.

»Vergiss es einfach und sieh die Sache als geklärt an. Sie hat vielleicht überreagiert, doch für Carly war die Situation auch nicht einfach.«

Ich höre ein Schnauben unter dem Rauschen des Wassers, aber da Alexis mir nicht widerspricht, scheint sie sich meine Worte zu Herzen zu nehmen. Was auch gut so ist, denn eine Racheaktion würde alles noch schlimmer machen.

»Außerdem können Mädchen in Gruppen ziemlich fies werden, die Erfahrung musste ich heute auch machen.«

Ich spiele am Saum meines Shirts herum – und nein, es ist nicht mehr Grays Trikot, auch wenn ich beinahe darin geschlafen hätte.

»Was? An welche Zickenbande bist du denn geraten?«

»Na ja, zickig ist der falsche Begriff. Eher hinterlistig. Du weißt schon, vorn herum freundlich, aber eigentlich suchen sie nur nach deinen Schwachstellen. Anscheinend hat es endgültig Wellen geschlagen, dass ich mit Gray ... Dass wir ... äh, na ja, du weißt schon, was.«

Meine Wangen werden rot, während ich dämlich vor mich hin stottere. Aber was soll ich auch sagen? Dass wir befreundet sind? Das wir zusammen sind? Dass wir uns geküsst haben und ich nicht weiß, wo mir der Kopf steht, aber ich es unbedingt wiederholen will?

»Wieso das denn? Ihr lauft ja nicht händchenhaltend durch die Gegend oder so.«

Mein Schweigen ist wohl genauso aussagekräftig wie eine Antwort. Zumindest zieht Alexis plötzlich den Duschvorhang auf, um ihren Kopf herauszustrecken und mich mit großen Augen anzusehen.

»Tut ihr doch nicht, oder?«

Ertappt beiße ich mir auf die Lippe, und Alexis fällt die Kinnlade herunter.

»Das glaube ich ja nicht! Gray macht in aller Öffentlichkeit deutlich, dass er was von dir will, und dass, obwohl ihr euch noch nicht ge...« Alexis unterbricht sich, um mich einen Moment lang kritisch zu mustern. »Ihr habt euch geküsst, nicht wahr?«

Stöhnend schlage ich mir die Hände vors Gesicht. Können meine Wangen endlich aufhören, so zu brennen?

»O mein Gott!« Alexis quietscht auf einer Frequenz, die mein Trommelfell kaum noch erträgt, dann höre ich erneut den Duschvorhang rascheln und wie das Wasser abgedreht wird. Mich auszuquetschen ist anscheinend wichtiger als eine ausgiebige Dusche. Zumindest steht meine beste Freundin innerhalb von Sekunden in ein Handtuch eingewickelt vor mir und reißt mir die Hände vom Gesicht.

»Ich will jedes Detail! Und am besten schon vorgestern, also pack schnell aus, meine Liebe!«

Alexis ist so aufgeregt, dass ich mir ein Lächeln nicht verkneifen kann. »Zieh dich erst mal an.«

»O nein, auf keinen Fall! Ich werde mich nicht hinhalten lassen.« Mit entschlossener Miene stützt Alexis die Hände in die Hüften und funkelt mich an, aber nur in ein Handtuch gewickelt kann ich sie nicht ernst nehmen. Lachend drehe ich sie um und schiebe sie in Richtung des Kleiderstapels, den sie auf dem Boden abgelegt hat.

»Ich erzähle und du ziehst dich an, wie wäre es damit?«

Widerwillig hebt sie die Kleider auf und gibt mir mit einem Nicken zu verstehen, dass ich anfangen soll.

»Also keine Ahnung, ob du es über deinen aufregenden Abend mitbekommen hast, aber die Jungs haben gewonnen.«

Bei der Erinnerung an den Moment im Stadion, als das Spiel endlich abgepfiffen wurde und das Team auf dem Eis jubelnd aufeinander zugestürmt ist, schleicht sich ein breites Grinsen auf mein Gesicht.

»Doch, Heather hat es mir erzählt. Das Spiel war also gut?«

»Mehr als gut.« Ich seufze verträumt und kann immer noch nicht fassen, wie dieser Sport mich dermaßen eingenommen hat.

»Mhm, kann ich mir vorstellen. Immerhin steht ja dein Mann da unten auf dem Eis.«

Alexis grinst schelmisch, und ich kann nur defensiv die Arme vor der Brust verschränken und mit so viel Nachdruck wie möglich sagen: »Er ist nicht mein ›Mann‹.«

»Das lass lieber mich beurteilen, wenn du endlich vom interessanten Teil des Abends erzählt hast!«

Sobald Alexis den Bund der Hose hochgezogen hat, setzt sie sich auf den Badeteppich und funkelt mich an, während ich die Augen zusammenkneife. »Vielleicht sollte ich überhaupt nichts erzählen.«

»Ach komm schon, das würdest du gar nicht hinbekommen. Gib doch zu, du willst darüber reden!«

Damit hat Alexis leider recht.

»Ich werde einfach so tun, als hättest du nie irgendetwas gesagt. Weil ich eine gute Freundin bin. Nicht etwa, weil ich darüber reden will.«

Alexis verdreht die Augen, lässt mir aber meinen Stolz.

»Hauptsache, du redest.«

Grinsend folge ich der Anweisung. »Das Team ist zur Feier des Abends ins *Molly's* gegangen.«

»O Mann, hätte ich das gewusst, wäre ich mitgekommen.« Mit einem Seufzen legt Alexis den Kopf in den Nacken. »Die besten Cocktails der ganzen Umgebung. Und aller Wahrscheinlichkeit nach wären sie auch nicht auf mir, sondern in mir gelandet. Außer Lee hat auch eine Freundin, von der ich noch nichts weiß.«

Besorgt schießt ihr Blick zu mir, und irgendwie fühlt es sich gut an, ausnahmsweise diejenige mit den Informationen zu sein.

»Nicht dass ich wüsste.«

Alexis fährt sich mit dem Handrücken über die Stirn, als würde sie imaginäre Schweißtropfen abwischen, bevor sie mich angrinst. Anscheinend kann sie die Sache inzwischen auch mit Humor nehmen. »Warte mal, heißt das, Gray hat dich vor allen anderen geküsst?«

Ungläubig sieht mich meine beste Freundin an. Allein der Gedanke, zwischen all den Leuten Gray zu küssen, bringt mein Gesicht zum Glühen. Dabei war Gray den restlichen Abend ganz Gentleman.

»Nein, wir haben vorher einen kleinen Ausflug zur *Cheesecake Factory* gemacht.«

Alexis' Mundwinkel zucken, während sie mich betrachtet. »Cheesecake, hm? Na, da haben sich ja zwei gefunden.«

Ich grinse breit, als ich an all die Käsekuchen denke, die meine Mom mir zum Geburtstag backen musste. Es ist schon verrückt, dass Gray genau die gleiche Schwäche hat.

»Und in deinem persönlichen Himmel kam es dann zu dem entscheidenden Augenblick.« Anzüglich mit den Augenbrauen wackelnd stützt Alexis ihre Ellenbogen auf die Knie ab.

Unbehaglich zucke ich mit den Schultern. »Ja.«

Einige Sekunden sieht Alexis mich noch erwartungsvoll an, bevor sie mit einem Stöhnen die Hände in die Luft schmeißt. »Und weiter? Wie war es? Wie war er? Und was ist danach passiert?«

Gott, soll ich ihr etwa eine Detailanalyse vorlegen? Wie mein Gehirn ausgesetzt hat, als Gray auf einmal die Lücke zwischen uns geschlossen hat. Wie seine Lippen noch immer nach Zitrone und Kuchen geschmeckt haben und dieses Ziehen in meiner Brust aufgekommen ist, das sich in meinem Körper ausgebreitet hat, bis ich am liebsten über den Tisch zu ihm gekrabbelt wäre. Wie unglaublich dieses Bedürfnis war, zum ersten Mal einer Person noch näherkommen zu wollen. Das Einzige, was ich sagen kann, ohne das Gefühl zu haben, dem Ganzen nicht gerecht zu werden, ist: »Es war so gut, dass es schon wieder schrecklich war. Wann auch immer ich daran denke, würde ich am liebsten losgehen, nur um wieder bei Gray zu sein. Ich weiß nicht, was das ist, Lex. Gray ist wie eine Droge, und ich befürchte, ich bin süchtig.«

Mein Atem stockt, so beängstigend ist diese Erkenntnis, und auch Alexis runzelt für einen Moment die Stirn, bevor sich ein sanftes Lächeln auf ihr Gesicht schleicht. »Das ist was Gutes, Row. Du bist verliebt, und wenn ich es nicht falsch interpretiere, ergeht es Gray genauso. Genieß es einfach und lass den da«, vorwurfsvoll deutet sie auf meinen Kopf, »nicht dazwischenkommen.«

Unsicher beiße ich mir auf die Unterlippe. Aber Alexis hat recht, ich sollte mir einfach nicht so viele Gedanken machen. Das ist es doch, was Gray für mich so besonders macht: Er schafft es, meinen Kopf auszuschalten, sodass ich mich fallen lassen kann. Und bisher hat er mich immer aufgefangen.

Mit einem Seufzen löse ich meine Beine aus dem Schneidersitz und erhebe mich vom Klodeckel. »Deal, aber nur, wenn wir uns jetzt noch ein paar Stunden schlafen legen. Ich bin noch immer angetrunken und sehne mich nach meinem Bett.«

Als würde sich auch Alexis' Körper mit einem Mal an die lange Nacht erinnern, gähnt sie ausgiebig und drückt sich dann vom Boden hoch. »Einverstanden.«

Kapitel 24

Eigentlich bin ich absolut nicht die Person, die mit Leuten viel über das Handy schreibt. Aber als ich am Sonntag – dieses Mal zu christlichen Zeiten – eine Nachricht von Gray erhalte, fliegen meine Finger geradezu über die Tastatur, während ich mir ein breites Grinsen nicht verkneifen kann. Selbst als ich mich an meinen Schreibtisch setze, landet mein Handy nicht wie sonst auf meinem Bett, sondern bleibt neben mir liegen, sodass ich nach jedem Sinnesabschnitt einen Blick darauf werfen kann. Und in den meisten Fällen habe ich eine neue Nachricht von Gray.

Mir tut es fast körperlich weh, mich am Abend, oder doch eher schon in der Nacht, verabschieden zu müssen, und das, obwohl ich hundemüde bin. Das warme Gefühl in meiner Brust verwandelt sich in ein schmerzliches Ziehen, doch schlussendlich schaffe ich es, meine Finger zu einem

Gute Nacht

zu zwingen und dann mein Handy mit dem Display nach unten auf meinen Nachttisch abzulegen. Denn würde ich sehen, wie der Bildschirm aufleuchtet, hätte ich mich nicht vom Antworten abhalten können. Doch obwohl ich schlafen will, kann ich es mit einem Mal nicht mehr. Zu viele Gedanken schwirren mir durch den Kopf.

Wird es jetzt immer so sein? Ich drücke meine Decke fest an meine Brust. Es ist seltsam. Ich fühle mich besser als jemals zuvor und zugleich so, als würde ich am Rand eines Abgrundes stehen. Und ich habe Angst, einen falschen Schritt zu machen. Bisher scheinen Gray meine Eigenheiten nichts auszumachen, aber wer garantiert, dass das so bleiben wird? Und was ist, wenn er mich nicht mehr will, ich aber nicht von ihm loskomme?

Ich schließe die Augen und presse die Lippen fest aufeinander. Was soll ich machen? Zulassen, dass sich etwas zwischen uns entwickelt, obwohl selbst der Gedanke mich bitter auflachen lässt, denn ehrlich, wie verrückt hört sich das bitte an? Der Eishockeystar des Colleges und das kleine Mobbingopfer? Das kann nur auf eine Art enden. Es gibt keine logische Erklärung, weshalb Gray sich für mich interessiert. Und da ich diejenige sein werde, die am Ende am Boden zerstört sein wird, sollte ich aus reinem Selbstschutz einen Schlussstrich ziehen. Eine klare Grenze, so, wie ich es bei jeder anderen Person auch handhabe.

Ich bin stolz auf mich, als ich aus meiner Ökologievorlesung am Montagmittag komme. Seit Grays Guten-Morgen-Nachricht und meiner Antwort darauf, da das die Höflichkeit gebietet, habe ich nicht mehr auf mein Handy gesehen. So beschäftigt, wie Gray ist, kann es nicht schwer sein, ihm aus dem Weg zu gehen. Also schiebe ich ihn gedanklich fort und freue mich darauf, gleich von Alexis abgeholt zu werden und mit ihr gemütlich über den Campus zu schlendern.

Das denke ich zumindest, bis ich im Strom der anderen Studenten aus dem Raum trete und Gray lässig an der gegenüberliegenden Wand gelehnt entdecke. Ich halte plötzlich inne, was den Kommilitonen hinter mir in mich hineinrennen lässt. »He! Was ...«

Ich höre nicht mehr, was man zu mir sagt, als Grays Gesicht sich erhellt und er sich abstößt, um auf mich zuzuschlendern. Mein Herz ist bei zweihundert Schlägen die Minute angekommen. Wieso freut er sich so? Und wieso ist es fast ein Zwang, ebenfalls auf ihn zuzugehen?

»Hey, Bunny. Es war erschreckend leicht, deinen Stundenplan herauszufinden. Du kannst froh sein, dass ich ein harmloser Stalker bin.«

Auch ohne hinzusehen, kenne ich das Grinsen, mit dem Gray mich in diesem Moment betrachtet. Weil ich es die letzten Wochen so oft gesehen habe, dass es sich in meine Netzhaut eingebrannt hat. Seine funkelnden blauen Augen, das Grübchen in seiner Wange, die Unbeschwertheit, die Ehrlichkeit und die Liebenswürdigkeit.

»Bitte schön, dein Gray-Spezial.«

Mit einem tiefen Atemzug nehme ich den Kaffee entgegen, in der Hoffnung, dass meine Hand nicht zittert. Verdammt, reiß dich zusammen, Row! Es gibt keinen Grund, sich komisch zu verhalten. Wir haben uns geküsst. Super, das tun zig Millionen Menschen täglich, und sie bekommen deswegen keinen Nervenzusammenbruch. Außerdem ändert es nichts daran, wer vor mir steht. Es ändert nicht einmal etwas an meinen Gefühlen, denn ganz ehrlich, ich bin Gray schon lange verfallen. Vielleicht seit meinem ersten Gray-Spezial-Kaffee oder seitdem ich seine Anwesenheit als selbstverständlich nehme. Macht auch keinen Unterschied, faktisch bleibt es die gleiche Ausgangslage: Ich bin so was von am Arsch. Und ich wünsche es mir nicht anders. Dem Ziehen in meiner Brust nachgebend mache ich einen Schritt nach vorn und lehne mich an diesen absolut unglaublichen Kerl, während mein persönliches Schicksal damit in Grays Hände übergeht.

Ein Teil von mir zittert, fleht ihn im Stillen an: *Bitte verletze mich nicht.* Aber welche Zweifel oder Ängste ich auch habe, Gray kann sie damit zerstreuen, dass er seine Arme um mich legt.

»Hey, alles gut bei dir?« Mir brennen die Augen, als ich sanft seine Hand an meinem Hinterkopf spüre und ich mein Gesicht an seiner Brust berge. Gott, ist ihm eigentlich klar, wie kaputt ich bin?

Ein Zittern durchfährt mich, aber Gray ist wie Balsam für meine Seele, und ich schaffe es tatsächlich, nicht in Tränen auszubrechen und ihn Rotz und Wasser heulend zu fragen, weshalb er sich überhaupt die Mühe mit mir macht. Sonst war ich das auch niemandem wert. Aber ich verkneife es mir, ihm diese zerbrochene Seite von mir zu zeigen. Stattdessen erkämpfe ich meine Selbstbeherrschung zurück und löse mich von Gray. »Ja, tut mir leid. Ich war nur ... überrascht, dich hier zu sehen.«

Schüchtern schiebe ich eine Haarsträhne hinter mein Ohr, während Gray mich mustert. Bisher hat er noch nie nachgehakt, wenn er bemerkt hat, dass ich über etwas nicht reden will. Und das will ich nicht. Ich will das hier einfach nur genießen. So lange wie möglich.

Also setze ich ein Lächeln auf und nehme einen großen Schluck des Kaffees. Er wärmt mich von innen, und ich befürchte, ich werde diesen würzig-süßen Geschmack für immer mit Gray verbinden. »Danke für den Gray-Spezial.«

Die Falte auf Grays Stirn vertieft sich für einen Moment, und mein Herz setzt einen Schlag aus, in der Angst, dass ich es nun vermasselt haben könnte. Aber dann stößt Gray die Luft mit einem leisen Seufzen aus und schüttelt kurz seinen Kopf, bevor wieder ein Lächeln sein Gesicht ziert.

»Wenn ich jedes Mal so einen Empfang bekomme, wenn ich dich überrasche, habe ich eine neue Lebensaufgabe gefunden.«

Ich presse die Lippen aufeinander und lasse den Blick schweifen, unsicher, was ich darauf erwidern soll. Womit ich allerdings nicht gerechnet habe, ist, einige Meter hinter Gray Alexis zu entdecken, die pantomimisch zu mir spricht. Ich will schon verwirrt die Stirn runzeln, als sie in einer ziemlich

225

eindeutigen Geste die Arme um einen imaginären Partner legt und die Lippen spitzt. Stattdessen läuft dafür mein Gesicht rot an.

»Was ist denn da hinten?«

Suchend will sich Gray umdrehen, doch ich bekomme ihn am Arm zu fassen, bevor er Alexis entdecken kann, die mir jetzt einen Daumen hoch zeigt. O mein Gott, wieso bin ich mit diesem Mädchen befreundet? »N-nichts! Also, ähm ... wenn du nur eine Umarmung willst, Gray, dann hättest du das doch sagen können. Dafür musst du mich nicht extra überraschen.« Ich versuche verführerisch zu klingen, aber so recht gelingt es mir nicht.

Grays verwirrter Gesichtsausdruck verändert sich zu einem schiefen Schmunzeln, das meinen Bauch zum Kribbeln bringt, während sein Blick an Intensität zunimmt. »O Bunny, wir wissen beide, dass es nicht nur um eine Umarmung geht.«

Verdammt, *das* ist eine sexy Stimme. Tief, schmeichelnd, verführerisch. Kein Wunder, dass die Mädchen Gray in Scharen hinterherlaufen. Wenn er mich mit diesem Blick betrachtet, werden meine Knie zu Wackelpudding. Und wo auch immer ich diesen Wagemut hernehme, ich stelle mich auf die Zehenspitzen, um ihm näher zu kommen. »Ach ja, um was geht es sonst? Brauchst du wieder Lernmotivation?«

Mit einem Brummen legt Gray seine Hände auf meine Hüften und zieht mich zu sich. Und obwohl alles in mir freudig angespannt ist, galoppiert dieses Mal mein Herz nicht davon. »Row, treib es lieber nicht zu weit. Ich habe kein Problem, dich hier in aller Öffentlichkeit zu küssen. Um genau zu sein, habe ich es nur aus Rücksicht auf dich bisher nicht gemacht.«

Ich ziehe die Unterlippe für einen Moment zwischen die Zähne, abwägend, ob ich diesen letzten Ausweg nutzen will. Aber ehe ich mich's versehe, entschlüpft mir ein leises »Hier ist niemand mehr«.

Und das stimmt. Der Gang hat sich geleert. Auch von Alexis ist keine Spur mehr zu sehen, womit meine Ausrede, dass ich Gray einfach nur ablenken will, nicht mehr gilt. Aber wer braucht schon Ausreden, wenn diese sündhaft weichen Lippen Begründung genug sind, alle Vorsicht über Bord zu werfen? Ich bin nicht erfahren, was Küssen angeht. Eigentlich bin ich nicht sonderlich erfahren, was vieles angeht. Doch Gray lässt mich mutig werden. Weil Gray mich noch nie verurteilt hat.

Ich lege eine Hand um seine Wange, spüre die rauen Bartstoppeln unter meinen Fingerkuppen und wie Gray als Reaktion darauf den Griff um meine Hüfte verstärkt, während unsere Lippen aufeinandertreffen. Irgendwann schwanken wir beide nach hinten, bis ich im Rücken die Wand spüre. Ich habe mich noch nie so sicher gefühlt wie in dem Moment, als Gray seine Arme links und rechts von mir abstützt und sich atemlos von mir löst. »Ich glaube, wir sollten an dieser Stelle lieber aufhören.«

Völlig high kralle ich mich am Stoff seines Shirts fest. »Wieso denn?« Ohne großartig nachzudenken, recke ich mich nach oben, um ihm einen keuschen Kuss auf die Lippen zu drücken. Gray nutzt die Berührung sofort, um mit einem Stöhnen den Kuss wieder zu intensivieren. Mit einer Hand rutscht er zu meiner Taille hinab, und als er die Haut berührt, die mein hochgerutschtes Oberteil offenbart, durchfährt es mich wie ein Blitz. So habe ich mich noch nie gefühlt. Neben uns könnte eine Bombe einschlagen und es würde mich nicht interessieren. All die aufgewühlten Gefühle von heute Morgen kommen wieder auf, doch dieses Mal liegen sie mir nicht schwer im Magen, sondern lassen mich schweben.

Als Gray den Kuss beendet, schafft er es damit tatsächlich, mir ein unzufriedenes Murmeln zu entlocken.

»Hör auf, Bunny.« Ich spüre sein Grinsen, als er sich hinunterbeugt und mir einen Kuss seitlich auf den Hals drückt. Meine Haut steht an der Stelle augenblicklich in Flammen.

»Vielleicht will ich nicht.«

Ich kichere auf, weil sein Atem mich am Hals kitzelt, aber als er mich an der gleichen Stelle erneut küsst, wird das Geräusch schnell zu einem atemlosen Seufzen.

»Oh, von wollen kann bei mir auch nicht die Rede sein. Doch mir kommen Gedanken, die ich in der Öffentlichkeit lieber nicht haben sollte. Also haben wir keine andere Wahl.«

Innerhalb von einer Sekunde hat mich Gray von der Wand weggezogen und schiebt mich vor sich den Gang entlang. Ich will mich schon beschweren, als ich Stimmen höre und kurz darauf eine Gruppe Studenten plaudernd um die Ecke kommt. Sofort verstecke ich mich hinter Grays breiten Schultern und spüre, wie er lautlos lacht. O mein Gott. Wie muss ich aussehen? Habe ich gerade wirklich mitten auf einem Flur mit Jonah Grayham herumgemacht? Vor Scham glühen meine Wangen. Doch als ich spüre, wie Gray dieses Mal mit Absicht mit den Fingern unter den Saum meines Shirts fährt, weiß ich wieder, weshalb mein Kopf abgeschaltet hat. Dieser Mann ist mein Untergang.

Zweiter Tag, zweite Guten-Morgen-Nachricht. Ich schwebe durch den Morgen mit einem Dauergrinsen, während mein Herz Achterbahn fährt. Ich komme nicht mehr gegen dieses kribbelnde Glücksgefühl in mir an. Selbst als es auf meinem Weg zum Campus anfängt zu regnen und ich nur meine Jeansjacke anhabe, ändert sich daran kaum etwas. Mir ist kalt und ich bin durchnässt, aber lächeln tue ich immer noch, als ich mich in meinen Kurs setze.

Meine Jacke über den Stuhl neben mir hängend, in der geringen Hoffnung, dass sie trocknet, lasse ich meinen Blick durch den Raum schweifen. Der Professor ist noch nicht da, trotzdem ist es ungewöhnlich leise. Und umso länger ich die Grüppchen betrachte, die beisammensitzen und miteinander sprechen, desto unbehaglicher fühle ich mich. Als ich ein Mädchen dabei erwische, wie sie schnell den Blick abwendet, weiß ich auch wieso. Sie reden über mich. Na gut, nicht alle. Es gibt genug, die normal miteinander schwatzen, bevor die Vorlesung anfängt. Aber da sind mehrere Gruppen, die ungewöhnlich geheimnisvoll die Köpfe zusammenstecken. Unbehaglich rutsche ich auf meinem Stuhl herum und blicke starr nach vorn. Eigentlich hätte ich es mir denken können. Nicht nur, dass jeder, der in den letzten Wochen in die Bibliothek gekommen ist, Gray bei mir gesehen hat, am Samstag haben wir in aller Öffentlichkeit miteinander getanzt. Theas Aushorchen hätte mich hierauf vorbereiten sollen. Gray ist ein Sportler. Sein Privatleben ist in den Augen anderer alles, außer privat. Und damit bin ich jetzt auch ein Objekt des öffentlichen Interesses. O Gott.

Ich war noch nie so dankbar, als mein Professor fünf Minuten später den Raum betritt. Ich habe das letzte Jahr damit verbracht, so gut wie möglich unter dem Radar zu fliegen, doch jetzt sind Flutlichter auf mich gerichtet. Auch als ich mich später auf den Weg zur Bibliothek mache, immer noch im schüttenden Regen, bemerke ich mehr Blicke als sonst. Ein paar Mädchen schenken mir sogar ein kleines Lächeln, aber ich bin zu verschreckt, um darauf zu reagieren. Zitternd betrete ich die Bibliothek, doch ich reiße mich zusammen. Ich werde die nächsten Stunden hinter einem öffentlichen Informationsschalter sitzen. Da kann ich nicht wegen jeder Person ausrasten, die mich lediglich ansieht. Außerdem wird auch Gray bald hier sein. Das lässt sowohl mein Herz erfreut hüpfen als auch den Knoten in meinem Magen fester werden.

Mit einem Seufzen mache ich mich zunächst auf den Weg zu den Toiletten, um meine Haare auszuwringen. Gegen meine nasse Kleidung kann ich allerdings nichts machen, also halte ich nur kurz meine kalten Finger unter warmes

Wasser, damit sie auftauen, trockne mir mit den Papierhandtüchern nicht nur die Hände, sondern auch Dekolleté und Gesicht, und laufe schicksalsergeben wieder nach vorn. Mir tut es um das Stuhlpolster leid, als ich mich mit meinen nassen Hosen auf meinen Platz fallen lasse, aber ich werde die nächsten Stunden definitiv nicht stehen.

Wie immer packe ich meine Unterlagen aus und versuche, etwas über das endokrine System zu lernen, während ich Bücher verlängere, mir Beschwerden über kaputte Einbände und zerrissene Seiten anhöre. Meine Antworten fallen kurz aus und ich blicke andauernd von meinen Unterlagen hoch, weil ich das Gefühl habe, beobachtet zu werden. Es ist wie ein Jucken, das nicht weggehen will.

Erst als die Tür ein weiteres Mal aufschwingt und eine mir vertraute Gestalt die Bibliothek betritt, lockern sich meine verkrampften Schultern. Mit einem Seufzen sehe ich Gray entgegen, der unbesorgt hereingeschlendert kommt. »Hey, Bunny. Mann, was ist das nur für ein Wetter drau...«

Sobald er meine nassen Haare bemerkt, bleibt Gray stehen und runzelt besorgt die Stirn. »Dich hat es wohl schlimmer erwischt als mich.«

Erleichtert, endlich wieder atmen zu können, obwohl Grays Anwesenheit die Aufmerksamkeit, die man mir schenkt, nur noch schlimmer machen wird, will ich schon abwinken. Doch ein Niesen ist alles, was ich herausbekomme, als ich den Mund aufmache. Aber das ist wohl auch eine Art Antwort.

Ich höre nur Grays Lachen, als ich mir die Haarsträhnen aus dem Gesicht streiche, die nach vorn gefallen sind. Dann wird eine Tasche hinter den Tresen geschwungen, und kurz darauf lässt er sich auf den zweiten Stuhl fallen. »Warte, ich glaube, ich kann dir helfen.«

Verwirrt beobachte ich, wie Gray in seiner Tasche zu kramen beginnt, während ich ein Tempo aus einer Schublade zaubere. O Mann, hoffentlich habe ich mich nicht erkältet.

Ich war viel zu angespannt, um zu bemerken, wie kühl mir in meinen nassen Klamotten geworden ist.

»Hier. Du musst in trockene Kleider kommen.«

Überrascht betrachte ich das Shirt, das Gray mir hinhält, und nehme es nur zögerlich an, als er ungeduldig damit vor meiner Nase herumwedelt.

»Brauchst du das nicht selbst?« Ich betrachte Gray, der seine regenfeste Jacke abstreift und darunter ein perfekt trockenes Shirt offenbart.

»Das sind nur meine Wechselklamotten für nach dem Training, ich kann genauso gut das hier anziehen.«

Gray betrachtet mich mit einem kleinen Lächeln, trotzdem ich fühle mich nicht gut dabei. »Ach was, behalte deine ...«

Mit einem deutlichen Kopfschütteln drückt Gray meine Hand weg, als ich ihm das Shirt zurückgeben will. »Row, denk erst gar nicht daran, mit mir darüber zu diskutieren, denn du hast morgen als mein Glücksbringer die Verpflichtung, mich in einem Pokerwettbewerb zu unterstützen. Da brauche ich dich in Topform.«

Ich rümpfe die Nase und lasse das Shirt in meinen Schoß fallen, um meinen strengen Blick durch vor der Brust verschränkte Arme zu unterstützen. »Fängt das jetzt wieder an? Ich bin zu rein gar nichts verpflichtet.«

Gray sieht sich einmal im Raum um, bevor er sich verschwörerisch zu mir beugt. »Nein, bist du nicht. Aber ich gehe davon aus, dass du gern Zeit mit mir verbringst.« Ich will zu einer empörten Antwort ansetzen, da verschließen seine Lippen meine und lassen mich alle Worte vergessen.

Als er sich wieder von mir löst und mich mit einem schiefen Grinsen betrachtet, ist mein Gehirn noch im Ausnahmezustand. »Gehst du dich jetzt umziehen oder soll ich dir dabei helfen?«

Wir vertiefen uns in ein Blickduell. Er mit einem breiten Grinsen, ich mit schmalen Augen. Doch gegen das erneute Niesen kommt auch mein Stolz nicht an, sodass ich die Erste bin, die den Blickkontakt unterbricht. Also schniefe ich, greife wieder nach dem Shirt und stehe mit einem geschlagenen Seufzen von meinem Stuhl auf.

»Ich bin schon groß, Umziehen bekomme ich allein hin.«

Ich will das Siegerlächeln auf seinem Gesicht nicht sehen, aber es ist selbst seinem Tonfall anzuhören, als Gray mir ein »Das nehme ich auch als ein Ja für morgen!« hinterherruft.

Er ist und bleibt ein unverbesserlicher Vollidiot.

Kapitel 25

Als ich am Abend nach Hause komme, fröstle ich am ganzen Körper. Dieses Mal hat es auf meinem Weg zwar nicht geregnet, aber ich befürchte, der Schaden ist bereits angerichtet. Meine Nase läuft, mein Kopf fängt an zu dröhnen, und das Einzige, für das ich noch Motivation aufbringen kann, ist, mich von einer heißen Dusche durchwärmen zu lassen. Danach habe ich zumindest das Gefühl, wieder frei atmen zu können, trotzdem ist mein Körper schlapp und ich erledige meine Abendroutine – zu der auch das Nacharbeiten der heutigen Vorlesung gehört – mit weniger Sorgfalt als sonst. Allerdings hilft es, mir wieder Grays Shirt überzuziehen. Es ist schön weich und viel zu lang, doch genau richtig für meine Stimmung.

Schlussendlich krieche ich früher als gewohnt in mein Bett und hoffe, dass nach einer guten Portion Schlaf wieder alles in Ordnung ist.

Das war jedoch ein Irrglaube, wie ich am nächsten Morgen feststellen muss. Meine Glieder sind schwer, meine Nase läuft und mein Kopf bringt mich um. Super, mich hat es richtig erwischt.

Ich bleibe ungewöhnlich lange in meinem Bett liegen, schlummere kurz ein, wirklich schlafen kann ich jedoch nicht. Eine Alarmsirene schrillt in meinem Kopf und erinnert mich daran, dass ich heute Kurse habe. Ich weiß, dass es vielleicht vernünftiger wäre, mich auszukurieren, aber ich hasse es, Unterrichtsstoff zu verpassen.

Also quäle ich mich eine Viertelstunde später aus dem Bett und bleibe für einen Moment auf der Bettkante sitzen, bis mein Kopf aufhört, alles in sich zu drehen. Dann erst wanke ich Richtung Bad. Wenn ich krank bin, kommt mir immer alles wie in Watte gepackt vor. Aber ein guter Pfefferminztee hilft, und auch wenn mir Mary und Cass beide gute Besserung wünschen, scheine ich nicht wie eine Leiche auszusehen, sonst wäre ich nicht so leicht aus dem Haus gekommen. Dieses Mal bin ich mit allem ausgestattet: Regenschirm, Schal, Mantel. Ich trage sogar einen Pulli, als hätten wir nicht erst Anfang Oktober, sondern Mitte November.

Die Vorlesungen sind gelinde gesagt ... scheiße. Ich schreibe alles mit, weil mein Kopf nicht in der Lage ist, die Dinge richtig aufzunehmen, doch zumindest muss ich mich so nicht auf die Aufzeichnungen anderer verlassen. Vier Stunden, zwei Tempopackungen und eine Kopfschmerztablette später bin ich trotzdem froh, endlich wieder daheim zu sein. Seitdem mein Kreislauf in Schwung gekommen ist, geht es mir rein körperlich ganz gut, aber mein Kopf steht kurz vorm Platzen. Was der möglichst schlechteste Zeitpunkt ist, denn Elizabeth hat diesen Morgen auserkoren, um mir ihren Teil der Projektarbeit für Psychologie zu schicken. Und da wir während des Kurses daran weiterarbeiten sollen, muss ich es mir heute noch ansehen. Als Gray mir dann auch noch nachmittags schreibt und fragt, wann ich heute Abend vorbeikommen kann, hätte ich den Kopf am liebsten in den Sand gesteckt. Ganz vergessen. Also setze ich mich mit Elizabeths Unterlagen in mein Bett, um rechtzeitig fertig zu werden, nur damit mir eine halbe Stunde später die Augen zufallen.

Erst Cass, die in mein Zimmer platzt, lässt mich aufschrecken und mich orientierungslos umhersehen. »Hey, Row, willst du auch eine Pizza? Wir bestellen gerade.«

Cass' Lächeln verwandelt sich in ein Stirnrunzeln, als ich mir an meinen brummenden Schädel fasse. »Oh, sorry, habe ich dich aufgeweckt?«

Noch immer nicht so richtig wach, schüttle ich mit einem Gähnen den Kopf und antworte verschlafen: »Nein, alles gut. Wie spät ist es denn?«

Die Blätter einsammelnd, die sich über meinen Schoß verteilt haben, unterdrücke ich ein erneutes Gähnen.

»Fast sieben.«

Erschrocken starre ich meine Mitbewohnerin an. »Sieben Uhr abends?!«

Augenverdrehend lehnt sich Cass in den Türrahmen. »Nee, morgens, du Dussel. Natürlich abends!«

Einer kleinen Panikattacke nahe strample ich mich von meiner Decke frei und ignoriere den Schwindel, der mich bei der schnellen Bewegung überkommt. »Verdammt, verdammt, verdammt!«

Durch mein Zimmer eilend schnappe ich mir meine Handtasche und schmeiße alles Wichtige hinein. Schlüssel, Geldbeutel, Handy. Dann bleibe ich vor dem Blätterstapel zu unserem Psychologieprojekt stehen. Ich habe vielleicht eine Hälfte durchgearbeitet. Und eigentlich muss ich Punkt sieben Uhr bei Gray sein. Keine Chance, dass ich das fertig bekomme. Also schnappe ich mir die Blätter kurzerhand und stopfe sie mit in die Handtasche. Ich habe zwar ein schlechtes Gewissen dabei, aber irgendwann werde ich bestimmt ein paar Minuten Ruhe finden. Stellt sich nur noch die Frage, wie ich zu Gray hinkomme. Meinen Dackelblick aufsetzend sehe ich meine Mitbewohnerin an und muss passenderweise genau in diesem Moment schniefen. »Cass, könntest du mir einen rieeeesigen Gefallen tun?«

Obwohl ich die beste Mitbewohnerin der Welt habe, bin ich eine halbe Stunde zu spät bei Gray. Ich habe ihm zwar eine Nachricht geschickt und er hat gemeint, dass das kein Problem sei, aber ich hasse es, unpünktlich zu kommen. Also laufe ich das letzte Stück bis zur Haustür, nur um völlig außer Atem anzukommen. Ich könnte mit Darth Vader mithalten, so rasselnd hole ich Luft. Dementsprechend muss ich mich sammeln, bevor ich auf die Klingel drücke und fast augenblicklich mit näher kommenden Schritten belohnt werde. Allerdings ist es nicht Gray, der mir die Tür öffnet, sondern Bas.

»Hey, Row, gerade rechtzeitig. Gray könnte ein bisschen Glück vertragen.«

»Stimmt gar nicht! Ich bin am Gewinnen!« Grays Stimme ist aus dem Wohnzimmer zu hören, und als Bas augenverdrehend mit den Lippen »Angeber« formt, muss ich lachen. Auch wenn das in einem Husten endet.

»Oje, das hört sich nicht gut an. Komm erst mal rein ins Warme.«

Dankend lächle ich, als Bas mir einladend die Tür aufhält, während ich meinen Schal zurechtrücke. Traurigerweise wird mir auch im Haus nicht warm, trotz des dicken Strickpullis, der zum Vorschein kommt, als Bas mir meinen Mantel abnimmt.

»Gray, ich glaube, dein Glücksbringer ist krank.«

Anscheinend mitten in einer Runde Poker, blickt Gray auf, kaum dass wir das Wohnzimmer betreten, und dreht sich auf seinem Stuhl um, sobald er meine Wintermontur und meine wahrscheinlich rot angelaufene Nase entdeckt. »Verdammt, Bunny, du siehst gar nicht gut aus. Sicher, dass du nicht ins Bett gehörst?«

Die aufrichtige Besorgnis in seiner Stimme lässt mich für einen Moment vergessen, dass es mir elend geht. »Ach was, alles bestens. Und pass lieber auf, Lee versucht zu schummeln.«

Lee, der gerade dabei war, eine Karte verschwinden zu lassen, sieht ertappt auf, als Gray zu ihm herumfährt und ihm auf die Hand schlägt. »Jedes Mal das Gleiche mit dir!« Während die beiden sich in die Haare kriegen, bedeutet mir Bas mit einem Kopfnicken, mit an den Tisch zu kommen, wo ich von der restlichen Runde begrüßt werde. Ich bin stolz auf mich, als ich bemerke, dass ich inzwischen alle Namen der Anwesenden kenne. Da sind Rick, Ian und Zac.

Mit einem lautlosen Seufzen lasse ich mich auf den Stuhl fallen, den man mir neben Gray frei gemacht hat, und bin mir im ersten Moment unsicher, wie ich ihn begrüßen soll. Vor allem, da er sich immer noch mit Lee um die Karten zofft. Aber wie so oft macht Gray es mir leicht, indem er kurz einen Arm um meine Schultern legt und mir einen Kuss auf die Schläfe drückt. Keine Sekunde später entwindet er Lee die Karten aus der Hand. »Okay, wir fangen von vorn an. Und Lee, benimm dich. Von Betrügern wird eine Woche lang das Trikot nicht gewaschen!«

Lee verdreht die Augen, doch seinem Grinsen nach zu urteilen, scheint er die Drohung nicht ernst zu nehmen. Vielleicht, weil er weiß, dass seine Umkleidegenossen sich damit selbst bestrafen würden.

Mit flinken Fingern mischt Gray die Karten und sieht mich dann fragend an, bevor er anfängt auszuteilen. Sofort schüttle ich den Kopf. »Ich würde lieber nur zusehen.« Meine Stimme klingt kratzig, was ich mit einem Räuspern zu beheben versuche. Das lässt erst recht eine Sorgenfalte auf Grays Stirn erscheinen.

»Okay, Bunny. Sag Bescheid, wenn du irgendwas brauchst. Willst du einen Tee oder was zu essen?«

Ich erröte gerührt und muss feststellen, dass sich beides ziemlich verlockend anhört. Ich habe zwar kein wirkliches Hungergefühl, aber viel zu wenig über den Tag gegessen. Und ein Tee wäre der Himmel.

»Also ... Wenn es okay ist, würde ich zu beidem nicht Nein sagen.« Verlegen spiele ich am Ärmelsaum meines Pullovers.

»Na klar. Bas, teile du weiter aus. Und wehe, Lee bekommt den Kartenstapel in die Finger!«

Spaßhaft schlägt Gray seinem Kumpel auf die Schulter und hält mir im nächsten Moment hilfsbereit die Hand hin. Mein Herz klopft schneller bei dieser Geste, aber Grays Freunde wissen bestimmt – genauso wie Alexis – bereits alles. Also verbiete ich mir mit einem tiefen Atemzug, mir irgendwelche Gedanken oder Sorgen zu machen, und ergreife Grays Hand. Es ist ein schönes Gefühl, wie er sofort seine Finger mit meinen verflechtet und mich in die Küche führt. »Mein trockenes Shirt kam gestern wohl zu spät, hm?«

Mit einem sanften Lächeln sieht Gray zu mir, und auch an meinen Mundwinkeln zupft ein kleines Lächeln.

»Ich befürchte es auch. Ich wasche dir das Shirt und bringe es dir dann wieder, versprochen.«

Sobald wir in der Küche angekommen sind, zieht mich Gray um eine Ecke und in seine Arme. »Von mir aus darfst du es behalten. Steht dir sowieso besser als mir.« Gray verteilt kleine Küsse auf meinem Gesicht, die mich zum Kichern bringen, und wie automatisch schlinge auch ich meine Arme um ihn.

»Ich wäre da vorsichtig, Gray. Sonst hast du bald keine mehr.«

»Tja, dann werde ich wohl oberkörperfrei herumlaufen müssen.« Spitzhübsch grinst Gray mich an und ich versetze ihm einen Schlag auf die Brust.

»Damit du noch mehr Mädchen den Kopf verdrehen kannst? Unterstehe dich.«

»Oh, du weißt doch ...« Gray senkt die Stimme und kommt mir dafür so nahe, bis unsere Nasen sich berühren. »Das Einzige, was mich interessiert, ist, ob ich dir den Kopf verdreht habe. Oder muss ich dafür auch erst die Hüllen fallen lassen?«

Objektiv sind die Worte harmlos, trotzdem lassen sie mir die Röte ins Gesicht schießen. Aber ich versuche, mutig zu sein und es mir nicht anmerken zu lassen. »Denkst du, ich würde das hier machen, wenn du mir nicht schon längst den Kopf verdreht hättest?«

Atemlos strecke ich mich, um seine Lippen mit meinen zu verschließen. Der Kuss bleibt sanft, als wollte Gray auf mich Rücksicht nehmen. Und dafür verfalle ich ihm ein Stück mehr. Er ist es auch, der sich schlussendlich von mir löst und mich mit einem schiefen Grinsen Richtung Wasserkocher zieht.

»Also, was für ein Tee darf es denn sein?« Gray öffnet einen Wandschrank und offenbart damit die Vorräte des Teams.

»Einfach Kamille. Ich glaube, der tut mir jetzt ganz gut.«

Unsicher, ob ich fiebrig bin, lege ich mir meine Hände auf die Wangen. Aber die Hitze könnte auch ganz allein von Grays Anwesenheit herrühren. Trotzdem scheint ihm die Geste Sorge zu bereiten, denn kaum dass er Wasser in den Kocher gefüllt hat, werden meine Hände von seiner viel größeren weggeschoben, um meine Stirn zu fühlen. So verharren wir für einige Sekunden. Ich mit großen Augen, während er sich zum Vergleich die andere Hand an seine eigene Stirn hält.

»Verdammt, meine Mom weiß immer sofort, ob jemand Fieber hat. Für mich fühlt sich beides gleich an.«

Ich kichere über seine gerunzelte Stirn und schiebe seine Hand weg. »Das liegt nur daran, dass ich kein Fieber habe. Mach dir nicht so viele Sorgen.«

Tatsächlich habe ich das Gefühl, dass es mir schon viel besser geht. Bisher hat sich noch nie jemand darum gesorgt, ob ich krank bin. Na ja, außer meine Eltern. Und Gray dabei zu beobachten, wie er mich genauestens mustert, bevor er mit einem Seufzen nachgibt, lässt mein Herz höherschlagen.

»Na gut. Aber wenn es dir schlechter geht, sagst du sofort Bescheid. Ich kann dich jederzeit nach Hause fahren.« Ein kurzes schelmisches Lächeln blitzt auf Grays Gesicht auf. »Und in meinem Bett bist du natürlich auch willkommen.«

Bevor ich mich dazu entscheiden kann, ob ich diesem Casanova die Leviten lesen sollte, hat sich Gray schon abgewandt und sich auf den Weg zum Kühlschrank gemacht.

»Also, was möchtest du essen?«

Kopfschüttelnd akzeptiere ich ein weiteres Mal, dass Gray so ist, wie er ist, und folge ihm. »Weiß nicht. Was habt ihr denn?«

Gray bleibt kurz nachdenklich stehen, bevor sich ein Lächeln auf seinem Gesicht ausbreitet. »Oh, ich weiß genau das Richtige.«

Kapitel 26

Gray

Row hat es geschafft, die ganze Grießklößchensuppe aufzu-
essen, die ich für sie gemacht habe. Na gut, vielleicht war es
nicht die versprochene Gemüsesuppe, und vielleicht habe ich
auch nur eine fertige Konserve aufgewärmt. Aber die Art,
wie Rows Augen gestrahlt haben, als ich ihr den ersten Teller
gereicht habe, hat mir gezeigt, dass sie die Geste trotzdem
verstanden hat. Allerdings war die Flüssigkeit wohl zu viel
für ihren kleinen Körper, denn sie ist direkt nach ihrem dritten Teller Richtung Bad gedüst.

»He, Gray, du bist dran.« Lee macht mich mit einem Ellen-
bogenstoß auf das Spiel aufmerksam, und nach einem kurzen
Blick auf die offengelegten Karten schmeiße ich meine in der
Hand mit einem Seufzen ab. »Ich bin raus.«

Rick, der nach mir dran ist, wirft kichernd ein paar seiner
Pokermünzen in die Mitte. »Ja, ist uns auch schon aufgefallen.«

Dafür erhält er von mir einen bösen Blick, während ich die
Hände hinter dem Kopf falte und den Rücken strecke. Gut,
vielleicht bin ich heute etwas abgelenkter als sonst. »Tja, wenigstens gehe ich nicht allein ins Bett und zudem auch noch
ohne Kohle.«

Mit einem Grinsen beobachte ich Bas dabei, wie er seine Karten aufdeckt und einen Flush offenbart. Ricks grimmigem Gesichtsausdruck nach ist seine Hand schlechter. Trotzig wirft er die Karten in die Mitte, während Bas mir einen prüfenden Blick schenkt.

»Also sind Row und du jetzt ein Paar?«

»Wenn du mich fragst, ja.« Mit einem schiefen Grinsen kippe ich auf meinem Stuhl nach hinten und beobachte, wie mein Freund sich mit einem zufriedenen Nicken seiner Ausbeute annimmt.

»Kayla freut sich bestimmt über weibliche Unterstützung. Sie flucht seit Monaten, dass einer von uns sich endlich festlegen soll.« Mit einem Augenverdrehen fährt sich Lee durch seine Locken. Ich kann mich zu gut an das Gespräch erinnern, auf das er sich bezieht. Kayla hat die Angewohnheit, ziemlich vorlaut zu werden, wenn sie getrunken hat. Dann macht es ihr nichts aus, einer halben Eishockeymannschaft vorzuhalten, dass sie ihr bestes Stück in der Hose behalten und es mit einem Mädchen ernst meinen sollen. Von der Monogamie konnte sie damals trotzdem keinen überzeugen. Ich glaube, es braucht den richtigen Menschen, um zu erkennen, dass Spaß nicht alles ist.

Und wo wir gerade bei diesem besonderen Menschen sind, meiner ist schon zu lange verschwunden. Mit gerunzelter Stirn schaue ich in Richtung Flur, während die Jungs plappern, aber von Row ist nichts zu sehen. Normalerweise würde ich ihr ihre Zeit lassen, aber sie sah vorhin wirklich krank aus. Blass um die Nase, Augenringe, und auch wenn sie es zu unterdrücken versuchte, musste sie andauernd husten. Sie ist viel zu sturköpfig, um zuzugeben, dass sie eigentlich ins Bett gehört. Ich kenne das. Ich bin keinen Deut besser, wenn mich jemand wegen einer läppischen Erkältung vom Eis fernhalten will.

Mit der Befürchtung, dass dieser kleine sture Esel sich im Bad eingeschlossen hat, um zu verbergen, wie schlecht es ihr wirklich geht, stehe ich also auf, bevor die nächste Runde ausgeteilt werden kann. »Ich geh mal kurz nach Row schauen, spielt ihr einfach weiter.«

Ich bekomme zwar am Rande mit, wie Rick die Augen verdreht, aber mir ist es ziemlich egal, ob er mich für einen Softie hält. Ich kann auf dem Eis austeilen und einstecken, doch wenn es um Menschen geht, die mir wichtig sind, bin ich ein kleines Weichei.

Als ich jedoch vor der geschlossenen Badtür stehe, kratze ich mich unsicher am Kopf. Die Tür ist zwar nicht abgeschlossen, aber einfach hineinzuplatzen würde zu weit gehen. Gute Absichten hin oder her. Schlussendlich klopfe ich und füge mit einem Räuspern an: »Bunny? Alles okay bei dir?«

Ich warte bestimmt eine halbe Minute und will schon erneut klopfen, da meine ich, ein undeutliches »Mhm« zu hören. Ich ziehe die Augenbrauen zusammen. Klingt nicht gerade überzeugend.

»Süße, ich will dich wirklich nicht stören, aber mich würde es beruhigen, wenn du in vollständigen Sätzen mit mir sprichst.«

Wieder herrscht Stille, und ich will schon erneut nachhaken, da kommt ein »Alles gut«. Nur dass es sich viel zu angestrengt anhört, als dass wirklich alles gut sein kann. Meinem inneren Konflikt nachgebend, und in der Hoffnung, dass ich Row nicht auf der Toilette störe, lege ich meine Hand auf die Türklinke. »Überzeugt mich nicht. Ich komme jetzt rein.«

Nachdem daraufhin kein entsetzter Aufschrei folgt, beschließe ich, dass es ungefährlich ist, die Tür zu öffnen, und sehe mich verwundert um, als ich Row nicht gleich entdecke. Denn sie sitzt in der Badewanne, halb verdeckt von den Rändern, weil sie sich zusammengerollt hat und die Stirn an die Keramik drückt, während sie sich Blätter vor die Augen hält. Das lässt mich überrascht innehalten. Ich habe mit vielem gerechnet: Von einer Klopapierrolle, die auf mich zusegelt, weil ich hereinplatze, bis hin zu einer Row, die über der Kloschüssel hängt. Aber eine lernende Row, die in meiner Badewanne liegt? Nein, so weit habe ich nicht gedacht. »Bunny, was machst du da?«

Row schenkt mir mit großen Augen ein kleines Lächeln, und auch wenn ich ihr vorher böse gewesen wäre, bei dem unschuldigen Anblick hätte ich das nicht mehr gekonnt. Ich gehe zu ihr und knie mich neben die Badewanne, um ihr vorsichtig eine Haarsträhne aus dem Gesicht zu streichen, und nutze die Möglichkeit, um meine Finger einen Moment länger auf ihrer Wange verweilen zu lassen. Ich bin mir immer noch nicht sicher, ob sie Fieber hat. Aber ihre Augen kommen mir etwas glasig vor.

»Hey. Was machst du denn in der Badewanne?«

Mit einem Seufzen richtet sich Row auf und fährt sich mit der Hand über die Stirn, während sie schmerzerfüllt das Gesicht verzieht. »Tut mir leid, ich wollte nicht unhöflich sein. Ich bin gleich wieder bei euch! Ich muss mir nur das hier durchlesen für die Partnerarbeit morgen und bin heute Mittag eingeschlafen, weil ich so fertig war. Das ist wahrscheinlich keine gute Begründung ...«

»He.« Beruhigend lege ich Row die Hände auf die Schultern. »Ich weiß doch, dass ich mich auf einen kleinen Nerd eingelassen habe. Aber du hättest einfach Bescheid geben können, dass du noch etwas machen musst. Ich habe oben einen wunderbar aufgeräumten Schreibtisch mit Stuhl. Das ist bestimmt bequemer als die Badewanne.«

Leicht errötend lässt Row den Blick über die Keramikwanne schweifen und zuckt mit den Schultern. »Eigentlich ist es ganz angenehm. Hat geholfen, meinen Kopf zu kühlen.«

Row fährt sich erneut über die Stirn und massiert ihre Schläfe, bevor sie mir ein entschuldigendes Lächeln zuwirft. Mit einem Schnauben schüttle ich den Kopf. Dieses Mädchen ist unmöglich.

»Kopfschmerzen hin oder her, ich kann dich nicht überzeugen, das Lernen gut sein zu lassen und dich auszuruhen, oder?«

Row beißt sich auf die Lippe. »Es ist eh nur noch eine Seite.«

Ich unterdrücke ein Lachen und den Hinweis, dass sie vor den letzten fünf Seiten bestimmt auch schon Kopfschmerzen hatte, und erhebe mich aus der Hocke. »Dann lass mich dir wenigstens meinen Schreibtisch und ein Coolpack anstatt der Badewanne anbieten. Sonst sagt Bas am Ende noch, ich wäre ein schlechter Gastgeber.«

Obwohl ich Row eine Hand hinhalte, bleibt sie für einen Moment regungslos sitzen und sieht mich unentschlossen an. Ich kenne diesen Blick inzwischen. Sie sucht nach Anzeichen, dass hinter meinen Worten noch etwas anderes steckt. »Du bist nicht sauer, dass ich lerne, obwohl du mich eingeladen hast? Findest du mich nicht schräg?«

Vielleicht sollte ich das. Die meisten Leute würden es wohl. Aber das College und ihre Noten sind Rows Eishockey. Wie könnte ich sie dafür verurteilen, dass sie ihre Ziele an erste Stelle setzt? Eigentlich finde ich es schön, diese Seite an ihr zu entdecken. Die letzten Wochen habe ich sie immer wieder in ungewohnte Situationen gebracht, und sie hat sich angepasst. Nun gut, auf ihre Weise. Doch das hier ist Row, pur und unverfälscht. Eine kleine Streberin, auf eine liebenswerteste Art und Weise.

»Du bist hergekommen, obwohl es dir nicht gut geht und du noch etwas zu tun hattest. Wie könnte ich da sauer sein, dass du dich in die Badewanne verkriechst?«

Inzwischen finde ich den Anblick nur noch lustig, und als Row sieht, dass ich mir ein Grinsen zu verkneifen versuche, ist sie dieses Mal diejenige, die ungläubig den Kopf schüttelt. »Ich habe noch nie jemanden wie dich getroffen, Jonah Grayham.«

»Gut so. Seltenheitswert steigert das Interesse.« Ich zwinkere ihr zu und hebe sie dann ohne Vorwarnung aus der Wanne. Doch anstatt sie auf ihre Füße zu stellen, behalte ich sie auf meinen Armen und setze mich in Bewegung, was Row erschrocken aufquietschen lässt.

»O Gott, Gray! Lass mich runter!«

Mit einem Grinsen spüre ich, wie Row sich in meinem Shirt festkrallt. »Was? Ich kann dich nicht verstehen. Ich bin nur ein Berg aus Muskeln mit zu viel Testosteron und ohne Gehirn. Du Jane. Ich Tarzan.«

Atemlos lacht Row und krallt sich stärker an mir fest. »Du bist vor allem ein Dummkopf!« Mit einem zufriedenen Lächeln laufe ich die Treppen hoch und trage meine Beute in Richtung meines Zimmers. »Ich weiß nicht, was du meinst.«

Mit einem Zwinkern setze ich sie auf meinem Bett ab und bekomme von Row einen halb belustigten, halb bösen Blick zugeworfen. »Sind deine Neandertaler-Bedürfnisse jetzt gestillt?« Da ich fest entschlossen bin, Row absolut keinen Druck zu machen, lasse ich die Chance verstreichen, dass ich noch keinesfalls *befriedigt* bin, und grinse stattdessen unschuldig.

»Definitiv. Jetzt fühle ich mich wieder wie ein richtiger Mann.«

Ich klopfe mir auf die Brust und bekomme als Strafe dafür ein Kissen ins Gesicht geschmissen, während Row mit strahlendem Lächeln und funkelnden Augen in meinem Bett sitzt. An den Anblick könnte ich mich gewöhnen. Mit einem hinterlistigen Grinsen schnappe ich mir das Kissen, das zu meinen Füßen gelandet ist.

»Willst du etwa eine Kissenschlacht, Bunny? Die kann ich dir gern geben!«

In übertriebener Geste hole ich aus, lasse das Kissen jedoch nur sanft gegen sie schlagen, sodass sie es leicht mit einem Arm abfangen kann.

»Nein, stopp, meine Unterlagen!«

Die Blätter an sich drückend späht Row hinter dem Kissen hervor, und verdammt, wie gern würde ich sie gerade küssen. Aber da sie mich entschieden wegdrückt, um ihre Unterlagen in Sicherheit zu bringen, drehe ich mich mit einem halb gespielten, halb echten Seufzen um. »Noch einmal Glück gehabt. Wir wollen ja keine Kriegsopfer verschulden.«

»Wirklich? Du Weichei!«

Überraschend werde ich von hinten attackiert, und nur der langjährigen Erfahrung auf dem Eis habe ich es zu verdanken, dass ich nicht erstarre, sondern die Hand vorschnellen lasse, bevor Row das Kissen wieder an sich nehmen kann. Sie kniet auf dem Bett, die Haare wild durcheinander, und grinst mich herausfordernd an. Wieder schafft sie es, mich mit einer neuen Seite an ihr zu überraschen. Und mich noch mehr ihr verfallen zu lassen. Da ich aber nicht einfach über sie herfallen will, hebe ich stattdessen den Fehdehandschuh auf.

»Oh, da hast du dich mit dem Falschen angelegt.«

Ich springe auf Row zu, und sie lässt sich mit einem kleinen Aufschrei sowie viel Gekicher nach hinten auf das Bett fallen. Mit den Händen versucht sie, eins der anderen Kissen zu fassen zu bekommen. Ich reagiere mit Absicht langsam, damit sie die Zeit hat, danach zu greifen und es schützend vor sich zu halten, bevor meins auf sie niedersaust. Danach herrscht Krieg.

Mehrere Minuten später liegen wir schnaufend nebeneinander auf dem Bett und starren an die Decke. Ich drehe mich auf die Seite, um meine Konkurrentin zu betrachten. Auch Row wendet den Kopf zu mir, doch trotz ihres Lächelns kommt in mir das schlechte Gewissen auf, als ich bemerke, wie sie sich erneut die Schläfe massiert. Verdammt, ich habe ganz vergessen, dass sie Kopfschmerzen hat. »Ich hole dir jetzt das versprochene Coolpack. Mach es dir bequem und fühle dich ganz wie zu Hause.« Ich lehne mich kurz nach vorn, um Row einen Kuss auf die Stirn zu geben, und rutsche dann vom Bett, bevor ich mich zu mehr verleiten lasse. Weit komme ich nicht, da werde ich von einer Hand am Shirt zurückgehalten. »Gray?«

Mit einem fragenden Blick drehe ich mich um, werde von Row heruntergezogen und in einen Kuss vertieft. Und verdammt, was für ein Kuss. Ich weiß nicht, ob es nur daran liegt, dass Row sich immer mehr traut, aus sich herauszukommen, aber ich habe das Gefühl, als würde die Chemie zwischen uns von Mal zu Mal noch besser passen. Row gibt da nach, wo ich fordernd bin, und kontert meine spielerischen Seiten mit ihrer Ernsthaftigkeit. Alles mit ihr ist spannend, und am liebsten würde ich mich nicht mehr von ihr lösen. Vor allem, als sie sich zurück aufs Bett lehnt und mich damit automatisch mit sich zieht, sodass ich mich mit den Armen neben ihr aufstützen muss. Ich spüre sie an meinen Lippen lächeln.

»Ich glaube, das Coolpack ist überflüssig. Das hier hilft viel besser gegen Kopfschmerzen.«

Lachend drücke ich ihr einen Kuss auf die Nasenspitze und erwidere gespielt ernst: »Verdammt, ich glaube, du hast mich angesteckt. Mein Kopf fängt auch an zu brummen. Lass uns das gleich noch einmal machen, vielleicht hilft es bei mir auch.«

Kichernd schlägt mir Row gegen die Schulter und veranlasst mich damit, von ihr herunterzurollen. »Idiot.«

Grinsend setze ich mich auf. »Ja, aber ein glücklicher Idiot.«

Rows Gesichtsausdruck nimmt etwas Entrücktes an. »Ja, ich bin auch glücklich.«

»Du schmeichelst meinem Ego, Bunny.« Ich beuge mich zu ihr und küsse sie, dieses Mal ganz unschuldig. »Also, kann ich dir irgendetwas bringen, wenn schon kein Coolpack?«

Mit einem Lächeln schüttelt Row den Kopf und lässt ihre Finger über meine Wange streifen. Die Berührung ist so leicht, dass sie mir einen Schauer beschert, doch ich genieße es. »Nein, verbring den Abend mit deinen Freunden. Ich komme nach, sobald ich hier fertig bin.«

Weil ich nicht länger widerstehen kann, fahre ich ebenfalls ihre Kieferlinie nach und werde davon überrascht, dass sie meine Hand an Ort und Stelle hält und mir einen Kuss auf die Handinnenfläche drückt. Stöhnend verflechte ich unsere Finger ineinander.

»Gott, kann ich nicht einfach mit dir hier oben bleiben?« Dass ich lieber Row beim Lernen zugesehen hätte, als mit meinen Jungs weiter zu pokern, sagt bereits, wie schlimm es um mich steht, oder?

Mit einem belustigten Funkeln in den Augen schüttelt Row den Kopf und drückt mich von sich weg. »Nein, du lenkst mich nur ab. Hopphopp, geh endlich!«

Da ich jedoch keine Anstalten mache, mich zu bewegen, sorgen Rows Bemühungen nur dafür, dass ich sie halb unter mir begrabe. In meiner besten Kleinkindstimme meckere ich: »Ich will aber nicht!«, nur um dann doch aufzustehen.

Lachend richtet sich auch Row auf. »Schön zu sehen, dass du kein dreijähriger Junge mehr bist.«

Oh, wenn sie wüsste, welche Gedanken mir gerade durch den Kopf gehen. Dann würde sie den Vergleich nicht mehr ziehen. Aber das sage ich lieber nicht laut, sondern zucke nur mit den Schultern, während ich mich endgültig auf den Weg Richtung Tür mache. »Meine Mom hat zu mir gesagt, mit Schuhgröße sechsundvierzig muss man anfangen, sich erwachsen zu verhalten.«

»Dann stehst du aber noch sehr weit am Anfang.«

Für den frechen Kommentar strecke ich Row die Zunge heraus und zwinkere ihr dann zu, bevor ich die Tür hinter mir langsam ins Schloss ziehe. »Konzentration, Bunny! Ich will dich so schnell wie möglich wieder für mich haben.«

Rows Grinsen, gepaart mit einem herzhaften Gähnen, als sie nach ihren Lernunterlagen greift, ist das Letzte, was ich sehe, bevor ich mit einem leisen Seufzen die Treppen hinuntergehe.

Bas und Lee werfen mir ein wissendes Grinsen zu, als ich zurück ins Wohnzimmer komme, aber es ist Rick, der den Mund aufmacht. »Ich nehme es zurück, Gray. Raus zu sein ist das Beste, was einem passieren kann. Du behältst dein Geld und gehst nicht allein ins Bett.«

Als ich den winzigen Stapel Jetons vor meinem Teamkollegen zusammen mit seinem resignierten Gesichtsausdruck sehe, kann ich mir das Lachen nicht verkneifen.

Row ist den Abend über nicht mehr heruntergekommen, also sehe ich nach einer Stunde nach ihr und finde sie auf dem Bett zusammengerollt tief im Land der Träume. Mit einem zufriedenen Grinsen schließe ich die Tür und lasse sie schlafen.

Erst gegen halb zwei gehe auch ich ins Bett. Ich bin es nicht gewohnt, in meinem Zimmer auf Zehenspitzen herumzuschleichen, während ich mich fertig mache. Aber für die zusammengerollte Gestalt in meinem Bett, die ich im Dunklen kaum erkennen kann, mache ich es gern. Ich kann nicht genau definieren, was es ist, das Row für mich so anziehend macht. Es ist einfach ein Gefühl.

Doch als ich schlussendlich aus dem Bad komme und neben ihr ins Bett schlüpfe, wird mir zumindest ein Teil dessen bewusst. Es ist die Art, wie Row am Abend der Party zu Alexis gestanden hat – loyal und von nichts und niemandem von ihrem Entschluss abzubringen, für ihre Freundin da zu sein –, und auf der anderen Seite wirkt es so, als würde sie nicht daran glauben, dass andere das Gleiche für sie tun würden.

Selbst jetzt im Schlaf hat sie sich zusammengerollt, als müsste sie sich vor dem Rest der Welt schützen. Als hätte sie kein Vertrauen darauf, dass das auch andere für sie tun würden. Der Gedanke schmerzt. Ich bin in einer Familie aufgewachsen, in der jeder für jeden da ist, und war stets Teil von einer größeren Mannschaft. Ich weiß, dass ich mich auf jeden in meinem Team zu hundert Prozent verlassen kann, sowohl auf dem Eis als auch außerhalb. Deshalb sind wir stark. Weil jeder dem anderen den Rücken frei hält. Und ich will es mir gar nicht anders vorstellen.

Am liebsten würde ich Row in den Arm nehmen, aber irgendetwas sagt mir, dass sie im Moment etwas anderes braucht. Sie ist stark und unabhängig, und das sind Eigenschaften, die ich ihr nicht wegnehmen will. Sie soll sich nur darauf verlassen können, dass ich da bin, falls es einmal nicht reicht, ihren abweisenden Blick aufzusetzen. Also lege ich mich um das kleine Knäuel herum, sodass ich sie nicht berühre und sie trotzdem abschirmen kann: das Gesicht zu ihr gewandt, einen Arm oberhalb ihres Kopfes, die Beine unterhalb von ihren gekreuzt.

Kapitel 27

Als ich aufwache, fühle ich mich wieder wie ein funktionierender Mensch. Gut, mein Hals ist noch rau und meine Nase läuft, aber diese verfluchten Kopfschmerzen sind weg. Frieden, endlich.

Zumindest bis ich mich zur Seite drehe und gegen einen warmen Körper rolle. Erschrocken reiße ich die Augen auf und starre auf eine Brust direkt vor mir. Eine nackte Brust. Mein Herzschlag schießt innerhalb von einer Sekunde durch die Decke, was auch nicht besser wird, als ich erkenne, wem diese Brust gehört. O Gott, ich bin einfach in Grays Bett eingeschlafen. Und das, obwohl ich ihm versprochen habe, noch einmal herunterzukommen. Wie unhöflich kann man eigentlich sein? Aber alles, was ich noch weiß, ist, wie mir beim Durchlesen von Elisabeths Notizen immer wieder die Augen zugefallen sind. Mir muss es schlechter gegangen sein, als ich gedacht habe.

»Morgen.«

Bei Grays rauer tiefer Stimme bekomme ich eine leichte Gänsehaut und kann nur stumm dabei zusehen, wie er ausgiebig gähnt und sich streckt. O Gott, weshalb hat er kein Shirt an? Ich kann gar nicht anders, als seine muskulösen Schultern oder seine Brust anzustarren. Ich wusste bisher nicht, dass ich zu so mädchenhaften Reaktionen neige, wie anzufangen zu sabbern, sobald ein attraktiver Kerl vor mir steht, aber Gray lehrt mich Tag für Tag etwas Neues. Zum

Beispiel auch, dass mein Gehirn völlig aussetzt, wenn er sein Grübchen-Lächeln mit einem Bartschatten und vom Schlafen noch dunklen Augen kombiniert. Andernfalls hätte ich kaum die Kühnheit besessen, die Lücke zwischen uns beiden zu schließen und meinen Mund auf seinen zu drücken, während ich meine Hände auf seine Brust lege.

Das überrumpelt ihn ziemlich. Der Arme ist noch keine Minute wach und wird von mir überfallen, als gäbe es kein Morgen mehr. Aber wer kann mir schon versprechen, dass es ein Morgen gibt? Ich möchte jeden Moment mit Gray auskosten, bevor er jemand anderen kennenlernt. Jemanden, der mehr zu ihm passt. Der Gedanke ist wie ein Stich ins Herz.

Irgendwie hat Gray all meine Mauern eingerissen. Lässt mich Dinge wollen, über die ich zuvor nie nachgedacht habe. Mir war es nie wichtig, einen festen Freund zu haben. Klar, wie jedes Mädchen habe ich geschwärmt oder war als Teenager mal verknallt. Aber etwas Ernstes, Nähe und Vertrauen zu jemand anderem aufzubauen ... wie soll man sich das vorstellen, wenn man nicht einmal einen richtigen Freundeskreis hat? Ich lasse Menschen selten an mich heran, und erst recht nicht körperlich. Intimität hat mich bisher abgeschreckt. Es macht mir Angst, mich auf diese Weise zu offenbaren, mich bloßzustellen und jemandem diese Macht über mich einzugestehen.

Aber bei Gray habe ich nie so gedacht.

Und weil es sich mit ihm so richtig anfühlt, setze ich mich rittlings auf Gray, um ihm so nah wie möglich zu sein, während ich unseren Kuss noch vertiefe. Anstatt davor zurückzuschrecken, als Gray mit einem kleinen belustigten Laut die Hände auf meine Oberschenkel legt, lässt die Berührung ein Prickeln durch meinen Körper fahren. Ich kann es immer noch nicht fassen, dass er mich wirklich auf diese Art und Weise mag. Gray scheint all meine Macken entweder nicht zu sehen oder gekonnt zu ignorieren. Wer sonst hätte die

Verrückte aus der Badewanne mit in sein Zimmer genommen? Meine Güte, ich hätte mich selbst vor die Tür gesetzt.

Als Gray seine Finger sachte über mein Bein wandern lässt, entkommt mir ein Keuchen, das er mit seinen Lippen auffängt. Ich kann sein Lächeln spüren und würde ihm für diese Selbstzufriedenheit gern einen kleinen Schlag verpassen. Aber mich dafür von ihm zu lösen erscheint es mir nicht wert. Von Grays Berührungen ermutigt, lasse auch ich meine Finger wandern. Über seine Brustmuskeln, hoch zu seinem Schlüsselbein und von dort weiter über die Schultern zu seinem Bizeps. Meine Angst wird nach und nach von einem anderen Brennen abgelöst.

Irgendwann löst Gray sich von meinen Lippen, nur um hauchzarte Küsse entlang meines Halses zu verteilen. Als er an einer Stelle länger verweilt und stärker saugt, entschlüpft mir der nächste kleine Laut, und wieder spüre ich Grays Lächeln an meiner Haut. Anstatt einen Machokommentar von sich zu geben, wandert er mit seinen Fingern zum Saum meines Oberteils, wo er innehält. »Darf ich?«

Unfähig zu sprechen, nicke ich nur und helfe ihm dabei, mir das T-Shirt abzustreifen. Ausgleichende Gerechtigkeit, oder? Er ist immerhin auch oberkörperfrei. So versuche ich zumindest rational zu argumentieren. Die Wahrheit ist jedoch, dass mich der Gedanke, seine warmen Hände auf meiner Haut zu spüren, ganz kribbelig macht. Erwartungsvoll halte ich die Luft an und seufze, als er mit seinen Fingern meine Taille entlang zum unteren Rand meines BHs fährt. Es macht mich nervös, so weit zu gehen. Aber es reicht, Gray ins Gesicht zu sehen, um zu wissen, dass ich in sicheren Händen bin. Und zu wissen, dass ich das hier will. Ehrfürchtig und bewundernd betrachte ich ihn dabei, wie er sich vorlehnt und auf meinen Brustansatz Küsse platziert. Das leichte Kratzen seiner Bartstoppeln macht mich fast verrückt, und ich weiß nicht, ob er aufhören soll oder ich mehr davon brauche.

Als er mit seinen Fingern meinen Bauch entlangstreicht, entscheide ich mich für Letzteres. Ich brauche mehr.

Ich ziehe seinen Kopf wieder zu mir hoch, weil ich seine Lippen auf meinen spüren will, und während der Kuss immer wilder wird, ahme ich seine Berührungen nach. Das scheint mir die sicherste Taktik zu sein, nichts falsch zu machen. Gray gibt ein gequältes Stöhnen von sich und legt seine Hände auf meine Hüften. Unsicher halte ich inne, doch werde sogleich vom leichten Druck seiner Finger aufgefordert weiterzumachen.

»Bloß nicht, Bunny. Du quälst mich, aber verdammt, das ist die beste Folter der Welt.«

Mit flatterndem Herzen spüre ich, wie er unsere Position korrigiert und sich etwas Hartes zwischen meine Beine legt. Hätte Gray nicht im richtigen Moment meine Lippen verschlossen, hätte mein Stöhnen uns wohl verraten. Meine Güte, es ist keine Woche her, dass wir uns das erste Mal geküsst haben, und jetzt sitze ich halb nackt auf ihm. Für Alexis wäre das völlig harmlos, für mich ist das ziemlich abgefahren.

Also ziehe ich die Notbremse, als Gray uns umdreht, sodass er nun am längeren Hebel sitzt, indem ich leicht gegen seine Brust drücke. Ich rechne es ihm hoch an, dass er sofort innehält und unsere – nennen wir es so, wie es ist – wilde Knutscherei unterbricht, um mir in die Augen zu sehen.

»Gray, ich ... ich ...« Unsicher, was ich eigentlich genau sagen will, beiße ich mir auf die Lippe.

»Ich weiß, Bunny.« Mit einem Seufzen drückt sich Gray von mir hoch und lässt sich schwer auf die Matratze neben mich fallen. »Tut mir leid, so weit wollte ich gar nicht gehen. Irgendwie habe ich mich vom Moment mitreißen lassen.« Sichtlich gequält reibt sich Gray über das Gesicht, und mein Herz schmerzt, so viel bedeutet er mir in diesem Moment.

»Na ja, da kannst du herzlich wenig für. Da war diese Verrückte, die sich einfach auf dich geschmissen hat.«

Gray steckt lachend einen Arm aus. »Von dieser einen Verrückten werde ich nur zu gern angefallen. Aber bitte, lass uns noch ein paar Minuten liegen bleiben. Die Kommentare der Jungs zu der Latte in meiner Hose kann ich mir wirklich sparen.«

Zum einen beschämt, zum anderen glücklich kuschle ich mich an Gray und vergrabe mein Gesicht an seinem Hals. Ich wusste nicht, dass man sich bei einer anderen Person so zu Hause fühlen kann.

Der Donnerstag vergeht wie im Flug. Die Zusammenarbeit mit Beth stellte sich tatsächlich als sehr angenehm heraus. Vielleicht lag es daran, dass ich mich durch den Morgen wie in eine andere Welt katapultiert gefühlt habe, aber sobald ich mich etwas offener verhielt, waren wir ein richtig gutes Team. Spätestens als sie erwähnte, dass sie *Riverdale* ansieht, befanden wir uns schnell in einer hitzigen Unterhaltung. Schlussendlich hat sie mich sogar gefragt, ob wir uns die nächste Woche in einem Café treffen wollen – sowohl um über das Projekt als auch die neuesten Entwicklungen zu Archie und Co. zu besprechen. Und ich habe zugesagt.

Freitagmorgen habe ich eine Nachricht von meinen Eltern erhalten, dass sie gegen Abend ankommen und ich ein Restaurant in der Nähe heraussuchen soll. Der Tag könnte daher kaum besser sein, als auch noch mein Lieblingsstudent in der Bibliothek aufschlägt, mit einem Gray-Spezial-Kaffee in der Hand und einem breiten Grinsen auf den Lippen.

Dieses Mal küsst er mich völlig unabhängig davon, dass wir womöglich Zuschauer haben, und das ist auch gut so. Denn andernfalls hätte er Ärger mit mir bekommen. Aber weil ich noch einen Funken Vernunft besitze, halte ich mich sonst zurück. Ich bin bei der Arbeit und er ist zum Lernen hier. Nur zum Abschied erlaube ich es mir, erneut unprofessionell zu werden, aber ich bin nun mal süchtig, und Gray ist Sünde pur.

Dementsprechend berauscht und mit einem lächerlich breiten Grinsen auf den Lippen warte ich gegen sechs Uhr abends an der Straße zum Campus auf meine Eltern. Ich bin wirklich froh, von zu Hause weg zu sein. Meine Heimatstadt erinnert mich an Dinge, die ich endlich hinter mir lassen will. Aber abends mit meinen Eltern zusammen zu essen oder vor dem Fernseher zu sitzen ... das vermisse ich einfach. Zu telefonieren oder skypen ist nicht dasselbe.

Ich erkenne das Auto meiner Eltern schon aus der Ferne und kann kaum stillhalten, bis der Wagen vor mir parkt. Meiner Mom ergeht es nicht anders, denn noch während der Wagen ausrollt, reißt sie bereits die Tür auf und springt auf den Bürgersteig, um mich in eine Umarmung zu ziehen.

»O Schätzchen! Bist du noch mal gewachsen? Du kommst mir so groß und erwachsen vor. Wo ist nur mein kleines Mädchen hin?«

Lachend schlinge ich ebenfalls die Arme um sie und inhaliere tief ihren vertrauten Geruch. Ihre Haare kitzeln mich an der Nase, und egal wie erwachsen ich vielleicht aussehen mag, in diesem Moment fühle ich mich wie Moms kleines Mädchen.

Wir lösen uns voneinander, als ein Türzuschlagen ankündigt, dass auch mein Dad ausgestiegen ist. Er sieht aus wie immer: Seine Haare verstrubbelt, die Brille auf dem Kopf sitzend anstatt auf der Nase und ein breites Grinsen auf dem Gesicht, als er mich ebenso herzlich umarmt.

»Lass dich von deiner Mom nicht irritieren. Wir sind stolz, eine so hübsche junge Frau unsere Tochter nennen zu dürfen.«

»Du Schleimer.« Mit einem Grinsen löse ich mich von meinem Dad und trete einen Schritt zurück. Es tut so gut, die beiden zu sehen.

»Also, wer hat Lust auf Italienisch? Ich bin halb am Verhungern!«

Während mein Dad lachend den Wagen umrundet, nimmt meine Mom meine Worte zu ernst und betrachtet mich kritisch. »Du siehst wirklich zu dünn aus, Spätzchen. Isst du denn genug? Ist dein Geld zu knapp?«

Augenverdrehend schiebe ich meine Mom Richtung Beifahrertür und kann mir gleichzeitig das Grinsen nicht verkneifen. »Nein, Mom, ich bin weder am Verhungern noch habe ich Geldprobleme. Das ist nur dein übertriebener Mutterinstinkt.«

Mit einem Seufzen gibt meine Mom nach und öffnet die Tür. Doch bevor sie sich hinsetzt, dreht sie sich noch einmal zu mir um und streicht mir über die Wange. »Bekomm du erst mal Kinder und sieh dabei zu, wie sie flügge werden. Dann reden wir über übertriebene Mutterinstinkte.«

Oh, ich zweifle keine Sekunde daran, dass ich genauso werde wie meine Mom. Aber solange es um meine Selbstständigkeit geht, muss sie das nicht unbedingt wissen.

Ich gehe nicht allzu oft auswärts essen, doch der kleine Italiener, zu dem ich mit meinen Eltern gehe, ist eine meiner ersten Anlaufstellen. Die Pizza ist so, wie ich sie liebe – mit dünnem Boden und dickem Rand –, und die Nudelspezialitäten sind zum Niederknien.

Meine Eltern klären mich innerhalb einer Stunde über jede Kleinigkeit auf, die zu Hause passiert ist. Vom tropfenden Duschhahn, den sie endlich ersetzt haben, bis hin zu der neuen Arbeitskollegin meiner Mom. Dabei kabbeln sich die beiden auf ihre übliche Art und Weise, und ich merke, wie ein Teil von mir sich wieder wie früher fühlt. Sicher und geborgen bei meinen Eltern, die mich genau so akzeptieren, wie ich bin. Sie lassen sich sogar das Ohr darüber abkauen, was ich in den letzten Wochen am College gelernt habe, obwohl ich ihnen ansehen kann, dass sie kein Wort verstehen.

Doch im Verlauf des Gesprächs fällt mir auf, dass ich mich bei Gray genauso fühle. Nun ja, abgesehen von dem Flattern, das jedes Mal in meinem Bauch entsteht, wenn ich an ihn denke. Aber ansonsten gibt Gray mir die gleiche Geborgenheit, die Sicherheit, dass er zu mir steht. Und diese Erkenntnis lässt in mir das Bedürfnis aufkommen, ihm etwas Ähnliches zurückzugeben.

Völlig in Gedanken versunken fällt mir nicht auf, dass meine Mom mir Fragen stellt, anstatt selbst zu erzählen. Erst als sie mit zwei Fingern vor meiner Nase schnipst, kehre ich wieder ins Hier und Jetzt zurück und starre in die belustigten Gesichter meiner Eltern. »Melissa, ich befürchte, unsere Tochter sieht uns immer noch zu oft. Anscheinend reicht unsere Anwesenheit nicht, um mit ihren Gedanken hierzubleiben.«

Ich verdrehe die Augen über die Anschuldigung meines Dads und schiebe mir den letzten Bissen meiner Pizza in den Mund. »Du weißt genau, dass das nicht stimmt. Ich war nur kurz abgelenkt.«

Meine Mom tupft sich mit ihrer Serviette den Mund ab und lässt ihre Locken springen, als sie den Kopf schüttelt. »Soso, und was könnte unsere sonst so fokussierte Tochter abgelenkt haben?«

Neugierig zieht meine Mom die Augenbrauen in die Höhe, und auch wenn ich mein Bestes gebe, es zu verhindern, laufen meine Wangen rot an. Jetzt bloß nicht an den heutigen Morgen mit Gray denken. Stattdessen krame ich in meiner Tasche und zaubere die drei Tickets für das Eishockeyspiel hervor, die Gray mir vorhin noch mitgegeben hat.

»Das hier. Ihr müsst dieses Mal unsere unglaubliche, unvergleichliche Eishockeymannschaft zu Gesicht bekommen.«

Auch wenn mein Respekt vor Eishockey in den letzten Wochen enorm gestiegen ist, kann ich mir den Sarkasmus nicht verkneifen. Außerdem kann ich meinen Eltern kaum um die Ohren hauen, dass ich seit Neuestem Eishockeyfan bin, weil ich mit einem der Spieler etwas am Laufen habe. Am besten erwähne ich dann noch, dass mein Spitzname

Bunny ist, und meine Mom muss sich nie wieder Sorgen machen, dass ich meine Jugend nicht genug auslebe.

Um eine Erklärung, weshalb ich Karten für ein Eishockeyspiel habe, komme ich trotzdem nicht herum. »Nicht, dass ich mich beschweren will, mit meiner Tochter zu einer Sportveranstaltung zu gehen, aber entweder haben wir es hier mit einem Wechselbalg zu tun, oder du hast vergessen, uns etwas zu erzählen, Roween.«

Ich verziehe das Gesicht bei meinem vollständigen Namen, auch wenn ich weiß, dass mein Dad ihn vor allem deswegen benutzt, um mich zu ärgern. Trotzdem komme ich mir wie ein fünfjähriges Mädchen vor, das gerade das Marmeladenglas hat fallen lassen.

»O Spätzchen, hast du dir etwa einen Sportler geangelt? Denn glaube mir, ich kann aus eigener Erfahrung sagen ...«

»Nein, stopp!« Mit einem Stöhnen reibe ich mir über das Gesicht und halte meine Mom davon ab, Dinge zu sagen, die ich nie wieder vergessen kann. Wenn es um Jungs geht, könnte sie ruhig etwas weniger offen sein.

»Ich habe ein paar *Freunde*«, so eindringlich wie möglich sehe ich meinen Eltern in die Augen, »die im Team sind und Karten besorgt haben, nachdem ich erzählt habe, dass meine Eltern zu Besuch kommen. Und da wir noch nichts geplant hatten und das so was wie ein Pflichtprogrammpunkt hier ist, habe ich mir gedacht, wieso nicht.« So weit von der Wahrheit ist das gar nicht entfernt. Auch wenn ich nicht weiß, wie Lee, Bas und Caleb dazu stehen, dass ich sie als Freunde bezeichne.

Trotzdem wechseln meine Eltern diesen wissenden Blick, den auch Alexis ständig zur Schau trägt, bevor meine Mom mit einem breiten Grinsen antwortet: »O Spätzchen, wir freuen uns! Vor allem darauf, deine *Freunde* kennenzulernen.«

Kapitel 28

Der Samstag ist wunderschön. Der Herbst zeigt sich von seiner besten Seite, sodass meine Eltern, Alexis und ich einen Ausflug in die Stadt machen können. Da ich meine Mom und ihre Neugierde kenne, habe ich Alexis am Morgen angerufen und sie vorgewarnt, dass sie sich keine Infos über Gray entlocken lassen soll. Am besten tut sie einfach so, als gäbe es niemand Besonderes.

Dafür habe ich zwar ein entnervtes Stöhnen erhalten, denn meine Mom und Alexis lieben es, miteinander zu tratschen, doch ich habe noch so einige Coveraktionen bei ihr gut, daher bleibt ihr letztendlich keine andere Wahl, als mir den Gefallen zu tun. Und nach den Gesprächen, die ich zwischen den beiden mitbekomme, umschifft Alexis das Thema großräumig, während wir durch die Stadt bummeln.

Gegen Nachmittag fahren wir wieder zurück zum Campus, um Alexis abzusetzen, bevor es für uns weiter zum Spiel geht. Natürlich kann Alexis es nicht lassen, beim Verabschieden bedeutungsvoll mit den Augenbrauen zu wackeln, aber zumindest bewahrt mich die Anwesenheit meiner Eltern davor, einen Kommentar zu all den Nachrichten zu bekommen, die ich über den Tag verschickt habe. Und die natürlich alle an Gray gingen.

Auch meine Eltern verabschieden sich herzlich von meiner besten Freundin und versprechen, Alexis' Eltern liebe Grüße auszurichten. Dann verschwindet sie mit einem letzten Winken in ihr Wohnheim und mir flattern so langsam die Nerven.

Im Gegensatz zum letzten Wochenende bin ich total aufgekratzt und kann es kaum abwarten, Gray und die Jungs wieder auf dem Eis zu sehen. Daher nutze ich die Chance, wie eine Verrückte herumzuspringen, als wir einen letzten Halt bei meiner Wohnung einlegen. Immerhin habe ich noch ein Trikot anzuziehen. Darüber, dass ich Grays Namen auf dem Rücken trage, versuche ich so wenig wie möglich nachzudenken. Letztendlich werde ich meinen Eltern sowieso nicht verschweigen können, dass ich einen ... na ja ... Freund habe?

Aber genau das ist das Problem: Gray und ich haben noch nicht darüber geredet, *was* wir eigentlich sind. Vielleicht will er nichts Festes. Der Gedanke lässt allerdings so schnell Übelkeit in mir aufsteigen, dass ich die Frage wieder verdränge. Also nehme ich einen tiefen, beruhigenden Atemzug und werfe einen letzten Blick in den Spiegel. Aus Gewohnheit fahre ich mir über das Glitzersteinchen in meiner Augenbraue, doch der Gedanke, Gray gleich zu sehen, lässt vor allem Freude in mir aufkommen, sodass ich anfange, breit zu lächeln.

Dann schnappe ich mir meine Tasche und beeile mich, zu meinen Eltern ins Auto zu steigen. Ich beteilige mich so gut wie möglich an dem Gespräch der beiden, ganz bei der Sache bin ich jedoch nicht. Dafür ist der Schwarm Schmetterlinge in meiner Magengrube zu groß. Als das Stadion in Sicht kommt, kann ich mir ein strahlendes Lächeln nicht mehr verkneifen.

Meine Mom betrachtet mich über den Rückspiegel mit einem kleinen Lächeln, aber das versuche ich zu ignorieren. Genauso wie Dads leise gemurmeltes »Grayham also«, als ich vor den beiden auf dem Parkplatz hergehe.

Genauso wie letzte Woche strömen die Zuschauer zu Tausenden in die Eishalle. Nur dass ich mich trotz Kaylas fehlender Führung unter all den Menschen wohlfühle. Es ist, als würde die neue Situation zwischen Gray und mir die ultima-tive Erlaubnis darstellen, unbeschwert mit den anderen Fans dem Spiel entgegenzufiebern.

Meine Eltern kaufen für jeden von uns ein Bier, bevor wir uns auf den Weg zu unseren Plätzen machen. Die Sicht ist meiner laienhaften Ansicht nach genauso gut wie letztes Mal, außerdem darf man sich bei geschenkten Karten nicht beschweren.

»So aufgekratzt habe ich dich schon lange nicht mehr er-lebt, Row.« Mom streicht mir über die Haare und zieht damit meine Aufmerksamkeit auf sich. In ihren Augen liegt ein un-gewöhnliches Funkeln – sie freut sich für mich. Und dass, obwohl sie nicht einmal weiß warum.

Bevor ich mich in tiefschürfende Gedanken verlieren kann, erwachen die Monitore über dem Eis zum Leben und es gibt Wichtigeres zu tun. Zum Beispiel, nach einer ganz bestimm-ten Nummer Ausschau zu halten, als die Teams das Eis betre-ten. Die Stimmung im Stadion ist wieder elektrisierend, und sobald ich Gray unter den anderen Spielern gefunden habe, kann ich den Blick kaum von ihm lösen.

Zu Anfang zögere ich, mit den anderen Zuschauern mitzu-gehen und aufzuspringen, wenn unsere Jungs nach vorn stürmen. Neben meinen Eltern kommt mir das komisch vor. Doch als Elijah das erste Tor schießt, kann mich nichts mehr auf meinem Sitz halten. Wir sind im Spiel weit überlegen. Die Jungs tanzen geradezu über das Eis und treiben den Puck immer wieder auf das gegnerische Tor zu. Dieses Mal ist es kein Bangen, sondern vielmehr ein Genuss der Spielkunst. Ich nehme mir die Zeit, zu bewundern, wie Gray und die an-deren auf ihren Kufen über das Eis jagen. Lee lässt sich in der Verteidigung sogar einmal fallen, um in Laufrichtung weiter-zuschlittern und mit dem Körper so den Puck abzufangen.

Auch mein Dad hat angefangen, mit mir und der Masse aufzuspringen, die Lieder mitzugrölen und das Team anzu-feuern. Selbst meine Mom scheint Spaß zu haben. Das entnehme ich zumindest der Tatsache, dass sie in der Pause nach dem ersten Drittel angeblich zur Toilette geht und erst zum Anpfiff wiederkommt, eingepackt in einen Schal in den Farben unseres Colleges. Der Anblick bringt mich zum Lachen, vor allem, als sie aus ihrer Tasche einen zweiten Schal zaubert und ihn meinem Dad umwickelt. Zur Erklärung schenkt sie mir ein Zwinkern. »Na, wenn meine Tochter etwas so begeistert, muss ich das doch unterstützen.«

Das zweite Drittel geht ähnlich weiter wie das erste. Dem gegnerischen Team gelingt es zwar, ein Tor zu schießen, aber erst, nachdem wir vier zu null vorn liegen und man es den Armen wirklich gönnt. Ich bin von einer ungewöhnlichen Zufriedenheit erfüllt, als erneut zur Pause abgepfiffen wird und ich mit meiner Mom sitzen bleibe, während mein Dad loszieht, um uns Getränke zu erkämpfen.

»Und bei dir ist momentan alles gut, Spätzchen?« Meine Mom betrachtet mich liebevoll, doch ich kann auch die Sorge in ihrem Blick entdecken, die sich dort seit meiner Jugend eingenistet hat. Aber heute ist sie, anders als sonst, völlig unbegründet. Auch wenn ein Teil von mir es sich ungern eingesteht, Gray ist gerade dabei, mich aus dem Loch zu ziehen, in dem ich die letzten Jahre versunken bin. Er hat mich dazu gezwungen, Menschen, und allen voran ihm, eine Chance zu geben. Und ich könnte ihm nicht dankbarer dafür sein, mir zu zeigen, dass ich damit falschlag, jeden auf Abstand zu halten.

Mit einem Lächeln greife ich nach der Hand meiner Mom und drücke sie einmal fest. »Mom, mir könnte es nicht besser gehen.«

Meine Mom seufzt erleichtert. Ich hatte immer die Hoffnung, alles, was ich durchgemacht habe, sowohl das Mobbing als auch die emotionale Tieffahrt danach, so weit wie möglich von meinen Eltern fernzuhalten. Aber vielleicht wäre es meiner Mom leichtergefallen, hätte sie die ganze

Wahrheit gewusst und nicht nur den Teil, den sie sich zusammenreimen konnte.

Egal wie, jetzt ist der falsche Zeitpunkt, um das nachzuholen. Stattdessen will ich ihr sagen, wie lieb ich sie habe, da erhellt sich mit einem Mal ihr Gesicht. »Oh! Jetzt weiß ich, was ich total vergessen habe, dir zu erzählen.«

Auf meinem Gesicht will sich schon ein mildes Lächeln einstellen wegen des Redeschwalls, der mich erwartet, da gefrieren meine Gesichtszüge.

»Joyce ist von ihrer Europareise nach Hause gekommen. Wenn möglich, ist die Süße noch hübscher geworden. Und einen heißen Italiener hat sie sich wohl auch angelacht ...«

Ich versuche, so gut wie möglich auf Durchzug zu schalten und mir nicht anmerken zu lassen, dass ich am liebsten aufgestanden und davongerannt wäre, während meine Mom ein Loblied auf das Mädchen anstimmt, das mir das Leben zur Hölle gemacht hat. Es ist immer noch wie früher: Jeder fällt auf ihre Scharade rein. Die Vorzeigetochter, Schülersprecherin und Ballkönigin. Keiner sieht das Miststück, das jeden fertigmacht, der ihr nicht in den Kram passt. Und das von meiner Mom zu hören tut besonders weh.

Ich will weghören, aber es ist wie ein Unfall, von dem man nicht den Blick abwenden kann: Ich sauge jede Information auf und speichere sie unweigerlich ab. Als wollte ich mich selbst mit dem Wissen quälen, dass jeder sie liebt.

»Ach, und sie weiß jetzt endlich, was sie beruflich machen will. Wirklich, ich kann mir nichts Passenderes vorstellen: Sie will Lehrerin werden! Engagiert wie immer, hat sie sich schon um eine Praktikumsstelle bei uns an der Schule gekümmert und ...«

Das Entsetzen muss mir ins Gesicht geschrieben stehen, doch meine Mom ist zu sehr in ihrem Redefluss vertieft, um es zu bemerken. Das kann nicht wahr sein. Joyce, die Alexis Nutella auf den Stuhl geschmiert hat, damit es aussieht, als hätte sie sich in die Hose gemacht. Joyce, die mit voller Absicht laut in der Klasse verkündet hat, dass alle zu ihrem Geburtstag eingeladen sind, nur um Alexis und mir doch keine Einladung zu geben. Joyce, die mich um Hilfe bei den Hausaufgaben gebeten hat, nur um dann meine Arbeit als ihre eigene auszugeben und eine gute Note zu kassieren. Diese Joyce soll Lehrerin werden?

Mit steinernem Gesichtsausdruck wende ich mich von meiner Mom ab und starre auf das Eis. Die Übelkeit und Angst, die Joyce' Name in mir aufkommen lässt, werden langsam, aber sicher von der Wut abgelöst, die ich in den letzten Jahren auf sie entwickelt habe. Es ist schlimm, dass dieses Mädchen nicht einmal anwesend sein muss, damit ich mich wieder genauso schwach und unbedeutend wie früher fühle. Sie sollte absolut keine Macht mehr über mich haben.

Doch der liebevolle Tonfall, mit dem meine Mom über sie spricht, als wäre Joyce ihre Tochter und nicht ich, reißt das Loch in meinem Herzen erneut auf. Jeder Mensch, der uns beide kennt und den man vor die Wahl stellen würde, sich zwischen uns zu entscheiden, würde sie wählen. So haben es alle Mitschüler immer gemacht. Stillschweigend Joyce in ihren Taten bestätigt, weil niemand es sich mit ihr verspielen wollte. Und weil Alexis und ich nie so viel wert waren wie sie.

Ich bin froh, als mein Dad wieder zu uns stößt und damit meine Mom in ihrem Redefluss stoppt. Stumm nehme ich mein Getränk entgegen und würge einen Schluck davon hinunter. Der einzige Grund, weshalb ich gleich darauf den ganzen Becher hinunterstürze, ist, dass Dad erneut Bier mitgebracht hat und ich die Hoffnung habe, dass der Alkohol mir hilft, das hier durchzustehen.

Glücklicherweise startet direkt das letzte Drittel, so fällt es nicht auf, dass ich meiner Mom nicht ins Gesicht sehen kann. Ich versuche mich wieder im Spiel zu verlieren, aber es will mir nicht gelingen, obwohl ich mit den anderen Fans aufspringe, noch lauter mitgröle und alles gebe, um Teil der Menge zu sein.

Egal was ich tue, das Gefühl, nicht dazu zugehören, will nicht verschwinden. Es ist, als wäre ich immer eine Sekunde verzögert. Als würde meine Stimme sich nicht in den Gesang einfügen, sondern als zweite Stimme darunter liegen. Und obwohl ich weiß, dass das alles nur in meinem Kopf passiert, steigt innerhalb von zehn Minuten die alte Verzweiflung in mir auf.

Ich würde sie gern abschütteln, aber sie schnürt mir den Hals zu, und meine Augen fangen an zu brennen. Ich kann nicht glauben, dass ich mich so sehr aus dem Gleichgewicht bringen lasse. Verdammt, ich bin zig Meilen von meiner Heimat entfernt, und trotzdem kann ich die Geister nicht abschütteln!

Vielleicht ist genau das der Grund, warum sie mich immer noch heimsuchen: Ich habe mich aus meiner eigenen Heimat vertreiben lassen, während Joyce dort thront wie eine Königin. Ich bin weggerannt und habe mich hinter meinen Büchern versteckt. Joyce' Schatten bin ich trotzdem nie entkommen.

Kaum wird das Spiel abgepfiffen, springe ich auf und murmele, dass ich zur Toilette muss. Dann nehme ich die Beine in die Hand und renne weg. Weit komme ich nicht, da alle durch die Ausgänge nach draußen strömen, aber innerhalb der Masse kann ich wenigstens abtauchen.

Ich klammere mich an Grays Trikot und stelle fest, dass das ein bisschen hilft, um meinen Herzschlag zu beruhigen. Es erinnert mich daran, dass es jemanden gibt, der auf meiner Seite steht. Jemanden, der sich die Mühe macht, genauer hinzusehen und – aus welchen Gründen auch immer – mag, was er sieht.

Der Drang, Gray bei mir zu wissen, ist mit einem Mal übermächtig.

Mit zitternden Fingern krame ich mein Handy aus der Tasche, sobald ich es endlich geschafft habe, von den Tribünen herunterzukommen. Der rationale Teil von mir weiß, dass es nichts bringt, ihn anzurufen. Gray wird jetzt mit seinem Team in der Umkleide sein und den Sieg feiern und nicht auf sein Handy sehen. Immerhin haben sie mit fünf zu eins eindrucksvoll gewonnen. Der irrationale Teil von mir glaubt dennoch, dass er irgendwie wissen wird, dass ich ihn gerade brauche. Dass ich mich an irgendetwas festhalten muss und er der Einzige ist, dem ich vertraue, dass er mich halten wird.

Aber wie immer siegt die Rationalität. Gray geht nicht ans Telefon. Und ich bin kurz davor, in Tränen auszubrechen.

Ich reiße mich zusammen und setze mich in Bewegung, ohne über den Weg nachzudenken. Ich weiß noch, dass ich mit Kayla viele Treppen hinuntermusste. Allerdings bin ich dieses Mal auf der anderen Seite des Stadions, und auf der untersten Ebene angekommen, sehen die Gänge für mich fremd aus. Stehen bleiben kommt jedoch nicht infrage. Dann holen mich meine Gedanken wieder ein. Also laufe ich auf gut Glück in eine Richtung.

Die Gänge sehen alle gleich aus, und ich befürchte, dass ich im Kreis laufe. Trotzdem wollen meine Beine nicht innehalten. Sich zu verlaufen hört sich immer noch besser an, als wieder zurück zu meinen Eltern zu gehen und die Lobrede meiner Mom über Joyce zu Ende zu hören. Außerdem hilft die Bewegung, nach und nach die Gedanken abzustellen. Ich unterdrücke sie, versuche meinen Kopf mit Leere zu füllen und alles einfach von mir wegzuschieben.

Kann mir doch egal sein, was irgendein Mädchen Hunderte Kilometer entfernt von mir macht. Kann mir doch egal sein, was meine Mom redet. Kann mir doch egal sein, was andere denken.

Ich ziehe meine Mauern hoch, sperre Stein für Stein die Verletzlichkeit aus, bis ich wieder normal atmen kann. Ich bin nicht auf die Meinung anderer angewiesen. Joyce hat absolut keine Macht über mich. Ich bin die Einzige, die bestimmt, wie mein Leben abläuft. Mit zittrigen Beinen halte ich inne und rutsche auf dem Gang an der Wand herab. Den Kopf nach hinten gelehnt, stoße ich meinen angehaltenen Atem durch den Mund aus.

Ich habe mich so darauf gefreut, dass meine Eltern zu Besuch kommen. Doch jetzt würde ich am liebsten allein sein. Allein in meinem Zimmer, ohne Menschen um mich herum, deren Bild ich entsprechen soll. Denen ich gefallen will und denen ich etwas vorspielen muss. Denn nichts anderes mache ich hier, wenn ich mit Grays Freunden abhänge, was mit ihnen trinken gehe und zu Pokerrunden komme. Ich versuche dazuzugehören. Und trotzdem lande ich am Ende einsam auf einem Gang und verstecke mich vor der Welt.

Schnaubend blicke ich mich um und kann geradezu die Spinde sehen, die mich früher umgeben haben, wenn ich in der Schule ein ruhiges Plätzchen gesucht habe. Eigentlich hat sich nichts verändert. Ich bin nur besser darin geworden, mir selbst etwas vorzuspielen.

Und diese Erkenntnis tut weh. So weh, dass ich mir wünschte, ich wäre nie zu diesem Spiel gegangen.

Kapitel 29

Ich weiß nicht, wie lange ich einfach nur die weiße Wand vor mir angestarrt habe, als das Summen meines Handys mich aus meiner Trance reißt. Ich will mit niemandem reden. Ich will einfach meine Wunden lecken, bis ich mir wieder einreden kann, dass ich unabhängig und stark bin. Denn diese Verlorenheit, die immer wieder in mir aufkommt, kann ich nicht ertragen. So hat sich mein sechzehnjähriges Ich jeden Tag gefühlt, während Alexis in ihrer Obsession, Gewicht zu verlieren, kaum noch Zeit für mich hatte und mir klar geworden ist, wie einsam ich bin.

Ich weiß, dass es Alexis viel schlimmer hatte. Immerhin wurde sie tagtäglich verbal angegriffen, während man mich einfach nur missachtet hat. Aber hin und wieder kam es mir so vor, als wäre Aufmerksamkeit, wenn auch negativ, immer noch besser, als unsichtbar zu sein. Dann habe ich Alexis wieder völlig am Boden zerstört auf den Toiletten gefunden und mich für den Gedanken geschämt.

Mein Handy zu ignorieren wird fast unmöglich, nachdem meine Mailbox bereits dreimal angesprungen ist und der Anrufer trotzdem nicht aufgibt. Also hole ich letztendlich mit tauben Fingern mein Handy hervor und starre auf den Bildschirm, unentschlossen, was ich machen soll. Es ist Gray, der mich zu erreichen versucht, und mein Finger schwankt zwischen dem grünen Hörer und der Stummschalten-Taste hin und her.

Doch umso länger ich seinen Namen anstarre, desto mehr taut mein Herz auf und beginnt, heftig zu ziehen. Ich will seine Stimme hören, also nehme ich das Gespräch an und halte mir das Handy ans Ohr.

»Bunny? Alles okay?«

Stimmt ja, ich hatte vorhin versucht, ihn anzurufen. Wie gut, dass er nicht drangegangen ist. Wer weiß, was ich ihm erzählt hätte, was ich im Nachhinein bereuen würde.

»Ja, sorry, alles gut. Ich wollte nur wissen, wo ihr seid.«

»Wir sind gerade aus der Umkleide raus. Bist du bei deinen Eltern? Und wo seid ihr? Wenn es für dich okay ist, würde ich sie gern kennenlernen.«

Es tut weh, mir das Lächeln vorzustellen, das in Grays Worten mitschwingt. Er ist so normal. So gut gelaunt und ohne diesen ganzen Ballast. Ich komme mir wie ein Stein vor, der ihn nach unten zieht.

»Ähm ...« Fieberhaft durchstöbere ich meinen Kopf nach einer plausiblen Antwort, aber mit einem Seufzen muss ich mir eingestehen, dass ich bereits zu lange gebraucht habe, um etwas anderes als die Wahrheit zu sagen.

»Nein, ich bin nicht bei meinen Eltern. Ich ... Ich wollte ohne Kayla die Umkleiden finden, aber irgendwie habe ich mich verlaufen.«

Als am anderen Ende für einen Moment Stille herrscht, reibe ich mir über die Stirn. Vielleicht hätte ich den Anruf doch nicht annehmen sollen.

»Kannst du mir beschreiben, wo du bist? Ich hol dich ab.«

Ich will nicht, dass Gray mich so sieht. Ich bin es nicht wert, ihm die Siegesstimmung zu vermiesen.

»Nein, alles gut. Ich finde schon einen Weg. Feier du mit den Jungs. Herzlichen Glückwunsch zu dem grandiosen Spiel.«

Wenn es nicht total kindisch gewesen wäre, hätte ich am liebsten aufgelegt. Denn wenn ich eins in den letzten Wochen gelernt habe, dann, dass Gray sich nicht so leicht abspeisen lässt.

»Das hier unten ist ein halber Irrgarten, ich spreche aus Erfahrung. Also, Bunny, lass dir helfen.«

Es gibt absolut keinen Grund dafür, aber mit einem Mal bin ich sauer auf Gray. Oder vielleicht auch auf mich oder die ganze Welt.

»Ich brauche keine Hilfe, okay?«

Die patzigen Worte sind mir kaum entschlüpft, da bereue ich sie schon. Die Augen geschlossen, die Augenbrauen zusammengezogen, lausche ich der Stille am anderen Ende der Leitung. So viel also dazu, Gray das hier nicht zuzumuten.

»Row, du sagst mir sofort, was du um dich herum siehst, und bewegst dich keinen Zentimeter vom Fleck, bis ich da bin.«

Keine Ahnung, was für eine Achterbahnfahrt meine Emotionen da gerade durchleben, aber als ich antworte, muss ich gegen ein Schluchzen ankämpfen. Und da es das Einzige ist, was dagegen zu helfen scheint, fliehe ich wieder in einem bissigen Tonfall.

»Keine Ahnung, Gray! Weiße Wände?«

Ich schmeiße die freie Hand in die Luft und lasse sie laut auf den Boden aufschlagen. Das lässt meine Handfläche brennen und ich genieße den Schmerz.

»Da ist ein Notausgangsschild und ...« Ich sehe mich nach links und rechts um. »Und eine Tür mit einem Gefahrenzeichen für Elektrizität.«

Ich hätte mit dieser Beschreibung absolut nichts anfangen können, aber Gray scheint es etwas zu sagen.

»Okay, ich bin gleich da.« Dann legt er ohne ein Wort zu meinem kleinen Ausbruch auf, sodass ich nur ahnungslos sitzen bleiben kann.

Mit einem Stöhnen lasse ich meinen Kopf vor auf meine Knie fallen. Das habe ich ja super hinbekommen. Ich bin nicht nur schwach geworden, sondern habe auch den Mann mit dem gütigsten Herzen, das ich kenne, angefahren, obwohl er absolut nichts falsch gemacht hat. Ich bin wirklich eine klasse Freundin. Und so gesellt sich auch noch Scham in das Karussell der Gefühle. Ich hätte einfach nie mein Zimmer verlassen sollen.

Gray lässt nicht lange auf sich warten. Es dauert keine zwei Minuten, da hallen bereits seine Schritte durch den Gang, und so, wie es sich anhört, joggt er. Mein Herz zieht sich schmerzhaft zusammen, als mir klar wird, dass er sich für mich so beeilt.

Wieso? Wieso nimmt Gray all diese Mühen auf sich? Ich kann es einfach nicht verstehen. Er ist ein Sportler, überall beliebt und hat ein Gesicht, das Mädchen auf die Knie fallen lässt. Und ich bin die Verrückte in der Badewanne, die Streberin mit einem Rechercheordner für Eishockey, die Langweilerin hinter dem Bibliotheksschalter. Wir passen überhaupt nicht zusammen. Ich ziehe meine Beine noch ein Stück enger an mich und verberge das Gesicht hinter meinen Knien.

»Row?«

Ich wünschte, er hätte *Bunny* gesagt. So scheint die Situation noch viel ernster zu sein, als er neben mir stehen bleibt. Und das, obwohl er eigentlich seinen Sieg feiern sollte.

»Du hättest nicht herkommen sollen.«

Meine Stimme klingt völlig normal, höchstens gedämpft, dadurch, dass ich zum Sprechen nicht den Kopf hebe. Sachlich und neutral zu sein erscheint mir der einfachste Weg. Darin bin ich gut.

»Doch, ich glaube, ich bin absolut richtig hier.«

Gray klingt fest entschlossen, dabei irrt er sich. Er gehört nicht hierher. Er gehört nicht in meine Welt, in die Schatten.

Er geht neben mir in die Hocke, doch ich bin aufgesprungen, bevor er die Hand nach mir ausstrecken kann. Während Gray mich also mit gerunzelter Stirn betrachtet, ziehe ich ironisch eine Augenbraue nach oben.

»Also, wo geht es hier wieder nach draußen?«

Ich sehe Grays Kiefer mahlen, bevor er sich erhebt. Ihm ist anzusehen, dass ihm etwas auf der Zunge liegt. Aber was auch immer es ist, er schluckt es wieder hinunter und deutet nur mit dem Kopf in die Richtung, aus der er gekommen ist.

Wortlos setzen wir uns in Bewegung. Ich laufe neben ihm her, achte darauf, Abstand zwischen uns beiden zu halten. Ich will gerade absolut niemandem nahe kommen. Abwehrend schlinge ich die Arme um mich.

Trotzdem kann ich es nicht lassen, Gray immer wieder Seitenblicke zuzuwerfen. Er hat noch immer sein Trikot an und dazu eine kurze Trainingshose, als hätte er sich nur auf die Schnelle etwas übergeworfen. Er hat den Blick starr geradeaus gerichtet, und ich weiß, dass ich mit meinem Verhalten kein Recht dazu habe, doch es tut weh, dass er nicht wie üblich mit mir herumalbert. Vielleicht ist es auch besser so, wenn er früh genug erkennt, dass ich nicht die Richtige bin. Zu vertieft in meine Gedanken achte ich nicht auf den Weg und stoppe überrascht, als wir vor den Umkleiden ankommen. Von den anderen ist weit und breit nichts zu sehen, und Gray hält mir nur wortlos die Tür auf.

»Wo sind die anderen?«

Unbehaglich verlagere ich das Gewicht und versuche, in meiner unnahbaren Rolle zu bleiben.

»Geh da rein.«

Grays Worte sind keine Bitte, sondern ein eindeutiger Befehl. So habe ich ihn noch nie sprechen gehört, und es lässt mich zögerlich einen Schritt zurücktreten. Gray stößt ein Schnauben aus und wendet für einen Moment das Gesicht von mir ab, um sich durch die Haare zu fahren.

»Na gut, dann halt anders.«

Bevor ich verstehe, was passiert, tritt Gray fest entschlossen auf mich zu und schmeißt mich zum zweiten Mal diese Woche über seine Schulter. Mit einem »Uff« wird mir die

Luft aus der Lunge gepresst, aber das scheint ihn nicht zu kümmern, als er mich in die Umkleide schleppt.

»Gray, lass mich runter!«

Obwohl es fast die gleichen Worte sind, die ich auch am Mittwoch zu ihm gesagt habe, ist die Situation doch eine ganz andere. Er ist wütend. Ich spüre es daran, wie sein Griff etwas zu fest und seine Schritte etwas zu angespannt sind. Ich habe keine Angst, ich könnte niemals vor Gray Angst haben. Aber ich weiß absolut nicht, mit was ich zu rechnen habe.

»Gray, la...«

Weiter komme ich nicht, weil ich mich selbst mit einem Aufschrei unterbreche, als plötzlich kaltes Wasser auf mich niederprasselt. Unsanft werde ich auf meine Füße abgestellt, doch ich brauche noch einen Moment, bis ich checke, dass Gray mich unter eine Dusche gestellt hat. Mit meinen Kleidern und allem Drum und Dran. Nur meine Handtasche hat er mir aus der Hand entwunden und sie sanft in eine Ecke geworfen.

Prustend versuche ich, mir die Haare aus dem Gesicht zu wischen, die innerhalb von Sekunden komplett durchnässt sind. »O mein Gott! Spinnst du? Lass mich sofort los!«

Chancenlos versuche ich, mich aus Grays Griff zu winden, bis ich schlussendlich aufgebe und den Kopf senke, um zumindest kein Wasser in die Augen zu bekommen.

»Du Idiot! Was soll der Scheiß?«

Wie bei unserer ersten Begegnung hole ich aus, um Gray auf den Fuß zu treten. Dieses Mal bringt er sich jedoch rechtzeitig in Sicherheit, bevor er seinen Griff ändert und mich gegen die Wand schiebt.

»Hör auf damit.«

Obwohl ich gegen das Wasser anblinzeln muss, kann ich Grays Gesicht deutlich sehen. Seine Stimme ist tief und bedrohlich und sein Blick durchbohrt mich. Dieses Neandertaler-Verhalten lässt auch meine Wut erneut hochkochen.

»Mit was? Nach dir zu treten?«

Ich versuche mein Glück noch einmal, aber Gray hat mich zu gut fixiert, als dass ich ihm gefährlich werden könnte.

»Nein. Damit, mich auszuschließen.«

Und schon drückt Gray seinen Mund auf meinen. Anders als sonst hat der Kuss nichts Sanftes an sich. Er drängt ihn mir geradezu auf, und doch kann ich nichts anderes tun, als den Kuss zu erwidern, bevor wir uns atemlos voneinander lösen.

In einer verwirrenden Mischung aus Wut und Hilflosigkeit starre ich Gray an.

»I-ich schließe dich nicht aus. Ich wollte einfach Zeit für mich.«

Dieses Mal um einiges sanfter, ändert Gray erneut seinen Griff, sodass seine breiten Schultern das Wasser von mir abschirmen. Ich spüre, wie er mit seinem Daumen sanft über meine Wange streicht, und schließe die Augen, um dem Bedürfnis zu widerstehen, mich an ihn zu lehnen.

»Nein, dir ging es nicht gut. Und anstatt dir helfen zu lassen, hast du die Dinge mit dir selbst ausgemacht.«

Selbst mit geschlossenen Augen spüre ich, wie er ganz nah an meinen Lippen spricht.

»Aber soll ich dir etwas sagen? So funktioniert das nicht mehr. Nicht mit mir.«

Als seine Lippen meine streifen, zerreißt es mir fast das Herz, und ich klammere mich an seinem nassen Trikot fest, um ihm noch näher zu kommen. Wie bei einem Kartenhaus brechen meine Schutzmauern ein, und ich kann nicht verhindern, dass mir ein leises Wimmern entflieht. Ich schmelze in seinen Armen, und sobald er spürt, dass ich meinen Widerstand fallen lasse, hantiert er kurz hinter meinem Rücken herum und das Wasser wird warm.

Meine Augen fangen an zu brennen, als sich Gray von mir löst und mich an seine Brust zieht. Wie kann eine einzige Umarmung für mich die ganze Welt bedeuten? Meine Hände an seinem Rücken gekreuzt, vergrabe ich mein Gesicht an seiner Brust. Ich will nichts anderes, als genau so stehen zu bleiben und Gray nie wieder loszulassen. Denn er hat es tatsächlich geschafft, mir meine Zweifel zu nehmen, dass ich keinen Platz auf dieser Welt verdient habe. Weil er mir hier in seinen Armen diesen Platz gibt.

Während wir also still unter dem Wasserstrahl stehen und ich wieder zurück zu mir finde, wird mir etwas unweigerlich bewusst. Ich bin verliebt in Gray. Ihm mit Haut und Haaren verfallen, ohne einen Weg zurück. Und selbst wenn ich könnte, würde ich nicht mehr zurückgehen.

Mich nach oben streckend platziere ich einen Kuss auf Grays Kieferlinie. »Es tut mir leid. Ich wollte dich vorhin nicht so anpampen.«

Beschämt beiße ich mir auf die Lippe, doch Gray schüttelt mit seinem unendlich erscheinenden Verständnis den Kopf und streicht mir eine nasse Haarsträhne aus dem Gesicht. »Ich weiß. Nur ...« Mit einem Seufzen stellt Gray das Wasser ab. »Du bist meine Freundin. Und damit ich mich unmissverständlich klar ausdrücke«, schmunzelnd streichelt Gray mit seinem Daumen über meine Wange, »nicht eine Freundin, sondern *meine* Freundin. Und ich weiß, dass es Dinge gibt, über die du nicht reden willst. Das ist okay und dein Recht, aber von meiner Seite aus will ich, dass absolut nichts zwischen uns steht. Ich will für dich da sein.«

Grays Worte schnüren mir den Hals zu, und ich bin froh, dass ich mich noch immer an ihm festklammere. Genauso stark wie die Euphorie darüber, dass er mich gerade offiziell seine Freundin genannt hat, ist auch das schlechte Gewissen, dass ich schuld daran bin, dass ein Schatten über sein Gesicht huscht.

»Es gibt wenige Menschen, die ich nah an mich heranlasse.« Unbehaglich, das Offensichtliche laut einzugestehen, verlagere ich das Gewicht und lasse meinen Blick schweifen.

»Ich ... Ich habe Angst davor, zurückgewiesen zu werden. Also gehe ich die Gefahr erst gar nicht ein.«

Ein trauriges Lächeln zupft an meinen Mundwinkeln, und Gray zieht mich wieder in seine Arme, wo ich, das Gesicht an seiner Schulter geborgen, ihm so viel von mir offenlege, wie ich es in diesem Moment kann. »Und du bist das komplette Gegenteil. Du läufst mit offenen Armen durchs Leben. Ich kann nicht verstehen, weshalb du mich in deiner Welt haben willst.«

Mit einem tiefen Atemzug schließe ich die Augen und konzentriere mich auf Grays Präsenz. Seine Gelassenheit. Er ist wie ein Fels in der Brandung.

»Ich wollte dich gerade nicht bei mir haben, weil ich Angst hatte, es könnte dich verschrecken, wenn du siehst, wie unterschiedlich wir sind. Wie verkorkst ich bin.«

Auf mein Geständnis folgt ein Moment Stille, in der nur das laute Klopfen meines Herzens zu hören ist. Doch so nah bei Gray, so geborgen in seinen Armen, mache ich mir keine Sorgen. Irgendwoher nehme ich die Gewissheit, dass er sich nicht abwenden und gehen wird.

»Alles, was ich die letzten Wochen über dich gelernt habe, Row, hat mich nur noch mehr fasziniert. Du bist die beeindruckendste Frau, die ich kenne, und verdammt, ja, ich will dich in meiner Welt! Nicht nur als ein Gast, sondern als fester Bestandteil. Und genau das Gleiche will ich in deiner Welt sein. Und zwar in jedem Teil deiner Welt, egal ob es die Sonnenscheinseite ist oder nicht.«

Das ist gut, denn viel Sonnenschein gibt es nicht. Aber das sage ich nicht laut, denn plötzlich werde ich hochgehoben und muss meine Beine um seine Hüfte schlingen, wenn ich nicht wie ein nasser Sack Kartoffeln in seinen Armen hängen will. Mit einem kleinen überraschten Laut werde ich erneut in der Gegend herumgetragen. Doch Grays lächelndes Gesicht direkt vor meinem ist es das allemal wert.

»Was wird das schon wieder? Nach der Duschaktion ist mein Vertrauen in dich etwas angeknackst.«

Ich strafe meine Worte selbst Lügen, als ich vertrauensvoll die Arme um seinen Hals lege, und werde dafür mit einem kurzen Kuss belohnt. »Tja, irgendwie musste ich deinen Dickkopf ja knacken. Aber glaube mir, das nächste Mal wirst du freiwillig mit mir duschen wollen.«

Ich sehe noch das selbstsichere Lächeln auf seinem Gesicht aufblitzen, bevor seine Lippen den Weg zu meinen finden und ich nicht anders kann, als ihm diesen Anfall von Selbstherrlichkeit zu verzeihen. Denn am liebsten wäre ich sofort zurück zu den Duschen. Doch wir sind bereits im vorderen Umkleideraum angekommen, bei den Bänken und den Spinden der Spieler.

Gray lässt sich auf eine der Bänke fallen, sodass ich rittlings auf ihm sitze. Uns entfährt im gleichen Moment ein Stöhnen, als ich meine Position korrigiere und merke, wie Gray an meinen Lippen grinst. »Sollte mich nicht überraschen, dass du schnell lernst.«

Ich bin mir ziemlich sicher, dass es wenig mit lernen zu tun hat, dass mein Körper ihm so nah wie möglich kommen will. Gray seinen Glauben lassend, greife ich mit wild klopfendem Herz nach dem Saum seines Trikots. Ich habe Angst, zu weit zu gehen, aber Gray hebt sofort hilfsbereit die Arme, sodass ich ihm das Oberteil über den Kopf streifen kann.

Der Anblick von Grays Oberkörper verschlägt mir die Sprache. Ich kann nur still sitzen und mit meinem Blick die Konturen seiner Muskeln nachfahren, bis Gray nach meinen Händen greift und sie auf seinen Brustkorb drückt. »Fass mich an.«

Ich komme der Aufforderung nach, während Gray sich vorbeugt und anfängt, an meinem Hals zu knabbern. Ich ziehe scharf die Luft ein und lasse weiter meine Finger über seinen flachen Bauch gleiten. »Kein Schwabbelbauch. Ich bin überzeugt.«

Gray lacht über meine Worte, und sein Atem kitzelt dabei meinen Hals an der Stelle, die er gerade noch mit Küssen verwöhnt hat, was mir eine Gänsehaut beschert.

In einer rein instinktiven Bewegung drücke ich meine Hüften nach vorn und lasse damit Gray atemlos zurück. »Verdammt.«

Seine raue Stimme veranlasst mich, die Bewegung zu wiederholen, und fast augenblicklich liegen seine Hände fordernd auf meinen Hüften. Unsere Lippen treffen wieder aufeinander, und Gray bringt mich mit seiner Zunge fast um den Verstand.

Irgendwann zieht er am Saum meines Trikots, und wir schaffen ausgleichende Gerechtigkeit, indem er es mir über den Kopf streift. Mein Herz hat so einiges auszuhalten, während auch Gray seine Hände auf Wanderschaft gehen lässt. Mein Kopf schaltet sich im Gegensatz dazu völlig aus, als er mit seinem Mund an meinem Hals hinunterwandert und am Ansatz meiner Brüste liegen bleibt.

Ich küsse mich genauso seinen Körper entlang, während ich mit den Händen jeden Zentimeter erkunde und ich, ermutigt von kurzen Anweisungen, die er mir immer wieder ins Ohr haucht, immer stärker die Hüften kreisen lasse. Bis Gray irgendwann eine Art Knurren ausstößt und und mit den Fingern in den Bund meiner Hose fährt.

Ich erstarre mitten in der Bewegung, sehe einfach nur in Grays Augen, die feurig leuchten.

»Ich werde nicht das erste Mal mit dir in einer gottverdammten Umkleide schlafen. Aber wenn du es mir erlaubst, werde ich andere Dinge mit dir machen.«

Zittrig ziehe ich die Luft ein, als er seine Finger zu den Knöpfen meiner Jeans wandern lässt. Ich weiß nicht, was ich antworten soll, ich *kann* gar nicht antworten, weil meine Stimmbänder ihren Dienst verweigern. Aber ich weiß, dass es mir in diesem Moment nichts ausmachen würde, in einer Umkleide entjungfert zu werden, solange Gray bei mir ist.

Und dass ich ihn dafür liebe, mich weder zu drängen noch diesen Fehler begehen zu lassen.

Anstatt einer Antwort lehne ich mich nach vorn und küsse Gray mit allem, was ich habe, während er meine Hose öffnet.

Kapitel 30

Meine Beine zittern, während ich mit einem Föhn versuche, meine Hose trocken zu bekommen. Gray ist am anderen Ende des Raums, trotzdem brennt seine Anwesenheit auf meiner Haut, und ich muss mir auf die Lippe beißen, um nicht einen verräterischen Laut von mir zu geben.

So habe ich mich noch nie gefühlt. Jeder meiner Muskeln ist müde und tiefenentspannt, während gleichzeitig mein ganzer Körper prickelt. Ich kann nicht sagen, ob ich eher voller Energie bin oder einfach nur in mein Bett fallen will. Alles, was ich weiß, ist, dass Gray mich in den Himmel gebracht hat. Automatisch schießt mein Blick wieder zu ihm, wie er nur mit einer frischen Trainingshose bekleidet vor seinem Spind steht.

Schnellstmöglich konzentriere ich mich wieder auf meine Aufgabe. Ich muss diese Hose trocken bekommen, wenn ich nicht vor Scham sterben will.

Gray hatte mir vorgeschlagen, nur in einem trockenen Trikot rauszugehen, mit der netten Erinnerung an meine Worte, dass ich es eh als Kleid tragen kann. Aber dann würde mein Dad mich sofort einpacken, mit nach Hause nehmen und bis zum Ende meines Lebens in meinem Kinderzimmer einsperren. Und auch wenn meine Mom mich zu einem Liebesleben ermuntert, bin ich mir sicher, dass dies auch bei ihr eine Grenze überschreiten würde.

Also hat Gray mir auf meine leicht panische Reaktion hin einen Föhn aus Lees Spind organisiert, mit dem ich meine Jeans zu retten versuche. Bisher mit mäßigem Erfolg.

Auf der Suche nach einer Ausrede, weshalb meine Hose so nass geworden sein könnte, bemerke ich nicht, dass Gray zu mir tritt, bis er Küsse seitlich an meinem Hals platziert und mir damit eine Gänsehaut beschert.

»Na, wie läuft's?«

Seine Hände schiebt er unter den Saum des Trikots, das ich mir übergeworfen habe, und fährt mein Bein hinauf, sodass mir die Knie weich werden. Das Stöhnen bestmöglich unterdrückend sinke ich gegen seine Brust.

»Hat auf jeden Fall besser funktioniert, als du noch auf deiner Seite des Raumes geblieben bist.«

Grays Lachen kitzelt mich im Nacken, als er meine Haare zur Seite legt, um auch dort eine Spur aus Küssen zu hinterlassen.

»Auf meiner Seite des Raumes war es langweilig. Ich mag deine Seite mehr.«

Ich stoße ein Schnauben aus, aber die Entrüstung nimmt man mir nicht ab, als ich meinen Kopf zur Seite neige, um es ihm leichter zu machen.

»Tja, Gray, ich habe es dir schon einmal gesagt, ich bin nicht zu deiner Bespaßung da.«

Gray wandert mit seinem Mund weiter nach oben, bis er an meinem Ohr angekommen ist. Ich weiß genau, was für ein Lächeln auf seinen Lippen liegt, als er mit tiefer Stimme verführerisch spricht: »Oh, das gerade eben hat aber Spaß gemacht.«

Selbst wenn ich noch fähig gewesen wäre zu sprechen, hätte ich ihm nicht widersprechen können. Ich fahre mir mit der Zungenspitze über die Lippen und gebe mein Bestes, mich auf meine Hose zu konzentrieren.

»Aha, da fehlen selbst dir die Worte. Gut zu wissen, dass du doch nicht auf alles eine Antwort weißt.«

Gray hört auf, mit seinen Fingerspitzen über meine Oberschenkel zu fahren, und schlingt stattdessen von hinten die Arme um mich. Zufrieden kuschle ich mich an ihn.

Es dauert noch eine Viertelstunde, bis meine Hose wieder tragbar ist, aber besser bekomme ich es nicht mehr hin. Meine Eltern haben mich bereits angerufen, sodass ich ihnen eine Halbwahrheit, von wegen, ich habe Freunde getroffen und beim Gespräch die Zeit vergessen, auftische und mich beeile, zu ihnen zurückzukehren. Dabei ist es ein gutes Gefühl, wie Gray meine Hand ergreift, kaum dass wir aus dem Umkleideraum treten.

»Also, Bunny, darf ich jetzt deine Eltern kennenlernen?«

Die meisten sehen es als einen großen Schritt an, einen Jungen den Eltern vorzustellen, aber ich muss zugeben, dass mir der Gedanke keine Angst macht. Gray würde niemals etwas vor meinen Eltern machen, was mich in Verlegenheit bringt. Wobei, da gibt es eine Sache ...

»Kommt drauf an.«

Als ich nicht weiterspreche, zieht Gray ungeduldig an meiner Hand und entlockt mir damit ein Schmunzeln. Manchmal verhält er sich wie ein kleines Kind. Aber bei allem, was er die letzte halbe Stunde mit mir angestellt hat, ist das wohl der falsche Vergleich.

»Und auf was kommt es an? Spann mich nicht auf die Folter, Bunny.«

Ich unterdrücke mein Grinsen, um so ernst wie möglich dreinzublicken, während ich Gray kritisch mustere. »Du musst mir versprechen, mich vor ihnen nicht Bunny zu nennen. Sonst werde ich mir das für immer von meiner Mom anhören müssen.«

Gray, der mich zunächst aufmerksam angesehen hat, beginnt bei meinen Worten zu grinsen und zieht mich an sich.

»Das bekomme ich hin. Ich nenne dich einfach die ganze Zeit meine Freundin. Oder Schatz, Honey, mein Knuddelbärchen ...«

Mit einem Stöhnen unterbreche ich ihn und schlage ihm spielerisch auf die Brust. »Das ist ja noch schlimmer!«

Mit funkelnden Augen grinst mich Gray an. »Also ist dir Roween lieber?«

Schnaubend drücke ich ihn von mir weg und gehe mit verschränkten Armen weiter. »Gut, dann halt nicht. Meine Eltern müssen dich nicht kennenlernen.«

»Okay, okay, Bun... Row. Ich glaube, ich kann mich zusammenreißen.«

Gray holt mich mit wenigen großen Schritten ein und legt einen Arm um meine Hüften. Der Gedanke, wie normal diese Gesten geworden sind, lässt mein Herz einen kleinen Sprung machen.

Sobald wir den Ausgang des Stadions erreicht haben und wieder von anderen Fans umgeben sind, merke ich, wie man uns neugierige Blicke zuwirft. Ob es daran liegt, dass wir so offensichtlich als Pärchen herumlaufen? Oder daran, dass meine Haare noch nass sind, während Gray nicht sein eigenes, sondern das Ersatztrikot von Lee trägt? Seines habe ich übergezogen, nachdem er darauf beharrt hat, dass ich nicht mit dem Namen eines anderen Spielers auf dem Rücken herumlaufen darf.

Im Gegensatz zu vor ein paar Tagen machen mir die Blicke weniger aus. Klar, ich fühle mich im Mittelpunkt immer noch nicht wohl, aber es hilft zu wissen, dass Gray es ernst meint. Er ist es wert, meine Komfortzone zu verlassen. Ich drücke seine Hand, während wir uns auf den Weg zum Auto meiner Eltern machen.

Mein Dad sieht nicht sonderlich begeistert aus, bis meine Mom ihn anstößt und auf uns aufmerksam macht. Als Dad darauf kritisch den Blick über Gray streifen lässt, werde ich doch nervös und zerquetsche Grays Hand fast mit meiner. Zumindest bis ich bemerke, wie Dads Mundwinkel leicht nach oben zuckt, bevor er wieder eine neutrale Miene aufsetzt und die verschränkten Arme fallen lässt. Die erste Hürde haben wir also gemeistert.

»Row, Spätzchen, da bist du ja endlich.«

Meine Mom kommt freudestrahlend auf uns zu und hält Gray die Hand hin. »Hi, ich bin Melissa, Roweens Mom. Und du musst Grayham sein.«

Meine Mom zwinkert und Gray lacht herzlich, während er meine Hand loslässt, um ihre zu schütteln.

»Ja, Ma'am, Jonah Grayham. Aber die meisten nennen mich einfach Gray.«

Leicht errötend streicht sich Mom die Haare hinter die Ohren, und mit einem Kopfschütteln muss ich feststellen, dass sie schon nach zwei Sätzen Grays Charme erlegen ist. Aber wer kommt schon gegen dieses Grübchen, gepaart mit seinen strahlend blauen Augen an?

»Na dann, Jonah, machen wir einen Deal, ich nenne dich Gray und du mich dafür nie wieder Ma'am. Einfach Melissa, und auch bitte kein Sie. Das ist definitiv nicht nötig bei *Freunden* meiner Tochter.«

Mom wirft mir bei dem Wort einen bedeutungsvollen Blick zu, und ich kann nur ertappt mit den Schultern zucken.

»Oh, und das ist mein Mann Joseph.«

Dad tritt ein Stück vor und tauscht einen typisch männlichen Händedruck mit Gray aus. »Hallo, schönes Spiel, was ihr da heute abgeliefert habt.«

Gray wechselt von dem charmanten Lächeln, das er meiner Mom geschenkt hat, zu einem ernsteren und respektvollen Gesichtsausdruck. »Danke, heute war ein guter Tag. Das Team war top. Es freut mich, dass es Ihnen gefallen hat.«

Mein Dad bleibt für einen Moment still, und ich bete zu Gott, dass er Gray ebenfalls das Du anbietet und nicht in einem Anfall männlichen Stolzes auf die Höflichkeitsform besteht. Bisher war er noch nie in der Situation, mit einem männlichen Freund seiner Tochter konfrontiert zu sein. Aber ich hätte mir keine Sorgen machen müssen. Mit einem schiefen Grinsen klopft Dad Gray auf die Schulter. »Was für meine Frau gilt, gilt auch für mich. Kein Grund, mich zu siezen. Also, Gray, hast du Lust, zum Essen mitzukommen? Nach dem Spiel knurrt dir bestimmt der Magen.«

Am liebsten hätte ich meinen Dad dafür geknuddelt, dass er das Ganze so locker nimmt. Auch meine Mom wirft mir ein Lächeln zu und streckt unauffällig einen Daumen nach oben. Sie ist mit Gray allem Anschein nach einverstanden.

»Das ist ein sehr liebes Angebot, aber meine Eltern sind ebenfalls hier, und ich habe sie bereits ziemlich lange warten lassen. Außerdem will ich das Familienwochenende nicht stören.«

Gray zwinkert mir zu, und ich kann nur hoffen, dass die Röte, die mir ins Gesicht steigt, nicht ganz so auffällig ist.

»Schade, aber wir können dich natürlich nicht von deiner eigenen Familie fernhalten. Es war auf jeden Fall schön, dich kennenzulernen, Gray. Row war bisher sehr zurückhaltend mit Informationen.«

Gray lacht auf und verhakt unauffällig seinen kleinen Finger mit meinem. »Das kenne ich. Row ist nicht immer die Gesprächigste.«

Ich bin mir sicher, dass Gray gerade genauso wie ich an den Abend denkt, an dem wir uns kennengelernt haben. An unser Wasserpong-Spiel und wie er mich dazu herausgefordert hat, mit ihm zu reden. Gott, kommt mir das inzwischen weit entfernt vor.

»Das war sie noch nie. Ein kleiner Sturkopf, der die Dinge lieber mit sich selbst ausmacht, als mit anderen darüber zu reden.«

Als Gray mir einen bedeutungsvollen Blick zuwirft, da meine Mom fast die gleichen Worte benutzt hat wie er, entscheide ich, dass es an der Zeit ist, die beiden voneinander zu trennen. Sonst verschwören sie sich noch gegen mich.

»Wir sollten dich nicht weiter aufhalten, du musst doch zu deinen Eltern, nicht wahr?«

Herausfordernd funkle ich Gray an, der sich eindeutig ein Kichern verkneifen muss. Aber zumindest folgt er dem Wink mit dem Zaunpfahl und hält meinen Eltern erneut die Hand hin.

»Das stimmt wohl. Es war mir auf jeden Fall eine Freude, euch beide kennenzulernen, Melissa und Joseph. Ich hoffe, ihr habt noch einen schönen Abend.«

Auch meine Eltern geben noch ein paar Abschiedsfloskeln zum Besten, dann zieht Mom meinen Dad zur Fahrertür und wirft mir ein Zwinkern zu. Meine Wangen brennen, aber mit einem leisen Seufzen schenke ich ihr ein dankbares Lächeln.

»Und, Bunny, wie habe ich mich geschlagen?«

Ich schüttle schmunzelnd den Kopf. »Du hast es kaum ausgehalten, mich bei meinem richtigen Namen zu nennen, was?«

Grinsend zieht Gray mich an sich und drückt einen Kuss auf meinen Scheitel. »Das stimmt nicht. Ich mag deinen Namen.«

Schnaubend lehne ich mich an ihn und lege zögerlich meine Arme um ihn. »Dafür benutzt du ihn herzlich wenig.«

Ich spüre, wie Gray seine Position verändert und kurz darauf seinen Atem an meinem Ohr. »Du musst es mir nur sagen, wenn ich dich öfter Row nennen soll.«

Ein Schauer überläuft mich bei der Art, wie er das ausspricht.

»Ich glaube, ich verzichte.« Denn wenn er mich so in der Öffentlichkeit ansprechen würde, wäre ich zu nichts mehr in der Lage.

Mit einem rauen Lachen tritt Gray wieder ein Stück von mir zurück. »Dann bleibe ich wohl bei Bunny.« Er hebt mit zwei Fingern mein Kinn an und platziert einen Kuss auf meinen Lippen. »Schreib mir. Wenn irgendetwas ist, ich bin zu jeder Uhrzeit für dich da.«

Mich überkommt wieder ein schlechtes Gewissen, dass ich ihm trotz allem noch immer nicht die Wahrheit sagen konnte. Und dass er immer so verständnisvoll ist, macht es nur noch schlimmer.

»Versprochen.« Ich stelle mich auf die Zehenspitzen, um Gray zum Abschied einen letzten Kuss zu geben, bevor ich mich mit roten Wangen umdrehe und ins Auto steige. Mein Dad startet den Motor, und ich werfe einen letzten Blick zu Gray, der die Hände in den Taschen seiner Hose vergraben hat und uns hinterhersieht. Ein Stechen fährt durch mein Herz, und ich stelle erstaunt fest, dass ich lieber bei ihm bleiben würde. Wie konnte er sich nur so schnell in mein Herz schleichen?

Erst als wir vom Parkplatz herunterrollen, kann ich mich mit einem Seufzen zusammenreißen und meine Aufmerksamkeit wieder auf meine Eltern lenken.

Breit grinsend sieht mich meine Mom über den Rückspiegel an. »Ich glaube, ich werde die glücklichste Schwiegermutter der Welt.«

Keine Ahnung, ob ich auf diese Aussage lächeln oder das Gesicht in den Händen vergraben soll. Ich mache einfach beides.

Kapitel 31

Sonntagmittag müssen meine Eltern leider abreisen. Immerhin haben sie noch einige Stunden Autofahrt vor sich und müssen morgen wieder arbeiten. Meine Mom umarmt mich bestimmt fünfmal zum Abschied in meiner Wohnung, und als mein Dad schon zum Auto gegangen ist, nutzt sie die Gelegenheit, um einen ihrer mütterlichen Ratschläge zu geben.

»Dieser Gray scheint mir ein Lieber zu sein, also gib ihm eine Chance.«

Seufzend klopfe ich meiner Mom auf den Rücken. Eigentlich habe ich ziemlich Glück gehabt, dass meine Eltern mich nicht über Gray ausgequetscht haben. Darauf habe ich den ganzen gestrigen Abend gewartet, aber sie haben sich nur über das Übliche erkundigt. Was er studiert, woher er kommt. Nichts Persönliches, das mich verlegen gemacht hätte.

»Ich gebe mein Bestes. Aber Gray lässt eh nichts anderes zu.«

Kichernd löst sich meine Mom von mir und greift nach meinen Händen. »Guter Mann. Da hast du dir ein richtiges Prachtexemplar gefangen. Ein Sportler mit Manieren und diesem Gesicht.« Als meine Mom genüsslich die Augen verdreht, kann ich nur grinsend den Kopf schütteln. Manchmal frage ich mich, wer von uns beiden das Kind ist. Doch meine Mom kann auch anders, wie sie keine Sekunde später beweist, als sie mich liebevoll, aber ernst ansieht und mir eine

Haarsträhne zurückstreicht. »Wirklich, er scheint ein gutes Herz zu haben. Das ist alles, was zählt, und es freut mich zu sehen, dass du so jemanden gefunden hast.«

Ihre Augen schimmern gefährlich, und ich lege gerührt eine Hand über ihre, die meine Wange umfasst. »Mom, es ist alles gut. Mach dir nicht immer so viele Gedanken über mich.«

Mit einem Schniefen löst sie sich von mir und fährt sich einmal über die Augen, bevor sie mir ein Lächeln schenkt. »Ich weiß, ich weiß. Aber du bist mein kleines Baby. Da kann ich nicht anders.«

Grinsend beuge ich mich vor und drücke ihr einen Kuss auf die Wange. »Dein kleines Baby ist inzwischen volljährig und ausgezogen. Damit darfst du dich offiziell wieder deinem Leben zuwenden und etwas für dich tun, anstatt dich um mich zu sorgen. Und jetzt solltest du endlich runter zum Auto gehen, bevor Dad wütend wird.«

Meine Mom gibt ein Schnauben von sich, wendet sich jedoch der Tür zu. »Okay, okay, ich verstehe. Zu viel mütterliche Liebe. Dann verschwinde ich halt.«

Mit einem Zwinkern entschärft sie ihre Worte, trotzdem bin ich nun diejenige, die sie noch einmal zurückhält, indem ich nach ihrer Hand greife und sie drücke.

»Du weißt, das gibt es nicht. Wir telefonieren, und dann besuche ich euch bald zu Hause.«

Mit leicht feuchten Augen wirft mir meine Mom einen letzten Handkuss zu und schafft es endlich durch die Tür. So ist es jedes Mal. Mom wäre es wahrscheinlich am liebsten, wenn wir noch alle zusammen unter einem Dach leben würden.

Zugegeben, mir fällt es auch nicht leicht, hinter ihr die Tür zu schließen. Mit einem Seufzen schüttle ich das schwere Gefühl ab und gehe in Richtung meines Zimmers. Mary ist bei ihrem Freund, und aus Cass' Zimmer sind Stimmen zu hören, was ich darauf zurückführe, dass sie sich Youtube-Videos ansieht. Eigentlich habe ich noch genug zu tun, trotzdem führt mich mein Weg nicht zu meinem Schreibtisch, sondern zu meinem Bett, wo mein Handy halb versteckt unter der Decke liegt. Das ist teils dem geschuldet, dass ich wissen will, ob Gray mir geschrieben hat. Aber vordergründig liegt es daran, dass Alexis mich gebeten hat, sie anzurufen, sobald meine Eltern gegangen sind. Die Nachricht hat ziemlich ernst geklungen, also öffne ich ihren Kontakt, ohne Grays Nachrichten zu lesen.

Beim ersten Klingeln nimmt sie bereits ab.

»Hallo?«

»Hey, Lex. Was ist passiert, dass ich dich so dringend anrufen soll?«

Ein Rascheln ist zu hören, als sich Alexis mit ihrem Handy in der Hand bewegt. »Sind deine Eltern schon weg? Ich will nicht stören.«

Ich kenne Alexis inzwischen lange genug, um selbst am Telefon zu hören, wenn etwas nicht in Ordnung ist. Und das hier hört sich verdammt stark danach an.

»Keine Sorge, sind gerade weggefahren. Und jetzt sag schon, was ist passiert?«

Mit besorgt gerunzelter Stirn setze ich mich auf die Kante meines Bettes und höre, wie meine beste Freundin am anderen Ende der Leitung zittrig Luft holt. Das lässt mich die freie Hand zur Faust ballen. Ich mache mich auf das Schlimmste gefasst.

»Tja, anscheinend hat es Carly nicht gereicht, mir nur Getränke ins Gesicht zu schütten.«

Alexis' Stimme klingt gepresst und sie beendet ihren Satz mit einem aufgesetzten Lachen.

»Soll ich vorbeikommen?« Die Antwort ist kurz und knapp, denn ich bin mir sicher, was Alexis zu erzählen hat, wird in mir den Wunsch aufkommen lassen, dass diese Carly sich zum Teufel schert.

292

»Ach was, nein! Du hast bestimmt noch viel zu tun und ...
na ja, ich brauche nur kurz jemanden zum Reden.«

»Du kannst auch gern lange reden, Lex. Was hat dieses
Mädchen gemacht?«

Ein Seufzen erklingt, gefolgt von einem Rascheln, bevor
meine beste Freundin endlich mit der Sprache rausrückt.

»Wir waren gestern in einer Bar. Noch nicht einmal hier in
der Gegend, sondern in der Nachbarstadt. Ich kann mir gar
nicht erklären, wie Carly *schon wieder* genau am gleichen Ort
sein konnte. Es ergibt keinen Sinn, außer sie ist uns gefolgt.«

Ich ziehe überrascht die Augenbrauen nach oben und versuche mir das Mädchen aus dem Café in Erinnerung zu rufen.

»Glaubst du wirklich, sie würde dich stalken?«

Ein bitteres Auflachen von Alexis beantwortet mir meine
Frage. »Als sie plötzlich vor mir stand, habe ich das nicht geglaubt. Als sie dann aber dem Kerl, mit dem ich gerade geflir-
tet habe, erzählte, was für eine Hure ich sei und was für Geschlechtskrankheiten ich alles mit mir herumschleppe, ja, da
bin ich auf den Gedanken gekommen, dass das nicht nur ein
dummer Schicksalsschlag ist.«

»Sie hat bitte was gemacht?«

»Sie hat mir ordentlich die Tour versaut. Was an sich nicht
so schlimm gewesen wäre, hätte sie danach nicht jeden in
dieser Bar gegen mich aufgebracht, bis mich selbst der Barkeeper angesehen hat, als wäre ich ein räudiger Straßenkö-
ter. Row, es war ...« Alexis' Stimme bricht, bevor sie tränen-
erstickt weiterspricht, was mein Herz gleich mitbrechen
lässt. »... es war so schlimm. Wie sie mich alle angestarrt haben. Was sie hinter meinem Rücken gesagt haben. Es war
wie damals.«

Ich kann Carlys Aktion nicht verstehen. Von mir aus ist
man sauer auf das Mädchen, mit dem der Freund einen betrogen hat. Von mir aus kippt man dem Mädchen auch einen

Drink über und stachelt die eigenen Freundinnen gegen sie auf. Aber das? Das ist heftig.

»Lex, lass dir die Taten einer Durchgeknallten nicht so nah ans Herz gehen. Dieses Mädchen hat sie nicht mehr alle, wenn sie nicht bemerkt, dass sie ihren Frust an der Falschen auslässt. Und nein, es ist nicht das Gleiche wie früher, denn dieses Mal lässt du dir so was nicht gefallen. Ich komme zu dir, keine Widerrede.«

Ich lasse mir von Alexis versprechen, dass sie wegen dieser Verrückten nicht weinen wird, dann legen wir beide auf, damit ich so schnell wie möglich losgehen kann. Das sind die Momente, in denen ich es hasse, kein eigenes Auto zu haben. Ich wäre innerhalb von ein paar Minuten bei ihr, wenn ich nicht zu Fuß gehen müsste. Nebenbei versuche ich, Grays Nachricht zu lesen, und schäme mich ein bisschen dafür, dass mein Herz einen freudigen Hüpfer macht, während es meiner besten Freundin so schlecht geht. Aber zumindest reicht meine Loyalität weit genug, um Gray abzusagen, der gefragt hat, ob ich heute noch Zeit und Lust habe, etwas zusammen zu machen.

Verliebt in den süßesten Kerl der Welt hin oder her, Alexis hat jetzt Vorrang.

Alexis geht es wirklich schlecht. Ich bleibe sowohl den ganzen Sonntag als auch die Nacht über bei ihr und versuche sie mit unseren absoluten Lieblingsfilmen aufzuheitern. Aber die meiste Zeit erwische ich sie dabei, wie sie nur ausdruckslos den Fernseher anstarrt.

Ich kann sie verstehen. Auch ohne es selbst erlebt zu haben, liegt mir der Vorfall wie ein schwerer Stein im Magen. Und ich weiß nicht, was ich sagen kann, damit es ihr besser geht. Nachdem mir Alexis alles noch mal detaillierter erzählt hat, hat mein Gehirn wie von selbst die Worte mit Erinnerungen unterlegt. Besonders das erste Mal, als Alexis für ihr Gewicht angegriffen wurde.

Wir waren damals in der sechsten Klasse, und Alexis und ich haben unsere Pausen meist zu zweit auf dem Schulhof verbracht. Ich weiß noch, dass ich ein Himmel-und-Hölle-Spiel mit Kreide auf den Boden gemalt habe, während sich Alexis mit einem Cupcake aus der Cafeteria im Schatten auf eine Mauer gesetzt hat. Sie hat sich damals zu ihrem Mittagsessen immer etwas dazugeholt. Donuts, Kuchen, Milchshakes ... Die Cupcakes waren in der ganzen Schule am beliebtesten, und Alexis hat mir voller Stolz erzählt, dass sie sich gerade so den letzten hatte schnappen können.

Weniger glücklich darüber war Joyce, die sich mit einem Mal vor Alexis aufgebaut hatte und wütend fauchte, sie hätte ihr den Cupcake weggenommen. Bis zu diesem Zeitpunkt hatte keiner von uns ein Problem mit Joyce gehabt. Alexis war sogar auf eine ihrer Poolpartys eingeladen gewesen, bevor sie über den Winter ein paar Kilo zugelegt hatte.

Auf jeden Fall war Alexis dementsprechend überrascht von Joyce' Vorwurf. Sie hat ihr sogar den Rest angeboten, aber anscheinend hat das nicht gereicht. Ich habe immer noch genau vor Augen, wie Joyce Alexis den Cupcake aus der Hand geschmettert hat, während ich ein, zwei Meter entfernt auf dem Boden kauerte. »Mich nicht gesehen? Von wegen! Mit deiner fetten Wampe hast du mich weggestoßen und dich wie ein Geier auf den Cupcake gestürzt! Dabei solltest du besser aufhören, so viel zu fressen. Kannst du überhaupt noch deine Füße sehen?«

Ich schäme mich bis heute, dass ich einfach still sitzen geblieben bin, als Alexis stotternd herausbrachte, Joyce solle das zurücknehmen. Aber wenn Joyce eins nicht macht, dann einen Schritt zurückzugehen. Und damit war unser Schicksal besiegelt. »Wieso zurücknehmen? Ist doch die Wahrheit! Du frisst wie ein Scheunendrescher! Kitty, hat sie dir nicht erst neulich die halbe Gummibärchenpackung weggegessen? Und Emma ...«

So ging es weiter, bis Joyce jeden auf ihre Seite gezogen hat und Alexis nur hilflos dabei zusehen konnte, wie Mädchen, die sie teilweise als Freunde bezeichnet hatte, sie als fett beschimpften.

Ich bin nicht mit eingestiegen, so wie ich mich auch später nie gegen Alexis gestellt habe, aber ich habe auch nie für sie gekämpft. Ich bin nicht aufgesprungen und habe Joyce gesagt, sie soll sich zum Teufel scheren. Erst nachdem die Mädchen abgezogen waren, habe ich die zitternde Alexis in den Arm genommen.

Diese Erinnerung im Kopf, habe ich Alexis bis Montagmorgen zumindest so weit aufgepäppelt, dass sie in ihre Vorlesungen geht. Ich begleite sie überallhin und hole sie auch überall wieder ab, was sie zwar mit einem Augenverdrehen quittiert, aber da sie sich nicht laut stark dagegen wehrt, bleibe ich an ihrer Seite. Allein schon, um sie auf andere Gedanken zu bringen. Während ich ihr also auf Schritt und Tritt folge, als würde ich befürchten, dass jeden Augenblick Carly aus dem nächsten Gebüsch springt wie ein verrückter Serienkiller, ist meine wahre Angst, dass ich in so einem Fall wie früher feige stumm bleibe, anstatt Alexis zu helfen. Und das lässt in mir das Gefühl aufkommen, dass ich die mieseste beste Freundin des Planeten bin.

Deswegen sage ich Gray auch am Montagabend ab, um stattdessen Alexis ins Kino einzuladen, was mein schlechtes Gewissen gegenüber ihr beruhigt, dafür aber es gegenüber Gray wachsen lässt. Wow, kaum ist die Anzahl meiner engen Freunde auf zwei angewachsen, bin ich schon überfordert. Das muss wohl Talent sein.

Als ich allerdings sehe, dass Alexis beim Film einigermaßen entspannt, weiß ich, dass es die richtige Entscheidung gewesen ist. Gray bedeutet mir viel, aber Alexis ist meine Seelenverwandte. Wir haben uns einst geschworen, immer füreinander da zu sein und es mit den Silberkettchen um unsere Handgelenke besiegelt. Dieses Versprechen werde ich niemals brechen, auch nicht für diesen unglaublich süßen Eishockeyspieler, der, kaum dass ich zu Hause bin, mich anruft.

Obwohl ich bis zu dieser Sekunde nichts anderes mehr machen wollte, als zu duschen und mich mit ein paar Unterlagen für meine morgigen Kurse ins Bett zu kuscheln, schleicht sich ein freudiges Lächeln auf mein Gesicht, als ich Grays Namen auf dem Display sehe.

»Hey.«

»Ahh, wie sehr ich deine Stimme vermisst habe, Bunny. Momentan bist du aber schwer erreichbar.«

Erneut von einem schlechten Gewissen geplagt, da ich ihm über den Tag kaum geschrieben habe, beiße ich mir auf die Lippe.

»Es tut mir wirklich leid, aber Alexis hat mich gebraucht, und da war ich irgendwie kaum an meinem Handy ...«

Ein Lachen unterbricht mich und lässt mein Herz höherschlagen, als ich mir Gray dabei vorstelle. Ich kenne niemanden, der ein so ansteckendes Lachen hat.

»Du musst dich nicht rechtfertigen. Ich finde es bewundernswert, wie sehr du für deine Freundin da bist. Das würde nicht jeder machen.«

Diese Worte sind wie Balsam für meine Seele, vor allem, weil ich bei Gray weiß, dass er sie ehrlich meint. Und das ist für mich unendlich viel wert.

»Danke.«

Das Wort ist nur ein Hauchen, aber Gray scheint mich trotzdem zu verstehen und erwidert mit einem Tonfall, der keine Zweifel lässt: »Nur die Wahrheit, Bunny.«

Ich nehme einen tiefen Atemzug, um mich wieder zusammenzureißen, und setze ein Lächeln auf, obwohl das niemand sehen kann. Die Stimmung ist schon wieder viel zu ernst geworden.

»Also, Gray, was macht ein Eishockeygott so an einem Montag?«

Wieder erklingt Grays Lachen und lässt mein Lächeln zu einem echten werden, während ich mich bequemer auf mein Bett lege.

»Nicht sonderlich viel. Bin in meine Kurse gegangen, habe versucht zu lernen, aber ohne dich will das nicht so richtig klappen und ... Oh, stimmt, Mrs Forell, meine Professorin in Architekturgeschichte, hat angekündigt, dass sie nächste Woche eine Prüfung schreiben wird.«

Schmunzelnd spiele ich an meinem Piercing herum, ausnahmsweise nicht, weil ich mich unwohl fühle. Ganz im Gegenteil, allein Grays Stimme zu hören, lässt einen Teil von mir zur Ruhe kommen.

»Du hörst dich nicht sehr begeistert an.«

»Bin ich auch nicht, Bunny. Ich glaube, ich brauche Extrastunden mit dir, damit ich das schaffe.«

Der scheinheilige Unterton in Grays Stimme entgeht mir nicht und bringt mich zum Lachen. »Wieso habe ich das Gefühl, dass du diese Extrastunden nicht fürs Lernen willst?«

»Na ja, zwischen dem Lernen muss man auch etwas ausspannen.«

Der tiefe Bariton, den Gray angeschlagen hat, jagt mir einen Schauer über den Körper und lässt mich, auch wenn er nicht anwesend ist, vorsichtshalber die Beine übereinanderschlagen. Der Kerl weiß, wie man mir falsche Gedanken in den Kopf setzt.

»Stimmt, Meditieren hilft, das habe ich schon ausprobiert.« Ich versuche so unschuldig wie möglich zu klingen, um den Anschein zu erwecken, dass ich Grays Anspielung nicht verstanden habe, aber so leicht lässt er sich nicht hinters Licht führen.

»Oh, wir wissen beide, dass ich nicht ans Meditieren denke. Ich bin eher der körperliche Typ.«

Die Aussage lässt mich hart schlucken.

»Okay, ich glaube, das ist der Punkt, an dem ich bei diesem Gespräch aussteige.«

Ich habe mich noch nicht wirklich an meine neu erwachte Libido gewöhnt, und das hier steigt mir entschieden über den Kopf. Also ist es Zeit, das Thema zu wechseln.

»Nachdem ich dich jetzt schon zweimal abgewiesen habe, hättest du denn morgen Abend Zeit?«

Es hilft, dass mein Gesicht sowieso schon brennt, um die Worte herauszubekommen. Ich habe schon während des Filmes überlegt, wie ich es am besten anstelle, Gray danach zu fragen. Vielleicht mache ich aus einer Mücke einen Elefanten, aber so richtig offiziell haben wir uns noch nie verabredet. Klar, wir waren mit seinen Freunden unterwegs, ich habe bereits bei ihm übernachtet, absichtlich oder nicht. Aber das hier kommt mir anders vor. Irgendwie ernsthafter.

Und gerade deswegen droht mir mein Herz aus der Brust zu springen, als es am anderen Ende der Leitung einen Moment still bleibt. Dann stößt Gray ein Seufzen aus, das meine Hoffnungen sinken lässt.

»Ich würde liebend gern Ja sagen, Bunny. Aber ich habe meinen Eltern versprochen, nach Hause zu kommen, um den Abend über auf Lea aufzupassen. Sie war die letzten Tage krank, und meine Eltern wollen sie ungern allein lassen.«

Für einen Augenblick bin ich verwirrt, wen Gray mit Lea meint. Aber dann fällt mir wieder die Geschichte von seinem ersten Kuss ein und seine Hündin, die darin den Stargast gespielt hat. Bei der Erinnerung kann ich mir kaum ein Grinsen verkneifen, auch wenn es schnell von der Verlegenheit abgelöst wird, dass ich einfach davon ausgegangen bin, dass Gray für mich Zeit haben wird.

»Ja klar, kein Problem. Ich meine, das geht natürlich vor. Und, ähm, liebe Grüße an Lea ... Äh, ich meine, an deine Eltern.«

Mit einem unterdrückten Stöhnen schließe ich die Augen. Liebe Grüße an einen Hund? Meine Güte, ich sollte lieber schlafen gehen.

Grays herzhaftes Lachen dringt aus dem Hörer, und ich weiß nicht, ob es das peinlicher oder erträglicher macht. Also entscheide ich mich dafür, das Gesicht im Kissen zu vergraben und mich für meine Inkompetenz zu schelten.

»Wie wäre es damit, Bunny, du grüßt Lea einfach selbst. Von mir aus kannst du gern mitkommen. Ein bisschen Gesellschaft beim Hundesitten kann nur guttun.«

Wie erstarrt halte ich für eine Sekunde den Atem an, bevor ich zögerlich frage: »Du willst, dass ich mitkomme? Also zu dir nach Hause?«

Ist es komisch, dass ich das Schmunzeln aus Grays Stimme heraushören kann? Wenn ja, bedeutet das wohl, dass ich offiziell alle Anforderungen erfülle, um dem Gray-Fanclub beizutreten.

»Natürlich will ich das, außer du hast zu viel zu tun. Immerhin müssen wir fast eine Stunde hin- und zurückfahren, und ich weiß nicht, wie lange meine Eltern den Abend über wegbleiben wollen ...«

»Nein, ich bin dabei.«

Mit klopfendem Herz habe ich mich im Bett aufgesetzt und spiele nervös an meinem Piercing. Ich weiß selbst nicht genau, weshalb ich so fest entschlossen zugestimmt habe, immerhin explodiert mein Herz allein beim Gedanken, das Haus zu betreten, in dem Gray aufgewachsen ist. Gleichzeitig bin ich derart neugierig, diesen Teil von ihm kennenzulernen, dass ich am liebsten sofort losgefahren wäre.

»Super. Ein Hundesitting-Date hatte ich bisher auch noch nie. Passt es dir, wenn wir gleich nach deiner Schicht in der Bibliothek losfahren?«

»Ja, perfekt.«

Kapitel 32

Gray gehört inzwischen zum Standardmobiliar der Bibliothek. So kommt es mir zumindest vor, als ich mich, mein Lächeln hinter meinem Gray-Spezial-Kaffee versteckend, mitten in meiner Schicht zu ihm umdrehe und dabei beobachte, wie er nervös mit einem Bein hibbelt, während er sich Notizen macht.

»Hör auf, mich anzustarren, da kann ich mich nicht konzentrieren.« Gray wirft mir ein Lächeln zu, um seinen Worten die Schärfe zu nehmen.

»Tja, mein Lieber, gewöhne dich besser daran. In der Prüfung wird deine Professorin auch umhergehen und euch über die Schultern sehen.«

Eine Augenbraue herausfordernd hochgezogen lässt Gray seinen Stift fallen und mustert mich so eingehend, dass es mir eine Gänsehaut beschert. »Meine Professoren will ich aber nicht küssen.«

Grinsend lehne ich mich nach vorn, wohl wissend, dass ich es damit darauf anlege. »Wirklich? Mrs Forell hört sich nach einer entzückenden Frau an. Und nachdem du jetzt auf den Geschmack mit gebildeten Personen gekommen bist …«

»Ach, sei still.«

Dafür sorgt Gray einfach selbst, indem er mein Kinn anhebt und meine Lippen mit seinen versiegelt. Wir lächeln beide in den Kuss hinein, und für den Moment ist mir alle Professionalität egal. Erst als ich höre, wie die Eingangstür sich öffnet, trenne ich mich entschieden von Gray und setze einen geschäftsmäßigen Gesichtsausdruck auf. Aus Rache pikst mich Gray in die Seite, gerade als ich den Studenten begrüßen will, der auf uns zukommt. Ich werfe Gray einen bösen Blick zu, erhalte aber nur ein breites Grinsen, bevor er sich wieder seinen Unterlagen widmet. »Hi, wie kann ich helfen?«

Dieses Schauspiel zwischen Gray und mir wiederholt sich noch ein-, zweimal, bevor er zum Training muss. Es hilft zu wissen, wie sehr er Eishockey liebt, um ihn gehen zu lassen, trotzdem fällt es mir Woche zu Woche schwerer, ihm hinterherzusehen, während ich hierbleiben muss. Da können die Abschiedsküsse noch so gut sein. Vielleicht ziehe ich Gray deshalb noch einmal zu mir heran, als er sich bereits aus dem Kuss lösen will, und gebe einen unzufriedenen Laut von mir, der ihn zum Lachen bringt.

»Bunny, wir sehen uns in drei Stunden wieder.«

Ich beiße mir auf die Lippe, da mir selbst das zu lang erscheint, nachdem ich ihn die letzten Tage gar nicht gesehen habe. Er hat ja recht, und ich bin selbst erstaunt, wie anhänglich ich geworden bin. Und es auch noch offen zeige. Aber gegenüber Gray macht es mir nichts mehr aus, einfach zu zeigen, was ich empfinde.

Seufzend lasse ich ihn los. »Tut mir leid. Normalerweise bin ich ni...«

Ich werde von einem kurzen, aber nachdrücklichen Kuss unterbrochen, der mich erstaunt zu Gray aufblicken lässt. Er steht über mich gebeugt, die Hände auf den Lehnen meines Stuhles aufgestützt. »Keine Entschuldigungen. Ich würde auch lieber hierbleiben. Oder noch besser ...«

Sein anzügliches Lächeln ist eine kleine Vorwarnung, als Gray sich noch ein Stück näher zu mir beugt, mir einen federleichten Kuss seitlich auf meinen Hals platziert und flüstert: »Am liebsten wäre ich die nächsten Stunden mit dir allein in meinem Zimmer.«

Die Kombination jagt mir einen Schauer über den Rücken, aber bevor ich auf Gray reagieren kann, ist er schon weg und winkt mir noch ein letztes Mal zu. »Aber die Pflicht ruft. Wir sehen uns nachher, Bunny.«

Dieser Kerl bringt mich um. Mit einem zittrigen Atemzug wende ich mich dem Buch zu, das inzwischen nur noch alibimäßig vor mir liegt. Wow, ich bin heute schon zehn Seiten weitergekommen.

Ich warte nach der Arbeit an der Straße, an der meine Eltern mich bereits am Freitag eingesammelt haben. Nur dass ich dieses Mal vor Nervosität kaum die Füße stillhalten kann. Immerhin werde ich gleich Grays Eltern kennenlernen.

Ich erstarre mitten in der Bewegung, als mir diese Tatsache endgültig klar wird. Das hier ist kein verrückter Traum, aus dem ich jeden Moment erwachen werde. Es ist kein Buch oder Spiel, sondern mein Leben. Das hier ist wirklich *mein* Leben. Ich warte auf einen Eishockeystar des Colleges, werde gleich in dessen Auto einsteigen und mit einem Kuss begrüßt werden.

O Gott, ich führe *wirklich* eine Beziehung mit Jonah Grayham!

Natürlich muss sich Gray genau diesen Zeitpunkt aussuchen, in dem ich kurz vor einem Herzkasper stehe, um vorzufahren. Leicht panisch starre ich den Jeep an, während er vor mir langsam zum Stehen kommt und die Tür aufschwingt.

»Willst du hier Wurzeln schlagen oder steigst du endlich ein, Bunny?«

Gray hat sich im Wagen über die Mittelkonsole gelehnt und betrachtet mich mit einem schiefen Grinsen, das mich daran erinnert, weshalb ich mich auf das Ganze einlasse. Weil es sich einfach richtig anfühlt. Und das tut es absolut, als ich mit einem kleinen Lächeln Grays Hand ergreife, die er mir hilfsbereit entgegenstreckt, und mich von ihm ins Auto ziehen lasse. Keine Minute später sind wir schon auf dem Weg.

»Okay, was für Musik willst du hören? Wir fahren zwar nur eine Stunde, aber ich habe bisher ganz vergessen, deinen Musikgeschmack zu überprüfen. Ich weiß nicht, ob ich damit umgehen könnte, wenn du nur Klassik magst.«

Gray zwinkert mir zu, und etwas an der Geste lässt in mir das Bedürfnis aufkommen, ihm hier und jetzt zu zeigen, wie viel er mir bedeutet. Wie viel es mir bedeutet, mit ihm so herumblödeln und mich gleichzeitig immer auf ihn verlassen zu können. Doch ich weiß nicht, wie ich in Worte fassen kann, dass das für mich etwas Besonderes ist. Dass ich jemanden wie ihn noch nie hatte. Dafür müsste ich ihm erst einmal meine ganze Lebensgeschichte auftischen, und damit wäre die Stimmung dahin.

»Gray, ich ...« Mir gehen die Worte aus, als Grays neugieriger Blick zu mir schwenkt. Selbst jetzt hat er ein kleines Lächeln auf den Lippen. Wahrscheinlich freut er sich darauf, nach Hause zu fahren. Seine Eltern und seinen Hund zu sehen. Das kann ich ihm nicht damit versauen, dass ich ausgerechnet jetzt mein Herz ausschütten will.

Am liebsten hätte ich frustriert aufgestöhnt, stattdessen fahre ich mir mit der Zungenspitze über die Lippen, um mich wieder in den Griff zu bekommen.

»Ich höre eigentlich alles. Spiel einfach, was dir gefällt.«

»Das da vorn ist mein Elternhaus.«

Mein Blick folgt Grays Finger, mit dem er auf ein gepflegtes weißes Vorstadthaus deutet, das am Ende der Straße einladendes Licht verströmt.

Ich klebe mit der Nasenspitze an der Fensterscheibe, seitdem wir Grays Heimatort erreicht haben, und sauge jedes Detail in mich auf, während ich versuche, mir einen jüngeren Gray vorzustellen. Hatte er in dem Kino sein erstes Date? Gehörte er zu den Jungs, die sich nach der Schule noch auf dem Schulhof herumgedrückt haben? Wahrscheinlich nicht. Er musste bestimmt immer sofort los zu seinem Training und hat gar nicht bemerkt, wie alle Mädchen ihm hinterhergeschwärmt haben. So stelle ich es mir zumindest vor, und es zaubert ein Lächeln auf mein Gesicht.

»Das Haus sieht schön aus.«

»Danke.« Gray wirft mir ein stolzes Lächeln zu. »Mom steckt viel Mühe und Arbeit hinein. Sie liebt das Haus und hegt und pflegt es, als wäre es ein zweites Kind.«

Das sieht man auch. Die Veranda ist selbst jetzt noch mit blühenden Blumen geschmückt, die farblich zur Halloween-Deko passen. Ich entdecke einen Schaukelstuhl und eine gemütliche Sofaecke, die dazu einlädt, warme Sommerabende auf der Veranda zu verbringen, mit einem guten Buch in der Hand und etwas zum Naschen. Ich muss das Haus nicht einmal betreten, um zu wissen, dass ich es perfekt finde.

»Meine Mom ist in einem Ort wie diesem aufgewachsen. Sie konnte der Großstadt nie viel abgewinnen. Seitdem wir hierhergezogen sind, blüht sie in ihrer Vorstadtrolle richtig auf. Monatlich wird in der Nachbarschaft zusammen gegrillt oder im Winter Glühwein getrunken. Jeder kennt jeden, und Hilfsbereitschaft wird ganz groß geschrieben.«

Gray scheint Erinnerungen nachzuhängen, als er seinen Blick auf die Häuser richtet, die an uns vorbeigleiten, und dem sanften Lächeln auf seinen Lippen nach sind es schöne Erinnerungen.

»Als ich selbst noch nicht Autofahren konnte, hat mich unsere Nachbarin oft zum Training in die Eishalle gefahren, wenn meine Mom arbeiten musste. Sie hatte selbst zwei Jungs, die zum Fußball mussten, trotzdem ist sie den Umweg gefahren, um uns einen Gefallen zu tun. Dafür hat Mom den Garten der Nachbarn mitgepflegt.« Grinsend sieht Gray zu mir, und ich hänge wie gebannt an seinen Lippen. »Du musst wissen, sie ist Landschaftsarchitektin. Ich kenne niemanden mit einem grüneren Daumen.«

Ich finde es interessant, Gray in einem Umfeld außerhalb des Sports zu sehen. Sein Interesse für Architektur und seine offene herzliche Art ergeben für mich mit einem Mal viel mehr Sinn. Und ich kann es kaum erwarten, noch mehr zu erfahren, um das Puzzle namens Jonah Grayham nach und nach zusammenzusetzen.

Ich verkneife mir ein Grinsen, während Gray den Wagen in die Einfahrt seines Elternhauses fährt. Kaum dass er den Motor abgestellt hat, stehen seine Eltern an der Haustür und winken ihrem Sohn zu.

Gray kommt eindeutig nach seinem Dad. Breite Schultern, dunkle Haare und ein strahlendes Lächeln. Aber seine Augen, die hat er von seiner Mom, die ihrem Sohn ungestüm um den Hals fällt, als dieser aus dem Wagen steigt.

»O Gott, Mom, wir haben uns doch erst Samstag gesehen.«

Lachend nimmt Gray seine viel kleinere Mom in den Arm. Ich kann die beiden nur von hinten sehen, da ich wie festgewachsen im Auto sitze. Jetzt aussteigen zu müssen bringt meine Nervosität zurück. Ich versuche mir selbst gut zuzureden, während ich mich abschnalle. Die beiden scheinen herzliche Menschen zu sein. Kein Wunder, wenn ich mir Gray ansehe. Keiner wird mir den Kopf abreißen.

Mit einem nervösen Lächeln, die Hände fest ineinander verschlungen, gehe ich um das Auto herum und bleibe zögerlich stehen. Auch Grays Dad hat sich inzwischen zu uns gesellt und zieht seinen Sohn für eine kurze Umarmung an sich. Wie verhält man sich in so einer Situation? Soll ich auf die beiden zugehen und ihnen einfach die Hand reichen? Sollte ich abwarten, bis sie ihren Sohn fertig begrüßt haben?

Und wie so oft scheint Gray sofort zu bemerken, dass ich Hilfe brauche. Ich weiß nicht, wie es einen so unfassbar guten Menschen geben kann. Und noch weniger, womit ich ihn verdient habe, aber ich wäre Gray am liebsten um den Hals gefallen, als er sich mit einem aufmunternden Lächeln zu mir dreht und die Hand nach mir ausstreckt.

»Mom, Dad, das ist Row. Sie hat sich bereit erklärt, mir mit Lea zu helfen.«

Gray zwinkert mir zu, und ich laufe leicht rot an, in dem Wissen, dass ich absolut keine Erfahrung mit Hunden habe und definitiv keine Hilfe bin.

»Ach, Row! Wie schön, ein Gesicht zu dem Namen zu haben. Ich bin Amelia.«

Verblüfft beobachte ich, wie mir Grays Mom mit Augen, die denen ihres Sohnes eins zu eins gleichen, genau das gleiche Zwinkern zuwirft, das auch Gray mir gerade geschenkt hat. Etwas unbeholfen ergreife ich ihre Hand.

»Ähm ... danke gleichfalls. Ich hoffe, es ist nicht aufdringlich, dass ich mitgekommen bin.«

Entschieden schüttelt Amelia den Kopf. »Keinesfalls. Wir freuen uns immer, Jonahs Freunde aus dem College kennenzulernen.«

Ich muss mich zusammenreißen, um bei Grays richtigen Namen nicht verwirrt zu schauen.

»Na ja, sie ist nicht nur irgendeine Freundin, Mom.«

Ich werde von Gray mit einer Hand an der Hüfte an seine Brust gezogen und spüre, wie er mir einen Kuss auf die Haare drückt, was mich natürlich innerhalb von Sekunden erröten lässt. Vor allem, als die Augen von Grays Mom sich für einen Moment erstaunt weiten, bevor ein strahlendes Lächeln auf ihrem Gesicht erscheint. Hat er sie denn nicht irgendwie vorgewarnt? Ich will mich schon entschuldigen, dass ich hier einfach auftauche und was mir sonst noch alles eingefallen wäre, da kommt Grays Dad mir zuvor.

»Na, dann freut es uns umso mehr, dich in unserem Haus begrüßen zu dürfen, Row. Ich bin William, aber sag ruhig Will, alles andere hört sich immer so ernst an. Dann fühle ich mich an die Zeit erinnert, als meine Mom mich noch ausgeschimpft hat.«

Erleichtert über den Ausweg aus dieser unangenehmen Situation, ergreife ich die große Hand von Grays Dad und schmunzle über seine Anmerkung. Die beiden sind so offen und natürlich, dass ich versuche, nicht zu viel darüber nachzudenken, was ich tue oder sage.

»Das kenne ich. Wenn mich jemand Roween nennt«, an dieser Stelle werfe ich Gray einen bösen Blick zu, »glaube ich immer, gleich von meiner Mom für ein zerbrochenes Glas gescholten zu werden.«

Grays Dad lacht herzlich auf. »Na, dann verstehen wir uns ja. Kommt doch erst einmal rein. So langsam wird es kühl hier draußen.«

Ich glaube, es könnte tiefster Winter sein und mir wäre nicht kalt, so aufgeregt bin ich. Trotzdem folge ich Gray ins Innere des Hauses. Er hat mich noch immer nicht losgelassen, weshalb es für ihn ein Leichtes ist, sich zu mir herunterzubeugen. »Du schlägst dich prima. Ich bin mir sicher, meine Eltern sind dir genauso verfal...«

Bevor Gray zu Ende sprechen kann, wird er von einem Golden Retriever unterbrochen, der um die Ecke geschossen kommt und bellend an ihm hochspringt. Ich weiche erschrocken zurück, während Gray lachend dem Hund durch das Fell strubbelt und spielerisch in die Knie geht. »Na, Lea, hast du mich vermisst, hm? Ja, das hast du, nicht wahr? Dir fehlt dein Laufbuddy, oder?«

Mit einem glücklichen Grinsen, das ich so an Gray noch nie gesehen habe, krault er die Hündin hinter den Ohren und lässt sich von ihr abschlabbern. Die Szene erwärmt mir das Herz, erst recht, als Gray sich aufrichtet und Lea ihm auf Schritt und Tritt folgt und ihn immer wieder um Aufmerksamkeit bettelnd mit der Nase anstupst.

»Sie ist schon den ganzen Tag so hibbelig. Dieser Hund hat einen siebten Sinn für dich.«

Mit einem liebevollen Lächeln legt Amelia einen Arm um ihren Sohn, wird aber sofort wieder von Lea weggedrängt, die um Grays Beine streift.

»Du freches Ding. Hast du etwa vergessen, wer dir seit einem Jahr die Leckerlies gibt?«

Lachend tätschelt Amelia den Kopf der Hündin und schiebt sie dann entschieden weiter ins Haus. »Und dann blockierst du auch noch den ganzen Eingang. Was soll das nur für einen Eindruck bei unserem Gast hinterlassen?«

Als hätte Lea verstanden, was ihr Herrchen gesagt hat, dreht der Golden Retriever den Kopf zu mir und steht im nächsten Moment schwanzwedelnd vor mir. Überrascht halte ich ihr meine Hand hin, als sie diese mit ihrer feuchten Nase anstupst, und werde im nächsten Moment abgeschleckt. Es kitzelt, und ich kann mir ein Kichern nicht verkneifen, bevor ich die andere Hand nutze, um ihr über ihr weiches Fell zu streicheln.

Mit einem strahlenden Grinsen sehe ich zu Gray hinüber, der uns ebenfalls grinsend betrachtet. »Scheint so, als wärst du in der Familie akzeptiert worden.«

Mein Herz macht einen kleinen Sprung. Ich wusste nicht, dass die Akzeptanz eines Hundes mir so viel bedeuten kann, aber ich hätte am liebsten nie wieder die Hände aus Leas Fell genommen. Allerdings hat die Hündin andere Pläne und springt mit einem Bellen wieder zu Gray, sobald sie seine Stimme hört. Tja, gegen Grays Charme komme ich nicht an.

Kopfschüttelnd betrachtet Amelia ihren Sohn, von dem Lea gar nicht genug bekommen kann. »Jonah, bring Lea bitte ins Wohnzimmer. Vielleicht hört sie ja auf dich. Row, kann ich dir was zu trinken anbieten?«

Überrascht wende ich mich zu Amelia und brauche eine Sekunde. »Das wäre sehr nett. Ein Wasser, wenn es ginge?«

Lachend dreht sich Grays Mom um und verschwindet in einen angrenzenden Raum. »Du hast so hohe Ansprüche, ich weiß ja nicht, ob wir die erfüllen können.«

Für einen Moment bin ich mir nicht sicher, ob sie das ernst meint. Aber dann erkenne ich in ihrer Stimme eine Note, die ich viel zu oft bei Gray höre, und entspanne mich wieder. Sie macht nur einen Scherz.

»Komm, Lea, tun wir lieber, was die Chefin sagt.«

Mit einem Zwinkern in meine Richtung geht Gray mit Lea im Schlepptau voraus. Die Hündin springt noch immer um ihn herum, und ich glaube, Gray hätte eine schlechtere Partnerin für seinen ersten Kuss haben können. Ich will mich gerade in Bewegung setzen, da werde ich von einer Hand aufgehalten, die mir auffordernd hingehalten wird. Verwirrt sehe ich zu Will auf, der mich freundlich anlächelt.

»Kann ich dir deinen Mantel abnehmen?«

»Oh, ähm, natürlich.«

Leicht errötend versuche ich schnell aus den Ärmeln meines Mantels zu schlüpfen und verfange mich. Will drehe ich dabei leicht den Rücken zu, und für einen Moment denke ich fast, es ist Gray, der mir netterweise hilft, so ähnlich hören sie sich an, wenn sie lachen. Die Familienzugehörigkeit ist bei allen dreien nicht zu verleugnen.

»So, jetzt haben wir es. Folge einfach dem Hundesabber und du dürftest im Wohnzimmer landen.«

Will betrachtet mich mit einem Schmunzeln, bevor er sich abwendet, um meinen Mantel aufzuhängen. Zögerlich bleibe ich einen Moment stehen, nehme meinen Mut zusammen und laufe Gray hinterher, nachdem ich mich bei seinem Dad bedankt habe.

Ich sehe zwar keinen Hundesabber, aber das Wohnzimmer ist dank Gray, der liebevoll mit Lea spricht, trotzdem leicht zu finden. Er sitzt auf der Couch, während Lea mit den Vorderpfoten auf seinen Knien steht und die Schnauze an Grays Wange reibt. Der Anblick ist so süß, dass ich gar nicht anders kann, als kurzerhand mein Handy zu zücken und ein Bild von den beiden zu machen. Was natürlich genau der Moment ist, in dem mich Gray bemerkt.

»He, zumindest eine Vorwarnung, ja? Jetzt habe ich bestimmt ein Doppelkinn und blicke wie ein Irrer.«

Mit einem breiten Grinsen betrachte ich das Foto und schüttle entschieden den Kopf. »Nein, kein irrer Blick und auch kein Doppelkinn. Willst du es sehen?«

»Auf jeden Fall. Lea, sitz!«

Da Gray zu mir sieht anstatt auf seine Hündin, bemerkt er nicht, dass Lea den Befehl zwar befolgt, allerdings nicht auf dem Boden. Stattdessen springt sie auf die Couch hoch und macht es sich mitten auf Grays Schoß bequem, der einen überraschten Laut ausstößt.

»Meine Güte, du bist doch kein kleiner Welpe mehr. Runter da!«

Kichernd schieße ich weiter Fotos, während Gray seine Hündin rügt, auch wenn das keinen Effekt hat, da er sie gleichzeitig streichelt. Die beiden geben das perfekte Motiv ab.

»O Jonah, ich befürchte, heute Abend wirst du keine Ruhe mehr vor ihr haben!« Amelia betritt lachend den Raum und übergibt mir ein Glas Wasser, das ich dankend annehme. Auch Will stößt zu uns und legt seiner Frau einen Arm um die Hüfte.

»Leider müssen wir beide so langsam los. Row, wir hätten uns wirklich gefreut, dich näher kennenzulernen. Vielleicht kannst du ja bald wieder vorbeikommen.« Grays Dad lächelt mich herzlich an. Er weiß es zwar nicht, aber seine Worte bedeuten mir unglaublich viel.

»Gern, wenn ich das darf.« Schüchtern streiche ich mir eine Haarsträhne hinter die Ohren, während mein Herz Saltos vollführt.

»Natürlich! Vielleicht können wir ja ein Essen planen oder wir kommen zu euch. Oder ...«

»Mom, stopp.« Lachend unterbricht Gray seine Mom und scheucht Lea auf, um selbst aufstehen zu können. »Wir können gern etwas ausmachen, aber jetzt solltet ihr erst einmal losgehen, anstatt Row so zu überrennen. Euch viel Spaß. Ich verspreche, dass ich das Haus nicht abbrenne und Lea später noch mal Gassi führe.«

Amelia betrachtet ihren Sohn mit einem strengen und gleichzeitig liebevollen Blick. »Na gut, Sohn. Wenn ich dir schon wieder peinlich bin, dann gehen wir jetzt.«

Mit einem sanften Lächeln wendet sich Amelia mir zu. »Fühl dich ganz wie zu Hause, Row. Im Kühlschrank steht noch etwas zu essen. Extra vegetarisch. *Davon* hat uns unser Sohn berichtet.«

Während Amelia erneut Gray streng ansieht, erröte ich verlegen über ihre Mühe. Ich hätte niemals damit gerechnet, extra etwas gekocht zu bekommen.

»D-danke, das ist wirklich sehr lieb. Ich hoffe, ihr beide habt einen schönen Abend!«

Mir wird erst jetzt klar, dass ich nicht weiß, was Grays Eltern vorhaben, und ich schäme mich, dass ich mich nicht informiert habe. Vor allem, nachdem sie mich so lieb aufgenommen haben.

»Danke, euch auch. Jonah, benimm dich.« Auch Grays Dad schenkt ihm einen mahnenden Blick, den Gray nur mit einem Augenrollen abtut, bevor er seine Eltern zum Abschied umarmt. Dann verschwinden die beiden wieder Richtung Haustür, die kurz darauf hinter ihnen ins Schloss fällt.

Gray schenkt mir ein Grinsen, bevor er zurück zum Sofa geht, sich eine Fernbedienung vom Beistelltisch schnappt, um den Fernseher einzuschalten, und sich längs hinlegt.

»Komm, Bunny. Mach es dir bequem.« Auffordernd klopft er auf die Polster, und ich gehe zögerlich auf ihn zu, während ich kritisch betrachte, wie er das ganze Sofa einnimmt.

»Geht schlecht, du lässt gar keinen Platz für mich.«

Nicht darauf vorbereitet, falle ich mit einem kleinen Aufschrei auf Grays Brust, als dieser mich an meiner Hand zu sich zieht.

»Ist doch mehr als genug Platz.«

Ich spüre die Worte mehr in seiner Brust rumpeln, als dass ich sie höre. Aber ich bin mir sicher, sie haben selbstverliebt genug geklungen, um zu rechtfertigen, dass ich ihm einen Klaps verpasse. »Du bist unmöglich.«

Trotzdem kuschle ich mich an ihn, als er beginnt, durch die Fernsehsender zu zappen.

Kapitel 33

Die Gemüselasagne schmeckt fantastisch. Ich weiß nicht, woran es liegt, dass von Müttern gekochtes Essen immer besser schmeckt. Ich könnte mir das Rezept geben lassen, und trotzdem würde es bei mir nicht so gut sein. Außerdem ist Gray eine ganz exzellente Tischgesellschaft. Freiheraus erzählt er Geschichten aus seiner Jugend, und ich kann gar nicht genug davon bekommen.

»... da waren wir also: Drei pubertäre Jungs, die meinten, in Sport immer den großen Macker raushängen lassen zu müssen, und eine alte Vertretungslehrerin, die unser Ego zu gern zurechtgestutzt hat. Ich weiß nicht, ob ich nach dem Sportunterricht jemals so fertig gewesen bin. Diese Frau verstand es, einem Feuer unter dem Hintern zu machen. Als Eishockey-Coach hätte sie es weit gebracht.«

In Erinnerungen versunken schüttelt Gray grinsend den Kopf über sein jüngeres Ich, bevor er sich unsere beiden leeren Teller schnappt und aufsteht.

»Ich räume das in die Spülmaschine ein, und dann müssten wir mit Lea Gassi gehen. Willst du mitkommen oder lieber hierbleiben?«

»Ich komme mit. «

Mit einem Lächeln stehe ich ebenfalls auf, während Gray in die Küche läuft und kurz darauf wieder zu mir geschlendert kommt. Er drückt mir einen unschuldigen Kuss auf die Lippen und schiebt mich dann Richtung Flur.

»Ich hole noch schnell die Leine, zieh du schon mal Schuhe an.«

Da Gray hinter mir steht, kann er nicht sehen, wie ich die Augen verdrehe, aber meinem Tonfall ist der Sarkasmus anzuhören, als ich »Ja, Dad« sage.

Dafür erhalte ich einen Kuss seitlich auf den Hals und ein ebenso sarkastisches »Nicht so frech, junge Dame«. Dann ist Gray weg und ich mache brav, was er gesagt hat. Fertig angezogen stehe ich an der Tür, als Gray mit der Leine in der Hand zurückkommt.

»Lea, komm!« Gray pfeift, und keine Sekunde später kommt Lea um die Ecke geschossen, hellwach, dafür, dass sie bis gerade eben schlafend in ihrem Körbchen gelegen hat.

Gray beugt sich runter, um die Leine am Halsband zu befestigen, und streichelt die Hündin dabei liebevoll. »Feines Mädchen.«

Um sich selbst Schuhe und Jacke anzuziehen, übergibt Gray mir mit einem Zwinkern die Leine, die ich zögerlich in der Hand halte. Ich habe noch nie einen Hund geführt, daher habe ich Angst, etwas falsch zu machen. Aber selbst wenn, scheint das Lea nicht zu stören. Sie kommt nur schwanzwedelnd zu mir, um sich die nächste Streicheleinheit abzuholen.

»Ich glaube, ich kann Lea und dich nicht öfter zusammenlassen. Dann schenkt ihr mir zu wenig Aufmerksamkeit.«

Mit einem gespielt bösen Blick sehe ich zu Gray auf und überreiche ihm wieder die Leine. »Du hattest in deinem Leben schon genug Aufmerksamkeit, mein Lieber.«

»So etwas gibt es nicht.«

Schief grinst Gray mich an, während er die Haustür öffnet und mir den Vortritt lässt. Ich knuffe ihn spielerisch beim Vorbeigehen in die Seite. Selbstverliebter Idiot.

Sobald Gray die Tür hinter uns abgeschlossen hat, spazieren wir langsam los. Man spürt den näher kommenden Winter in der Luft, und ich bin froh, meinen Mantel mitgenommen zu haben. Allerdings komme ich nicht dazu, die warmen flauschigen Taschen des Mantels auszunutzen, weil Gray nach meiner Hand greift und unsere Finger miteinander verflechtet. Ich beiße mir auf die Lippe, um mir ein glückliches Lächeln zu verkneifen.

»Sag mal ...« Gray spricht gedehnt, während wir beide Lea dabei beobachten, wie sie im Gras herumschnüffelt. »Was war eigentlich mit Alexis die letzten Tage? Hat sich ziemlich ernst angehört.«

Überrascht von der Frage spanne ich mich an. Damit habe ich nicht gerechnet. Oder na ja, eigentlich schon. Einerseits hatte ich gehofft, dem Gespräch zu entkommen. Alexis würde nicht wollen, dass ich einer dritten Partei davon erzähle, was bei ihr momentan los ist. Und immerhin ist es auch ihr Ding, ich habe kein Recht, darüber zu tratschen. Andererseits ist ihre Geschichte so eng mit meiner verflochten, dass ich immer einen Teil von ihr enthüllen muss, wenn ich offen und ehrlich mit Gray sein möchte.

Und das will ich. Auch wenn ich kein Experte bin, was Beziehungen angeht, weiß ich doch, dass meine Vergangenheit ein zu großes Thema ist, um es für immer im Ungewissen zu lassen. Man muss sich nur mein Verhalten am Samstag ansehen. Wäre Gray nicht so verständnisvoll, hätte das der Punkt sein können, an dem er sagt, entweder ich rede oder das war's mit uns. Er hat es nicht so drastisch ausgedrückt, aber über kurz oder lang würde es darauf hinauslaufen. Und der Gedanke macht mir mehr Angst als jeder Albtraum, in dem ich wieder in die Highschool gehen muss.

Mir mit meiner Antwort Zeit lassend, um die richtigen Worte zu finden, bin ich froh, Lea beobachten zu können, anstatt Gray ins Gesicht sehen zu müssen.

»Ihre Vergangenheit hat sie auf unschöne Weise wieder eingeholt. Das ist auch damals auf der Party passiert und ... auch bei mir am Samstag.«

Die Erwähnung von Samstag lässt Gray sich anspannen. Ich spüre es daran, wie er meine Hand fester packt und einen tiefen Atemzug nimmt. Es rührt mich, dass ihn das Ganze so mitnimmt. Es zeigt, dass ich ihm wirklich viel bedeute. Und das ist die letzte Bestätigung, die ich brauche, um die nächsten Worte auszusprechen.

»Ich kann dir nicht erzählen, was bei Alexis los ist. Das ist ihre Sache. Aber wenn du willst, kann ich dir meine Geschichte erzählen.« Ich schlucke schwer. »Das erklärt für dich vielleicht, weshalb ich mich manchmal so komisch benehme und mir gewisse Sachen schwerfallen.«

Es bleibt für einen Moment still, und ich warte mit laut pochendem Herz auf Grays Reaktion. Ich wage es sogar, zu ihm zu sehen, doch er sieht nur starr geradeaus.

»Du musst es nicht erzählen, wenn du nicht willst.«

Grays Stimme hört sich gepresst an. Ich weiß, dass er sich zurücknimmt. Um mir die Chance zu lassen, einen letzten Rückzieher zu machen. Aber das muss er gar nicht.

»Ich will es aber. Ich vertraue dir.«

Mein Hals ist wie zugeschnürt, so viel Wahrheit steckt in dem Satz. Ich bin nicht gut darin, zu kommunizieren, wie es mir geht oder wie ich empfinde. Aber ich hoffe, dass Gray es mir anhören kann. Wie sehr ich ihn ... Na ja, wie viel er mir bedeutet.

Sanft drückt er meine Hand.

»Dann würde es mich freuen, alles zu hören.«

Mein Atem entkommt mir mit einem Seufzen. Es ist schon komisch: Auf der einen Seite bin ich nervöser als jemals zuvor. Ich habe noch nie davon erzählt. Nur mit Alexis habe ich über unsere Schulzeit gesprochen, und ihr musste ich nicht erst sagen, was passiert ist. Aber auf der anderen Seite fühle ich mich seltsam befreit. Es ist, als würde es mir eine Last abnehmen, endlich mit jemandem zu teilen, was mich schon seit Jahren beschäftigt. Und das, obwohl ich noch nicht angefangen habe zu sprechen.

»Alexis und ich waren nicht unbedingt beliebt in der Schule.« Ich stoße ein ironisches Schnauben aus. »Nein, das ist eine Untertreibung. Wir waren die Letzten, mit denen sich irgendjemand abgeben wollte.« Ich merke, dass Gray etwas dazu sagen will, doch ich schüttle den Kopf. »Nein, hör einfach zu. Das alles ist sowieso Vergangenheit. Man kann nichts daran ändern.«

Ich nehme einen tiefen Atemzug und bin dankbar, dass wir an der frischen Luft sind. Es ist irgendwie leichter, darüber zu reden, während wir hier mit Lea entlanglaufen. Als wäre es nur etwas Nebensächliches und nicht meine Lebensgeschichte.

»Du musst wissen, Alexis war früher übergewichtig. Sie war nicht immer die supersportliche Person in engen Kleidern, die sie heute ist. Und sie ist auch nur halb so selbstbewusst, wie sie immer tut. Wie sollte sie das auch, wenn sie jahrelang wegen ihres Körpers fertiggemacht und wie ein Stück Dreck behandelt wurde?«

Meine Stimme zittert, so plötzlich und heftig überkommt mich die altvertraute Wut. Auch Gray neben mir ist sichtlich angespannt, aber er kommt meinem Wunsch nach und bleibt still, während ich tief durchatme, um mich wieder zu fassen.

»Und ich ... Na ja, ich war genauso wie heute. Eine kleine Streberin, die zu nichts zu gebrauchen ist, außer um von ihr abzuschreiben.«

Dieses Mal zerquetscht Gray meine Hand geradezu, und ich halte ihn mindestens genauso fest.

»Rede nicht so über dich.«

Grays Stimme hat einen dunklen Unterton angenommen, doch das ändert nichts an der ungeschönten Wahrheit.

»Ich wiederhole nur, was man mir direkt ins Gesicht gesagt hat. Und damit hatte ich noch Glück.«

Grays Stirn liegt in tiefen Falten, während an meinen Mundwinkeln ein ironisches Lächeln zupft. »Sie haben mich ignoriert, wenn sie mich nicht gebraucht haben. Ich wurde selten beleidigt, man hat mir keine dummen Streiche gespielt. Ich war einfach ... Luft für die anderen.«

Mit einem Blinzeln wende ich den Blick von Gray ab und betrachte die Straße, die wir entlanglaufen, und Lea, die weiter fröhlich herumtollt.

»Ich sage das nicht, um Mitleid von dir zu bekommen. Es ist einfach die Realität, wie meine Jugend ausgesehen hat. Ich bin zur Schule gegangen, habe im Unterricht aufmerksam zugehört, meine guten Noten geschrieben und die Pausen halb in der Hoffnung, halb in der Angst verbracht, dass die Leute mich bemerken. Ich habe die Schikanen mit Alexis mit erlitten, aber nie den Mut besessen, für sie in die Bresche zu springen. Ich habe mich bei jeder verdammten Gruppenarbeit ausnutzen lassen, in der kindischen Hoffnung, mehr für die anderen zu sein als ein Mittel zum Zweck. Aber letztendlich war ich über die gute Note hinaus nie von Interesse. Ich war ungefähr genauso viel wert wie ein Taschenrechner, und ich habe es akzeptiert. Ich habe mich selbst so behandeln lassen, weil ich bis zu meinem Schulabschluss nicht verstanden habe, dass nur ich daran etwas ändern kann. Dass es nichts bringt, sich allein abends die Augen aus dem Kopf zu heulen. Also habe ich angefangen, mich dagegen zu schützen.«

Ich weiß nicht, ob ich Gray vermitteln kann, wie es war. Vielleicht kann man das gar nicht verstehen, wenn man es nicht selbst erlebt hat. Worte können verletzen, Taten können verletzen. Aber Missachtung kann das genauso.

»Ich gebe keine Nachhilfe, ich hasse Gruppenarbeiten, ich lasse mich nicht auf Menschen ein, weil ich die Erfahrung gemacht habe, dass sie sich eh nicht für mich interessieren, sondern nur auf irgendetwas aus sind.«

Ich sehe zu Gray auf, der den Blick starr nach vorn gerichtet hat, während er mit seinen Kiefern mahlt.

»Menschen können grausam sein. Sie tun anderen weh und bemerken es noch nicht einmal! Sie haben gelacht und gesagt, es sei alles nur ein Scherz, während Alexis sich kaum noch in die Schule getraut hat. Und auch hier auf dem College sind die meisten nicht besser. Alle wollen nur sich selbst profilieren und trampeln dabei auf anderen herum, als wären sie nichts wert. Ich hasse es. Also halte ich mich von alldem fern.«

Ich kann gar nicht anders, als bei diesem Satz an Joyce zu denken, die mit ihrem Engelslächeln jeden blendet. Einen auf guten Samariter macht, sich insgeheim jedoch um niemanden schert, außer um sich selbst.

»Ich weiß, das hört sich verbittert an, und ich muss zugeben, seitdem ich dich kenne, fange ich an, viele Dinge wieder anders zu sehen. Aber alles, was mich an diese Jahre erinnert, lässt mich in meine Schutzmechanismen zurückfallen. Am Samstag, da ...« Ich schlucke den Knoten in meinen Hals hinunter, fest entschlossen, kein Zittern und keinen Zweifel zuzulassen, wenn ich über Joyce rede. »Da hat meine Mom mir von einer früheren Mitschülerin erzählt. Na ja, eigentlich hat sie mir von ihr vorgeschwärmt.« Ich schnaube bitter auf. »Sie ist der Liebling der ganzen Stadt, und das, obwohl sie Alexis und mir das Leben zur Hölle gemacht hat. Dieses Mädchen ...« Ich muss die Lippen fest aufeinanderpressen und für einen Moment die Luft anhalten, um nicht einfach frustriert loszuschreien.

»Sie ist an unserem Abschlussball zu mir gekommen, ihr Ballköniginnen-Krönchen auf dem Kopf, und hat zu mir gesagt, dass, wenn ich nicht hin und wieder so nützlich gewesen wäre, ich mich mit meiner fetten Freundin für immer auf den Schultoiletten hätte verstecken können. Dort wären wir gut aufgehoben gewesen.«

Ich schüttle fassungslos den Kopf, als mir die Szene genau vor Augen steht. Wie ich ihr jedes Wort geglaubt und mich nicht gewehrt habe, während sie sich mit einem triumphierenden Lächeln abgewandt hat. »Wir sind uns zwei Stunden später auf besagten Toiletten wieder begegnet. Ich habe mich nach ihren Worten dort versteckt, mit dem E-Book-Reader, den mir meine Eltern zum Abschluss geschenkt haben. Ich wollte einfach meine Ruhe. In eine andere Welt entfliehen, so wie ich es die Jahre über immer gemacht habe, wenn ich mit meinem eigenen Leben nicht mehr zurechtkam. Als Joyce mich gesehen hat, hat sie angefangen zu lachen und zu ihren Freundinnen gesagt: *Mein Gott, kein Wunder, dass dieses Mädchen immer gute Noten hat. Aber weiter als diese Toiletten wird sie trotzdem nicht kommen. Um etwas zu erreichen, braucht man Charakter und Führungsstärke. Nichts, was man in Büchern lernen kann. Man hat es oder nicht. Und das hier ist definitiv ein hoffnungsloser Fall.* Sie hat mir meinen E-Book-Reader abgenommen und ihn in die Toilette geschmissen.«

Ich schlucke hart und wehre mich gegen die Gefühle, die in mir aufsteigen wollen. Selbst heute schäme ich mich, auch wenn ich rational weiß, dass es dafür keinen Grund gibt. Es ist nichts verkehrt an mir. Aber damals habe ich es ihr geglaubt, und auch jetzt muss ich gegen die Worte ankämpfen, um mich nicht wieder völlig wertlos zu fühlen.

»Verdammte Scheiße, und deine Mom verliert auch nur ein gutes Wort über diese ...«

Gray unterbricht sich selbst, indem er die Zähne fest aufeinanderbeißt. Seine Hand um Leas Leine ist zu einer Faust geballt, und er macht so große wütende Schritte, dass ich kaum mithalten kann. Gray hat mich die letzte Minute kein einziges Mal angesehen, und irgendetwas sagt mir, dass das daran liegt, dass seine Selbstbeherrschung am seidenen Faden hängt.

Es tut mir weh, ihn so zu sehen. Denn ich kenne diese Art von Wut und weiß, dass es nichts gibt, was er machen kann, um sie loszuwerden. Ich wollte ihn nicht so aufbringen. Aber er wollte die Wahrheit wissen.

»Meine Mom weiß nichts davon.«

Als auf mein Geständnis hin Grays Kopf zu mir herumschießt, lasse ich meine Haare wie einen Schleier über mein Gesicht fallen, um mich abzuschirmen.

»Was? Row, ihr hättet mit dem Scheiß zum Direktor gehen sollen! Oder zumindest deine Eltern ...«

»Ich wollte ihnen das hier nie antun!«

Frustriert entziehe ich ihm meine Hand und beiße mir auf die Lippe, um die Tränen zurückzuhalten.

»Ich wollte nicht, dass sie sich Sorgen machen und letztendlich doch nichts ändern können. Ich ... Ich wollte es ihnen nicht noch schwerer machen, als sie es mit mir sowieso schon hatten.«

Meine Stimme wird immer leiser, während ich mich an all die Male erinnere, als meine Mom gefragt hat, was los sei und ich mich ihr nicht mitteilen konnte. Vielleicht wollte ich es einfach nie laut aussprechen. Das hätte alles nur noch realer gemacht.

Anscheinend sind wir einmal im Kreis gelaufen, während ich geredet habe, denn wir stehen wieder vor Grays Haustür, als er auf einmal nach meinem Kinn greift und mich bestimmt, aber sanft zwingt, ihn anzublicken. In seinen Augen ist viel zu entdecken, jedoch kein Mitleid oder Bedauern, nur eine gute Portion Wut.

»Du besitzt mehr Charakter in deinem kleinen Finger, als dieses kleine Flittchen ihr Leben lang haben wird. Verdammt, du wirst in zehn Jahren in einem Penthouse sitzen und als gefeierte Medizinerin auf uns herunterlächeln! Und was wird dieses Mädchen in der Zeit erreicht haben? Wahrscheinlich wird sie immer noch in eurer Heimatstadt sitzen und von den alten Tagen schwärmen, als sie Ballkönigin war. Und außer ihr wird sich niemand mehr daran erinnern, während du ein Mittel gegen Krebs findest und den Nobelpreis dafür bekommst.«

Gray legt seine Hände um mein Gesicht, während ich ihn nur sprachlos anstarren kann. »Mir tun die armseligen Menschen leid, die in ihrem Leben nichts erreichen und deswegen andere fertigmachen müssen, um sich gut zu fühlen. Aber du, du erweckst in mir nur Respekt. Das hast du schon von Anfang an, als du diese verdammten drei Tischtennisbälle in den Bechern versenkt hast.«

Grays Kuss ist wild und sanft zugleich. Ich kralle mich in seiner Jacke fest, während ich diesem Mann alles von mir gebe. Ich habe noch nicht verarbeitet, was ich gerade gehört habe. Kann noch immer nicht glauben, was Gray bei mir hält.

Aber eins weiß ich mit einem Mal: Ich liebe ihn, und es fühlt sich schöner an als alles andere auf dieser Welt.

Kapitel 34

Ich wusste nicht, dass ich mich in Grays Gegenwart noch wohler fühlen könnte. Aber jetzt, wo ich mich nicht mehr verstecken muss, fühlt es sich so an, als würde uns nichts mehr voneinander trennen. Ich muss nicht mehr vorsichtig sein mit dem, was ich sage oder tue, weil ich keine Angst mehr davor habe, er könnte mich von sich stoßen. Ich habe ihm mitten ins Gesicht gesagt, wer ich bin, und daraufhin hat er mich in seine Arme gezogen. Das ist etwas, mit dem ich mein Leben lang nicht gerechnet habe. Nicht, nachdem ich jahrelang für mein Wesen komisch angesehen und links liegen gelassen wurde. Gray ist so etwas wie mein persönliches Wunder.

Mit dem Gedanken, ihn nie wieder gehen zu lassen, kuschle ich mich näher an ihn und ziehe seine Hand, die er über meine Taille gelegt hat, an meinen Mund, um einen Kuss darauf zu drücken, was ihm ein leises zufriedenes Grummeln entlockt.

Wir liegen bei ihm zu Hause in seinem Bett, nachdem wir vor einer Stunde bei seinen Eltern weggefahren sind. Ich kann immer noch nicht fassen, dass dieser Abend wirklich real gewesen ist, aber Gray an meinem Rücken zu spüren, eingehüllt in seinen Duft, ist der sichere Beweis. Ich habe ihm meine Seele offenbart, und er ist nicht darauf herumgetrampelt. Er hat sich für das interessiert, was ich gesagt habe. Er interessiert sich für *mich*.

Je länger ich darüber nachdenke, desto aufgeregter flattern die Schmetterlinge in meinem Bauch. An Schlaf ist nicht zu denken, auch wenn Gray bereits friedlich schlummert. Also gebe ich mein Bestes, so ruhig wie möglich liegen zu bleiben, während ich grinse, als hätte ich in der Lotterie gewonnen.

Mir war nie klar, dass sich verletzlich zu zeigen auch etwas Gutes sein kann. Es macht einen angreifbar, schutzlos. Aber wenn dich jemand hält, anstatt dich mit Absicht die Klippe hinunterzuschubsen, fühlst du dich stärker. Nicht mehr so einsam, sondern sicher und geborgen.

»Bunny.« Ein Kuss wird auf meinem Hals platziert. »Nett, dass du versuchst ruhig zu bleiben, aber ich merke, dass du kurz davor bist, aufzuspringen und einen Marathon zu laufen. Was ist los? Willst du nicht schlafen?«

Mit einem schlechten Gewissen, weil ich Gray um seinen Schlaf bringe, aber viel zu aufgekratzt, um nicht auf die Einladung einzugehen, drehe ich mich um, sodass wir Gesicht zu Gesicht daliegen. Grays Augen sind nur auf halbmast geöffnet, trotzdem zupft ein Lächeln an seinen Mundwinkeln. Voller Ehrfurcht zeichne ich die Konturen seines Kiefers nach.

»Weißt du eigentlich, wie viel es mir bedeutet, was du heute für mich getan hast?«

Gray blinzelt verschlafen und fängt meine Hand ein, um einen Kuss auf die Innenfläche zu drücken.

»Ich habe doch nur zugehört. Ich wünschte, ich hätte dich damals gekannt und hätte wirklich etwas tun können.«

Ich weiß, dass, wenn ich weiterspreche, meine Stimme von Tränen erstickt klingen wird. Aber nicht, weil ich traurig bin, sondern weil dieser Mann tief in meinem Herzen etwas berührt, von dem ich dachte, es wäre schon lange abgestorben.

»Du hast viel mehr gemacht. Ich habe das alles noch nie zuvor jemandem erzählt. Weil ich nicht noch mehr verletzt werden wollte. Aber du ... Du hast genau das Gegenteil gemacht. Du hast mir Sicherheit gegeben.«

Gray bewegt sich, um besser dazuliegen, bevor er mich an sich zieht. Wie selbstverständlich findet mein Kopf den perfekten Platz auf seiner Brust.

»Du weißt, dass ich dich niemals verletzen würde, Bunny. Ich bewundere Alexis und dich für eure Stärke und dafür, dass ihr immer zusammenhaltet. Das ist das Wichtigste überhaupt.«

Ich grinse, auch wenn Gray es nicht sehen kann, und zeichne verschnörkelte Linien auf seine Brust.

»Da kommt der Eishockeyspieler raus, was?«

Mein Tonfall ist neckisch, aber seine Worte sind tief in mich eingedrungen und hallen dort wider. Er hat absolut recht. Ich hätte ohne Alexis die letzten Jahre nicht durchgestanden. Und ich kann nur hoffen, dass ich ihr genauso eine Hilfe sein konnte. Sie ist die wichtigste Person in meinem Leben. Auch wenn sie momentan heftig Konkurrenz bekommt.

»Ahh, da versuche ich tiefgründig zu sein, und schon wird sie frech!«

Kichernd rolle ich vor Grays Händen weg, der mich durchkitzeln will. Aber der Kampf ist ziemlich unfair, wenn ihm eine Hand reicht, um meine über meinem Kopf festzunageln und mich somit wehrlos zu machen. »Hör auf! Ich … kann nicht mehr!«, japse ich und ringe nach Luft. Doch Gray lässt sich Zeit, bevor er Erbarmen zeigt.

»Das war nicht fair.«

Ich muss nach oben sehen, um in Grays grinsendes Gesicht zu blicken, da er sich, um meine Beine zu fixieren, halb auf mich gerollt hat. Doch anstatt mich von Gray erdrückt zu fühlen, kommt es mir so vor, als würde er mit seinen breiten Schultern die Außenwelt abschirmen und mir einen sicheren Zufluchtsort schenken.

»Unfair? Ich habe weder geschummelt noch externe Hilfe gehabt. Kann ich doch nichts dafür, dass du so klein und zierlich bist.«

Nein, dafür kann er wirklich nichts, aber ich liebe den Kontrast, den er zu mir bildet. Allein seine Nähe lässt meinen Körper prickeln, und weil ich nicht mehr weiß, was ich sagen wollte, küsse ich ihn lieber.

Ich merke, dass ich Gray überrascht habe, und beiße ihn zur Bestrafung kurz in die Lippe. Keine Ahnung, woher ich den Mut oder auch nur die Idee dazu habe, aber bevor sich mein Gehirn einschalten kann, zeigt mir Gray unmissverständlich, dass er mir nicht das Sagen überlässt, indem er seine Zunge hervorschnellen lässt.

Wir fechten einen Kampf mit unseren Mündern aus, und nachdem keiner von uns die Oberhand gewinnt, werden neue Waffen ins Spiel gebracht. Gray fährt mit seinen Fingern an meinem Oberschenkel entlang, bis er den Saum des Shirts erreicht, das er mir zum Schlafen geliehen hat. Dann lässt er die Finger über die Innenseite wandern und zieht dort genüssliche Kreise, die mir den Atem rauben. Jede Berührung kommt mir hundertfach verstärkt vor, und obwohl er mich noch nicht *dort* berührt hat, zieht sich mein Inneres bereits erwartungsvoll zusammen. Bilder von uns in der Umkleide blitzen vor meinem inneren Auge auf und lassen mich fordernd das Becken heben, während auch meine Hände auf Erkundungstour gehen. Glücklicherweise trägt er zum Schlafen kein Shirt. So kann ich seine Muskeln unter meinen Fingerspitzen spüren. Ich bin fasziniert von Grays Körper. Er ist geradezu Perfektion, wie aus einem Anatomiebuch.

Ich verteile Küsse auf seiner Brust, was ihn wiederum dazu veranlasst, mit einer Hand meinen Körper entlangzufahren. Und obwohl uns noch immer Stoff trennt, reicht es, um mir eine Gänsehaut zu bescheren. Mit einem kleinen Stöhnen drücke ich mich enger an ihn.

»Bunny, wir begeben uns auf gefährliches Territorium.«

Grays Stimme klingt dunkel und gepresst, ein sicheres Zeichen dafür, dass er an sich hält. Aber das will ich gar nicht.

Den Kopf hebend, um näher an sein Ohr zu kommen, flüstere ich: »Es gibt heute Nacht kein gefährliches Territorium.«

Ich spüre, wie sich Grays Arme anspannen, als er sich aufstützt, um mir besser ins Gesicht sehen zu können. Zufrieden lasse ich den Kopf zurück ins Kissen sinken und begegne seinem Blick mit einem Lächeln.

»Was ... Bunny, du musst Klartext mit mir reden. Ich befürchte, sonst könnte ich mehr in deine Worte hineininterpretieren, als du es vielleicht möchtest.«

Wie kann ein Kerl nur so rücksichtsvoll sein? Hauchzart fahre ich Grays Bauchmuskulatur nach und beobachte, wie er daraufhin die Kiefer aufeinanderpresst. Aber sonst geht er nicht auf meine Berührung ein, sondern wartet nur ab, was ich sage.

»Ich will dir heute ganz und gar gehören. Du hast bereits mein Herz und seit vorhin auch meine Seele. Und ich will, dass auch mein Körper dir gehört.«

Meine Hände hinter seinem Nacken verschränkend, ziehe ich mich nach oben, um Küsse seitlich seines Halses zu platzieren. »Du bist der Erste. Der Erste, den ich so nah an mich herangelassen habe. Der Erste, für den ich so empfinde. Der Erste, der mich so berühren darf. Und ich befürchte, du wirst auch der Einzige bleiben, denn, Jonah Grayham, du hast mich für alle anderen verdorben.«

Die Dunkelheit macht mich mutig. Mutig genug, die Wahrheit zu sagen, denn ich weiß wirklich nicht, wie jemand anderes als Gray das in mir auslösen soll, was er in mir erweckt. Ich wünschte, ich könnte diesen Moment in einem Marmeladenglas einfangen und es jeden Tag öffnen, um ihn wieder zu erleben. Denn er ist perfekt, als Gray auf meine Worte hin vorsichtig meinen Kopf zwischen seine Hände nimmt und mich mit einer solchen Sanftheit küsst, dass mein Herz vor überquellenden Gefühlen schon wehtut.

Bisher habe ich immer gedacht, dass alles, was mir widerfahren ist, mich verkorkst hat. Dass ich so, wie ich bin, kein Glück finden kann. Aber zusammen mit Gray wird mir endgültig klar, dass die Summe meiner Erfahrungen mich zwar ausmacht, das aber nichts Schlechtes ist. Ich selbst zu sein ist nichts Schlechtes, solange ich es akzeptiere, anstatt gegen mich selbst anzukämpfen. Es geht nicht darum, sich an die Welt anzupassen, sondern darum, sich selbst eine Welt zu schaffen, die zu einem passt. Mit den richtigen Menschen, die einen für das mögen, was man ist.

Unwillig, auch nur einen Zentimeter Platz zwischen uns zuzulassen, lege ich Gray die Beine um die Hüften und werde dafür mit einem Grinsen an meinen Lippen belohnt. Und weil ich dieses Lächeln liebe, nutze ich die Gelegenheit, kleine Küsse auf seinen Mundwinkeln und diesem Grübchen, das mich immer wieder um den Verstand bringt, zu verteilen.

Ich begrüße es, als Gray die Hände unter den Saum meines Shirts fahren lässt, und spüre, wie er den Atem in einem lautlosen Seufzen ausstößt, als ich ihm dabei helfe, es mir über den Kopf zu streifen, als hätte er zuvor meinen Worten noch nicht ganz glauben können. Ich beiße mir auf die Lippe, um mir ein Schmunzeln zu verkneifen, als Gray seinen Blick über mich gleiten lässt. Er ist so zurückhaltend, so ganz und gar nicht wie ein Eishockeygott oder Frauenheld. Und es berührt mich, dass er das für mich macht. Weil er sich Gedanken darüber macht, wie unerfahren ich bin. Aber das ist nicht nötig. Ich brenne für ihn, und ich will ihn voll und ganz, ohne Zurückhaltung. Allein der Gedanke, von ihm berührt zu werden, macht mich verrückt, und ich weiß, dass ich dafür bereit bin.

»Gray?« An seinen Haaren zupfend, um seine Aufmerksamkeit zu bekommen, lasse ich ihn offen und ehrlich sehen, wie ich empfinde. Und ich weiß, dass er jedes Quäntchen davon versteht. »Ich will dich.«

Und ohne weiteres Zögern bekomme ich ihn.

Kapitel 35

Ich bin am nächsten Morgen vor Gray wach und beobachte ihn beim Schlafen. Es ist so friedlich und lässt in mir ein warmes wohliges Gefühl aufsteigen. Als wäre ich hier genau richtig.

Mit einem Lächeln auf den Lippen beobachte ich, wie der Wecker auf Grays Nachttisch von 7:59 auf 8:00 Uhr umspringt und gleichzeitig zu klingeln anfängt. Gray gibt ein Stöhnen von sich und dreht sich im Halbschlaf um, um auf den Aus-Knopf zu drücken, bevor er sich über das Gesicht reibt.

»Guten Morgen.«

Ich begrüße Gray mit einem Lächeln, als er sich verschlafen blinzelnd zu mir wendet und sich durch die Haare fährt.

»Morgen, Bunny.«

Ich weiß, eigentlich sollte ich es nicht, aber inzwischen freue ich mich über diesen dämlichen Spitznamen. Auch wenn es meine feministische Seite gequält aufschreien lässt. Doch ich kann mir kaum noch vorstellen, von ihm anders genannt zu werden. Und auch wenn der Ursprung des Namens fragwürdig ist, klingt in Grays Stimme etwas so Liebevolles mit, wenn er mich Bunny nennt, dass ich es nicht als beleidigend auffassen kann.

Gray legt eine Hand um meinen Hinterkopf, um mich zu sich heranzuziehen und einen Kuss auf meine Stirn zu platzieren. »Wie fühlst du dich? Tut dir etwas weh?«

Über seine Direktheit errötend schüttle ich den Kopf, während ich mich an ihn kuschle. »Etwas ... ungewohnt, aber alles gut.«

Ich spüre an meiner Stirn, wie er zu grinsen beginnt, und erwarte seinen Spruch bereits mit einem Augenverdrehen.

»Daran können wir etwas ändern.«

Lachend, aber entschieden schlage ich seine Hände weg, als diese auf Wanderschaft gehen wollen, und ziehe die Decke mit mir hoch, als ich mich aufsetze, mir nur zu bewusst, dass ich nicht mehr als BH und Höschen trage. Trotzdem versuche ich, so entschlossen wie möglich zu sagen: »O nein, ich will pünktlich zu meiner Vorlesung kommen.«

Mit einem schiefen Grinsen zupft Gray an meinen Haarspitzen. »Manchmal muss man etwas Ungezogenes machen, Bunny.«

Mit einem spielerischen Lächeln beuge ich mich zu ihm hinunter und stoppe keinen Zentimeter vor seinen Lippen. »Hast du mir gestern etwa nicht zugehört? Ich bin immer die artige Schülerin.«

Nach einem Kuss auf seine Wange ziehe ich mich gerade schnell genug zurück, um seinen Händen zu entkommen. Eigentlich hatte ich vor, mit der Decke aus dem Bett zu fliehen, aber leider bekommt Gray diese zu fassen, sodass wir um sie ringen, bis Gray sie mir mit einem Ruck aus den Händen zieht und ich mit einem Quieken die Arme um mich schlinge. Nicht dass das wirklich etwas bringen würde.

»Du Idiot, sieh weg!«

Lachend setzt sich auch Gray im Bett auf.

»Süße, daran solltest du dich lieber gewöhnen.«

Mit einem wütenden Schnauben schnappe ich mir ein Kissen und schlage nach diesem selbstverliebten Idioten, der meinen Angriff nicht erwartet und das Kissen voll ins Gesicht bekommt. Sein Lachen wird zu einem Prusten, was wiederum mich in grimmiger Zufriedenheit grinsen lässt.

Ich nutze die Gelegenheit und schnappe mir die Decke, um mich darin einzuwickeln, während Gray das Kissen von seinem Gesicht nimmt und mich böse anfunkelt. Doch wirklich lange kann er den ernsten Gesichtsausdruck nicht aufrechterhalten, da schüttelt er mit einem Seufzen den Kopf und grinst mich im nächsten Moment an.

»Tut mir leid, aber du siehst viel zu niedlich aus, um dir böse zu sein.«

Entrüstet klappt mir der Mund auf, und ich will schon wieder nach dem Kissen greifen, um diesem Idioten Respekt zu lehren. Doch dieses Mal ist Gray schneller und bringt das Kissen vor mir in Sicherheit, indem er sich lachend darauf rollt.

»O nein, Bunny. Zweimal kannst du mich damit nicht überraschen!«

Frustriert stampfe ich mit dem Fuß auf und verschränke die Arme, damit meine Decken-Tunika an Ort und Stelle bleibt. »Du bist einfach ... einfach unmöglich!«

Mit einem breiten Grinsen sieht Gray zu mir auf und hält mir auffordernd eine Hand hin. »Und du bist süß, wenn du wütend bist. Schön, dass wir das geklärt haben. Darf ich jetzt bitte noch eine Minute meine Freundin in den Arm nehmen, bevor ich sie den ganzen Tag nicht sehe?«

Ich hasse ihn dafür, dass er mit diesen Worten meine Verteidigung zu Fall bringt, weil mein dämliches Herz sofort in seine Arme hüpft. Dennoch gebe ich ein beleidigtes Schnauben von mir, um meinen Standpunkt klarzumachen, bevor ich meine Hand in seine lege und mich von ihm an sich ziehen lasse. Als Entschädigung erhalte ich einen Kuss.

»Danke.«

»Du bist trotzdem ein Idiot.«

Lachend verschränkt Gray seine Hände vor meinem Bauch.

»Damit kann ich leben, solange dieser Idiot in deiner Nähe sein darf.«

Ich würde ihn nirgendwo anders haben wollen. Anstatt das auszusprechen, zeige ich es ihm lieber, indem ich mich umdrehe und ihn sanft küsse. Allerdings bleibt es nicht lange romantisch, da Gray wieder zu kichern anfängt.

»Gott, du bist echt unglaublich niedlich, wenn du wütend bist. Allein deswegen muss ich dich öfter auf die Palme bringen.«

»Unterstehe dich!«

Der Schlag, den ich ihm auf die Brust versetze, scheint Gray nicht sonderlich zu stören. Er hält nur grinsend meine Hände fest und meint: »Mich würde es nur zu sehr interessieren, wie du als Kind aussahst. Wahrscheinlich konnten deine Eltern dir keinen Wunsch ausschlagen.«

Ich habe nicht sonderlich viele Wünsche geäußert, aber ja, die meisten habe ich erfüllt bekommen. Unsicher beiße ich mir auf die Lippe und betrachte Grays Gesicht für einen Moment. Seine Augen funkeln, als würde er sich die Vorstellung lebhaft ausmalen.

»Also wenn du willst ... Ich habe ein Foto.«

Fragend zieht Gray eine Augenbraue hoch, und meine Wangen erwärmen sich.

»Ein Foto von Alexis und mir Anfang der sechsten Klasse. Ich habe es im Geldbeutel, wenn du es sehen willst.«

Ich gebe einen überraschten Laut von mir, als Gray uns innerhalb eines Wimpernschlages hochzieht und mich auf die Beine stellt. »Wo ist deine Handtasche?«

Lachend halte ich mich an seinen Schultern fest, während Gray sich suchend im Raum umsieht. Ich kann gar nicht anders, als ihn zu küssen, so begeistert sieht er aus. An meinen Lippen grinsend murmelt Gray: »Das ist unfair. Du lenkst mich ab.« Trotzdem ist er derjenige, der zu einem zweiten Kuss ansetzt.

Kichernd wende ich den Kopf ab, sodass er meine Wange statt meine Lippen trifft, und deute ans Fußende des Bettes.

»Da ist meine Tasche. Und jetzt lass mich los, dann kann ich auch das Bild holen.«

Aber Gray wäre nicht Gray, wenn er nicht einen eigenen Kopf hätte. Anstatt mich also loszulassen, hebt er mich samt der Decke, in die ich noch immer eingepackt bin, hoch, macht einen Schritt, um sich die Tasche zu packen, und setzt sich dann aufs Bett, sodass ich auf seinem Schoß sitze. Das Ganze geht so schnell, dass ich mich nur überrascht an ihn klammern kann, ehe ich die Tasche in die Hand gedrückt bekomme.

»Zeig!«

Belustigt schüttle ich den Kopf, gehorche aber, auch wenn Gray sich eher wie ein kleiner Junge als ein erwachsener Mann anhört.

Kaum dass ich meinen Geldbeutel aus der Tasche fische, beginnt mein Herz nervös zu klopfen. Dieses Bild habe ich noch nie jemandem gezeigt. Ich habe es immer bei mir als eine Erinnerung daran, woher ich komme und wieso ich diejenige bin, die ich bin. Es ist eine Mahnung und gleichzeitig eine Ermutigung.

Als ich das Bild aus dem kleinen Fach nehme und es Gray gebe, kommt mir das intimer vor als mein erstes Mal. Vielleicht, weil das Mädchen auf dem Foto noch so unschuldig und naiv ist. Ich komme damit zurecht, wenn man mich verurteilt. Aber dieses Mädchen hat niemandem etwas Böses getan, und zu wissen, was sie und ihre beste Freundin noch alles durchzustehen haben, lässt mein Herz bluten. Und ich kann nichts dagegen tun. Kann nichts tun, um den beiden Mädchen das glückliche Lächeln auf den Gesichtern zu erhalten. Ich weiß, dass ein Jahr später, als meine Eltern aus Tradition das gleiche Bild noch einmal aufgenommen haben, wir schon anders wirken. Das Strahlen fehlt in unseren Augen, das Lächeln ist nicht mehr so ehrlich. Wir wirken stumpf, als hätte man uns einen Teil der Lebensfreude entzogen.

Deswegen habe ich dieses Foto gewählt. Es ist wie ein Vorher-Nachher-Vergleich mit meinem Spiegelbild, und manchmal habe ich das Gefühl, nichts mit diesem Mädchen gemeinsam zu haben. Es war schüchtern, aber offenherzig und hat überall nur das Gute gesehen.

Gray hält das Bild voller Ehrfurcht in der Hand, und ich lehne den Kopf an seine Schulter, um es mir mit ihm anzusehen.

Alexis und ich stehen nebeneinander, unsere Schulrucksäcke auf dem Rücken und einen Arm um die Schultern der jeweils anderen gelegt. Alexis strahlt in die Kamera. Sie hat das Kinn leicht nach oben gestreckt, und in ihren Haaren ist eine rosafarbene Strähne, die sie sich den ganzen Sommer über gewünscht hat. Dazu passend trägt sie eine rosafarbene Leggings, die sie in nächster Zeit sehr oft tragen würde, weil alle anderen Hosen ihr zu eng geworden sind. Aber diese Alexis hat sich noch kein einziges Mal Gedanken über ihre Figur gemacht. Sie ist einfach ein Kind, das wie alle anderen Eis und Süßkram liebt.

Daneben stehe ich. Ein Kontrast zu Alexis, die selbst auf dem Foto hibbelig und voller Energie wirkt. Ich lächle schüchtern in die Kamera, halte den Kopf leicht gesenkt. Meine Haare sind zu einem Pferdeschwanz zusammengebunden, und weil ich zu der Zeit gerade meinen Pony herauswachsen ließ, habe ich ein halbes Dutzend lila Haarklammern auf dem Kopf. Ich habe keine Klischee-Brille oder Zahnspange, aber das Buch in meiner Hand verrät mich trotzdem.

»Wow. Ich habe noch nie ein so schönes Bild gesehen.«

Gray drückt mir einen Kuss auf die Schläfe, aber ich kann noch immer nicht den Blick von dem Foto abwenden, während meine Augen verräterisch brennen. Ich wünschte, diese beiden Mädchen hätten für immer in ihrer heilen Welt bleiben können.

»Ach was, lüge doch nicht.«

Als würde Gray spüren, dass ich Halt brauche, drückt er mich fester an sich und legt sein Kinn auf meinen Scheitel.

»Ich lüge nie. Dieses Bild ist ehrlich. Das sind zwei Kinder, die noch nicht lernen mussten, der Welt etwas vorzuspielen. Sie sind einfach so, wie sie sind, und es gibt nichts Schöneres als das.«

Ich versuche so leise wie möglich zu schniefen, unsicher, ob ich aus Rührung oder Trauer kurz vor den Tränen stehe.

»Tja, sie werden es früh genug lernen.«

»Ja, und so schlimm das auch ist, kann ich aus persönlicher Erfahrung sagen, dass daraus zwei bewundernswerte, starke Frauen hervorgegangen sind. Ich liebe dieses Bild. Und ich liebe die Frau, zu der dieses kleine unschuldige Mädchen geworden ist. Ich kann nur hoffen, dass meine Tochter später einmal genauso wird.«

Mein Herz zerbricht und heilt gleichzeitig an diesen Worten. Mit einem Schluchzen drehe ich mich so weit, dass ich Gray die Arme um den Hals schlingen kann, und berge das Gesicht an der Kuhle zwischen Schulter und Hals. Auch er legt die Arme um mich, und ich liebe ihn dafür, dass er mich einfach hält, während sich Risse in mir füllen, die ich für irreparabel hielt. Ich vertraue diesem Mann mehr als jedem anderen, und die Gefühlslawine, die das in mir auslöst, droht mich zu überrollen. Also versuche ich, so viel wie möglich davon in den Kuss zu legen, den ich Gray gebe, bevor ich von ihm herunterrutsche und mit gesenktem Kopf Richtung Bad husche. »Ich geh mich fertig machen.«

Bevor ich in den Nachbarraum verschwinde, werfe ich einen letzten Blick zu Gray, nur um zu sehen, wie er, vertieft in das Foto meines jüngeren Ichs, ehrfürchtig mit dem Daumen darüberstreicht. Er geht mit einem Foto sanfter um, als die meisten mit mir als realer Person umgegangen sind. Und das treibt mir wieder die Tränen in die Augen.

Ich bin den ganzen Tag neben der Spur. Vielleicht liegt es daran, dass ich das erste Mal das Gefühl habe, dass es in meinem Leben etwas Wichtigeres als Lernen oder das College gibt. Jedenfalls kommt mir alles etwas leichter vor, sobald sich meine Gefühle mit Abstand zu Gray beruhigen konnten. So als hätte alles nur noch halb so viel Gewicht, und erst dadurch fällt mir auf, dass ich schon seit Ewigkeiten nicht mehr richtig durchatmen konnte.

Als ich am Abend an meinem Schreibtisch sitze, lasse ich den Tag Revue passieren und kann noch immer nicht glauben, dass das alles wirklich passiert ist. Und dass es mir Gray nähergebracht hat, anstatt ihn von mir wegzutreiben. Ich weiß, dass ich mich auf das Nacharbeiten meiner Vorlesung konzentrieren sollte, aber das ist gar nicht so leicht, wenn man andauernd aus unerfindlichen Gründen grinsen muss oder aufs Handy sieht, in der Hoffnung, dass der Freund bald mit dem Training fertig ist. Ja, mein Freund. Und schon wieder ist da dieses dämliche Grinsen.

Allerdings hat es den Vorteil, dass ich es dieses Mal mitbekomme, als Alexis mir schreibt, dass sie gleich vorbeikommt, und ich damit vorgewarnt bin, als es an der Haustür klingelt. Da ich mich sowieso bereits mit meinen eigenen Gedanken vom Nachbereiten unterbrochen habe, macht es mir auch nicht sonderlich viel aus, aufzustehen und zur Tür zu laufen, um Alexis zu empfangen.

»Hi, komm rein.«

Überrascht, dass ich so schnell öffne – normalerweise dauert das in dieser WG immer ein bisschen –, blickt Alexis von ihrem Handy auf, das sie zuvor konzentriert angestarrt hat. Neugierig ziehe ich eine Augenbraue hoch. »Was gibt es denn so Interessantes?«

Alexis seufzt erschöpft, und ich mache ihr Platz, damit sie in die Wohnung kommen kann, während sie mir ihr Handy in die Hand drückt.

»Darauf wurde ich von einer gewissen car_ly97 markiert.«

Mit einer bösen Vorahnung betrachte ich das Bild und werde nicht enttäuscht. Es zeigt eine leicht bekleidete Frau in einer obszönen Pose und daneben eine Nacktschnecke, die verdächtig ähnlich dasitzt. Über das Bild ist ein Text gezogen, der besagt:

Regt euch nicht über die B*tches auf. Karma wird sie einholen.

»Dazu hat sie geschrieben:

Herzlichen Dank dafür, dass ich wieder Single bin.

Scheint also so, als wäre ich jetzt Schlampe und Beziehungszerstörerin.« Alexis hat einen stählernen Gesichtsausdruck aufgesetzt, der andere vielleicht getäuscht hätte. Aber ich weiß, dass sie sich nur verschließt, wenn ihr in Wahrheit etwas wirklich nahegeht. Also mache ich das Erste, was mir einfällt, und ziehe sie in eine feste Umarmung. Denn was auch immer passiert, sie ist nicht allein.

»Das ist absolut ungerechtfertigt. Die Beziehung hat schon lange gebröckelt, wenn der Kerl sich beim Feiern auf jemanden einlässt. Und erst recht, wenn er sich danach noch mal an dich ranschmeißt, während er mit seiner Freundin unterwegs ist. Das war nur der letzte Tropfen, der das Fass zum Überlaufen gebracht hat. Die wahre Ursache sollte Carly bei sich selbst suchen, denn wenn sie während der Beziehung genauso verrückt gewesen ist, kann ich absolut verstehen, weshalb der Kerl Reißaus nehmen wollte.«

Alexis schnieft an meiner Schulter und drückt mich einmal fest an sich, bevor sie sich löst, um sich über die Augen zu reiben. »Danke. Das ist genau das, was ich gebraucht habe. Dieses Mädchen macht mich noch ganz verrückt!«

Aufgeregt wirft meine beste Freundin die Hände in die Luft und schenkt mir dann ein schiefes Lächeln, das eher halbherzig wirkt. »Ich sollte mir einfach keine Gedanken machen. Carly kann mir nichts, und irgendwann muss auch sie ihre Hirngespinste loslassen.«

Alexis nimmt einen tiefen Atemzug, als müsste sie diese Worte in sich aufsaugen, bevor sie mich mit einem weitaus ehrlicheren Lächeln betrachtet.

»Genug von mir. Wie war es mit Gray bei seinen Eltern?« Sie hat die Frage noch nicht ganz ausgesprochen, da brennen bereits meine Wangen und ich lasse den Blick verlegen durch den Raum gleiten. »Lass uns lieber in mein Zimmer gehen, dann kann ich dir alles erzählen.«

Natürlich lässt meine Reaktion Alexis aufmerken. Ich sehe das Blitzen in ihren Augen, bevor sie mir mit einem richtigen Grinsen folgt. »Hört sich an, als gäbe es was zu erzählen. Was habe ich verpasst?«

Oh, so einiges, doch ich schweige, bis ich die Zimmertür hinter uns verschlossen habe. Mary ist zwar nicht da und Cass hat sich mit Musik in ihrem Zimmer verbarrikadiert, aber sicher ist sicher.

»Na ja, also ...« Unsicher, wie ich es ausdrücken soll, beiße ich mir auf die Lippe und werde dafür sogleich von Alexis durchgeschüttelt.

»Na komm, spuck es schon aus!«

»Ich habe mit Gray geschlafen!«

Ich kann geradezu sehen, wie Alexis' Kiefer auf dem Fußboden aufschlägt, so ungläubig starrt sie mich an. Mit einem Stöhnen schließe ich die Augen und versuche zu ignorieren, dass mein Gesicht in Flammen steht. Das wollte ich nicht als Erstes sagen.

»Na ja, also das viel Wichtigere ist eigentlich, dass ich ihm alles erzählt habe. Alles über mich und die Schulzeit. Und er war fantastisch, Lex. Er hat einfach zugehört und ist für mich da gewesen.«

Noch immer eindeutig im Schockzustand schüttelt Alexis den Kopf. »Und dann hast du mit ihm geschlafen?«

Inzwischen muss ich einer Tomate Konkurrenz machen, aber ich komme gegen meine Verlegenheit nicht an. Wenn man es so formuliert, hört es sich irgendwie falsch an.

»Ja.« Kleinlaut richte ich den Blick auf meine Hände und lasse ihn sogleich wieder überrascht nach oben schnellen, als Alexis freudig zu quietschen beginnt.

»O mein Gott!«

Perplex sehe ich ihr dabei zu, wie sie meine Hände packt und aufgeregt auf und ab hüpft, als hätte ich ihr gerade gesagt, ich habe im Lotto gewonnen. »Das ist ja wunderbar! Wie war es? War Gray vorsichtig? Wann seht ihr euch wieder?«

Ich komme nicht darum, mich von Alexis' Stimmung anstecken zu lassen, und das Grinsen, das sich den ganzen Tag immer wieder auf meine Lippen schlich, breitet sich erneut auf meinem Gesicht aus.

»Es war gut, ja, war er, und ich weiß es noch nicht. Aber du hast den anderen Teil auch mitbekommen, oder?«

Ein kurzer Schatten huscht über Alexis' Gesicht, bevor sie weiter um die Wette strahlt. »Ja, habe ich. Bevor wir uns so ernsten Themen zuwenden, möchte ich jedoch kurz feiern, dass du einen superheißen Eishockeyspieler deinen Freund nennst. Und dass du jemanden gefunden hast, der sieht, wie wunderschön du bist, und es zu schätzen weiß.«

Die Art, wie Alexis das sagt, so aufrichtig und voller Verständnis dafür, wie bedeutend das für mich ist, treibt mir die Tränen in die Augen. Und so ist sie es dieses Mal, die mich in ihre Arme zieht.

»Süße, ich freu mich so für dich.« Auch Alexis' Stimme klingt belegt, und während wir uns umarmen, wird mir wieder klar, wie froh ich bin, sie schon so lange als meine Freundin zu haben. Mit einem kleinen Lachen, das überspielen soll, wie tief berührt ich wirklich bin, löse ich mich von meiner besten Freundin und lasse mich synchron mit ihr auf mein Bett fallen. Auch Alexis versucht es mit einem Lächeln, aber ich sehe das Schimmern in ihren Augen.

»Also, du konntest mit ihm ... über unsere Hölle reden?«

Wie immer bei dem Thema, legt sich über Alexis' Gesicht ein trüber Schleier, als wäre sie mit einem Mal um Jahre gealtert. Ich weiß, wie schwer es mir fällt, über dieses Thema zu reden, und kann nur erahnen, wie schlimm es für sie ist.

Vorsichtig nicke ich und spiele am Bettbezug meiner Decke herum.

»Ich hatte es schon länger vor. Spätestens nach meinem Zusammenbruch am Samstag.« Wir tauschen einen ernsten Blick. Natürlich habe ich Alexis davon erzählt und in welches Loch ich dadurch gefallen bin.

»Das war ich ihm schuldig. Aber ich wollte es auch.«

Die steile Falte, die sich zwischen meinen Augenbrauen gebildet hat, löst sich wieder, als ich an das befreiende Gefühl denke, nachdem ich mit Gray endlich all den Mist aus meiner Jugend teilen konnte.

»Ich vertraue ihm, doch das zu sagen hat sich immer halbherzig angefühlt, solange ich ihm diesen Teil von mir verschwiegen habe. Also habe ich meinen Mut zusammengenommen und es einfach erzählt. Ich habe ihm sogar das Bild von uns aus der sechsten Klasse gezeigt. Und ... Na ja, ich weiß nicht, wie er hätte besser reagieren können.«

Zögerlich grinse ich Alexis an, und auch wenn ich die dunklen Wolken sehen kann, die durch ihre Augen ziehen, versucht sie es mir nachzumachen. Ich weiß, dass sie nicht begeistert davon ist, dass ich Gray das Foto gezeigt habe. Umso dankbarer bin ich ihr jedoch, dass sie es mir nicht vorwirft, weil sie weiß, wie viel es mir bedeutet.

»Er hat mich einfach in den Arm genommen und ist für mich da gewesen. Und mehr habe ich auch nicht gebraucht.«

Nicht sicher, wie ich anders beschreiben kann, wie Gray durch diese kleine, für andere Leute vielleicht unwichtig erscheinende Geste für mich die Welt zurechtgerückt hat, zucke ich mit den Schultern. Aber Alexis ist nicht ohne Grund meine beste Freundin. Das Verständnis ist ihr ins Gesicht geschrieben, als sie nach meiner Hand greift und sie einmal kurz drückt.

»Er hat dir genau das gegeben, was wir damals gebraucht hätten. Jemanden, der einen unterstützt und für einen einsteht. Der da ist, egal wie unschön es wird, und nicht nur auf nett macht. Ich wünschte, du hättest Gray schon viel früher getroffen. Das hätte dir einiges an Schmerz erspart.«

Mein Herz bricht bei dem trüben Ausdruck in Alexis' Augen. Eigentlich sind wir nicht so die Wir-umarmen-uns-wegen-allem-Freunde. Doch heute scheint es einfach richtig zu sein, als ich Alexis zum dritten Mal in eine Umarmung ziehe.

»Ich wünschte, *du* hättest deinen Gray gefunden.«

Denn ich weiß jetzt, wie sich das Leben eigentlich anfühlen sollte, und ich kann nur beten, dass auch Alexis die eine Person finden wird, die ihr den Teil von ihrem Leben zurückgeben kann, den man ihr damals genommen hat.

Kapitel 36

Gray

Row hat mir so einiges zu verdauen gegeben für nur einen Abend. Einen Teil davon habe ich mir bereits denken können. Die Art, wie sie auf Menschen reagiert und wie sie von sensibel auf absolut distanziert umschaltet. Das sind Verhaltensweisen, die man sich angewöhnt, wenn man sich selbst schützen muss.

Aber etwas zu ahnen oder es bestätigt zu bekommen, sind zwei völlig andere Dinge. Und zu hören, wie eine Person, die dir viel bedeutet, derart verletzt wurde ... Ich wünschte, ich könnte in die Vergangenheit reisen. Ich hätte mit so einigen Leuten ein paar Dinge zu klären, allen voran mit dieser Joyce. Ich muss sie nicht kennenlernen, um zu wissen, dass sie eine scheußliche und vor allem erbärmliche Person ist. Wer andere fertigmacht, um sich selbst gut zu fühlen, ist eigentlich derjenige mit den Minderwertigkeitskomplexen. Ich würde meine Hand darauf verwetten, dass sie immer noch den ruhmreichen Highschoolzeiten hinterhertrauert, aber aus ihrem Leben nichts macht.

Gleichzeitig gehöre ich momentan zu diesen nervig glücklichen Personen, die insgeheim jeder hasst. Ich komme aus der guten Laune nicht mehr raus, weder wenn ich im Training Anschiss bekomme, noch wenn ich in meinen absoluten

Hasskursen sitze. Ich weiß, wie viel Überwindung es Row gekostet hat, mir das alles zu erzählen. Das ist ein riesiger Vertrauensbeweis, und ich hoffe, Row ist sich darüber bewusst, wie viel mir das bedeutet.

Mit einem kleinen Lächeln auf dem Gesicht entsperre ich am Donnerstagabend mein Handy und betrachte das Foto, das sogleich erscheint, weil ich auch schon vor fünf Minuten darauf gestarrt habe. Ich konnte nicht anders, als das Kinderfoto von Alexis und Row abzufotografieren, als Row ins Bad gegangen ist. Dieses Bild hat mich gefesselt.

Offensichtlich. Nach dem heutigen Training bin ich halb am Verhungern, trotzdem stehe ich hier in der Küche und starre auf mein Handy, anstatt mir etwas zu essen zu machen. Mit einem Seufzen sperre ich den Bildschirm und lasse das Handy auf der Kücheninsel liegen, während ich zum Kühlschrank laufe. Hoffentlich hat sich niemand über die Lasagnereste von gestern hergemacht. Meine Motivation, jetzt noch zu kochen, liegt unter dem Nullpunkt.

Aber das Glück ist mir tatsächlich hold, denn es ist noch eine Portion übrig, die ich mir unter den Nagel reißen kann, bevor die anderen Idioten sie mir streitig machen. Ich habe den Teller gerade aus dem Kühlschrank genommen, da höre ich hinter mir schon ein frustriertes Stöhnen. »Verdammt! Das ist auch mein Plan gewesen.«

Ich werfe Lee ein triumphierendes Lächeln zu. »Tja, zu langsam gewesen, Bro.«

Seufzend trottet Lee in die Küche und lässt sich auf einen der Barhocker an der Kücheninsel fallen, um den Kopf in die Hände zu stützen. »Dann muss ich wohl zu Plan B übergehen: Pizza bestellen.«

»Gute Idee, kannst für mich gleich eine mitbestellen.« Auch Bas gesellt sich zu uns und lässt mit verzerrtem Gesicht die Schulter kreisen, mit der er heute im Training ziemlich heftig gegen die Bande gerammt wurde. Ich nutze die Gelegenheit, meine Lasagne in die Mikrowelle zu stellen und aufzuwärmen.

»Nee, nee, du führst dich sonst immer wie die Herrin des Hauses auf, dann kannst du auch für die Essensbestellung sorgen.«

Dafür schenkt Bas Lee einen missgelaunten Blick.

»Ich würde gern Besseres mit meiner Zeit anfangen, als dir hinterherzuräumen, aber das Chaos in deinem Zimmer reicht schon. Das will ich nicht im ganzen Haus haben.«

Mit einem Schmunzeln lehne ich mich an die Arbeitstheke und betrachte meine zwei Freunde dabei, wie sie sich kabbeln. Lee hat sich inzwischen mit einem höhnischen Lächeln aufgerichtet. »Ach Mommy, jetzt stell dich nicht so an.«

Zur Antwort hält Bas den Mittelfinger hoch. Bevor das Ganze in die zweite Runde geht, unterbricht uns ein Klingeln an der Tür, das uns verwunderte Blicke tauschen lässt.

»Vielleicht hat schon jemand anderes bestellt.«

»O mein Gott, von mir aus dulde ich auch Ananas auf meiner Pizza, solange ich sie jetzt sofort bekomme.«

Im Begriff aufzustehen, um den anderen ihre Bestellung einfach abzuluchsen, kommt jemand Lee zuvor, denn Rick schießt wie ein Blitz den Flur entlang, auf dem Weg zur Haustür.

»Ist für mich!«

Mit einem gequälten Stöhnen fällt Lee zurück auf seinen Stuhl und legt den Kopf in den Nacken, als würde er den Pizzagott anflehen. Bas und ich tauschen amüsierte Blicke, die in Neugier umschwenken, als wir eine weibliche Stimme hören. Deswegen war Rick also so schnell unterwegs.

»Hi, danke, dass ich vorbeikommen darf.«

»Immer gern, komm rein.«

Ich ignoriere das Piepen der Mikrowelle und geselle mich lieber zu Bas an die Küchentür, um einen Blick auf unseren Gast zu erhaschen. Aber das wäre gar nicht nötig gewesen, da Rick mit einer kleinen Brünetten an der Hand in die Küche kommt. Da ist jemand wohl stolz auf seine Eroberung.

Das Mädchen lächelt leicht schüchtern und hebt zur Begrüßung die freie Hand.

»Hi, ich bin Carly.«

»Hi, Carly, hast du Essen mitgebracht?«

Lee sieht sie todernst an und verunsichert die Arme damit sichtlich, bis Bas seines Amtes waltet und Lee einen Klaps auf den Hinterkopf gibt. »Sei nicht so unhöflich, du Arsch. Hi, Carly, schön, dich kennenzulernen.«

In einem Mittelding aus Lees und Bas' Begrüßung lächle ich das Mädchen einfach an, bevor ich dem nervigen Piepen der Mikrowelle nachgebe und meine Lasagne heraushole.

»Wir wollen Pizza bestellen, wollt ihr beide auch etwas?«

Es ist verdammt schwer, Lees Worten von vorhin zu widersprechen, wenn Bas sich tatsächlich genauso verhält, wie es auch meine Mom getan hätte. Und darüber ist sich Lee anscheinend ebenfalls bewusst, denn er wirft mir ein schelmisches Lächeln zu und formt mit den Lippen: »Danke, Mommy.«

Ich tarne mein Lachen als ein Räuspern, Rick und Bas werfen mir allerdings trotzdem komische Blicke zu.

»Ähm.« Als bräuchte sie erst eine Bestätigung, sieht Carly Rick fragend an, der nur mit den Schultern zuckt. »Also das wäre wirklich sehr lieb, ja danke.«

Irgendetwas gefällt mir nicht an der Art, wie Carly schüchtern den Blick senkt und sich gleichzeitig auf die Lippe beißt, als würde sie sich ein Lächeln verkneifen müssen. Allerdings muss sie nicht mir, sondern Rick gefallen, also verwerfe ich den Gedanken und hole mir ein Glas aus dem Schrank.

»Super, dann frage ich schnell noch die anderen, bevor wir am Ende den Lieferboten damit nerven, dass fünf verschiedene Bestellungen zum gleichen Haus gehen. Fühl dich wie zu Hause.«

Mit einem freundlichen Lächeln drückt sich Bas an Rick und seiner neuen Flamme vorbei und sieht damit nicht mehr, wie Lee voller Siegesfreude die Faust in die Luft rammt, da er sich nicht mehr um die Pizza kümmern muss. Mit einem Schnauben schüttle ich den Kopf über meinen besten Freund. Würde er Eishockey nicht lieben, wäre er wahrscheinlich doppelt so breit und nicht mehr von der Couch zu bekommen. Faulpelz.

Mit meiner Lasagne in der einen und dem Glas in der anderen Hand gehe ich zur Mücheninsel und lasse mich auf den Stuhl neben Lee fallen. Rick besitzt in der Zeit die Höflichkeit, Carly mit einer Hand auf dem Rücken weiter in die Küche hineinzuführen, um ihr ebenfalls etwas zu trinken anzubieten. Ich beobachte die beiden kurz und schmunzle über Ricks leicht ruppige Art, als er dem Mädchen wortlos ein Glas in die Hand drückt. Ihrem irritierten Blick nach scheint die Arme auch nicht zu wissen, wie sie damit umgehen soll.

Da es mich jedoch nichts angeht, wende ich mich Lee zu, der, die Zungenspitze zwischen die Lippen geklemmt, auf seinem Handy herumspielt. Ein kurzer Blick auf den Bildschirm verrät mir, dass er sich gerade inmitten eines Autorennens befindet, und ich stelle mir schon bildlich vor, wie Mommy Bas reagieren würde, wenn sie das hier sehen würde. Schnaubend grinse ich. Das gäbe Haue für den kleinen Lee.

»Weißt du dieses Mal, wo dein Geldbeutel ist, Lee?«

Mich gut an das letzte Mal erinnernd, als wir Essen bestellt und die beiden sich in die Haare bekommen haben, stoße ich Lee an der Schulter an, als er auf meine Worte nicht reagiert. Aber mehr als ein »Hmm?« bekomme ich nicht als Reaktion.

»Du, Geldbeutel, bezahlen?«

Mit einer hochgezogenen Augenbraue betrachte ich Lee, wie sich ein Siegerlächeln auf sein Gesicht schleicht, bevor er das Handy zur Seite legt und mir endlich Aufmerksamkeit schenkt. »Sorry, bro, was hast du gesagt?« Manchmal glaube ich, ein sechsjähriges Kind vor mir zu haben und keinen fast hundert Kilo schweren Mann.

»Ich habe gefragt, ob du deinen Geldbeutel hast!« Ihm auf die Finger schlagend, als er nach meiner Gabel greifen will, um sich Lasagne zu klauen, funkle ich meinen besten Freund an und bekomme endlich eine Reaktion auf meine Frage. Und die sagt schon alles: Er hat keine Ahnung, wo das Ding ist.

Mit offenem Mund starrt mich Lee eine Sekunde an, bevor er nachdenklich die Stirn runzelt und von seinem Stuhl rutscht. »Muss ich mal sehen.«

Und schon ist der Vollidiot aus der Küche, und ich kann ihm nur kopfschüttelnd hinterhersehen. Mit einem Seufzen wende ich mich meinem Essen zu und greife nach meinem Handy.

»Setz dich ruhig, ich muss kurz was aus meinem Zimmer holen.«

Ich bekomme nur am Rande mit, wie Rick den Raum verlässt und sich neben mir jemand hinsetzt, weil ich wieder Row auf dem Kinderfoto betrachte, die mich von meinem Handy aus anlächelt, sobald ich es entsperrt habe.

So langsam bekomme ich auch zu fassen, was mich so sehr an dem Foto fesselt: Es ist die Offenheit, die aus Rows Gesicht spricht. Diese Naivität und der Glaube an das Gute, den ich in diesem Kind noch sehe, den man Row aber inzwischen ausgetrieben hat. Dieses Bild gibt mir eine Vorstellung davon, wie Row wäre, hätte sie nicht all das durchmachen müssen. Es zeigt Facetten von ihr, die immer wieder durchblitzen: ihre Hilfsbereitschaft und ihr gutes Herz, das sie zu verstecken versucht. Ich bin mir sicher, dieses Kind hat keiner Fliege etwas zuleide getan und konnte niemandem eine Bitte abschlagen. So ist Row nämlich im wahren Kern ihres Wesens. Eine warmherzige Person, die für andere Menschen da sein will. Aber sie hat sich zum Schutz in einen distanzierten, kaltschnäuzigen Mantel gehüllt und macht sich damit selbst Stück für Stück kaputt. Und das will ich ändern. Ich will, dass sie irgendwann wieder so blickt wie auf diesem Foto: ohne stets das Schlimmste zu erwarten.

»Das ist ja ein süßes Foto. Ist das deine Freundin? Roween oder so ähnlich, nicht wahr?«

Überrascht sehe ich von meinem Handy auf und entdecke Carly, die neugierig auf den Bildschirm späht. Für einen Moment verspüre ich den Impuls, das Handy zu sperren, aber ich will nicht unfreundlich sein und am Ende damit Rick die Tour versauen. Also lächle ich stattdessen freundlich und nicke. »Ja. Scheint wohl inzwischen die Runde gemacht zu haben, dass wir zusammen sind.«

Carly betrachtet weiter das Foto, und einer ihrer Mundwinkel zuckt. »Ist das neben ihr Alexis? Gott, die erkennt man ja kaum wieder.«

Ich kann nicht genau einordnen, ob das nur eine Feststellung ist oder in ihrer Stimme mehr mitschwingt. Daher bin ich eher vorsichtig, als ich nachfrage: »Du kennst sie?«

Carly hebt den Blick und lächelt mich an. »Ja, wir sind uns schon über den Weg gelaufen. Haben ... einen gemeinsamen Freund.«

Bevor ich antworten kann, werde ich von einem lauten Knall unterbrochen, der uns beide herumfahren lässt, dicht gefolgt von Lee, der nach mir ruft. »Gray! Ich bräuchte deine Hilfe!«

Nichts Gutes ahnend lasse ich alles stehen und liegen und folge den Geräuschen ins Wohnzimmer, wo Lee gerade versucht, die Couch anzuheben.

»Was treibst du denn da?!«

Ich warte die Antwort nicht ab, sondern eile meinem Freund zu Hilfe und packe die Couch am anderen Ende an.

»Meinen Geldbeutel holen. Ist mir am Montag unter die Couch gefallen.«

Und tatsächlich taucht Lees Geldbeutel unter der Couch auf, kaum dass wir diese einen Meter verschoben haben.

»Und du hast den die letzten Tage kein einziges Mal vermisst?«

Ungläubig sehe ich meinen besten Freund an, der nur mit einem breiten Grinsen die Schultern zuckt. »Ich weiß halt, wie ich es anstellen muss, um nicht selbst zu bezahlen.«

»Darauf sollte man als Kerl nicht unbedingt stolz sein.«

Einvernehmlich stellen wir die Couch auf ihren ursprünglichen Platz, sobald Lee seinen Geldbeutel aufgehoben hat.

»Kann ja nicht jeder von uns so ein Gentleman sein wie du oder Bas.« Mit einem schelmischen Grinsen kommt Lee zu mir herüber und wird dafür mit einem Schlag auf die Schulter begrüßt.

»Versuchen kann man es zumindest. Und darf ich jetzt bitte meine Lasagne essen?« Gespielt wütend schmeiße ich die Hände in die Luft und mache mich wieder auf den Weg in die Küche, während ich insgeheim über dieses Irrenhaus schmunzle. Wer Ruhe sucht, ist hier definitiv falsch.

»Du kannst sie auch gern mir abgeben.« Mit einem Mittelfinger teile ich Lee mit, was ich davon halte, biege um die letzte Ecke in die Küche und sehe nur aus dem Augenwinkel, wie sich eine Gestalt schnell aufrichtet. Neugierig richte ich daraufhin den Blick auf Carly, die einen Meter von der Kücheninsel entfernt steht und unschuldig die Hände vor dem Bauch gefaltet hat. Sie lächelt uns höflich an, aber so ganz will ich es ihr nicht abnehmen, weshalb ich den Blick weiter durch den Raum gleiten lasse. Es hat sich nichts verändert: Mein Handy, dessen Display gerade ausgeht, sowie auch meine Lasagne liegen noch genauso da wie zuvor.

Bevor ich jedoch nachhaken kann, stürmt jemand die Treppen herunter. »Leute, was habt ihr denn schon wieder gemacht? Den Knall hat man ja bis oben gehört«, ruft Rick, bevor er sich zu uns gesellt. Wie üblich schenkt er uns einen finsteren Blick, bevor er zu Carly geht. Der Arme hat es in diesem Haus nicht leicht, viel zu viele Dinge, über die man sich aufregen kann. Lee und ich tauschen einen wissenden Blick und verkneifen uns das Schmunzeln.

»Habe nur meinen Geldbeutel geholt.«

Wie zum Beweis hält Lee das Lederding hoch und erntet dafür einen verständnislosen Blick von Rick. Viel interessanter finde ich allerdings Carlys halb gequältes Lächeln, als wäre sie am liebsten woanders. Und da auch Rick mitzubekommen scheint, dass die Stimmung bei ihr kurz vorm Kippen steht, greift er nach ihrer Hand und weist mit dem Kopf Richtung Tür. »Komm, lass uns nach oben gehen. Manchmal vergesse ich, wie durchgeknallt meine Mitbewohner sind.«

Mit einem scharfen Seitenblick zu uns führt Rick Carly weg, sobald diese einverstanden genickt hat. Kurz bevor sie die Küche verlassen, wirft Rick uns noch über die Schulter zu: »*Schreibt* mir, wenn die Pizza da ist.«

Heißt so viel wie, dass wir ihn bloß nicht stören sollen. Ich beiße mir auf die Lippe, um nicht zu lachen, bis sie außer Hörweite sind. Aber als Lee mir einen nüchternen Blick zuwirft und trocken »Man kann gar nicht vergessen, dass wir durchgeknallt sind« sagt, ist es um meine Selbstbeherrschung geschehen.

Kapitel 37

Donnerstag haben wir in Psychologie Zeit, unserer Projektarbeit den letzten Schliff zu geben, bevor nächste Woche die Vorträge beginnen. Beth und ich sind so gut wie fertig. Unsere Präsentation steht, und sie konnte mich damit überraschen, dass sie grafisch echt etwas kann und dem Design das letzte i-Tüpfelchen aufgesetzt hat. Ich bin wirklich zufrieden, und zudem scheint sich Beth auch thematisch auszukennen, sodass ich die nächste Woche kaum abwarten kann. Das kann nur gut werden.

»Hast du Lust, noch einen Kaffee trinken zu gehen?«

Beth wirft mir ein Lächeln zu, während sie ihren Laptop einpackt, und ich will schon grinsend zustimmen, da fällt mein Blick auf die Uhr. Traurig verziehe ich das Gesicht. »Ich muss in einer Dreiviertelstunde arbeiten, ich befürchte, das reicht nicht, um sich gemütlich in ein Café zu setzen.«

»Ach.« Mit funkelnden Augen zuckt Beth mit den Schultern, »Coffee-to-go ist für mich auch okay, Hauptsache Koffein. Wir sind ja eh früher fertig als geplant.«

Das stimmt, wir gehören zu den wenigen, die schon mit allem durch sind und dementsprechend früher gehen können. Der Rest der Zweiergruppen steckt noch immer die Köpfe zusammen.

Dieses Mal grinse ich Beth richtig an. »Gut, hört sich nach einem Plan an.«

Also packen wir unsere restlichen Sachen zusammen und machen uns daran, aus dem Hörsaal zu kommen. Draußen ist der Herbst endgültig angekommen und lässt mich für meinen Schal dankbar sein, den ich mir sogleich um den Hals wickle.

»Und, hast du schon etwas für Halloween geplant?«

Freundlich sieht Beth mich an, und mein Herz fängt an zu galoppieren, als mir klar wird, dass ich einfach so mit einer Kommilitonin abhänge. Ohne dass sie etwas von mir will oder lieber woanders wäre. Und ich genieße es.

»Nein, irgendwie ... Habe ich so weit noch gar nicht gedacht.«

Das ist nur halb geflunkert. Die Wahrheit ist, dass ich das letzte Mal etwas an Halloween gemacht habe, da war man noch in dem Alter, um von Tür zu Tür zu gehen und »Süßes oder Saures!« zu rufen. Zu Halloween-Partys bin ich nie eingeladen worden. Also ist es zur Gewohnheit geworden, sich über diesen Tag keine Gedanken zu machen. Aber vielleicht ist es dieses Jahr ja anders.

»Oh, dann komm doch auf die Party im *Molly's*! Das halbe College ist dort.«

Breit grinsend hält mir Beth die Tür auf, als wir das Café erreichen, und lässt mir den Vortritt. Mit einem dankbaren Lächeln trete ich ein und warte dann auf sie.

»Hört sich nicht schlecht an.«

Das letzte Mal, als ich auf eine Party gegangen bin, bei der das halbe College anwesend war, verlief es auch ganz gut. Ich beiße mir auf die Lippe, um nicht dämlich zu grinsen. Vielleicht gehe ich dieses Mal ja sogar zusammen mit Gray auf die Party.

»Ich bin mir sicher, dein Freund wird dich dort sowieso mit hinschleppen.«

Beths Augen funkeln, als sie mir einen bedeutungsvollen Blick zuwirft, und ich komme gegen mein Grinsen nicht mehr an. »Das mit Gray und mir hat wohl die Runde gemacht, was?«

Ich bin selbst überrascht, dass mir das nicht so viel ausmacht. Die Mädchen dürfen gern wissen, dass Gray vom Markt ist. Und mit Menschen wie Thea werde ich auch irgendwie zurechtkommen. Zumindest, solange ich weiß, dass Gray hinter mir steht. Das warme Gefühl, das bei dem Gedanken in mir aufsteigt, ist immer noch ungewohnt, aber ich will es am liebsten nie wieder loslassen.

»Kann man so sagen. Du hast damit so einigen Mädchen ihre Träume zerstört.«

Beth grinst mich an, als wir uns an der Schlange vor der Theke anstellen.

»Es wäre gelogen, wenn ich sagen würde, dass es mir leidtut.«

Als Beth daraufhin zu lachen anfängt, kann ich erneut nicht glauben, wie anders mein Leben auf einmal geworden ist. Ich habe gerade keinen Gedanken daran verschwendet, was ich sage und was Beth davon halten könnte. Ich habe einfach das Erste ausgesprochen, was mir in den Sinn gekommen ist. Und anscheinend habe ich damit nicht alles falsch gemacht. Die Erkenntnis raubt mir für einen Moment den Atem, bevor ich mich mit einem Mal herrlich leicht fühle. Und als wäre damit ein Damm gebrochen, schwatzen wir beide die nächste halbe Stunde über Gott und die Welt, als würden wir uns schon Jahre kennen und nicht erst ein paar Wochen. Ich kann nicht fassen, wie befreiend es ist, man selbst zu sein und deswegen keine Angst zu haben.

Und keine Sekunde lang vergesse ich, wem ich das zu verdanken habe.

Ich habe mich selten so sehr auf die Arbeit gefreut wie an diesem Freitag. Und das nur, weil ich Gray gestern nicht sehen konnte. Ich weiß nicht, ob das erbärmlich ist, aber selbst wenn, ist es mir egal. Ich kann kaum ruhig auf dem Stuhl sit-

zen, bis die Tür aufgeht und dieser viel zu gute Mann herein-
kommt. Sofort strahle ich ihm entgegen.

»Hey, Bunny.«

Sich über den Schalter lehnend drückt mir Gray einen Kuss
auf die Lippen, und ich ziehe ihn zu mir zurück, als er sich
meines Erachtens zu schnell lösen will. Dafür erhalte ich ein
belustigtes Schnauben, aber das ist es wert.

»So mag ich es, begrüßt zu werden.« Gray schmeißt seine
Tasche auf seinen üblichen Platz und läuft dann um den
Schalter herum, um sich hinzusetzen.

»Glaube nicht, dass ich dich deswegen an der langen Leine
lasse. Du hast einen Test nächste Woche und noch viel zu
lernen.«

Einen strengen Blick aufgesetzt, versuche ich so entschlossen wie möglich zu klingen, doch das Glitzern in Grays Augen verrät mir, dass er sich durchaus über ein paar Wege bewusst ist, wie er mich von dieser Meinung abbringen könnte.
Und ich bin mir nicht sicher, ob ich will, dass er es versucht
oder nicht.

Das Kribbeln in meinem Bauch ignorierend fahre ich mir
mit der Zungenspitze über die Lippen. Dass Grays Blick dieser Bewegung genau folgt, bin ich mir bewusst.

»Aye, aye, Chefin.«

Er hat wieder diesen Tonfall angeschlagen, der mein Herz
schneller schlagen lässt, aber ich bin stolz auf mich, da ich
mich meinem Buch zuwende, ohne mir etwas anmerken zu
lassen.

»Sehr gut.«

Ich sehe es als einen Fortschritt, dass Gray sich tatsächlich
die nächste Stunde nicht von seinen Lernsachen ablenken
lässt. Er scheint diesen Test wirklich ernst zu nehmen, und es
ist verdammt niedlich, wie er konzentriert die Stirn runzelt
und wie üblich mit seinem Bein hibbelt. Erst als er seine Unterlagen durchgegangen ist, schlägt er den Block mit einem
Seufzen zu und lehnt sich nach hinten, um den Rücken zu

strecken. Ich würde gern sagen, dass erst das mich von meinem Buch abbringt, aber die Hälfte meiner Aufmerksamkeit liegt sowieso die ganze Zeit auf Gray.

Es ihm nachmachend lasse ich mich nach hinten in den Stuhl fallen und drehe mich leicht zu ihm. Dafür erhalte ich eins seiner Grübchen-Lächeln, und mehr brauche ich momentan nicht, um zufrieden mit meinem Tag zu sein. Gray greift nach den Armlehnen meines Stuhles und zieht mich ein Stück näher an sich.

»Du weißt ja, dass das Spiel morgen auswärts stattfindet. Willst du trotzdem mitkommen?«

Die Frage ist völlig unnötig, doch das scheint Gray nicht zu wissen. Mich mit einem Grinsen vorlehnend küsse ich ihn.

»Kayla und ich haben schon eine Fahrgemeinschaft gegründet. Ich werde da sein, mit deiner Nummer ganz groß auf meinem Rücken.«

Das war wohl die richtige Antwort, denn plötzlich werde ich aus meinem Stuhl gezogen und lande auf seinem Schoß. Mir kommt für einen Moment der Gedanke, wie unangebracht das während der Arbeit ist, aber Gray ist viel zu gut darin geworden, meinen Kopf auszuschalten.

»Du bist perfekt. Darf ich dich mit nach Hause nehmen?«

Kichernd lasse ich Gray an meinem Hals knabbern und lege einen Arm um seine Schultern. Solange niemand hier ist, ist das schon in Ordnung. Das rede ich mir zumindest ein.

»Tut mir leid, heute nicht. Meine Mitbewohnerinnen und ich haben beschlossen, zusammen zu kochen. Wenn du willst«, ich nutze die Gelegenheit, als Gray den Kopf hebt, um ihm einen Kuss auf den Mund zu drücken, »kannst du gern mitkommen. Wir kochen eh immer viel zu viel.«

»Kostenloses Essen und deine Mitbewohnerinnen kennenlernen? Ich bin dabei.«

Als hätte es das Schicksal für uns so arrangiert, hat Gray an diesem Abend kein Training. Ein bisschen Erholung vor dem morgigen Spiel, da sie schon früh losfahren. Kayla und ich müssen hingegen erst um die Mittagszeit los, was ganz gut ist, da ich den Morgen brauchen werde, um meine Collegesachen aufzuholen. Aber darüber will ich mir jetzt noch keine Gedanken machen, während ich mit Gray in seinem Jeep Richtung meiner Wohnung fahre. Wir sitzen in angenehmer Stille da, während das Radio leise im Hintergrund läuft. Ich fühle mich völlig entspannt und gebe es nicht nur vor, so wie bei unserer ersten Fahrt. Mit einem Lächeln denke ich an den Abend im Irish Pub zurück. So lange ist es noch nicht her, und trotzdem kommt es mir wie eine halbe Ewigkeit vor. Und es erinnert mich an etwas.

»Hast du schon von der Halloween-Party im *Molly's* gehört?«

Mir auf die Unterlippe beißend drehe ich mich zu Gray um, der konzentriert auf die Straße sieht.

»Klar, das ganze Team will hin.«

Ich weiß nicht, was ich mir für eine Antwort gewünscht habe, doch nach dem Stein, der sich in meinen Magen legt, nicht das, was Gray gesagt hat. Heißt wohl, er will mit seinen Jungs feiern.

»Oh, okay.«

Ich kann Halloween auch ein weiteres Jahr mit einem guten Film und Popcorn verbringen. Oder ich frage Beth oder Alexis, ob ich bei ihnen mitdarf, Gray muss ja nicht meine Begleitung sein. Ich bemerke, wie meine Hand zu meinem Piercing fahren will, und halte sie mit Willenskraft in meinem Schoß, bevor sie mich an Gray verraten kann. In Gedanken versunken richte ich den Blick aus dem Fenster und warte darauf, dass wir vor meinem Apartmentkomplex anhalten. Meine Lust, nach da oben zu gehen, ist in den letzten Minuten drastisch gesunken. Auch wenn Gray nicht verpflichtet ist, mich überall mit hinzunehmen, habe ich das Bedürfnis, mich in meinem Bett zusammenzurollen und zu schmollen. Zum einen weil mir der Gedanke nicht gefällt,

Gray allein auf eine Party mit viel Alkohol und Mädchen, die ihn anhimmeln, zu lassen und zum anderen ... will ich nichts verpassen. Ich will mit den anderen Spaß haben, und das Gefühl lässt meinen Magen sich zusammenziehen. So habe ich schon lange nicht mehr gedacht, und sich so außen vor zu fühlen habe ich definitiv auch nicht vermisst.

Zu sehr mit Grübeln beschäftigt, ist mir nicht aufgefallen, dass Gray ausgestiegen ist und das Auto umrundet hat, bis er mir die Tür aufmacht. Es lässt mich erschrocken zusammenzucken, bevor ich mich beeile, die Beine aus dem Auto zu schwingen. Aber das lässt Gray nicht zu, indem er sich so dicht vor mich stellt und die Arme links und rechts von mir aufstützt.

»Bunny, wann willst du fragen, ob du mitdarfst?« Mein Kinn mit einem Finger anhebend sieht mich Gray eindringlich an.

»Ich wollte nicht ... Ihr ... Es hat sich so angehört, als wolltet ihr unter euch Jungs bleiben.«

Verunsichert lasse ich den Blick schweifen, doch ein Kuss auf meine Nasenspitze lässt mich wieder zu Gray sehen.

»Falsch gedacht, und solange du nicht die erstaunliche Kraft des Gedankenlesens erlernt hast, frag einfach nach.«

Der leicht herablassende Kommentar lässt mich die Augen zusammenkneifen, während das bedrückende Gefühl von mir weicht und Trotz Platz macht.

»Du hättest einfach sagen können, dass ich gern dabei sein kann. Ich glaube, meine Frage war recht offensichtlich.«

Meinen Worten Nachdruck verleihend schiebe ich Gray ein Stück zurück, was nur funktioniert, weil er es zulässt, und steige aus dem Auto aus. Aber Gray wäre nicht Gray, wenn er meine Reaktion nicht mit einem Grinsen kontern würde.

»Das männliche Ego muss das manchmal auch hören.« Meine defensiv verschränkten Arme ignorierend tritt Gray näher an mich heran und grinst selbstgefällig.

»Dir gefällt der Gedanke nicht, mich allein auf die Party zu lassen, hm? All die Mädels, die uns umschwärmen, tanzen und trinken ...«

Gray gießt absichtlich Öl in die Flammen. Ich habe sofort ein Bild davon im Kopf, was nicht sonderlich schwer ist, wenn ich nur an die Hausparty zurückdenke. Und damit hat er mich. Mit jedem Wort fangen meine Wangen stärker an zu brennen, zum einen aus Scham, dass er absolut recht hat, und zum anderen aus Eifersucht, die ich nicht verleugnen kann. Das ist ein ungewohntes Gefühl. Ich kenne Sehnsucht oder Neid, wenn ich früher die Beliebten beobachtet habe und an ihrer Stelle sein wollte. Aber dieses Besitzergreifende, das mich dazu veranlasst, Gray anzufunkeln, während er selbstzufrieden grinst, ist eine ganz neue Ebene. Denn ich bin absolut nicht mehr bereit, mir nur zu wünschen, wie ich es gern hätte.

Mit voller Absicht befeuchte ich mir mit der Zungenspitze die Lippen, um Grays Aufmerksamkeit auf andere Dinge zu lenken, und stelle mich dann auf Zehenspitzen, bis ich fast auf einer Höhe mit ihm bin.

»Tja, dann sollte ich vielleicht Caleb fragen, ob er mich mitnehmen will. Ich bin mir sicher, er hätte damit kein Problem.«

Mit der Aussage lehne ich mich ziemlich weit aus dem Fenster, denn um ehrlich zu sein, habe ich keine Ahnung davon, wie Caleb zu mir steht. So, wie Grays Gesicht sich verfinstert, scheine ich jedoch einen Nerv getroffen zu haben.

»Touché, Bunny.«

Und im nächsten Moment legt er seine Hände auf meine Hüften und seine Lippen auf meine, um nur allzu deutlich zu machen, zu wem ich wirklich gehöre. Gray war bisher immer sanft im Umgang mit mir, doch das hier ist reine Machtdemonstration. Und ich habe nichts dagegen, als er mich gegen den Wagen drängt und mir keine Chance lässt, diesen Kuss zu beeinflussen. Die Finger in seine Jacke krallend lege ich den Kopf in den Nacken und gebe mich Gray einfach hin. Auch wenn es bis zu einem gewissen Grad beängstigend ist, zwischen einem Auto und einem Muskelberg eingeklemmt zu sein, merke ich, wie es mir einen Kick gibt. Die Reste meiner Verärgerung, gepaart mit der Akzeptanz, zu Gray zu gehören, erzeugen eine seltsame Kombination aus dem Gefühl, beschützt zu sein und mich gleichzeitig wehren zu müssen. Und da ich einen verdammten Dickschädel habe, steige ich mit in den Ring. Ich lasse die Zunge vorschnellen und wir verwickeln uns in einen Kampf, doch als ich die Hände unter sein Shirt rutschen lasse, unterbricht Gray so schnell den Kuss, dass ich ihn verwirrt dabei anstarre, wie er einen Schritt zurückgeht und sich durch die Haare fährt.

»Okay, wir hören lieber an dieser Stelle auf, bevor ich wieder den Neandertaler spiele und dich in dein Zimmer tragen muss. Und dann wird das nichts mehr mit Kochen.«

Bei Grays gequältem Gesichtsausdruck kann ich mir ein Lachen nicht verkneifen.

»Jonah Grayham, wo ist deine Selbstbeherrschung?«

Grays Blick brennt sich in mich, als er zur Antwort ansetzt.

»Die habe ich bei dir schon lange nicht mehr.«

Geschmeichelt und verlegen zugleich schließe ich zu Gray auf, drücke ihm einen Kuss auf die Wange und greife nach seiner Hand. »Na dann lass uns lieber sichere Gewässer aufsuchen, mit meinen Mitbewohnern als Puffer.«

Irgendwie macht es mich nervös, zusammen mit Gray hoch zu meiner Wohnung zu laufen, wohl wissend, dass er sich alles genau ansehen wird. Außerdem habe ich zwar Cass und Mary vorgewarnt, dass ich jemanden mitbringe, allerdings bin ich mir nicht sicher, ob sie nicht gerade deswegen total verrücktspielen werden.

Mit einem halb gequälten Lächeln drehe ich mich ein letztes Mal zu Gray um, bevor ich den Schlüssel ins Schloss stecke. »Bereit?«

Gray grinst nur entspannt und drückt meine Hand. »Absolut.«

Wir schaffen einen Schritt in die Wohnung hinein, da werden wir von einer strahlenden Mary empfangen, die uns zwei Sektgläser entgegenstreckt.

»Na endlich, da seid ihr ja! O mein Gott, Gray, es ist mir so eine Ehre, dich hier begrüßen zu dürfen. Kommt rein, kommt rein!«

Und ehe ich mich's versehe, wird mein Freund von meinen zwei Mitbewohnerinnen belagert, während ich mir resigniert eingestehe, dass ich wohl allein kochen werde. Doch was ist schon ein Essen im Vergleich zu allem, was Gray mir gegeben hat?

Kapitel 38

Ich könnte mich daran gewöhnen, als Erstes am Tag Grays friedliches Gesicht zu sehen. Er liegt keine zehn Zentimeter von mir entfernt und atmet noch immer ruhig und tief im Schlaf.

Ich hätte nicht gedacht, dass es mir so leichtfällt, jemanden in meinem Zimmer zu akzeptieren. Einfach so meinen Rückzugsort für jemand anderen zu öffnen. Aber es macht mir endgültig bewusst, dass ich Gray schon längst als Teil dieses Ortes sehe. Er ist mein sicherer Hafen, und ich würde ihn nirgendwo anders haben wollen als genau hier neben mir.

Um ihn nicht aufzuwecken, greife ich vorsichtig nach meinem Handy, das hinter mir auf dem Nachttisch liegt. Bevor mein noch verschlafenes Gehirn darüber nachdenken kann, entsperren meine Finger das Handy und ich schieße ein Bild von Gray. Ich weiß, wie zerzaust ich momentan aussehen muss, aber Gray steht die leicht verstrubbelte Frisur. Sie lässt ihn jünger erscheinen, was einen interessanten Kontrast zu seinen breiten Schultern und dem leichten Bartschatten darstellt. Egal wie, er sieht viel zu gut aus, und ich kann nicht widerstehen, einen federleichten Kuss auf seinen Mundwinkel zu platzieren. Ich liebe seine Lippen dafür, dass sie immer lächeln. Ich liebe ihn. Aber da es unfair wäre, ihn um die benötigte Ruhe für das Spiel nachher zu bringen, wecke ich ihn nicht, um ihm das tausendmal zu sagen. Dafür werde ich noch eine Ewigkeit Zeit haben, was machen da ein paar Minuten, Stunden oder Tage aus? Für mich steht fest, dass Gray der eine ist. Er bedeutet mir die Welt.

Stattdessen kuschele ich mich zurück in die Kissen und werfe den ersten richtigen Blick auf mein Handy, nur um augenblicklich verwirrt die Stirn zu runzeln. Fast ein Dutzend verpasste Anrufe. Und alle von Alexis. Der Zeitstempel verrät mir zwar, dass sie noch von gestern Abend stammen, aber wirklich beruhigen will mich das nicht. Doch meine Finger halten über dem Rückruffeld inne, als Gray sich neben mir bewegt. Ein Gähnen seinerseits verrät mir, dass er kurz davor ist, aufzuwachen, und verleitet mich dazu, schnell eine Nachricht an Alexis zu verfassen.

Ich: Alles gut bei dir?

In der Hoffnung, dass sie sich meldet, wenn es etwas Dringendes ist, stelle ich mein Handy auf laut und lege es neben mich. Fast zeitgleich öffnet Gray die Augen, dicht gefolgt von einem weiteren Gähnen, bevor er sich streckend auf den Rücken rollt.

»Morgen, Bunny.«

Ein kleines Lächeln schleicht sich bei seiner Morgenstimme auf mein Gesicht, während ich mich zu ihm gewandt auf die Seite drehe.

»Morgen. Du bist vor dem Wecker wach, willst du nicht noch schlafen?«

Gray wirft mir eine kleinere Version seines üblichen Lächelns zu und streckt einen Arm aus, in den ich mich sofort reinkuschele.

»Weiß nicht, ich glaube, mir fällt was Besseres ein.«

Ich spüre seine Lippen auf der Stirn und schlage ihm lachend auf die Brust.

»Jonah Grayham, denkst du jemals an etwas anderes?«

»He, das ist jetzt unfair. Du könntest jedes männliche Wesen fragen, das neben einer wunderschönen Frau aufwacht, und sie würden genau das Gleiche denken.«

Mit einem fiesen Grinsen richte ich mich weit genug auf, um Gray ins Gesicht zu sehen.

»Die haben aber kein wichtiges Spiel anstehen, für das sie ihre Kräfte sparen müssen.«

Meinen Standpunkt noch deutlicher machend will ich mich umdrehen und aus dem Bett steigen, da werde ich an der Hand zurückgehalten.

»Oh, ich bin mir sicher, meine Energie reicht für beides.«

Lachend an meiner Hand ziehend schüttle ich den Kopf. »Das Risiko wollen wir lieber nicht eingehen. Früher sind Krieger oft abstinent geblieben, da man davon überzeugt war, sie seien dann besser im Kampf.«

Gespielt mürrisch verzieht Gray das Gesicht und zieht mich an der Hand wieder zu sich. »Ich bin doch kein alter Römer oder sonst was! Aber wenn die Lady es so will. Können wir wenigstens noch ein bisschen liegen bleiben?«

Dagegen habe ich nichts einzuwenden, also kuschle ich mich zu Gray und verdrehe nur grinsend die Augen, als seine Finger unter meinem Shirt landen.

Gray muss gegen zehn los, was mir ein bisschen Zeit für mich lässt, bevor Kayla und ich am späten Mittag ebenfalls fahren müssen. Und diese nutze ich natürlich sinnvoll.

Erst nach fast einer Stunde Biochemie fällt mir wieder ein, dass Alexis sich noch nicht gemeldet hat. Mein schlechtes Gewissen, dass ich ihre Anrufe nicht mitbekommen habe, ist sofort wieder da und lässt mich mitten im Satz meine Zusammenfassung unterbrechen, um nach meinem Handy zu angeln.

Da ich es seit vorhin nicht mehr in der Hand hatte – irgendwie war ich mit Besserem beschäftigt gewesen –, öffnet sich der Chat mit Alexis, als ich das Handy entsperre. Und das blaue Häkchen unter meiner Nachricht verrät mir, dass sie diese bereits gelesen hat. Verwirrt ziehe ich die Augenbrauen zusammen. Komisch, normalerweise antwortet sie mir immer direkt.

Also hole ich meinen Anruf von heute Morgen nach. Doch als ich mein Handy ans Ohr halte, werde ich nach dem ersten Klingeln weggedrückt. Überrascht schnellen meine Augenbrauen nach oben und ich starre für einen Moment auf das Handy, als müsste es die Antwort darauf wissen, weshalb meine beste Freundin mich das erste Mal in unserem gesamten Leben weggedrückt hat. Vielleicht ist sie gerade beschäftigt.

Zurück an meinem Schreibtisch, lege ich das Handy neben meine Unterlagen. Aber ein mulmiges Gefühl in der Magengrube verhindert, dass ich mich konzentrieren kann, bis ich es fünf Minuten später wieder versuche. Erneut klingelt es nur einmal.

Es kann viele Gründe haben, weshalb Alexis nicht abnimmt, das sollte mich nicht beunruhigen. Aber mir will das Bild ihres jüngeren Ichs nicht aus dem Kopf gehen, als sie am Rand der Verzweiflung stand. Als ich Angst hatte, sie vielleicht für immer zu verlieren. Damals hat sie mich zumindest an sich herangelassen. Jetzt fühlt es sich so an, als hätte sie mir die Tür vor der Nase zugeschlagen. Ich ermahne mich selbst, nicht so dramatisch zu sein. Ich bin nur empfindlich, wenn es um das Thema geht. Trotzdem versuche ich es weiter, bis ein Ping-Ton mich darüber informiert, dass ich eine Nachricht erhalten habe. Ich will schon erleichtert aufatmen, als ich Alexis' Namen lese. Stattdessen bleibt mir komplett die Luft weg.

Alexis: Hör auf mich anzurufen. Ich will nicht mit dir reden.

Verwirrt starre ich die Worte an. Natürlich kann man aus einer Nachricht keinen Tonfall herauslesen, trotzdem habe ich das Gefühl, dass Alexis sauer ist.

Entschlossen schüttle ich den Kopf. Nein, bestimmt interpretiere ich zu viel hinein. Die Worte klingen nur unhöflich, weil sie keine Zeit hat. Und deswegen soll ich sie auch in Ruhe lassen. Mein Herzschlag beruhigt sich, während ich mir selbst gut zurede und einen tiefen Atemzug nehme. Ich hatte so einen schönen Morgen, den lasse ich mir nicht von der paranoiden Stimme in meinem Kopf kaputtmachen.

Trotzdem merke ich, wie meine Finger über der Tastatur zittern, bevor ich mit Vorsicht meine Worte wähle.

Ich: Oh, okay, sorry, wollte nicht stören. Wann hättest du denn Zeit zum Telefonieren?

Weil ich fest davon überzeugt bin, dass zwischen uns alles okay ist, lege ich mein Handy zur Seite und befasse mich weiter mit meinen Unterlagen. Ich weiß nicht, weshalb ich so nervös bin. Nur weil ein Teil meines Lebens ausnahmsweise gut verläuft, muss deswegen nicht alles andere schiefgehen. Wahrscheinlich ist Alexis müde und verkatert. Wir sind beste Freunde. Gäbe es irgendetwas, was sie momentan stört, hätte sie es mir gesagt, und ginge es ihr schlecht, wäre sie zu mir gekommen. Außerdem weiß ich doch, wie sehr sie sich für mich und Gray freut.

Und als müsste ich mir beweisen, dass ich mir wirklich keine Sorgen mache, ignoriere ich den Nachrichtenton meines Handys mehrere Minuten, bevor ich nachsehe, was Alexis geschrieben hat. Doch ich befürchte, das war ein Fehler.

Alexis: Für dich? Gar nicht. Hast jetzt Gray, um mit ihm alles Vertrauliche zu teilen. Danke, dass du unsere Vergangenheit nutzt, um interessant zu wirken.

Ich muss den Text mehrere Male durchlesen, und mit jedem Mal wird mir übler, während ich zugleich gar nichts verstehe. Das muss ein mieser Scherz sein. Was ist hier los? Was soll ich darauf antworten? Ich weiß nicht einmal, um was es geht! Und mit jeder Sekunde, die verstreicht, wird meine Brust ein bisschen mehr von einem schweren Gewicht zerdrückt.

Ich: Was? Ich verstehe nicht, was los ist! Und falls du mich nur auf den Arm nehmen willst: Das ist nicht witzig.

Doch als ich auf Senden drücke, geht die Nachricht nicht bis zu Alexis durch. Mit gerunzelter Stirn starre ich auf den einen Haken und warte darauf, dass auch der zweite erscheint. Aber es passiert nichts. Und erst da fällt mir auf, dass ich auch Alexis' Profilbild nicht mehr sehen kann. Ungläubig lasse ich mich in meinen Stuhl zurückfallen.

Sie hat mich blockiert. Das ist kein Scherz. Aus irgendeinem Grund scheint Alexis mich gerade zu hassen.

Mein Kopf ist mit einem Mal ein völliges Durcheinander. Während ein Teil von mir versucht, sachlich herauszufinden, was hierzu geführt haben könnte, will ein anderer einfach nur weinen. Noch ein Teil würde am liebsten Gray anrufen, aber das ist keine gute Idee. Auch wenn ich keinen blassen Schimmer habe, was passiert ist, scheint es irgendetwas mit ihm zu tun zu haben. Wenn ich das wieder hinbiegen will, muss ich das selbst machen.

In einer Mischung aus Entschlossenheit und Verzweiflung springe ich von meinem Stuhl auf, packe das Nötigste in meine Handtasche und renne aus der Wohnung, ohne ein Wort an Cass oder Mary zu verlieren. Alles, woran ich denken kann, ist, dass ich ohne Alexis ein Nichts bin. Sie ist meine beste Freundin, hat mich durch die schlimmsten Phasen meines Lebens gebracht und ist die Einzige, die im vollen Ausmaß versteht, wie geschädigt ich bin.

Ich brauche knappe fünfzehn Minuten zu Alexis, die ich damit verbringe, mir alle möglichen Szenarien auszumalen.

Davon, dass ihr jemand das Handy geklaut hat und gar nicht sie diese Nachrichten geschrieben hat, bis hin dazu, dass sie mir unter Tränen die Tür öffnet und es nur die alten Dämonen sind, die sie wieder eingeholt haben. Aber in keiner meiner Vorstellungen stehe ich vor der Gegensprechanlage, völlig außer Atem, noch immer in einer Jogginghose und mit irgendeiner Jacke, die ich mir übergeworfen habe, und bekomme von Alexis nur ein »Hau ab« zu hören.

»Alexis, was ist denn los? Ich verstehe nicht ... Habe ich etwas falsch gemacht? Egal was, es tut mir leid, bitte lass mich rein!«

Verzweifelt schlage ich gegen die Tür, erst danach fällt mir auf, dass Alexis die Gegensprechanlage bereits ausgestellt hat. Fassungslos starre ich das Ding an und weiß nicht, ob ich verletzt oder wütend sein soll. Wieso sperrt sie mich einfach aus?

Mich für die Wut entscheidend drücke ich erneut auf den Knopf für Alexis' Wohnheimzimmer und klingle Sturm. Ob sie will oder nicht, das kann sie nicht auf Dauer ignorieren. Sie kann *mich* nicht auf Dauer ignorieren! Was auch immer passiert ist, anstatt mich wegzustoßen, sollte sie die Dinge mit mir zusammen durchstehen. So wie wir das immer gemacht haben.

Ich merke, dass meine Augen brennen, aber ich erlaube es mir nicht, mich opfermäßig in Selbstmitleid zu baden. Nicht, bis ich weiß, was überhaupt los ist.

Ich kenne Alexis' Sturkopf, also wundert es mich nicht, dass sie es über eine Minute mit meinem Klingeln aushält. Was mich allerdings überrascht, ist, dass ich nicht einfach hereingelassen werde, sondern die Tür aufgerissen wird und im nächsten Moment eine stinkwütende Alexis vor mir steht.

»Bist du jetzt völlig verrückt geworden?«, werde ich angeblafft. »Ich habe gesagt, *ich will nicht mit dir reden.* Was daran ist so schwer zu verstehen?«

Um ehrlich zu sein, bin ich stolz auf mich, dass ich bei den Worten nicht in Tränen ausbreche. Aber ich glaube, das liegt vor allem daran, dass ich zu schockiert bin, um irgendeine Reaktion zustande zu bringen. Als ich nach einer gefühlten Ewigkeit noch immer kein Wort herausbekommen habe, schnaubt Alexis wütend und will mir schon die Tür vor der Nase zuschlagen, da schiebe ich gerade noch rechtzeitig einen Fuß dazwischen.

»Halt!«

Der kalte Blick, den Alexis mir zuwirft, hätte mich beinahe zurückstolpern lassen, aber irgendwoher nehme ich das Rückgrat, mich dem entgegenzustellen. So habe ich Alexis noch nie gesehen. Und vor allem habe ich mich noch nie so weit von ihr entfernt gefühlt. Als könnte ich nicht einfach die Hand ausstrecken, um nach ihrer zu greifen. Damit unsere identischen silbernen Armbänder wie sonst aneinanderliegen.

»W-was ist denn los? Was habe ich falsch gemacht?«

Ich wusste bisher gar nicht, dass es zwischen uns beiden so etwas wie *falsch* gibt. Es hieß immer: wir zwei gegen den Rest der Welt. Wann hat sich das geändert? War Gray der Auslöser?

Ungläubig starrt Alexis mich an und schüttelt mit einem angewiderten Gesichtsausdruck den Kopf.

»Du weißt es nicht? Das wird ja immer besser. Wirst es schon noch herausfinden.«

Wieder will Alexis die Tür zudrücken, aber inzwischen bin ich verzweifelt genug, mich mit dem Körper dazwischenzuschieben. Ich fühle mich, als hätte man mir ein metallenes Band um die Brust geschnürt und es so fest wie möglich zugezogen.

»Alexis, rede mit mir! Bitte, ich verstehe nicht ... Ich ...«

»Was?« Wütend funkelt sie mich an, aber ich meine hinter dem harten Ausdruck in ihren Augen eine alte Verletzlichkeit zu erkennen, die mir nur zu vertraut ist. »Du willst nicht deine beste Freundin verlieren? Das hättest du dir überlegen sollen, *bevor* du private Bilder von mir weitergegeben hast. Bevor du ...«

Mit einem tiefen Atemzug dreht Alexis für einen Moment den Kopf zur Seite. Ich sehe trotzdem den Schmerz in ihren Augen und weiß nicht, was ich tun soll. Nach ihrer Hand greifen? Sie umarmen? Mein Hals brennt, als hätte ich minutenlang durchgeschrien, auch wenn ich kaum einen Mucks von mir gegeben habe.

»Du willst wissen, was los ist? Ich zeige es dir.«

Alexis zieht ihr Handy aus der Hosentasche und tippt mit flinken Fingern darauf herum, bis sie es mir mit einem grimmigen Gesichtsausdruck unter die Nase hält.

»Ich hoffe, du fühlst dich auf deinem Wölkchen da oben wohl, nachdem du mich zurück in die Hölle katapultiert hast.«

Ich schlucke hart, während ich in einer Mischung aus Unglauben und Entsetzen das Handy in die Hand nehme und den Blick nicht von dem Bild nehmen kann. Es ist das Bild, das ich Gray gezeigt habe. Das Bild, mit dem ich ihm die letzte Tür zu meinem Herzen geöffnet habe.

Nun ja, fast das gleiche. Es wurde zusammengeschnitten mit einem aktuellen Foto von Alexis und mir, und ich kann es nicht fassen, als ich unsere Outfits vom Abend der Verbindungsparty wiedererkenne. Wann hat uns dort jemand aufgenommen? Aber es ist eindeutig: Wir stehen bei Lee, kurz bevor die Beerpong-Partie begonnen hat. Alexis wirft sich in einer selbstbewussten Manier die Haare über die Schulter und gewährt dabei tiefen Einblick in ihr Dekolleté, während ich halb hinter ihr stehe und aussehe, als wäre ich lieber ganz woanders. Darunter verkündet in Großbuchstaben eine Bildunterschrift:

DAS SCHWEINCHEN UND DIE STREBERIN. EIN PAAR KILO MEHR ODER WENIGER, SAU BLEIBT SAU. KEINER WIRD DICH JEMALS WIRKLICH MÖGEN, SCHAU DOCH IN DEN SPIEGEL.

Ich kenne mich nicht mit Social Media aus, aber selbst ich erkenne die beängstigend hohe Klickzahl und die Kommentare.

Unglaublich, von der fetten Sau zur Schlampe. Kann's nicht fassen, dass irgendjemand das Mädchen auch nur anfasst.

Mir ist übel, gleichzeitig spüre ich eine brennende Wut in mir aufsteigen, während ich weiter nach unten scrolle. Eine Hasstirade breitet sich vor mir aus, und schon nach zwei weiteren Kommentaren muss ich angeekelt das Handy sperren, wenn ich mich nicht hier und jetzt übergeben will. Was treibt Menschen dazu, so etwas zu schreiben? Alexis' Ruf hin oder her, das hier ist maßlos. Als hätte man ihnen einen Freifahrtschein dafür gegeben, all ihre dreckigen, dunklen Seiten auszuleben. Die Augenbrauen wütend zusammengezogen sehe ich meine beste Freundin an und schüttle den Kopf. »Alexis, davon darfst du dich nicht unterkriegen lassen! Das sind feige Schweine, die mit ihrem eigenen Leben unzufrieden sind und es deswegen im Internet rauslassen. Keiner von denen könnte dir in die Augen sehen und auch nur ein Wort von dem sagen, was sie hier geschrieben haben. Wer hat das überhaupt gepostet?«

Alexis' Augen sind wie tot, als sie mir ihr Handy aus der Hand nimmt. »Anonymer Account, aber ich habe da so einen Verdacht.«

Ich beiße mir auf die Lippe, um nicht zu fluchen. Natürlich, Carly. Die ist doch völlig durchgeknallt! Ich will schon den Mund öffnen, um Alexis mitzuteilen, was ich von diesem Miststück halte, da unterbricht sie mich mit einem tiefen Seufzer.

»Eigentlich ist es auch egal, wer es gepostet hat. Es ist ein Selbstläufer. Ich habe das Bild schon zigmal löschen lassen, aber es taucht immer wieder auf. Genauso wie die Kommentare.«

Alexis' Körper durchläuft ein Schauder, und als ich sehe, wie sie gequält die Augen schließt, will ich einen Schritt auf sie zu machen und sie in den Arm nehmen. Doch sie weicht vor mir zurück und schüttelt entschieden den Kopf.

»Nicht. Das halte ich jetzt nicht aus.« In ihrem Blick liegt so viel Schmerz und Traurigkeit, dass es mir die Haare zu Berge stehen lässt. Sie wirkt wie ein Schatten, der mir durch die Finger gleitet.

»Das Schlimmste ist, dass der Input, um das hier ins Rollen zu bringen, von dir kam. Nur durch dich wissen sie, wie ich früher ...«

Alexis' Stimme bricht, und mit ihr mein Herz. Verzweifelt schüttle ich den Kopf. »Nein, ich habe das Bild an niemanden weitergegeben. Ich ... Ich weiß nicht, woher sie das haben!«

Ich weiß nicht, ob ich mich über das Feuer freuen soll, das in Alexis' Augen aufflammt, oder Angst haben, dass es mich verbrennt. Ich stolpere jedenfalls zurück, als sie mich mit neuer Wut anfunkelt.

»Niemand außer dir hat das Bild! Ich kann es nicht fassen, dass du es weitergegeben hast. Obwohl du weißt, wie sehr ich mich schäme, wie sehr es mich zerstören kann.«

Der Selbsthass in ihren Augen zerreißt mich.

»Ich habe das Bild nicht weitergegeben. Ich habe es nur Gray gezeigt!«

»Tja, dann frag deinen Lover. Irgendwer muss es abfotografiert haben, von allein ist es definitiv nicht im Internet gelandet.«

Alexis' Blick ist so verachtend, dass er sich wie ein Stigma in meine Haut brennt.

»Wie lange kennst du Gray? Und womit hat er so viel Vertrauen verdient, dass du *mein* Privatleben mit ihm teilst?

Echt unglaublich, kaum schenkt dir einer der Beliebten Beachtung, schmeißt du dich ihm zu Füßen wie so ein Köter, der endlich gestreichelt werden will. Ich hoffe, er ist die Freundschaft wert, die du damit verloren hast.«

Die Tür knallt vor meiner Nase zu, während ich davor stehen bleibe, bis tief in mein Innerstes erstarrt. Das Einzige, was sich bewegt, sind die Tränen, die mir stumm über die Wange kullern.

Kapitel 39

Mir ist kalt. Aber das hat weniger mit dem Wetter zu tun als mit der Leere in mir. Ich weiß nicht, was ich denken soll, was ich fühlen soll oder was ich machen soll. Alles, was ich weiß, ist, dass ich mitverantwortlich dafür bin, dass der wichtigste Mensch in meinem Leben die Hölle aus unserer Kindheit noch einmal durchstehen muss. Und ich nichts dagegen machen kann.

Ich sitze in einem Park irgendwo zwischen Alexis' Wohnheim und meiner Wohnung und starre wie betäubt Löcher in die Luft. Nach Hause gehen wäre die bessere Idee, aber selbst hier an der frischen Luft habe ich das Gefühl, kaum zu Atem zu kommen. Mein Herz schmerzt bei jedem Schlag, meine Hände zittern, sobald ich mit ihnen nicht mehr meine Knie umklammere, und ich bin froh, dass meine Beine mich bis hierher getragen haben. Die Vorstellung, wie Alexis sich gequält in ihrem Bett zusammenrollt und es nicht lassen kann, sich immer wieder das Bild und die Kommentare anzusehen, wiederholt sich in Endlosschleife in meinem Kopf. Ich kann an nichts anderes denken.

Wie kam Carly nur an dieses gottverdammte Bild? Und wieso will ein Teil von mir sich immer noch in die Sicherheit von Grays Armen flüchten? Ich hasse mich dafür, dass die Sehnsucht nach ihm so stark ist, dass sein Kontakt bereits auf meinem Handy geöffnet ist. Denn Alexis hat recht: Es muss

Gray gewesen sein. Niemand anderes weiß von dem Foto oder hätte die Möglichkeit gehabt, es abzufotografieren.

Ich habe ihm meine verletzlichste Seite offengelegt – und noch viel wichtiger –, ihm genug Vertrauen geschenkt, dass ich tatsächlich auch Alexis mit ins Boot gezogen habe – und er hat es ausgenutzt.

Mit einem Schluchzen lege ich den Kopf auf meinen Knien ab. Wie kann ich noch heute Morgen als der glücklichste Mensch der Welt aufgewacht sein und jetzt nicht einmal mehr wissen, wie ich den Tag überstehen soll?

Denn ich muss mich revidieren: Ich habe nicht nur einen, sondern gleich zwei der wichtigsten Menschen in meinem Leben verloren. Es gibt nichts, was Gray sagen könnte, damit wir glücklich zusammenbleiben, während Alexis in das tiefe Loch unserer Vergangenheit zurückfällt. Das könnte ich mir selbst nie verzeihen.

Irgendwie habe ich mich nach Hause geschleppt. Vielleicht weil es zu regnen angefangen hat oder weil ich es nicht länger ausgehalten habe, über all das nachzudenken. Ich will für Alexis da sein, aber sie wird mich nicht in ihre Nähe lassen. Für das Eishockeyspiel war ich bereits zu spät dran und, um ehrlich zu sein, ich wollte gar nicht mehr hin. Also habe ich Kaylas Nachrichten und Anrufe ignoriert, unfähig zu erklären, was los ist, und ihr einfach im Nachhinein geschrieben, dass es mir leidtut, aber mir etwas dazwischengekommen ist. Ihre Frage, ob etwas passiert sei, habe ich noch immer nicht beantwortet.

Stattdessen habe ich mich zurück an meinen Schreibtisch gesetzt und mich so tief es geht in meinen Büchern vergraben. Vom Hormonsystem bis zu Mikroökosystemen, alles ist gut, solange es mich beschäftigt. Vier Stunden, einen Krampf in meiner Schreibhand und drei Beruhigungstees später lehne ich mich, innerlich noch immer wie tot, in meinem Stuhl zurück. Zumindest pocht mein Kopf inzwischen so schmerzhaft, dass Denken nicht mehr möglich ist, und das ist perfekt. Denn körperlicher Schmerz ist besser als das Stechen, das mein Herz durchfährt, wann auch immer mir klar wird, dass das alles nicht nur ein böser Traum ist.

Unsicher nehme ich mein Handy in die Hand. Ein Teil von mir hat die Hoffnung, dass da eine Nachricht von Alexis ist, mit einer Entschuldigung und der Bitte, dass ich vorbeikomme. Damit wir das zusammen durchstehen. Aber ich kenne Alexis' Dickschädel gut genug, um zu wissen, was diese Art von Schmerz mit ihr anrichtet. Sie schottet sich ab, zweifelt an sich selbst. Ich habe Angst, dass sie aufhört zu essen oder übermäßig Sport macht, weil sie im Spiegel wieder das mollige Mädchen von früher sieht. Und ich hasse mich dafür, dass ich auf verworrenen Wegen Schuld daran habe.

Und weil ich mir des Ausmaßes bewusst sein will, was das unschuldige Bild in meinem Geldbeutel in Gang gesetzt hat, lege ich mir einen Account bei Instagram an. Ich habe kein Facebook, kein Snapchat, kein irgendetwas und habe keine Ahnung, wie ich das Foto finden will, bis mir die App Freundschaftsvorschläge macht. Über Alexis' Seite dauert es dann nicht lange, bis ich das Bild habe, denn Carly hat keine Mühen gescheut, sie auf jede erdenkliche Art darauf zu verlinken.

Mein Magen dreht sich um, sobald ich den Post sehe. Und weil ich dieses Mal alle Zeit der Welt habe, gehe ich jeden einzelnen Kommentar durch. Es ist heftig. Als würde jeder, der etwas gegen Alexis hat, die Möglichkeit nutzen, sich auf sie zu stürzen. Ich habe den Glauben an die Menschheit ein weiteres Mal verloren, bevor der erste Kommentar kommt, der versucht, der Schlammschlacht Einhalt zu gebieten.

Wer seid ihr, um so über jemanden zu urteilen? Kümmert euch lieber um euer eigenes Leben, anstatt das von anderen in den Dreck zu ziehen.

Darunter gibt es andere, die sich solidarisch angeschlossen haben. Positive Dinge schreiben wie

Beeindruckend, wie sie abgenommen hat. Go on, Girl! Lass die Leute doch haten, heißt nur, dass sie in ihrem Leben selbst nichts erreichen.

Aber der Hass der anderen überwiegt, prägt sich tiefer in die Seele ein. Denn das ist eine traurige Tatsache: Man kann mit bösen Worten viel mehr zerstören als liebe Worte heilen. Und für jemanden, der einen Großteil seines Lebens von anderen abwertend behandelt wurde, ist das hier nichts weiter als eine Bestätigung der Zweifel, gegen die Alexis eh jeden Tag kämpft.

Die Worte verschwimmen vor meinen Augen, ein Hasskommentar geht in den anderen über, und so dankbar ich denen bin, die sich zwischendrin gegen das Cyber-Mobbing stellen, merke ich selbst, wie wenig es nützt. Ich fühle mich wie gelähmt. Habe wirklich ich das zu verantworten? Hat mein Vertrauen in Gray das ausgelöst? Hat er wirklich ...?

Ich weiß, dass es nur einen Weg gibt, all diese Fragen zu beantworten, und es gibt nur eine Person, die mir dabei weiterhelfen kann. Mein Blick fällt auf die Uhr. Eigentlich müsste das Spiel schon vorbei sein. Ich weiß nur nicht, ob das Team direkt nach Hause fährt oder noch in eine Bar geht, wie nach den letzten Spielen.

Und eigentlich will ich ihn nicht sehen. Ich würde es am liebsten so lang wie möglich hinauszögern. Denn der einzige Weg, wie all das logisch ist, bedeutet, dass ich dem Falschen vertraut habe. Und dass ich die Person verliere, durch die sich mein Leben zum ersten Mal erfüllt angefühlt hat.

Mir ist nicht klar, dass ich ins Leere starre, bis das Vibrieren meines Handys mich erschrocken zusammenfahren lässt. Irritiert sehe ich auf den Bildschirm, der mir eine neue Nachricht anzeigt, und halte den Atem an, als ich Grays Namen entdecke. Mein Herz rast, während meine Brust wie zugeschnürt ist, aber irgendwie schaffe ich es, die Nachricht zu öffnen.

Gray: Kayla hat mir gesagt, dir sei etwas dazwischengekommen, alles okay bei dir? Ich bin schon auf dem Weg heim. Bring kurz meine Sachen bei mir vorbei und komme dann zu dir.

Ich atme gegen den Druck in meiner Brust an. Nichts ist okay. Nicht mal ansatzweise, und ich wünsche mir nichts mehr, als dass Gray die Welt wieder ins Lot rückt. Aber die Lähmung, die meine Finger befallen hat, sagt mir, dass mein Unterbewusstsein bereits akzeptiert hat, dass sich hinter Gray zu verstecken dieses Mal nichts bringen wird. Egal was ich ihm schreibe. Also lasse ich es ganz und stehe stattdessen auf.

Ich will nicht, dass Gray herkommt, denn wenn alles den Bach runtergeht, will ich die Möglichkeit haben, allem den Rücken zuzukehren und mich zu verstecken. So wie sonst auch immer.

Es hat noch immer noch nicht aufgehört zu regnen. Während ich also mit tief ins Gesicht gezogener Kapuze laufe, frage ich mich, ob ich darüber lachen soll, dass ich mir wie in einem Teenie-Drama vorkomme, wenn die Protagonistin sich der entscheidenden Konfrontation stellt. Wenn ja, wären die Zuschauer ziemlich enttäuscht von mir. Ich bin nicht die starke, selbstbewusste Heldin, die am Ende alles wieder hinbiegt. Ich bin eine einsame, zusammengekrümmte Gestalt, die durch den Regen watschelt, weil sie kein Auto besitzt. Vielleicht sollte ein Teil von mir kämpfen, daran glauben, dass alles wieder gut wird. Aber ich bin Realistin, und die Realität sieht ziemlich hoffnungslos aus.

Gray muss mir geschrieben haben, kaum dass er vom Eis runter war, denn ich komme tatsächlich vor ihm beim Verbindungshaus an. Es ist komplett verlassen – kein Wunder, immerhin ist das Eishockeyteam zum Auswärtsspiel gereist. Trotzdem versetzt mir der Anblick einen Stich ins Herz. Ich kenne dieses Haus nur laut und belebt. Jetzt sieht es ausgehöhlt aus, so wie ich mich fühle, und das ist schrecklich. Denn ich weiß, dass wir beide nur durch Gray wiederbelebt werden können.

Kraftlos lasse ich mich auf die Treppenstufen fallen, die hoch zur Eingangstür führen. Mein Kopf ist leer. Es gibt nichts, worüber ich jetzt noch nachdenken müsste. Nur eine Frage, die ich irgendwie über die Lippen bringen muss.

Ich habe mich keinen Zentimeter gerührt, starre einfach in den Regen, als ein immer lauter werdender Motor Grays Ankunft verkündet. Ich weiß, dass er es ist. Mein Körper verrät es mir, indem er schmerzhaft wieder zum Leben erwacht. Mein Herz schlägt mir bis zum Hals, Freude und Angst kämpfen um die Vorherrschaft, und am liebsten hätte ich die Beine in die Hand genommen und wäre weggelaufen. Stattdessen zwinge ich mich, sitzen zu bleiben, während jeder Muskel in meinem Körper sich anspannt, sobald eine Autotür zugeschlagen wird und ich seine Stimme höre.

»Bunny? Verdammt, was machst du hier? Du bist ja völlig durchnässt.«

Ich hebe nur den Kopf, und als ich sein besorgtes Gesicht sehe, spreche ich die eine entscheidende Frage aus. »Hast du es gemacht?«

Ich bin selbst verwundert, wie klar mir die Worte über die Lippen kommen, denn mein Hals fühlt sich an, als hätte ich die letzten Stunden durchgeweint. Trotzdem sieht mich Gray völlig verwirrt an, während er den Schlüssel aus seiner Jackentasche kramt.

»Was gemacht? Komm erst mal mit rein, es ist kalt und nass.«

Stimmt ja, die Frage ist kaum verständlich, wenn man nicht weiß, worüber ich die letzten Stunden nachgedacht habe. Ich hätte am liebsten bitter aufgelacht, als mir klar wird, dass Gray wahrscheinlich nicht mal den Instagram-Beitrag kennt. Immerhin war er die letzten Stunden beschäftigt, und der Coach verbietet Handys während des Spiels. Aber aus dem Lachen entwickelt sich eine erbärmliche Mischung aus Schnauben und Schluchzen, die Gray noch stärker die Stirn runzeln lässt.

»Bunny ...« Gray streckt die Hand nach mir aus, was mir endlich die Energie gibt, aufzuspringen und ihm direkt ins Gesicht zu sehen. Ich weiß, dass man mir in diesem Moment alles von den Augen ablesen kann: meine Angst, meine Verzweiflung, meine Einsamkeit. Der letzte Funke Hoffnung und die Gewissheit, dass er unberechtigt ist.

»Hast du das Kinderfoto von mir und Alexis abfotografiert?«

Gray sieht mich nur verwirrt an, fast hilflos, in der Art, wie er noch immer eine Hand auf dem Türknauf liegen hat, als würde er nicht verstehen, weshalb wir nicht einfach reingehen. Ich wünschte mir, dass wir das machen könnten.

»Wieso fragst du das? Row, was ist hier überhaupt los?«

Ich balle die Fäuste fest zusammen, bis meine Fingernägel sich schmerzhaft in meine Handinnenfläche bohren. Aber es hilft, um bei der Sache zu bleiben und meiner eigenen Schwäche nicht nachzugeben. Ich muss das hier durchziehen.

»Hast du oder hast du nicht?«

Mein Herz pocht ängstlich, während Sekunden verstreichen, bis seine Worte mir den Boden unter den Füßen wegziehen. »Ja, schon, aber nur weil es mich sehen lässt, wer du wirklich bist.«

Ich habe es doch gewusst, wieso tut es trotzdem so schrecklich weh?

Mit einem Keuchen taumle ich nach hinten, die Treppenstufen hinunter, während ich meine Arme um mich schlinge, als könnte ich damit die Schmerzen lindern. Aber es bringt nichts. Ich kann die Teile von mir nicht zusammenhalten.

»Wieso? Wer hat dir dazu die Erlaubnis gegeben?«

Meine Sicht ist von Tränen verschleiert, meine Finger sind taub, so fest balle ich sie zusammen, während ich Gray in einer Mischung aus Entrüstung und Enttäuschung ansehe.

»Wer hat dir die Erlaubnis dazu gegeben?!«

Grays Blick ist verständnislos, während er nur mit den Schultern zuckt. »Ich weiß nicht ... Ich ... Du hattest es mir gezeigt, ich dachte nicht, dass es so ein großes Ding ist, wenn ich es mir abfotografiere. Es hat mich gefesselt, *du* hast mich gefesselt!« Angestachelt durch meinen Ausbruch scheint auch Gray die Nerven zu verlieren und wirft in hilfloser Wut die Hände in die Luft. »Verdammt, Row! Verstehst du nicht, was du mit mir getan hast?«

Die Frage würde ich ihm auch gern stellen: Ob er weiß, dass er mein Herz zusammengesetzt hat, mir etwas gegeben hat, was ich davor noch nie gekannt habe. Aber ich traue mich nicht, denn allein die Worte, die über Grays Lippen kommen, lassen mich innerlich zusammenbrechen.

»Ich glaube, ich liebe dich.«

Gequält schließe ich die Augen. Mein Herz macht einen freudigen Hüpfer und blutet dann aus, als mir klar wird, dass ich seine Gefühle niemals erwidern kann. Nicht, wenn ich eine letzte Möglichkeit haben will, meine Freundschaft zu Alexis zu retten. Und wie könnte ich einen Mann, den ich vielleicht zwei Monate kenne, meiner besten Freundin seit fast zwei Jahrzehnten vorziehen? Mein Vertrauen in Gray, meine Gefühle für Gray haben Carly die Angriffsfläche gegeben, um Alexis zurück in ein dunkles, kaltes Loch zu stoßen. Dabei habe ich geschworen, dass ich nicht zulassen werde, dass wir jemals dorthin zurückkehren. Es ist meine Schuld, dass Alexis diejenige ist, die das nun ausbaden muss. Und der einzige Weg, den ich kenne, um das wieder bei ihr gutzumachen, ist, selbst zurück in dieses Loch zu kriechen. Die Hand loszulassen, die mir geholfen hat, hoch ans Sonnenlicht zu kommen. Denn glücklich zu sein, während Alexis leidet, fühlt sich noch falscher an, als gegenüber Gray wieder meine undurchdringbare Miene aufzusetzen.

Ich versuche so gefühllos wie möglich zu wirken, auch wenn in meinem Inneren absolutes Chaos herrscht.

»Das ist egal. Sieh auf Instagram nach, dann wirst du schon verstehen.«

Ich weiche zurück, bevor Gray nach meiner Hand greifen kann. Dann drehe ich ihm den Rücken zu und renne los. Den Schmerz kann ich noch ignorieren, aber Grays verletzter Gesichtsausdruck hat sich tief in meine Netzhaut gebrannt, während ich spüre, wie das Band aus Vertrauen, das sich unauffällig über die letzten Wochen zwischen uns aufgebaut hat, zerreißt.

Während ich also durch den Regen zurücklaufe und dankbar bin, dass die Tropfen meine Tränen verbergen, kommt mir ein Gedanke, den ich seit der Highschool nicht mehr hatte:

Ich bin ein Nichts, ohne irgendjemanden.

Kapitel 40

Gray

Ich sitze auf der Couch, eine halb leere Jack-Daniels-Flasche neben mir, als meine Teamkollegen nach Hause kommen. Sie sind laut und fröhlich, und ich hätte ihnen am liebsten zugebrüllt, dass sie die Klappe halten sollen, aber ich beiße mir rechtzeitig auf die Zunge und nehme stattdessen lieber einen weiteren großen Schluck Whiskey.

Vernichtend starre ich mein Handy an, das vor mir auf dem Couchtisch liegt, als könnte es etwas für die ganze Scheiße. Aber um ehrlich zu sein, weiß ich nicht, wen ich dafür verantwortlich machen muss. Ich weiß nur, dass dadurch etwas kaputt gegangen ist, was ich nicht wieder zusammensetzen kann: Rows Vertrauen.

Bei dem Gedanken an ihren verletzten Gesichtsausdruck, der Endgültigkeit in ihren Augen, ballt sich mein Magen fest zusammen. Kombiniert mit der Menge an Alkohol, die ich inzwischen zu mir genommen habe, fühlt sich das gar nicht gut an. Stöhnend lege ich den Kopf in den Nacken und massiere mir mit einer Hand die Stirn.

»He, Gray, der Held des Tages! Na, wie geht es unserem Torschützen?«

Ich werde kräftig an den Schultern gepackt und durchgerüttelt, bevor Caleb seine Beine über die Couchlehne schwingt und sich mit einem zufriedenen Seufzen neben mich fallen lässt. Auch die anderen Jungs kommen ins Wohnzimmer geströmt, und aus meiner ruhigen Höhle der Verzweiflung wird innerhalb von Minuten die Partymeile des Eishockeyteams.

Als mir der Nächste stolz auf die Schulter klopfen will, schnappe ich mir meine Flasche, springe auf und weiche der Hand aus. Ich will kein Lob für die zwei Tore heute. Sieg hin oder her, das war definitiv kein siegreicher Tag. Nicht, wenn ich das Mädchen verloren habe, in das ich mich verliebt habe. Gequält schließe ich die Augen, als ich an mein Geständnis zurückdenke. Ich weiß, dass Row auch so empfindet. Ich habe es ihr angesehen, wie sehr die Worte in ihrer Seele gebrannt haben. Aber nach allem, was sie und vor allem Alexis wegen dieses Bilds durchmachen müssen, kann sie es nicht. Und ich verstehe es, auch wenn ich es hasse. Wieso habe ich nur das Foto hinter ihrem Rücken abfotografiert?

Weil es mir nicht so vorgekommen ist, als wäre es eine große Sache.

Ich merke die verwirrten Blicke meiner Teamkollegen, aber ich bin nicht in der Stimmung, mich zu rechtfertigen, also starre ich nur mit verschlossenem Gesichtsausdruck zurück. Zumindest, bis Elijah zusammen mit Lee und Bas in den Raum hineingestürmt kommen.

»Leute, die Party findet woanders statt.« Bas' Körperhaltung sagt aus, dass es da keine Diskussion gibt, trotzdem hört man von den Jüngsten protestierende Laute, bis Bas' unnachgiebiger Blick sie trifft.

»Raus hier, geht ins *Molly's* oder sonst wohin.«

Sie wissen es. Die Hände fest zu Fäusten geballt, beobachte ich, wie meine zwei besten Freunde und mein Teamkapitän nach und nach die Spieler vertrösten und rausschicken, die nicht hier wohnen. Das lässt die verwirrten Blicke der anderen zwischen mir und ihnen hin und her schwanken. Aber wir alle kennen uns gut genug, um zu verstehen, wann es angebracht ist, Rücksicht zu nehmen. Also verschwinden sie ohne Murren und lassen mich damit erleichtert aufatmen. Ich hätte für nichts garantieren können. Erst recht nicht, da ich die Wirkung des Alkohols so langsam spüre. Mich darauf verlassend, dass die drei das hier schon klären, falle ich zurück auf die Couch und starre düster die Decke an.

»Verdammt, Alter, wir haben den Post gesehen. Alles gut? Wie geht es Row?«

Ich zucke bei ihrem Namen zusammen, aber Lee kann schlecht wissen, was für ein Drama sich vor einer Stunde hier ereignet hat. Dass ich nicht mehr die Person bin, die man nach Row fragen sollte. Als ich die Flasche erneut an den Mund führen will, um den aufkommenden Schmerz zu betäuben, wird sie mir aus der Hand genommen. Dafür schenke ich Bas einen finsteren Blick, aber als dieser herausfordernd die Augenbrauen hochzieht, gebe ich nach. Wahrscheinlich hatte ich genug. Zumindest dem niedrigen Pegel in der Flasche zufolge.

»Nein und scheiße. Zumindest entnehme ich das der Tatsache, dass sie im Regen hier vor der Haustür gewartet hat. Und mit mir Schluss gemacht hat.«

Die Worte hinterlassen eine geschockte Stille im Raum. Bas, Lee und Elijah haben sich in einem Kreis um mich aufgestellt, die Arme vor der Brust verschränkt, als würden sie sich bereit machen, entweder mich vor anderen oder andere vor mir zu schützen. Und als mich ihre mitleidigen Blicke treffen, muss ich ihnen damit sogar recht geben. In einem Aufflammen von Wut schleudere ich ein Kissen an die Wand. Etwas Zerbrechliches wäre allerdings um einiges befriedigender gewesen.

»Scheiße!«

Verzweifelt fahre ich mir durch die Haare, und obwohl ich ungern zeige, wie sehr mich das Ganze mitnimmt, ist es mir vor meinen Jungs nicht unangenehm. Jeder von uns war schon einmal in dieser Lage, und bisher haben wir immer einander geholfen, da auch wieder herauszukommen. Dieses Mal weiß ich nur nicht, wie die anderen mir helfen sollen.

»Okay, bro, erzähl von vorn, was ist passiert? Wieso macht Row deswegen Schluss mit dir? Du hast damit doch nichts zu tun.«

Lee sieht mich mit einem ähnlich verständnislosen Blick an, mit dem auch ich vorhin Row betrachtet haben muss, und ich raufe mir frustriert die Haare.

»Doch, habe ich.« Als die Augen der drei sich schockiert weiten, winke ich mit einem Seufzen ab. »Also indirekt. Ich habe nichts mit dem Post zu tun. Außer vielleicht, dass ich denjenigen, der das getan hat, umbringen werde.« Ich zwinge mich, die Hände zu entspannen, als sie sich von allein zu Fäusten ballen.

»Aber das Foto ... Row trägt es in ihrem Geldbeutel bei sich. Und ich habe es ohne ihr Wissen abfotografiert.«

»O Shit.« Obwohl Elijah keine Miene verzieht, weiß ich, dass er meine Situation nachempfinden kann. Er hatte mit Kayla auch schon schwere Phasen.

»Ja. Und irgendwie muss derjenige, der diesen Hate-Post zu verantworten hat, dadurch an das Bild gekommen sein, denn Row hätte es nie im Leben noch jemand anderem gezeigt.«

Nicht bei der Überwindung, die es sie gekostet hat, sich mir so weit zu öffnen. Und jetzt ist ihr Innenleben einfach gegenüber allen entblößt. Ich habe mich schon lange nicht mehr so mies gefühlt.

»Aber ich weiß einfach nicht, wie das passieren konnte. Ich habe das Bild niemandem gezeigt, und erst recht es niemanden abfotografieren lassen.«

Genau danach sieht es auf dem Instagram-Post nämlich aus. Man hat sich zwar Mühe gegeben, das Bild bestmöglich auszuschneiden, aber ich erkenne den Kratzer, der über das Bild läuft – genauso wie über meinen Handybildschirm.

Ich greife nach meinem Handy und ignoriere, dass es mir beinahe wieder aus den Fingern gerutscht wäre. Verdammter Alkohol. Angestrengt kneife ich die Augen zusammen, um meinen Blick scharf zu stellen. Das Schlimmste sind die Kommentare. Ich weiß, dass Alexis nicht den besten Ruf hat, aber das hier steht in keinem Verhältnis dazu. Die einzig positive Überraschung war, dass Sean, einer unser Verteidiger im Team, sich als Erster gegen diesen Hass gestellt hat. Jetzt wundert es mich auch nicht mehr, dass er mir vorhin seinen Wagen angeboten hat, um heimzufahren.

Aber das macht den Rest nicht besser. Und meine Stimmung war am Gefrierpunkt, spätestens als ich den ersten Kommentar entdeckt habe, der gegen Row schießt.

O Gott, und was für ein Nerd nebendran. Ist das nicht die Neue von Gray? Frage mich, wie viel sie ihm bezahlen muss, dafür, dass er sich mit ihr zeigt.

Spätestens da konnte ich mich nicht mehr zurückhalten und bin selbst in den Ring gestiegen. Was denken sich die Menschen? Wer erlaubt ihnen, so über andere zu urteilen? Und dass Row und Alexis so etwas bereits durchmachen mussten, macht es für mich nur noch schlimmer. Ich habe zu Row gesagt, dass ich am liebsten in der Zeit zurückgehen würde, um zu verhindern, was sie in der Schulzeit erlebt hat. Und jetzt, wo ich für sie da sein könnte, lässt sie mich nicht an sich heran. Zumindest hat sie meine letzten zehn Anrufe weggedrückt und mich blockiert. Alles, was ich machen kann, ist, in den Kommentaren gegen all die Hater zurückzuschießen, in der Hoffnung, dass Row sieht, dass ich für sie da bin. Hinter ihr stehe.

Wütend und frustriert schmeiße ich mein Handy auf die Couch.

»Aber wieso würde jemand so was posten?« Bas schüttelt fassungslos den Kopf und setzt sich neben mich. Er ist eine viel zu gute Seele, als dass er diesen Hass nachvollziehen könnte.

»Das ist eindeutig nicht gegen Row gerichtet. Sie steht nur zufällig mit in der Schussbahn.« Elijahs Tonfall ist nüchtern, was gut ist, denn es hilft mir, meine Gedanken zu klären.

»Ja, das stimmt. Das geht definitiv gegen Alexis.«

Zum Glück. Hätte sich herausgestellt, dass da jemand Row bloßstellen will, nur weil sie mit mir zusammen ist, hätte ich mir das nicht verzeihen können. Nicht nach allem, was sie mir aus ihrer Vergangenheit erzählt hat.

»Die Erkenntnis bringt uns nicht wirklich weiter.«

Für den Kommentar erntet Lee von Bas und Elijah böse Blicke, aber er zuckt nur mit den Schultern.

»Was denn? Stimmt doch. Dass da jemand einen gewissen Hass auf Alexis hat, ist ziemlich offensichtlich. Hilft uns aber nicht, um herauszufinden, wer das ist. Und es hilft auch dir nicht weiter, Gray. Du musst das mit Row wieder auf die Reihe bekommen.«

Jetzt sehe ich ihn böse an und muss genervt feststellen, dass sich bei der Bewegung alles um mich dreht.

»Ist mir selbst klar. Aber ich weiß nicht wie. Vertrauen aufzubauen war für sie schon schwer genug. Und jetzt ...«

Es tut weh, an den heutigen Morgen zurückzudenken. Die Augen aufzuschlagen und als Erstes sie zu sehen, hat mir endgültig klargemacht, dass ich das will. Dass ich sie will, mit all ihren Eigenarten. Sie fasziniert mich und berührt mich. Ich hätte nicht gedacht, dass es funktioniert, dass zwei so unterschiedliche Menschen zueinanderpassen. Doch Row ergänzt mich, hilft mir, meine Schwächen auszugleichen und meine Stärken auszubauen.

Ich will sie bei meinen Spielen dabeihaben, weil sie die Erste ist, mit der ich sowohl Sieg als auch Niederlage teilen will. Sie ist mein Glücksbringer, ob sie das hören will oder nicht. Denn sie hat mich daran erinnert, wie viel mehr die

Dinge wert sind, wenn da jemand ist, der sich aufrichtig mit einem freut. Sie hat mich glücklich gemacht.

Stöhnend reibe ich mir über die Augen. Verdammt, ich werde sentimental.

»Schlaf eine Nacht darüber. Jetzt ist sowieso der falsche Zeitpunkt, noch etwas zu unternehmen. Row wird selbst Zeit brauchen, um das Ganze zu verarbeiten. Und die Zeit nimmst du dir, um zu überlegen, wie du dein Mädchen zurückgewinnen kannst.«

So fest überzeugt, wie Elijah das sagt, glaube ich ihm sogar, dass es dazu eine Möglichkeit gibt. Ich war vorhin absolut machtlos, immerhin hat Row mich damit total überfallen. Und noch viel entscheidender: Sie hat mich vor vollendete Tatsachen gestellt. Aber ich habe es ihr schon einmal gesagt, so etwas gibt es nicht mehr, wenn sie mit mir zusammen sein will. Sie kann die Dinge nicht einfach allein entscheiden. Mit neuer Entschlossenheit rapple ich mich von der Couch auf.

»Danke, das habe ich hören müssen.«

Kapitel 41

Ich fühle mich ausgelaugt und leer.

Es ist auf eine abartige Art und Weise ironisch, dass Gray, Alexis und ich in der gleichen Schleife gefangen sind: Während Gray versucht, mich zu erreichen und die Dinge zu klären, versuche ich das Gleiche bei Alexis. Und als Mittelglied des Ganzen bin ich diejenige, die zerrissen wird. Ich will Gray nachgeben, aber ich kann es nicht, solange ich nicht wieder im Reinen mit Alexis bin, und darauf scheine ich momentan keinen Einfluss nehmen zu können. Also gebe ich mein Bestes, einfach über die Tage zu kommen.

Ich habe versucht, Alexis am Montag vor ihrem Vorlesungssaal abzufangen, bin dafür sogar früher aus meinem eigenen Kurs gegangen, aber ich habe nur einen Blick auf sie erhascht. Und der drehte den Dolch in meiner Magengrube noch einmal um. Sie sah schrecklich aus. Augen unterlegt mit dunklen Schatten, eingefallene Wangen und ein gebeugter Gang, als versuchte sie, sich zu verstecken.

Allerdings geht es mir nicht viel besser. Kein Wunder, wenn ich überlege, wie wenig ich die letzten Nächte geschlafen habe. Herabhängende Schultern, ein stumpfer Blick und eine fahle Gesichtsfarbe. Ich bin angeekelt von meinem Anblick im Spiegel. Ich bin angeekelt von meinem ganzen Ich. Eine wahre Freundschaft ist viel mehr wert, als auf dem Gang von allen Leuten begrüßt zu werden. Das weiß ich schon mein ganzes Leben lang. Und jetzt habe ich das Gefühl, als hätte ich das eine für das andere eingetauscht. Vor allem, da ich durch den Instagram-Post zu neuer Berühmtheit gelangt bin. Ich versuche zwar, nicht darauf zu achten, aber mir fällt durchaus auf, wie die meisten Studenten tuscheln und mir Blicke zuwerfen.

»He, ist das nicht Grays Freundin? Hab gehört, die ist die totale Streberin ...«

Trotzdem lächeln mir die Leute weiterhin freundlich zu. Denn keiner will es sich mit Gray verscherzen. Und der hat nur allzu deutlich klargemacht, dass jeder, der das Bild von Alexis und mir teilt oder negativ kommentiert, an diesem College unten durch ist. Denn er hat die Macht dazu. Sportler können ein Thema tabuisieren. Das hatte ich fast wieder vergessen. So nah an Gray und den anderen Jungs dran, habe ich nicht mehr daran gedacht, wie viel sozialen Einfluss die Beliebten haben. Und obwohl sie dieses Mal auf meiner Seite stehen, dreht es mir den Magen um. Wie habe ich es geschafft, inmitten dieses Spiels aus geheuchelter Freundlichkeit und verborgenen Machtgefügen zu landen?

Ach ja, stimmt: Ich habe mich verliebt. Und inzwischen habe ich das Gefühl, das ist das Schlimmste, was mir hätte passieren können.

Ich bin nicht wirklich konzentriert. Weder in meinen Kursen noch zu Hause. Und dabei war das immer die eine Sache, in der ich gut war: konsequent meine akademischen Ziele zu verfolgen. Jetzt bin ich für nichts mehr zu gebrauchen.

Angewidert von mir selbst, liege ich den ganzen Nachmittag nur in meinem Bett und starre meinen Schreibtisch an, auf dem mein Unikram ausgebreitet liegt. Aber mir fehlt die Motivation, aufzustehen und mich dranzusetzen. Mir fehlt zu allem die Motivation, außer dazuliegen. Ich fühle mich miserabel. Und jetzt, zwei Tage später, ohne dass sich alles per Zauberhand wieder zum Guten gewendet hat, muss ich langsam akzeptieren, dass das alles real ist.

Meine Trennung von Gray ist ein wirres Knäuel in meiner Brust, das ich mich nicht traue anzufassen. Es tut weh, und das noch mehr durch die Tatsache, dass ich ihn trotzdem sehen will. Ob absichtlich oder nicht, er hat mich hintergangen. Und dass er immer offen zu mir war, ist, wie mir nun klar wird, genau der Punkt, der mich so an Gray gefesselt hat. Bei ihm gab es kein zweites Gesicht. Er hat nie versucht, irgendetwas zu verstecken, sondern war genau der, der er zu sein vorgegeben hat. Das ist selten auf dieser Welt und hat ihn zu der einzigen Person gemacht, die den kaputten Teil in mir wieder zusammensetzen konnte.

Vielleicht ist es unfair, ihn wegen eines Fehlers zu verurteilen, und wahrscheinlich wäre ich deswegen nicht einmal böse, wenn nicht passiert wäre, was passiert ist. Aber das Bild ist ins Internet gekommen. Und es hat Alexis zurück in ihre tiefsten Abgründe gestoßen. Und jetzt habe ich seit achtundvierzig Stunden keinen Kontakt zu der einen Person, die bisher immer für mich da war.

Ich bin froh, dass mit den Tränen auch der Schlaf kommt. Ein Montag kam mir noch nie so bedrückend vor.

Der Dienstag wird kaum besser. Ich bin jetzt im Stadium der Verarbeitung, in dem sich alles dumpf anfühlt. Cass und Mary machen sich Sorgen um mich, das weiß ich. Aber ich blocke sie ab, denn wie sollen sie mir helfen? Abgesehen davon, dass ich selbst meine Anwesenheit kaum aushalte, da will ich dies erst recht nicht anderen zumuten. Also meide ich einfach das Wohnzimmer und die Küche. Wirklich Appetit habe ich eh nicht, auch wenn ich mich total energielos fühle.

Der Tag geht irgendwie rum, zumindest bis ich arbeiten gehen muss. Das lässt meinen Körper in einem Anflug freudiger Erwartung schmerzhaft wieder erwachen. Ich habe mich die letzten Wochen jedes Mal so aufs Arbeiten gefreut, dass es ein wunder Punkt ist, den Schalter zu sehen und zu wissen, dass der zweite Platz leer bleiben wird. Ich stehe wie angewurzelt da und starre den Holztresen und die zwei Stühle an, während ich vor mir sehe, wie Gray und ich dort die letzte Zeit gesessen, gearbeitet und gescherzt haben.

Als meine Augen zu brennen anfangen, schüttle ich den Kopf und drehe um. Ich kann das nicht. Nicht heute. Und wahrscheinlich auch nicht am Donnerstag oder Freitag. Es kommt mir nicht richtig vor.

Ich finde Karla im hinteren Teil der Bibliothek. Sie unterhält sich gerade mit einer Gruppe Studentinnen, also warte ich einen Moment und nutze die Zeit, mich wieder zu sammeln. Ich will nicht wie ein Häufchen Elend rüberkommen. Immerhin ist sie meine Chefin, und ich werde dafür bezahlt, hier zu arbeiten.

»Ach Schätzchen, du bist schon da! Stimmt vorn etwas nicht?«

Karla kommt auf mich zu, sobald die Gruppe Mädels weitergegangen ist, und zieht mich in ihre übliche Umarmung. Ich wusste nicht, dass ich diese Art von Kontakt gebraucht habe, bis mir allein diese kleine Geste die Tränen zurück in die Augen treibt. Am liebsten hätte ich mich an meiner Chefin festgeklammert und nur für einen Moment gedacht, dass eine Umarmung alles wiedergutmachen kann. Aber ich bin keine Träumerin, also löse ich mich schnell von ihr und räuspere mich, um keine belegte Stimme zu haben.

»Nein, vorn ist alles okay.« Sachlich gesehen ist es das. Subjektiv könnte man mich genauso gut zurück in die Schule schicken wie nach da vorn. Beides hört sich für mich schrecklich an.

»Allerdings wollte ich fragen, ob … ich heute hinten bleiben und verräumen kann. So langsam werden mir all die studentischen Beschwerden zu bunt.«

Ich versuche zu lächeln, aber Karla ist viel zu schlau, um mir meine schwache Ausrede abzukaufen. Allerdings ist sie auch viel zu feinfühlig, um weiter nachzubohren. Sie mustert mich kritisch und legt dabei immer besorgter die Stirn in Falten, bevor sie meine Hand ergreift und sie aufmunternd tätschelt.

»Natürlich, Schätzchen. Antony hat zwar bereits damit angefangen, aber geh einfach zu ihm und schick ihn nach vorn. Dann soll er sich damit herumschlagen.«

Zittrig atme ich aus und merke, wie mir ein gewaltiger Stein vom Herzen fällt, während Karla mir verschwörerisch zuzwinkert. Ich weiß nicht, wie ich es hätte aushalten sollen, am Schalter zu sitzen und jedes Mal, wenn die Tür aufgeht, aufzublicken, halb in der Hoffnung, halb in der Angst, Gray könnte hereinspazieren.

»Und stress dich nicht. Mach ruhig Pausen. Du siehst gar nicht gut aus.«

In einer mütterlichen Geste fühlt Karla meine Stirn, und ich wünsche mir fast, dass sie mir sagt, dass ich Fieber habe. Denn wenn es mir wegen einer Grippe so schlecht gehen würde, bestünde zumindest die Hoffnung, dass es wieder vorbeigeht. Aber rein körperlich bin ich kerngesund. Also löse ich mich mit einem gequälten Lächeln von Karla, während eine neue Welle von Schmerz mein Herz überrollt. Wird mein Job jetzt immer so schwer sein?

»Alles gut, und vielen Dank! Ich suche dann mal Antony.«

Schnell drehe ich mich um und laufe irgendwo zwischen den Regalen hindurch, um für einen Moment durchzuatmen. Danach suche ich wirklich Antony und schicke ihn nach vorn, während ich den Wagen zum Einsortieren übernehme. Vielleicht lenkt mich das ein bisschen ab.

Irgendwie lullt mich die eintönige Arbeit tatsächlich in einen gedankenleeren Zustand ein. Ich werkle einfach vor mich hin, beantworte mechanisch Fragen von Studenten, ohne die Leute wirklich wahrzunehmen, und versuche die Ruhe in meinem Kopf zu genießen.

Ich bin gerade bei den Werken englischer Literatur, als sich erneut ein Schemen von der Seite nähert und ich mich mit einem routinierten Lächeln dem Studenten zuwenden will. Doch sofort schrillen meine Alarmglocken, sodass ich erstarre und es nicht wage, den Blick zu heben. Denn die Gestalt ist mir vertraut. Mein Hals ist augenblicklich wie zugeschnürt.

»Bunny.«

Dieses eine Wort reicht, um mich fast in die Knie zu zwingen. Was macht er hier?

Ich bin froh, dass mir meine Haare wie ein Schleier vors Gesicht fallen, denn ich will nicht, dass Gray sieht, wie ich gequält die Augen schließe und eine einsame Träne meine Wange hinunterrinnt. Er scheint es trotzdem zu wissen, denn im nächsten Moment befinde ich mich in den Armen der einzigen Person, bei der ich mich sicher fühle.

Das Gesicht an seiner Brust geborgen, versuche ich normal zu atmen, während eine Flut aus Gefühlen auf mich einprasselt. Ich traue mich nicht, die Arme zu heben, um sie ebenfalls um ihn zu legen, gleichzeitig würden sich meine Hände am liebsten selbstständig machen, sodass ich sie fest zusammenballe. Ich versuche ein Schluchzen zu unterdrücken, stattdessen bekomme ich einen Schluckauf, was Gray beruhigend über meinen Rücken streichen lässt. Und augenblicklich fühle ich mich nicht mehr wie ein wandelnder Zombie. Mit einem zittrigen Atemzug entspanne ich mich, auch wenn ich weiß, dass es falsch ist. Alexis geht es immerhin auch nicht gut.

So nah bei ihm spüre ich, wie Grays Brust sich unter einem tiefen Seufzen hebt und senkt und er mich fest an sich drückt. Es ist bittersüß, wie vertraut mir die Geste ist, als Gray einen kleinen Kuss auf meine Stirn platziert, und wie sehr ich es vermisst habe. Nach nur drei Tagen.

»Jetzt ist alles wieder gut.«

Ich weiß nicht, ob die Worte überhaupt für mich bestimmt sind oder Gray nur unabsichtlich seine Gedanken laut ausgesprochen hat. Doch sie lassen mich erstarren, und mit einem Mal sind Grays Arme kein Schutz mehr, sondern ein Gefängnis. Denn es ist nicht wieder alles gut.

Mit schwerem Herzen löse ich mich und bringe einen Sicherheitsabstand zwischen uns. Mir tut es leid, dass Gray wegen mir so verletzt schaut. Aber es muss sein.

»Nein, es ist nicht alles gut.« Meine Stimme klingt rau. »Es ist nicht alles gut, sobald wir wieder zusammen sind. Immerhin sind wir daran schuld, dass es Alexis dreckig geht! Wer sind wir, glücklich sein zu dürfen, während sie leidet?«

Von einem tiefen, nagenden Schuldgefühl überwältigt, schlinge ich die Arme um mich. Mein schlechtes Gewissen beruhigt es jedoch nicht. Denn wenn Grays Anwesenheit reicht, um mich wieder gut fühlen zu lassen, dann bin ich noch egoistischer, als ich gedacht habe.

»Nein, Row!« Als wollte er nach mir greifen, kommt Gray einen Schritt auf mich zu, doch als ich sogleich zurückweiche, lässt er die Hände wieder fallen.

»Wir sind nicht schuld. Der einzige Schuldige ist, wer auch immer dieses Bild hochgeladen hat.«

Carly. Allein der Gedanke an sie lässt mich die Fäuste ballen. Ja, ihr hätte ich momentan so einiges zu sagen. Trotzdem werde ich meine Wut nicht an ihr auslassen. Ich sehe meine eigenen Fehler. Und ich übernehme Verantwortung für sie.

»Es ist leicht, alles auf jemand anderen zu schieben. Dabei ist es eine Tatsache, dass ich dir dieses Bild nie hätte zeigen dürfen.«

Ich weiß, was in diesen Worten mitschwingt. *Dass ich dir nie hätte vertrauen dürfen.* Und ich sehe es Gray an, wie tief ihn das trifft, bevor er seine Miene neutral werden lässt.

»Sag das nicht. Du weißt, dass das nicht stimmt.«

Es ist eine Mischung aus Betroffenheit, Wut und Entschlossenheit, die in Grays Stimme mitschwingt. Und es fasziniert mich, dass er mich tatsächlich gut genug kennt, um mit seinen Worten recht zu haben. Nein, ich bereue es nicht, ihm vertraut zu haben. Zumindest nicht im Bezug auf mich. Aber ich hatte kein Recht, ihm auch Alexis' Vergangenheit anzuvertrauen. Doch ich war so fixiert auf mein Glück, dass ich darüber hinaus meine Freundschaft vernachlässigt habe. Und so jemand will ... *kann* ich nicht sein. Gray hat es selbst zu mir gesagt: Das Bewundernswerte an Alexis' und meiner Freundschaft ist, dass wir immer füreinander da sind. Und ich kann nicht zulassen, dass irgendjemand das ändert, ohne mich selbst zu verlieren. Auch nicht Gray.

Genauso entschlossen wie er hebe ich also das Kinn und verbiete mir die Tränen oder irgendein Bedauern. »Doch, das meine ich so. Du solltest nicht hier sein. Geh, Gray.«

Da ich mir ziemlich sicher bin, dass Gray nicht von sich aus gehen wird, will ich mich umdrehen und genug Distanz zwischen uns bringen. Aber ich unterschätze immer wieder Grays eisernen Willen und seine Art, nie lockerzulassen.

»Verdammt, Row! Hör auf, die Dinge nur mit dir selbst auszumachen! Denkst du nicht, dass ich vielleicht auch Mitspracherecht haben sollte? Ich bin kein Gebrauchsgegenstand, den du einfach weglegen kannst. Gib mir zumindest eine Chance, ebenfalls etwas zu sagen.«

Ich beiße die Zähne fest aufeinander, während der impulsive Teil von mir am liebsten wegrennen will, meine Vernunft jedoch Gray recht geben muss. Also bleibe ich stehen, ihm den Rücken zugewandt, in einer Mischung aus Selbstschutz und widerwilligem Eingeständnis gegenüber seiner Bitte.

»Denkst du, mir geht es mit dem Ganzen nicht auch scheiße? Ich kann mich nicht konzentrieren, nicht einmal auf dem Eis, und von meinem Test in Architekturgeschichte gestern wollen wir erst gar nicht anfangen. Alles, woran ich denken kann, ist, dass ich dich sehen will. Ich will dir abends schreiben können und mich von deinen Mitbewohnerinnen ausquetschen lassen, wenn ich dafür etwas von dir gekocht bekomme. Ich will dich im Publikum wissen, weil jedes meiner Tore für dich ist, und ich will dich im Arm halten, während du das Pub-Quiz rockst. Ich fühle mich seit drei Tagen nicht vollständig, und ich verstehe nicht, wie du das mit mir machen konntest. Wie du mich derart abhängig von dir gemacht hast ... Daher kann ich nicht akzeptieren, dass du mir die Tür vor der Nase zuschlägst. Nicht, wenn ich bei Verstand bleiben will.«

Ich bin wie zur Salzsäule erstarrt und habe Angst, dass jede Bewegung mein Herz überfordern könnte. Wieso, wieso muss ich genau diesen einen Eishockeyspieler erwischen, der mit Worten mein Herz zu erobern weiß? Wieso muss hinter Grays charmanten Lächeln so viel Liebenswertes stecken?

»Denkst du, ich habe kein schlechtes Gewissen wegen Alexis? Ich weiß wirklich nicht, wie jemand an das Foto auf meinem Handy gekommen ist. Ich zermartere mir das Gehirn darüber, aber ich kann dir nur versichern, dass ich es niemandem gezeigt habe. Ich habe es nicht absichtlich weitergegeben, und ich habe diese Scheiße, soweit es in meinen Kräften liegt, sofort unterbunden. Was soll ich noch machen? Wie kann ich dich überzeugen, dass wir glücklich sein dürfen?«

Ich hasse es, dass mir schon wieder die Augen brennen. Ich hasse es, so emotional zu sein. Aber es wäre feige, mich Gray nicht von Angesicht zu Angesicht zu stellen. Also drehe ich mich um und begegne seinem Blick.

»Es gibt nichts, was du machen kannst. Das muss ich klären.«

Ich muss die Dinge regeln. Ich muss es schaffen, in dieser Situation mich selbst zu finden. Eine Person, mit der ich leben kann. Und ich weiß, dafür muss ich als Erstes die Dinge mit Alexis regeln, bevor ich mir über Gray Gedanken machen kann. Andersherum wäre es nicht richtig.

Dieses Mal lässt Gray mich gehen, als ich loslaufe. Ich hoffe nur, dass er weiß, dass ein Teil meines Herzens trotzdem bei ihm bleibt.

Kapitel 42

Gray zu treffen hat mich daran erinnert, dass es an mir ist, etwas zu tun. Wenn er den Mumm besessen hat, zu mir zu kommen, dann sollte ich das auch bei Alexis schaffen. Vielleicht hat sie sich inzwischen weit genug beruhigt, damit sie mir zuhört.

Also warte ich am Mittwoch vor ihrem Wohnheim. Ich weiß, wann sie ihre letzte Vorlesung hat und dass sie danach noch trainieren geht. Also habe ich mich hier positioniert und bin nicht gewillt zu gehen, bevor das nicht geklärt ist. Ich will nicht mehr wie ein Zombie durch die Welt laufen und in Hoffnungslosigkeit versinken. Und vor allem will ich mit einem guten Gewissen zu Gray gehen können. Verdammt ja, es ist alles schiefgelaufen. Aber der Tumult im Internet hat sich nach Grays Machtwort gelegt, und keiner von uns beiden hat mit Vorsatz gehandelt. Das muss doch auch Alexis verstehen.

Nervös mit den Füßen scharrend und versunken in das, was ich Alexis sagen will, verpasse ich sie fast. Erst nach ein paar Sekunden schießt mein Blick zurück zu ihr. Oder besser gesagt, zu der gebeugten Gestalt, von der ich gar nicht glauben kann, dass es Alexis ist. Sie sieht aus, als würde sie gleich zusammenklappen. Den Kopf tief gesenkt, bemerkt sie mich erst, als sie vor mir steht.

Zu sagen, ich sei beunruhigt, ist eine Untertreibung. Die Schatten unter ihren Augen und der angespannte Ausdruck auf ihrem Gesicht jagen mir eine Heidenangst ein.

»Was willst du denn hier?«

Mit offenem Mund starre ich meine beste Freundin an und kann nicht glauben, wie sehr sie sich hat hängen lassen. Hat sie die letzten Tage überhaupt gegessen? Mir wird übel bei dem Gedanken, wie schlimm sie das Ganze getroffen hat.

»O mein Gott, Lex ...«

Mit einem Schnauben unterbricht sie mich und wedelt mit ihrer Hand, als würde sie eine nervige Mücke verjagen. »Spar dir die Worte. Lass mich einfach nur in Ruhe.«

Ich schneide ihr mit einem Schritt den Weg ab und schüttle entschieden den Kopf. »Du siehst aber nicht so aus, als dürfte man dich einfach in Ruhe lassen.«

»Hat dich doch sonst auch nicht gekümmert.«

Ich weiß, dass es Alexis' Art ist, dichtzumachen, wenn ihr Dinge nahegehen. Normalerweise werde ich nur nicht mit ausgeschlossen. Ich bin nicht gut in Konfrontationen, so etwas gehe ich im Allgemeinen aus dem Weg. Aber es ist an der Zeit, endlich Rückgrat zu beweisen.

»Du weißt, dass mich das schon immer gekümmert hat. Hör auf, mich als ein Feind zu behandeln. Ich stehe auf deiner Seite.«

Alexis' Blick wird für einen Moment weich, doch was auch immer ihr durch den Kopf schießt, letztendlich schüttelt sie ihn nur und schafft mit einem Schritt Distanz zwischen uns.

»Hat Gray keine Zeit, oder weshalb kannst du dich mit mir beschäftigen?«

Sofort überkommt mich das schlechte Gewissen. Darüber, dass ich nicht genug für sie da gewesen bin. Aber dann denke ich an die letzten Wochen zurück. Daran, wie ich selbst nachts für sie die Tür aufgemacht habe. Nein. Ich habe Alexis nicht im Stich gelassen. Wenn es darauf ankam, war ich für sie da.

»Das stimmt gar nicht! Du hättest nur Bescheid sagen müssen und ich wäre hier gewesen! Du warst diejenige, die mir die Tür vor der Nase zugeschmissen hat.«

Alexis knirscht mit den Zähnen, und ich habe die Hoffnung, dass meine Worte zu ihr durchdringen, dass die Wahrheit ihre Mauern einreißt. Aber ich befürchte, damit habe ich sie zu sehr in die Ecke gedrängt. Und das lässt sie umso mehr um sich schlagen.

»Vielleicht will ich deine Unterstützung nicht! Was soll ich denn mit einer Umarmung anfangen? Das ändert nichts an all dem Scheiß, der auf mich einprasselt. Willst du mir wieder den Rat geben, einfach alles auszusitzen? Breaking news, Row: Das hat nicht funktioniert. Das hat bei *mir* noch nie funktioniert! Freut mich, dass du immer unter dem Radar fliegen konntest. Ich habe immer die volle Breitseite abbekommen.«

Ihre Worte treffen mich unvorbereitet. Ich habe nie gewusst, dass Alexis mir das vorwirft. Und es drängt auch mich in die Defensive.

»Das ist nicht fair. Du weißt, dass ich es auch nie leicht hatte.«

Meine Stimme ist ruhig und beherrscht, aber insgeheim zittern meine Hände. Doch Alexis scheint entweder nicht aufzufallen, dass sie mich wirklich verletzt hat, oder es ist ihr egal.

Jedenfalls lacht sie nur bitter auf, bevor sie höhnisch weiterspricht: »O ja, die arme Einser-Schülerin. Tut mir leid, dass du immer und überall die Beste warst. Ich wäre dafür gern ausgenutzt worden. Hundertfach lieber, als jede Pause mein Essen übergeschüttet zu bekommen.«

»Das weiß ich doch. Immerhin war ich immer neben dir, war immer für dich da! Weil wir ein Team sind.«

Mit einem Schnauben schüttelt Alexis ihren Kopf, und die Art, wie ihre Augenlider dabei flattern, verdeutlicht mir erneut, dass sie sich eigentlich ausruhen und etwas essen muss, anstatt sich mit mir zu streiten. Ich will sie nicht noch mehr aufregen, sondern ihr helfen.

Bevor ich mich entschuldigen kann, um diesen Irrsinn zu beenden, reißt Alexis mir mit ihren Worten den Boden unter den Füßen weg.

»O ja, tolle Unterstützung, sich so lange zu verstecken, bis der Sturm vorbei ist, und mir dann die Schultern zu tätscheln. Damit hast du mir wirklich geholfen. Du hast dich immer vor allem weggeduckt! Kein einziges Mal hast du dich Joyce entgegengestellt, sondern bist ihr hinterhergekrochen, sobald sie dir einen Blick geschenkt hat. Da muss man sich nicht wundern, wenn man ausgenutzt wird. Vielleicht hättest du Prioritäten setzen sollen, anstatt nur dazugehören zu wollen.«

Geschockt starre ich Alexis an und erkenne sie nicht wieder. So schlimm das Ganze für sie momentan auch sein muss, ihr Vorwurf ist nicht gerechtfertigt. Nicht bei einer wahren Freundschaft.

Verletzt verschränke ich die Arme vor der Brust und trete einen Schritt zurück. »Tja, wenn das so ist, sollte ich damit anfangen, Prioritäten zu setzen und zu der einen Person zu gehen, die mich wirklich liebt und die ich für *dich* verlassen habe.«

Mir steigen die Tränen in die Augen, aber ich will nicht, dass Alexis sie sieht. Also drehe ich mich um und gehe, auch wenn ich glaube, für einen Moment Reue in ihren Augen gesehen zu haben. Dafür ist es jetzt zu spät. Und da sie mir nicht hinterherruft, als ich mich beeile, Abstand zwischen uns zu bringen, scheint die Reue nicht allzu groß zu sein.

Ich fühle mich wie nach einer Tracht Prügel. Alexis hat jeden Punkt getroffen, der besonders schmerzhaft ist. Ich finde es selbst schlimm, dass ich zu Gray krieche, als besäße ich keine Selbstachtung. Dass ich mich von ihm aufbauen lassen muss, weil ich es nicht mehr selbst hinbekomme. Aber ich bin verzweifelt genug, also lasse ich meinen Stolz verstummen, genauso wie die Stimme, dass ich Alexis damit recht gebe: Ich besitze kein Rückgrat. Ich bin ein erbärmlicher kleiner Wurm, der jedem hinterherkriecht, der mir ein bisschen Zuwendung schenkt. Und so gut ich es die letzten Jahre unterdrückt habe, am Ende wollte ich immer nur dazugehören.

Der Weg zu Grays Haus ist verschwommen. Erst als ich an der Haustür stehe, scheine ich die Welt wieder richtig wahrzunehmen, und das dumpfe Gefühl in meinem Körper wird von dem schmerzhaften Pochen meines Herzens abgelöst, das mir am liebsten aus der Brust springen würde. Ich brauche Gray jetzt einfach. Ich brauche seine Stärke und Standfestigkeit, denn ich habe das Gefühl, als könnte mich die sanfteste Windböe umschmeißen.

Mit zitternden Fingern drücke ich die Klingel, bevor ich meine Arme um mich schlinge. Ich bin selbst fasziniert davon, wie normal meine Spiegelung in der Verglasung der Tür aussieht, während ich mich fühle wie am Rande eines Zusammenbruchs. Höchstens meinem Blick ist anzusehen, an welchem Abgrund ich stehe. Er huscht hin und her, unruhig und verloren.

Ich weiß nicht, womit ich gerechnet habe: Dass Gray sofort die Tür aufreißt? Stattdessen warte ich mehrere Minuten, bevor sich überhaupt Schritte nähern. Und es ist auch nicht Gray, der mir öffnet, immerhin wohnen hier noch ein halbes Dutzend andere Eishockeyspieler. Doch zumindest ist es ein vertrautes Gesicht, das mir gegenübersteht.

»Row, was machst du denn hier?«

Bas betrachtet mich verdutzt, während ich versuche, nicht vor Enttäuschung zu weinen. Ich will einfach nur zu Gray.

»Sorry, dass ich hier so einfalle. Ich wollte nur ... Ich brauche ...« Zittrig hole ich Luft und schließe für einen Moment die Augen. Viel helfen tut es nicht. »Ist Gray da?«

Als ich Bas wieder ansehe, steht in seinen Augen eine Mischung aus Bedauern und Sorge, die mir beinahe den Rest gegeben hätte.

»Sorry, Kleine. Er ist noch nicht daheim. Aber wenn du willst, sage ich ihm Bescheid, dass du hier warst und er zu dir kommen soll.«

Nein, das will ich nicht. Ich will, dass er einfach wie aus dem Nichts hier auftaucht und mich umarmt, bevor ich auseinanderbreche.

»Oh, o-okay.« Unsicher, was ich machen soll, kralle ich die Finger in den Stoff meiner Jacke. Ich sollte das Angebot annehmen und heimgehen. Doch ich habe Angst, dass ich es keine Sekunde allein aushalte.

»Denkst du, es ist okay, wenn ich hier auf ihn warte?«

Bas runzelt die Stirn und scheint hin- und hergerissen zu sein.

»Ich glaube nicht, dass das eine gute Idee ist ...«

Das ist mir völlig egal, deswegen greife ich nach Bas' Hand und flehe: »Bitte. Ich weiß nicht, wohin ich sonst soll.«

Für einen Moment sieht er mich schockiert an, und ich weiß, dass ich gerade völlig verrückt aussehen muss, aber ich kann nichts dagegen machen. Ich habe mich noch nie so schlecht gefühlt. Und dabei habe ich gedacht, früher die schlimmste Art von Einsamkeit durchgestanden zu haben.

Ich rechne es Bas hoch an, dass er mir nicht die Tür vor der Nase zuschlägt. Stattdessen fährt er sich mit einem Seufzen durch die Haare und wirft einen Blick in den Flur, als müsste er erst überprüfen, ob das Haus besuchstauglich ist. Wieso muss er so lange überlegen?

Selbst als er sich wieder zu mir dreht und mir die Tür ein Stück weiter aufhält, zögert er. Ich erkenne es daran, wie er mit seinen Kiefern mahlt.

»Na gut, dann komm rein. Du siehst aus, als könntest du eine heiße Schokolade vertragen.«

Auch wenn ich Angst habe, mich aufzudrängen, überwiegt meine Erleichterung, und ich komme der Aufforderung nach. Allein das vertraute Haus zu betreten nimmt mir einen Teil meiner Panik. Als gäbe es doch noch einen Ort, an den ich hingehöre.

Bas hilft mir gentlemanlike aus der Jacke und legt mir mit einem beruhigenden Lächeln eine Hand auf den Rücken, um mich in Richtung Küche zu führen. Und ich überlasse mich dem nur allzu gern.

»Wie geht's dir? Wir haben das mit dem Bild mitbekommen. Kranke Nummer, ich kann nicht verstehen, wie jemand so etwas machen kann.«

Ein Schauder durchfährt mich bei dem Gedanken. Ich kann es auch nicht verstehen. Ich verstehe so vieles momentan nicht.

»Ja, das Mädchen ist völlig durchgeknallt.«

Bas, der gerade einen Schritt von mir weggetreten ist, um alles für eine heiße Schokolade zu holen, stoppt mitten in der Bewegung und dreht sich geschockt zu mir um.

»Du weißt, wer das war?«

Kraftlos lasse ich mich auf einen der Küchenhocker fallen und vergesse für einen Moment, ob das unhöflich ist oder nicht. Sich auf den Beinen zu halten ist zu anstrengend. Erst recht, wenn es um dieses Thema geht.

»Ja. Sie heißt Carly. Alexis hat unwissentlich mit ihrem Freund geschlafen, und seitdem das herausgekommen ist, flippt dieses Mädel vollkommen aus. Sie terrorisiert Alexis schon seit Wochen.«

In mir kommt ein schlechtes Gewissen auf, so aus dem Nähkästchen zu plaudern, aber ich schlucke die Übelkeit hinunter. Es ist eh schon alles kaputt zwischen Alexis und mir.

Ungläubig fährt sich Bas über das Gesicht. »Verdammt, jetzt ergibt alles einen Sinn.«

Bevor ich dazu komme, ihn zu fragen, was er damit meint, höre ich Geräusche von der Haustür und springe auf, weil es nur Gray sein kann. Gray sein muss. Ohne nachzudenken, renne ich los. Aber vielleicht wäre es besser gewesen, einen Moment innezuhalten, dann wäre ich darauf vorbereitet ge-

405

wesen, auf wen ich auf dem Flur zur Eingangstür stoße. Dann hätte ich vielleicht die weibliche Stimme wahrgenommen, die auf Grays »Komm doch rein« mit einem selbstsicheren »Danke« antwortet.

So fühlt es sich an, wie gegen eine Wand zu rennen, als ich mitten im Schritt stoppe, den Mund bereits geöffnet, um Grays Namen zu sagen, und ungläubig das Mädchen anstarre, dem Gray gerade aus der Jacke hilft.

Die Welt hat aufgehört, sich zu drehen. So fühlt es sich zumindest an, während sich der Moment quälend in die Länge zieht und sich nichts zu bewegen scheint, sogar mein Herz bleibt stehen. Dafür habe ich alle Zeit der Welt, jedes Detail in mich aufzusaugen. Von dem perfekten dezenten Make-up und den kupferfarbenen Locken des Mädchens über Grays charmantes Lächeln, mit dem er jeden um seinen Finger zu wickeln weiß. Er sieht völlig unbeschwert aus. Wie der Eishockeystar von der Party. Als hätte es den letzten Monat einfach nicht gegeben.

Dann dreht Gray seinen Kopf zu mir und reißt überrascht die Augen auf. Ich stolpere nach hinten und klammere mich am Rahmen der Tür fest, um nicht zu fallen.

»Verdammte Scheiße, Bunny?«

Gray kommt mit zwei großen Schritten zu mir und greift nach meinen Armen. Ich habe das Gefühl, alles von außerhalb zu beobachten. Wie er mich besorgt mustert und ich den Blick hebe. Meine Augen sind groß und rund, flehen ihn an, dass das hier nicht wahr ist. Dass er mir bitte nicht das Herz bricht. Und für einen Moment finde ich Hoffnung, in der Art, wie Gray mein Gesicht umfasst und mich mit seinem Geruch einhüllt.

»Hey, alles gut, ich bin hier.«

Die Realität bricht über mich herein, als sich das Gesicht des fremden Mädchens über Grays Schulter schiebt und mich ebenfalls besorgt betrachtet. Sie ist nett. Keine Ahnung, woran ich das erkenne, aber ich weiß es einfach. Sie gehört zu den Leuten, die jeder mag, und dafür würde ich sie am liebsten hassen. Denn sie ist alles, was ich nicht bin und doch so gern wäre. Und das Schlimmste ist: Sie passt zu Gray. Sie würde an seiner Seite nicht wie ein bunter Pudel auffallen. Sie ist das Mädchen, das man als Freundin eines Sportlers erwartet.

Ich stolpere mehr, als dass ich einen Schritt nach hinten gehe, aber es reicht, um Grays Berührung zu entkommen. Ob man mir ansehen kann, wie mein Herz bricht? Denn Gray schüttelt sofort den Kopf, als wollte er meine Vermutung verneinen. Doch was soll ich denn denken, wenn er keinen Tag später, nach dem er noch für mich kämpfen wollte, ein Mädchen mit nach Hause bringt? Was soll ich denken, außer dass ich es nicht wert bin?

»Tut mir leid, ich ... Ich hätte nicht herkommen sollen.«

Ich war in meinem Leben noch nie so glücklich, meine Schuhe angelassen zu haben, wie jetzt. Gray will mich zurückhalten, aber mein Körper reagiert schnell genug und ich tauche unter seinem Arm hindurch. Für einen Moment zögere ich und werfe einen Blick zur Garderobe, an der meine Jacke hängt. So betäubt, wie ich mich gerade fühle, nehme ich die Kälte draußen vielleicht nicht wahr. Und ich muss hier raus, jetzt.

Das Mädchen stoße ich unsanft zur Seite und genieße es sogar. Das ist bestimmt nicht gut für mein Karma, doch das ist eh nicht mehr zu retten.

Ich habe schon den Türgriff in der Hand, da umfasst eine große Hand meinen Unterarm und hält mich davon ab, in die Freiheit zu flüchten. Ich weiß, dass es Gray ist. Und ich spüre seine Panik, aber sie will nicht so recht bis zu mir durchdringen. All meine Emotionalität ist aufgebraucht, und zurückgeblieben ist nur eine Hülle, gefüllt mit Schmerz.

»Row, sie ist nur zum Lernen hier. Ich brauche Hilfe in Architekturgeschichte, sonst ist da nichts.«

Für einen Moment treffen sich unsere Blicke. Gray starrt mich eindringlich an, als wollte er damit seine Worte tief in mein Gedächtnis graben.

»Schön, dann hast du ja Ersatz für mich gefunden.«

Und damit schaffe ich es, seinem Griff zu entkommen und die Haustür zwischen uns zuzuschlagen, in der Hoffnung, damit dieses erbärmliche Band zu durchtrennen, das mich zu ihm zieht. Ich wusste, dass Gray die Möglichkeit hat, meine ganze Welt in Schutt und Asche zu legen. Aber ich wusste nicht, dass es sich so anfühlen würde.

Ich bin am Ende und kann nicht mehr. Ich kann nicht einmal mehr weinen.

Kapitel 43

Ich schaffe es nicht, am Donnerstag zu meinen Kursen zu gehen. Mir fehlt jegliche Energie. Alles, wozu ich mich bereit fühle, ist, im Bett liegen zu bleiben. Vielleicht liegt es daran, dass ich seit fast einem Tag nichts mehr gegessen habe. Und es hat was zu heißen, wenn ich selbst Marys selbst gebackene Muffins ablehne. Aber ich habe keinen Hunger. Auch keinen Durst oder das Bedürfnis nach sonst etwas, als befände sich mein Körper in einem Schockzustand. Und mein Geist wahrscheinlich auch, denn zu einem gescheiten Gedanken bin ich ebenfalls nicht fähig.

Ich habe kaum mitbekommen, wie Cass und Mary gestern Abend in mein Zimmer gekommen sind. Ich bin mir ihrer Anwesenheit erst bewusst geworden, als eine der beiden Grays Namen erwähnt hat, der mich wie eine Alarmglocke zurück ins Leben geholt hat. Es hat einen Moment gedauert, bis ich verstanden habe, was die zwei mir erzählen wollten. Aber als mir letztendlich klar wurde, dass er hier gewesen ist und mit mir sprechen wollte, weiß ich nicht, ob ich den beiden um den Hals fallen oder sie schlagen will, weil sie ihn wieder weggeschickt haben. Doch letztendlich ist es gut so. Ich sollte mich nicht noch mehr quälen. Es ist vorbei. Wir beide können jetzt in unsere Welten zurückkehren.

Mein Zimmer ist abgedunkelt, aber Cass hantiert lautstark in der Küche herum und verrät mir somit, dass es Mittagszeit sein muss. Ich glaube, sie ist wegen mir zu Hause geblieben, anstatt in ihre Kurse zu gehen. Genauso wie Mary riskiert hat, zu spät zu kommen, weil sie so lange nicht von meiner Seite weichen wollte, bis ich heute Morgen etwas gegessen habe. Und ich bin ihnen dafür unendlich dankbar. Nur zeigen kann ich es nicht. Denn sobald ich eine Sache zulasse, kommt alles hoch. Und dafür habe ich nicht die Kraft.

Den Instagram-Post haben sie sicherlich auch gesehen. Den hat jeder an diesem gottverdammten College gesehen. Und sie wissen, dass Alexis und ich momentan keinen Kontakt haben, ansonsten wäre sie längst hier aufgeschlagen. Doch sie haben bisher akzeptiert, dass ich nicht darüber reden will. Oder kann. Die Frage ist nur, wann sie diese Geduld mit mir verlieren.

Irgendwann muss ich eingeschlummert sein, da klopft es an meine Zimmertür.

»Hey, Row, hier ist jemand für dich.«

Die Worte reichen, um meinen Körper von einem dösenden Zustand in höchste Aufmerksamkeit hochzufahren. Ist das Gray? Mein Herz klopft so hoffnungsvoll, dass ich mich selbst auf den Boden der Tatsachen zurückbringen muss, wenn mich die Wahrheit nicht zerschmettern soll. Er wird es nicht wieder versuchen, nicht für mich. Aber vielleicht ist es ja Alexis, denn wer sonst sollte mich besuchen kommen? Vielleicht sehnt sie sich auch nach nichts anderem, als nicht mehr allein zu sein. Vielleicht braucht sie ihre beste Freundin genauso dringend zurück. Doch als ich mich aufrichte, zerstört Cass meine Hoffnungen, indem sie ein Mädchen hereinlässt, das ich im ersten Moment nicht erkenne. Erst der babyblaue Pulli lässt bei mir den Groschen fallen.

Beth. Was will sie denn hier?

O mein Gott, es ist Donnerstag. Unser Referat.

»Hi, Row, ich wollte nachsehen, wie es dir geht, weil du auf meine Nachrichten nicht geantwortet hast.«

Mein schlechtes Gewissen verschlägt mir die Sprache. Heute ist unsere Präsentation in Psychologie dran! O mein Gott. Wie konnte ich das vergessen? Dabei geht es um ein Viertel der Abschlussnote!

Voller Panik strample ich mich von meiner Decke frei und springe auf die Beine, als wollte ich sofort zur Uni rennen.

»O mein Gott, es tut mir so leid! Ich … Ich … Nein, ich habe keine Entschuldigung dafür.«

Mir die Haare raufend schüttle ich ungläubig den Kopf. Und ich mache anderen Vorwürfe, keine Verantwortung in Gruppenarbeiten zu übernehmen?

»He, alles gut! Ich habe Professorin Ming erzählt, dass du krank bist, und weil wir komplett fertig sind, hat sie sich damit einverstanden erklärt, dass wir nächste Woche vortragen. Alles halb so schlimm.«

Mit einem milden Lächeln legt Beth mir beruhigend eine Hand auf den Arm, aber ich fühle mich nur noch schlechter. Ich habe noch nie eine Prüfung verpasst. Schule war immer eine Konstante in meinem Leben. Das eine, was ich gut kann. Und jetzt setze ich selbst das in den Sand. Was ist aus mir geworden?

Und als wäre damit ein Fass zum Überlaufen gebracht, stürzt alles auf mich ein. Mein Leben war vielleicht nie perfekt, aber ich habe in der letzten Woche alles vermasselt, was es ausgemacht hat. Und jetzt stehe ich hier und werde von einer quasi Fremden in die Arme gezogen, weil ich heule wie ein Schlosshund. Und ich könnte für nichts dankbarer sein.

»Hey, psst. Alles gut. Ich kann mir vorstellen, dass es für dich momentan nicht leicht ist.«

Ich kneife die Augen zusammen und fühle mich fast wie bei meiner Mom, als Beth mir über die Haare streicht. *Nicht leicht* ist eine Untertreibung. Aber ich werde das Gefühl nicht los, selbst schuld daran zu sein. Mit meinem Verhalten in den letzten Jahren habe ich mich in diesen Mist hineinmanövriert. Mit der Art, wie ich, anstatt an mir selbst zu arbeiten,

Mauern um mich hochgezogen habe. Wie viele herzensgute Menschen habe ich links liegen gelassen, anstatt ihnen eine Chance zu geben? Mit etwas Pech hätte ich mich nie mit meinen Mitbewohnerinnen angefreundet. Und ohne Gray, der mich eine Sekunde hat innehalten lassen, hätte ich selbst Beth keine Chance gegeben. Wieso ist mir nie aufgefallen, dass der Fehler auf meiner Seite liegt, nicht bei den anderen?

Meine Arme nicht länger wie leblose Spaghetti herunterhängen lassend, schlinge ich sie um Beth und sage heiser: »Es tut mir so leid.« Und auch wenn sie die Tragweite meiner Worte nicht kennen kann, ist es wie ein Pflaster auf meiner Seele, als sie mich ein Stück zurückschiebt, um mir ein ehrliches Lächeln zu schenken.

»Dafür doch nicht. Willst du darüber reden?«

Ich öffne bereits meinen Mund, um meine Standardantwort zu geben. Aber als ich diese quasi Fremde, die so freundlich zu mir ist, vor mir betrachte, wird mir klar, dass ich darüber reden will. Dass ich ihr dieses Vertrauen schenken möchte. Weil ich aufhören muss, immer wieder die gleichen Fehler zu machen.

»Ja, das würde ich sehr gern.«

Zum einen ist es komisch, jemandem meine Situation zu schildern, der die Beteiligten nur vom Hörensagen kennt. Zum anderen ist es extrem befreiend, keiner voreingenommenen Meinung zu begegnen. In meinem Kopf ist alles so festgefahren, dass ich mich wie gelähmt fühle, aber für Beth ist das Ganze keine Sackgasse oder der Untergang der Welt.

Als ich am Ende meiner Geschichte ankomme, bleibt sie gegenüber von mir auf dem Bett sitzen, hält meine Hand und reicht mir ein Taschentuch. Ich bin absolut ausgeweint, aber dieses Mal ist es anders. Ich fühle mich freier, als hätten die Tränen einen Teil von mir gereinigt und ich könnte jetzt einen Schritt weitergehen. Raus aus diesem sumpfigen Loch der Verzweiflung, zu dem mein Zimmer die letzten Tage geworden ist.

»Das ist heftig.« Entsetzt schüttelt Beth den Kopf, und ich kann hinter der Geste nichts anderes erkennen als aufrichtige Betroffenheit. »Ich meine, das mit dem Bild allein war schon ziemlich übel. Ich habe mich die ganze Zeit gefragt, wer so was Krankes macht, aber diese Carly scheint auf einem richtigen Rachefeldzug zu sein.«

Ich lächle verächtlich. »Ja, das Mädchen ist total irre. Carly merkt nicht, dass sie das Problem bei sich selbst suchen sollte.«

Und es wurmt mich, dass ich dieser Verrückten in die Hände gespielt habe. Nur wegen mir hatte sie die Macht für den ultimativen Todesstoß gegen Alexis. Wohin meine Gedanken abdriften, ist mir wohl anzusehen, denn Beth drückt aufmunternd meine Hand und sieht mich mit milder Strenge an. »Hör auf, dir die Schuld zu geben. So, wie sich das anhört, hätte sie eh einen Weg gefunden, Alexis weiter zu terrorisieren. Es war nie deine Absicht, dass sie das Bild in die Finger bekommt. Und das Wichtigste ist, du kannst nichts mehr daran ändern.«

Ich erwidere Beths Lächeln halbherzig, denn wirklich beruhigend ist diese Tatsache nicht. Aber solange ich keine Zeitmaschine erfinde, stimmt es: Ich kann nichts ungeschehen machen.

»Es ist Zeit, nach vorn zu sehen.« Beth spricht die Worte aus, während sie mir durch den Kopf schießen, und das gibt mir den Antrieb, mich mit einem tiefen Atemzug aufzurichten. Sich in Selbstmitleid zu suhlen wird nichts ändern. Ich habe schon viel zu lang mein Leben an mir vorbeiziehen lassen, während andere die Richtung vorgegeben haben. Ich habe vor Joyce gekuscht, und selbst hier auf dem College, als ich dachte, meinen eigenen Weg einzuschlagen, hat mich ihr Geist immer in eine Richtung gedrängt. Ich werde den Teufel tun und nun Carly die Führung über mein Leben überlassen.

»Außerdem habt ihr es hoffentlich jetzt mit diesem Mädchen ausgestanden. Irgendwann muss ihr Bedürfnis nach Rache gestillt sein.«

Ich kann Beths Überzeugung nicht teilen. Ich kenne Mädchen wie Carly. Hier geht es nicht nur um Rache, sondern um das Gefühl von Macht. Heimgezahlt hat sie es Alexis bereits, spätestens nachdem sie sie in der Bar so bloßgestellt hat. Jetzt geht es darum, sich selbst gut zu fühlen, indem sie Alexis unten hält. Und das hat erst angefangen.

»Das bezweifle ich leider. Jemand wie Carly kennt keine Grenzen. Sie wird nicht einfach aufhören.«

Nicht, solange sie niemand daran hindert.

Beth verzieht das Gesicht. »Damit hast du wahrscheinlich recht. Aber was willst du dagegen machen?«

Das ist die Frage aller Fragen. Und obwohl ich in meinem Kopf die Starke mime, reicht Beths erwartungsvoller Blick, um mich daran zu erinnern, dass ich nichts ausrichten kann. Die meisten Leute kennen weder meinen Namen noch interessiert es sie, was ich sage oder denke. Bei Gray ist das anders. Ein Kommentar über sein Instagram-Profil hat gereicht, um alle am College mundtot zu machen. Er kann wirklich etwas bewirken, weil die Leute ihn mögen und respektieren. Im Vergleich dazu bin ich ein Nichts.

Beth stupst mich aufheiternd an und schenkt mir ein schiefes Grinsen. »He, ich habe eine Idee für den Anfang: Komm morgen mit zur Halloween-Party. Du musst hier mal wieder raus.«

Der Gedanke, mit Gray zusammen auf diese Party zu gehen, hat mich letzte Woche total aufgekratzt. Jetzt legt er sich wie ein schwerer Stein in meinen Magen. Was ist, wenn Gray dort mit dem anderen Mädchen auftaucht? Der Anblick würde mich umbringen. Die Vorstellung tut es schon fast. Und es erinnert mich daran, wie schmerzlich ich seine Anwesenheit vermisse. Sein Lächeln, das er nie zu verlieren scheint, und diese verfluchten Augen. Ich vermisse, wie er mich fühlen lässt. Diese Unbeschwertheit und ... Glück. Als mein Körper zu zittern anfängt, frage ich mich, ob das eine Art Entzugserscheinung ist. Denn Gray zu vermissen geht weit über mein Herz hinaus.

»Ich weiß nicht, ob das eine gute Idee ist. Ich will nicht ... Ich kann nicht ...«

Unfähig, die Worte auszusprechen, lasse ich den Satz in der Luft hängen, aber jedes Mädchen, das einmal Herzschmerz hatte, versteht, was ich sagen will. Beths mitleidigen Blick zufolge kann sie es gut nachvollziehen.

»Ich weiß, es ist noch ziemlich früh. Aber es geht darum, sein Leben zu leben, und ich glaube, niemand hat das mehr verdient als du. Gib der Welt eine Chance.«

Unsicher beiße ich mir auf die Unterlippe. Habe ich das nicht gerade zu mir selbst gesagt? Dass ich das Leben nicht mehr an mir vorbeiziehen lassen will? Vielleicht gehört der Schmerz dazu. Ich kann nicht erwarten, die guten Dinge mitzunehmen, ohne die Schattenseiten zu ertragen.

»Und sollte irgendetwas passieren, gehe ich mit dir sofort nach Hause. Versprochen, ich lasse dich nicht allein.«

Beths Worte erwärmen mein Herz, sie ist inzwischen wirklich zu einer Freundin geworden. Ich nicke und drücke ihre Hand, während ich auch diesen Moment in meinem Kopf abspeichere. Denn ich habe in meinem Leben bereits zu viele verpasst, um mir nur noch einen entgehen zu lassen.

Kapitel 44

Am Freitagabend stehe ich vor meinem Spiegel und betrachte mein Outfit, während ich darauf warte, von Beth angerufen zu werden.

Ich trage eine zerrissene schwarze Hose und dazu ein blutrotes Oberteil, das die Schultern frei lässt. Es handelt sich zwar um keine Kostümparty, dennoch wollte ich Halloween gerecht werden. Dementsprechend ist mein Make-up auch stärker ausgefallen, mit dunkelroten Lippen und Smokey Eyes, die ich einem Schminktutorial zu verdanken habe, das ich mir vor einer Stunde noch schnell angesehen habe.

Ich muss zugeben, es macht mich nervös, so auszusehen. Das ist nicht die Row, deren Nase immer in einem Buch steckt. Aber es ist eine gute Nervosität. Und welcher Tag eignet sich besser, aus der eigenen Haut zu kommen, als Halloween? Also widerstehe ich dem Drang, mich komplett abzuschminken oder in ein weniger auffälliges Oberteil zu schlüpfen, und fahre mir nur mit einem Seufzen über das Glitzersteinchen in meiner Augenbraue. Es soll mich daran erinnern, dass am Ende nur ich bestimme, wer ich bin. Und das heute mehr denn je.

Anders als früher möchte ich es nicht mehr als ein Täuschungsversuch sehen. Es soll nicht länger dazu dienen, dass die Menschen sich wundern, wie eine Einser-Studentin gepierct sein kann. Es soll nur noch mich widerspiegeln, mit all meinen Ecken und Kanten, auf die ich stolz bin. Zumindest will ich lernen, darauf stolz zu sein.

Ich fahre mir gerade nervös durch die Haare, als mein Handy zu klingeln anfängt.

»Hi, wir sind unten, bist du so weit?«, begrüßt mich Beth, sobald ich drangegangen bin.

Ich stoße ein halb gequältes Lachen aus und sehe mein Spiegelbild an, als könnte es mir darauf eine Antwort liefern. Aber es blickt mich genauso ratlos an, wie ich mich fühle.

»So bereit, wie ich sein kann. Bin gleich da.«

Dann legen wir beide auf und ich greife mit einem letzten tiefen Atemzug nach meiner Tasche und marschiere zur Tür, bevor mich die Entschlossenheit wieder verlassen kann.

In der Diele schlüpfe ich in schwarze Boots, die mit ihren Nieten und Schnallen mein Outfit perfekt abrunden. Dann schnappe ich mir meinen Mantel, weil es draußen immer kälter wird, greife nach dem Türknauf und mache mich auf den Weg nach unten. Mit jeder Stufe rede ich mir erneut selbst zu, dass ich einen schönen Abend haben werde. Egal wie nervös mein Herz schlägt beim Gedanken, vielleicht Alexis oder Gray oder sogar beiden zu begegnen. Ein Teil von mir will sie sehen, und wenn es nur ist, um sich zu versichern, dass es ihnen gut geht. Egal wie sehr es wehtun wird. Egal wie sehr Gray mich verletzt hat. Egal ob er mich schon ersetzt hat. Ein heftiger Stich fährt durch mein Herz, aber ich beiße die Zähne zusammen und zwinge mich dazu, weiterzugehen. Ich habe es doch gewusst. Er würde mir das Herz brechen. Aber es zu wissen bereitet einen kein bisschen darauf vor.

Die Meter bis zum Auto, aus dem bereits laute Musik schallt, jogge ich, um möglichst kurz in der Kälte zu bleiben. Die hintere Tür wird für mich geöffnet und eine strahlende Beth blickt mir entgegen, in einer Aufmachung, die Bloody Mary Konkurrenz macht. Sie steckt in einem weißen Kleid, das mit roten Blutflecken übersät ist, und eine Träne aus Kunstblut rinnt ihr über das Gesicht.

»Hey, du, spring rein!«

Kurz verunsichert, ob ich mich nicht doch hätte verkleiden sollen, schlüpfe ich in das Auto und bin erleichtert, als ich bei den anderen Insassen keine weiteren Kostüme erkenne. Normale Jeans, normale Hemden und Oberteile. Das lässt mich erleichtert aufatmen. Die zwei anderen im Auto begrüßen mich freundlich, trotzdem bin ich froh, allein mit Beth auf der Rückbank zu sitzen.

Sobald wir losrollen, stößt etwas Kaltes an meine Schulter, und ich drehe mich überrascht zu Beth um. Sie hält mir eine Flasche entgegen, die ich nur zu gern annehme. Zweifelnd sehe ich die scharlachrote Flüssigkeit an.

»Keine Sorge, ist nur das geheime Punschrezept meiner Familie.« Beth sieht mich ermutigend an und ich probiere einen Schluck. Mhm, lecker fruchtig.

»Trink, ich habe noch mehr dabei.« Beth zwinkert mir zu, und ich schenke ihr ein dankbares Lächeln, bevor ich mich für den Rest der Fahrt der Flasche widme, bis der Alkohol die Sorgen aus meinem Kopf vertrieben hat.

Das *Molly's* ist rappelvoll. Wir haben gerade noch einen Stehtisch ergattert, auf dem nun für jeden von uns ein Cocktail steht.

Zwar sehe ich mich ständig nach zwei ganz bestimmten Personen um, aber es ist nicht so schlimm, wie ich befürchtet habe. Und das ist vor allem Beth zu verdanken, die mich immer wieder mit Gesprächen ablenkt. Und der Alkohol trägt ebenso dazu bei, dass ich mich langsam, aber sicher entspanne.

Das Eishockeyteam habe ich längst gesichtet. Die Jungs sind auch schwer zu übersehen, so wie sie zusammen mit den Footballspielern von den Mädchen umschwärmt werden. Aber der eine Sportler, den mein Herz gleichzeitig hofft und fürchtet zu entdecken, ist nicht unter ihnen. Und da bin ich mir absolut sicher, denn ich habe jedes einzelne Gesicht gescannt. Das lässt mein Herz sich sowohl ängstlich zusammenziehen als auch einen kleinen Hüpfer machen. Bedeutet das, dass er noch nicht über alles hinweg ist? Konnte er sich vielleicht nicht vorstellen, unter all den Leuten zu sein und auf gut gelaunt zu machen, während es ihm eigentlich schlecht geht? Oder konnte er sich nicht vorstellen, ohne mich hierherzukommen?

Ich weiß nicht, was ich denken soll. Vielleicht spinnt sich mein verzweifeltes Herz nur etwas zusammen, aber beim Gedanken kommt in mir – so verdreht das Ganze auch ist – Freude auf. Was absolut lächerlich ist, denn er hat mich verletzt. Sich so schnell einen neuen Lernpartner zu suchen, nachdem er am Tag zuvor um mich kämpfen wollte ... Wie soll man das verstehen? War ich mit einem Mal die Mühe nicht mehr wert?

»He, Kayla! Hier sind wir!«, ruft plötzlich Beth.

Der Schluck bleibt mir im Hals hängen, als ich den Namen höre und gleichzeitig das Mädchen erkenne, das sich zu uns durchschlägt. Hustend versuche ich wieder Luft zu bekommen, während gleichzeitig meine Gedanken rasen. Woher kennen sich die beiden? Es ist nicht so, als würde ich Kayla nicht mehr mögen oder ihr aus dem Weg gehen wollen, aber schon aus der Entfernung kann ich sehen, wie sie mich mit großen hoffnungsvollen Augen anstarrt. Und ich bekomme Panik, denn dieser Ausdruck in ihrem Gesicht heißt: Sie will mit mir reden.

Nein, das kann ich nicht. Ich kann das nicht hören. Nicht, wenn ich irgendwie lernen muss, ohne Gray zu leben. Verzweifelt auf der Suche nach einer Fluchtmöglichkeit scanne ich den ganzen Raum. Und erstarre, als ich Alexis entdecke.

Sie sieht bezaubernd aus in einem schwarzen Minikleid, das ihre schlanke Figur zur Geltung bringt. Auch wenn ich noch immer finde, dass sie ein Stück zu dünn geworden ist. Goldene Armreife schmücken ihre Handgelenke, und mein

Herz setzt einen Schlag aus, als ich unter ihnen nicht unser Freundschaftsarmband sehe.

Der Schock sitzt so tief, dass ich zuerst nicht bemerke, wer da bei ihr steht, bis Alexis defensiv die Arme hebt und einen Schritt zurücktritt. Doch ihr Gegenüber bedrängt sie sofort wieder, und erst da erkenne ich Carly, die mit verkniffenem Gesichtsausdruck auf meine beste Freundin einschimpft. Oder Ex-beste-Freundin? Verdammt, das ist doch völlig egal!

Ich höre nur halb, wie Kayla meinen Namen ruft, als ich mich schon durch die Menge dränge. Das Blut rauscht mir in den Ohren. Ich will mich nicht länger unterdrücken lassen. Von niemandem aus der Gegenwart, von niemandem aus der Vergangenheit, und erst recht nicht von meinen eigenen Ängsten. Also atme ich tief durch, fahre die Ellenbogen aus und kämpfe mich durch die Menge, bis ich direkt neben Alexis ausgespuckt werde.

»Wie viel billiger kann man noch werden? Bist du wirklich für jeden zu haben, oder was willst du mit dem Kleid signalisieren? Das Ding ist ja kaum größer als eine Serviette.«

»Ja und? Soweit ich weiß, darf jeder tragen, was er will.«

Die Härte in meiner Stimme überrascht mich. Doch als ich einen Blick auf Alexis' gequälten Gesichtsausdruck erhasche, nehme ich die Schultern ein Stück zurück und lasse die Wut und den Frust der letzten Tage in mir aufsteigen. Genug ist genug.

Carly blinzelt irritiert und scheint einen Moment zu brauchen, bis sie mich erkennt. Dann stößt sie ein schnaubendes Lachen aus und schüttelt den Kopf. »Sorry, das geht echt nicht gegen dich, aber irgendjemand muss deiner Freundin einmal Anstand beibringen.«

»Sorry, aber alles, was gegen Alexis geht, geht auch gegen mich.«

Carly, die sich wieder Alexis zuwenden wollte, anscheinend der Ansicht, dass die Sache mit mir damit geregelt sei, zieht überrascht die Augenbrauen hoch und taxiert mich kritisch. Ich schnaube.

»Das hast du nicht von der kleinen Streberin erwartet, was?«

Eigentlich wollte ich die Worte nur denken, doch der Alkohol hat meine Zunge gelockert. Und verdammt, das ist Carlys verdutzter Gesichtsausdruck wert, bevor ihre Züge hart werden und sie demonstrativ die Arme verschränkt.

»Nein, tatsächlich habe ich gedacht, dass du dich ohne die Hand deines Freundes nicht auf soziale Veranstaltungen traust.«

Der verbale Schlag sitzt tief, und mir fehlen die richtigen Worte, um einen Konter zu setzen. Solche Situationen bin ich nicht gewohnt, und daher beobachte ich nur mit aufkommender Panik, wie Carlys Mundwinkel siegessicher nach oben zucken.

»Wenigstens hat sie jemanden, der sie an die Hand nimmt. Wie geht es Julian so?«

Carly und ich reißen gleichermaßen überrascht den Kopf zu Alexis herum, die die Schultern nach oben gezogen und die Fäuste geballt hat, jedoch Carlys Blick fest erwidert. Zumindest bis sie kurz zu mir sieht und mein Herz fast zerbricht an all den unausgesprochenen Worten, die in ihren Augen liegen. Aber sie müssen auch nicht ausgesprochen werden, ich weiß es auch so. Wir beide gegen den Rest der Welt. Sie ist und bleibt meine beste Freundin. Und dass wir beide nicht die leichtesten Charaktere sind, ist ziemlich offensichtlich. Aber wahre Freundschaft zeichnet sich dadurch aus, dass man in den entscheidenden Momenten zueinandersteht. Und das hier ist so einer. Egal was letzte Woche vorgefallen ist, ich werde den Teufel tun und Alexis allein mit diesem Biest lassen. Nicht, wenn letztendlich Carly an allem schuld ist.

Mit neuem Mut rücke ich auf, bis Alexis und ich Schulter an Schulter stehen wie eine unumstößliche Mauer. Genau so, wie es sein muss. Doch Carly scheint nicht mitzubekommen, wie sich das Weltgefüge wieder ins Lot gerückt hat. »Nimm nicht seinen Namen in deinen dreckigen Mund. Von einer Schlampe wie dir lass ich mir nichts sagen.«

»Wow, beeindruckend. Du besitzt also doch den Mut, es direkt auszusprechen, anstatt dich nur feige hinter einem Fake-Account zu verstecken. Herzlichen Glückwunsch, das ist mehr Charakterstärke, als ich dir zugetraut habe.« Ich merke, wie Alexis bei ihren Worten neben mir zittert, und kann mir nur vorstellen, wie schwer das hier für sie ist.

Als hätte sich Carly daran erinnert, dass sie ein Gesicht zu wahren hat, nimmt ihre Miene wieder einen zivilisierteren Ausdruck an. »Keine Ahnung, was du meinst. Aber wer auch immer das gepostet hat, hat endlich die Wahrheit offengelegt: Du bist nichts weiter als eine fette Kuh in viel zu engen Sachen.«

Neben mir erstarrt Alexis ... und mir brennt eine Sicherung durch. Ich habe mich noch nie so wütend gefühlt. Nicht einmal bei Joyce kann ich mich an diese Art von Flammen erinnern, die jetzt in mir lodern. Egal was es ist, ich bin dankbar dafür. Denn diesem Mädchen muss jemand den Kopf zurechtrücken. Und verdammt, ja, ich übernehme diese Aufgabe gern.

Die Kälte in meiner Stimme steht im scharfen Kontrast zur Hitze in mir, aber ich nehme jedes Quäntchen meiner Selbstkontrolle, um so nüchtern wie möglich einen Schritt auf Carly zu zu machen, der mich gleichzeitig zwischen sie und Alexis befördert, und dann in meinem besten belehrenden Tonfall zu sagen:

»O Carly, Schätzchen, hat dir noch niemand beigebracht, dass man Fehler bei sich selbst suchen soll? Keine Ahnung, warum du glaubst, es wäre Alexis' Schuld, dass *dein* Freund *dich* betrogen hat. Ja, sie ist das heißeste Mädchen des ganzen Colleges, und verdammt ja! Jeder Junge würde sie dir vorziehen. Aber dass Julian lieber seinen Schwanz woanders

reingesteckt hat, liegt eher daran, dass du völlig durchgeknallt bist. Wer würde da nicht Reißaus nehmen?«

Die einzige Vorwarnung, die ich bekomme, ist das irre
Aufblitzen in ihren Augen, da saust auch schon ihre Faust
heran und Sterne explodieren vor meinen Augen.

Kapitel 45

Von der Wucht des Schlages fliegt mein Kopf nach hinten und mein Kiefer pocht augenblicklich heftig. Ich bin so geschockt, dass die Welt für einen Moment wie in Zeitlupe wirkt. Ich sehe aus dem Augenwinkel, wie Alexis die Hände vor dem Mund zusammenschlägt, die Augen schockiert aufgerissen. Ich höre, wie ein Raunen durch die Menge geht, und werde mir erst jetzt bewusst, dass sich während des Wortgefechts eine Menschentraube um uns gebildet hat.

Ich weiß nicht, was mich dazu bringt, den Blick weiter über die Gesichter schweifen zu lassen. Vielleicht ist es ein Instinkt oder dieses Band zwischen uns, aber es ist, als würde mein Körper wissen, dass er hier ist. Ihn spüren. Gray betritt mit einem Mal das *Molly's*. Er trägt einen Mantel und will sich gerade den Schal ausziehen – mit leicht geröteten Wangen sieht er einfach unglaublich aus. Da stürmt Kayla auf ihn zu und fuchtelt mit den Händen herum. Mir ist gar nicht klar, weshalb sie so aufgeregt ist, bis Grays Kopf zu mir herumschnellt.

Mein Atem steht still. Alles steht still, während ich selbst aus der Entfernung dieses wunderschöne Blau erkenne und ein weiteres Mal feststelle, wie sehr ich ihn liebe. Wie sehr ich ihn nach all dem noch immer liebe, und wie sehr es wehtut, ihn verloren zu haben. Und das alles nur wegen Carly.

Dieses Mal kenne ich keine Zurückhaltung mehr, als ich zu Carly herumwirbele. Besorgt ruft jemand meinen Namen, eigentlich sind es sogar mehrere Stimmen, aber das ist mir völlig egal. Mir ist selbst egal, dass ich für das hier von der Polizei verhaftet werden könnte. Alles, woran ich denken kann, ist der ganze Scheiß, den Alexis, Gray und ich wegen Carly durchstehen mussten. Und ich sehe rot.

Mein Dad wäre stolz auf mich, wenn er wüsste, wie sehr mir die gemeinsamen Footballstunden zugutekommen. Oder vielleicht wäre er doch nicht so stolz. Aber ich kann nicht abstreiten, dass es mich mit einer grimmigen Zufriedenheit erfüllt, als ich Carly mit voller Kraft ramme und zusammen mit ihr über den Barhocker hinter ihr fliege. Der Aufprall presst mir die Luft aus der Lunge, und Carlys Keuchen nach ergeht es ihr nicht besser. Ich habe den entscheidenden Vorteil, dass ich auf ihr liege, und mache ihn mir zunutze, indem ich sie mit meinem Gewicht weiter nach unten drücke.

»Du Psychopathin wirst dich sofort bei meiner besten Freundin entschuldigen und danach dein erbärmliches Ego einpacken und dich nie wieder in unserer Nähe blicken lassen!«

Ist es komisch, dass mir bisher nicht aufgefallen ist, dass meine Lippen aufgeplatzt sind? Bei dem metallischen Geschmack in meinem Mund spucke ich angewidert auf den Boden aus. Ein Fehler, da das Ablenkung genug ist, damit sich Carly mit einem wilden Schrei aufbäumen und mich abschütteln kann, sodass ich erneut gegen den Hocker knalle, der mit uns zu Boden gekippt ist. Bevor diese Wahnsinnige sich auf mich schmeißen kann, reagiere ich ganz instinktiv und trete nach ihr. Mit dem Fuß treffe ich sie perfekt in den Magen, und das lässt sie mit einem »Uff« nach hinten fallen, aber das Mädchen wäre nicht durchgeknallt, wenn es sich davon abbringen ließe. Meinen Fuß packend, krallt sie die Fingernägel in meinen Unterschenkel und reißt daran, bis ich mit einem Zorneslaut dem Schmerz nachgebe und nach ihren Haaren greife, in der Hoffnung, dass sie mich daraufhin loslässt.

Vielleicht sollte ich mich um meine psychische Stabilität sorgen, denn auf eine bizarre Weise befriedigt es mich, in einem kratzenden und schlagenden Knäuel mit Carly über den Boden zu rollen, bis die Umstehenden den richtigen Angriffspunkt finden, um uns voneinander zu lösen. Es hat etwas Befreiendes, all die aufgestaute Wut, die Trauer und den Frust rauszulassen. Ich habe es so satt, mich herumschubsen zu lassen. *Ich habe es so satt, Joyce!*

Im Geiste kämpfe ich nicht mit Carly, sondern mit dem blonden Unschuldsengel meiner Heimat. Und jeder Schlag lässt mich siegreich aufheulen. Zumindest bis sich ein weiteres Paar Hände einmischt, jemand mich packt und versucht, von Carly wegzuzerren, deren Haare ich immer noch fest im Griff habe. Unwillig, diese verrückte Kuh davonkommen zu lassen, knurre ich und will mich aus dem fremden Griff befreien, da erreicht mich ein mir wohlbekannter Duft und lässt über die blinde Wut hinaus andere Emotionen in mir aufsteigen. Fast augenblicklich lasse ich los und werde hochgehoben.

Mein Herz schlägt mir bis zum Hals. Aufgrund des Adrenalins oder weil ich seit gefühlten Ewigkeiten Grays Arme wieder um mich spüre, kann ich nicht sagen. Die ganze Welt erscheint mit einem Mal unbedeutend. Nur am Rande bekomme ich mit, dass auch Carly von zwei Kerlen festgehalten wird, während sie weiter um sich schlägt wie eine Wildkatze, die in ihrem Käfig den Verstand verloren hat. Im Gegensatz dazu bin ich ganz ruhig geworden. Ich traue mich nicht, mich zu bewegen, als könnte sich Gray dadurch verflüchtigen. Auch wenn das absolut irrsinnig ist, denn die Schulter, über die ich geworfen werde, fühlt sich sehr massiv an.

Grays Bewegungen verraten mir, dass er mich wegträgt, und den eiligen Schritten nach beeilen sich alle, ihm Platz zu machen. Und mit jedem seiner Schritte hallen mir abwech-

selnd zwei Sätze durch den Kopf: *Ich habe dich so vermisst.*
Ich liebe dich so sehr.

Eine Tür wird geöffnet, und im nächsten Moment trifft
mich die kalte Nachtluft und lässt mich die Augen zusammenkneifen, bevor das Unweigerliche folgt. Er setzt mich ab.
Aber wir passen nicht zueinander.

Meine Augen brennen hinter den geschlossenen Lidern,
und ich fühle mich nicht bereit dazu, sie zu öffnen. Gray
steht dicht bei mir. Ich spüre seine Wärme, und sie lässt in
mir den verzweifelten Wunsch aufkommen, mich einfach an
ihn zu lehnen. Mit einem Schluchzen zucke ich zusammen,
als er mit seinen warmen Fingern mein geschundenes Gesicht berührt.

»Verdammt, Bunny, was hast du dir dabei gedacht?«

Dieser Spitzname. Ich weiß nicht, ob ich lachen oder weinen soll. Also mache ich nichts von beidem. Stattdessen balle
ich nur die Fäuste und genieße den bittersüßen Schmerz seiner hauchzarten Berührungen.

»Das sieht übel aus.« Gray murmelt mehr zu sich selbst als
zu mir, aber sein warmer Atem, der mein Gesicht streift, lässt
eine Gänsehaut auf meinem Körper entstehen, und mit einem Mal halte ich es nicht länger aus, die Augen zuzuhalten.
Selbst wenn das bedeutet, dass ich gleich aus diesem verrückten Traum aufwache. Erst als ich seine besorgt zusammengezogen Brauen über diesen viel zu blauen Augen sehe, fällt
mir auf, dass ich die Luft angehalten habe, und lasse sie in einem erleichterten Keuchen raus. Er ist es wirklich. Er ist
wirklich hier.

»Hey, da bist du ja.« Die Kombi aus seinem Daumen, mit
dem er zärtlich über meine Wange streift, und dem schiefen
Lächeln, das an seinen Lippen zupft, bringt meine Augen fast
zum Überlaufen. Ein entferntes Klappern lässt mich schreck-
haft zusammenzucken, und ich spüre, wie sich auch Gray anspannt, als wäre er genauso wachsam wie ich. Und dann

zieht er mich an sich und legt schützend die Arme um mich. Erneut halte ich die Luft an.

»Ganz ruhig, ich bin da. Keine Verrückten mehr, die sich auf dich stürzen, versprochen. Im Notfall hole ich meinen Eishockeyschläger und halte sie auf Sicherheitsabstand.«

In einer Mischung aus Lachen und Schluchzen schnappe ich nach Luft, während ein Zittern meinen Körper durchläuft, das Gray veranlasst, sicherheitsspendend eine Hand in meinen Nacken zu legen. Und weil Gray diesen Effekt auf mich hat, verlässt mich Sekunde für Sekunde all meine Anspannung, bis ich vertrauensvoll an ihn geschmiegt liege und sich eine angenehme Leere in meinem Kopf ausbreitet.

Mit einem Mal drückt Gray mich von sich. In stummer Panik will ich nach seinem Mantel greifen. Er darf nicht gehen, er darf mich nicht verlassen! Doch Gray schüttelt nur mit einem beruhigenden Lächeln den Kopf und löst sanft meine Finger.

»Alles gut, ich gehe nicht. Niemand wird mich von dir wegbringen können.«

Er zieht sich seinen Mantel aus und hüllt mich im nächsten Moment in seine Wärme und seinen Geruch ein. Automatisch kuschle ich mich tiefer hinein. Genauso, wie sich meine Wange sofort in seine Handfläche schmiegt, als Gray seine Hände um mein Gesicht legt, zärtlich und vorsichtig, um mir an meinem lädierten Kiefer nicht wehzutun.

»O Gott, Row, bitte tue mir das nie wieder an. Bitte.«

Mein Herz macht einen sehnsüchtigen Hüpfer, während mein Kopf rätselt, was er meint. Soll ich mich nicht mehr mit anderen Mädchen schlagen? Oder soll ich ihn nicht mehr von mir stoßen ...? Also lehne ich nur wortlos meine Stirn an seine und sauge die Vertrautheit von Grays Nähe in mich auf. Ich spüre, wie er schwer schluckt, spüre seine Finger, die sich in meinen Haaren verfangen, und fühle mich zerrissen von meinen eigenen Gefühlen. Will er das hier wirklich? Oder ist das nur eine Art Pflichtgefühl? Will er nur dem verlorenen Mädchen von dem Bild helfen, oder geht es um mich als Person? Und was bedeutet es für Alexis und mich? Zerstört es die Verbindung, die ich wieder zwischen uns gefühlt habe? Und wie kann ich wissen, was von beidem mir wichtiger ist, wenn beide einen Teil meines Herzens besitzen?

»Komm mit mir heim, bitte, Bunny.«

Anscheinend spürt auch er, wie die Kälte trotz allem wieder zwischen uns kriecht. Mir kommt es vor, als wäre Gray zum Greifen nah, aber ich nicht imstande, die Hand zu heben. Ich bin zu nichts imstande, auch nicht, als er seine Lippen flehend auf meine presst und mir stumm eine Träne über die Wange läuft.

»Lass mich dich mit nach Hause nehmen und deine Verletzungen versorgen. Lass mich für dich da sein.«

So habe ich Gray noch nie gehört. Seine Stimme klingt heiser, und als sein Blick meinen trifft, scheint er verzweifelt etwas in meinen Augen zu suchen. Aber das Bild von ihm mit dem anderen Mädchen schiebt sich über meine Sicht. Ich weiß, dass sie objektiv nichts Schlimmes gemacht haben. Er hat ihr aus der Jacke geholfen, und höflich zu sein ist noch lange kein Staatsverbrechen. Das Schlimme war für mich sein Lächeln. Nicht nur, dass er es jemand anderem geschenkt hat, nein, es war so unbesorgt, während bei mir alles den Bach hinuntergegangen ist. Wieso war er nicht für mich da?

Mein Mund fühlt sich trocken und fremd an, genauso wie die Worte, die nur stockend über meine Lippen kommen.

»Ich kann nicht. Ich muss ... Ich muss nach Alexis sehen.«

Und das stimmt. Ich muss für meine beste Freundin da sein. Doch gerade als ich die Kraft gefunden habe, mich von Gray zu lösen, geht die Tür des *Molly's* auf und Alexis stolpert hinaus. Dicht gefolgt von Bas, Lee und einem anderen Eishockeyspieler, der mir bekannt vorkommt, dessen Name mir jedoch nicht einfällt. Allerdings schenke ich ihm auch nicht sonderlich lange Aufmerksamkeit, sondern konzentriere mich auf Alexis, die sich eine Lederjacke übergezogen hat und ihre Handtasche fest an sich drückt. Mir reicht ein Blick, um zu erkennen, wie sie zu den Jungs einen Sicherheitsabstand hält, und bin dankbar für die Ausrede, Abstand zwischen Gray und mich zu bringen, um zu ihr hinüberzueilen und sie in die Arme zu ziehen.

»Geht es dir gut?« Ich wispere nur, und so dicht bei ihr spüre ich mehr, wie sie nickt, als dass ich es sehe.

»Ja ... Danke.«

In den abgehackten Worten schwingen so viele Emotionen mit, dass ich Alexis nur in stummer Unterstützung noch fester umarme. Sie atmet zittrig aus, während sie sich genauso verzweifelt an mir festklammert wie ich mich zuvor an Gray.

»Es tut mir leid. Es tut mir alles so leid. Ich war dumm und blind und stur und ... Einfach die schlechteste Freundin auf diesem Planeten. Hab wie ein verletztes Tier um mich geschlagen, anstatt mir helfen zu lassen. Und dabei ging es dir wahrscheinlich genauso mies. Ich habe alles an dir ausgelassen, obwohl du doch die Einzige bist, die immer ...«

Alexis' Stimme bricht, und auch mir schnürt es den Hals zu. Vielleicht sollte ich sauer sein, verletzt davon, wie sie sich verhalten hat. Aber wir haben beide Fehler gemacht, und ich bin viel zu froh, sie wieder bei mir zu haben, um nachtragend zu sein. Also halte ich sie einfach, während sie stumm schluchzt.

»Wir waren beide dumm, und wir müssen beide wohl noch einiges lernen ... Das Wichtigste ist doch, dass wir es zusammen machen?«

Unsicherheit schlägt sich in meiner Stimme nieder und lässt das, was eigentlich als Feststellung gemeint war, wie eine Frage klingen. Doch Alexis nickt so heftig, dass mir ein riesiger Stein vom Herzen fällt. Mich eine Armlänge von sich schiebend sieht mich Alexis mit geröteten Augen an. »Wir beide gegen den Rest der Welt. Daran besteht nie wieder Zweifel. Versprochen.«

430

Mein Blick fällt auf unsere verschränkten Hände, und da entdecke ich, halb versteckt unter den goldenen Reifen, unser Armband. Mit einem Schluchzen schlage ich mir eine Hand vor den Mund. »Ich habe gedacht, du hast es abgenommen.« Alexis verschränkt unsere Finger auf altvertraute Weise miteinander, sodass die identischen Kettchen aneinanderliegen, und schüttelt vehement den Kopf. »Ich war vielleicht nicht ganz bei mir, aber das könnte ich niemals.«

Ich wische mir ziemlich undamenhaft über die Nase, aber wen interessiert das schon, wenn sich endlich alles wieder zurechtrückt? Oder zumindest fast alles ...

Als hätte Alexis meine Gedanken gelesen oder einfach bemerkt, wie mein Blick zu Gray gehuscht ist, schiebt sie mich in seine Richtung.

»Geh zu ihm.«

Ich klammere mich an ihren Händen fest, halb hoffnungsvoll, halb verängstigt, weil ich zu Gray will und gleichzeitig nicht weiß, wie es weitergehen soll. Ich will mich nicht damit auseinandersetzen, während mein Gesicht sich wie ein einziger blauer Fleck anfühlt und mein Herz die emotionale Achterbahnfahrt noch nicht verkraftet hat. Mich an Alexis festzuhalten, bis ich glauben kann, dass dieser Albtraum ein Ende gefunden hat, hört sich leichter an.

»Sollen wir nicht lieber zu dir oder mir? Popcorn und ein Gruselfilm wie in alten Zeiten?«

Hoffnungsvoll sehe ich sie an, doch Alexis schüttelt entschieden den Kopf, auch wenn ihr Blick liebevoll bleibt.

»Dafür haben wir wann anders genug Zeit. Es tut mir leid, ich weiß, es ist meine Schuld, dass es zwischen euch beiden so kompliziert geworden ist ...« Hilflos zuckt sie mit den Schultern, während ich sie nur sprachlos anstarre. »Ich wollte nur etwas haben, auf das ich wütend sein kann. Vielleicht war ich auch neidisch darauf, dass du jemanden gefunden hast, der perfekt zu dir passt und alles für dich tun würde. Aber das ist absolut keine Rechtfertigung dafür, seiner besten Freundin ihr Glück nicht zu gönnen. Er gehört zu den Guten, und ich bin so unglaublich stolz auf dich, dass du den Mut gefunden hast, jemandem zu vertrauen. Das, was ihr beide habt, ist das Schönste und Beste, was ich jemals gesehen habe. Und ich könnte es mir nie verzeihen, wenn es wegen mir zerstört wäre.«

Alexis' Worte rühren etwas tief in meinem Herzen. Doch ich werde das Gefühl nicht los, dass so viel passiert ist, so viel darüberliegt, dass es sich nicht zur Seite räumen lässt. Ich würde ihr gern Glauben schenken, aber ich habe unsere Freundschaft wegen Gray vernachlässigt. Was ist, wenn ich nicht gleichzeitig eine Beziehung führen und eine gute beste Freundin sein kann? Ich will Alexis nicht noch mal so enttäuschen, nicht noch mal der Grund sein, dass sie verletzt wird.

»Sicher? Ich will dich nicht im Stich lassen.« Meine Stimme ist brüchig, und es ist schwer, überhaupt Worte herauszubekommen, weil mein Hals vor Tränen wie zugeschnürt ist, die mich bei dem Gedanken daran überkommen, wie allein Alexis sich gefühlt haben muss.

»Gott, das hast du nie! Ich weiß nicht, was mich geritten hat, das zu sagen, ich weiß generell nicht, was die letzten Tage los war und wie ich so dumm sein konnte!«

Alexis packt mich an den Schultern und sieht mich eindringlich an. »Du bist die loyalste Person, die ich kenne. Es gibt keine einzige Situation, in der du mich jemals im Stich gelassen hast. Du warst jedes Mal für mich da. Vielleicht nicht immer mit einer Wrestlingeinlage wie heute, aber das war auch nicht nötig. Ich wusste, dass, wann auch immer ich mich umdrehe, du da bist und mir den Rücken stärkst. Nur deswegen habe ich das Ganze durchgestanden. Nur wegen dir.«

Ich hasse es, momentan so nah am Wasser gebaut zu sein, doch Alexis lächelt mich so zärtlich an, dass ich nicht anders kann, als sie wieder fest zu umarmen.

»Ich hab dich so vermisst.«

»Und ich dich erst.«

Aus dem vertrauten Gefühl schöpfe ich die Kraft, um mit einem tiefen Atemzug von ihr wegzutreten und einen unsicheren Blick zu Gray zu werfen. Sein Anblick lässt mein Herz sofort höherschlagen. Er steckt in einer alten Jogginghose, und das Langarmshirt spannt über seinen Schultern, weil er die Arme vor der Brust verschränkt hat, um sich vor der Kälte zu schützen. Seine Haare sind einen Tick zu sehr verstrubbelt, als dass es noch gewollt sein kann, und das erinnert mich daran, dass ich ihn nicht auf der Party gesehen habe. Er wirkt fast so, als wäre er aus dem Bett gestolpert. Mein Herz legt noch einen Zahn zu, als mir der Gedanke kommt, dass er vielleicht nur wegen mir hergekommen ist.

Gray streckt eine Hand nach mir aus, und ich kann nicht widerstehen. Nachdem auch das letzte Adrenalin abgeklungen ist, fühlt sich mein Kiefer wie auf das Zweifache angeschwollen an und ein pochender Kopfschmerz will sich einnisten. Doch allein mich an Gray zu kuscheln lässt alles halb so schlimm erscheinen, und für den Moment will ich das einfach nur genießen. Ich spüre, wie er mir einen Kuss auf den Scheitel drückt.

Alexis, die schützend die Arme um sich schlingt, verlagert nervös das Gewicht von einem auf den anderen Fuß und schenkt mir ein Lächeln, das mir sagt, dass alles gut ist.

»Also, ich rufe mir dann ein Taxi. Der Abend ist wohl gelaufen.«

Für ihre Verhältnisse unsicher, streicht Alexis sich eine Haarsträhne aus dem Gesicht und wirft ein verhaltenes Lächeln in die Runde. Ich frage mich, wie diese Seite von ihr auf die Jungs wirken muss, die sie nur als das selbstbewusste Partygirl kennen. Aber in den Gesichtern der anderen steht nur aufrichtige Freundlichkeit, was mich unglaublich erleichtert. Bei Grays Freunden ist es nicht nötig, ihnen etwas vorzuspielen. Vielleicht ist es sogar besser, sein wahres Ich zu zeigen, auch mit den verletzlichen Seiten.

»Nicht nötig, ich kann dich heimfahren. Und wir Jungs können noch ein bisschen bei mir zocken.«

Der mir Unbekannte stößt Bas und Lee an der Schulter an und erhält von ihnen verdächtig schnell ein bestätigendes Nicken. Es ist offensichtlich, was hier passiert: Sie lassen Gray und mir Freiraum, um alles Nötige zu klären.

Alexis sieht unbehaglich berührt aus, während sie nachdenklich den Jungen betrachtet, in dessen Auto sie einsteigen soll. Das lässt auch mich Grays Teamkollegen noch mal genauer betrachten, während die Zahnrädchen in meinem Gehirn rattern. Wir haben uns unterhalten ... Ich glaube, sogar hier im *Molly's*. Seth ... Sean ... Irgendetwas in der Art. Aber ich weiß noch, dass er sich, damals wie heute, von nichts hat aus der Ruhe bringen lassen.

»Das ist bestimmt total der Umweg. Ein Taxi von hier aus ist wirklich nicht teuer und ...«

»Eine Frau sollte um die Uhrzeit nicht mehr allein fahren. Und für einen Abend gab es schon genug Aufregung.«

Die beiden starren sich für einen Moment an, und ich kann geradezu hören, wie zwei Sturköpfe aufeinanderprallen. Aber Alexis hat in einen entscheidenden Nachteil: Nicht nur hat sie eine Runde Zickenterror hinter sich, sondern sie will zudem schnellstmöglich heim. Und wer weiß, wann an Halloween das nächste Taxi hier auftaucht. Also gibt sie mit einem Seufzen nach. Zugegeben, ich bin froh darüber. Denn ich weiß, dass sie bei den Eishockeyspielern gut aufgehoben ist. Genauso wie ich mich hier, in Grays Armen, zum ersten Mal seit einer Woche wieder sicher fühle.

Kapitel 46

Ich unterdrücke ein Stöhnen, als das Coolpack, das ich mir an den Kiefer drücke, seine Wirkung entfaltet und den Schmerz betäubt. Verdammt, ich werde mich nie wieder prügeln.

Aber der pochende Schmerz war bisher eine sehr gute Ablenkung von dem emotionalen Aufruhr, der mich, seitdem ich in Grays Auto eingestiegen bin, kaum ruhig sitzen lässt. Auch jetzt würde ich am liebsten in der Küche auf und ab tigern, stattdessen begegne ich Grays Blick, den ich schon länger auf mir liegen spüre.

»Ähm, danke. Also für das Coolpack.«

»Kein Problem.« Gray lächelt wie üblich, und würde er sich nicht zum fünften Mal, seitdem wir das Haus betreten haben, mit der Hand durch die Haare fahren, hätte ich ihm seine Nervosität nicht angemerkt. Ist das immer so, wenn man in einer Beziehung war und es mit einmal vorbei ist?

Unangenehm berührt senke ich den Kopf und versuche zu ignorieren, wie sehr mich der Gedanke betrübt.

»Also, was hat dich dazu veranlasst, so auf das Mädchen loszugehen?«

Der Schalk ist ihm anzuhören, aber allein der Gedanke an Carly lässt mich die Fäuste ballen. Wenn es um sie geht, bin ich zu keinen Scherzen aufgelegt.

»Falls es dir entgangen ist, hat diese Verrückte mich zuerst geschlagen.«

Als müsste ich meinen Punkt verdeutlichen, entferne ich kurz die angenehme Kälte von meinem Kiefer und zeige auf die deutliche Schwellung und meine aufgeplatzte Lippe, die darunter zum Vorschein kommen. Der Anblick lässt Gray mitfühlend zusammenzucken, und als ich seinen zerknirschten Gesichtsausdruck sehe, tut es mir leid, so bissig gewesen zu sein.

»Sorry, so habe ich das nicht gemeint.« In einer Geste, die ich noch nie an Gray gesehen habe, kratzt er sich verlegen im Nacken, was so gar nicht zu dem immer grinsenden Idioten passt, in den ich mich verliebt habe. Und weil ich nicht widersprüchlich genug sein kann, versetzt mir das einen Stich ins Herz, während ich ihn am liebsten wieder zum Lächeln gebracht hätte. Aber ich weiß nicht wie, also stehe ich ihm nur steif gegenüber und warte ab.

»Ich meinte eher, wer dieses Mädchen ist, dass sie dich so ...« Er beendet den Satz mit einer hilflosen Geste, aber ich weiß, was er meint. Dass sie mich so zum Ausrasten bringen kann. Ja, ich muss zugeben, dass es mich im Nachhinein auch schockiert, wie heftig meine Reaktion gewesen ist. Trotzdem fühle ich mich leichter, als hätte ich etwas herausgelassen, von dem ich bisher nicht gewusst habe, dass es mich herunterzieht.

»Ihr Name ist Carly.« Für einen Moment erwarte ich, dass allein der Name Gray aus der Haut fahren lässt. Doch als er nur nachdenklich die Augenbrauen zusammenzieht, wird mir klar, dass er die Hintergründe gar nicht kennt. Das lässt mich zornig mit den Zähnen knirschen. Diese Verrückte hat es geschafft, mein Leben zu zerstören, gerade als endlich alles gut zu werden schien. Und die Konfrontation mit ihr scheint mich endgültig aus meiner Trauer herausgerissen zu haben, sodass nur noch Wut vorherrscht. Vielleicht bin ich deswegen so direkt, als ich sage: »Sie hat das Bild von Alexis und mir hochgeladen und ist wahrscheinlich auch für die gehässigen Kommentare verantwortlich.«

Ich schnaube, als mir der Gedanke kommt. Bestimmt hat sie all ihre Freundinnen dazu angestiftet, Alexis durch den Dreck zu ziehen. Dass ich darauf nicht früher gekommen bin.

Gray reißt zunächst ungläubig die Augen auf, bevor er wieder in Gedanken versinkt und sich dann eine Mischung aus Verstehen und Wut auf sein Gesicht schleicht.

»Ach du Scheiße.«

Dieses Mal sind es beide Hände, mit denen er sich durch die Haare fährt, und die Fassungslosigkeit, die in dieser Geste liegt, lässt mich aufmerken.

»Was?« Neugierig beobachte ich jede von Grays Bewegungen. Wie er zwei Schritte nach hinten geht, um sich an die Kücheninsel zu lehnen und dann mit einem freudlosen Auflachen den Kopf schüttelt.

»Verdammt, und ich habe mir noch gedacht, dass mit dem Mädel irgendwas nicht stimmt.«

So langsam nervös von seinen unklaren Worten, trete ich einen Schritt auf ihn zu – zumindest schiebe ich es darauf – und würde am liebsten die Arme verschränken, wenn ich nicht noch immer das Coolpack halten müsste.

»Was meinst du?«

Als Grays Blick meinem begegnet, brennt er sich tief in mich ein, als wollte er sichergehen, dass ich jedes seiner nächsten Worte höre und verstehe.

»Rick hat letzte Woche ein Mädchen mit nach Hause gebracht. Sie war irgendwie komisch, aber an dem Tag ging eh alles drunter und drüber und ich habe mir nicht weiter Gedanken darüber gemacht. Ihr Name war Carly, und sie war ein paar Minuten mit meinem Handy allein, weil Lee meine Hilfe gebraucht hat.«

Wut flammt sofort in mir auf. Vor allem bei dem Gedanken, wie Carly überhaupt in die Nähe von Gray oder seinem Handy kommen konnte. Das ist vielleicht die falsche Frage, aber ich schaffe es nicht, sie loszuwerden, während ich in einer Mischung aus Frust und Eifersucht meine freie Hand immer wieder balle und öffne. Auch das ironische Schnauben kann ich mir nicht verkneifen.

»Aha, und wie kommt Ricks Freundin an *dein* Handy?«

Mein Tonfall lässt Gray aus seiner eigenen Fassungslosigkeit fahren und mich neugierig mustern, bevor einer seiner Mundwinkel nach oben zuckt. Das beruhigt nicht gerade mein Gemüt, sodass sich mein Blick nur noch mehr verfinstert.

»Spricht da wieder die Eifersucht aus dir, Bunny?«

Mit neu gewonnener Selbstsicherheit kommt Gray mit einem schiefen Grinsen auf mich zu und legt provokant seine Hände auf meine Hüften. Der plötzliche Kontakt jagt mir einen Schauer über den Rücken, und ich verfluche meinen Körper dafür, Gray damit genau die Bestätigung zu geben, die er haben wollte.

»Keine Sorge, ich saß nur hier in der Küche und die beiden sind reingekommen. Ich habe nicht das Bedürfnis, jemand anderen zu sehen. Ich will nur dich.«

Die Worte lassen mein Herz aufgeregt hüpfen. Gleichzeitig kommt auch wieder die Traurigkeit der letzten Tage in mir hoch. Oder eigentlich ... Nein, es ist nicht die gleiche tiefe Verzweiflung, die mich ans Bett gefesselt hat. Anscheinend hat mein Ausbruch tatsächlich etwas in mir gelöst, denn ich bekomme endlich zu fassen, was dahinterliegt. Und das lässt mich entschlossen einen Schritt zurücktreten, bis seine Hände von meinen Hüften rutschen und ich nicht länger von ihm und seiner Nähe irritiert bin. Ich schüttle den Kopf und lasse endgültig die Hand mit dem Coolpack fallen, um stattdessen die Arme um mich zu schlingen.

»Hör auf, so etwas zu sagen. Dazu hast du kein Recht.«

Meine Stimme ist leise, trotzdem habe ich das Gefühl, dass sie den ganzen Raum einnimmt. Gray erreicht sie auf jeden Fall, denn er runzelt die Stirn und scheint mit einem Mal nicht mehr zu Scherzen aufgelegt zu sein.

»Row, das Mädchen am Mittwoch war wirklich nur zum Lernen hier. Mein Test in Architekturgeschichte ist dermaßen schiefgelaufen, dass mein Trainer darauf bestanden hat, dass ich mir Hilfe suche. Sie ist die Beste und hat sich dazu bereit erklärt.«

Ich weiß, dass er mich mit den Worten beruhigen will, dennoch versetzen sie mir einen Stich ins Herz. Sie ist die Beste? Nein, ich werde mich nicht von dieser dämlichen Eifersucht leiten lassen. Nicht, wenn es eigentlich um etwas viel Entscheidenderes geht: Vertrauen.

»Mir ist absolut egal, wer dieses Mädchen ist. Mir ist auch egal, wen du mit heimnimmst.« Bei der Lüge muss ich schwer schlucken, aber ich bin stolz auf mich, dass ich keine Miene verziehe. »Du hast mich verletzt. Du hast mein Vertrauen nicht geschätzt und das Foto unachtsam preisgegeben, ob Lee Hilfe brauchte oder nicht, interessiert mich nicht. Du hättest aufpassen müssen.«

Ich fühle mich schlecht, weil in diesem Satz so viel mehr mitschwingt, was ich von ihm erwartet habe. Gray war der erste Mensch, an den ich mich wirklich anlehnen konnte. Jemand, dem ich Kontrolle und Macht über mich gelassen habe, nachdem ich jahrelang genau das vermieden habe. Und er ist unter dem Gewicht eingeknickt. Die Erkenntnis treibt mir Tränen in die Augen, während all die Vorwürfe, die ich ihm unbewusst gemacht habe, sich als Worte auf meiner Zunge manifestieren.

»Mir ging es schlecht, bevor ich dich kennengelernt habe. Das war mir damals zwar nicht klar, aber du hast mir gezeigt, was in meinem Leben gefehlt hat. Doch nach dir geht es mir noch viel schlechter. Du hast ein riesiges Loch in mir hinterlassen.«

Es ist grausam, Gray ins Gesicht zu sehen, während ich diese Dinge ausspreche. Er sieht so schutzlos und verletzlich aus, wie er mich seine Gefühle sehen lässt. Die Schuld, die er selbst empfindet, die Angst, dass alles kaputt ist, und die Liebe, die er mir bereits gestanden hat.

»Vielleicht ist es unfair von mir, dass ich das von dir erwartet habe, aber ich habe gedacht, bei dir meinen sicheren Hafen gefunden zu haben. Die Person, der ich alles anvertrauen kann, bei der ich alle Schutzmauern fallen lassen kann und die für mich stark ist, wenn ich es nicht bin. Und kaum habe ich das gemacht, hatte auf einmal die ganze Welt die Möglichkeit, meine Schwächen zu sehen.«

Durch all den Schmerz, den Alexis durchmachen musste, ist mir nicht aufgefallen, wie sehr es mich selbst belastet hat, meine Vergangenheit vor allen präsentiert zu sehen.

»Weißt du, wie schlecht ich mich die letzten Tage gefühlt habe? Ich war zu nichts in der Lage. Nicht lernen, nicht essen, nicht schlafen. Ich habe mich einfach leer gefühlt. Und so grausam das klingt, das hatte mehr mit dir als mit Alexis zu tun, und das, obwohl ich sie schon mein ganzes Leben lang kenne.«

Blinzelnd fokussiere ich mich wieder auf Gray, dem der gleiche Schmerz ins Gesicht geschrieben steht, der in meiner Brust wütet.

»Ich liebe dich.« Die Worte rauben mir jede Kraft, doch ich muss sie sagen, egal was noch passieren mag. »Ich liebe dich. Nur weiß ich nicht, wie ich dir wieder vertrauen soll.« Verzweifelt schüttle ich den Kopf, um Worte verlegen, die beschreiben, wie zerrissen ich bin. Gray überbrückt den Abstand zwischen uns und nimmt mein Gesicht so sanft wie möglich in die Hände.

»Ich weiß, und ich verstehe es. Aber Row, ich ... Ich, Gott, ich weiß nicht mehr, wie ich ohne dich leben kann. Du warst zu nichts in der Lage? Ich habe das Gefühl, mein Leben wie ein Zombie zu bestreiten. Selbst auf dem Eis fühle ich mich nicht mehr vollständig. Mein Kopf ist ständig bei dir und mein Herz sowieso. Ich weiß, ich habe etwas kaputtgemacht. Und alles, was ich zu meiner Verteidigung sagen kann, ist, dass es keine Absicht war. Ich wusste weder wer Carly war noch was sie anstellen würde, sonst hätte ich sie in hohem Bogen rausgeworfen. Ja, ich habe das Bild abfotografiert, ohne dich zu fragen, und das ist unverzeihlich. Vor allem, da ich weiß, wie wichtig Vertrauen für dich ist. Das kann ich nicht ungeschehen machen. Das Einzige, was ich tun kann, ist, dich zu bitten, mir eine zweite Chance zu geben.«

Unsicher, was ich darauf erwidern soll, starren wir uns eine Zeit lang einfach nur an. Ich suche in seinen Augen nach einem Funken Zweifel, doch alles, was ich finde, ist Offenheit und feste Entschlossenheit, mich nicht gehen zu lassen. Und erneut kann ich es nicht fassen, dass jemand wie Gray um mich kämpfen will. Müsste es nicht andersherum sein? Er ist der Beliebte und ich das Problemkind am Rande des sozialen Feldes. Aber Gray hat das noch nie so gesehen. Er sieht sich nicht als etwas Besseres, Eishockeygott hin oder her. Das, was ich zu Anfang fälschlicherweise als Arroganz abgestempelt hatte, ist seine natürliche Selbstsicherheit, mit der er durch die Welt geht. Doch in diesem Moment wirkt er, als würde sein Schicksal von meiner Reaktion abhängen. Er ist der Gray, der neben mir in der Bibliothek sitzt und versucht sich zu konzentrieren. Er ist nicht perfekt. Er hat Fehler und er macht Fehler, genauso wie Alexis und ich, aber deswegen ist man nicht weniger wert. Und genauso wie Klein Alexis und Klein Row vor zehn Jahren hat er eine Chance verdient.

Zögerlich nicke ich, während mein Herz hoffnungsvoll schlägt.

Gray ist die Erleichterung anzusehen, als er mit einem langen zittrigen Seufzen die Luft ausstößt und meinen Fingern sanft das Coolpack entnimmt, um es mir erneut an den Kiefer zu halten.

»Gut. Ich werde dich nie wieder enttäuschen, Roween Mathews.«

Kapitel 47

Ich bleibe die Nacht über bei Gray, und während es sich zu Beginn noch komisch zwischen uns anfühlt, stellt sich bald die Verbundenheit ein, die ich so sehr vermisst habe. Wir reden und kuscheln stundenlang, sodass es später Nachmittag ist, bis ich das Verbindungshaus verlasse.

Ein Teil von mir würde zwar am liebsten bleiben, aber ich habe mir fest vorgenommen, bei Alexis vorbeizusehen, und sosehr ich Gray auch liebe, meine beste Freundin vermisse ich genauso.

Also ist Gray so freundlich, für mich Chauffeur zu spielen, und fährt mich zunächst zu meiner Wohnung, damit ich mir ein paar Sachen einpacken kann, und dann zu Alexis. Allerdings muss ich zuvor meinen Mitbewohnerinnen eine kurze Zusammenfassung der Geschehnisse geben, da den beiden natürlich zu Ohren gekommen ist, dass ich in eine Schlägerei verwickelt war.

»O Gott, dein Gesicht!«

Mary starrt mich entsetzt an, und übel nehmen kann ich es ihr nicht. Mein Kiefer schimmert in allen Blau- und Violetttönen, meine Lippe sieht übel aus, und durch die Schwellung meine ich, eine gewisse Ähnlichkeit mit Quasimodo zu erkennen. Aber was macht das schon aus, wenn man der glücklichste Mensch der Welt ist?

Also winke ich nur ab und lächle.

»Alles halb so schlimm.«

Immerhin habe ich meine beste Freundin und meine große Liebe zurück. Genau das erzähle ich auch den beiden und verspreche, mit den Details rauszurücken, sobald ich morgen nach Hause komme. Danach umarmen sie mich liebevoll und jagen mich aus dem Haus, um, Zitat:»Deinen heißen Eishockeylover nicht warten zu lassen und ihn zu küssen, bis ihm Hören und Sagen vergeht«.

Die beiden sind einfach unverbesserlich.

Inzwischen sitzen Gray und ich in seinem Auto vor Alexis' Wohnheimkomplex. Ich weiß, dass ich nur aussteigen muss, dennoch sehen wir einander stumm an.

»Ich möchte nicht gehen.«

Nervös befeuchte ich mir die Lippe und zucke zusammen, als sie an der aufgeplatzten Stelle zu brennen beginnt. Ich bin mir sicher, dass Gray die Angst gehört hat, die in meiner Stimme mitgeschwungen ist. Die Angst davor, dass es wie das letzte Mal endet, als wir uns verabschiedet haben und dachten, alles sei in Ordnung. Solange ich bei ihm bin, kann nichts passieren ... Aber was ist, wenn ich aus diesem Auto aussteige?

Zwei warme Finger schiebt er unter mein Kinn und zwingt mich dazu, den Blick zu heben, den ich auf meine verschränkten Hände gerichtet habe. Gray lächelt mich aufmunternd an und beugt sich zu mir, um einen dieser Küsse auf meine Stirn zu platzieren, die ich inzwischen so sehr liebe.

»Das hier ist kein Abschied, Bunny. Nicht, wenn ich morgen genau hier stehen werde, um dich abzuholen. Ich habe nicht vor, mich in absehbarer Zeit überhaupt von dir zu verabschieden, denn egal wohin du gehst, ich werde immer da sein und auf dich warten. Mich wirst du nicht mehr los, und dich gehen lassen tue ich auch nicht mehr.«

Seine Worte treiben mir Tränen in die Augen. Doch sie haben nichts mit Traurigkeit zu tun, sondern nur mit der tiefen Liebe, die ich für diesen umwerfenden Mann empfinde.

»Ich liebe dich.«

Meine Worte sind nicht mehr als ein Wispern, und als Gray mein Geständnis erwidert, weiß ich nicht mehr, ob er es laut ausspricht oder vielmehr in den Kuss hinein sagt, mit dem wir unseren Nichtabschied besiegeln.

Danach reiße ich mich mit einem tiefen Atemzug los und steige schnell aus dem Auto aus, bevor ich es mir anders überlegen kann. Draußen bleibe ich stehen und beobachte Gray dabei, wie er den Motor anlässt und mir sein Grübchen-Lächeln schenkt, bevor er losfährt.

Ich brauche ein paar Sekunden, ehe ich auf das Wohngebäude zulaufen kann. Natürlich habe ich Alexis mit einer Nachricht vorgewarnt, und ich glaube, ich war noch nie so erleichtert, als sie mir sofort darauf geantwortet hat.

Alexis: Ja klar, komm einfach her, ich bin sowieso da :)

Diese Bestätigung ist der einzige Grund, weshalb ich mich traue, bei ihr zu klingeln. Ein Teil von mir hat zwar trotzdem Angst, wie vor einer Woche nicht hineingelassen zu werden, aber das schnelle Herzklopfen ist unbegründet. Es dauert keine halbe Minute, da summt der Türöffner und ich betrete das Gebäude. Schnellen Schrittes gehe ich die Treppen nach oben, bis ich Alexis' Stockwerk erreiche, wo sie bereits in der geöffneten Tür steht.

Sofort breitet sie die Arme aus, und ich lasse mich in die vertraute Umarmung fallen.

»Gott, ich habe dich so vermisst.«

Lachend löst sich Alexis von mir, sieht mich mit Tränen in den Augen an, und ich kann ihr Lächeln nur erwidern, während sich langsam, aber sicher das Gefühl in mir einstellt, dass wirklich wieder alles in Ordnung ist.

»Komm rein. Sollen wir was zu essen bestellen?«

Ich folge Alexis in ihr Wohnheimzimmer und stelle erleichtert fest, dass ihre Zimmergenossin nicht da zu sein scheint. Gleichzeitig lasse ich den Blick über die schmale Gestalt meiner besten Freundin gleiten und beschließe, dass Essen sich traumhaft anhört. Wir sind alle lädiert von der letzten Woche, doch zusammen können wir einander aufhelfen. Denn eins ist mir endlich klar geworden: Alexis und ich sind nicht allein in diesem Loch. Da sind Dutzende von Händen, die bereit sind, uns zu helfen. Gray, Beth, Cass und Mary, selbst Bas, Lee, Kayla und das ganze Eishockeyteam. Wir müssen nur wagen hinzusehen.

»Essen hört sich wunderbar an.«

Mit einem Lächeln hake ich mich bei meiner besten Freundin unter und stelle mich auf einen Mädelsabend ein. Ein guter Liebesfilm, Pizza, Maniküre und tiefschürfende Gespräche bis spät in die Nacht.

Die letzte Woche war absolut schrecklich gewesen, trotzdem weiß ich in diesem Moment, dass sich das Leben so anzufühlen hat: ein kunterbuntes Gemisch aus Gefühlen, mit mehr Gründen zum Lachen als zum Weinen, und Menschen, die da sind, wenn es schwer wird. Und das ohne Angst vor der Welt.

Epilog

Gray

Ich komme gerade vom Eis, mein Herz klopft mir noch bis zum Hals und die Euphorie des Teams kocht nach unserem fünften Sieg in Folge geradezu über. Bas und Lee legen mir johlend jeweils einen Arm um meine Schultern, während wir alle Richtung Umkleide wanken.

»Mann, Gray, deine Abschlüsse werden Woche für Woche besser! Jetzt muss nur noch dieses kitschige *Das Tor war für dich, Baby* aufhören.«

Lee verdreht genervt die Augen und bezieht sich auf die Geste, mit der ich inzwischen nach jedem Tor auf Row im Publikum deute. Aber ich weiß, dass er es nicht so meint. Dafür freut er sich viel zu sehr für Row und mich.

Bas auf meiner anderen Seite lacht auf und stupst Lee hinter meinem Rücken an.

»Du meinst wohl eher *Das Tor war für dich, Bunny*. Das Ganze wäre echt süß, aber verdammt, Gray, dieser Spitzname? Wundert mich, dass sie dir dafür nicht die Ohren lang gezogen hat.«

Grinsend erinnere ich mich, wie wenig Row zu Anfang den Namen gemocht hat. Gerade deswegen habe ich damit weitergemacht. Und inzwischen liebe ich die Art, wie ihre Augen funkeln, wenn ich sie so nenne, und sie weiß, dass es niemand anderen gibt, für den dieser Spitzname vorenthalten ist. Genauso wie ich es liebe, ihr meine Tore zu widmen, obwohl ich nur zu gut weiß, wie unangenehm ihr das ist, auch wenn es sie insgeheim freut.

Also zucke ich über die Sticheleien meiner Freunde nur mit den Schultern.

»Macht euch nur lustig, aber auf mich wartet gleich mein Mädchen, und ihr habt niemand anderen als eure verschwitzten Ärsche, um den Sieg zu feiern.«

Mit diesen Worten verpasse ich beiden einen Klaps auf die Schultern und mache mich auf in Richtung Dusche, um so schnell wie möglich hier rauszukommen. Ob ich lieber Zeit in der nach Schweiß und Männern stinkenden Kabine verbringe oder in Rows Armen – da fällt mir die Entscheidung leicht.

Also bin ich der Erste, der frisch geduscht seine Sachen zusammengepackt hat, und trete mit einem breiten Grinsen auf den Gang, auf dem Row bereits wartet. Zusammen mit Kayla und Alexis, die bei den letzten Spielen ebenfalls mitgekommen ist. Sie strahlt mich an, und kaum strecke ich eine Hand nach ihr aus, schießt sie los und schlingt die Arme um meinen Hals.

»Ihr wart fantastisch! Die Gegner hatten gar keine Chance!«

Berauscht von der Euphorie des Spiels und der Liebe, die ich für dieses Mädchen empfinde, hebe ich Row hoch und wirble sie einmal durch die Luft, was sie überrascht aufquietschen lässt. Aber als ich sie wieder abstelle, sehe ich nichts als Vertrauen in ihren Augen und den festen Glauben, dass ich sie niemals fallen lassen würde.

Ich beuge mich zu ihr und verliere mich in dem Kuss. Erst ein lautes Räuspern lässt mich wieder aufmerken. Trotzdem lasse ich mir alle Zeit der Welt, noch ein letztes Mal meine Lippen auf Rows zu drücken, bevor ich mich aufrichte und Sean betrachte, der auf Krücken aufgestützt vor uns steht.

Ich verziehe kurz das Gesicht, als ich an das üble Foul von letzter Woche denke, das unseren besten Verteidiger für die nächste Zeit auf die Bank befördert hat.

»Nehmt doch bitte etwas Rücksicht auf umstehende Leute.« Seans Lippen sind zu einem schiefen Grinsen verzogen, und ich bin verdammt stolz auf den Kerl, wie locker er mit seiner Verletzung umgeht. Die meisten von uns wären durchgedreht, aber Sean ist die Ruhe in Person.

»Was denn, brauchst du etwa mehr Zuwendung? Sean, Baby, das hättest du nur sagen müssen!«

Ich mache Anstalten, zu meinem Teamkollegen hinüberzugehen, aber dieser hebt warnend eine Krücke, und ganz ehrlich, ich bleibe auch lieber bei Row. Also zwinkere ich nur und rücke ein Stück zur Seite, als sich hinter mir die Tür zur Kabine öffnet und ein Teil des Teams herauskommt. Elijah wird stürmisch von Kayla begrüßt und mit Glückwünschen überhäuft, und ich lasse mich von Row an der Hand zu Alexis ziehen, die die Szene mit einem unsicheren Lächeln betrachtet.

Ich muss zugeben, dass es mich ziemlich erstaunt hat, sie die letzten Wochen so bescheiden zu sehen. Alles, was ich davor von ihr gehört und gekannt habe ... Nun ja, es hat ein anderes Licht auf sie geworfen. Aber nachdem ich inzwischen alle Hintergründe kenne und genauer hinsehe, erkenne ich das verletzte junge Mädchen, das sich hinter den kurzen Kleidern und dem vielen Make-up versteckt. Obwohl auch das weniger an Alexis geworden ist. Die meiste Zeit trägt sie weite Shirts mit Jeans und ist dezent geschminkt. Sie wirkt oft so, als wäre sie nur halb anwesend, und ich weiß, dass Row sich immer noch Sorgen um sie macht. Dass sie zu wenig isst und zurück in Erinnerungen gezogen wird. Also haben wir angefangen, sie öfter mitzunehmen. Und auch wenn mich der Vorschlag zu Anfang nicht begeistert hat, muss ich zugeben, dass Alexis ein liebes Mädchen ist. Ich hoffe für sie, dass sie die Stärke findet, aus dem Schatten ihrer Vergangenheit zu treten.

Aber dafür bin ich nicht verantwortlich. Meine Aufgabe besteht darin, Row zu unterstützen. Es freut mich, wie selbstverständlich sie inzwischen mit meinen Freunden umgeht. Und wie sie Tag für Tag mehr aufzublühen scheint. Ich bin verdammt stolz auf sie, und weil ich es einfach nicht lassen kann, ziehe ich sie kurz an mich und drücke ihr einen Kuss auf den Scheitel, obwohl sie sich gerade mit Alexis unterhalten hat. Dafür ernte ich einen verwirrten Blick, aber nachdem ich sie nur angrinse, schüttelt sie schmunzelnd den Kopf und widmet sich wieder ihrer besten Freundin.

Um die beiden nicht zu stören, geselle ich mich zu Elijah, der mit Caleb, Bas und Sean in einem Kreis steht.

»Unsere Verteidigung hätte besser sein können, wir mussten uns definitiv zu viel auf den Torwart verlassen. Also sieh lieber zu, dass du wieder schnell auf die Kufen kommst, Sean.«

Unser Kapitän klopft Sean auf die Schulter und Caleb verdreht über die Worte die Augen.

»Mann, Elijah, wir haben absolut verdient gewonnen. Können wir uns nicht freuen, anstatt uns immer nur auf die Fehler zu konzentrieren?«

Ganz der Kapitän, setzt Elijah seinen kritischen Blick auf. Insgeheim haben wir alle ein bisschen Angst vor ihm. Und mehr als nur ein bisschen Respekt. »Wir wollen besser werden und nicht auf einem Niveau bleiben. Aber schön, dass du es ansprichst, Caleb, es gibt da ein, zwei Dinge, die ich dir persönlich sagen wollte.«

Der Jüngling wird blass um die Nase, doch bevor Elijah loslegen kann, kommt Kayla zur Rettung, indem sie sich in unseren Kreis drängt und mich in eine Umarmung zieht.

»Super Tor, Gray! Ihr habt echt das Spiel gerockt.«

Ich schmunzle über den erleichterten Ausdruck, der über Calebs Gesicht huscht, und drücke die Freundin meines Kapi-

449

täns kurz an mich. »Danke, aber ich habe auch den besten Glücksbringer im Publikum.«

Als würde sie meinen Blick spüren, hebt Row den Kopf, kaum dass ich zu ihr sehe, und schenkt mir ein Lächeln. Ich gebe ihr mit einem Kopfnicken zu verstehen, sich mit Alexis zu uns zu gesellen, während Kayla Elijah einen Ellenbogen in die Seite rammt und ihn vorwurfsvoll anblickt: »Wieso sagst du niemals so etwas Umwerfendes über mich?«

Ich würde mich ja bei Elijah dafür entschuldigen, aber ich kann nichts dafür, dass sich mein Leben einfach perfekt anfühlt, als Row einen Arm um meine Taille schlingt und sich an mich kuschelt.

»Wo wollen wir eigentlich hingehen, um euren Sieg zu feiern?«

Bei der Frage überzieht eine leichte Röte Rows Gesicht, und ich weiß nur zu gut, dass sie daran denkt, dass die übliche Anlaufstelle das *Molly's* gewesen wäre. Aber Barbesitzer stehen nicht so darauf, wenn es eine Runde Frauen-Wrestling in ihren Räumlichkeiten gibt. Auf jeden Fall ist Row nicht mehr gern dort gesehen, wie wir letzte Woche feststellen mussten. Und da sie jetzt zum Team gehört, bedeutet das, dass auch der Rest von uns nicht mehr hingeht. Auch wenn Row mir seit Tagen in den Ohren liegt, dass wir darauf keine Rücksicht nehmen sollen.

»Gute Frage, hat jemand Vorschläge?«

Kayla sieht in die Runde und scheint für einen Moment vergessen zu haben, dass sie ihrem Freund Vorwürfe machen wollte. Die anderen zucken allerdings nur mit den Schultern, bis Alexis zögerlich die Hand hebt.

»Also ich kenne da eine ganz coole Bar in der Nähe. Die Besitzer lieben jede Art von Sport, vielleicht bekommt ihr das eine oder andere Freigetränk, wenn ihr es richtig anstellt.«

Alexis' Lächeln wirkt ein Stück offener als noch letzte Woche, und ich sehe das als einen großen Fortschritt an.

Ausnahmsweise bin ich Caleb für seine übersprudelnde Art dankbar, als er sofort einen Arm um sie legt und meint: »Perfekt! Mach weiter so, Mädchen, mit dieser Art von Insiderinformationen bist du herzlichst willkommen. Leute, los geht's! Ich brauche mein Bier!«

Einige Spieler verdrehen über Calebs Möchtegernchef-Tonfall die Augen, und ich muss mir ein Schmunzeln verkneifen, als wir uns in Bewegung setzen. Und ich bekomme vorgeworfen, dass mein Ego zu groß sei.

»Schon ziemliche Idioten, die wir da Freunde nennen.« Ich werfe Row ein schiefes Grinsen zu und werde ebenfalls mit einem Lächeln belohnt.

»Ja, vielleicht, aber ich würde nichts daran ändern wollen. Vor allem, weil der größte Idiot von allen mein Freund ist.«

Sie zwinkert mir zu und ich verziehe gespielt schmollend den Mund.

»He, das war jetzt unfair.«

Aber als Row sich auf die Zehenspitzen stellt und mich zur Entschädigung küsst, ist die gespielte Entrüstung vergessen. Stattdessen packe ich sie lieber an den Hüften und hebe sie hoch. Kichernd schüttelt sie den Kopf und funkelt mich liebevoll an.

»Was sollte das denn jetzt?«

Grinsend platziere ich einen kurzen Kuss auf ihrer Nasenspitze.

»Weiß nicht, mich hat irgendwie das Bedürfnis überkommen, meine Freundin auf Händen zu tragen.«

Sanft legt Row eine Hand an mein Gesicht und lächelt, ohne dass ihr es wirklich bewusst ist. Mein Herz quillt jedes Mal fast über, weil mir dadurch klar wird, dass sie einfach glücklich ist. So glücklich, dass sich statt des nachdenklichen, fast betrübten Gesichtsausdrucks von früher ein Lächeln auf ihr Gesicht schleicht, wenn sie nicht aufpasst.

»Du weißt, ich will nicht auf Händen getragen werden. Mir reicht es, an deiner Seite zu sein. Das ist alles, was ich brauche.«

Manchmal bin ich noch immer fassungslos, wie sich dieses Mädchen in mein Leben und mein Herz schleichen konnte.

»Das weiß ich, und du weißt hoffentlich, dass dort immer ein Platz für dich sein wird. Ich liebe dich.«

Mehr als alles andere auf der Welt. Aber die Worte verkneife ich mir lieber, bevor ich von einem Teamkollegen Gefühlsduselei vorgeworfen bekomme.

»Und ich liebe dich.«

Rows Worte sind mehr ein Hauch an meinen Lippen, bevor sie mich küsst.

Ende

Danksagung

Ein zweites Buch, und ich kann es immer noch nicht glauben, dass das real ist. Vielen Dank an alle, die es mir ermöglicht haben, schon zum zweiten Mal eine Danksagung formulieren zu dürfen. An meine Wattpad-Leserinnen und -Leser, die mich seit Jahren unterstützen, und die Leserinnen und Leser, die nun auf dem echten Buchmarkt dazugekommen sind. Danke an die Piper-Mitarbeiterinnen, die mich unterstützt haben, und danke an meine Lektorin, die jetzt zum zweiten Mal die Qual oder das Vergnügen hatte, mich und mein Buch zu begleiten. Und danke an Sophie, die mich seit meinem Beginn auf Wattpad unterstützt und immer mit Herzblut dabei ist. Ohne euch wäre das alles nicht möglich.

Melting my Heart liegt mir sehr nah am Herzen, nicht nur, weil ich die Charaktere absolut liebe und wohl so wie jede weibliche Person für Gray schwärme, sondern weil das Buch mich selbst durch meine Uni-Zeit begleitet hat. Wie Row habe ich absolut fantastische Freundinnen im Studium gefunden, von denen ich weiß, dass sie mich auch jetzt noch Kilometer entfernt unterstützen. Danke, Mädels, für die Zeit, die wir zusammen hatten. Für alle Erfahrungen, die wir gesammelt haben, und die Art, wie wir zusammen in diesen drei Jahren gewachsen sind. Ich bin stolz auf uns, wie jede ihren Weg gefunden hat, und kann es kaum erwarten, zu sehen, wo es euch noch hinverschlägt.

Außerdem durfte ich genauso wie Row die unvergleichliche Erfahrung machen, mich Hals über Kopf zu verlieben. Ich hoffe, dass wir wie in einem Buch ein Happy-Ever-After haben, aber selbst wenn nicht, möchte ich diese Zeilen nutzen, um Danke für alles bis hierher zu sagen. Es war vielleicht nicht immer leicht, denn keine Beziehung ist jemals komplett leicht, aber ich weiß, dass ich in dir meinen Gegenpol gefunden habe, genauso wie Row in Gray. Mich hat es während der Überarbeitung des Buches immer wieder überrascht, wie Gray dir ähnelt, und das, obwohl die Geschichte entstanden ist, bevor wir uns auch nur kannten. Vielleicht ist das ein Zeichen … vielleicht werde ich aber auch nur sentimental. Egal wie, danke, dass es dich gibt und du mich aushältst.

Außerdem darf auch in dieser Danksagung meine beste Freundin nicht fehlen. Du bist meine Alexis, so viel steht fest. Ich weiß, dass ich immer zu dir kommen kann, egal wie lange wir uns nicht gesehen haben oder ob ich mich zum dritten Mal über das Gleiche aufrege. Du bist unersetzlich, und ich hoffe, das weißt du.

Auch meiner Familie möchte ich mich hier kurz widmen und einfach nur sagen: Danke, dass ihr mich zu der Person gemacht habt, die ich heute bin. Ich hoffe, ich kann euch stolz auf mich machen und euch damit einen kleinen Teil zurückgeben.

Er versucht alles, um ihr Geheimnis zu lüften ...

*Cover- und Preisänderungen vorbehalten

Behind Me

Tessa & Dyan

Piper Taschenbuch, 480 Seiten
€ 13,00 [D], € 13,40 [A]*
ISBN 978-3-492-50481-2

Tessas Leben ist alles andere als ein Traum. Ihr Vater trinkt und ihre Stiefmutter scheint direkt aus Aschenputtel entsprungen. Trotzdem behält sie nach außen die perfekte Fassade aufrecht. Doch dann hilft sie der kleinen Schwester des Bad Boys an ihrer Schule, Dyan, der damit nach seinen Regeln in ihrer Schuld steht. Er setzt alles daran, hinter Tessas Maske zu schauen und seine Schuld zu begleichen. Und auch Tessa will das Geheimnis um Dyan lüften, der ihr gegenüber immer mehr Herz zeigt ...

PIPER

Leseproben, E-Books und mehr unter **www.piper.de**